Ali le magnifique

Du même auteur
aux Éditions J'ai lu

Vivre me tue, *J'ai lu* 4951
La Passion selon moi, *J'ai lu* 6479

Paul Smaïl

Ali le magnifique

Les extraits cités des chansons : *Douce France* (Ch. Trenet), *Les Mots bleus* (J.-M. Jarre/Christophe), *Osez Joséphine* (A. Bashung/ J. Fauque), *Le Blues du Businessman* (L. Plamondon), sont ici reproduits avec l'aimable autorisation des éditions musicales suivantes : Francis Salabert, Labrador, Polygram, Apache-Polygram.

à Élisabeth

« Celui qui court seul est certain
d'arriver le premier. »

PROVERBE ARABE

« Lui seul ! pour témoin de sa gloire
et de sa raison. »

RIMBAUD

« Je me souviens qu'on était tellement pliés
On a envié deux secondes le monde ouvrier… »

Magyd CHERFI, parolier du groupe Zebda

Avis

L'auteur du présent roman n'a eu nulle intention d'offenser qui que ce soit, mort ou vivant ; ni Dieu, qu'il se nomme Dieu, Iahvé ou Allah. Les propos tenus en monologue intérieur par le misérable héros de ce roman sont d'un dément, d'un schizophrène, purement fictifs et parfaitement délirants. Les énormités proférées par cet imprécateur fou dénoncent, par leur énormité même, toute volonté de vraisemblance ou de réalisme de l'auteur, lequel décline toute responsabilité quant aux éventuelles erreurs d'interprétation qu'elles pourraient susciter chez un lecteur lisant mal, malveillant, ou simplement distrait.

L'auteur, vivant dans un siècle éclairé où la liberté d'expression, du moins dans son beau pays qui inventa les Droits de l'homme, est reconnue par la Constitution, l'auteur s'est cru dispensé de recourir au petit artifice, prudent mais un rien hypocrite, dont devaient user, en des temps plus obscurs et moins libres, un Molière ou un Stendhal, lesquels ajoutaient, entre parenthèses, après les propos d'un de leurs personnages qui eussent pu passer pour scandaleux : *C'est un scélérat qui parle, C'est un faux dévot qui parle, C'est une servante qui parle. C'est un républicain qui parle, C'est un envieux qui parle, C'est un athée*… Etc.

Ce roman est œuvre de pure imagination, et selon la formule consacrée que je fais ici mienne: *Toute ressemblance*, etc. Nous savons que *Le Rouge et le Noir* s'inspirait de l'affaire Antoine Berthet; qu'il y eut une vraie Madame Bovary nommée Delphine Couturier, et un vrai Edmond Dantès nommé François Picaud. Et tout lecteur tant soit peu avisé, contemporain de Balzac et appartenant au Tout-Paris, savait fort bien qui étaient en réalité Rastignac, Nucingen, Rubempré ou Vautrin: il les avait croisés, en chair et en os, dans un salon ou à l'Opéra. Les romans de Balzac, de Dumas, de Flaubert, de Stendhal n'en constituent pas moins des romans et rien d'autre que des romans, des romans romans, des romans romanesques. Ainsi, toute modestie à part, et toutes proportions gardées, de *Ali le magnifique*.

Depuis Cervantès, au moins, la civilisation occidentale a ajouté aux arts connus dès l'aube des temps l'art singulier, et forcément insolent, forcément ironique, forcément mécréant, de refaire le monde sur le papier, au gré de sa fantaisie, mais d'une fantaisie réaliste. C'est ce qui fait le charme et la splendeur de la civilisation occidentale, ce en quoi elle est unique. C'est ce que l'alliance du fanatisme religieux, du conformisme social, du fascisme marchand et de la servitude volontaire des masses crétinisées par la société du Spectacle met chaque jour un peu plus en péril. Je revendique hautement, fièrement, mais sereinement, aussi, ma liberté fondamentale de romancier – du reste reconnue par la Constitution de la République française dont je suis un honorable citoyen.

Paul SMAÏL

I

Des détenus criaient à mort je ne savais pas quoi. La porte en fonte s'est refermée sur moi. Les barillets des verrous ont basculé avec un fracas de ferraille rouillée. Puis l'œilleton coulissant est retombé net comme un couperet. J'étais bon. Maintenant, ma vie s'écrirait à l'imparfait.

J'ai brusquement repensé à mon professeur de français. Pas celle que j'ai tuée, la titulaire : l'autre, l'intérimaire qui voulait faire du zèle :

— Il est vrai que l'imparfait n'existe pas en arabe. Mais *l'accompli* et *l'inaccompli*.

Et toute la classe, alors, pour une fois unie, unanime, les beurs, les blancs, les blacks, les option arabe et les non :

— Ouaouh ! l'accompli et l'inaccompli !

Tous attentifs à la traiter grave. En chœur.

J'ai ri. Zarbi. Je me suis entendu rire entre ces murs de béton brut. L'accompli et l'inaccompli !

Les détenus qui m'avaient souhaité la bienvenue à la manière des détenus s'étaient tus.

Je me suis souvenu aussi de l'autre, la remplacée, celle que j'aimais – quand elle nous disait du Rimbaud. *Une saison en enfer* là : *La vraie vie est absente. Nous ne sommes pas au monde…* Et cetera.

Quelque chose comme ça. Oui. Ça. J'en savais des pages par cœur. Je la précédais, à mi-voix :

— *La raison m'est née. Le monde est bon. Je bénirai la vie. J'aimerais mes frères. Ce ne sont plus des pro-*

messes d'enfance. Ni l'espoir d'échapper à la vieillesse et à la mort.

Ou bien elle disait à moi seul, pour moi seul, les yeux dans les yeux :

— *La dernière innocence et la dernière timidité. C'est dit.*

C'était à moi qu'elle s'adressait. Je le sais. J'étais son préféré. Je la fascinais.

Ses yeux grand ouverts me fixaient à travers le sac Virgin Megastore – j'avais choisi un sac Virgin Megastore. Le plastique translucide frémissait doucement devant sa bouche et s'embuait, se plaquait à ses narines. Puis le crissant froissis a cessé – putain. C'était fait. Accompli et inaccompli.

Et ceci : *Moi, je suis intact, et ça m'est égal.*

Je suis Sid Ali B., le tueur aux sacs en plastique. À la fin du siècle dernier, cet hiver, mon nom a fait la une des quotidiens. Non, l'initiale de mon nom seulement – la loi l'exige: j'étais mineur au moment des faits. Mais mon prénom de seigneur en entier. Et mon portrait présumé, en crayonné, avec casquette ou sans casquette, en noir et blanc ou en couleurs, sur papier et à l'écran, au « Vingt heures ». Entre la marée noire, le bogue, les arbres centenaires arrachés par le vent et la grande peur du millénaire… « Le criminel le plus recherché de l'espace Schengen. » Mais mon avocat a rappelé que j'étais présumé innocent. Et je ne me suis pas beaucoup plus reconnu que sur ces portraits-robots contradictoires qui s'étaient succédé au début de la traque, toutes ces gueules hideuses, de jeu de massacre. C'est que, pour les gens, tous les beurs se ressemblent, ont tous l'air suspect. Ou que tous les beurs sont des robots. Ou que ce sont tous des monstres. Des tueurs en puissance. Inaccomplis ou accomplis. Et qu'ils font peur. Oui.

J'achetais les journaux où je figurais à la une. Je n'avais pas à me cacher, à baisser la visière de ma squette Nike – tiens! je devrais bien leur demander un peu de tune, à Nike, pour la pub que je leur ai faite avec ma squette –, surtout quand c'était une Fila! Je me marrais: aucun kiosquier n'aurait pu faire le rapprochement. Ce n'était pas moi. C'était mais ce n'était pas moi. D'ailleurs, cela n'a jamais été vraiment moi dans la réalité.

Je me marrais mais j'avais un peu la haine aussi : je suis beau, très beau, je le sais – on me l'a souvent dit.

Ils ont fini par l'écrire dans les journaux : *un sourire d'ange, la beauté du diable* – ce genre de daube.

Le matin de mon arrestation encore.

Au kiosque international du Rossio, j'ai pris *Libé* et *France-Soir*. Et puis j'ai redescendu d'un pas auguste la rua Augusta, vers le Tage. Un aveugle jouait de la scie musicale – *L'Hymne à l'amour*, putain. Il faisait très doux. La mer de Paille miroitait sous un ciel brumeux mais très bleu et lumineux, comme je n'en avais jamais vu.

À l'Estaçao Fluvial, je suis entré dans une cabine, pour rappeler Djamila. Deux doigts tendus sur la visière, j'ai salué mon reflet dans la vitre. J'étais ébloui. Je me suis souri. « Ali le magnifique », me suis-je murmuré… Souvenir, souvenir. J'ai introduit la carte : il me restait cinquante unités. J'ai composé le 00… le 33… J'ai vu alors ce rhnouch en bourge s'approcher, tirer la porte vitrée ; j'ai vu le calibre qu'il avait au poing ; et j'ai su. Comme l'ont noté les journaux : je n'ai pas opposé de résistance. C'était moi et ce n'était pas moi à qui l'autre a passé les menottes. Ce n'était pas vraiment moi, Sid Ali B.

C'était tout vu, pourtant. Déjà vu. Déjà vécu. C'était ce sentiment-là, depuis le début. Et, de fait, je devais savoir inconsciemment ce qui allait m'arriver : la veille, comme par hasard, j'avais jeté mon passeport et ma carte d'identité, en passant devant une poubelle... Comme ça. Sans y penser, presque. Mais c'était joué. Je connaissais l'histoire, je connaissais la suite. C'était ce sentiment-là. J'étais mort, je le savais. J'avais mon billet d'avion pour Séville, où Manuel viendrait me chercher : j'allais refaire ma vie. Mais j'étais mort. Et en passant devant cette poubelle, au Rossio, là où l'on voit ce monstre éléphantesque qui mendie jour et nuit adossé à la vitrine d'un bureau de change, j'ai jeté mes papiers. Le fait est. C'est le destin, me suis-je dit, je crois. Al-hamdoulillah !

J'essaie de raconter les choses comme elles me viennent. Comme je les vois. Ce qui m'est arrivé, que je le veuille ou non. Et ce qui s'est passé avant le film des événements, comme on dit dans la presse – avant que je commence à – comment dire ? mon passé, qui intéresse tant la presse – je pourrais vendre mon histoire, après l'avoir reconstituée... Bon. Je zappe. Je reprends. Je comprends que je ne m'en sortirai pas si je cherche à trop vouloir m'expliquer. Il n'y a rien à comprendre. J'ai un mal fou à mettre de l'ordre dans mes idées. J'étais très bon en rédac, mais, là, je n'y arriverai pas. Trop de choses à raconter. Et si peu, de fait. Des riens. Rien de mal, en vérité. Rien que de banal. Je n'ai rien vécu de singulier, avant. Pas que je sache. Je suis d'accord avec les pays – j'ai d'ailleurs toujours été d'accord avec eux (enculés). Ce qu'ils me disaient de moi me paraissait sensé. Ça me semble toujours vrai. J'ai eu une enfance comme une autre. Comme celle de mes frères, qui n'ont tué personne. Et mon père et ma mère m'ont aimé. Ni plus ni moins.

J'écris ceci au crayon, pour effacer plus facilement. Et recommencer, au besoin. J'ai une gomme, achetée à la cantoche de la taule – *uma borracha*. J'ai appris un mot de plus ce matin.

Mais par quoi commencer ? Et comment ? À quel moment de mon histoire ? Quel plan ? Quand j'ai douze, treize ans ?

Le décor : une cité quelconque dans le 93. La cité des Poètes. Une des cités des Poètes du 93 – il y en a plusieurs dans le département. Allée Verlaine, allée Rimbaud, allée Apollinaire… Mais groupe A, bloc B, porte C, escalier D… Comme vu à la télé – direct ou fiction, journal, série, docu, feuilleton, reportage –, kif : les tours, les barres, les paraboles, les sacs plastique accrochés aux barreaux des balcons, le portrait en mosaïque d'un poète, la porte du local aux poubelles caillassée et rouillée, la pelouse jaunie et pelée d'une aire de jeu grillagée, le grillage tordu, le goudron rose craquelé, la vitre de l'abribus étoilée, l'étoile et le croissant islamistes sur le mur tagué… Les lascars adossés à ce mur et qui jouent aux durs pour l'objectif comme dans la réalité. Tout est faux et tout est vrai.

« Un quartier sensible », comme dit l'animateur ou le présentateur. Sensible !

« Une téci en Neuf-Trois », ajoute l'autre guignol, initié au verlan, avec un petit ricanement détaché, cool, complice, pour faire plus vrai et nous citer – soi-disant.

On leur aura fait croire, à ces taches, que nous sommes si incultes que nous ne savons pas qu'un neuf suivi d'un trois accolé se lit *Quatre-vingt-treize*. Et que si nous ne nouons pas nos lacets, c'est que nous ne savons pas les nouer. M'dereh !

Tout est faux et tout est vrai. On peut toujours truquer. Et, nous, ressembler à l'image qu'on se fait de nous.

— On les gaze ?

— Ouais. Moteur !

J'en sais quelque chose. Aux Poètes, il y a deux ou trois ans – avant que je commence à –, un jour, nous avons vu arriver toute une équipe télé dans deux 4 x 4, vitres et phares grillagés anticaillassage, équipement brousse – à cinq kilomètres du Périphe, douze de Notre-Dame, par une chaussée quatre voies, recouverte en dur, dans notre bled, notre cité du Neuf-Trois. Avec matos léger pour reportage de guerre, ils venaient sur le terrain bidonner un sujet : la dope dans les banlieues. Repérage : ils nous ont vus qui tenaient le mur et tuaient le temps, les potes et moi. On faisait la peuplade, on leur faisait le doigt « fuck you ». Comme ils s'y attendaient, sans doute. Il ne faut jamais décevoir les visiteurs. On les a traités quand ils ont garé devant le bloc B leurs Rover – en laissant les moteurs tourner, ces fils de, pour redémarrer vite, au cas où.

Casting sauvage, sur le tas :

— Toi, toi, toi… D'accord ?

Mon frère Aziz :

— Si tu nous disais vous, d'abord ?

L'autre :

— Vous avez raison, excusez-moi. Total respect !

« Total respect » ! Le gars connaissait le vocabulaire adéquat. Bouffon ! Il avait trop regardé Jamel, écouté Zebda.

Il lui fallait cinq lascars : on nous donnerait cinq cent balles à chacun…

— Mille !

— Cinq cents, dernier prix. C'est du schwarz.

« Du schwarz » ! Bouffon ! Du schwarz, pardi ! Il n'aurait pas pu nous payer autrement qu'au noir, ou c'était avouer son bidonnage au producteur de l'émission ou au diffuseur… Il nous prenait vraiment pour des nuts ? Ce serait présenté comme un reportage, du réel, pas de la fiction, il venait de nous le préciser. Et anonymat en postproduction garanti : on nous mosaïquerait les visages – palette graphique, retouche numérique et le toutim. Rien à craindre. Après tout, ils risquaient gros, eux aussi – « question de déontologie ». Tu l'as dit tu l'as ! *Nul si découvert*.

Ou bien on nous flouerait, si nous préférions. Enfin ! on nous rendrait flous à l'image, quoi. Ils ont tenu à préciser le sens du mot utilisé dans ce sens.

Mon frère :

— Pas qu'on nous ferait carna, nahan ! On a pigé on a ! Karim, Mourad, Rachid, Yared *(les noms ont été changés)* dealaient du chichon pour de bon. Et moi itou, un chouïa. Le fun, c'est qu'on a joué les anges alors : non, nous on avait jamais touché à, mais on avait vu faire dans la cité, vous pensez bien qu'on n'accepterait pas de jouer devant la caméra si on était vraiment dans le job, pas si oufs – genre. Renseignés mais innocents. Et pas poucaves.

— Poucaves ?

— On balance pas, quoi.

— Il n'en est pas question. On ne vous le demande pas, on n'est pas des flics.

Round d'observation : l'équipe de tournage se demandait si c'était semoule ou couscous. Est-ce qu'on se foutait d'eux ? Les manipulés manipulant les manipulateurs.

Non. On avait leur parole – parole ! Il n'y aurait pas d'embrouille.

Et le réalisateur essayait de nous la jouer « on est des frères » : natif du 93, il était un enfant des cités lui aussi, sa mère d'origine marocaine (nique-là !). Tout un numéro. Le semirebeu à poil gris qui s'en est tiré au mérite et remercie la République. L'azouz !

Bon. On a pris la tune. Et Aziz – Mourad, à l'écran – et moi, avant d'interpréter, nous sommes montés vite fait nous changer : futs proches cargos camouflés combat urbain, sweats à capuche, lunettes à verres bleus polarisés de marque Police... Nous déguiser en dealers – en dealers tels qu'on les voit fringués dans les séries policières. Raccords à mort ! Ressembler aux faux pour faire plus vrais ! Avoir l'air de ce que nous incarnerions à l'écran. Puisque entre le petit revendeur de hasch en cité et le gros fournisseur de crack du quartier, le costumier ne fait pas la différence... Ils en auraient pour leur argent. Nous étions dans le plan. Coopératifs. *Nous, on fait là où on nous dit de faire.*

Ils nous cadreraient caméra à l'épaule, du mou dans la focale, image un peu floue et tremblante, le point changeant, éclairage naturel : faire croire qu'ils nous avaient filmés en planque, à notre insu, en prenant des risques.

— Parole.

Yazid, Gamal, Fouad, Aziz et moi, on jouerait le jeu. *Révélez la star qui est en vous. Cliquez pour entrer dans l'histoire.*

On s'est massés en contre-jour sous le passage couvert du bloc B. On ne fixait pas l'objectif mais on épiait les alentours d'un œil anxieux. Tout bien. On échangeait, furtifs, les cubes de shit enrobés de papier argent contre un vingt keuss – zoom sur le billet de 200 francs plié en quatre. Et puis le joint allumé, qui passe de main en main – zoom sur le joint. Chacun inhale profondément, le regard dans le vague… Le pied !

— Tout le rituel en daube, quoi.

Je cite Aziz.

Mais ils étaient contents de nous. Et nous, donc !

— Vous revenez quand vous le voul !

Du moment qu'on ne pouvait pas nous identifier. Pour eux, nous serions n'importe quel jeune rebeu de banlieue, fait de tous les rebeux, et qui les vaut tous, et que vaut n'importe lequel d'entre eux. Floué à l'écran. La vie hors antenne. Off.

Publicité :

Le virtuel chez moi, quand je veux, où je veux.

Publicité :

Parce que je le vaux bien.

« Le monde, pour le sujet, se déréalise subitement au moment de l'acte. »

Aquilino et Roque se chicanaient tendrement tout en s'embrassant dans le coin-cuisine. Comme tous les soirs.

Je me suis montré dans l'encadrement du passe-plat. J'ai dit :

— C'est sitcom, ici.

Ils m'ont souri sans saisir ce que je leur disais. Je leur ai fait signe que c'était sans importance. On se comprenait sans se comprendre : eux, un peu de français, un peu d'anglais, et, quand ils me parlaient en portugais, prenant la peine de bien articuler les mots, de les prononcer haut et fort ; moi, en français, en anglais – je suis très bon en anglais : j'ai l'accent américain –, un peu d'espagnol – mon option 3e langue quand ils ne devinaient pas ce que je voulais leur dire en français ; et le mot arabe qui me venait spontanément, quand je m'énervais.

Je m'énervais rarement devant eux : ils étaient si gentils, tous les deux, si généreux – putain ! Aquilino préparait un vrai repas tous les soirs : soupe et plat, plus dessert quelquefois – putain ! j'en avais les larmes aux yeux. Je n'avais jamais autant mangé de ma vie. Et manger m'apaisait. De la morue, à peu près tous les soirs, accommodée d'une manière ou d'une autre – tomates, oignons, patates, chou, olives, mie de pain, jaune d'œuf…

No forno, escaladado, na brasa... Il était bon cuisinier et voulait m'apprendre. Il me disait que ce serait bien que je sache faire la cuisine pour quand j'habiterais à Xérès, avec Manuel. Il y croyait beaucoup plus que moi.

Ou bien c'était le *cozido* : viandes et légumes bouillis, avec du riz. Et il prenait soin de n'y faire cuire, de camé, que du bœuf et du poulet.

— Que pas de porco pour le More ! je sais.

La première fois, j'ai cru qu'il disait : le Mort. J'ai conjuré le sort d'un geste, et je me suis levé de table. Aquilino s'est expliqué. Et Roque a fait observer en riant que pour les musulmans le vin était également un interdit. Je me suis rassis. J'ai bu tout mon verre de Minho. Je me suis resservi. C'était moi qui l'avais apporté. J'ai fini la bouteille. J'en ai ouvert une autre. Boire m'apaisait.

Tous les soirs, vers sept heures, quand ils étaient en cuisine, je prenais une bière et j'allais m'affaler devant la télé. Je prétextais un gros coup de fatigue habituel, tous les soirs, vers sept heures. Il fallait absolument que je m'étende un moment, sur le lit, dans leur chambre, où il y avait la télé.

— *Até logo*.

C'était l'heure de regarder le JT, sur TV5.

Comme tous les soirs depuis que je me trouvais à Lisbonne : après la marée noire, sur quoi ouvrait toujours le journal quand c'était celui de France 2, la traque du tueur aux sacs plastique.

« Les derniers éléments de l'enquête. Les faits nouveaux. Le film des événements. »

Meurtrier présumé, ce que j'étais censé avoir vécu, ces derniers jours : on m'avait vu à Angers, à Orange, à Reims, à Bilbao. Dans le Paris-Hendaye. Dans le Paris-Mulhouse. Au volant d'une Fiesta blanche, sur un parking de supermarché. Le témoin n'avait pas pu noter le numéro, j'avais redémarré trop vite. J'avais agressé une étudiante à Nanterre, tenté de l'étrangler avec un sac plastique : elle en gardait encore les marques au cou. Elle s'était débattue, je m'étais enfui. Puis, j'avais été vu retirant de l'argent à un distributeur de la gare de Lyon-La-Part-Dieu. J'avais à la main un sac plastique Fnac. C'était moi. On me voyait partout. N'importe quel jeune Maghrébin portant casquette comme sur mon signalement. Mais personne encore ne l'avait repéré à Lisbonne.

Ensuite, comme chaque soir ou presque, micro-trottoir. Les vrais gens ! Une jeune femme : « On est sur nos gardes, oui, on a peur. » Une autre : « Je ne prendrai plus le train tant qu'il sera en liberté. » Un homme : « S'il n'y avait pas cette guerre des polices... »

L'avis de l'expert psychiatre, ensuite : « Dans le cas qui nous intéresse, il s'agit sans doute de ce que nous appelons une fausse personnalité. »

Et l'autre soir – hier, ou avant-hier, je n'arrive plus à savoir – : « Le monde, pour le sujet, se déréalise subitement au moment de l'acte. » (Enculé.)

Et ce soir – le lendemain soir, le surlendemain : je ne sais plus bien quel jour on est, je me sens soudain si fatigué, réellement fatigué, je n'ai pas eu à faire mon cinéma habituel quand j'ai annoncé que j'avais besoin de m'allonger un moment – : je ne veux pas le croire ! le JT n'ouvre pas sur la marée noire – les oiseaux englués dans le fioul, les bénévoles en combinaisons d'intissé blanc qui ramassent les galets souillés pour les déverser dans des sacs plastique –, mais la reconstitution du meurtre de Donata dans le Paris-Gênes ; la manière dont la victime aurait été jetée, morte ou vivante encore, du train ; savoir si le tueur avait pu agir seul pour se débarrasser du corps.

« Regardez bien ! Du jamais-vu ! Toute la technique d'une production à grand spectacle au service de la justice. Une première : à la demande du procureur de Dijon, les experts judiciaires ont fait appel au plus célèbre des cascadeurs et à toute son équipe. Ces experts en trucage auxquels nous devons les plus beaux films d'action... »

Ils avaient fait fabriquer en plusieurs exemplaires un mannequin moulé dans un latex dense et lourd imitant la chair, de la taille et du poids exact de Donata – 1,62 m, 52 kg –, l'avaient habillé comme était habillée Donata – pantalon de velours prune, col roulé de mohair mauve... Il – elle – serait jetée d'un train lancé à 130 km/h.

« Le Conseil supérieur de l'audiovisuel, en accord avec le ministère de la Justice, nous a autorisés à vous montrer ces images terribles filmées par quatre caméras en simultané. Tout a été minutieusement calculé. Pour un plan de cinquante secondes, la préparation du tournage a demandé près d'une demi-journée... »

Et le train roulait à toute vitesse, la vitre du compartiment baissée jusqu'au garde-fou, et le corps de la victime apparaissait, soulevé par le cascadeur, glissait les bras ballants contre la vitre du bas, rebondissait contre la paroi, se fracassait sur le ballast...

« Regardez bien ! Il a fallu recommencer quatre fois l'expérience... »

Et la scène repassait, vue sous quatre angles différents. En vitesse réelle, puis au ralenti – *replay*. Et la poupée rebondissait une nouvelle fois, se cassait différemment. Une nouvelle fois en vitesse réelle, puis au ralenti – *replay*. Et Donata apparaissait une fois encore... La vitre baissée, le vent... Sauf que c'était filmé de jour, c'était ça. C'était ça. C'était exactement ça – putain. Au ralenti, c'était exactement ça. La réalité.

Après, j'ai éteint le poste, et je me suis endormi.

Aquilino et Roque m'ont réveillé : on passait à table. Ils voulaient voir *X Files*, après. *La vérité est ailleurs*.

Je voulais faire acteur. « Haram ! » disait mon père. C'est un péché. Et, la langue pointée entre les dents de devant, il crachait le mot comme le noyau amer et fibreux d'une datte molle, avec toute la répugnance que lui inspirait le mensonge, le mal. Le mal occidental. Haram, le vin et la bière, haram, manger du porc, haram, baiser sur la bouche une femme, haram, embrasser en public, haram, tout ce qui était se donner en spectacle. Haram, tout spectacle. Il tuerait ses fils de ses propres mains, nous disait-il, les étranglerait s'ils choisissaient de « faire vedettes ». H'chouma ! Je regardais ses mains – sa main gauche, les moignons de ses quatre doigts sectionnés par un tour à fil haute vitesse, comme une punition de la machine pour avoir respecté l'as siyam. Il ne nous aurait pas étranglés, non. Il le prétendait mais ne l'aurait pas fait. Il n'est pas particulièrement pieux. Il respecte ma mère. Il n'a jamais eu d'autre femme. Il ne la frappe pas. En tout cas pas devant ses fils. Et ni elle ni ma sœur ne se sont jamais voilées.

Entre douze et treize ans – à ce moment où, depuis que je suis en taule, j'ai décidé de faire commencer mes souvenirs, ceux que j'écris pour moi au crayon et ceux que mon avocat m'a conseillé de noter pour ma défense –, j'ai grandi prodigieusement, d'un seul coup. Entre les vacances de la Toussaint et le début du Ramadan, qui tombait le jour de mon anniversaire, le 1er février, cette année-là : 1995.

Longtemps j'avais été le plus petit de la classe, maintenant j'étais le plus grand. On me donnait facilement seize, dix-sept ans. On pouvait me confondre avec mon frère Aziz. On nous confondait parfois. Pas les potes des Poètes, mais au-delà. Traversée la passerelle de la voie express, je pouvais prétendre avoir seize, dix-sept ans... M'appeler Aziz – ouais ouais. Essayer, pourquoi pas ? Ahmed... Ahmed, notre frère aîné, avait quitté la maison depuis deux ans déjà, on ne le voyait plus dans le quartier. J'essaierai plus tard. Hors notre territoire – aux Halles, ou à Barbès.

Je découvrais que je pouvais easy me faire passer pour un autre. Oim en plus vieux. Oim en mieux... N'importe qui. J'en jouais, au centre commercial ou au collège ; j'en jouais avec les ariouls des cités voisines comme j'en jouais avec les profs. Mais j'en jouais surtout seul, pour moi seul.

Maintenant que je faisais homme, je pouvais no problem échapper un peu à la bande des blocs A, B et C. Quand j'avais xlas de leurs petits plans pourraves : tuer le temps dans les caves, tenir le mur avec les épaules, chourer un caddie chez Auchan pour le customiser Ferrari –, je me cassais maintenant ! tchao ! Marre, j'avais de l'intifada contre les poètes de la cité, ce petit jeu de gols qui consistait à caillasser leurs portraits en mosaïque, à ébrécher un à un, jusqu'à ce qu'ils finissent par tomber, les petits cubes de céramique tout en braillant :

« Mahallarmé ! Apohollinaire ! Fictohor Hrugo ! El-Huard ! Rhené Chahar ! Bauhaudelaire ! »

Ou, plus nase encore ! de bombarder de canes de coca vides les panneaux *Interdit de stationner*. Et puisque les plus grands, les potes à Aziz, qui savaient, eux, la vérité sur moi, me traitaient minot la plupart du temps, ou me logeaient au quarante, basta ! je préférais les laisser à leurs conneries à eux, pourtant plus excitantes – meules, rodéos, faouas et bière 8.6 – que de faire iech. J'avais trop peur d'alourdir. J'irais jouer solo.

J'irais me la jouer seul. Du reste, j'aimais vraiment me retrouver seul. Me retrouver. Moi, Sid Ali. L'homme noble et solitaire, le loup : exactement ce que je répondrais à PPDA s'il m'interrogeait sur le sens de ce double prénom que m'a donné mon père – « béni soit-il ! ». Quart de tour vers la caméra cadrée resserré sur l'invité seul au moment où le témoin lumineux s'allume, on est en direct, droits les yeux embués de larmes dans l'objectif, modeste, sincère, ému, émouvant, à la fois pudique et un rien ironique, pas tout à fait dupe – genre –, j'expliquerais au téléspectateur que Sid est un titre princier, en arabe, mais qu'il signifie aussi : le loup. Et Ali : le supérieur, le sublime.

J'étais alors Sid Ali, et j'en étais fier. Je n'aurais pas voulu qu'on me prenne pour mon frère Aziz ou mon frère Ahmed. Ni pour personne d'autre.

J'ai dit que je voulais faire acteur. Et en vérité, je faisais l'acteur. À treize ans, je suis devenu acteur. Et rapeur. Et chanteur de raï. Et animateur de shows en *prime time*. Et sportif de haut niveau. Et réalisateur. Et mannequin. Et top model. Et invité de « Nulle part ailleurs ». Et seul survivant d'une tuerie en Algérie, interviewé en ouverture du Journal, sur TF1. Et star. Star saluant avec nonchalance la foule qui l'applaudissait… Ébloui par les flashs… Montant le grand escalier tendu d'un tapis rouge entre deux haies de gardes du corps… En descendant lentement un autre, en miroir, au son de mon dernier succès… Prenant le micro que me tendait Michel Drucker. Confiant à Bruno Masure que j'avais eu une enfance pauvre mais heureuse, au fond ; que mon père et ma mère étaient des gens bien, dignes, courageux, travailleurs; qu'ils s'étaient saignés aux quatre veines pour élever leurs cinq enfants dans le respect des vraies valeurs. Mais je ne voulais pas en dire plus. L'intimité pour nous, musulmans, est sacrée.

Ou je racontais à Antoine de Caunes, en rigolant, toutes les conneries qu'on avait pu faire à douze, treize ans, les gamins de la cité des Poètes, auxquels je rendais hommage en passant – ici, furtif salut du bout des doigts: notre signe secret de reconnaissance. Et Antoine de Caunes: « Ils vous regardent tous, ce soir, Sid Ali, vous voulez leur dire un mot ? »

Ou je répondais cool à Nagui que Sid Ali, comme son nom l'indiquait, était un loup assez solitaire, oui.

Détaché, je parlais de moi à la troisième personne.

Ou, Aziz absent, je fermais la porte de notre chambre, je tirais une chaise devant la porte, qu'on ne me dérange pas, je me changeais et je me plantais devant la glace. Pieds nus, torse nu, juste un futal *oversized* à mon frangin tombant bas sur les hanches et qui découvrait la large ceinture élastique du slip blanc marquée en grandes majuscules noires *Calvin Klein* – un calvin que j'avais chouré aux Halles. Un kangourou blanc, 90 % coton, 10 % élasthane. Comme dans la pub. Et je prenais la pose. Comme dans la pub, dis! Putain! que j'étais beau j'étais.

Puis, zique à donf, qu'on n'entende pas ce que je foutais seul dans la chambre des abnâ, je sortais ma queue de la fente et je me branlais face à moi.

Ou j'empoignais un micro imaginaire et je devenais Cheb Sid Ali, le prince du raï. Et j'entonnais devant mon public en délire Didi :

Ana b'har 'âlïya ou entia lla...

Tant pis pour moi mais pas pour toi.

Mais il y avait mieux que de zoner à la maison reclus seul dans ma chambre et mes fantasmes : c'était de quitter la zone, de partir à l'aventure. Assez du chouf devant la glace ! À moi, Paris ! Barbès ! Les Halles ! Les Champs ! Laisse béton la bande et va bander en ville, va baver devant les vitrines ! Downtown ! Fissa au RER ! En coupant par le parking Baudelaire, puis par Rimbaud – *lui seul ! pour témoin de sa gloire et de sa raison.*

Je franchissais dans l'allégresse la passerelle qui enjambe la voie express, je me sentais pousser des ailes, bras tendus je faisais l'avion, je décollais, l'air gonflait comme une voile mon zomblou blanc entrouvert – le coupe-vent en toile spinnaker Sergio Tacchini ! Et mes doigts tendus raclaient comme une guitare, de part et d'autre, les grillages protecteurs... Tout le pont en résonnait ! Un fracas cadencé de ferraille sur quoi je scandais rap n'importe quelle connerie qui me venait à l'esprit :

I am who I am who I am...

à la manière de Funkmaster Flex, ou de Grandmaster Flash.

J'étais Lonesome Woolf Ali. *(Parental Advisory. Explicit Content.)*

Si je croisais en chemin une lourdeur qui voulait me détourner de mon idée et me proposer un plan à lui, je prenais l'air smart mais soucieux.

— Nahan, pas maintenant. J'ai areuf.

Et si l'autre insistait, j'insistais :

— Tahane ! Bouge ! Chela !

Et s'il proposait alors de se joindre à moi, de me suivre dans ma virée :

— Leave me alone, putain, j'ai dit j'ai ! Tu comprends pas le français ? Leuss !

C'est que j'allais faire l'ouf dans le RER, mon petit jeu favori quand je me trouvais dans le RER ; et que c'était un petit jeu qui se jouait seul, un petit jeu où je ne pouvais tolérer aucun témoin me connaissant un tant soit peu ; sa présence m'aurait tout de suite fait perdre mon sérieux, le sérieux indispensable au jeu. J'avais déjà le génie du flan, mais je n'aurais jamais pu frimer autant devant de la caille au rancard.

J'allais exercer dans le train cet étonnant pouvoir d'affabulation que décèleraient plus tard en moi les éducateurs et les psys (enculés). J'attendais sagement sur le quai : si la rame provenait de Mitry-Claye, j'attendrais la suivante, qui venait de Roissy-Charles-de-Gaulle. Là se trouvait mon public préféré : les voyageurs qui arrivaient de l'aéroport. Je montais en première classe, évidemment : là se trouvait mon public le plus intéressant, les hommes d'affaires qui préféraient le train au taxi ; ne pas se retrouver coincés dans les embouteillages du matin en direction de Paris. Et comme les rapaces ne vérifiaient pas trop les kets en première, à cette heure-là...

Je repérais vite, s'il y en avait dans ce wagon, ceux de retour d'Amérique. Leur air las : le long vol de nuit, le décalage horaire... Je m'approchais d'eux *timidement*. Si je trouvais une place assise auprès d'eux, je m'asseyais *respectueusement*. Sinon, je restais debout, sans faire le con, sans faire le souk, tout sourire, au contraire, me tenant droit et tenant ferme la poignée située à hauteur du dossier, doux, poli, gentil, humble mais fier : le bien intégré, bien dans sa peau, propre sur soi – l'exception aux statistiques. Inoffensif – voilà. Innocent. En blanc, d'ailleurs : jogging et coupe-vent blancs ; blancs, les sketbas, et lacets noués, les sketbas – la première chose à quoi je pensais en arrivant à la gare du RER : nouer mes lacets. Et blanche, itou, la casquette Fila... Et tournée à l'endroit ! comme pas un pote n'osait alors la porter, il aurait trop eu la honte devant les potes – la deuxième chose à quoi je pensais en arrivant à la gare du RER : la tourner, visière sur les yeux... Et le cheveu ras et net, mais pas tondu.

Alors, z'y va, je pouvais me lancer : engager comme à son insu et au mien la conversation avec l'homme d'affaires, l'air de rien, sans donner l'impression de vouloir en tirer quoi que ce soit. *Free*, à tous les sens du mot. Gratuit. Spontané. J'improvisais en pro. Je n'étais pas de ces épaves érémistes SDF qui remontent toute la rame en vous récitant, monotones, atones, le baratin modèle, l'histoire banale de leur galère, pour un franc ou deux : « Je vais passer parmi vous. À votre bon cœur, une petite pièce ou un ticket-restaurant... » Une petite pièce – putain ! *Esclaves, ne maudissons pas la vie !*

Non, moi, juste l'envie de communiquer, quoi. Poétique. L'envie de m'adresser à l'inconnu en face de moi. De feindre de, du moins. Et pas en verlan ni en francarabe, non, en bon francaoui – oui oui. Correct. Comme dans les textes étudiés au collège. *Allons ! feignons, fainéantons...* De la tchatche, mais très comme il faut. Exemple :

— CDG… Charles-de-Gaulle. En provenance de LAX… Vous revenez de Los Angeles, monsieur ? La cité des Anges !

C'est beau, Los Angeles, monsieur ? Et la nuit, en avion ? On voit les étoiles dans le ciel ? Je n'ai jamais pris l'avion de ma vie, monsieur… Un jour, peut-être.

Sur quoi, je prenais l'air rêveur.

Je guettais du coin de l'œil les premières réactions de mon spectateur malgré lui : chouïa malaise, sourire un rien crispé, ou franc soupir agacé, ou, plus vexant encore, mais plus rare, discret rictus de mépris, ou besoin compulsif de se plonger dans la lecture d'un quotidien ou d'un plan du métro, à défaut, ou fausse impassibilité ; souvent, furtif regard en biais vers les voyageurs voisins, et de souche – savoir s'il valait mieux m'ignorer ou me répondre, s'assurer de leur solidarité au cas où cela devait mal tourner, si je provoquais. Mais est-ce que je provoquais ? Est-ce que je n'étais pas sincère, voire un peu naïf ? Les questions que je posais ! Un gamin qui n'avait jamais pris l'avion, mais qui connaissait le code de l'aéroport de Los Angeles, mais qui savait ce que signifiait *Los Angeles*. Bon garçon, pas menaçant pour un sou. Que faire ? Pourquoi ne pas me répondre, après tout, et s'épargner le ridicule de l'éternel soupçon au faciès ? Des rebeux, il y en a de très bien dans l'équipe de France ! Et pourquoi ne pas me répondre aimablement ?

S'il me répondait, surtout s'il me répondait aimablement, c'était gagné. S'il ne me répondait pas, mieux encore ! La bête de scène en moi se déchaînait alors : j'enchaînais, me parlant maintenant comme à moi-même. À mi-voix.

— Nous, on est venus en bateau, du pays ! On est du bled, des montagnes. Je n'avais jamais vu la mer avant de venir en France. On est arrivés l'année dernière. Mon père a demandé le droit d'asile. Il est condamné à mort par les terroristes, là-bas. Et mon frère, aussi. C'est terrible, vous savez, ce qui se passe en Algérie…

On n'était plus très loin de la station La Plaine, qui n'était pas encore Stade-de-France. Et moi d'aborder le récit du massacre auquel j'avais assisté, l'été d'avant, dans mon village natal de la plaine de la Mitidja… À toi, maintenant ! Toute la gomme, Sid Ali !

L'horreur dans les yeux, les yeux fixant le vague, comme assailli par les souvenirs, je me mettais alors à raconter d'une voix blanche, brisée, avec une sorte de tranquillité hallucinée, et plus impressionnante, je crois, que n'auraient été des cris, des transes ; je disais enfin ce que j'avais vu, ce que j'avais vécu, cette nuit-là… Tout ce que j'avais en vain cherché à oublier depuis un an.

Je revoyais, je revivais la scène : la nuit qui tombe sur notre village, une explosion, les lumières qui s'éteignent d'un coup, les tueurs ont fait sauter le transformateur, les chiens aboient à la mort, les femmes et les enfants crient, on entend des lancers de heb-heb, puis des rafales de kalach… Des hurlements, les tirs se rapprochent, mon oncle Abdallah a allumé les phares de sa camionnette, qu'on puisse voir un peu mieux ce qui se passe dans le noir, il nous crie à tous de fuir par les vergers, mais des voisins courent vers nous : impossible ! la route est minée vers l'oued Harrach… Les tueurs s'avancent, ils vont de maison en maison, on voit leurs torches électriques danser dans l'obscurité.

À mesure, l'émotion me nouait la gorge et gagnait mon auditoire, dans un embarras grandissant. Je poursuivais, dans l'ivresse : mon oncle a réussi à faire redémarrer le vieil électrogène du mûrissoir, un hangar brûle, des cousins et moi, nous courons nous réfugier dans le garage aux tracteurs, nous cadenassons les portes, nous essayons d'entrevoir par une fente entre les planches ce qui se passe maintenant ; les tirs d'armes automatiques se sont tus, mais pas les hurlements dans les fermes les plus proches, le carnage continue au couteau et à la hache, aux cris de « Allahou akbar ! » – le GIA. Ils sont plusieurs dizaines… Nous nous sommes terrés dans une fosse au fond du garage, terrorisés. Le piétinement se rapproche, les appels, un bébé pleure, et puis ne pleure plus… Ma tante Assia implore les assassins de laisser aux autres enfants la vie sauve, « Bismillah ! » Mais ils fracassent les portes du garage à coups de crosses, à coups de haches, à coups de godillots. Leurs lampes frontales m'éblouissent. Ils ne portent pas de cagoules, nous sommes condamnés. Ils s'avancent vers nous, sautent dans la fosse, commencent à frapper. Ils décapitent mon cousin Boualem, mon cousin Wahid, mon cousin Fouad… Le sang m'éclabousse. Mais j'ai eu ce réflexe de me laisser tomber avant que les assassins ne me voient. Et je n'ai pas crié. Je fais le mort. C'est ce qui me sauve… C'est ce qui m'a sauvé.

J'étais grisé : j'avais été écouté, j'intéressais. L'inconnu, que j'avais entrepris sur un ton si anodin au début, en restait muet, sous le choc, touché mais ne sachant pas comment m'exprimer sa compassion. Pas plus que les deux autres voyageurs sur la banquette vis-à-vis. À peine s'ils osaient me regarder, hasarder entre eux un commentaire épouvanté à voix basse. Quelquefois, ils me demandaient mon nom, mon âge. J'avais quinze ans, ou seize, ou quatorze, suivant l'inspiration du moment. Mais je me prénommais invariablement Sid Ali. Sid Ali, c'était moi.

On arrivait à Gare-du-Nord. Je ressortais peu à peu de cet état de stupeur où m'avait précipité le souvenir cauchemardesque. Je m'excusais *dignement* :

— Mais je vous ennuie avec mon histoire…

Ils protestaient :

— Non non…

J'ajoutais, *pudique* – putain :

— Je n'en avais jamais parlé à personne avant. Je me sens soulagé.

Et j'allais jusqu'à invoquer le nom d'Allah ! J'avais deux minutes à jouer encore. Je faisais semblant de reprendre conscience d'où je me trouvais : dans le RER. Puis je me levais brusquement, je saluais d'un geste nonchalant, sans prononcer un mot de plus : c'est là que je descendais – Les Halles !

Farce continuelle ! Mon innocence me ferait pleurer. La vie est la farce à mener par tous.

Les Halles ! J'y suis !

Avant de m'élancer, gai, leste, dansant, délié, dans l'escalier mécanique qui s'élève du quai vers la sortie Forum, penser seulement à remettre ma squette comme il faut, devant derrière, visière bas sur la nuque, et redénouer comme il faut les lacets de mes sketbas : éviter ainsi de me faire tailler grave par la caille qui tient le mur des couloirs au Niveau – 3 et donne une note et son avis sur tout pote qui passe leuss, son allure, son attitude, le tissu satiné ou non de son jogging, la position de sa squette, la marque de ce qu'il a aux pieds – savoir s'il est vrai ou pas, si on y croit ou si on s'écrie sur son passage : « Putain, j'y crois pas ! »

Aller solo, sourd aux charres en apparence, indifférent mais vif, mais bondissant – *Je est un autre*. Et de la station du RER : accès direct au centre commercial. Sans avoir à remonter à l'air libre.

Ah ! remonter à la vie ! La vie, la vraie vie est là, sous terre, dans ces galeries marchandes : la marchandise ! l'accumulation de la marchandise ! Et, plus que la marchandise, plus que son accumulation vertigineuse, le spectacle de la marchandise : spectacle infini, mouvant, répétitif, à la fois invariable et toujours renouvelé, irréel, hallucinant, à la longue, comme le scintillement du soleil sur la mer l'été… À la plage, à Alger. Mon éblouissement. Quand je suis tombé. Comme mort. « Le mal sacré. »

Les flots de lumière artificielle, la musique continuelle, l'acier poli qui miroite, les reflets dans les glaces, les mannequins aux yeux clos, la surface vitreuse des carrelages... Les Halles ! Al-Djena ! Je vais déambuler pendant des heures dans le dédale de la plus belle des kissarias, me défoncer aux marques ! Nike – *Just do it!* Schott ! Caterpillar ! Harrington ! Hanes ! Outdoor ! Cargo ! Celio ! Columbia ! Cathart ! Cossby ! Creeks ! Chevignon ! Reebok ! Converse ! Police ! Vuarnet ! Ray Ban ! Bollé ! Mexx ! Cébé ! Newman ! New Balance ! Adidas ! Gap ! Jap ! Zara ! Fila ! Trussardi ! Sergio Tacchini – je veux ! Calvin Klein ! CK de Calvin Klein ! Ralph Lauren ! Polo, de Ralph Lauren ! Hugo Boss ! Helly Hansen – putain, Helly Hansen ! Run ! Umbro ! Ellesse ! Aigle ! C 17 ! Doc's ! Y's ! « Le mal ne peut pas m'atteindre. » Pas ici.

Mon plaisir est un plaisir solitaire – *Just do it*. J'esquive les rencontres que je peux faire en chemin, le guedin qui cherche à me fourguer son shit de merde sous l'œil d'un schmidt en déguisé. Je me tiens sur mes gardes, en état d'alerte. Je vais de galerie en galerie, de vitrine en vitrine, de présentoir en présentoir. Je tourne. J'ai mon itinéraire personnel. J'entre, je regarde, je touche, je palpe, je caresse, je hume comme si je sniffais, je décroche du portant, je déplie, j'essaie parfois, j'enfile sous l'œil suspicieux des deurvis – ta mère ! La sape est une drogue, et une drogue dure : il me faut ce baggy, il me faut ces glasses, il me faut ce ciré blanc Helly Hansen ! Il me les faut.

Et je sais tout sur la qualité de la came : la matière, la provenance, si c'est du bien coupé ou pas, le mélangé et le 100 %, l'authentique et le toc. Les logos, les griffes, les étiquettes : j'ai appris sur le tas, à force d'errer sous terre, Niveau – 3, Niveau – 2,

Niveau – 1, Nouveau Forum. Mais j'ai beaucoup appris, aussi, de mon frère Aziz. Longtemps, nous avons chouré ensemble aux Halles : il m'acceptait parce que je lui mettais le couvert – je planquais pour lui, quoi, je faisais le guet. J'avais onze, douze ans, alors, et l'air d'en avoir neuf ou dix. On se méfie moins d'un minot. Aziz m'a appris à vérifier furtivement, au toucher, si le crocodile est celui d'une véritable Lacoste, ou, plus vicieux encore, mais la chose se voit parfois au déballé à Barbès, s'il ne s'agit pas d'un crocodile original découpé dans une vieille Lacoste et recousu sur une fausse, made in Mali. Il m'a appris à distinguer le vrai de la copie, et deux ou trois grands principes :

« Tu es ce que tu portes. »

Tu ne vas pas te saper comme un sonac en Tati, ou chez Auchan. Wannabee, tu le laisses aux Raouls et aux Plans-épargne-logement : ce sont les profs du collège qui font leur parcours santé autour de la mairie en Wannabee, pas toi, un des Poètes !

« Le dégriffé, c'est la honte ! »

Tout comme les gammes uniquement diffusées en grandes surfaces et les articles premier prix. Refuse le simili ! Tu te dois d'avoir ce qu'il y a de plus classe, et l'attitude qui va avec. S'habiller est une morale. Ton honneur est en jeu. Tu es un homme. Tu n'irais pas mendier, « M'sieudames », une petite pièce ou un ticket-restaurant dans le RER. Tu mérites mieux. « Nous sommes issus d'un peuple qui a beaucoup souffert. »

« Dans le bas de gamme, tu transpires, dans le haut de gamme, tu respires. »

Le pauvre sue sous son polyamide, le riche porte du Goretex®. Dans les tenues en pur polyester, tu pues ta race, comme on dit. La matière est étanche et brille trop, elle crisse désagréablement et s'avachit vite, comme de la viscose. Il y a synthétique et synthétique : une grande différence entre le nylon ordinaire et les tissus nouveaux, microporeux, déperlants, traités *silent*® – oui, silencieux ! Le luxe ! Ce coupe-vent pour le golf – putain ! le golf, comme les stars du foot, pour se détendre entre deux matchs – en déperlant microporeux traité *silent*® : 2 700 balles, Ralph Lauren... Je veux.

Sauf que tu ne peux pas porter du Ralph Lauren dans ta cité, ni dans ton quartier, ni au collège, ni dans le Reureu : Aziz et sa bande te gazeraient : « Putain, le guignol, *prolo* de Ralph Lauren ! » Mais Fila a créé une ligne pour nous : *Pro-race*. C'est le nom : *Pro-race*. Pour ne pas puer ta race, *Pro-race* !

Autres marques italiennes possibles, en sportswear : Ellesse, et Sergio Tacchini – « mais, limite ». Les joggings en suédé, à l'aspect veau velours ou peau de pêche, ça fait pède de chez pède : tu laisses aux fiotes. Tu es un homme, tu ne peux te permettre que le survé en préfroissé mat beige ou bleu nuit. Ou le coupe-vent en toile spinnaker blanc... Le mien, que je n'ai pas chouré directement mais que j'ai eu négo – mon avocat m'a conseillé d'insister sur ce point : avant ces crimes pour lesquels je suis jugé, je n'ai eu que des broutilles à me reprocher, des gamineries ; à quatorze ans, on peut ignorer la notion de recel, ne pas avoir conscience qu'on commet un délit en achetant à un camarade de classe un bien volé sans s'enquérir de sa provenance... « En toute connaissance de cause ? Allons donc ! N'avez-vous jamais eu quatorze ans ? Souvenez-vous ! » Et j'aurai été entraîné par de plus âgés que moi, mesdames et messieurs les Jurés.

Entraîné, oui, à tous les sens du mot. Niquer – pardon, neutraliser – un bip mouchard piqué dans l'étoffe, masquer un code-barres, maquiller une étiquette s'apprend. Je ne dirai pas comment j'opérais : je veux laisser leur chance à ceux qui viendront après nous. Mais tout s'apprend. Et – *pièce jointe au dossier* – le sujet a un QI de 137 : il est supérieurement intelligent. Un peu faible de caractère, soit ! mesdames et messieurs les Jurés, mais qui y résisterait ? « Dans ces galeries marchandes, l'envie est sciemment provoquée, excitée, la convoitise est constamment entretenue, constamment aiguisée par le commerçant. La victime de ces minimes délits d'appropriation est, j'ose le dire, quasi consentante : dans son magasin, tout incite l'adolescent à s'approprier l'objet. »

« Délit d'appropriation » ! « Démarque inconnue » ! Les mots le disaient bien – leurs mots à eux – : ce n'était pas du choure à proprement parler. Ce n'était pas exactement du vol, non. Ce n'était pas vraiment du vol. Ce n'était pas du vol, en réalité. C'était du délit d'appropriation. C'était de la démarque inconnue. À marques connues : démarque inconnue – voilà. C'était du déstockage, tout au plus.

Déstockage. Liquidation. Tout doit disparaître – je veux. *À emporter* – je veux ! Je veux la veste de quart Nautica, la blanche à empiècements jaunes et bleus, je veux la parka, je veux la doudonne en laqué, non, je veux le ciré Helly Hansen, le blanc à empiècements jaunes et bleus en stormbreaker, coutures thermosoudées, avec galons réfléchissants et col doublé fibre euh polaire euh imputrescible euh – le Helly Hansen, je veux. Je veux m'habiller en skipper, pour aller à l'aventure sous terre, écumer les Halles… Refaire un tour : Porte Berger, Porte Lescot, Porte Rambuteau, Pavillon des Arts, Maison de la Poésie… Retour au Go

Sport. Nike ! Adidas ! Converse ! Reebok ! New Balance ! Je veux me chausser en sportif de haut niveau pour pratiquer ce sport de haut niveau qu'est la tournée des galeries sur trois étages – Niveau – 3, Niveau – 2, Niveau – 1… Ce sport d'endurance.

J'avance, fasciné, au milieu des éclats dansants du néon sur le verre et les carrelages, j'avance d'une démarche cadencée et en roulant des épaules au son du rap, de la techno ou de la new wave qui sature dans les haut-parleurs. Death Machine, au stand Flush. Chemical Brothers, au comptoir Flash. Plus loin, Plastikman – apoum apoum apoum. *One more time*.

Je reviens sur mes pas. Putain, Plastikman ! *One more time*.

Et je reprends mon errance, je recommence le parcours, je descends à l'envers trois, quatre marches d'un escalier mécanique, les redescends, et encore, et encore, immobile quoique en mouvement pendant un moment… Le temps s'est aboli. Je retourne au Go Sport, revoir le ciré blanc Helly Hansen. *Poche intérieure sécurisée* : tu ne te feras pas dépouiller, toi, avec ça. Je veux.

Il y a aussi ce nouveau modèle de doudoune bulle Helly Hansen. *Existe en noir et en blanc*. En blanc : je bande. Logo HH sur la poitrine. Et au dos, écrit vertical, en caractères géants, blanc sur fond noir ou noir sur fond blanc, *Helly Hansen*. Je bande.

Et, je ne l'avais pas remarquée avant, la veste de quart Aigle. En ciré blanc aussi. D'un blanc plus lumineux. Éclatant. Et pas de bandes jaunes et bleues comme sur la Helly Hansen… Toute blanche. Unie. Je bande.

Puis je me surprends dans une glace, au détour d'un allée : je marche vers moi, oim, Sid Ali. Sid Ali essaie devant la glace une casquette *Pro-race*. Je repère le bip, je repose la casquette, je repose les gants aussi, je demande à essayer ces lunettes en verres miroir – des Police – cadenassées sur le présentoir. En verres miroir face à la glace… On te surveille, Sid Ali. Un bud à ta droite, un autre gros bras au cul – l'enculé. Je les rends.

— Merci. Je vais voir.

Je vais voir.

Je ressors. Je recommence le grand tour. Le dernier… « Le mal ne peut pas m'atteindre. » Mais me saisit un brusque sentiment de détresse. Je me casse en deux, souffle coupé. Impression de vague, de vide… Bouffée d'angoisse. Et comme un besoin subit, que je réprime à grand-peine, de pleurer. L'envie de m'adosser à un pilier, de m'asseoir, là, de m'accroupir à la fellah, de me laisser mollement tomber par terre et de m'abandonner aux larmes. Moi. H'chouma !

« Tu es un homme, non ? »

Je retourne au RER. Je rentre.

Dans l'oreille, la rémanence du tempo binaire de la techno – apoum apoum apoum. Plastikman. Le rythme me poursuit dans les couloirs. Du 60. Mon rythme cardiaque.

Dans le train, je me demande un moment si je ne vais pas chercher quelqu'un à qui raconter mon histoire : l'attaque du train entre Alger et Oran, le déraillement sous le tunnel d'Arioua, les appels, les cris dans l'obscurité, la fumée, puis les rafales de kalach qui se rapprochaient, les tueurs qui remontaient le convoi de wagon en wagon… Mais le cœur n'y est plus. À Gare-du-Nord, je change de voiture, je monte en seconde. Je m'assieds sur un strapontin. Je sors de sous mon Sergio Tacchini les sacs plastique que j'ai piqués. Quatre, aujourd'hui.

C'est vers cette époque que j'ai commencé à collectionner les sacs plastique.

— Les sacs en plastique, oui. Et la musique de Plastikman. Mais... Cette obsession du blanc... ? De porter du blanc... ?

De se blanchir, quoi. S'il croit que je ne sais pas où il veut en venir, cet enculé ! Je devine depuis le début de l'entretien ce qu'il veut insinuer : sa réponse toute faite à la question, et qu'il aimerait m'entendre lui donner moi. Spontanément. Comme venant de moi. Comme jaillissant du plus profond de ma souffrance. Oui, je souffre du racisme ! Évidemment. Oui, je voudrais changer d'identité ! Évidemment. Et m'habiller en blanc est révélateur, oui. Et lui, ce qui est également révélateur, oui, lui me parle à la manière de tous les autres éducateurs et psychologues : lentement, d'une voix douce, comme s'il avait affaire à un attardé mental. Il s'adresse à moi avec bienveillance, avec tact : que je n'aie pas l'impression qu'il essaie de forcer la situation, je le sais ; mais que je parvienne au contraire tout seul à sa conclusion, je le sais... De moi-même ! Bouffon !

Je connais la question, qui n'en est pas une. On me l'a déjà posée. Avant lui, un autre psychologue, qui me la jouait plus pote, et un ton en dessous. Il me tutoyait. Tout en palpant la manche de mon sweat à capuche blanc Hanes, l'air de ne pas y toucher, il m'a dit :

— Tu aimes bien le blanc, Sid Ali...

— Ouais.

Pas « oui » : « ouais », puisqu'il me tutoyait.

Et toujours l'air de ne pas y toucher, le relou, il m'a amené où il voulait m'amener ; où j'avais fini par entrevoir qu'il voulait m'amener et où moi je faisais semblant de vouloir le suivre – pas avoir d'emmerde, qu'il me fasse pas iech. Jouer le jeu. Coller à l'idée qu'on se fait de toi. « Raccord. » Je serais donc mal dans ma peau de basané, j'en changerais pour du blanc vraiment blanc. M'habiller en blanc me rassurerait... Ah ouais.

— Tu te sens mieux en blanc, Sid Ali ?

Ah ouais. Tu l'as dit tu l'as ! Bouffon !

— Mais... Cette obsession du blanc... ? De porter du blanc... ?

Je connaissais la question, je connaissais la réponse, mais je connaissais une autre réponse aussi ; une autre explication, plus subtile, que m'avait suggérée en consultation au dispensaire un docteur, un psy psychiatre, pas un psy psychologue, un psy psychiatre qui avait un peu mieux réfléchi au problème, sans doute, et en savait un peu plus sur notre culture, il me l'avait discrètement fait comprendre, à deux ou trois remarques glissées en passant – et qu'il était juif mais connaissait les rites de notre religion et avait lu le Coran – : le blanc est la couleur du deuil pour les musulmans.

En Hanes, en Helly Hansen, en Sergio Tacchini, je serais en deuil, en somme. Je porterais mon propre deuil : je serais en deuil de moi. Une explication qui en valait une autre. Une explication comme une autre. Aucune importance, entre nous soit dit. N'importe quoi. De la daube. Que tchi itou ! Autrement dit : on s'en fout.

Mais j'allais pouvoir casser l'autre, l'autre psy, le psy psychologue, en la lui resservant chaud devant, à cette tache : z'y va ! missile sol-sol, heb-heb !

Il était là, face à moi, carré dans son fauteuil ergonomique et sa bienveillance strictement professionnelle ; son clair regard bleu tendre inquisiteur noyé dans d'épais verres ronds cerclés d'or, il m'observait en contre-jour. Derrière lui, le store à lames d'acier poli rayait d'un blanc aveuglant la pénombre de son bureau, odeur de similicuir chaud. Un ventilateur brassait l'air crémeux, caniculaire, et le malaise entre nous. Il a redit :

— Vous vous habillez toujours en blanc…

Et moi, après avoir feint d'y réfléchir un moment, en prenant l'air profond, profondément ému et triste, pour mieux ménager mon effet, moi, bégayant un chouïa :

— Le blanc est la couleur du deuil pour les musulmans.

Il en reste bouche bée. Comme assommé. N'est-ce pas ? Je justifie mon QI : je suis d'une grande intelligence. Et je lui ouvre des horizons. Il n'y avait jamais pensé. Je l'ai éclairé. La consultation n'aura pas été vaine pour lui. Désormais, chaque fois qu'il aura à soigner un jeune rabza habillé en blanc, il essaiera de suggérer au gamin qu'il porte symboliquement le deuil de quelqu'un.

Mais de qui ?

Normalement, la question suivante serait : « De qui portez-vous le deuil ? » À quoi je répliquerais après un autre long silence pensif : « Je porte le deuil de moi, Sid Ali. » L'effet !

Mais non : le psy a encaissé et se tait à présent. Comme s'il attendait que je lui livre pizza la suite – spontanément. Que cela vienne de moi seul.

Que tchi ! Moi : attitude total respect mais je t'encule hors champ – en mon for intérieur. Dissimulateur, je suis. Oui. Ouais. Puisque c'est écrit dans mon dossier. Je l'ai lu.

J'aurais pu aussi la lui jouer jeune excité d'un quartier sensible, en rajouter : articuler rap, chaque mot hoqueté, déhanchement hip hop, verlan et le toutim... Le one man show. Je sais très bien faire aussi. Gros succès dans la cité quand j'y vais à donf, pour faire marrer les potes.

Mais non : la plupart du temps, devant les psys je m'abstenais de faire l'ouf. Pas si fou ! Je me montrais poli, soumis presque, presque bien élevé : je me présentais à l'heure aux entretiens, et plein de bonne volonté manifeste. En entrant dans leur bureau, il me venait souvent l'envie de leur dire moi : « Je vous écoute. » Et de leur jouer ensuite le numéro attendu. J'ai surpris un jour l'un d'eux qui, dans la salle commune, confiait tout bas à l'un de ses collègues, au sujet du « petit Sid Ali » : « Quel numéro ! » Je pouvais l'entendre de deux manières : pour eux, je suis un guignol, ou : pour eux, je suis seulement un numéro sur un dossier. Je n'ai pour eux pas plus de réalité. Et notez que le petit Sid Ali mesurait alors un mètre soixante-quatorze et faisait bien quinze, seize ans – poil au menton, voix grave.

Coopératif dans son comportement. Ce qui me semblait le meilleur moyen de ne rien leur donner de moi, de ne pas me laisser atteindre – *moi, je suis intact, et ça m'est égal*. Je suis devant vous celui que vous souhaitez secrètement que je sois. Je vous devine.

Lisse, brillant, blanc, comme ce ciré Helly Hansen que j'avais fini par réussir à chourer. *Une grande plasticité du moi*. C'était également noté dans mon dossier. Plastique. Voilà.

En vérité, je n'avais pas trop à forcer mon naturel. Je n'étais pas contrariant pour la raison que je ne voyais pas pourquoi contester l'idée qu'on se faisait de moi ici, la porte du bureau refermée, hors de la vue et des ricanements des potes de la cité qui m'auraient mis la honte, sinon ; ni quel bénéfice j'aurais pu tirer de me rebeller en m'affirmant autre – quel autre ? Différent, je l'étais, je ne l'ignorais pas. Différent, et comme un autre.

Pour qu'on me laisse tranquille, il me suffisait de ressembler au Sid Ali décrit. Tout paraissait vrai et aller de soi. Sur ma famille, puisqu'ils s'occupaient aussi du cas Aziz, et depuis plus longtemps que du mien, ils en savaient bien assez – quand ils ne nous confondaient pas.

Malgré les apparences, mon père n'avait pas grande autorité sur ses fils. Il nous effrayait par ses cris, ses menaces, ses colères, mais inconsciemment, nous connaissions sa faiblesse : il était diminué physiquement depuis son accident et, depuis toujours, humilié par son quasi-illettrisme, en français comme en arabe. À mesure que ses fils avaient grandi, et surtout depuis qu'ils étaient au collège, M. Ibrahim B. avait développé un grand ressentiment à leur égard. Les succès scolaires de l'aîné, Ahmed, loin de le rendre fier, l'avaient blessé.

Si les psys le disaient !

Ahmed était le grand frère vénéré parce qu'il avait eu le courage de tenir tête au père, et se trouvait d'autant plus présent maintenant dans l'imaginaire de ses cadets, d'autant plus idéalisé qu'il avait disparu : il avait quitté la maison, chassé par le père, soi-disant ; de fait, de son propre chef, pour mener une existence que nous pouvions imaginer aventureuse, riche de dangers, de tragique et de joie, une vie de héros – la vraie vie, quoi.

Si les psys le disaient !

Ma mère était beaucoup plus évoluée mais par conséquent trop protectrice envers ses fils, ayant le courage remarquable pour une femme musulmane de prendre leur défense devant le père, et me marquant à moi particulièrement, comme étant son enfant le plus fragile, une indulgence immodérée.

Si les psys le disaient !

D'ailleurs, ils ne le disaient pas. Rien n'était jamais dit, franchement dit. À peine insinué… Mais quand ils m'interrogeaient ou, mieux, qu'ils me laissaient faire mon intéressant mais m'interrompaient de loin en loin, en jetant un mot faussement anodin afin de m'orienter vers ce qui, eux, les intéressait, je flairais à quoi ils faisaient allusion. Ce n'était pas dit, non. Mais c'était écrit, noir sur blanc, dans le dossier d'Aziz comme dans le mien, qui était certainement recopié en partie de celui d'Aziz. Toute une littérature ! Le roman de la famille B., des Poètes.

Je me glissais dans la peau de mon personnage. Brillant mais lisse, mais insaisissable. Acquiesçant à tout ce qui lui était suggéré. Si vous voulez… Ce que vous voulez… Comme vous voulez.

Et cependant – voir dossier – *une forte personnalité*. Là, il s'agissait de moi. Ah ouais.

J'avais ma personnalité, soit, mais je me voulais comme les autres. Je répétais obstinément :

— Je suis comme un autre.

Cela pouvait s'entendre de deux manières : je suis semblable à n'importe qui, pas plus anormal qu'un autre. Ou : lorsque j'agis ainsi, lorsque je fais le mal, j'ai le sentiment que je ne suis plus moi-même. Je suis hors de moi. Je ne suis plus le vrai Sid Ali. Je ne me reconnais plus. Ce n'est pas moi. *Je est un autre*.

— Vous avez l'impression que ce n'est pas vous qui commettez le...

— Si vous voulez.

— En quelque sorte, vous vous scindez en deux, vous vous dissociez de vous ?

— Si vous voulez. Oui.

Si il voulait, comme il voulait, ce qu'il voulait. Après tout, il était le psy, le psy psychiatre : il devait en savoir plus que moi sur mon cas, au cas où j'étais un cas. À mon habitude, je la lui jouais docile et attentif, genre « sans déc', toubib ! je kiffe trop le feuilleton, je mets une cassette et je euh enregistre ».

Le monde se déréalisait pour moi au moment du passage à l'acte ? Si il le disait, si cela lui faisait plaisir.

Je lui adressais mon plus séduisant sourire : oui.

Mais moi, quel plaisir je pouvais ressentir lorsque je piquais un sac plastique ou deux, par exemple ? Quel plaisir alors que le risque était autant dire nul si je me faisais prendre pour un vol aussi minable, et la satisfaction, donc, dérisoire ? et que, pire ! j'aurais été à jamais déshonoré devant les potes de la cité si la bande m'avait surpris à le faire – « putain, Sid, nulache la tirave ! » – mais que je ne pouvais cependant pas me retenir ? C'était plus fort que moi !

C'est plus fort que moi, docteur. C'est moi et ce n'est pas moi.

Accro aux sacs plastique ! Une petite manie jugée innocente pourtant, inoffensive. Une manie de collectionneur. Sans réelle signification. Et sans danger. En effet.

En effet. Mais tout à coup, association d'idées à propos de sacs plastique... Pour une fois, j'allais me confier à lui. Il fallait que je lui en parle. Il fallait que je le dise. Il le fallait ! Je devais balancer, au passage, trahir la bande en dévoilant à l'ennemi, ici incarné en un psy, un de ses plus lourds secrets ? Oui, et je ne serais sans doute pas très fier de moi, ensuite, après avoir raconté. Mais je devais le faire : je pouvais crever si ce petit jeu à la con continuait, l'un de nous pouvait crever un jour ou l'autre... Je ne voulais pas que ce soit moi. Ce ne serait pas moi.

Je ne me souviens plus qui nous avait initié au truc. Un guedin de Saint-John Perse, je crois. Ou Idir, peut-être. Idir de la cité des Cosmonautes. Ou Tariq-le-taré.

On se réunissait pour la grosse déconnade dans une cave squattée du bloc B : quelques vieux coussins et tapis pour le confort, un ghetto-blaster, zique à donf, donc, et Kro à gogo, et colle en tube, et fumette, et branlette... Et maintenant, ce raffinement que nous avait enseigné Idir, ou Tariq-le-taré, et qui nécessitait quelques sacs plastique. N'importe quel sac de supermarché faisait l'affaire – Leader Price, Carrefour, Auchan... Le plus adapté, pour cette pratique, étant le sac transparent, le sac fruits et légumes Servez-vous, le sac sans logo, sans marque (le seul que, pour cette raison, je ne collectionnais pas) : on pouvait mieux se voir à travers, les uns les autres, en train de jouir et d'agoniser.

Car le truc consistait à ouvrir d'abord sa braguette, puis : inspirer profondément et, vite, se coiffer du sac plastique, s'en recouvrir le visage, en tortiller les bords autour du cou de façon à le fermer hermétiquement, que l'air frais ne puisse plus passer – ; expirer alors, inhaler le gaz carbonique rejeté, recommencer, provoquer ainsi un début de suffocation : trique assurée ! S'astiquer frénétiquement la queue, se débattre avec ce plastique qui se plaque sur les narines, arracher le sac in extremis, avant évanouissement, après éjaculation si possible, sinon recommencer, ou le crever en enfonçant l'index dans le plastique tendu, étiré au maximum à hauteur de la bouche grand ouverte qui crie, muette, qui essaie d'aspirer la moindre bulle d'air que contiendrait encore la matière étanche, embuée d'haleine et de sueur maintenant – putain ! le pied ! putain, je vais juter ! putain ! plus bon que la colle ! putain, plus bon, tu meurs ! putain ! je meurs ! putain !

Near death experience. Approche de la mort par étouffement et dans la jouissance... Et interdit de tricher !

Notre pote Gamal préférait utiliser des sacs poubelles bleus de vingt ou trente litres : il appelait ça « faire *Grand Bleu* » – on a les séances d'apnée et les aventures mystiques dans les mers du Sud qu'on peut. Et l'odeur, et les esters de polyéthylène des sacs poubelles bleus, si tu sniffes à mort, défoncent plus dur – j'ai acquis, avec le temps, une grande science du sac plastique. Sur les sacs des grandes marques est imprimé : *Danger. Tenir hors de portée des enfants*. En sus, traduction en anglais sur les sacs des marques les plus reuch : *Avoid danger of suffocation. Keep children out of reach*. Mais, je l'ai noté, rien sur les sacs cheap de supermarché ni sur les banals sacs poubelles : on laisse les gosses de riches *out of reach*, mais les gosses de pauvres peuvent bien crever ?

Dans cette cave pourrave, sous ce sac poubelle, atteindre aux limites mortelles de l'extase… Ça aurait pu se chanter scandé en rap. Le hit de SWA – Sid Woolf Ali. *(Explicit Content. Parental Advisory.)*

Ne pas tricher. Ne pas céder à l'affolement. Les autres te surveillaient. Y aller go quand un pote te tendait le sac :

— À oit, Sid !

Just do it. La force est en toi. No limit.

On organisait des compétitions : à qui tiendrait le plus longtemps. Tu es un pédé, tu n'as pas de couilles si tu paniques trop vite, ou si tu te ménages un peu d'air en n'étirant pas trop la matière plastique sur ta chetron, ou que tu t'arranges pour la déchirer chouïa d'un coup d'ongle, pas vu pas pris… Et ton honneur ?

— H'chouma !

Et pour les plus téméraires, il existait un degré de plus dans l'audace et le plaisir, qui consistait en tirer sur le joint une grosse taffe avant de se coiffer du sac, puis de la souffler dans le sac : défonce assurée ! Si tu tousses, t'es un pédé.

Chacun son tour, en solo – z'y va, à oim, nahan, putain, nahan, foncedé trop je suis je, à oit, la trique qu'il a, ouah, le fils de sa mère ! Ou en duo : debout, face à face, et en mesure, les yeux dans les yeux –

putain, on est pas des pédés, foncedés on est, *go* ! Du défi dans le regard intensément fixé sur l'autre – l'autre, dont les traits se déforment, se font vaguement effrayants vus à travers le plastique transparent que l'haleine opacifie, rend peu à peu translucide, son regard vitreux, inhumain comme celui d'un mannequin en vitrine… L'aspect d'un nouveau-né, aussi. Encore luisant de placenta. Et tenir ! tenir ainsi en apnée le plus longtemps possible, à qui battra le record ! ou en se branlant mutuellement – putain ! on est pas des pédés. On est des hommes. « Le mal ne peut pas m'atteindre. »

Le docteur :

— Et il n'y a jamais d'accidents ?

Si. Il y en a déjà eu. Des étouffements, des vomissements, des évanouissements. Mais Kevin, qui est asthmatique et ne prenait pas part au jeu pour cette raison, nous assistait. Il avait de la ventoline, et appris les gestes qui sauvent en cas d'asphyxie. Kevin, comme son prénom l'indique, est un Francaoui francaoui, parents de souche, roumi. On l'avait néanmoins admis dans la bande, l'unique non musulman de la bande. Ce qui s'est passé, l'autre jour, c'est que Salah a eu un malaise peu après avoir mené au score. Il était livide, les yeux révulsés, agité d'un violent tic nerveux, il ne pouvait plus parler : le chichon, un pack de Kro, plus trois fois le sac plastique… Kevin, évaluant bien la situation, a eu le bon réflexe : de monter courir appeler le Samu, et comme si c'était pour lui et qu'il sentait venir une crise – il sait quoi dire pour faire venir les secours au plus vite.

Ce sont les pompiers qui sont venus. Entretemps, à quatre, nous avions porté Salah au-dehors : pas question que les secouristes découvrent notre antre. Les pompiers lui ont donné les premiers soins allongé sur le bitume du parking, devant le bloc B, avant de le conduire aux urgences à Delafontaine.

Salah a été sauvé. Et, on l'a su depuis : en observation pendant trois jours, jamais il n'a fait mention du chichon ni des sacs plastique aux toubibs qui l'examinaient. C'est un homme.

Quant à Kevin, il ne nous trahirait pas non plus – il nous l'a juré sur Dieu. Mais que valent ses serments ? C'est un roumi, et il n'a pas la foi. Et il n'avait pas à appeler le Samu – putain ! surtout si c'était pour qu'on voie se pointer les pompiers aux Poètes. Et pourquoi pas les keufs ?

— Alors on l'a mis quarante, dis-je.

Et le docteur, déconcerté :

— Quarante ?

— On l'a exclu de la bande, quoi. On ne veut plus de lui.

— Et depuis, vous avez recommencé.

C'est assené sur un ton plus affirmatif qu'interrogatif. Il a deviné la vérité. Et je ne le démentirai pas. Je dis tout bas :

— Oui.

— Et vous avez peur.

Je lui avoue d'un vague sourire crispé que je crève de peur : je sais que cela finira mal, mais je ne veux pas perdre la face devant les potes, comme on dit dans les feuilletons. Et je n'aurai pas prononcé devant lui la parole qui déshonore : « J'ai peur, oui » – les mots qu'il attendait. Je suis un homme.

Et je ne lui raconterai pas non plus à quoi j'ai joué hier, seul, à la maison. Preuve que ce n'est pas uniquement pour conserver l'estime des potes, à la cave, si je joue à ce jeu mortel : puisque j'y ai joué seul, à la maison, en rentrant du collège. Pour moi.

Voilà : j'ai pris dans un tiroir de la cuisine le rouleau d'Albal... C'est cette fine feuille de plastique étirable avec quoi on emballe la bouffe, pour l'hygiène. Du film alimentaire, ça s'appelle. Du film alimentaire, putain ! Du film ! Ma mère est une ménagère moderne : elle en a toujours dans sa cuisine, pour les restes, quand, euh, il en reste, avant de les ranger au gofri... Je me suis mis face à la glace, et j'ai déroulé le film sur ma jolie sale gueule, en l'étirant bien – putain ! et j'ai tenu ainsi jusqu'à l'étouffement, jusqu'à la nausée, et je n'ai arraché le film qu'au tout dernier moment... Au moment fatal.

Je retrouvais – mais quoi ? si ! la sensation, si, la sensation de plénitude et de vide à la fois, la béatitude, la torpeur, et ma peur lorsque je me suis effondré, à la plage, à Alger.

Je contemplais le scintillement infini de la lumière sur l'eau – *la mer allée avec le soleil*. J'étais fasciné. La chaleur m'engourdissait. Il faisait si chaud. Et ce fut soudain comme si tous les jeux sur la plage avaient cessé, les bruits... Et la rumeur des vagues, aussi. Plus rien. Le sable me collait à la peau, j'en avais sur les lèvres. Je me suis levé – le petit garçon que j'étais encore. Puis je suis tombé de mon haut.

Ce qui s'est passé, ensuite, ne m'a laissé aucun souvenir. Aucune trace. Je sais seulement ce qu'on m'en a dit après. Que j'avais été frappé par ce qu'on appelle chez nous, au pays, « le mal sacré ». C'était l'an dernier. Non : l'année d'avant – j'ai quatorze ans, aujourd'hui. C'était l'été.

Je ne lui en parlerai pas. Le docteur suit son idée

— C'est du suicide, dit-il.

L'euh autre !

Je me tais. Je le défie du regard.

Il se tait, maintenant, lui aussi. Bienveillant.

Comme pour m'inciter à m'exprimer. Comme s'il espérait que je lui explique, enfin ; que cela vienne de moi – spontanément.

Moi, à part moi :

Oh ! dis donc, t'as vu ce qui passe ?
Je veux le feuilleton, à la place !

Je me fredonne la chanson de Bashung.

Pourquoi on déconne autant ? – si c'est la question.

Question pour un champion. Ce que je sais, moi ! Ce qu'il veut. Comme il veut. C'est lui, de nous deux, le fqih, nahan, le savant, c'est lui, nahan ? Il doit avoir la bonne réponse, il a étudié le dossier de la famille B. Et ceux de quelques autres enfants des Poètes.

Pourquoi on déconne autant ? L'euh autre ! Mais parce qu'on se fait iech ! Pourquoi on joue avec la mort ? Mais parce qu'on se fait iech à mort ! Parce qu'on habite une cité pourrave, ascenseurs en panne un jour sur deux, vide-ordures bouchés un jour sur deux, porte du local à vélos et poussettes cassée, vue sur la voie express, décibels de la voie express, murs mitoyens de deux centimètres et demi entre les apparts, cris, pleurs, coups, scènes, radios, engueulos des voisins du dessous via les gaines d'aération – « Ajoutez-y les odeurs ! », comme dit si justement Chirac. Et qu'on se lasse vite de caillasser les portraits en mosaïque des grands poètes francaouis. *Je veux le feuilleton à la place !*

Pourquoi on déconne autant ? L'euh autre ! Mais parce qu'on est inscrits dans ce qu'on nomme élégamment un collège poubelle, au JT. *Comme vu à la télé*... Putain, l'autre, il ne sait pas ce qui se passe dans la réalité ? Il ne regarde jamais le « Vingt heures » ? Jamais il ne regarde PPDA ? Ni son guignol ? « Vous regardez trop la télévision ! » Moi, mon médecin – l'autre : le neuro – m'a dit que je ne devrais pas trop regarder la télévision, ni les écrans de jeux vidéo ou d'ordinateurs : fixer trop longtemps la scintillation des pixels peut provoquer une crise d'épilepsie – c'est scientifiquement prouvé. Comme de fixer les reflets du soleil sur la mer en été... Conséquence : les beaux jobs, les jobs dans les bureaux me seront interdits plus tard puisqu'ils sont tous devant écran.

De toute manière, les beaux jobs ne sont pas pour nous, les bougnoules, les melons, les arbis, les rebeux, les rabzas, les rats, les ratons, les nardènes, les sidis... Bac + 5, oualou ! Bac + 6, oualou ! Bac + 7, oualou ! que tchi ! nada ! « Vous n'avez pas le profil. » Ah ouais. Ni le faciès !

« La scintillation des pixels » : j'ai pourtant la note maximum en vocabulaire. Et je suis à treize ans en quatrième, comme mon frère Aziz, qui a trois ans de plus que moi. Et j'ai toujours la meilleure note en français... Mais malgré mon QI de 137, je l'aurai dans le cul, aussi. Ahmed est un génie et, aux dernières nouvelles, il y a un an, il faisait livreur de pizzas chez Speedzza, en attendant mieux. Moi, j'aimerais faire star du micro-trottoir : le jeune inconnu qui tous les soirs, ou presque, au Journal télévisé, vient dire, vingt secondes, le euh malaise des jeunes euh dans les cités. Je serais bon en gros plan... Et après le gros plan sur moi, plan d'ensemble (je connais également un peu ce vocabulaire-là, je possède un petit dictionnaire du cinéma) : on nous exhibe tous les soirs ou presque, nous ou nos semblables d'une autre banlieue, massés derrière les grillages du terrain de basket, toujours massés derrière les grillages du terrain de basket ! comme des singes au zoo – les grimaces, les crachats, les doigts « fuck you », et comment on les traite ces connards derrière la caméra, tous les soirs ou presque, au Journal télévisé… Tous les soirs, putain, comment on les traite !

Comment on nous traite ! Et c'est pire encore depuis le début des attentats et la traque de Khaled Kelkal. Comme si nous avions tous dans notre sac, les rebeux, une cocotte-minute : la bombe avec la poignée de clous pour faire plus mal dans la cocotte-minute – 'Llah ! Moi itou, putain, jeudi dernier, à la sortie du collège, les schmidts m'ont fouillé mon sac à dos… Et celui de Karim, et celui de Salim, et celui de Salah, comme par hasard ! Des profs ont protesté que c'était un scandale, mais rien à foutre, les schmidts ! Ah ouais. En gros plan, en direct, je répondrais, juste pour faire iech, que Khaled Kelkal est un héros… « À vous, les studios. » Ils l'ont abattu comme un chien. Honneur à Khaled Kelkal ! comme dit mon frangin Aziz, juste pour faire iech. Juste pour faire iech, il a découpé dans le journal la photo du héros et l'a scotchée sur le mur de notre chambre. Honneur à Khaled Kelkal ! Honneur à Karim Koussa ! Honneur à Abdelkader Bouhadjar et à Abdelkader Maameri ! Honneur aux terroristes !

Pourquoi mon frangin déconne autant ? Pourquoi, moi, avec mon QI de 137, je déconne presque autant que lui ?

Mais ! parce que seul aux Halles, ou à zoner avec la bande, c'est toujours l'angoisse. *Je veux le feuilleton à la place ! « Vertiges de l'amour »*.

Parce que pour les faouas, je ne suis encore qu'un bon copain qui les fait rire… Que les plus grandes ne me voient même pas… Et que des fisseux viennent maintenant djihader nos sœurs pour qu'elles portent le voile, jusque chez nous, aux Poètes !

Que mon père ne cesse pas de nous gueuler dessus. Ibrahim, se prénomme mon père. Votre Abraham, docteur – je l'ai lu dans le dico. Mais lui prétend qu'il nous égorgerait volontiers. Il n'aurait pas attendu un instant que Dieu retienne son bras au moment de sacrifier son fils. Il cite parfois ce verset du saint Coran qui dit : *Méfie-toi de tes enfants, ils peuvent semer la discorde*. Et il brandit sa main aux doigts coupés… Ou, comme vous, docteur, il ne dit plus un mot pendant des heures ! pendant des jours entiers ! Et nous, nous devons interpréter ses ordres muets, son geste de la main mutilée ; deviner ce qu'il veut. Et il pleurait dans les chiottes, je l'ai entendu pleurer, quand il est rentré de l'entrevue chez le juge des enfants qui l'avait convoqué afin d'étudier une mesure de placement en internat pour Aziz.

Que ma mère, Dalia, eh bien ! c'est ma mère. Elle s'est démenée pour que Aziz ne soit pas envoyé en internat, pour qu'il reste avec nous. Ma mère est une mère.

Que je suis soigneux, que j'aime bien que tout soit rangé, mais que Aziz fout le hala dans notre piaule… Que mon frère cadet Azzedine, dix ans, est excessivement turbulent – *voir dossier*. Que notre sœur, la benjamine, huit ans, est également un démenti à son prénom, Amina – Amina : la constante, la digne de confiance, en arabe, docteur.

Que Ahmed me manque…

Que je ne biche pas besef le foot ni le basket.

Que la guerre des bandes entre cités, la guerre entre communes du 93, me fatigue.

Que xlas ! aussi, les potes, soi-disant, mais qui te fritent, mais qui te taxent, mais qui te font pouilledé ! Et ceux qui viennent encore sonner chez toi et t'envahir massif alors que tu voulais bouquiner tranquillement, alors que tu voulais te plonger dans le grand dictionnaire, ou écrire, ou déclamer des vers, ou mater Sid Ali dans la glace, torse nu, en baggy, avec le calvin qui dépasse, ou écouter à la coule, solo, la compile de Bashung... Et tu te fais gazer par les potes si tu oses avouer que tu aimes Bashung ! Ou Eddy Mitchell. Ah ouais. *C'était la dernière séance...*

Et xlas ! les bicraves qui commencent à pourrir grave la cité : gave, crack, coke et le toutim !

Xlas ! les ninjas et les rapaces dans le métro et le Rereu, toujours à te fondre dessus, à l'apache, au détour d'un couloir, vérifier que tu as ta carte orange ou ton carton bleu, si tu pues ta race !

Xlas ! le regard mauvais des gilevis qui te suit tout le temps que tu baves à chouf dans les galeries marchandes : voir si des fois tu n'aurais rien chouré !

Xlas ! le regard des autres toujours sur toi ! Ou, xlas, au contraire, que les autres ne te regardent même pas !

Si tu menaces, que tu gesticules, que tu la joues crapule, que tu jures à tout va « Je t'encule », on te méprise. Si tu marches à l'ombre, si tu es gentil, propre sur toi, discret, tu es *nut* : on te méprise autant. Tu es de la caillera idem. Tu pues toujours ta race ! Putain ! Tu pues toujours ta race ! Putain ! J'ai la haine ! J'ai la haine ! Putain !

Mais je ne dis rien. Non. Nous nous taisons toujours, nous nous toisons toujours, le toubib et moi.

Le silence dure, s'éternise. J'essaie de me rappeler : la cinquième, la sixième fois que je viens le voir ? *C'était la dernière séance*... Et toujours ponctuel à l'entretien, poli, bien élevé, soucieux de ne pas choquer l'interlocuteur, compréhensif, charmant, charmeur... Ce qu'on veut.

Mais voici que je lui hurle au visage :

— Enculé ! Enculé !

Voici que je me lève, hors de moi, que je sors en claquant la porte à toute volée.

Je cogne du poing le mur tout le long du couloir vers la sortie du centre médicosocial.

Je cogne du poing le mur de ma cellule, à m'en écorcher la main sur le ciment brut.

Au début de mon incarcération ici, j'étais assommé par les tranquillisants qu'on me donnait à avaler matin, midi et soir.

Ils ne me font plus tant d'effet. Je me réveille au milieu de la nuit. Je suis dans le noir : on n'a pas de lumière, la nuit, dans les cellules. Mais j'ai appris à écrire dans le noir. Je peux me relire quand on nous redonne la lumière, le matin... Éventuellement gommer ce que j'ai noté au crayon, dans le noir. Mon cahier est à portée de la main – *um caderno*. Dès que je suis calmé, je le reprends. J'ai les doigts endoloris d'avoir cogné si fort le mur.

Le détenu dans la cellule voisine, à ma droite, ne dormait pas non plus, ou je l'aurai réveillé. Il commence à tousser, comme à peu près toutes les nuits. Il attend comme moi de passer en jugement. Mais lui est portugais : il ne sera pas extradé. Il n'aura pas à retourner en France, où il a travaillé pendant des années. Quelquefois les matons le laissent venir dans ma cellule un moment, ou moi dans la sienne.

De derrière le mur, il me lance :

— Oh ! petchit !

Et il entonne sa chanson, la seule qu'il connaisse, apparemment. Du fado. Il m'a appris qu'on appelait ça du fado.

Nasci para ser ignorante…

Je suis né pour être ignorant – putain.

Si je pouvais pleurer – mais un homme ne pleure pas. Je gomme, dans le noir, ce que je viens de griffonner au crayon *-um lapis*. Je reprends. Mon avocat m'a conseillé de noter précisément tout ce qui aurait fait mon malheur, la crise d'épilepsie sur la plage, à Alger, les drames de mon adolescence, les sévices que j'ai subis, les humiliations, comment j'ai été violé, les massacres auxquels j'ai assisté, mes souffrances… Tout ce que je lui ai raconté, au parloir, d'horrible – vrai ou faux. Et d'essayer d'en faire un récit cohérent, si possible, une histoire de ma vie… Écrire noir sur blanc que *le premier mec qui m'ait jamais enculé au sens propre du mot était un psy* – exemple. Qu'il puisse plaider mon irresponsabilité, mon manque de discernement au moment des faits… J'aurais été la victime, de bout en bout… J'étais – quoi de plus normal après ce que j'avais vécu ? – fou. Qu'il puisse m'obtenir au moins des circonstances largement atténuantes. « Sid Ali est encore un enfant, mesdames et messieurs les Jurés. Et un enfant que la vie a grièvement meurtri. »

Il m'a demandé de dater, d'indiquer au mieux les lieux, les noms des témoins éventuels qu'il pourrait appeler à la barre pour ma défense, de lui fournir des détails vrais – des détails qui font vrai. De raconter chronologiquement tout ce qui m'aurait mené au crime. « L'engrenage fatal, désespérant, du mal enduré et du mal infligé à autrui. » Ah ouais. L'horreur que ce fut pour moi.

Mais je me sens incapable d'ordonner mes souvenirs – le film des événements, comme on dit. Beaucoup de ma vie m'échappe, comme gommé, comme effacé : la grisaille des jours qui se suivaient et se ressemblaient tant, aux Poètes, avec vue sur la voie express et le grillage tordu du terrain de jeu. J'écris donc les choses comme elles me viennent, comme je les associe, que cela se soit passé avant ou passé après... Mon passé me semble si flou. Et ce n'est pas un roman que j'écris. Je ferai le montage après. Si je peux.

La scène qui suit prend place, dans ma vie, environ deux ans plus tard, à la fin de l'été 1997, quelques jours après la rentrée scolaire – je suis en seconde, j'ai quinze ans et demi. Diana et son amant Dodi, un Arbi friqué, se sont tués sous le tunnel de l'Alma en Mercho. La Mercho est une caisse de merde. Je n'aime que les Béhèmes. Juste pour faire iech, on prétend dans la cité que c'était un complot de la cour d'Angleterre : pour que la princesse n'épouse pas un Croyant. Moi, Sid Ali, je dis que je n'ai pas d'opinion, que j'attends les conclusions de l'enquête – exactement comme au JT. Et en Algérie ? Trois cents villageois ont été massacrés à Raïs, le village natal de notre voisin de palier, M. Yahia. Et ils en ont fait un sujet au JT aussi. Ce que le président Zeroual appelle du « terrorisme résiduel ». On entendait M. Yahia crier devant sa télé : « Halouf ! Halouf ! »

J'ai changé. Je ne vais pour ainsi dire plus zoner aux Halles. Ce n'est plus assez bien pour moi. Le mercredi après-midi, ou le samedi, si je ne reste pas à bouquiner chez moi – *Islam et Chrétienté,*

Croc-Blanc, L'Étranger, Le Malade imaginaire –, je vais aux Champs. Dans le RER, je ne fais plus mon numéro comme autrefois : je m'assieds, si je peux, et je bouquine. Indifférent aux regards narquois des lascars – ouah ! l'euh autre, il bouquine ! J'ai un changement et deux stations de plus pour Étoile. Si je continue de piquer de temps à autre, ici ou là, un sac plastique, just for the fun of it, do it, je suis moins obsédé de sape. Ce qui maintenant m'attire ce sont les tires… Exclusivement les tires BMW. Publicité : « Sid Ali B. aime BM ! »

Sur les Champs, c'est là qu'on les voit le mieux exposées. Le magasin n'est pas un magasin mais un showroom, justement.

Le showroom BMW. Les Béhèmes y paraissent encore plus belles que garées dans une rue, ou remontant l'avenue… Ce roadster Z3 2.8, putain ! remontant, décapoté, les Champs dans la gloire d'un ciel bleu de fin d'été, hifi à donf – apoum apoum apoum. *Écoutez le chant de ce moteur. Jantes alliage léger seize pouces. La nouvelle passion automobile. Rappel d'oubli d'éclairage*. Rappel d'oubli d'éclairage ! *L'homme possède cinq sens. Ce roadster vous les fait redécouvrir*.

Les Béhèmes ont l'air fausses, en vitrine, sous la lumière dorée des spots : neuves, méticuleusement lustrées, elles font plus vraies. Elles sont plus désirables encore. On peut mieux y croire.

J'en connais toutes les caractéristiques : je collectionne les dépliants et les fiches techniques. Je pourrais réciter par cœur les normes moteur du roadster Z3 : *allumage sans pièces en mouvement, catalyseur trifonctionnel, sonde lambda chauffée, filtre au charbon actif, recyclage commandé des vapeurs d'essence, circuit d'asservissement de l'avance de l'allumage à la limite de cliquetis cylindre par cylindre, commande des soupapes par linguets oscillants à galets, diagnostic embarqué* – diagnostic ? embarqué ! Ah ouais. *Quatre soupapes par cylindre, culasse en alliage d'aluminium*, etc. Et le nuancier des teintes : *Alpinweiss, Hellrot, Schwarz, Titansilber, Sienarot, Stahlgrau*, etc. Pour moi ce sera *Alpinweiss*. Ah ouais. Et je sais les prix TTC : 162 500, la Z3 1.8, 186 000, la Z3 2.0, 220 000, la Z3 2.8.

BMW fabrique aussi des accessoires et du sportswear : kits actifs, joggings, sweaters, polos, shirts à capuchon, chronographes automatiques bracelet titane, lunettes de soleil titane, ceintures cuir et titane, étuis cuir, stylos titane, briquets titane, bagages cuir et toile hydrofuge, trousses de toilette cuir, serviettes, etc. Tu peux vivre totalement en BMW *Produits dérivés*. Le pied !

La dernière fois que j'étais aux Champs, je suis entré et j'ai demandé les catalogues. Et j'ai flambé sec devant le salesman :

— BM devrait bien installer un différentiel autobloquant à 25 % sur la Z3 2.0 comme il y en a un sur la 2.8 !

L'euh autre ! Gazé.

Le premier mec qui m'ait jamais enculé au sens propre du mot était un psychologue. Du moins il s'est prétendu tel. Un affabulateur, sans doute. Et la vérité c'est que c'est moi qui l'ai enculé. Ce fut mon premier miché.

Bon. Je suis devant la vitrine du showroom BMW. Je contemple le roadster présenté, un Z3 2.8 métallisé *Titansilber* et, dans le lointain lumineux d'une glace placée de biais derrière le roadster Z3 2.8 métallisé *Titansilber*, Sid Ali contemplant le Z3 2.8 métallisé *Titansilber*. Sid Ali porte un shirt blanc moulant tout coton Hanes, son fut blanc en microtech ripstop déperlant coutures étanchées

Aigle, coupe treillis : resserré élastique aux chevilles, poche cargo carrée à soufflet sur la cuisse, commode pour y ranger son bouquin, un gros poche, *Les Misérables*, la ceinture du calvin en dessous qui dépasse chouïa ; pas de casquette ; tondu net, coupe incorpo à cinq, six milli maxi, parfait pour garder son aspect crépu au cheveu ; et, remontées sur le front, lunettes à verres polarisés Bollé, taxées à son frère Aziz, lequel les avait taxées à un inconnu, à l'arrache, dans le RER, station Auber... Dans sa poche revolver, le passeport d'Aziz, qu'il lui a emprunté à son insu.

Irisations argentées, miroitements gris du titane, moirures de l'acier poli, halos dans les glaces... Et tout contre le si sexy kid Sid, le reflet d'une autre présence humaine, un vieux, la quarantaine, qui feint de mater le roadster mais le dévisage lui, Sid, de profil.

Blond à chair rose, blanc européen de souche, un rien gras, poupon, blouson blousant en suède genre veau velours bleu fiote de chez fiote, Levi's 501, mocassins Timberland, polo lavande genuine Lacoste, lunettes Vuarnet, montre Tag-Heuer. L'inconnu me coule le regard de biais : je te désire. Ah ouais.

Je me souviens bien à propos de ce que m'a enseigné Djebril, la conduite à tenir pour entreprendre le bonhomme sans faire tapin, en lui laissant l'impression que c'est lui qui te lève, en gardant l'air minot novice... Innocent. « Tu fais comme », comme dit Djebril.

Sourire ambigu, moitié railleur, moitié engageant, afnaf, tout dans le dosage, comme il m'a montré. Et regard arobase les yeux, puis, les yeux baissés, arobase sa bite. Et murmurer gentiment :

— Je te plais ?

Le chémi, ému, timide mais néanmoins téméraire, te – me – répond tout bas :

— Oui.

Là, ne pas lui donner le temps de réfléchir : aller go droit au but pour ne pas faire tapin :

— Mille balles.

Avant d'en venir au fait, le tapin ordinaire sortirait deux ou trois conneries du genre « Tu as du goût… Tu me plais aussi ». Il attendrait que le client demande combien, avant de dire son prix. Nahan ! Tu répliques « Mille balles » – point. Fin du message. Comme ça.

Aussi simple que ça. Ça se déroule comme à l'écran, comme en rediff : tu as déjà vu le plan dix fois, cent fois. Tu l'as déjà vécu. Tu as le feuilleton, à la place. C'est toi et ce n'est pas toi. C'est ton double. C'est ta doublure lumière qui joue. Tu fais ton cinoche. Tu es le méchant rebeu vrai des banlieues sensibles qui pratique en étoile filante.

« Tu fais comme… » Mille balles. Deux polos Lacoste. Deux stonewashed Levi's 501. Une paire de Vuarnet. Autant dire rien, pour lui. Tu vends ton cul pour rien. Du reste, tu ne le vends pas : c'est toi qui encules. Le méchant rebeu vrai des banlieues sensibles ne se fait pas enculer, il encule.

À vendre les corps sans prix, hors de toute race, de tout monde, de tout sexe… « Rimbaud ! – Très bien, Sid Ali. »

Et en effet, le miché ferré, quoique un peu décontenancé par le direct, ne discute pas le prix. Ou, may be, je n'aurais pas demandé assez ? bleu que je suis.

Sentimental, il me demande mon prénom.

— Aziz.

Et lui ?

— Jean-Claude.

Il doit se prénommer Jean-Louis, ou Jean-Jacques, ou Jean-Pierre, ou comme l'autre halouf : Jean-Marie. Classique. Le chémi s'invente presque toujours un prénom pour tirer son coup, m'a appris Djebril. Je ne lui demande rien mais il tient à me débiter son curriculum vite fait : il est de passage à Paris, il habite à Cannes, il a une 316 i, il est psychologue. Je la lui joue moitié nulache moitié intensément intéressé :

— Psy ?!

— Oui, psy.

— Ça alors.

Psy, *my ass* ! Et de passage à Paris, my ass aussi. Moi, innocent brut de décoffrage, j'ignore où on peut limer à l'abri dans cette grande ville méconnue qu'est Paris, je suis nahatif du Neuf-Trois, mais lui sait très bien, comme par hasard : il y a, par là, une maison de passe, pas trop chère, dans la rue qui monte…

— Une maison de euh passe ?

L'effet ! L'ingénu du Neuf-Trois, le candide qui n'avait jamais entendu avant ce jour l'expression *maison de passe*.

— … Balzac. Un boxon, si tu préfères.

Ah ouais. Un ami à lui y est allé une fois, on y accepte les hommes en couple. Ah ouais. Eh bien, on y va ziav ! J'ai toujours sur moi des enveloppes depuis que je sors avec Djamila. Pour jouer à l'occasionnel, je lui demande cependant s'il en a lui :

— Tu as des capotes ?

— Oui. T'inquiète pas !

Mais comme je ne voudrais pas non plus que ce cave me prenne pour plus cave que lui, je lui lance sur le ton glacé voulu la réplique qui tue, que je tiens également de Djebril :

— C'est pas que j'ai peur du sida ou des MST, mais j'aime pas qu'on m'emmerde la queue.

L'effet ! La folle s'affole. Je dois le rassurer :

— Je plaisantais.

Putain ! Un psychologue.

« Le mal ne doit pas m'atteindre. »

Un immeuble de bureaux sur la rue. Un passage. Dans la cour derrière, une porte, une sonnette et une simple étiquette sous verre : *Détente Balzac*.

À quoi voit-on qu'il s'agit d'une maison de passe ? La plaque Licence IV vissée au bas de la porte : on peut se faire servir de l'alcool. Le concierge tend au client une clef contre un billet vert, sans un regard pour moi – total mépris. Un compteur sous chaque crochet se déclenche quand on retire la clef. 500 la première heure. 100 l'heure supplémentaire. R'hmale ! j'ai bradé mon zek. 2000, j'aurais pu aussi bien demander. On n'est pas à Clichy. Et ce halouf a une Tag-euh-Heuer. Et des Timberland. *Enter the land of Timberland*.

La chambre est tendue de velours jaune, doubles rideaux et dessus-de-lit capitonné en satin rosé, une grande glace en face du lit, une autre, en pente, au-dessus. À peine la porte refermée, Jean-Claude se rue sur moi. Il me caresse rudement, m'embrasse, je ne l'embrasse pas, je le repousse doucement. Je n'ai pas zappé : je n'oublie pas pourquoi je suis monté avec lui, et j'ai vu assez de plans dans ce genre à la téloche pour me souvenir que le micheton paie toujours avant. Je froisse entre mes doigts les invisibles talbins qu'il me doit. Il me fait :

— Ah oui, au fait !

Il me tend un billet vert, je fais le V : deux, je veux ! j'avais dit mille. Putain, je suis bon : pas un mot, le flegme du pro. Et lui s'exécute illico.

Illico aussi, il commence à se déshabiller comme pour aller se coucher. Posément. Entièrement, y compris les chaussettes. Slip ? Dim lycra noir. Queue non coupée... La première fois de ma vie que je vois en vrai, hors écran, un incirconcis. Comme sur la planche d'anatomie dans le Larousse, que mon père a interdit à ma sœur de consulter – « h'chouma ! » Chetan, si j'y pense en cet instant, face audit Jean-Claude. Il n'a gardé que sa Tag-Heuer. *Le temps vous appartient*. Il bande assez pour que je voie le gland, violacé, pointer au bout du prépuce. Moi, pas du tout. Oualou ! Ce halouf a tout du cochon : gras, la peau très rose et duveteuse – Cochonou, je le surnomme intérieurement. Il est embarrassé : je devine qu'il voudrait me demander un truc mais ne sait pas comment présenter la chose. Je crois deviner : il voudrait que je le tire debout, à la dure. Leur fantasme habituel, m'a prévenu l'archange Djebril : tu es l'Arbi, tu le violes, tu le niques debout, et sec ! Pas de pitié pour le Francaoui ! L'Arbi pointe, le Francaoui est pointé. Le poncif. Le cliché.

Je n'arrive pas encore à vraiment réaliser ce que je fous là – *L'Étranger*. Ce n'est pas vraiment moi, là – *Le Malade imaginaire*. Et je ne me suis toujours pas déshabillé. Et est-ce que je vais réussir à dresser *up* la teub ? Et tenir l'angle de tir ?

Lui finit par avouer quel truc l'excite le plus : passif, il se tient en pied, je le surprends de dos, je l'insulte, je fais semblant de le violer, je l'encule – et voilà. Pile ce que je pensais ! Comme Djebril m'avait dit. « Tu fais comme. »

Il précise :

— Brutal, mais pas trop.

— Ce que tu veux.

Je n'aurai donc pas à me déshabiller. Je me contenterai de baisser mon froc et le calvin – je veux. *Islam et Chrétienté*.

Lui avait, prévoyant, un tube de gel dans son blouson, et me tend une capote ensachée. Debout au pied du lit, il s'enduit le cul de gel, empoigne fermement d'une main le montant en cuivre du lit, de l'autre commence à se branler. Il nous mate dans la glace. Je me branle moi aussi jusqu'à pouvoir enfiler la capote, et la capote m'aide à bander plus dur. Il a l'air satisfait du calibre, et que je lui feule à l'oreille quelques « Halouf ! » hérissés de rauques *h* arrachés comme des crachats du plus profond de ma gorge. Putain, je suis bon. Il s'extasie. Il y croit. Il croit en moi.

Ce qui achève, moi, de me rendre un peu de cœur à l'ouvrage, et d'esprit à ce que je fous, et de me raidir – ah ouais ! –, c'est le souvenir inopiné d'une sale histoire que m'a racontée Djebril : un chémi pur francaoui qui s'était tout désapé puis plongé dans la posture adorante de la prière, et bien en direction de la sainte Mecque, hein ! sud-est, vers la gare du Nord quand on se trouve rue des Martyrs, et là avait imploré Djebril de le niquer à cru, sans gel, sans corps gras, nature, tout en lui récitant les sept versets de l'*Al-Fâtiha* ! Ce vice ! Chetan ! Satan ! Blasphémateur ! Djebril te l'a quécla grave, dents de devant, lèvres, nez, arcades ! et à pouilledé, avec ! et dit à ce halouf que s'il portait plainte, il en prendrait pour dix ans, lui, vu que, lui, Djebril était mineur (faux); et violé avec violences (faux aussi) – la malheureuse victime d'un pervers, d'un Dutroux ! C'est ce qu'il faut dire dans ce cas. Il me l'a dit.

Balek ! Moi, je lui ferai une justice avec mes chaussures s'il se montre incorrect le Jean-Claude, -Louis, -Jacques, -Pierre, -Marie.

— Nique ta mère qui t'a fait pédé !

L'injure lui fait plaisir, au psy.

Je suis obligé de fléchir sur mes genoux pour le pointer : je dois bien mesurer quinze centimètres de plus que lui – 1,82 m, 70 kg à la dernière visite médicale. Ah ouais.

Je le plaque, je le bloque d'une clef, mes bras à demi repliés sous ses aisselles. Il sue, ce porc. Sa sueur coule le long de mes saignées. Il va me tacher mon tiche et mon futal en coton déperlant – mon Aigle. Le double, j'aurais dû demander : 2 000. Je le malmène ce qu'il faut, brutal mais pas trop – « Service, m'sieur ». Je lui pétris ses flasques pectoraux, je lui masse le gras mou de ses hanches. Il nous mate dans la glace en pente au-dessus du lit. Il grimace de douleur et de plaisir, il gémit, et moi, Sid Ali, j'ai l'air vrai, dans le cadre et l'infini des miroirs vis-à-vis. Beau, putain, beau ! Je me souris – *Croc-Blanc*.

« Le mal ne peut pas m'atteindre. » Je l'ai enfilé jusqu'à la garde – quatorze centimètres (on a mesuré, Aziz et moi ; lui : seize, mais 92 de QI seulement). Je pilonne – *in, out, in, out, in, out. Replay*. « Tu fais comme. »

L'enculé brame et décharge copieusement sur le satin rose du dessus-de-lit capitonné. Détente Balzac va le lui faire payer, j'espère. C'est ce que je me dis hors micro. Je n'ai pour ainsi dire pas juté, moi. Oualou, je ressors du zek, tout dans la trique encore, réservoir du Durex vide, une goutte chaude au bout du nœud en feu, et la capote qui glisse misérablement de ma teub vite retombée – floc sur la Nike Air. Le flop. Mais, rien à. Puisque le contrat est honoré (de Balzac ! ouah). Puisque le chémi a joui.

Gratifié, comblé, apaisé, luisant, le duvet perlé de sueur, il se retourne et me demande presque humblement :

— Je peux t'embrasser, maintenant, Aziz ?

Si il veut. Comme il veut. Puisque ce n'est pas moi. Je me laisse embrasser, caresser un chouïa. Mais pas de baiser sur la bouche. Surtout pas sa langue de porc dans ma bouche.

Puis, il me dit qu'il va prendre une douche et pisser un coup. Il ferme la porte du bain-chiave. Bon. Confiant, l'euh autre ! Un psychologue ! Il n'a jamais regardé de série policière ? Il n'a jamais vu le plan séquence suivant à la télé ? Nahan. Son blouson en suédé bleu fiote appendu au dossier d'une chaise... Tentant. Et bien entendu, tenté, je fouille : je suis le crouille. D'où : dépouille.

Le nombre de cards ! Tout un tsabih : la bleue, la gold, la Master, l'Amex, l'Allure, la Total, la Elf, la Printemps, la Privilège, l'Évasion, la Client plus, la Madeleine conseil, la Méridien, l'Avis, la Hertz, la Frequent traveller, la Parking Étoile, la BMW service assistance – un psychologue ! Affabulateur ! Prénom ? Jean-Michel. Affabulateur ! Et le nom ? Un nom pur feuj casher. Un Feuj non coupé ? Chelou. Et chelou, tous ces talbins, putain : trois Curie, cinq Eiffel, un Cézanne ! Tout ce cash ! Clair : le psy, si psy il y a, se fait payer au schwarz. Salopard !

Je me sers mais mollo : deux Curie, trois Eiffel. Je laisse le Cézanne. Classe ! Je dis à Sid Ali : penser à acheter des gants latex pour la prochaine fois : ne pas laisser d'empreintes digitales... Ni génétiques. Pas de traces. Et si je suis pris en flag ? Mineur et violé par ce fils à sa mère – « qui fraudait le fisc, en outre ! votre honneur ! »

Je l'entends pisser dru. J'entends la douche couler. Il chante, gai, sous la douche, *Tennessee*.

> *On a tous en nous quelque chose de*
> *Tennessee...*

Ah ouais. Tu l'as dit, tu l'as, Jean-Nul ! Et tu le chantes, en plus !

Qu'est-ce que je fous, moi, là ?

Je sais : je sors en refermant très doucement la porte. Je descends à pas de loup l'escalier. Derrière son comptoir, le concierge est plongé dans la lecture de *Paris-Turf*. Il n'a pas levé les yeux sur moi. Je me dis que j'aurais pu aussi bien l'assommer avec un pied de lampe, le surprendre sous la douche et lui fracasser la nuque contre le carrelage, l'étouffer dans le rideau de douche en plastique transparent, le buter ni vu ni connu, cet enculé de Jean-Michel. Et lui chourer ses Vuarnet.

Nahan, pas d'embrouille ! Le concierge n'a pas levé les yeux sur moi, mais m'a ouvert, d'un doigt machinal sur le bouton de commande à distance, la porte d'entrée du Détente Balzac.

Détendu, je redescends la rue Balzac. *Quelque chose de Tennessee...*

Je retourne aux Champs, au showroom BMW.

Il me manque la doc sur le roadster M. J'entre, je demande le catalogue. On me le donne aimablement.

Je le feuillette en remontant, nonchalant, l'avenue vers la station Étoile. *Découvrez l'authentique sensation Roadster. Écoutez le chant de ce moteur. Parcourez les routes avec la sécurité de capteurs ultrasensibles. Saisissez le volant gainé de cuir. Vous sentez immédiatement que ce roadster est fait pour les passionnés. Enfin un vrai contact avec la nature. Le début d'une excellente relation*. Je veux.

Je me demande en chemin ce que je vais offrir à Djamila avec tous les keuss que j'ai tirés à cet enculé. Des disques ? Des bouquins ?

Demi-tour : Virgin Megastore.

J'étais aux anges, ivre de joie, je ne touchais plus terre : j'allais payer, j'allais offrir – apoum apoum apoum. Au son de la technodaube qui bastonnait dans les baffles plafonniers chez Virgin, j'allais choisir ce qu'elle aimait, ce qu'elle aimerait… Je savais ce qu'elle aimait, ce qu'elle aimerait. Je la connaissais bien maintenant. Et je savais que son frère Nabil, ce nul, lui avait pété son vieux radiocassette pourrave, mais qu'elle s'était acheté récemment, avec ce qu'elle avait gagné cet été à garder des niards, un lecteur laser. Il fallait lui offrir des CD, maintenant.

Au rayon Musiques du Maghreb : de l'oûd, le Foundou de Bechar, Alla. Et deux Nass el Ghiwane, deux. Au rayon Raï, les nouveautés : le Faudel – *Tellement je t'aime, tellement n'brik,* Djamila ! Et l'Orchestre National de Barbès… *Raï* est devenu un label, à présent. Mahaarketing ! Mais on ne trouve plus les anciens maîtres du raï, Belkacem Bouteldja ou Cheb Abdelhak, dont mon frère Ahmed achetait au trabendo de la Chapelle les cassettes made in Oran. Je prends le Rachid Taha, aussi. Je prends le Cheb Mami. Ah ! et ce machin nulache mais qui nous fait tous rire comme des hyènes : Gnawa Diffusion.

Oho ! je fvoudrais être un hfauteuil dans un sahalon de coiffure pour dhames,

Pour que les fehesses des belles âhames s'écrahasent contre mon orgueheuil...

Chié ! Ça choque à mort nos âbâ. J'en prends un.

Et en librairie, des livres, aussi, pour mon amour aux yeux de gazelle, mon aziza. Que je me souvienne des noms de ses auteurs préférés... Oui. Naguib Mahfouz, l'Égyptien : *Le Palais du désir, Le Jardin du passé*. Et Tobie Nathan : *Dieu Dope*. Voilà. Trois poche. C'est bon. Labès. Go.

Caisse.

C'est oim, oui, Sid Ali, qui passe à la caisse. Étonnant, non ? Je vous étonnerai toujours.

Total : 995 francs (145,58 euros).

À cinq balles près, le prix de la passe. Les 1 600 que j'ai taxés en sus : pour moi – le prix du danger.

Carte ?

Nahan : cash.

Deux sacs : un pour les bouquins, un pour les disques.

— Je peux avoir un sac de plus ?

— Mais oui, monsieur, je vous en prie, servez-vous.

Monsieur ! Je vous en prie ! Servez-vous !

Djamila, mon amour.

— Tu te la joues !

La première parole qu'elle m'ait jamais adressée.

C'était dit sur un ton de reproche, mais sans agressivité. Au contraire : avec une sorte de tendresse attristée, presque. Comme venant d'une sœur qui m'aurait aimé mais que je faisais iech grave, là, pour le coup. C'était vrai : je déconnais, je faisais mon intéressant. Elle s'occupait d'un collectif Ma Ychali : il s'agissait de recueillir, au porte à porte, les témoignages des habitants de la commune qui avaient eu des parents ou des proches tués dans les récents massacres, et d'aider ceux qui restaient sans nouvelles de leur famille au pays à en obtenir auprès des gols du consulat d'Algérie. Évidemment, je racontais une fois encore avec force détails gores, et vrais, les horreurs que j'avais vues et vécues : à la ferme, la masse immonde des viscères humains débordant de cette fosse cimentée où le village venait ordinairement égorger le mouton de l'Aïd-el-Kebir, ces intestins que les tueurs s'étaient plu à dérouler et à accrocher comme des guirlandes dans les orangers, les ruines calcinées du garage, la puanteur, putain, la puanteur atroce, et là ! au lavoir, ce nouveau-né décapité qu'on avait retrouvé dans un grand sac en plastique Tati – oui ! le sac au motif vichy rose bien connu... Et cette pauvre jadda qui avait eu le malheur, elle disait : le malheur – « meskina ! » –, d'avoir survécu. Je l'écoutais raconter son malheur, la pauvre jadda, quand une douleur m'a vrillé l'oreille, j'ai senti le sang couler une fraction de seconde avant l'explosion, et c'est que, de fait, j'avais le tympan gauche crevé par l'appel d'air qui précède d'une fraction de seconde la déflagration et le souffle, qui projette les corps déchiquetés, les éclats de verre, les ailes de la bagnole piégée qui volent, les débris de pneus incandescents. Et, là, là ! de la cervelle, une flaque de sang, la fumée noire qui t'aveugle ! et si je n'entendais plus personne crier c'est que j'étais sourd. J'étais sourd j'étais. Depuis, vous avez remarqué ? quand on me parle à ma mauvaise oreille, la gauche, je suis obligé de me pencher un peu, de me tourner vers celui qui me parle. Comme ça.

Depuis cet attentat auquel je n'avais pas assisté, Djamila le savait. Je n'étais pas retourné en Algérie depuis l'été 1994. Ni personne de ma famille. À moins que mon frère Ahmed... Mais...

Djamila, agacée, m'a gentiment repris :
— Sid Ali… Sid Ali… Sid Ali…
Juste un discret hochement du front. Et c'était dit tout bas. C'était, oui, murmuré. Je n'ai pas eu envie de me vexer. Je ne sais pas : son tact, l'art et la manière… Elle ne cherchait pas à m'humilier devant les potes. Je me suis tu. Pour une fois, je n'ai pas eu envie de me vexer. Ce n'était pas une faoua qui me gazait, ce n'était pas la meuf qui t'allume méchamment pour le seul plaisir de t'allumer… Djamila savait remettre le lascar à sa place sans trop toucher à son « orgueheuil » : une grande sœur qui te fait la leçon, mais bateul. Et avec total respect. Sans commentaires offensants, quoi. Uniquement ce qu'elle avait sur le cœur : ce qu'il fallait que tu saches toi seul – point.

Pas une sœur, non. Djamila avait horreur de s'entendre dire qu'elle était une sœur, sauf si c'était par ses frères de sang, je veux dire les fils de ses propres parents, Toufiq et Nabil. Elle n'aimait pas que nous disions, entre nous les beurs, pour nous désigner fièrement, ou fraternellement, « les frères, les sœurs… »

— Je ne suis pas ta sœur : je suis une amie, ou une voisine, ou une camarade de classe.

Du reste, elle n'appréciait pas non plus ce terme de *beur*. Et d'abord, elle ne voyait pas pourquoi il s'écrivait avec une minuscule, y compris dans le dictionnaire : le mot désignait des humains, non ? pas des objets. Djamila avait ce genre d'idées que tu n'aurais jamais eu toi avant de l'avoir rencontrée.

Des trucs à quoi tu n'aurais jamais pensé ! *Rebeu* passait encore, par exemple. Mais *beur*, non : trop utilisé, trop usé par les non-beurs – dans les journaux, les téléfilms, les talk-shows, à « Nulle part ailleurs »… Beuheurq ! Et si Djamila entendait prononcer le mot de *beurette*, si elle l'entendait de la bouche d'un De Souche, ça la rendait folle. Djamila pouvait aussi se montrer très violente parfois, en paroles. Et hors d'elle.

— Putain, la tache ! il m'a dit qu'il aimait les filles typées – typées ! ouais. Et qu'il aimait bien employer des beurettes parce qu'elles étaient, la plupart, très sérieuses et travailleuses ! Pas comme leurs frères. Putain, je l'aurais tué ! Beurette ! Mais moi, je suis troisième génération, hein !…. Et jusqu'à quand on se laissera traiter ?

La chicaïa était sans fin, à ce sujet, au journal des banlieues auquel elle collaborait, *Pote à Pote* : s'il fallait s'affirmer beurs ou beurettes, retourner à l'envoyeur, judo, toute la puissance du nom dont il nous affublait et nous en parer comme d'un masque guerrier ; ou, au contraire, à visage découvert, faire la guerre à tous ceux qui avaient galvaudé le mot, et l'abandonner définitivement à l'ennemi – qu'il n'y ait plus que les chofas du FN, pour l'employer. Je ne suis pas un beur, je suis comme un autre ! Ah ouais.

Djamila avait un an de plus que moi. Elle était en première S, la meilleure de sa classe et, sauf en gym, la meilleure dans toutes les matières – toutes. Elle parvenait pourtant à se faire respecter.

Nous nous étions connus en mai : elle était alors en seconde, moi en troisième. Je la trouvais très belle, et sachant bien s'habiller. Putain ! jusqu'à sa manière de tirer sur sa clope me plaisait, sa manière d'exhaler joliment la fumée, de la disperser d'un geste gracieux. Comme ça. Seul devant la glace dans ma chambre, je m'exerçais ensuite à imiter son geste, mais ce n'était jamais tout à fait ça. Et lorsqu'on se quittait, à quelques pas de chez elle, elle me demandait toujours si elle ne puait pas trop le tabac : elle craignait que son père ne découvre qu'elle descendait plus d'un paquet par jour. Des Stuyvesant... Alors, évidemment, je n'ai plus fumé que des Stuyvesant.

Elle était très belle. Mince, les attaches fines, de beaux seins, les yeux en amande, l'iris d'un noir profond, la cornée bleutée : ce qu'on appelle chez nous les yeux de gazelle –, les lèvres charnues et bien dessinées : ce qu'on appelle chez nous les lèvres à la Lamia – ; une opulente chevelure crépue, d'un noir si noir qu'elle en paraissait bleutée, et dont elle ne cessait de relever la masse derrière l'oreille, avec un geste qui me plaisait beaucoup aussi.

Aha ! j'haimerais être un peigne et carehesser vfos mèches...

Ombre-Elle, Gnawa Diffusion. Je la lui aurais chantée si je n'avais pas eu trop peur qu'elle me prenne pour un arioul, pour un mariol... Si ce n'était, hélas, probablement, déjà fait. Djamila était très sérieuse. Quoique très rieuse aussi.

Elle savait bien s'habiller. Comme toutes les filles de sa classe : baskets, jeans ou jupe plate et longue en toile de jean, sweat à capuche sur un haut Benetton ou Kookaï – Djamila, presque toujours en noir. Mais elle égayait l'uniforme : une fibule berbère en argent piquée dans le survé trois bandes Adidas, ou un carré de soie à rayures mousseline et sequins drapé sur l'épaule... De jolies choses d'artisanat marocain qu'elle trouvait le dimanche matin au déballé, à la kissaria de la Chapelle. En guise de cartable, elle avait une chekkara : la sacoche à franges, en peau brodée. Ce genre de choses. La mode l'intéressait, mais pas les marques. Sa bizarrerie m'enchantait.

Elle n'était pas d'une cité : son père tenait la seule épicerie ouverte jusqu'à onze heures, minuit, sur la place de la Mairie, et ils habitaient au-dessus. La maison serait démolie d'ici deux ou trois ans – rénovation du quartier.

Ce que je savais d'autre encore, sur elle ?

Qu'elle avait deux frères et une sœur, Madiha, plus jeune d'un an qu'elle. Que ses parents étaient très fiers d'elle, sévères sur les principes mais coulants en réalité, et très ouverts. Djamila s'insurgeait contre la bigoterie idiote des filles qui croyaient que c'était s'émanciper que de se voiler, et des grands frères qui jouaient aux caïds, qui se croyaient autorisés à les surveiller. Elle avait écrit des papiers là-dessus, pour *Pote à Pote*.

J'ai appris d'elle, par la suite, que le père de son père avait été un héros de la libération de notre patrie – Al-Jazaïr ! Mais que pour échapper à je ne sais quels obscurs règlements de comptes, il était revenu en France, en 1966, ou 1967, où il avait obtenu l'asile politique, puis de retrouver la nationalité française pour services rendus à la France, pendant la guerre – leur guerre : 1939-1945. La Résistance.

Il y avait chez eux de pesants secrets de famille, des choses dont on ne parlait jamais. Tout comme chez nous. Et cela, sans doute, nous rapprochait aussi, Dja et moi. Mon père ne s'était pas exilé pour trouver du travail en France, mais pour sauver sa peau. Une sombre histoire politique, qui l'opposait à mon oncle Abdallah. C'était cela, la vérité. Est-ce que Ahmed en a jamais su un peu plus que nous, ses frères cadets ?

Quand mes parents ont quitté l'Algérie en laissant tout derrière eux : le peu qu'ils possédaient, Ahmed avait six ans, Aziz, trois. Je suis le premier des enfants nés en France. Français de naissance – 'Llah ! *Allons ! enfants de la patrie...* Mes frères aînés, mon père, ma mère ont été naturalisés après ma naissance. Je suis, Sid Ali, le premier Français. Je peux chanter *La Marseillaise*, ou la chanson de Trenet, comme Rachid Taha. Mieux que Rachid Taha : en exagérant grave, rien que pour faire iech, et rigoler les lascars, la prononciation prétendue beure :

Dzouce Frh'aince,
Tcher pays de mon h'enfaince,
Bhercé de tant d'hinzouciaince,
Che t'ai gh'ardée dans mon cuheur...

Et bien entendu, je ne m'en privais pas. Du moment que j'avais un public !

Et bien entendu, Djamila passait devant moi juste au moment où je déconnais, et son furtif haussement d'épaules, et son vague sourire navré, que j'avais, je crois, été le seul de la bande à noter, suffisaient néanmoins à me foutre la honte pour la journée.

Djamila avait bien repéré qu'il existait un autre Sid Ali, premier de la classe en français, anglais, histoire, économie et maths, et qui hantait la bibal du bahut, et rasait les murs de béton brut en s'y rendant après les cours – peur de se faire surprendre, et en particulier au rayon Romans et poésie, par des keums, des vrais : il n'y avait que les meufs et les pédés pour bouquiner autre chose que de la bédé ou, à la rigueur, un polar imprimé gros.

On trouvait aussi les quotidiens et les hebdos à la bibal. Djamila consultait ce qui était paru ces derniers jours sur les massacres en Algérie. Elle photocopiait les articles qui l'intéressaient pour sa doc.

Nous avons repris la conversation où nous l'avions laissée la veille. Je lui ai demandé si elle voulait faire journaliste, plus tard. Elle m'a corrigé :

— Pas *faire*, Sid Ali : être.

Ça m'a scié. La nuance. Et il ne s'agissait pas seulement de correction grammaticale. Je saisissais obscurément le message qu'elle essayait de me passer en douce : toi, tu veux *faire* acteur, *faire* chanteur de raï, *faire* écrivain, *faire* star – faire semblant. Putain ! elle, à mon avis, ferait – non, serait – une grande journaliste. Dix, douze plaques par mois ! Je la voyais très bien à la télé, animant une émission politique en prime time, mouchant en direct le ministre, le reprenant comme elle venait de me reprendre, pour un simple mot, pour un mot de trop – Chirac et « les odeurs »... Ah ouais. Je la voyais, d'un ton sec, l'allumer grave, Chichi. Je la voyais, glaciale, l'acculer dans les cordes, cet enculé : « Répondez, monsieur le Ministre ! Vous maintenez le mot « odeurs », monsieur le Ministre ? »

Il n'était pas encore président, cet enculé – si ?

Je la voyais : « Je vous ai posé, une question, monsieur le Président ! Est-ce que je pue, moi qui suis née en banlieue dans un milieu modeste issu de l'immigration, monsieur le Président ? La France vous regarde, monsieur le Président ! Répondez-moi ! Vous maintenez le mot "odeurs" ? Vous avez dit, je vous cite : "Ajoutez-y les odeurs !" » Ah ouais. Je la voyais en tailleur rose vif, chic, strict, YSL, rien sous la veste, le revers ras la pointe des seins... Et juste pour faire iech, des boucles d'oreille de jâriya, et de sonores bracelets berbères, et une fica en or. Je la voyais qui fourrageait sensuellement dans sa lourde chevelure tout en faisant s'entrechoquer ses bracelets, tout en continuant de le harceler de ses questions avec une froideur marquée, ce fils de pute ! Ah ouais. Douze points d'audimat en plus pour la belle Djamila, douze points en moins dans les sondages pour Chichi !

Elle, me voyait m'agiter, m'exciter: j'avais des impatiences dans les jambes, comme si je cherchais à parer au tangage, au roulis, sur le pont d'une houleuse réalité, à me tenir en équilibre, un pas en avant, un pas en arrière; j'esquissais continuellement une ondulation mouve des épaules, de subtils déhanchements... L'ivresse d'un amour naissant? Elle me voyait feindre, ou pas – je n'aurais pas su dire moi-même si j'étais ou non sincère –, de m'intéresser prodigieusement au dossier qu'elle constituait sur les derniers massacres dans la Mitidja, le « terrorisme résiduel », plus meurtrier encore que le terrorisme tout court: le terrorisme des assassins de mon oncle Abdallah, de ma tante Assia, de mes cousins et cousines.

Moi:

— Résiduel ta mère!

Djamila:

— Si tu cessais un instant de te la jouer, Sid Ali? Un instant. Rien qu'un instant... Tu gaves lourd, là. Je dois rendre avant demain midi ce papier que m'a demandé Éric Cheb Rush. Tu as un bon bouquin, non? Tu as tout ce qu'il te faut ici...

— J'ai.

— Fais voir ce que tu lis?

— Une nouvelle de Maupassant, *Le Horla*. C'est tout moi, *Le Horla*. C'est génial. C'est mon histoire.

— Ah ouais? Et qui tu es, toi?

Putain! Gazé! Comme Chichi. Douze points en moins au sondage de popularité! Nul, Sid Ali! Nul, le Horla!

Djamila, d'un quart de tour sur le tabouret, est revenue vers l'écran de l'ordinateur.

J'aurais voulu lui voler un baiser dans le cou, être euh peigne pour carehesser ses mèches, comme dans la chanson. Je suis ressorti de la bibal la queue basse. J'ai poussé la porte sans me retourner. Mais dans la double vitre de la porte, j'ai bien vu, reflété, qu'elle venait de se retourner sur moi – un demi-tour du tabouret... Qu'elle me suivait du regard... Ô Djamila !

Je lui dirai les mots bleus, les mots qu'on dit avec les yeux... Les Mots bleus, Bashung la chante sur ce disque au profit de la recherche contre le sida – Sid Ali. Et dans l'escalier, je me mets à chanter crescendo, à la Bashung, forte ! fortissimo ! chanter comme on hurle, à s'en casser la voix – ah ouais, casser la voix – :

Je lui dirai les mots bleus,
Les mots qui rendent les gens heureux...
Je lui dirai ! Je lui dirai !

Mais qui, le lendemain, dans la cour du bahut, m'inspire encore un plan nul nul, sinon le Horla ? Quel mauvais djinn ? quand je me trouve au milieu de la bande des jbedeurs, des déchireurs, des défonceurs de teuchas, des baiseurs fous, ou qui, du moins, se prétendent tels, et dont, dans les faits, je ne suis pas ! Quel esprit maléfique ? quand je lance avec eux, à voix haute, d'affreux commentaires machos sur toutes les meufs qui passent, avec notation de leurs aptitudes sexuelles, réelles ou supposées :

— 15 sur 20 ! Elle euh est bonne sous l'homme, celle-là !

L'aïn ! Le mauvais œil ! Je ne m'étais pas aperçu que Djamila se tenait à trois pas derrière moi... Et, damned ! a tout entendu. Bien entendu.

Elle se rue sur moi, me frappe avec sa sacoche, sa chekkara alourdie d'un gros classeur, me crie :

— C'est horrible ce que tu dis là ! Xcuse-toi ! Xcuse-toi ! Tout de suite !

Eh bien, croyez-moi, j'ai beaucoup menti dans ma vie, beaucoup fabulé, mais je jure sur la vie de ma mère que je dis ici la vérité vraie : je me suis excusé ! Sans hésiter. Non, au contraire : fier de le faire, je me suis excusé. Je n'ai pas invoqué la présence du Horla. Je n'ai pas cherché à me défausser. Main sur le cœur, j'ai dit posément, à haute et intelligible voix :

— Je suis dégueulasse. Je m'excuse, Djamila.

Et ce n'était pas du cinéma. Et les jbedeurs ne se sont pas du tout marrés. Djamila avait – comment dire ? De l'autorité. Voilà. De l'autorité.

Elle m'a répondu à voix basse, exclusivement à mon adresse :

— Putain ! merde ! tu vaux mieux que ça, Sid Ali.

Je valais mieux que ça. Exactement ce que m'avait dit l'éducateur de l'AEMO – Action éducative en milieu ouvert, si vous voulez savoir ce que signifie ce sigle. En milieu ouvert, notez bien. Sans doute parce que mon père était un peu trop fermé.

Je l'étonnais, cet enculé (je parle du psy) ? Et comment ! Je vous étonnerai toujours. Il suffisait d'ouvrir mon dossier : scolarité mieux que normale : exceptionnelle. *Brillant sujet*. C'était écrit. Noir sur blanc. Aziz avait chouré pour moi des feuilles d'évaluation, que je les photocopie, avant de les replacer discrètement, ni vu ni connu, dans le dossier de la famille B.

« Avec toutes les conneries que tu as faites ces deux dernières années, c'est un miracle que tu aies eu, jusqu'ici, une scolarité normale, Sid Ali. Malgré les délits que tu as commis, tu es admis en troisième, et dans un bon établissement, collège et lycée. Ne gâche pas ta chance ! Ne me déçois pas ! »

Quel miracle ? Je bossais, non ? Je ne réussissais pas les doigts dans le zek – je veux dire : dans le nez. Après tout, ce n'était pas ma faute si j'apprenais sans peine, trois fois plus vite que les autres, et si je retenais tout : les poèmes de Rimbaud, la prose de BMW, les trente premières décimales du nombre π… Les quarante valeurs du CAC 40… Les quarante voleurs d'Ali Baba, leurs noms. Ali Baba : celui à qui tout réussit sans efforts – moi.

Et je retenais les paroles des chansons aussi :

Derna lamour fi beraka mranika
Ana diteha ou houma ya gh'dou
iranikou…

Et des sourates entières du saint Coran… Enfin ! les dernières du Livre, les sourates les plus courtes. Et dans une traduction en français – j'avais du mal avec l'arabe.

Et tu es, certes, d'une moralité imminente.
Tu verras et ils verront
qui d'entre vous a perdu la raison.

Le Livre, en français, on croirait quelquefois lire du Rimbaud – *Une saison en enfer*.

Je valais mieux que ça. Mais quoi : ça ? Mieux que quoi ?

J'irai l'attendre à la sortie de sa classe, je lui poserai la question. *Je lui dirai les mots bleus… Je lui dirai !*

Je me suis avancé vers elle, souriant, paisible, aimable, tendre, prévenant, séduisant, attentif, affectueux – ce que vous voulez. Comme vous voulez. Djamila m'a souri.

Ah ! galant, aussi :
— Je peux te porter ton sac ?
— C'est gentil.
« C'est gentil ! » C'était dit si gentiment. Elle ne me craignait pas ! Elle avait confiance en moi.
Sa meilleure amie, Malika, l'a rejointe et a gloussé en me voyant :
— Tiens, la vedette !
À ma surprise, Djamila lui a répliqué sèchement :
— Malika, béton !
Et comme Malika la dévisageait, incrédule, et ne s'éloignait pas, elle lui a mis les points sur les *i* :
— Tu me laisses, putain ! C'est clarinette. Bouge ! Chela... Je vais avec Sid Ali. À demain. Bye !
Aïe ! je m'étais fait une ennemie de sa meilleure amie. Moi, si affectueux ! Si bon !
Je me suis emparé de la chekkara de Dja, avec quoi elle m'avait frappé.
— C'est beau. D'où ça vient ?
— Du Maroc... Du Tafilalt... C'est de la peau de chèvre.
— Tu prends le bus ?
— Non, j'ai envie de marcher. Et de...
Je l'avais devinée : je lui ai tendu, ouvert, mon paquet de Stuyvesant. Elle m'a regardé d'un air doucement moqueur.
— Tu fumais des Marlboro avant.
Avant ! Rien ne lui échappait. Et elle avait très bien compris le sens de ma conversion aux Stuyvesant. *Je lui dirai les mots bleus... Je lui dirai !*
— Je peux te raccompagner chez toi ?
Je lui dirai les mots bleus... Je lui dirai ! Je lui dirai !
— Si tu veux.
— Non, si tu veux toi.
Oui, c'était moi, Sid Ali, qui lui répondais ainsi, qui la mettais devant ses responsabilités : son choix,

sa liberté ! *Je lui dirai les mots bleus... Je lui dirai ! Je lui dirai ! Je lui dirai !*

— Alors je veux. Mais je veux passer d'abord chez Moussa : on va organiser une teuf surprise pour Meziane, qui vient de signer chez Blue Silver... Et pour ses dix-huit ans. Tu connais Cheb Meziane, non ? Meziane, de Stains.

— Vague. Et tes ieuvs te laissent... ?

— Oui. Parce que je leur dis tout. Je leur donne mon emploi du temps. Je l'affiche sur le frigo, avec un magnet. Tous les lundis matin... À part les clopes, je leur dis tout. Clarinette ! Pas d'histoires. Ils me font confiance.

— Quelle chance tu as !

Nous avons commencé à marcher, si proches l'un de l'autre que nos épaules se touchaient, que nous avons manqué trébucher l'un contre l'autre. J'évitais les glus qui essayaient, en chemin, de me détourner du droit chemin : me faisaient, des yeux, signe de les rejoindre – délirer un peu avant de rentrer faire mes devoirs. Je les toisais : vous ne voyez pas que je suis pris ? vous ne voyez pas avec qui ? – bande de nases ! avec la bien nommée Djamila ! Djamila écrit dans *Pote à Pote*, elle milite pour le Ma Ychali, elle connaît des gens qui bossent chez Blue Silver – « the » label. L'ambre est son parfum. Et elle se coiffe, se décoiffe, se recoiffe, se redécoiffe... De ce geste machinal, et cependant si beau ! Et son sac n'est pas un banal Lafuma, ou un Outdoor, ou un Reebok, mais une chekkara – que je porterai, pour elle, jusqu'au bout du monde... *Je lui dirai les mots bleus, les mots qu'on dit avec les yeux... Je lui dirai !*

Ma courtoisie, mes prévenances la troublent un peu. Elle allait traverser au vert, je la retiens du coude – moi ! Sid Ali.

— *Too young to die !*

Je la fais rire : un truc à moi, qui fait toujours rire : prononcer l'anglais à la rabza : *Htouhou hyoungk touh dhaïaï !* Quelque chose comme ça. La caricature. Djamila se doute bien que j'ai un bon accent, si je veux.

Je la fais rire : je serai invité à la teuf en l'honneur de Cheb Meziane, la star de Stains. Il y aura nouba et bœuf : les meilleurs musiciens seront là, des grands noms du raï… Mami viendra, s'il est libre ce soir-là. Michel, le producteur de Meziane, a été généreux avec Meziane : il y aura méchoui, et champagne. Et… de la beu ? Cette question ! De la beu. Champagne et beu pour tout le monde !

Djamila est une fille bien : elle ne fume pas que des Stuyvesant.

Elle me demande si j'ai fini *Le Horla*.

— Oui, ce n'est qu'une longue nouvelle. À la fin… À la fin…

— Oui ?

— Non, rien.

J'ai trop peur de briser la magie de l'instant en lui confessant ce qui m'a tant angoissé dans le récit de Maupassant, trop peur de lui faire peur en lui avouant ce qui m'obsède. Cet aspect jugé malsain du personnage Sid Ali. Et dont, il est vrai, je peux jouer parfois, moi, Sid Ali. « Il est vrai » J'ai tourné presque inconsciemment ma casquette à l'endroit. Je suis ému de ma propre gentillesse. Et de la sienne.

Elle, me dit qu'elle lit, ces jours-ci, un gros roman, d'un écrivain égyptien, qui a eu le prix Nobel…

— Ah ouais ! le prix Nobel ! Sept cents briques !

— Naguib Mahfouz.

Nous ne sommes plus très loin de la passerelle. Je me fais le serment que ce sera là, sur la passerelle, que j'oserai – *Je lui dirai ! Je lui dirai ! Je lui dirai les mots bleus, les mots qui rendent les gens heureux…*

Je me dis que je dois noter la date, le lieu, les circonstances : le 10 juin 1997, il faisait très chaud, très lourd, le ciel était brumeux d'ozone, gazeux, bleu, mauve, jaune, avec les traces fuligineuses d'un orage qui striait l'horizon et venait vers nous ; l'air, empuanti, chargé d'électricité... Je dois noter la date, la graver dans ma mémoire. Ce sera, plus tard, la date anniversaire du jour où je lui aurai dit « Je t'aime, Djamila. »

Il peut le faire ! Il va le faire ! On applaudit très fort l'artiste pour l'encourager ! « Le mal ne peut pas m'atteindre. » *Tous les êtres ont une fatalité de bonheur*. Ce sera là, au milieu exact de la passerelle métallique, sur l'invisible ligne frontière entre les deux communes, au-dessus de la voie express, dans le fracas et les fumées, et les odeurs d'essence... « Ajoutez-y les odeurs ! » (Connard.)

De part et d'autre de la ligne invisible, au milieu de la passerelle : – avant, – après. La ligne du destin, Sid Ali. Les deux temps verbaux de la langue arabe : l'*accompli* – je l'aime – ; l'*inaccompli* – je ne le lui ai pas encore avoué. Le futur, en français : *Je lui dirai ! Je lui dirai !* L'imparfait : je déconnais à mort, je me la jouais. Le présent : je l'aime, c'est vrai. Le passé simple – simple, oh oui – : alors, Sid Ali dit « Je t'aime. » Futur antérieur : il le lui aura dit un soir de juin 1997, à six heures du soir et quelques... Là, au milieu de la passerelle.

Je le lui dirai. Et, si j'ose, j'embrasserai Djamila. Je ne la forcerai pas, non, mais si elle le veut, si elle me dit : « D'accord. » Raccord : Sid Ali embrasse Djamila. Sur la passerelle. Extérieur jour. Au vu et au su de tous. Sans honte ? Sans honte. H'chouma alik !

Mon père, quand il voit à l'écran les amants se caresser longuement, s'embrasser passionnément, éteint le poste avec une moue répugnée, ou, du moins, zappe : avec ce qui lui reste de petit doigt à sa main mutilée, ce bout de phalange qui presse le bouton de la télécommande – *zap*. J'ai de la pitié, je le tuerais.

Je me répète que ce n'est jamais la femme qui fait les premiers pas. C'est à l'homme de...

Mais, là, sur la première marche de la passerelle, alors que mon cœur bat à se rompre, Djamila se tourne vers moi et me glisse à l'oreille :

— Je t'aime bien, Sid Ali.

Et, moi, bouleversé, je trouve pourtant la bonne réplique :

— ... Bien, seulement ? Moi, je t'aime tout court, Djamila !

Et comme un fou, fou de honte, fou de fierté, fou de désir, fou de joie, je m'élance dans l'escalier, ébranlant sous mes pas les marches de fer qui résonnent comme des tam-tam, et sans me retourner, je crie maintenant, je crie :

— Je t'aime, Djamila !

Puis, parvenu juste au mitan de la passerelle, toujours sans me retourner vers elle, jetant par terre mon sac à dos et sa chekkarra, je l'attends, essoufflé, je l'attends !

Et je l'entends alors qui court vers moi, ébranlant de son pas, si léger, l'escalier si sonore...

Elle m'a rejoint, elle me dit dans un soupir qu'elle m'aime aussi, et elle se laisse embrasser, se laisse baiser sur la bouche... Je n'ai pas eu à le lui demander. Le mal ne peut plus m'atteindre ! Le mal ne m'atteindra plus, le Livre le dit. *Et tu es, certes, d'une moralité imminente*. Tu es sauvé. Je suis sauvé !

Djamila s'est adossée au grillage protecteur, au grillage que les deux municipalités limitrophes ont fait placer il y a quelques années, y compris au-dessus de nos têtes, côté ciel, pour empêcher la racaille des cités de caillasser les belles Béhèmes et les Merchos qui passent à toute vitesse en dessous – moi, je ne l'ai jamais fait, je le jure.

Le ciel s'obscurcit, la masse gris ardoise des nuages chargés d'orage se dilate, ne laissant plus à l'horizon que quelques traces brumeuses de jaune, de rose, de bleu.

Puis : un éclair, au zénith… Le tonnerre. La pluie est imminente, comme ma moralité.

— On s'en fout.

Djamila se laisse embrasser par Sid Ali, Djamila lui dit qu'elle l'aime.

Et, croyez-le ou non, c'est la réalité. C'est du vécu, oui.

Dire ce que furent – passé simple – les jours, les semaines miraculeuses qui suivirent ? Dire ce que fut notre amour ? Dire ce que fut, du moins, mon amour… Qui a jamais pu savoir quel amour lui vouait l'autre, combien d'amour ? Qui a jamais pu dire avec certitude : il, ou elle, m'aimait autant que je l'aimais ; il, ou elle, m'aimait comme je l'aimais ? Est-ce qu'il, ou elle, était absolument sincère ? Est-ce qu'il, ou elle, ne jouait pas un peu avec les sentiments, ne jouait pas un peu les sentiments qu'il croyait éprouver ? Et si la vérité était qu'il, ou elle, s'était trouvé pris, trouvé prise, à son propre jeu ? – putain ! tu es bon, là, Sid Ali. Tu es bon. Tu es convaincant. Tu en pleurerais de bonheur. C'est le bonheur.

Entre deux hommes, encore, ou deux femmes, chacun, ou chacune, peut entrevoir quelque chose de ce que l'autre ressent profondément, peut l'imaginer dans sa chair : il lui est certainement plus difficile de se mentir ou d'abuser l'autre, que ce soit ou non en toute bonne foi. Mais entre un homme et une femme ? Demeure toujours l'énigme de l'autre sexe : les désirs sont différents, les pudeurs sont différentes ; différentes les attentes ; et différentes la jouissance, la souffrance ou la joie.

Dire ce que fut notre histoire, Dja et moi ? L'écrire maintenant, noir sur blanc, dans le noir, derrière les murs de ma prison ?

— Oh, petchit !

Nasci para ser ignorante…

Né pour demeurer ignorant en amour parce que homme, parce que de parents musulmans et déracinés, parce que (voir dossier) *déchiré entre deux cultures ?* Né pour avoir du mal à aimer, né pour ne pas savoir ? Mais qui a jamais su ? Qui apprend à aimer ? Qui vous l'a appris, à vous ?

Non : ignorant en amour comme tout un chacun, ignorant comme un autre.

Mais un autre homme dès l'instant où j'ai dit « Je t'aime » ! Un autre Sid Ali.

Écrire cela maintenant ! l'écrire noir sur blanc, dans le noir ! m'évader en esprit ; pour repousser les murs de ma cellule, essayer d'exprimer ce sentiment grisant d'envol, d'apesanteur, de légèreté, de liberté, qui s'empara de moi alors : je planais, j'étais aux anges, je flottais sur le tapis volant des contes arabes… Ce sentiment si grisant, le retrouver – derrière les murs. Ne rien gommer.

Soudain, il me semblait que je venais de tirer un trait définitif sur mes malheurs, mes galères, et le chaos qu'avait été ma vie ces dernières années. Dja était ma bonne fée.

Mon avocat, hier, au parloir, m'a conseillé de ne pas m'appesantir sur ces années ; de glisser sur les petits délits que j'aurai pu commettre – futur antérieur ; que j'aurais pu commettre – conditionnel. *Le tueur aux sacs plastique était un surdoué en grammaire.*

Recommandation inutile : je le voudrais, que je serais bien en peine de reconstituer mentalement le dossier Sid Ali B.

Rien de bien grave à me reprocher, du reste: outrages à agent de la force publique – « l'insulteur a treize ans » –, complicité de vol à l'étalage – « montant du vol: une centaine de francs » –, coupon de carte orange périmé – « un coupon de carte orange périmé, mesdames et messieurs les Jurés ! » –, usage déviant de substance prohibée – « la colle à maquette est une substance prohibée, pas la colle à moquette: l'enfant, mal intégré quoique bien scolarisé, aura pris un *a* pour un *o*, mesdames et messieurs les Jurés ! » –, recel – « l'objet est un coupe-vent de nylon blanc » –, quoi encore? Aucun souvenir. Du moment que c'était du pas vu pas pris je t'embrouille – soit, neuf coups sur dix –, aucun souvenir ! *Le sujet est rusé* – ah ouais.

De la délinquance mineure, de mineur. Mais la peur parfois, mais le mensonge qui engendre le mensonge et métastasait comme un cancer en moi, mais la haine de soi. Mais le sentiment que j'étais pris dans un engrenage, que j'étais piégé et continuais de me piéger, que je devenais fou… De quoi mobiliser éducateurs et psys et magistrats: action éducative en milieu ouvert, aide médicosociale, mesure ceci et mesure cela, et tu l'as dit tu l'as – ta mère !

Et que ceux qui voudraient des détails, vrais ou totalement inventés, et des faits, plus ou moins arrangés – de la littérature dans tous les cas –, fassent comme moi: qu'ils se reportent aux quotidiens et aux hebdos parus en janvier dernier. Pas un qui n'y soit allé de son dossier spécial ! exclusif ! apportant des révélations inattendues ! des éléments jusqu'ici inconnus de la trouble personnalité du criminel Sid Ali B.

Dans une chemise cartonnée qui s'épaissit de jour en jour, je recueille les coupures les plus intéressantes. J'ai surligné en rose les titres les plus nuls ou les plus sensationnels, pris dans la presse réputée sérieuse comme dans la presse dite poubelle.

Histoire d'une dérive annoncée. Comment le gamin de la cité des Poètes est devenu un tueur. L'adolescence agitée d'un serial killer. Le premier de la classe était aussi l'as du casse. Ses professeurs se rappellent son intelligence et sa gentillesse. Personne avant moi ne l'avait jamais embrassé, nous confie sa meilleure amie – non ! pas toi, Dja. *Ses yeux vides, qui me fixent, sont ceux d'un fou. Quand j'ai croisé son regard dans le train, mon sang s'est glacé. Sid Ali a le vice dans le sang* – dans le sang, oui ! ce sang impur qui devait abreuver vos sillons si nous n'avions pas perdu l'Algérie. *La nuit, en prison, il appelle sa mère !*

Mais en quelle langue je l'appelle, cette femme qui ne m'aurait jamais embrassée mais m'aurait donné, avec la vie, le vice dans le sang ?

Maman ! Yema ! Maman ! Yema ! Yema ! Yema !

Est-ce que j'aurais crié dans mon sommeil ?

— Oh, petchit ! Ne pleure pas !

Tout est si confus dans ma mémoire, et si dérisoire. Si j'y repense, je ne vois plus qu'une scène floue confondant plusieurs scènes semblables.

Décor : un banal bureau moderne – intérieur jour. Entretien en présence des parents du jeune délinquant, face à un éducateur, ou un magistrat, ou un psy, sans visage aujourd'hui, s'il en eut jamais vraiment un pour moi, et sans nom. Leurs noms, leurs visages, je ne les ai pas retenus, moi qui ai tant de mémoire.

Ma mère a ce sourire crispé, humble et douloureux, si proche du rictus. L'interlocuteur ne devinera jamais qu'elle est belle, et bonne, si elle le veut : la honte l'enlaidit. Sa honte me fout la honte, putain ! plus que le mal que j'ai pu faire.

Mon père cache son moignon dans la poche gauche de sa veste élimée des Galeries Rochechouart au lieu de l'exhiber comme il aurait pu le faire pour apitoyer celui qui me juge, en évoquant une vie de labeur, les cadences infernales, un défaut du cran de sécurité sur le tour à fil haute vitesse chez PMV.

— Précision Mécanique Vincennes. Et notez bien ce sigle, docteur, je vous prie, pour quand il sera question, le moment venu, de mon fétichisme d'une certaine prestigieuse marque automobile allemande ; en ayant à l'esprit qu'une oreille arabe distingue assez mal le *p* du *b*.

Ou punition selon la charia, pour apostasie, là-bas, que ces quatre doigts coupés à la main gauche ?

Ou règlement de comptes politique entre clans rivaux, vengeance d'un oncle fidèle chadliste trahi par son frère ?

Aucun album de photos, chez nous, où chercher la vérité en feuilletant les pages.

Et sans doute, pas de réponse, si nous avions osé poser ouvertement la question en famille : des choses dont on ne parle pas à table ! H'chouma !

Non. La parole d'Ahmed à ses frères cadets seulement. Et chez ses frères cadets, qui l'écoutent, la pensée déchirante qu'ils trahissent leur père, ce faisant ?

Enfin ! enfin ! après trois grands quarts d'heure de paroles pour ne rien dire, les parents du petit Sid Ali B. ont la bonne idée de rappeler au magistrat son excellent carnet scolaire, ce carnet qu'ils montrent fièrement à leur voisin, M. Yahia, comme autrefois ils montraient celui d'Ahmed. Mais Ahmed prétendait que ce n'était pas fierté, laâ ! mais moyen vicieux de vérifier si l'ibn chéri ne leur racontait pas de craques : eux avaient du mal à en déchiffrer les appréciations si flatteuses. M. Yahia, lui, était un lettré, et un hadj. Et M. Yahia les félicitait : Sid Ali marchait sur les traces d'Ahmed.

— Ah oui, soupirait alors le magistrat embarrassé.

Et moi, ricanant en mon for intérieur : là, je t'encule. *Quand nous sommes très forts, – qui recule ? très gais, – qui tombe de ridicule ?*

Je ne me laisserai pas happer par la machine juridicomédicosociopolicière comme mon père sa main gauche sur le tour à fil haute vitesse. La réussite scolaire est *le cran de sécurité* – c'est dit tel quel dans mon dossier. On ne peut donc pas me retirer ma seule chance de m'intégrer, comme ils disent, je le sais. Le malheureux Aziz sera, lui, condamné à trois mois avec sursis, puis à trois mois fermes. Parce qu'il a trois ans de plus que moi ? parce qu'il en a fait beaucoup plus que moi ? parce qu'il a saccagé un commissariat – ah ouais ? Certes. Mais aussi, mais surtout parce qu'il a trois ans de retard au collège – trois ans fermes ! Chiens !

Mais que je me souvienne de la tirade de Figaro – là. Et du succès que je m'étais taillé, moi, au collège, en en changeant seulement quelques mots. Aux qualités... Aux mérites... Non : *Aux vertus qu'on exige...* Aux vertus qu'on exige d'un beur, connaissez-vous beaucoup de jeunes Francaouis de souche qui seraient dignes de l'être ?

Auriez-vous enduré sans jamais jamais broncher le regard a priori suspicieux des buds, des bleus, des schmidts, des rapaces, des ninjas, des gilevis, bref ! de tout ce qui porte uniforme, lorsque vous entrez, lorsque vous passez devant, lorsque vous essayez d'entrer, lorsque vous essayez – ouais ! la Helly Hansen – ?

On nous dit exagérément susceptibles ?

Mais auriez-vous toléré ce quart de seconde d'hésitation, la minime moue dubitative, l'infime éclat de stupeur dans les yeux du juge au moment où il lit, à mi-voix, « *Brillant sujet* » ?

Non non ! le document n'était pas falsifié. Mieux : il était visé par le Centre médicosocial. *Avis favorable, mesure de soutien moral envisagée.*

J'étais parfaitement médicosocialisé.

J'étais parfaitement humilié.

Mais c'était fini ! Je courais à présent, main dans la main avec Dja, vers un nouveau destin, sous la pluie battante : ensemble nous traversions la passerelle métallique – « Musique ! »

La moralité est imminente, comme il est dit dans la sourate *Al-Qalam* (La Plume) ! Je m'envole... Je plane... Plus rien de mal ne peut m'advenir. Je n'aurai plus à me réciter comme on récite par cœur, dans son cœur, un verset du Livre, la formule magique qu'un marabout m'avait enseigné à prononcer chaque fois que je sentirais le mauvais esprit revenir me hanter : « Le mal ne doit pas m'atteindre. Le mal ne peut pas m'atteindre. » Ce professeur Si Kif, de la rue des Poissonniers chez qui, en cachette de mon père, ma mère m'avait mené consulter à notre retour d'Algérie, l'été 1993 – ou 1994 ? –, apportant au saint homme le tribut voulu, la poule noire vivante achetée chez tel volailler désigné du marché Saint-Bernard...

Le signet du saint Coran est noué et renoué, l'eau de la zaouïa de Moulay-Idriss versée sur mon front. Conseil m'est donné de bien me torcher et de tirer la chasse d'eau immédiatement après avoir chié, car c'est par les colonnes d'évacuation que les djinns maléfiques peuvent ressurgir des profondeurs de la terre et m'assaillir, et me pénétrer par le – ah ouais !

— Ali Sid a le mal sacré, pas Sid Ali.

La poule noire sera sacrifiée demain... Ou revendue par le marabout au marchand – Si Kif était un charlatan.

Seule Djamila a dit vrai :

— Tu vaux mieux que ça, Sid Ali !

Continuer d'écrire dans le noir, au fil de la plume – non : d'un bic. Car ceci je ne l'écris pas au crayon, je veux ne plus avoir la faculté de le gommer : il n'y a rien à effacer dans l'histoire de notre amour, Dja et moi. Je ne veux pas l'oublier ni la récrire. Elle est vraie. Elle est.

Redire ici ce sentiment d'apesanteur, d'envol... Les baisers volés – quelque chose que je pouvais enfin voler sans crainte, hors du regard suspicieux des gros bras de la sécurité –, nos fous rires, nos silences émus les yeux dans les yeux, un ange qui passait entre nous sans se presser tellement nous étions heureux, comblés, un doigt sur les lèvres mordillé, la coiffer et la décoiffer moi, ces muets « je t'aime », mimés, soulignés d'une grimace malicieuse... Tout le cinéma amoureux, qui est la seule vérité de l'amour, peut-être. Sa seule preuve visible. Dja m'aime, j'aime Dja. Baiser, *The End*. Comme à l'écran.

The End ? Non : le commencement. Mes débuts dans la vie. Dans la vraie vie.

Ah ! la teuf en l'honneur de Cheb Meziane ! Ma fierté d'arriver à la teuf en tenant tendrement par l'épaule celle qui est officiellement depuis huit jours euh, putain, la meuf canon que Sid Ali sort avec. Djahaamila ? Tu l'as dit tu l'as ! J'y crois pas ! Je suis live, là ?

Son frère Toufiq nous accompagne : Djamila n'aurait jamais eu l'autorisation de minuit, encore moins l'autorisation de l'aube, si elle n'était sortie chaperonnée par son grand frère. Mais Dieu merci, Toufiq ne me la joue pas grand frère : grand frère jaloux de ses prérogatives viriles de grand frère, substitut de l'autorité du père sur sa sœur. Aucune arrogance à l'égard d'un minot de quinze ans – il en a dix-neuf –, qui certes le dépasse en taille de dix bons centimètres, mais dont la réputation n'est pas blanc bleu, ni la renommée très saine. Il m'a accepté d'emblée – total respect : tu es un homme, j'en suis un. Main dessus, main dessous, puis claque fraternelle le plat de la main contre le plat de la main… Et nous avons scellé notre accord en nous roulant un zeppelin que nous avons fumé dans le tram au vu et au su des passagers – *nota bene* : nous avions tous les trois nos kets : je payais dans le tram, le tromé et le Rereu depuis que j'avais déclaré mon amour à Djamila. L'amour est la plus belle des AEMO – Action éducative en milieu ouvert.

Et nous étions déjà assez high, Toufiq et moi, quand, encadrant notre star façon garde du corps rapprochée, nous avons fait notre entrée dans ce hangar où les réjouissances étaient déjà commencées.

Sono, tambours, bendirs, derboukas, saxos, guitares, gaïtas, luths électriques… Encens et *lightshow*, méchoui, fruits rouges, glaces et douceurs au miel, thé à la menthe, vin blanc, vin rosé, vin gris, champagne, beu et chichon à volonté.

Le *houl* est là : l'ambiance au sens maghrébin du mot. Nous dansons, nous chantons, nous scandons le tempo dans nos mains, nous modulons des youyous, nous reprenons en chœur, au refrain, les airs les plus connus : *Didi, Beraka, Ya Rayah, Salma ya salama, N'sel Fik*… Et sur un enregistrement du Carte de Séjour, *Douce France*, que Rachid Taha n'a pas pu venir en personne chanter avec nous.

Nous hurlons de rire, nous nous écroulons, pris de vertige, sur des tapis et des coussins, les pétards passent de main en main, les gobelets de champagne ou de thé… Un bon djinn est parmi nous, qui prodigue la bonne humeur : rien d'excessif, rien de cassé, rien de violent ni d'abrutissant. Nous réécoutons pour la énième fois le démo du futur album de Meziane : lui aussi chante *Ya Rayah*… Dja et moi, valsons à l'oranaise sur *Ya Rayah*.

Ou nous sortons un moment du hangar pour reprendre souffle, nous confier de graves secrets de rien du tout et échanger de grands serments pour rire, sous le beau ciel étoilé. Un long baiser, puis nous revenons vers les plaisirs plus bruyants, plus houleux – houleux de houl – de la teuf.

C'est reparti pour un *Ya Rayah*.

Cris, tambour, danse, danse, danse, danse !

Nous ressortirons à l'aube, fous, fourbus, ayant un peu trop bu, un peu trop fumé, mais heureux, mais plus amoureux que jamais. Et Toufiq sourit à sa sœur : je suis agréé. J'aime Dja, Dja m'aime.

C'est le premier jour de l'été. L'année scolaire est terminée. Le ciel est bleu tendre. Le reflet mauve d'un néon défectueux tremble sur le bitume. Nous courons vers le premier tram en agitant ostensiblement nos portecartes sous les yeux ensommeillés du wattman – oui ! nous l'avons. Nous fredonnons *Beraka* :

Derna lamour fi beraka mranika…

Nous avons fait l'amour dans une baraque minable…

Oui, au fait, à ce propos : nous n'avons pas encore fait l'amour, Dja et moi.

— Jbed ? dis-je, deux jours plus tard, en exprimant les choses le plus salement qui soit, dans le seul but de la provoquer.

Mais qui de nous deux se trouve alors le plus démonté ? Ce relou de Sid Ali – l'arroseur arrosé. Car, à sa stupeur, c'est sa houri qui fait, pour ainsi dire, le premier pas, mine de rien.

Elle, la sérieuse jeune fille musulmane bien élevée ? Oui.

Comment ? Rien, une allusion au fait qu'une de ses bonnes amies, Agnès, qui n'est jamais chez elle dans la journée, a la gentillesse de lui laisser ses clefs : Dja peut aller y travailler et bouquiner, tranquille, l'après-midi ; se servir de son ordinateur pour le collectif Ma Ychali, où Agnès milite elle aussi. C'est mieux qu'une beraka. Dja et moi, nous pourrions très bien…

— Ça te dit ?

Si ça me dit !

— Samedi ?

— Non, pas le samedi mais en semaine, quand Agnès n'est pas là.

— Lundi donc.

— Lundi.

Et ce ne serait ni pour bouquiner, ni pour recopier et saisir sur l'ordinateur les témoignages des victimes du « terrorisme résiduel ».

Dire ce que fut ce lundi ? Dire ce que fut ma toute première fois avec elle, sa première fois avec un homme – Dja a saigné ?

Émotions partagées, plaisir, plaisir qu'avivait un rien de maladresse tant de sa part que de la mienne, frissons, jouissance, cri… H'chouma ! Un reste de pudeur musulmane m'interdit d'en dire plus, bien qu'il soit sans doute plus facile de rédiger ce genre de prose dans l'obscurité et la puanteur d'une prison la nuit. H'chouma – non pas honte, mais décence, mais délicatesse. Et notre secret, Dja et moi.

Il suffit de savoir que nous nous sommes retrouvés ainsi, un jour oui un jour non, tout le mois de juillet, chez Agnès, couchés sur un kilim dont le toucher un peu rèche me reste en mémoire, sous une affiche du Comité pour l'Abolition de la double peine : *Non à la double peine !* Et que je n'oublierai jamais.

De brillant sujet, étais-je devenu un bon sujet maintenant ?

Du moins, je faisais comme si. Parce que j'avais enfin une raison de faire comme si : garder l'estime de Dja. J'étais je crois assez crédible. Je l'étais assez pour y croire moi-même.

Évidemment, il y eut des rechutes : on ne se refait pas d'un coup. Et je me méprisais alors : ce n'est pas moi, ce n'est pas vraiment moi. Mais quelque chose de plus fort que moi. Le Horla ?

J'avais toujours une vie parallèle, des virées, mais rapides, aux Halles, aux Champs, à Barbès ; ou je restais seul à bouquiner chez moi. Dja avait la sienne : elle ne me donnait pas tout, je ne lui donnais pas tout – et c'était très bien comme ça. Nous ne nous affichions pas : pour échapper au mieux à cette plaie des banlieues, et plus encore du milieu maghrébin, qu'est la namîna – la calomnie. Nous étions heureux, je crois, de vivre notre amour en secret.

Est-ce que je faisais souffrir Dja ?

Je n'en sais rien, à vrai dire. Je ne crois pas. J'étais

assez soumis. Je m'emportais rarement. J'avais cessé de me rebeller.

Parfois, je me sentais absolument absent de moi. Comme un autre. Comme mort.

Juillet passa – passé simple – ainsi. La cité se vidait de ses habitants comme chaque été. Ils étaient pourtant chaque année moins nombreux à retourner en Algérie. Mais ils prenaient quelques jours de vacances en France. Pas nous, les B. Pas moi.

Azzedine et Amina partiraient en camp, deux semaines sur une plage du Pas-de-Calais – *en encadrement renforcé*. Faut-il un dessin ?

Dja aussi allait partir. En août.

Première cassure.

— Yema ! Yema !

— Oh, petchit !

Dja avait trouvé un job correctement payé et qui serait également un peu des vacances pour elle – à Marrakech.

Un jeune avocat richissime mais généreux, qui avait pour clients, entre autres, quelques stars du raï, un grand couturier d'origine algérienne et des top models natives du Maghreb, donnait pas mal d'argent à la cause Ma Ychali et à « Drope la dope ! ». C'était par ce biais qu'il avait connu, et apprécié pour son sérieux et son intelligence, Djamila. Il possédait une villa dans la Palmeraie : il lui proposait de garder ses trois enfants – quatre, six et neuf ans. Et elle prendrait en note les appels venant de son cabinet à Paris pendant que lui jouerait au golf avec sa femme – ils n'euh emportaient pas leurs portables quand ils partaient pour un dix-huit trous.

Du euh golf ? l'euh été ? à Marrakech ? – Tendance ! Le nouveau chic. – Ah ouais. – Tu as des voiturettes électriques, des porteurs de parasols et des porteurs d'eau et des brumes artificielles sur le green. – Ah ouais. Ça le fait, alors. Surtout si tu portes du microporeux aéré déperlant respirant *no rustle®* – genre. Du Jack Nicklauss – genre. *Put it for a great putt* – putain.

Et putain de baraque ! Djamila m'avait montré un beau gros livre de décoration que l'avocat lui avait prêté et dans lequel sa villa figurait sur pas moins de dix pages, *Demeures de rêve au Maroc* – tu l'as dit tu l'as – : que Djamila voie un peu ce qui l'attendait.

Je lisais et relisais avec avidité les descriptions et les légendes des photos rédigées dans une prose aussi lyrique que celle des catalogues BMW. *Où la modernité la plus audacieuse retrouve le secret des traditions*.

C'était un ksar c'était, mais construit par un architecte américain : *un ksar moderne, d'une austérité toute minimaliste, autour d'un exubérant riad.* Les pièces à peu près vides : un lit, un halogène, un fauteuil de cuir noir, *le luxe absolu du dépouillement*. Rien aux murs, *une apaisante monochromie ocre rehaussée ici et là par l'éclat franc d'une toile unie tissée main, bleu targui… « Nous n'avons pas voulu l'air conditionné »*, mais l'épaisseur des murs, les ouvertures en meurtrières, l'ombre, et *la technique ancestrale des tours à vent*. Chaque chambre sa salle de bains, la possibilité pour chacun de s'isoler : *« Ce dénuement si reposant pour l'œil, qui me permet de me ressourcer après une année harassante »*. Mais aussi la piscine, *carrelée de zelliges émaillés à l'ancienne par des artisans locaux virtuoses, gardiens jaloux d'un métier ancestral*, autour de laquelle toute la famille aime à se retrouver. Au bord de laquelle Djamila garderait Zoé, Silvestre et Balthasar.

L'employeur lui avait offert un portable pour le temps du séjour, et deux cartes prépayées : que nous puissions appeler Djamila de notre lointain 93 – bingo la minute entre la France et le Maroc, de fixe à portable ! Elle en avait donné une à ses parents, et l'autre à moi.

Mais je ne l'appelai que deux fois dans le mois. Et je raccrochais assez vite. Et les deux fois où ma mère me fit la commission qu'une certaine Djamila m'avait appelé de Marrakech et demandait que je la rappelle, je ne la rappelai pas.

Pourquoi ? Je l'ignore encore. Pas envie. Envie de me laisser glisser dans la dépression. Ou envie – envie au sens religieux du mot : péché d'envie. J'enviais Dja de se ressourcer, après une année harassante, dans ce dénuement si reposant pour l'œil, au bord d'une piscine carrelée de zelliges émaillés à l'ancienne...

Putain ! la tune que se faisait ce baveux ! et de gauche, en plus ! et généreux !

Je lisais dans *Illuminations* : *... les habitations et les migrations, sports, féeries et conforts parfaits, et le bruit, le mouvement et l'avenir qu'ils font !* Voilà. Leur vie.

J'avais recommencé à m'amuser en solo à la suffocation sous sac plastique. Auchan, But, Continent, Fnac... N'importe quoi. La transparence de la matière étanche n'est pas nécessaire quand on jouit seul.

J'avais recommencé aussi à zoner longuement aux Halles, ou aux Champs. Paris était abandonné des Parisiens. Mais on pouvait se livrer sur les touristes au *luxe absolu du dépouillement*. Je taxai ses lunettes de soleil à un Rital à caméscope. Le design italien, il n'y a que ça de vrai. Mais ce nul nullissimo, elles étaient montées en verres correcteurs ! Correcteurissimi, les verres ! Je vis, floues, et plus petites que dans la bandante réalité, les Béhèmes exposées en vitrine du showroom. Je les lui jetai dans une poubelle, ses belles Occhiali Armani... Le luxe absolu de la pouillave : le bateul (du gratuit, mesdames et messieurs, en arabe dialectal des banlieues).

Djamila est revenue de Marrakech – classe Affaires, avec Maître, Madame, et leurs trois beaux enfants blonds aux yeux bleus. Elle n'a fait aucun commentaire à son retour, ne m'a fait aucun reproche. Indifférence ou amour vrai ?

Nous avons recommencé à nous voir, à nous retrouver chez Agnès les mercredis aprème – jbed, oui, sous l'affiche *Non à la double peine !* Nous avons recommencé à sortir ensemble. Mais moins souvent. C'était aussi que nous avions beaucoup plus de travail : j'entrais en seconde, Dja en première : première S – *ladies and gentlemen, standing ovation, please !* Dans la classe réputée la plus littéraire des trois S : la classe de la fameuse Mme Rénal.

Dans la cour, les couloirs ou à la bibal du bahut, nous faisions volontiers semblant de ne pas nous voir. Habile moyen de préserver des gazes et des baves ordinaires notre relation amoureuse. Mais Malika en conclut que c'était fini entre nous et en ricana comme une hyène du désert qu'elle était, sans pitié. Elle me tailla XXL un costard Tati. Nulache, il était, le Sid Ali. Indigne de la divine Dja. Dja avait eu un moment d'égarement comme nous pouvons en avoir toutes, tassepés que nous sommes, devant ce genre de craquants ramenards au sourire à double fossette, à l'œil noir khoholé au naturel, aux dents blanches « Très très près, ha ha ! » Elle l'avait toujours prédit : Dja souffrirait. Et puis, intelligemment, laisserait béton. Une QI 135 !

Mais Dja était-elle tout à fait sincère et désintéressée quand elle me rapportait, dans l'intention prétendue complice de me faire marrer, ces horreurs que débitait sur moi sa meilleure amie, cette pauvre pouffe ! jalouse, frustrée, qui m'allumait à chaque interclasse ? Avant Marrakech, Dja ne l'aurait certainement pas fait. Elle avait alors envers moi la délicatesse de ceux qui aiment vraiment: elle savait que rapporter les médisances d'un tiers à la personne visée, serait-ce pour en plaisanter tendrement avec la personne visée, est aussi une manière subtile, sinon perverse, de blesser, l'air de ne pas y toucher, la personne visée – aimée. Apparemment aimée.

Quant à moi, j'ignore pourquoi, je pris en grippe Mme Rénal, dont Dja ne cessait de me vanter les mérites. Elle ne m'en parlait pas comme de sa prof de français, mais de « son professeur » – à l'ancienne. Elle ne la nommait jamais « Rénal » tout court mais « Mme Rénal ». Suivant en cela, d'ailleurs, un usage qui s'était largement institué au bahut: comme un mot de passe que les classes de seconde et première auxquelles Mme Rénal faisait cours se repassaient d'année en année: « notre professeur, Mme Rénal » – la manifestation du sentiment, si rare chez les élèves pour leurs profs, d'un « maximum respect ».

Mme Rénal, qui savait en effet se faire respecter d'eux, connaissait assez notre culture pour passionner les enfants d'immigrés maghrébins, et recevait chez elle ceux qu'elle appelait ses « meilleurs éléments ». Je crois bien que c'était la notion de « meilleur élément », le mot « élément » qui me euh faisaient iech. La gerbe!

Mais Dja était fascinée: Mme Rénal avait enseigné au Maroc, Mme Rénal avait eu une fille d'un intellectuel algérien... Mme Rénal pouvait leur parler du Coran aussi bien que de Rimbaud – ah. On pouvait se confier à Mme Rénal. Mme Rénal comprenait nos soucis à nous, nos difficultés propres.

Quels soucis, quelles difficultés?

Dja haussait les épaules. Est-ce que nous étions en froid? Non, un ange passait, rien de plus. Mais non, je me faisais des idées. Rien n'avait changé.

Tout était comme avant. Avant Marrakech. Avant les vacances – ses vacances à elle, ses vacances payées comme un bon job ; moi, je n'en avais pas eu. Non. Nous nous aimions toujours. Dja m'aimait, j'aimais Dja. J'aimais Dja, Dja m'aimait. J'aurais pu le chanter à l'oranaise, en new raï. Quel succès ! Comme Faudel, dis ! qui venait d'entrer avec son premier disque dans la liste des hits, et n'avait, après tout, que deux ans de plus que moi. À peine.

Eh bien, j'allais offrir à Dja le Faudel ! *Tellement je t'aime… À la foholie* ! Dja aimerait les disques que je lui apportais, et les romans de Naguib Mahfouz – je crois qu'elle ne les a pas ces deux-là.

Je courais sur la passerelle, en faisant tournoyer en l'air les sacs Virgin assez vite pour que le contenu ne puisse s'en échapper. Je courais d'un pas léger, dansant, vers elle. Je me rappelais la teuf en juin, nos mercredis aprème, couchés à jbed comme des guedins sur le kilim, et mes baisers volés sur sa nuque… Je me rappelais comment, hier encore, alors que je traversais l'avenue après l'avoir embrassée, elle m'avait si délicieusement hélé : « Sihid ! » – m'avait fait revenir sur mes pas pour un rab de tendresse.

Un homme ne pleure pas, je le sais, mais me venaient des larmes aux yeux rien que d'y repenser. Le mal ne peut pas m'atteindre. Je suis béni, je suis sauvé. Quel miracle que la vie !

Il y a trois heures, je bavais, aux Champs-Élysées, devant les vitrines du showroom BMW.

Il y a deux heures, j'enculais cet enculé dans une maison de passe de la rue Balzac.

Il y a une heure, je choisissais des disques et des livres chez Virgin pour mon amour aux yeux de gazelle, aux lèvres de Lamia – Dja !

Dans quelques minutes, je serais à sa porte et je sonnerais. *Je lui dirai ! Je lui dirai* !

Je sonne. Elle ouvre. Elle me sourit mais me laisse entendre qu'elle est charrette : elle a un exposé à faire et je ne me suis sans doute pas rappelé qu'elle m'avait prié de ne pas passer chez elle aujourd'hui, de la laisser travailler. Comme si de rien n'était, je brandis les sacs Virgin, j'y puise les disques, les livres.

— Qu'est-ce c'est, Sid ? Qu'est-ce que signifie... ?

— Pour toi ! Tout ça pour toi. Je te les offre, Dja. Cadeau !

Mais elle s'écrie, furieuse :

— Que tu as chourés, hein ? J'en veux pas ! J'en veux pas !

Je me récrie :

— Mais non ! regarde !

et je lui montre le ticket de caisse tout en prenant bien soin de lui dissimuler avec mon index le montant total. Tout comme j'ai enlevé les étiquettes – ça se fait, avant d'offrir, je le sais : on ne laisse pas le prix sur un cadeau, question de tact, de politesse du cœur. Notre *karama*. Notre *akhlâq*.

Peine perdue. Djamila ne se calme pas.

— Ah ouais ! alors c'est avec de la tune taxée à qui, si tu as pu banquer ? Tu me crois débile ?

— Mais non, je t'assure ! Je te le jure sur la vie de ma mère !

— Laisse ta mère tranquille ! Mais dis-moi à oim depuis quand tu peux craquer genre mille balles chez Virgin ? Tu bosses pas, hein, que je sache ? Putain, merde, tu es pas net, Ali !

— Sid !... Ali.

— C'est que tu deales, alors ?

— Nahan.

— Tu deales pas ?

— Oh eh ! tu es pas malheureuse de trouver un peu de beu à fumer de temps à autre, Dja !

— Dja-mi-la ! Je te parle pas de beu ou de hasch au détail 25 grammes, je te parle de gave ! je te parle de poudre ! Joue pas au con avec moi, tu as très bien imprimé ce que je voulais dire !

— Tu es dingue ! Je te dis, moi, que je touche pas à ! Je te l'ai déjà dit, putain, j'y touche pas ! j'y touche pas ! Je veux pas finir comme Yazid je veux pas.

— Ah bon ! Alors, tu vends ton cul alors ?

— Quoi ? Répète voir ?

— Je dis : tu vends ton cul ! Tu as très bien entendu. Je t'ai vu zoner avec Djebril, figure-toi.

Offusqué, je hurle en toute mauvaise foi :

— Quel Djebril ? Quel Djebril ?

— Djebril-l'Archange ! Je vous ai vus ensemble !

— C'est interdit de sortir avec Djebril-l'Archange, maintenant ?

— Tu me caches le soleil, Sid ! Je t'ai assez vu ! Allez ! Casse-toi ! Bouge ! J'en ai assez de toi ! J'en ai assez ! Assez !

Et Djamila m'a poussé vers le palier, et a brutalement claqué la porte derrière moi. Et comme j'avais laissé dans son entrée les grands sacs plastique pleins de livres et de CD, elle a immédiatement rouvert la porte pour les jeter à la volée dans l'escalier... Et l'a claquée une seconde fois, aussi fort. Et les disques de Faudel, de Taha, de Mami, d'Alla, et les deux Nass et Ghiwane, et le Gnawa Diffusion ont dévalé les marches... Et l'étui de l'Orchestre National de Barbès s'est cassé... Et j'ai ramassé un étage plus bas, au rez-de-chaussée, les livres de Naguib Mahfouz : *Le Palais du désir* et *Le Jardin du passé*.

Et puis je l'ai entendue qui rouvrait une fois encore la porte, et j'ai eu, une seconde, l'espoir que c'était pour me rappeler, pour me dire de remonter, et qu'elle m'aimait toujours... Que tchi ! c'était pour jeter aussi le catalogue du roadster M de BMW, que j'avais oublié – *Le début d'une excellente relation*.

C'était fini entre nous, je le savais. Et je n'étais pas fier de moi, non. Mais j'étais fier de ne pas l'avoir frappée. J'aurais pu. Putain ! j'aurais pu.

Chronique d'un carnage annoncé.

C'était le titre du dernier papier que Djamila avait donné à *Pote à Pote*. Quatre feuillets : une page sur ce qu'on avait pu savoir des massacres commis la nuit du 22 au 23 septembre, dans le Triangle de la peur, le Triangle de la mort, à Benthala. Plus de trois cents morts en trois, quatre heures, à moins de vingt kilomètres d'Alger, dans la Mitidja. Et de nombreux indices prouvant que cette attaque terroriste n'était nullement inattendue : les autorités auraient, une fois de plus, en toute connaissance de cause, laissé faire.

Mitraillages, égorgements au coutelas, viols, incendies : la routine meurtrière, le scénario habituel. Les choses se sont passées comme au village natal de mon père et de mon oncle Abdallah : le transformateur qui saute, les gens qui tambourinent sur des barils pour alerter l'armée qui campe sur les hauteurs. Mais les militaires ne bougent pas. Et les gardes communaux armés n'interviendront pas non plus.

Une centaine d'hommes du GIA investissent Benthala. Ils tuent, ils violent, ils incendient au cri de « Allahou akbar ! » Ils ne massacrent pas au hasard : les maisons où logent les familles condamnées ont été repérées les jours précédents. Les témoignages concordent : des gens ont vu la veille, l'avant-veille, des inconnus qui parcouraient les rues, qui paraissaient inspecter la voirie du village, prenaient des notes. Ils ont signalé le fait aux gardes communaux, certains ont pris la peine de téléphoner à la Wilaya comme il est recommandé sur les affiches de la défense civile : *Avez-vous vu quelque chose de suspect dans votre quartier ? Appelez le 73 00 73…* Na'din'mok' ! Comme d'habitude, personne n'a voulu répondre, n'a voulu noter les dépositions.

Et comme d'habitude, avant de repartir, les tueurs ont versé de l'huile de moteur dans les citernes pour rendre l'eau imbuvable, et exposé quelques cadavres écorchés à la feuille de boucher dans le jardin public. Exactement ce qui s'est passé au village natal de mon père et de mon oncle Abdallah. Tel que je l'ai vu, tel que je l'ai vécu.

— Sauf que tu ne l'as pas vu en réalité. Tu n'étais pas là, Sid Ali. Mais maintenant, tu dois me dire ce que tu as vu toi.

— Je ne sais plus. On m'a raconté ce qui m'est arrivé, le massacre, la bombe dans cette rue d'Alger, rue N'Fissa, mais je n'en ai aucun souvenir. Comme si c'était effacé. C'était horrible ! le sang, la cervelle, j'en avais sur moi mais ce n'était pas la mienne, et toutes les vitres cassées, et la fumée noire, j'étouffais… Cette femme qui hurlait, mais je n'entendais plus, j'étais sourd. On m'a raconté. Je l'ai vu. Après, je me suis évanoui.

— Attends ! là, je ne te suis plus.

— Moi non plus, je ne suis plus. Je ne suis plus rien.

— Si tu cessais de jouer à ce petit jeu un instant ! Si tu cessais de jouer avec les mots, si tu cessais de jouer sur les mots, Aziz !

— Sid Ali ! Moi, c'est Sid Ali. Aziz, c'est mon

grand frère. Il est plus petit que moi mais c'est mon grand frère – 'Llah !

— Oui, excuse-moi. J'ai eu aussi affaire à ton frère Aziz…

— Un cas.

— Sid Ali !

— On se ressemble beaucoup. Enfin, surtout moi.

— Sid Ali, j'en ai plus qu'assez !

— *Casser la voi-oi-oix…*

— C'est insupportable, à la fin, Sid Ali ! Tu n'es pas fou : tu te fous de ma gueule !

— Moi ?

L'enculé. Il me reprochait presque de me montrer un peu trop docile, de ne jamais rien contester, de lui répondre par oui ou par non sans jamais rien ajouter, ou de me taire… Comme s'il s'agissait non d'un entretien mais d'un simple questionnaire – *oui*, – *non*, – *ne se prononce pas*. Le voici servi – service, Sidi !

Il est à bout de nerfs. Il me défie du regard. Il porte des verres ronds et épais, de myope, cerclés d'or. Pas de logo sur les branches, pas de marque, nib ! Est-ce que c'est de l'or, au moins ? Ou du plaqué ?

Il fait si chaud ! Un ventilateur de table rotatif brasse l'air moite et, à chaque passage, soulève très légèrement la feuille blanche posée devant lui sur son bureau. Il y a griffonné un mot au crayon. Il ne se doute pas que j'ai appris à lire à l'envers. *Fabulateur*, je déchiffre – il doit s'agir de moi.

Mon attitude le surprend : je suis bien insolent, aujourd'hui. Je l'étonne ? Je vous étonnerai toujours. Deuxième prise – clap ! –, moteur.

Il a retrouvé un peu de son très professionnel sang-froid. Il esquisse son très étudié sourire bienveillant… Voilà. Il va reprendre aussi posément que possible. Z'y va.

— Bon, Sid Ali. On reprend.

Hein, qu'est-ce que je disais ? On reprend.

— Quand es-tu retourné en Algérie, Sid Ali ?

— En… en juillet 1994.

— Non, ça c'était ton dernier voyage, ton dernier séjour. Mais, la fois d'avant… ?

— En 1993 ? Je ne *retournais* pas en Algérie : c'était la première fois que j'y allais ! la première fois que je traversais la Méditerranée : je ne suis pas algérien, moi ! je n'ai pas de racines là-bas, moi ! Et mon père n'avait jamais voulu y retourner avant. Ne me demandez pas pourquoi.

— Je ne te le demande pas.

— Tant que mon oncle Abdallah… Enfin, je n'ai jamais su la vérité. Des histoires, quoi ! De sombres histoires. Je ne veux pas savoir. Des histoires de famille. Il n'y a rien dans mon dossier là-dessus ?

— Je n'ai pas ouvert ton dossier.

— Ah ouais ! *Affabulateur* et *fabulateur*, c'est quoi la différence ? *Fabulateur*, c'est moins grave ? Je sais lire à l'envers, vous savez. Et écrire à l'envers aussi, avec un miroir. Comme ce génie, là, qui a peint *La Joconde*…

— Léonard de Vinci.

— Voilà.

Sa chetron, l'enculé ! Comment qu'il a posé, paniqué, sa main sur la feuille de papier griffonnée !

Il s'écrie :

— Mais non, Sid Ali ! il ne s'agit pas de toi. Je te crois. Je te crois, toi. Je te crois ! Je sais que tu ne me racontes pas d'histoires. Je sais que l'an dernier quand tu étais à Alger… Parle-moi d'Alger, parle-moi de l'Algérie !

— Putain ! j'ai pas aimé du tout, si vous voulez

savoir. Mais alors là, pas du tout. J'ai eu horreur ! Dès l'arrivée... D'abord, ce qu'ils ont pu nous faire iech à l'aéroport... Ici, au départ, déjà. Mais là-bas, c'était pire. Trois heures à faire la queue dans une chaleur à crever : la clime était pétée. C'est bien simple : là-bas, tout est pété. Et ma mère qui pleurait, qui pleurait... Son pays ! L'Algérie ! Al-Jazaïr ! Mon père qui nous disait avant de partir : « Vous verrez comme c'est beau ! » Putain, c'était encore plus crade qu'aux Poètes ! Tout est déglingué, là-bas. Rien ne fonctionne. Rien ! Tu as tout le temps des pannes d'électricité, l'eau coupée... Ils disent : « C'est l'eau courante algérienne : on court après ! » Tous les jours quelque chose, tous les jours ! J'aurais la honte si j'étais algérien. Et des keufs et des ninjas à tous les coins de rue, en armes... Pire qu'aux Halles, bien pire. Putain, ce qu'on s'emmerde ! Rien à branler de la journée... Un frère à ma mère nous hébergeait. Crade comme tout, chez lui. Une télé pourrave, l'image qui neigeait. Beuheurq ! Et mes cousins, Boualem, Wahid, Fouad, putain, les taches ! Et leurs survés Adidas trois bandes ! Du moche de chez moche genre Auchan : pas de tenue, un polyamide de merde, brillant, et qui peluche, qui bouloche, nique au premier lavage machine, du made in Bangladesh... Pas du vrai Adidas, je pense : de la copie pour bougnoules. Sauf si c'est nous qui leur apportons de France, ils ont que du faux. Tu leur donnes un vrai Adidas de chez Go Sport, même une vieillerie à toi que tu as portée deux ans, crade, pas lavée, un modèle d'il y a trois ans qui ne se fait plus, tu es un Dieu, là-bas ! Ils vont les négo trabendo, les vrais, achetés en France. Ah non ! Alger, je vous dis pas, il faut avoir de la tune, mais vraiment de la tune ! et habiter aux Pins, avec gardes du corps, escorte, 4 x 4 blindé et le toutim. C'est bien pire que

Paris, Alger : tu as tout ou tu n'as rien. Tu es tout ou tu n'es rien... Maximum mépris pour les pauvres. Et leur fameux nouveau centre commercial, je vous dis pas ! Ringue, putain, ringue ! Ah, et puis, ils ne nous aiment pas, là-bas, nous, les Français... Ils ne nous aiment vraiment pas, les Français ! Parce que je suis français, hein ! Aussi français qu'un autre. Français comme un autre. Français comme vous.

L'effet !

Le psy, hors d'haleine comme si c'était lui qui venait de tchatcher, réplique :

— Comme moi, oui, Sid Ali.

Suit un silence. J'en ai assez dit, assez fait. Ah non ! qu'on en finisse aussi avec la scène de l'attentat auquel j'ai assisté, rue N'Fissa :

— Et puis il y a eu cet attentat auquel j'ai assisté, rue N'Fissa. On me l'a raconté, après. Par miracle, je n'ai pas été blessé. Rien. Seulement, j'ai tout oublié depuis... Oualou ! L'amnésie.

Mais visiblement, l'histoire n'intéresse plus le psy. Sournois, il me fait :

— En somme, tu t'ennuyais à Alger, Sid Ali. Mais quand tu allais à la plage... ?

Ah, l'enculé ! Nahan. Ça ne va pas recommencer. Ça ne va pas recommencer ! Je ne vais pas devoir redire une fois encore ce qui s'est passé, et que j'ai pareillement oublié – *la mer allée avec le soleil*.

De Rimbaud, j'ai lu ceci aussi :

Un crime, vite, que je tombe au néant, de par la loi humaine !

II

— Tu as une nuit grave ?
— Ma dernière. Elle est pour toi.
Je lui ai tendu mon paquet de Stuyvesant en secouant délicatement l'étui pour en extraire la cigarette à hauteur du filtre, et la lui présenter ainsi avec total respect, en ami, en frère, à ce bel inconnu – ma toute dernière Stuyvesant. Après, je reviendrais aux Marlboro, ou je fumerais autre chose. Mais je n'avais plus aucune raison de fumer des Stuyvesant.
— Tu as du feu ?
— Du feu, aussi.
J'ai sorti mon zippo. Je la lui ai allumée – il me tenait ferme le poignet tandis que je lui tenais le briquet. Il a avalé la fumée avec une sorte d'avidité puis un soulagement évident – d'accro. La flamme a illuminé un instant le blanc bleuté de ses yeux d'un noir profond. Putain, qu'il était beau !

Il se tenait adossé à ces palissades métalliques qui tapissent les couloirs d'accès à la gare du Nord – quand on vient du RER. Je crois que je les ai toujours vus en chantier, ces couloirs, et mal éclairés : éclairage provisoire – *la RATP et la SNCF prie les voyageurs de les excuser pour ces inconvénients durant toute la durée des travaux*. Quelqu'un a corrigé au feutre rouge la faute d'orthographe : rajouté un *n* et un *t* à *prie* : un certain Sid Ali B., de la cité des Poètes.

Juste pour le plaisir de foutre le pet, on peut s'amuser aussi à passer la main le long du lattis en fer, les jointures en redan scandant un boucan du diable – tam-tam-tam-tam-tam-tam. C'est un tam-tam, ouais : pour les planqueurs, un bon moyen d'alerter le fourgue quand ils voient s'avancer un acheteur suspect ou les rhnouchs. Le couloir fait à cet endroit un coude on peut voir venir de loin, épier devant soi, épier derrière soi. Rabah – il s'appelait Rabah : il s'est tout de suite nommé, sans que je le lui aie demandé –, Rabah se tenait là.

Il était réellement beau. Au moins aussi beau que moi, et aussi grand. Je n'ai rien oublié de notre première rencontre. Que je le décrive : il avait aux pieds des Nike Air blanches, lacets blancs dénoués. Un bas de jogging Lacoste : le modèle que je préfère : dans un nylon laqué mais qui a de la tenue, à trame armée, blanc glacier, presque translucide, et laissant deviner la doublure absorbante en coton éponge blanc... Je ne connais rien de plus sexy. Ceinture froncée élastique mais, en plus, un lacet de serrage à la taille : il y a une manière de le placer haut sur les reins et les hanches mais très bas sur le pubis, ras la queue, quoi, avant de tirer à donf les deux bouts du lacet et de nouer : tu as le cul bien moulé, tu sens la couture qui te raie la raie, mais tu as la ceinture du slip qui dépasse par-devant – je ne connais rien de plus sexy, putain. Et détail sport, pratique – pratique pour courir, pratique pour le break, pratique pour le deal – : les poches sont zippées, tu ne perds rien quand tu es en mouvement. Et le crocodile ? brodé sous la poche droite, à mi-cuisse. Réellement beau.

Avec ça, Rabah portait un sweat blanc Gill, forme vareuse, en fibre polaire, modèle *Berbère* – je n'invente rien : Berbère ! putain ! –, fermeture éclair de l'encolure au plexus, ouverte, mais le col relevé strict à la manière d'un col officier, et surtout pas les pointes retournées sur la poitrine – pitié ! –, le bas glissé sous le slip. Rabah le portait comme il faut : tu dois prendre une taille en dessous pour mettre en valeur le torse : du small si tu es médium, du médium si tu es large, du large si tu es XL, etc.

Il était réellement beau. Tondu coupe incorpo à cinq milli : juste ce qu'il faut pour du cheveu noir de rabza. Mais il n'y a que les cainfs qui savent faire : les quatre ou cinq bons salons de coiffure ethniques du boulevard de Strasbourg – ils ont le sabot pour, sur la tondeuse, qui te laisse la bonne épaisseur voulue : cinq millimètres minimum – si tu as la tune, tu y retourneras quand tu en seras à un centimètre de haut –, et ils savent parfaitement suivre l'arrondi de l'occiput. Du front, à la nuque, aux tempes : régulier, net. Du grand art ! Dix keuss, mais ça les vaut. Et c'est toujours moins reuch que chez Biguine et autres nuls du ciseau.

Rabah était réellement beau. Je ne voulais pas le croire : il avait, relevée sur le front, une paire de BMW titane, verres rosés VIS – *Visibility Improvement System*. Putain, qu'il était beau !

J'avais chouïa la honte : mon sweat à capuche Hanes, bon, passe ! mais j'avais mis mon baggy mastic avec. Je ne sais pas pourquoi je l'avais mis. Pour me punir, sans doute. Depuis la scène finale avec Dja, trois jours auparavant, je faisais un peu n'importe quoi. J'étais perdu. Rabah, lui, était dans le vrai : sportswear blanc. Tu laisses les baggies aux connards à planches à roulettes, tu laisses à la racaille caillera les treillis urban fight, les camouflés, les bandanas, les trois bandes Adidas, les Caterpillar, les Schott, les Harrington, les Cossby, et le reste. Non, toi, tu es un prince, un Sid : Lacoste, Gill, BMW *Produits dérivés* – tu es bon.

Princier, généreux, Rabah m'a tendu la clope que je venais de lui offrir, mais je lui ai fait signe qu'il pouvait la finir. Ce qui est offert est offert – notre morale, notre karama, notre akhlâq.

— C'est quoi ton nom, toi ?

— Sid Ali.

Il me regardait droit dans les yeux : défi viril, complicité tacite, fraternité instinctive, volonté de charmer – un peu de tout cela à la fois, peut-être. Il me souriait. Il avait le double pli aux commissures des lèvres, irrésistible, lui aussi. Comme moi.

Il a fouillé ses poches.

— Tu veux un Prozac ? un Lexomil ? un Xanax ? un Tranxène ? ah, et j'ai du quaalude, et du Guronsan, et du *high'n'low import direct from the States* ! Super ! Un calmant qui excite ! Qu'est-ce que j'ai encore à t'offrir ? Un Tic-Tac anis ? C'est bon pour l'haleine après que tu as sucé une teub. Le latex, ça laisse un goût.

— Nahan, merci, lui disais-je, troublé, – labès, nahan, merci, merci, nahan, labès !

Mais je n'avais pas envie non plus d'en rester là, de le quitter comme s'il n'était personne, et, apparemment, lui non plus.

Nous avons commencé à marcher vers la sortie Grandes Lignes.

Je lui ai glissé pianissimo, entre les dents :

— Balek ! Les ninjas !

Je les avais repérés qui venaient vers nous. Il est interdit de fumer, y compris dans les couloirs ! y compris passé les tourniquets ! Rabah a caché au creux de sa main la nuit grave : les vigiles de la RATP nuisent encore plus gravement à notre santé que le tabac.

Ils étaient cinq, allure commando. Ils allaient nous faire iech, nous trier au faciès, comme d'hab.

C'était couru. Nous : impératif : ne pas courir ! Nous nous sommes neutralisés autant que faire se peut : pas trop pressés mais pas trop non chalants ni trop rouleurs d'épaules non plus, pas trop animés ni trop genre gavés au Valium, sourire ni trop soumis ni trop insolent – l'attitude eratépément correcte, la démarche mesurée. Et l'air de qui n'a rien à se reprocher, nous sommes passés sans encombre à leur hauteur (enfoirés). Ils avaient, par chance, trouvé en chemin des keublas à filtrer (enfoirés). Des plus noirs que nous.

Nous avons pris l'escalier mécanique de la sortie Thalys-Eurostar, qui était en panne. Comme d'hab.

De la gare du Nord partent les Thalys : Bruxelles ! Anvers ! Cologne ! Amsterdam !

Et l'Eurostar : Londres !

Les quais de l'Eurostar sont protégés par des vitres blindées ; les passagers de l'Eurostar, du commun des mortels. *Restricted area*.

Rabah m'a dit :

— Tu te plantes là : tous les jours – tous ! les ! jours ! – tu vois passer des stars. J'ai vu Adjani comme je te vois. Je te le jure : Adjani ! Et des groupes de rock, et des chanteurs qui vont enregistrer à Londres. J'ai vu Faudel, l'autre jour.

— Putain, Faudel ! *À la foholie !*

— J'ai vu Khaled.

— Ah ouais ? Adjani ! Faudel ! Khaled ! Putain, alors, y a que des rebeux, alors, dans l'Eurostar ! C'est le Rereu ligne B, l'Eurostar !

Mort de rire, Rabah ! Plié en deux ! Il a failli en perdre ses BMW, qui lui sont tombées du front – les a rattrapées in extremis. Je lui plaisais. Mon esprit, sans vouloir me vanter, lui plaisait.

— J'ai vu Bashung.

— Ah ouais ! Bashung ! « *Vertihiges de l'amour !* »

— Tu les vois en chair et en os, ils ont pas l'air vrai. Ils font moins eux-mêmes qu'à la télé, quoi. Tu les reconnais à peine. Tiens, je vois souvent Jane Birkin – « Moi j'adore voyager, et quand je retourne en Angleterre, je prends le bateau à Calais… » Menteuse!

Comme je connaissais moi aussi le message publicitaire récité par l'actrice auquel il faisait allusion en imitant son accent caricatural, j'ai poursuivi dans le ton:

— « Calais: des minicroisières pour l'Angleterre! »

Et nous avons hurlé de rire comme des hyènes du désert, à en avoir mal au plexus, à en perdre haleine. Et ainsi fut scellée notre noble et immarcescible amitié.

Les voyageurs s'écartaient, nous regardaient d'un sale œil « mais que fait la police? » Des agents SNCF, qui passaient, se sont retournés sur nous, suspicieux. Les paras en treillis léopard du plan Vigipirate, qui, mitraillette en bandoulière, patrouillaient dans la gare, nous surveillaient plus discrètement mais nous surveillaient.

Rabah m'a signifié des yeux: On se casse!

Labès. Nous nous comprenions déjà sans le recours à la parole.

Nous sommes sortis de la gare. Nous avons commencé à remonter le boulevard de Magenta, en échangeant quelques renseignements sur nos états civils respectifs. De quel département, nous étions? 93, l'un comme l'autre. De quelle commune, lui? Bobigny. De quelle cité? Cholokhov, près d'Avicenne, l'hosto francomusulman où son père avait longtemps travaillé à la buanderie et était mort, l'an dernier, d'un cancer du foie. Depuis, Rabah n'y retournait pour ainsi dire plus. Le foie est symboliquement pour nous, Arabes, ce que vous, roumis, appelez le cœur: Tu es le fils de mon foie.

Il avait maintenant une piaule à Barbès.

— On y va ?

— On y va.

Est-ce qu'il connaissait Mourad, de Bobigny ? Oui. Et Lotfi, de Bobigny ? Et Lotfi, oui. Et Moh, Moh Bouchech ? Et Moh Bouchech, le rapeur raï. Rabah était né dans le 93 ? Non, à Marseille. Il y avait vécu jusqu'à dix ans – d'où cette pointe d'accent chantant qui lui était restée, et quelques expressions propres aux cités marseillaises : exemple, il ne parlait pas de ses « potes », mais de ses « chourmos ». Quel âge avait-il ? Il avait dix-neuf ans.

Je lui ai menti :

— Moi itou. Dix-neuf.

Et puis, j'ai eu honte d'avoir menti à mon meilleur ami, alors j'ai piteusement rectifié :

— Non, quinze, en fait. Quinze et demi.

— Quinze et demi ? J'y crois pas.

— Quinze et demi, je te dis. Tu veux voir mes papiers ?

— Tes papiers ? Je suis pas rhnouch ! Si tu me le dis, Sid, je te crois.

La baraka : j'avais ceux d'Aziz sur moi, Rabah n'aurait plus rien compris si je les lui avais montrés.

Il a ajouté tout à trac, du ton le plus naturel qui soit :

— Quinze, tu es sexuellement majeur. On peut jbed ensemble les deux. C'est légal.

Je crois que je n'ai pas sourcillé. J'ai fait comme si l'affaire était entendue. Depuis le début. Depuis l'instant où j'avais roulé sous mon pouce la molette de mon zippo pour faire jaillir la flamme qui illumina ses yeux, et qu'il m'avait, lui, tenu fermement le poignet : ma main devait trembler un peu.

Le mal ne pouvait pas m'atteindre.

Pour que les choses soient claires, comme il se doit entre amis de toujours, Rabah a conclu :

— Tu as envie de me sucer et tu veux tirer un coup.

Et ce n'était pas à proprement parler une question, c'était une froide constatation.

J'ai répondu, très détaché, ironiquement interrogatif :

— Ah ouais ?

— Pour toi, ce sera bateul, bien entendu. Pour le pied. Oim chez.

Il m'est venu une inspiration subite : j'ai fait :

— Tu connais Djebril ?

— « The » Djebril ! Si je connais « The » Djebril, il me demande, l'euh autre ! On fait turf ensemble. En dehors de toi, Sid, c'est mon meilleur ami.

Je ne dirais pas à Rabah que Dje ne m'a jamais parlé de lui.

Je suis un homme.

— Djebril-l'Archange ! Hier, il s'est fadé un miché, un vieux dégueu, qui a pas voulu croire que Djebril c'était leur Gabriel. Remarque, il y avait erreur de la part de Djebril : on ne donne jamais son vrai nom au cli. Jamais ! C'est le euh principe de précaution. Pas de traçabilité !

— Tu t'appelles pas Rabah ?

— Tu es pas un cli, Sid ! tu es un ami. Je m'appelle vraiment Rabah. Au travail, on est tous des Abdelquelquechose... Des Abdelzek. Mais bon ! Djebril avait donné son vrai nom : il devait avoir un peu trop tiré sur le... Et là, il s'est énervé, il lui a dit, à ce chulé, que c'était l'archange Djebril qui avait annoncé à Maryam la naissance d'Issa – de leur Jésus, quoi.

Alors, Sid Ali, rameutant mentalement ses connaissances coraniques :

— Sourate XIX. Et le nouveau-né, l'enfant Jésus, Issa, dit : « Je suis vraiment le serviteur d'Allah. Je suis Abdallah. »

Rabah est impressionné.

Il me prend fraternellement par l'épaule. Nous traversons le carrefour Barbès-Rochechouart. En passant sous le pont du métro, je repense que c'est là que Ahmed nous amenait quelquefois, Aziz et moi, avec la permission de mon père, fouiller dans le déballé des cassettes de musique oranaise ou du Caire : la musique que Ahmed aimait tant et qu'il achetait au trabendo – les Cheikha Rimitti, les Aït Menguellet. Je me dis que je n'ai jamais sorti mon petit frère Azzedine, jamais joué avec lui. Monte en moi une violente envie de sangloter, ou de vomir – un peu des deux. Un spasme me noue l'estomac. Je devrais demander un Prozac, ou un de ses cachets magiques made in USA, à Rabah... Seulement, je n'ose plus maintenant. Rabah habite rue des Poissonniers, deux numéros plus bas que chez le marabout Si Kif. « Ali Sid a le mal sacré, pas Sid Ali. »

— C'est là que tu... ?

— Non. Le quartier le fait pas. Tu as pas la clientèle ici. Les Abdelzeks, on va aux Martyrs, en haut de la rue. Si tu veux venir un mercredi aprème... Il y en a des comme toi, qui sont encore au collège. Tu te fais mille, deux mille comme rien. C'est pas de l'abattage. Moi, avec huit, dix passes par semaine, je suis bon, je m'en tire. Comme je touche pas à... Du moment que tu marches pas à la gave, tu sais ! Mais si tu tapines pour te payer ta dose, t'es foutu. Et tu pourris l'ambiance dans l'équipe. Djebril et oim, on est clean. Si on en repère un qui a basculé, on le vire sévère et vite fait.

— C'est marrant : tu dis carré les choses, comme Dje.

— Ouais. Les autres bidonnent. Tous ! Ils prétendent qu'ils sont escortes, gardes du corps free-lance, ceci cela… Ou qu'ils passaient là par hasard, qu'ils n'avaient jamais jamais avant aujourd'hui… Nous, nib ! Nets, Dje et moi. Pas de salades, l'addition. Vous nous sucez – mille balles –, on vous encule – mille cinq cents –, les deux – deux mille. On y est.

Le digicode est cassé. Rabah pousse de l'épaule la porte d'entrée.

Sa baraque est kif la baraque du professeur Si Kif. L'escalier, aussi sombre et crade. Quatre étages à grimper… Mais chez Rabah, c'est bien tenu, pas comme chez le marabout : c'est bien tenu comme chez nous. Une piaule d'environ neuf mètres carrés avec coin douche et gogue attenant – et propre qualité Mr. Propre, la cabine. Un matelas sans sommier, une table en fer, deux chaises pliantes, une lampe halogène noire, au mur une vieille affiche de U2 *Zooropa tour 93*, et un complex sound System Bang & Olufsen, platine verticale inclinée à dix degrés, *déclenchement atactile* – tu ne salis pas avec tes doigts : approcher l'index à un millimètre de la touche suffit ; tu ne laisses pas d'empreintes digitales, le crime parfait ! putain ! Et le design, aussi sublime que celui du roadster BMW – *Ce dénuement si reposant pour l'œil…* Et Rabah doit bien posséder une centaine de CD.

Il pose un disque sur la platine verticale, les volets de perspex se referment automatiquement, doucement, en silence.

Cheutonk cheutonk cheutonk – CP : Capital Punishment ! Du rap US, avec label *Parental Advisory, Explicit Content*. Paroles explicites : cul, dope, viol, violence, perversion sexuelle, incitation au crime, racisme, etc. Ne peut-être vendu à des mineurs sans le consentement des parents.

— Je créerais un groupe, je le nommerais *Parental Advisory Explicit Content*. Histoire de faire iech le maaharketing et de foutre le souk dans les bacs Fnac !

— Tu as des idées, toi !

— Ou alors, QI 137, le nom du groupe. C'est mon QI perso : 137 !

Rabah décapsule deux Corona au moyen de la mortaise dans le chambranle de la porte – très cinéma. Il nous roule un tarpé. Il avale un quaalude et m'en donne un. Nous nous déshabillons mutuellement, sensuellement, en nous caressant. Il hume mon Calvin Klein, il en sniffe profondément la poche, un peu humide, un peu gluante ; je hume son Calvin Klein, j'en sniffe profondément la poche, un peu humide, un peu gluante – mélange coton, lycra, urine, taches séminales, comme le mien. J'ai eu la bonne idée de mettre un Calvin.

Rabah sort d'un tiroir deux chapelets de capotes, des lubrifiées et des non, et un tube de gel anal. Il ouvre un flacon de je ne sais quoi, renifle, mais ne m'en propose pas. Bon. Nous nous affalons enlacés sur son lit. Il a une teub superbe : en érection maximum, la longueur et le volume de celle d'Aziz.

Il change de disque. Apoum apoum apoum – LENIHR : Lesbian Enema Nurses In Hot Rubber. *Parental Advisory, Explicit Content*.

Il monte le son à donf.

I lick your ass, honey
I swip your piss, honey
I chew your hot fetid shit, honey
It's honey to me...

Je me sens bien. Très bien.

Après ?

Après, je lui ai demandé si je pouvais enfiler un instant son Lacoste, juste pour voir. Il m'a dit oui.

Je lui ai demandé également s'il ne lui resterait pas un ou deux Tic-Tac anis, ou menthe : c'est vrai que, sur la langue, le latex, ça laisse un goût.

Ici, une note à l'intention du lecteur ne parlant pas l'arabe :

Abd, en arabe : le serviteur. Abdallah : le serviteur d'Allah.

Exemple : Issa – Jésus – est Abdallah.

Abdelatif : le serviteur du Bon. Abdelaziz : le serviteur du Tout-Puissant. Abdelhafez : le serviteur du Gardien-par-Excellence. Abdeljalil : le serviteur du Très-Grand. Abdelhakim : le serviteur de l'Infiniment-Sage. Abdelkader : le serviteur de l'Omnipotent. Abdelmajid : le serviteur du Glorieux. Etc.

Évidemment, j'avais pensé à prendre pour nom de guerre, pour nom de trottoir, Abdelali (le serviteur du Très-Haut). Mais le nom était déjà pris (par Rabah !). J'ai donc choisi Abdelhaq : le serviteur de la Vérité.

La vérité était qu'on ne tapine pas sous le prénom reçu en don à sa naissance, le prénom donné par le père, son nom de Croyant : son nom de sujet, de créature divine, son nom à soi. On se damnerait, sinon – il devait y avoir quelque chose de cet ordre dans le choix de porter un pseudo, ce n'était pas uniquement prudence, ou volonté de tromper le client. *Moi, je suis intact, et ça m'est égal*. Sous un autre nom, ce n'est pas ton corps, ce n'est pas toi que le micheton avilit. Ce n'est pas sur toi qu'il décharge, ce porc. Ce n'est pas sa sueur de porc, ce n'est pas sa bave de porc qui te souillent. Le mal ne peut pas t'atteindre. Le pseudo... Comment dire ? Le pseudo t'étanchéifie, voilà. Le pseudo te plastifie. Ton identité falsifiée est plastifiée. Comme la veste de nautisme Helly Hansen, en somme – *Stormbreaker résistant et imperméable haute protection, traité déperlant, coutures étanchées thermosoudées*. Ta peau n'est pas du microporeux aéré Microtech®. Tu n'est pas contaminé par la putasserie. Ce porc te touche mais tu restes intouchable – à l'abri dans ta chair, dans ton moi. Sous alias, tu peux continuer de faire semblant, continuer de bander dur sans avoir recours à ton vasodilatateur en aérosol, continuer de l'exciter, le chéri, en lui disant des mots doux, si c'est ce qu'il veut, en lui mordillant affectueusement son oreille de porc, à ce porc, en lui léchant sa toison de porc, ou en l'injuriant, s'il te l'a demandé, ce porc, en le giflant, s'il te l'a demandé, en lui crachant à la gueule, s'il te l'a demandé, en lui criant dessus « halouf ! halouf ! halouf ! », s'il t'a demandé de le traiter de porc en arabe – halouf ! Pour mille ou deux mille balles. Mille ou deux mille balles d'illusion pour lui. Mille ou deux mille balles de fantasme assouvi : un Arbi l'insulte ! un crouïa le nique sec ! un bicot ! un craoui ! un rat ! un rabza ! un rabzouille ! un rebeu ! un melon ! un basané ! un *type méditerranéen*. J'ai la grosse queue coupée d'un raton dans le cul ! plein mon cul ! J'ai la grosse queue d'un bougnoule dans ma bouche ! plein la bouche ! Plein le cul ! plein la bouche ! j'en ai, de la grosse queue du beur !

— Service, Sidi !

Serviteur du micheton : Abdelmicheton. Abdelfiote ! Abdelhalouf !

Mais à l'abri, l'Arbi, de la listeria qui moisit sa

langue de porc, au micheton ! mais la queue caoutchoutée, comme il se doit, le rebeu ! L'Abdelpipe-micheton est intraitable sur la question. Capote ! « Kh'aapote ! » *Ne sortez pas sans elle. Sortez couvert. Le sida ? Il ne passera pas par moi*. Le Sid Ali non plus. C'est comme au grattage quand tu joues au Morpion : *Nul si découvert*. « Kh'aapote ! Choukrane ! » Et j'ai des Tic-Tac anis, ou menthe, pour après, si vous voulez !

— Service, Sidi !

Service après-vente. Le petit plus qui fidélise la clientèle : le Tic-Tac après sucée. Cadeau.

L'Abdelzob se fait sucer mais ne suce pas le miché, même si sa bite incirconcise de porc, au miché, est réglementairement préservée sous latex. L'Abdelzek encule mais ne se fait pas enculer. L'Abdelzob, l'Abdelzek est un homme. Un vrai. Serviteur de la vérité – *haq, hakîka*.

Mon nom ? Abdelhak. Translittération modernisée. C'est-à-dire anglicisée. C'est-à-dire mondialisée… Ou : Abdelhaq, à l'ancienne. Avec un *q* – oui. La moindre des choses : je vous vends mon cul – mon zek.

Entre nous, ceux des Martyrs, nous nous appelions les Abdelzeks (*zek*, en arabe : le cul). Ou les Abdelzobs (*zob* – tout le monde sait. *Zobb*, en arabe : deux *b*. Tu en as plein la bbouche).

La honte, le sentiment intime de la honte ne m'est venu qu'ici, en prison, après que la porte s'est refermée sur moi, que les barillets des verrous ont basculé avec un fracas de ferraille rouillée, que l'œilleton coulissant est retombé net comme un couperet – haq ! H'chouma alik !

L'horreur, l'horreur d'avoir méconnu ce qui distingue le profane du sacré, de ne pas avoir voulu croire qu'il y a en l'homme du sacré. L'horreur d'avoir joué de moi : de mon moi, de mon nom, de ma vérité – haq, hakîka. H'chouma alik, Abdelhaq ! H'chouma alik, Sid Ali !

Les Abdelzeks, les Abdelzobs pratiquaient le racolage sur la voie publique – selon les termes policiers exacts –, vers le haut de la longue et pentue rue des Martyrs, au coin d'une impasse que je ne nommerai pas mais dont le nom a fait qu'on nous appelait aussi les Gilles – vu ? C'était au fond du cul-de-sac qu'on menait le micheton consommer, dans une des piaules au-dessus du rade de « Monsieur Omar » – Omar Bouchesech –, qui nous la facturait cent cinquante balles le temps normal de la passe standard tarif de base – la demi-heure –, mini-savonnette et essuie-main en nid-d'abeilles compris. J'en parle à l'imparfait non seulement parce que c'est du passé et à jamais du passé pour moi, mais parce que le taulier est en taule : il a fini par tomber pour proxo ; et que les Abdels, je crois savoir, exercent ailleurs désormais. Probablement avait-il omis, l'Omar, de verser sa dîme à la régule aux keufs ripoux du quartier ; ou ne donnait-il plus assez, à tous les sens du mot donner, au commissaire adjoint, « Monsieur Jacques » – Jacques Lefranc, si c'était son vrai blase, ce dont je doute : il devait tricher autant que nous, l'enculé. Mais Djebril, lui, s'en est bien tiré : non-lieu. Et ni Rabah, ni aucun des Gilles n'a jamais franchement été inquiété.

Le commissaire adjoint était notre vrai protecteur, de fait, au-dessus de Djebril. Marié, deux enfants, mais bi, comme nous l'étions tous, fils d'un ancien capitaine des paras qui avait connu son heure de gloire pendant la guerre d'Algérie, l'idée masochiste de se faire niquer par un fils d'immigré algérien devait l'émouvoir: mouvoir en lui je ne sais quel ressort de la jouissance – « le désir humain est incohérent », a très justement noté notre grand Abu al-Walid Mohammed ibn Ahmed ibn Mohammed ibn Ruchd, plus connu en Occident sous le nom d'Averroès. Lefranc était un de nos plus fidèles michetons – non, il n'était pas micheton: pour lui, le coup était bateul, bien entendu. À l'œil. Le prix de la protection.

Il est vrai aussi que les keufs nous avaient à la bonne parce que nous étions ce qui se fait de mieux sur le trottoir. Pas d'attitude provocante: racolage discret, viril, digne; pas de pouffiasseries de folles, ni pouffements ni gloussements, et pas de chamailleries entre nous: on ne se disputait pas le miché; pas d'usage de drogues dites dures, d'où, pas de violences, de vol ni d'arnaque aux dépens du client s'il se montrait réciproquement correct avec nous; et une heureuse entente entre nous; pas de crises de nerfs au milieu de la rue, pas d'hystérie, pas de problèmes de santé ni de manque, pas de contamination par l'aiguille, une excellente hygiène et le rapport sexuel parfaitement protégé; pas d'histoire de papiers, non plus: aucun clandestin parmi nous, aucun étranger en situation irrégulière, tous de nationalité française – citoyens d'un pays signataire de la Convention des droits de l'homme et reconnaissant à chacun la liberté de se prostituer, qu'on sache!

Non, ces chiens préféraient molester les trans et les traves, surtout les trans et les traves rebeux et renois qui tapinaient plus haut dans la rue et dans les ruelles et impasses avoisinantes, autour de la place des Abbesses. Ils les harcelaient, ils les insultaient, ils les embarquaient pour un oui ou un non, ils les raflaient, ils les brutalisaient, ils les matraquaient parfois: de notre coin d'impasse, nous entendions les hurlements des malheureux qui finiraient la nuit au poste; qui seraient présentés le lendemain en comparution directe... Qui seraient expulsés et renvoyés en Algérie, les traves et les trans algériens! C'est-à-dire froidement envoyés à la mort.

À la mort dans les jours qui suivraient leur retour au pays, où ils seraient persécutés par la police locale, torturés et tués par des intégristes, voire par leur père ou leurs frères déshonorés; leur père ou leurs frères qui seraient acquittés si jamais ils étaient reconnus coupables du crime – cela s'est vu. Un certain Latif A., devenu après opération et ablation du pénis, Latifa: expulsé(e) – et assassiné(e) le jour de son arrivée à Alger. Un certain Kazem B., devenu après traitement intensif aux hormones, Kazema: expulsé(e) – et lapidé(e) par des parents et des voisins le lendemain de son arrivée. Et des gays ni trans ni traves, simplement gays, mais pour cette raison pareillement condamnés à une mort certaine dès lors qu'ils sont renvoyés en Algérie.

Chronique d'un carnage annoncé! comme avait titré son article sur un autre sujet, mais un sujet fort proche, au fond, Djamila. Car les juges et les flics savent très bien ce qu'ils font: ils n'ont aucun doute sur le sort réservé à ces expulsés-là. Chevènement est un assassin, un des plus abjects ministres de l'Intérieur que ma patrie, la France, ait jamais eu pour ministre de l'Intérieur. Et pourtant ma patrie, la France, a peu eu, dans toute son histoire, de ministres de l'Intérieur dignes de respect. Chevènement, il s'en vante, est l'ami des plus répugnants, des plus sanglants ministres de l'Intérieur des pays du Maghreb.

Je suis français, et j'écris, au bic – que je ne puisse pas gommer après ! –, j'écris au bic noir, dans le noir, que je conchie Chevènement, et je signe, moi, Sid Ali B. Au point où j'en suis, ma parole est tout à fait libre : ma parole est sans importance désormais, puisque j'ai tué. Mais jamais je ne me suis senti si libre qu'en cet instant, entre ces murs de béton brut, dans l'obscurité quasi totale, derrière la porte close que matérialise à mes yeux ce seul trait fin, de pure clarté, tiré le long du seuil. Et je crie :

— Chevènement, assassin !

Ça ne sert à rien, non. Mais ça soulage.

— Oh ! petchit ! Ch'aimerais dormir un peu.

Ces chiens ! les chiens à Chevènement, ils allaient jusqu'à terroriser ceux que nous appelions, dans notre jargon du tapin aux Martyrs, « les mammouths », ou « les fellinis » : ces affreux vieux traves blancs, trente ans de trottoir sur talons aiguilles qui leur avaient boursouflé les mollets, varices, bedaines, minijupes de skaï, faux nibards en caoutchouc, maquillage à la truelle, immondes perruques blond cendré brushées genre choucroute comme n'en portent plus que les chanteuses de variétoche cairotes, pauvres épaves de chez Michou, incroyables en meufs ! incroyables au sens premier du mot : personne ne pouvait y croire. Et ils n'emmerdaient personne dans leur sombre coin de ruelle, sous les Abbesses. Eh bien, il fallait encore que ces chiens viennent les faire chier ! les humilient comme s'ils n'étaient pas assez humiliés par la vie ! leur dressent des pèves pour des conneries : stationnement interdit, ou Dieu sait quoi. 'Llah !

Mais nous, les Gilles, Lefranc voulait bien l'avouer à Djebril, nous étions nets, propres, des pros, des techniciens de la chose. *À vendre les corps sans prix, hors de toute race, de tout monde, de tout sexe…!* Pas de romantisme misérabiliste : la prostitution moderne.

C'est si vrai que, dès le retour des beaux jours, Rabah – Abdelali – et moi – Abdelhaq –, nous avions trouvé la tenue de travail idéale : la combinaison blanche protectrice, à capuche, en intissé, cette matière qui ressemble à du papier. Oui, de ces combinaisons blanches comme en portent les ouvriers pour tous travaux salissants ou polluants : les manœuvres en milieu insalubre, les techniciens de l'entretien, les dératiseurs, les désinsectiseurs, les désinfecteurs de déchetteries, les vidangeurs de sanisette, les dégraffitteurs, les peintres au jet acrylique, de signalisation routière ou de mobilier urbain ; mais les laborantins, aussi, et les testeurs dans l'alimentaire industriel ou les cosmétiques, et les inspecteurs de bétail en pied ou abattu, et les soigneurs de chevaux atteints de fièvre charbonneuse, et les vétérinaires spécialistes de la vache folle, et les secouristes des tremblements de terre et des glissements de terrain, et les humanitaires des camps de réfugiés dans les pays en guerre, et les missionnaires dans les mouroirs, et les laveurs de cadavres à la morgue… Tous en combinaisons de textile intissé blanc, à capuche, pour le sale boulot !

Ces combinaisons comme en portaient aussi les bénévoles venus nettoyer les plages et les rochers souillés par la marée noire de l'*Erika*, démazouter les oiseaux englués dans le fioul Total.

Pendant ma cavale à Lisbonne, tous les soirs, tous les soirs ! tandis que j'attendais les nouvelles concernant le tueur aux sacs plastique, le présumé coupable des meurtres de Donata Fiorelli, Angéline Douin et Julie Richard : Sid Ali B. – tous les soirs, tous les soirs ! Sid Ali B., tandis qu'il attendait les nouvelles me concernant, devait d'abord endurer huit à dix minutes d'images du désastre écologique en Bretagne ; le spectacle de ces hommes et de ces femmes massés comme des cormorans sur les rochers, tous en combinaisons blanches tachées de pétrole gras et gluant, en combinaisons totalement noires de pétrole gras et gluant Total à la fin de leurs journées de bagnards – beuheurq !

Et des beurs de banlieues dites sensibles, des beurs de cités du 93, mes semblables, mes frères – mes fréhères, putain ! –, des beurs venus bénévolement, gratuitement, et humblement, en plus ! nettoyer la merde qui continuait, jour après jour, de s'écouler des flancs du tanker coulé ! et contents, ces esclaves ! réjouis ! heureux de clamer dans le micro que leur tendait avec tant de condescendance le reporter, que, euh ouais ! ils étaient fiers de se montrer solidaires, fiers de prouver, en direct, live, qu'ils avaient bon cœur, qu'ils n'étaient pas ce qu'on disait d'eux ! nahan, pas des casseurs ! pas des caillasseurs ! pas de la racaille ! nahan, mais qu'ils savaient positiver, eux aussi ! Ils se rachetaient une conduite en trimant à l'œil, ces esclaves volontaires ! ils se rachetaient en s'épuisant, dans la bonne humeur, à écoper la marée noire puante pour le grand patron de Total qui offrait, lui, une journée – je dis : une journée ! une ! – de son astronomique salaire annuel, et pour l'État !

Pour l'État, qui, lorsqu'ils sont revenus en train, le 31 décembre, dans l'intention de réveillonner comme tout le monde, et de célébrer dignement l'entrée dans le nouveau millénaire à Paris, leur a envoyé les keufs, gare Montparnasse ! les encadrer étroitement, solidement : ils ont besoin d'un bon encadrement, ces ados des banlieues sensibles ! De fait, pour leur barrer l'accès au métro et vérifier leurs cartes d'identité, à ces bons jeunes Français à l'esprit citoyen! solidaires de la nation en ces heures difficiles! dignes de comparaison avec les poilus qui, dans la boue fétide et froide des tranchées, s'étaient sacrifiés pour la France! nouveaux soldats de l'an II! si courageux! si responsables! sauvables, donc! rédimables! et qui se voulaient, les potes, français comme tous les autres jeunes Français, et croyaient, ces ravis, croyaient que Chevènement, lui, oublierait, un soir, rien qu'un soir! un seul soir dans l'année! le dernier soir de l'année! du siècle! du millénaire! oublierait, lui, le ministre de l'Intérieur, que ces héros se prénommaient Ali, Asad, Aziz, Fouad, Gamal, Hamza, Karim, Nabil, Nagib, Mourad, Mouloud, Moh, Radouane, Yared, Zinedine!

Ils rentraient fourbus de huit jours de curetage et de pelletage, à raison de dix heures par jour, sous un crachin glacé, n'ayant mangé que des sandwichs pendant huit jours. Ils n'avaient qu'une envie: aller s'éclater sur les Champs, les potes! comme le soir de la finale du Mondial. « Et un, et deux, et trois… Zéro! » Ils n'avaient pas imaginé qu'à la gare Montparnasse, les bleus les attendaient de pied ferme, casqués, matraque longue glissée dans le ceinturon, jambières et plastrons des jours d'émeute: pour les contrôler, ces braves jeunes bénévoles natifs du 93, et les empêcher d'aller faire la fête!

La fête? Pour vous remercier d'avoir pris tant de peine? Non! Même pas merci.

Et à eux, les beurs des quartiers sensibles, on ne leur changeait même pas leurs combinaisons protectrices tous les jours, sur les plages en Bretagne. Souvent, le matin, ils devaient remettre celle de la veille, visqueuse, nauséabonde, toute souillée de fioul Total! Et les gants en caoutchouc qu'on leur avait fournis étaient des gants de ménage ordinaires, pas de ces gants en néoprène épais obligatoires pour tous les ouvriers du pétrole et de ses dérivés, qui sont des cancérigènes : le beur à l'esprit citoyen, le beur intégré, le bon beur, peut bien crever du cancer !

— J'ai la haine ! J'ai la haine !

Aquilino :

— Oh ! Qu'est-che il y a, le More ? Fiens manger ! Ch'ai fait la morue à Lagareiro. La *televisão* ch'est *bullshit*.

Mais venait enfin, après la marée noire, sujet suivant du JT, l'affaire Sid Ali B. Et l'on voyait d'autres hommes en combinaisons blanches d'intissé : les experts judiciaires, les experts de la police scientifique qui relevaient les indices sur les cadavres de Donata, Angéline et Julie, cherchaient les traces génétiques éventuelles, un cheveu de Sid Ali B., la salive de Sid Ali B., le sperme de Sid Ali B., le sang de Sid Ali B. Ses larmes, qui sait ? Des larmes, dans les yeux, si sombres, si fixes, si fous, du tueur présumé, ces yeux tels que décrits par la dame qui témoignait au JT, devant le bouquet des micros que lui tendaient TF 1, RTL, Europe I, France 2, FR 3, M 6, Radio-France... « Dès que je l'ai vu, là, dans le wagon, son regard fixe, de fou, m'a glacé le sang ! »

Aucun souvenir de l'avoir vue, de mes yeux vue, moi. Aucun souvenir de l'avoir croisée hors antenne, ailleurs qu'à l'écran. Une bonne raison à cela : de nuit ou de jour, je n'ai jamais voyagé dans le Paris-Irun.

En combinaisons blanches, opéraient les techniciens et experts de la police scientifique et judiciaire. Comme nous, Abdelali et Abdelhaq, techniciens du zob, experts du zek.

Aux beaux jours, en arrivant au rade de « Monsieur Omar », Rabah et moi, nous nous déshabillions entièrement, slip compris, et Abdelali et moi, nous enfilions une combinaison. À l'aise ! La tenue de racolage idéale l'été : vite enlevée, légère, pratique ; rien en dessous, ce qui met en valeur la plastique, je veux dire : le corps, la musculature –, et laisse deviner la queue et les claouis. Le micheton trouvait ça sexy, et nous aussi.

Commode, en plus : tu la jettes quand elle est sale, tu en prends une autre – cent balles. Nous prenions le modèle avec une poche sur la cuisse, pour y fourrer le matos : capotes, gel lubrifiant, du neutre et du mentholé, lingettes Sternosept sous sachets stériles, et de ces gants de latex jetables qui s'achètent par paquets de dix au supermarché du coin, « Votre seconde peau » – qualité *Manipulations délicates*®, tu l'as dit tu l'as ! Il faut bien ça pour travailler hygiénique le zek du miché, l'élargir, le graisser, l'assouplir, l'attendrir, l'amollir avant de percuter au zob, de pistonner, de pilonner – *commande des soupapes par linguets oscillants à galets, asservissement de l'avance à l'allumage à la limite du cliquetis brevetés BMW*. Taille 7½, en gants : qu'ils moulent parfaitement la main.

Mais, en combinaison, du XXL, la plus grande taille : qu'elle soit bien flottante, aérée, aérienne. La capuche reste abaissée, évidemment ; et le curseur de la fermeture éclair, descendu jusqu'au nombril – le micheton trouvait ça vraiment sexy, et nous aussi. Pieds nus dans des Nike blanches aux lacets défaits, une paire de lunettes de soleil à verres polarisés Vuarnet, ou CK, ou BMW *Produits dérivés* sur le front... Nous allions emballer fissa au coin de l'impasse. Z'y va !

— À tout de suite. Monsieur Omar !

Le gros de la clientèle était du pur porc roumi francaoui : gros, moche, la quarantaine, la cinquantaine et au-delà. Plus, parce que le quartier est touristique, ah ! Pigalle ! ah ! Montmartre ! quelques gros et moches BENs : Blancs Européens du Nord – du porc boche, du porc belge, du porc batave surtout.

Du gros, du moche, du plus de quarante ans, forcément : hormis quelques pervers jeunes, beaux, baisables, dont le fantasme est de payer pour avoir du plaisir, ou qui ne peuvent jouir que s'ils traitent le rebeu en putain – le traitent de putain –, le micheton est un malheureux qui se ferait jeter des bars du Marais – trop gros ! trop moche ! trop vieux ! – s'il prétendait draguer comme tout un chacun : pour baiser à l'œil. Le pédé blanc amateur de basanés, jeune, beau et baisable, peut toujours en trouver un à se taper gratos au Marais. Ou s'il est plus téméraire, au tea dance des Folies Pigalle, où les gays des associations des gays beurs et les militants de Kerma l'accepteront volontiers en visiteur, en bienvenu, en ami, en copain, en pote, voire, s'il n'est pas trop voyeur, pas trop curieux des mœurs exotiques, pas trop grand humaniste adorateur idiot des humiliés et des exclus, bref, s'il ne fait pas chier à vouloir nous la jouer *United Colors* – on est tous pareils ! on est tous des frères ! –, en frère.

Mais il y a aussi, parmi les pèdes amateurs de basanés qui seraient tout à fait capables de lever à la drague un partenaire à leur goût, capables de trouver facilement, pour un soir ou pour la vie, un amant beur, tendre et désintéressé, dans un bar gay du Marais, ou à la sortie d'un concert à La Cigale, ou n'importe où, au hasard des rues et des jardins publics, selon la méthode habituelle « Je te plais ? Tu me plais ! », il y a, parmi ces pèdes amateurs de basanés, ceux qui auraient trop peur, ces porcs, quand l'heure vient de tirer leur coup, d'amener chez eux le partenaire conquis... On ne sait jamais, hein? un bougnoule! C'est sale et c'est voleur, le bougnoule: il pisserait en oubliant de relever d'abord la lunette de la cuvette, le bougnoule, il me tacherait mes draps achetés chez Habitat, il me piétinerait ma moquette haute laine sous les semelles crantées de ses lourdes Caterpillar, et pour finir, le bougnoule, il repartirait avec sous le bras mon lecteur laser et mon blazer Hugo Boss... Il y a, parmi ces pèdes, ceux qui auraient trop peur de baiser à domicile avec un beur mais seraient bien plus angoissés encore, ces porcs, seraient proprement terrifiés si le beur leur proposait, chose rare, qu'ils viennent, eux, baiser en banlieue, chez des potes: un guet-apens! couru! un beur qui m'offre le coucher dans sa cité du lointain 93! Toujours toujours se méfier du rebeu, surtout du rebeu qui te sourit gentiment, du rebeu qui te dit amoureusement que tu es craquant, que tu le fais arquer, toi, là, le beau blanc blond aux yeux bleu clair, lèvres minces, peau satinée de bébé, odeur de lait, prépuce d'origine, label Qualité France, normes NF, du pur De Souche.

Non! on court moins de risques à se taper un tapin: le prix de la passe est le prix d'une relative sécurité. En plus, on en trouve intra muros, à Pigalle: pas besoin de franchir le Périphérique. Et pas de sentiments, avec la racaille!

Nous, les Gilles, les Abdels, c'était ce genre de mecs que nous méprisions le plus, au boulot: les Jean-Claude, -Louis, -Jacques, -Pierre, -Marie – je les nommais ainsi en mon for intérieur, souvenir du premier miché que j'avais levé, sur le tas, en étoile filante, tout seul comme un grand, free-lance, devant une vitrine du *showroom* BMW, aux Champs: Jean-

Michel, en réalité, Jean-Mi, pour les intimes, j'imagine, Jean-Mi et son blouson en suède bleu fiote – beuheurq ! –, Jean-Mi-le-Miché, que j'avais traité ensuite comme un tapin traite son client dans les scénarios habituels des films, téléfilms et autres séries télé... Comme un vrai tapin ne traite jamais le client dans la réalité.

Il est certes plus facile d'avoir la trique et de la garder devant un jeune beau gars mince et musclé, mais nous préférions encore, en tout cas moi, mais Rabah également, il me l'a souvent avoué, nous préférions encore, à tout prendre, niquer du vieux, gros et moche, qui ne pouvait pas faire autrement que de payer pour avoir un peu de bonheur, et bafouait beaucoup moins notre honneur, au fond, et, du reste, nous méprisait beaucoup moins dans son cœur que le vicelard, jeune beau gars mince et musclé amateur de beurs, qui trouve cool, marrant et tout et tout, de s'en offrir un aux Martyrs, l'enfoiré !

Et quand ton zob joue les intermittents du spectacle, comme disait avec humour notre pote Djebril, qui, par ailleurs, pour avoir une couverture minimum, cotisait à la Sécu sous le statut *Intermittent du spectacle* – il animait, pour justifier, des petits bals ethniques du samedi soir, ambiance à s'évanouir d'ennui mais politiquement correcte, et avait fait figurant dans un son et lumières bidon de chez bidon, à Blois, *La France multicolore*, vous voyez le genre : il connaissait une attaché de presse de Jack Lang... Bref ! pas nos oignons, passons, je reprends : quand ton zob joue les intermittents du spectacle, disais-je, quand ta trique flanche devant ce gros tas moche de chairs flétries : une bouffée d'aérosol vasodilateur pour retrouver la foi, et la foie, siège, chez nous. Arabes, du cœur, de l'audace, de la virilité ; te dire hors antenne que tu es un homme, un vrai ! laisser aller à dont l'imaginaire : te figurer avec vigueur que ce cul monstrueusement fessu, flasque, variqueux et ridé du client est en fait la teucha d'une exquise faoua aux yeux de gazelle, l'halluciner au point de redresser, en automatique, le percuteur à la verticale, position *ready on* – ah ouais ! Ou te persuader que la langue de ce porc, si rugueuse que tu en sens les papilles durcies, calcifiées par les ans, sur ton gland à vif pourtant gainé d'un préservatif douze microns préformé anatomique en latex naturel siliconé hypoallergénique spécial fellation Blowjob *Extrathickstrong*® – saveur vanille ou saveur fraise –, sa langue est la langue de Djamila... La langue de Djamila dans ma bouche, pour un long baiser cinéma.

Pudeur musulmane : jamais je n'ai osé demander à Dja qu'elle me taille une pipe – h'chouma !

À présent, ce temps perdu à abdelzeker chez « Monsieur Omar » me semble irréel. Comme si l'expérience dont je fais part ici n'était pas la mienne, mais celle d'un autre, qui ne me ressemblait qu'en apparence, très superficiellement. Un Gilles habillé de blanc comme il se doit, et ganté « Votre seconde peau »... Une ombre du monde des Morts, en combinaison de papier. Un personnage de roman.

Je ne gommerai rien, cependant. C'est la stricte vérité que je rapporte. Mais je crains de donner au lecteur l'impression que j'en retire moi myself, Sid Ali, à me relire : de n'avoir pas cessé de tchébier pendant tout l'hiver 1997-1998, et jusqu'à l'été – jusqu'à la fin de ma seconde, de fait –, alors que je n'allais au turf que les mercredis aprème, où il n'y a pas classe. À moi, alors, le corps enseignant masculin homosexuel amateur de jeunes rabzas ! les profs qui devaient crever de désir pour leurs élèves beurs mais ne voulaient pas courir le risque de briser leur carrière dans une sale histoire – détournement de mineur aggravé : par personne ayant autorité, etc. Art. 227-25 du Code pénal (jusqu'à 5 ans de taule et 500 plaques d'amende, si sans contrainte ni violences) et 227-26 (jusqu'à 10 ans et 1 000 plaques, si avec) – et venaient donc, à l'abri du chantage et de la violence, assouvir leur faim de chair tendre et halal auprès d'un Abdel -Ali, -Aziz, -Haq, -Hafez, -Jalil, -Latif, -Hakim, -Kader, -Majid, au choix.

Et encore, je ne m'y rendais pas tous les mercredis : j'avais mes devoirs à faire, ou je préférais bouquiner tranquille, voire zoner une heure ou deux aux Halles, ou aux Champs. Il m'est arrivé aussi d'y retourner le samedi, ou le dimanche.

Mais combien de fois, en somme, y suis-je retourné le samedi ou le dimanche ? Neuf... Dix fois ? Dix fois, tout au plus.

Je n'ai gardé aucun souvenir de mon premier miché levé en pro. Si j'essaie de lui donner un visage, un corps, un nom, le prénom réel ou fictif sous lequel il s'est présenté à moi, je ne vois personne, je ne me rappelle aucun nom. Toujours s'interpose la présence, pourtant très fantomatique, du Jean-Michel alias Jean-Claude, et l'image de la chambre jaune aux rideaux et dessus-de-lit roses, du Détente Balzac, qui était un dorme beaucoup plus chic que ces piaules à l'étage du rade, crade, de « Monsieur Omar ».

Rabah, huit jours après notre rencontre gare du Nord, m'y avait conduit.

Djebril me connaissait assez pour savoir que je n'avais pas seize ans et que j'étais le frère cadet de Aziz B., une célébrité des Poètes. Il n'était pas chaud chaud pour m'accepter dans l'équipe : il ne voulait pas d'embrouilles avec des mineurs ni avec leurs grands frères. Mais j'ai insisté, Rabah aussi, et Djebril a cédé. Main dessus mains dessous, claque paume dans la paume, il m'a dit :

— Labès ! je te fais confiance parce que tu es le frangin à Aziz.

Et pour plus de sécurité, il a fait l'article de sa jeune recrue, à qui il a attribué dix-neuf ans, au commissaire Lefranc. « Monsieur Jacques » a bien aimé ma fougue. Gratos, puisque c'était lui le maque en somme. Il est vrai que je n'ai pas beaucoup eu à me forcer non plus : il faisait de la muscu, il était mince, il se lavait, il avait, quoique blanc blanc, de beaux yeux bleus de la nuance que nous appelons kabyle, il se travaillait le cul tout seul comme un grand avant de se faire enfiler, tu n'avais pas à enfiler toi des « Seconde peau »... Ah ! et j'allais oublier, il était toujours en polo Lacoste, il en avait dans toutes les teintes disponibles de la gamme Arc-en-ciel, plus une noir Charcoal (ma préférée c'est la blanc Narvik). Ces ripoux de la Volaille, ça ne se refuse rien.

Rabah avait prétendu que des collégiens venaient à tcheb avec eux les mercredis aprème : c'était du charre, du pipeau pour m'attirer. Il trouvait amusant de m'initier au trottoir, de me passer les trucs du métier. Mais je fus, et suis toujours resté, moi, Sid Ali, lycéen en seconde, section forte, le plus jeune des Gilles.

On s'entendait si bien, Rabah et moi, qu'il nous arrivait de pratiquer en double : un pour bourrer le zek au miché, pendant que l'autre, juché sur un tabouret de bar, lui bourre son zob dans la gueule, à ce porc. Impoffibfle alors, pour le miché la boufche pfleine, d'appeler maman et de bramer au moment où l'autre lui crache la purée sous plastique dans le zek. Un devant, un derrière... Balek ! C'est notre tournée ! *Go !* je décharge, tu décharges, nous déchargeons en simultané. Abdel-ali-Abdelhaq, à deux en tandem, double réversible, duo de compétition impeccablement accordé, comme un couple champion de patinage artistique : en mesure, dans le rythme – 10/10, compliments du jury ! Nous avons juté ensemble, pile poil, au dixième de seconde près... Et le porc a joui comme un porc qu'il est ! Son foutre a giclé sur le lino élimé de chez « Monsieur Omar ». On applaudit les artistes ! « Et le vainqueur est... »

Putain, c'était ce qui nous faisait le plus marrer, Rabah et moi ! Comme si tous deux, beaux, fiers, hardis, virils, valeureux, souverains, sayyeds, puissants tel le Tout-Puissant, nous faisions l'amour par miché gros et moche interposé, en nous jetant des regards complices par-dessus l'épaule de l'enculé, en nous encourageant mutuellement de la voix, en nous excitant à l'injurier en chœur, l'enculé : « Halouf ! Halouf ! Halouf ! »

Nous éprouvions notre amitié. Nous étions interchangeables, nous étions pareils. Et souvent, par jeu, durant ces parties en double, nous échangions nos pseudos : j'étais Abdelali, il était Abdelhaq. Le halouf, un peu plus troublé encore, s'y perdait : Qui est qui ?

Ta gueule, halouf ! avale à donf ma teub ! carre à dont l'autre dans ton cul ! Un zob d'Abd par-devant, un zob d'Abd par-derrière : c'est ce que tu voulais, non ? Service, Sidi.

Abdelali (l'un ou l'autre) :

— Percute ?

Abdelhaq (l'un ou l'autre) :

— Percute !

Abdelali et Abdelhaq :

— Z'y va ?

— Z'y va ! Ensemble :
— Feu !

On s'éclatait ! On se le disait, du moins, après : putain ! on l'a quécla, le halouf, quécla on l'a ! Et nous, on s'est éclatés ! Éclatés, on s'est, nous !

Oui, on s'éclatait : on volait en éclats, et on ne le savait pas. Je – Sid Ali, du moins, sinon Abdelhaq, ou Abdelali, ou Abdelhaqli – volais en éclats. Mon moi volait en éclats. Pour Rabah, je ne sais pas : je crois maintenant, si j'y repense, que depuis longtemps le mal était fait. Le mal l'avait atteint et aucun marabout n'y pouvait plus rien. Il était inutile de consulter, à deux numéros de chez lui, le professeur Si Kif, ce charlatan. Ni aucun de ces charlatans qu'on nomme psys (enculés). Personne ne pouvait déjà plus rien pour lui, il me semble. Et pourquoi aurait-il consulté, d'ailleurs ? Il n'était pas mal dans sa peau. Il était beau. Et moi aussi. Et oim, oui.

Quelquefois, après nos heures de travail, nous remontions à pied à Barbès, pour une petite heure ou deux de tendresse, de chastes caresses, d'embrassades en frères, chez lui, rue des Poissonniers. Rien de plus que l'amitié : nous avions eu assez de cul comme ça.

En entrant, sans perdre un instant, Rabah effleurait du doigt la touche atactile *on* et la *play random* du Bang, dont la touche *power* restait allumée vingt-quatre heures sur vingt-quatre. Qu'importait le disque laissé sur la platine verticale ? Le *random* nous le jouerait dans un ordre aléatoire. Qu'est-ce que c'était ? Du son. De quoi couvrir les cris et les klaxons qui s'élevaient de la toujours bruyante rue des Poissonniers. Apoum apoum apoum – SON : Sons Of Nothing. Ah ouais.

Cheutonk cheutonk cheutonk – BK : Born Killers. Ah ouais.

Cheupoum tonk cheupoum tonk cheupoum tonk – PR : Pervert Rats. Ah ouais.

Cheupoum tonk bang cheupoum tonk bang cheupoum – DRH. Directeurs des ressources humaines ? Nahan. Dirty Race Hooligans… Nous ! Ah ouais. *Parental Advisory. Explicit Content.*

Explicitement contents, nous prenions alors une douche à deux, bien chaude, savonnage mutuel, déconnade avec la pomme, profilée comme une bite, que nous feignions de vouloir tour à tour nous introduire l'un l'autre dans le chevènement, robinet tourné à donf, intense rigolade sous le jet, puis énergique essuyage friction dans un grand drap de bain Lui & Lui.

Rabah poussait du pied la porte, sur laquelle était vissée un grand miroir où se voir en pied : l'image reflétée des deux bouffons, leurs draps de bains arrangés sur eux en toges, basculait, tremblait un instant, de biais, dans la perspective de la piaule, s'immobilisait. Laissant tomber nos toges, nous tenant par l'épaule, nous allions, nus comme des vers, nous planter devant la glace, de face. Rabah, par jeu, s'écriait sur ce ton agressif, querelleur, de qui cherche une méchante marave avec un inconnu qui l'aurait offensé d'un regard trop appuyé, d'un geste jugé déplacé, d'un soupir excessif sur son passage, ou pour ne pas lui avoir laissé assez vite le haut du trottoir :

— Qui t'es, toi ? Qui t'es, toi ? hein ! Qui t'es ?

S'adressait-il à lui ou à moi ? Va savoir !

Il riait aux éclats, foncedé qu'il était au prozac, au quaalude, au high'n'low, au shit – plus une ou deux cannettes 50 cl de 8.6, quand il avait tisé ses deux ou trois Corona. La détente, après la tension d'un zobzekage de compétition... Et j'étais mort de rire, oim itou, Sid Ali. J'étais mort de rire. Mort de rire j'étais. Je riais encore plus fort que lui. Je m'éclatais, putain ! je m'éclatais. C'était la joie. C'était l'horreur.

I gonna kill you
You, rat !
I gonna shit on your bloody carrion...

Cheutonk apoum cheutounk apoum cheutonk – ARA : Abattoir Rubber Apron. Sur le visuel du CD, les musiciens du groupe posent déguisés en équarrisseurs : bottes et longs tabliers de caoutchouc blanc ensanglantés. Ah ouais.

Je ressortais de là vaguement nauséeux, un peu assommé. Comme en état second. Je retournais à la gare du Nord, je prendrais le Rereu, pour rentrer. J'aurais pu m'offrir un tirecons, avec toute la tune que je me faisais. Mais non. Je me serais fait traiter chanmé, si un pote m'avait vu me faire déposer devant le bloc B, allée Mallarmé, cité des Poètes. Et pourquoi pas dans un tac Mercho, alors que je n'aime que les Béhèmes ? Les tirecons, c'est rarement des Béhèmes, vous avez remarqué ? Et est-ce que le chauf aurait accepté de me conduire dans ce coin pourri du 93, où je créchais ? Avec ma gueule de basané, si c'était un lepéniste ? Or, quand nous osons, nous, les melons, héler un tirecons dans la rue, neuf fois sur dix, neuf fois sur dix ! c'est statistique ! nous ne tombons pas sur le taximan basané ou black, non ! mais sur le blanc de blanc, facho, lepéniste, avec son berger allemand à côté de lui, à la place du mort, et qui te montre les crocs ! Et neuf fois sur dix, ce fils de sa mère ne te voit pas ! il ne te voit tout simplement pas quand tu le hèles ! Ou il te voit, et ralentit, et tu t'approches, toi, comme un con, et tu vas pour ouvrir la portière, et il redémarre, ce fils de sa mère, na'din'mok ! et il lâche son volant, même, pour te faire un bras d'honneur, quelquefois ! tu as beau être propre sur toi, vêtu classe, Lacoste, Calvin Klein, Fila• et le toutim ! l'enfoiré ! nib ! nada ! marche à l'ombre ! il ne veut pas de toi et de ta tune, il ne veut pas de melon dans son tirecons. Et ne t'avise pas, si jamais il te prend quand même, parce qu'il a fait une mauvaise journée, l'enfoiré ! ne t'avise pas de ne pas avoir net l'appoint ! ne t'avise surtout pas, même si tu en as pour plus de 250 balles – tarif de nuit, banlieue, dimanche et le toutim –, ne t'avise surtout pas de lui sortir un talbin de 500, un Pierre et Marie Curie : il te dira que c'est forcément un faux ! qu'il ne prend pas ! L'enfoiré ! Le nazi ! Le nazi et son berger allemand – « Rex ! Attaque ! »

SS ! Papon ! Attends un peu, que j'aie mon pitbull !

— « Attaque, Chetan ! Attaque ! 'Llah ! »

J'ai la haine ! J'ai la haine !

Et qu'est-ce que je pouvais foutre de toute la monnaie gagnée à la sueur de ma queue ?

Peu de chose, j'en faisais. Je n'achetais pour ainsi dire rien. Je l'amassais dans un sac plastique Casino – ha ha. J'avais dans le placard de ma piaule – c'était ma piaule à moi leuss, maintenant que Aziz se trouvait en taule –, j'avais un bac plastique dans lequel je bourrais, en boules, tous les sacs plastique chourés. Et je cachais en dessous, dans ce sac Casino, mon magot de tapin. Qu'est-ce que je pouvais en foutre de ces Cézanne, de ces

Eiffel, de ces Curie ? Je n'allais pas offrir à une meuf des disques et des livres payés cash mon cul : cela ne m'avait pas porté chance. Non, j'économisais pour donner à Aziz, quand il ressortirait de taule. Ou à Ahmed, si un jour je le retrouvais : lui prouver que son frangin n'était pas un nul. QI 137 et cul itou.

Ah si ! Je me suis payé un rasoir très perfectionné, pour avoir l'air mal rasé : le rasoir électrique avec grille sabot amovible qui te laisse le millimètre de poil nécessaire, ni plus ni moins, pile poil, pour avoir l'air pas rasé depuis trois jours, mais pas quatre. Tu dois absolument te raser avec tous les matins, pour avoir l'air pas rasé depuis trois jours. Tout un art. D'autant que je m'étais laissé pousser le bouc mode : le bouc genre mignon de la reine Margot (Adjani-l'Algérienne, putain, *as* la reine Margot !). Tu dois enlever le sabot et changer de grille pour te raser les joues : qu'elles soient bien rasées frais du matin, les joues – net. Tout un nesbi : précision, fermeté du poignet, la langue gonflant du dedans le pli séducteur à la commissure des lèvres, ce sourire ambigu qui fait le charme singulier de Sid Ali – le sourire qui tue, comme le regard ! dans les trains et dans les gares... Ah ouais. Dix, douze minutes, au moins, devant la glace du lavabo, chaque matin, pour avoir l'air négligé juste ce qu'il faut, putain. Et ton frangin Azzedine, et ta frangine Amina qui trépignent derrière la porte, qui geignent, qui veulent entrer faire débarbouille fissa, ils ont classe à huit heures et demie, eux ! – Que tchi, les nains ! Verrou tourné : pas qu'on me fasse iech quand je me fais beau ! Il faut ce qu'il faut. Je vous étonnerai toujours. Je suis Sid Ali B. « J'ouvre l'enveloppe. Et le vainqueur est... *Ladies and gentlemen*, l'oscar à... Sid Ali B. ! »

Standing ovation.

Mais j'économisais aussi pour m'offrir un beau voyage, l'été qui venait. La grande aventure ! Marrakech, why not ? Me ressourcer dans un luxueux dénuement, comme l'autre enfoiré d'avocat golfeur, là, l'employeur de Djamila, l'été dernier... La grande aventure, quoi ! Cet été, je ne resterais pas en rade aux Poètes.

Et puis, un coup de folie, un jour, un coup de pure folie... Mais Rabah en avait une, il m'en fallait une aussi ! il me la fallait : une montre Officine Panerai. *Jadis secret militaire. Aujourd'hui réservé aux initiés.* La publicité est un vieux cliché d'archives, noir et blanc, où figure un plongeur des services secrets italiens qui en porte une au poignet. C'était le chronographe des nageurs de combat, des commandos suicide du sabotage sous-marin pendant la dernière guerre – putain. 13 650 francs, le modèle de base, titane et acier spécial *Qualité navale®*, le seul digne de toi, parce que le plus sobre, le plus proche de l'original historique à usage militaire, et le plus viril, donc. Bon, Stallone, cette grande folle boursouflée à la gonflette, en porte une dans *Day Light*, mais tu t'en branles : Bruce Willis en porte une aussi ! Et lui, pas au cinéma : dans la vie, dans la vraie vie, Bruce Willis ! Et c'est un homme, un vrai, Bruce Willis ! Une Officine Panerai. Rabah l'avait vu dans *Voici* : Bruce en portait une ; Rabah en portait une, depuis. Putain, ce n'est pas la montre de tout le monde, putain, la montre des nageurs de combat, la montre des plongeurs-saboteurs ! La montre chronomètre des missions suicide... Ah ouais. Il me la fallait.

Il me la fallait !

L'inconvénient, quand tu es uniquement payé au schwarz –, les michés ne paient pas le tapin par chèques, claro ! –, l'inconvénient est que tu dois, toi, tout payer cash. Tu n'as pas de chéquier, pas de cards. Or, au-dessus d'une certaine somme, quand tu passes à la caisse, ton cash fleure suspect. Surtout venant d'un minot de seize ans, même s'il en fait facilement dix-huit, dix-neuf, et en déclare, du haut de son mètre quatre-vingt-quatre, vingt et demi.

Le minime pincement des narines du vendeur, chez Chronopassion, rue Saint-Honoré, quand il m'a vu tirer de la fouille zippée de mon bas de survé en nylon laqué blanc Lacoste – celui que j'avais négo à Rabah – une liasse de billets verts griffés Banque de France ! Aimable, je dois dire, ce n'est pas la question, mais ! bon ! comme si ma tune à moi puait un chouïa. Elle pue le crouïa, ou le tapin, elle pue, ma tune ? Ou les deux ? « Ajoutez-y les odeurs ! », comme a dit Chichi.

Et quand ce vendeur m'a très courtoisement demandé mon nom et mon adresse pour les entrer dans leur ordinateur et m'établir le bon de garantie à vie – à vie, Sid Ali ! à vie ! Et le certificat délivré par le COSC (Contrôle officiel suisse des chronomètres) ! Officine Panerai : une marque italienne fabriquée en Suisse. Putain. Et le vendeur prononce comme si ça s'écrivait *Paneraï*. Panerai se prononce comme *raï*, en italien. Ah ouais. Panerai rime avec raï. Panerai c'est chouïa algérien. Ah ouais.

Mon prénom ? En deux mots, ouais : Sid – plus loin : Ali. Sans tiret, non. Et mon nom, il faut vous l'épeler ? Un nom très courant, pourtant, en France comme en Algérie. Deux pages et demie dans l'annuaire de la Seine-Saint-Denis. Mon adresse ? Ah ouais : cité des Poètes, allée Mallarmé. Poétique, non ? Classe… Tant que tu n'énonces pas le nom de la commune et le numéro du département : 93.

— Votre garantie à vie, monsieur.

— Merci. Je prends l'écrin mais je la garde au poignet. Ma Swatch ? Oh non non, vous pouvez la jeter.

Gazé !

Ah ! et la chetron de la pétasse Royal Air Maroc, derrière son comptoir, quand je lui ai fait, ton détaché, plan rapproché :

— Ouais, classe Affaires. Je paie cash.

9152 francs, aller-retour, en classe Affaires. Classe ! La First, c'est vulgaire, nouveau riche ! *too much, if you see what I mean* – c'est Sid Ali B. qui vous le dit. Le baveux, le patron de Dja l'été précédent, celui qui allait se ressourcer avec femme et enfants dans le luxe absolu du dépouillement de son euh Ksar moderne, aux murs nus, au décor monochrome si reposant pour l'œil, après une année... *stressante* ? nahan : *harassante* ! une année haaarr'hassante à Paris, chéri ! –, l'avocat, sa femme, ses enfants : Zoé, Silvestre et Balthasar – Balthasaaar ! –, et leur gouvernante arabe, mais très bien élevée, hein ! la gouvernante arabe, très polie ! on en trouve, il ne faut pas croire ! très soigneuse, la gouvernante arabe, très propre sur elle ! et nos enfants l'adooorent ! –, la smala voyageait en classe Affaires. Putain ! près de six briques, à six ! À moins que les niards aient droit au demi-tarif ? En classe Affaires aussi ? Va savoir !

La chetron de cette pétasse Royal Air Maroc me déclinant, bouche en cul de poule :

— Royal Air Maroc Fréquent Traveller ? American Express ? Visa ? Master Card ?

et moi, dézippant adagio ma fouille pour en extraire la liasse : une brique tout en vert – vingt Curie.

J'en retire un talbin, le compte y est.

— Cash, je vous ai dit.

J'avais l'air suspect ? Ici aussi ? Nous avions l'air suspect, Rabah et moi, à l'agence Royal Air Maroc, avenue de l'Opéra ? Suspects, en Lacoste ? avec lunettes Calvin Klein ? et montres de plongée Officine Panerai, *Jadis secret militaire, aujourd'hui réservé aux initiés* ? Putain ! j'y crois pas. Mais tous ces Camaros de Paris qui se font au schwarz des claouis en or dans l'importation de tapis ou la fringue made in Morocco, ils le paient comment, leur billet ? Ils ne sortent pas la liasse de Curie au moment de passer à la caisse, peut-être ? Tassepé ! *Jamila*, sur son badge. Pas Dj... Jamila. C'est une Marocaine. Les Marocains ne dentalisent pas le *J* comme ces ploucs d'Algériens. Les Marocains parlent un arabe plus doux, plus chantant, plus raffiné. Les Marocains sont les Italiens du Maghreb, c'est bien connu. Et nous, les Boches ! les brutes ! les lourdingues ! Algériens rime avec rien... Ceux qui n'ont rien apporté à la civilisation. Ceux qui n'ont ni art ni artisanat. Ceux qui n'ont pas inventé la nouba, au sens arabo-andalou du mot, ni les subtils entrelacs du stuc décoratif nasride, ni les riads fleuris et leurs jets d'eau ! Laâ. Ceux qui ont toujours été colonisés : par les Phéniciens, les Carthaginois, les Romains, les Libyques, les Arabes Heureux, les Turcs, les Francaouis, j'en passe... Et depuis l'Indépendance, colonisés de l'intérieur, comme le notait avec insolence notre voisin M. Yahia : l'URSS pour modèle économique, les professeurs illettrés importés d'Égypte, et les tacots de Corée ! C'est plus la Pigeot, c'est plus la Rahnault, là-bas, c'est la Daewoo ! Mais la police, en Toyota ! Et les corans bon marché, imprimés en Iran ! Putain, les taches ! Chez nous, en France, au moins, ils sont *printed in Saudi Arabia*. Avec couverture plastifiée et munie d'une fermeture éclair : que tu puisses protéger le texte sacré de la saleté profane et du sable du désert quand tu as refermé le Livre.

Jamila ! Jamila de Royal Air Maroc ! Royale tassepé ! Elle a demandé poliment à voir mon passeport, si par hasard je l'avais sur moi. Ah ouais.

— Mon passeport ?

Je le lui ai tendu, ouvert à la page où il y a la photo d'identité, en soupirant, agacé :

— Haaaâ huwa djawâz safarr !

(Sous-titrage Télétexte : *Leueueuh voici mon passeport !)*

Gazée ! Je parlais l'arabe tout comme elle, quoique avec l'accent algérien. Et quand le client friqué d'un pays arabe s'énerve, à la réception ou au comptoir, et qu'il a affaire à un employé visiblement d'origine arabe, il l'allume tout naturellement dans sa langue maternelle – ou, pour mieux dire si on est arabe : paternelle –, ce maladroit insuffisamment servile, et qui lui fait perdre son temps.

Ce n'était pas mon passeport, mais celui d'Aziz. Ressemblant, non ?

C'est bien moi. Ah ouais. Né le 12 novembre 1979, à El-Boulaida (anc^t. Blida), Algérie. République algérienne démocratique et populaire (trois mensonges en quatre mots, notait sarcastiquement M. Yahia). Al-Jazaïr.

La pétasse a établi le billet Paris-Marraketch – *AR-R Open 10 days*.

Elle a recompté avec doigté, dextérité et tact – que le client arabophone ne s'énerve pas plus ! – les talbins ; a dû demander à sa collègue Rajaâ – pas Radjaâ – de lui passer huit pièces d'un franc et quatre pièces de dix pour me rendre les 348 francs ; a validé à la presse le billet. Je me prénommerais Aziz pour Royal Air Maroc. Je me prénommerais Aziz pour la Police royale marocaine.

Et c'était le tour de Rabah, maintenant. Du replay, presque : raccord, clap, moteur, scène identique, dans les marques, seul l'acteur a changé, pas les répliques : « Cash, je vous ai dit. Mon passeport ? Haaaâ huwa djawâz safarr ! » Et le passeport est le sien. Mais la pétasse a eu un instant d'hésitation en regardant la photo, un instant d'hésitation qu'elle n'avait pas eu en jetant un œil sur le mien – je veux dire : sur celui d'Aziz. Le monde à l'envers !

Sauf que le vrai, le faux : aucune importance dans la vraie vie comme à l'écran. Seul compte l'effet : on y croit ou non, tu es raccord ou tu ne l'es pas.

Mais j'anticipe dans mon histoire – me voici déjà à l'été 1998, au départ pour Marrakech. Je vais trop vite. Depuis que je peux mesurer les temps avec une précision garantie par le COSC, et garantie à vie ! depuis que j'aurais pu, si j'avais voulu, avec mon chronographe en titane et acier spécial qualité navale, étanche jusqu'à 200 mètres de profondeur, compter les secondes en année – est-ce que l'impression est la même que lorsqu'on s'asphyxie dans un sac poubelle pour jouir : ce que mon pote Gamal appelait « *faire Grand Bleu* » ? Je ne le saurai probablement jamais, je serai trop vieux pour m'initier à la plongée quand je ressortirai de taule –, il me semble que j'ai vécu ma vie en accéléré – le doigt posé sur la touche de lecture *fast* du magnétoscope – jusqu'à la scène finale, la scène *The End*, que je situe dans la cabine téléphonique de l'Estação Fluvial, à Lisbonne, et qui me procure, au contraire, une impression extraordinaire de ralenti. Le temps est en suspens – *Aujourd'hui réservé aux initiés.* C'est comme si je revivais la scène que je vis, au moment où je la vis, mais plus lentement. Tout se décompose. Il y a de la mort dans la vie – dans la vraie vie. Ce que je n'avais pas saisi jusqu'ici. C'est une révélation. Je m'apaise. Je suis sauvé.

Et c'est le sentiment que je l'ai toujours su, aussi. Je savais obscurément ce qui doit m'advenir à présent. J'en ai eu le pressentiment. Je connaissais mon sort. Je sais que c'est fini. Au moment où je commence à composer le numéro de Djamila – 00… 33… Mon reflet dans la porte vitrée. Je me souris. Sid Ali !

« Si tu cessais un instant de te la jouer, Sid Ali ? Un instant. Rien qu'un instant… »

Cet éblouissement : la belle lumière hivernale, dansante et dorée, dans l'eau froide – le scintillement infini de la mer de paille… *La mer allée avec le soleil*. Mais le mal ne peut plus m'atteindre. *Elle est retrouvée. Quoi ? – L'Éternité*.

Je suis sauvé. Cet homme s'avance, tire la porte vitrée, et ce reflet de moi, qui bascule en avant, dans le vide. Il a une arme… Un rhnouch ! Je suis fait. Inutile d'opposer une quelconque résistance. Me dire que j'ai voulu cela. Me dire : « Veux ce qui advient maintenant. » Et que je le veuille comme j'ai voulu le Calvin Klein, voulu la Helly Hansen, voulu l'Officine Panerai ! et voulu ce roadster BMW que je n'aurai jamais eu. Je suis fait comme un rat. Comme un rat, je suis fait. Comme le rat que je suis. Comme le rat que j'ai toujours été. Le rat que j'ai toujours été, aussi, moi, le beau et brillant Sid Ali B… C'est ton destin, Sid Ali. C'était écrit. Al-hamdoulillah !

La dépression, maintenant. La dépression voulue. La dépression comme délivrance. Le monde à l'envers, oui. Arracher ce sac plastique sous lequel je suffoquais jusqu'à la jouissance. Je peux souffler enfin. Me laisser aller enfin. Je peux pleurer. Comme un homme. Un homme peut pleurer, aussi.

Si j'ai gommé ce matin, à la lumière du jour, les notes griffonnées au crayon la nuit dernière – hiver 1997 – printemps 1998 –, si je suis passé trop vite du trottoir de la rue des Martyrs au comptoir de Royal Air Maroc, avenue de l'Opéra, c'est peut-être que je ne veux pas quitter mon état dépressif actuel, qui m'est assez bénéfique, en somme, qui me permet de souffler enfin, comme je l'ai dit à la page précédente, pour retrouver l'état dépressif où je me trouvais à l'époque, à mon insu – cette horreur sur laquelle personne n'avait mis un nom alors.

Car la dépression me minait, en réalité. Je l'ignorais. On ne me l'a dit que très récemment : un médecin de la prison ici, qui a réussi à me faire revenir sur l'opinion assez négative que j'avais des psys. Parce que lui est portugais ? Un, enfin, qui n'essaie pas de me faire entrer à toute force dans ses schémas et ses grilles standard d'évaluation, moi, ma forte personnalité et mon QI de 137. Un qui n'essaie pas de dresser de moi le portrait-robot : ado beur d'une cité sensible, à la dérive, rusé voire sournois, beau parleur, séducteur. À la fois *soumis* et *révolté* – tu l'as dit tu l'as. Et *fàbulateur*. Et *affabulateur*. Et *pervers* (?) – entre parenthèses, le point d'interrogation, dans le dossier.

Lui n'a pas encore eu accès au dossier. Dieu merci. Il n'a jamais lu le feuilleton médicosocial de la famille B. Il porte un regard neuf sur moi. Sans fausse bienveillance, sans sévérité excessive, non plus. Je n'étais pas un petit délinquant qui souffrait, mais je ne suis pas non plus un assassin qui souffre, un tueur en série – lui ne dit pas « serial killer », mais « tueur en série » –: je suis un homme qui souffre… Nuance. Et lorsque je lui ai dit mon QI, il s'est récrié en riant:

— Mais cela ne veut rien dire, le QI!

Et je ne l'ai pas mal pris. Je ne lui en ai pas voulu. Ah bon! cela ne signifie rien. Soit. Si il le dit – 'Llah! D'autant qu'il a ajouté:

— On peut avoir un QI de 132 seulement, c'est le mien, et souffrir autant que vous. C'est une terrible maladie que la dépression. Surtout lorsqu'elle est sans manifestation extérieure particulière. Invisible aux autres, invisible à vous-même. Pas de larmes, pas de chagrin. Rien.

Putain, il parle le français aussi bien que moi, et sans accent ou presque, le Dr Da Silva. Il le parle beaucoup mieux, en tout cas, que tous ces enculés qui s'étaient penchés sur le cas Sid Ali B. L'hiver 1997-1998, j'étais dépressif. Le printemps 1998, aussi. Quant à l'été qui a suivi… !

Et mon avocat lui aussi m'a conseillé d'insister sur ce point: j'étais dépressif.

Je n'en avais pas du tout le sentiment: cet hiver-là, ce printemps-là, je resplendissais. Jamais je n'avais été aussi éblouissant. Ma oumm le reconnaissait:

— T'y es beau, mon fils! T'y es beau! Et souviens ce que t'y a dit le marabout: le mal y ne peut pas t'atteigner.

— T'*atteindre*. Maman.

Et elle me pardonnait d'avoir monopolisé la salle d'eau. Elle donnait tort à Azzedine et Mina de m'avoir cassé les: ils me devaient le respect, oui, puisque j'étais l'ibn maintenant ! Ahmed n'existait plus par la volonté du père, et Aziz était déchu de son autorité sur ses cadets, car en prison. Moi, j'étais le bon fils, le vrai fils. La fierté de la famille B. Ma chambre toujours bien rangée. Et un carnet scolaire exceptionnel, M. Yahia le disait. « Il ira loin, votre Sid. »

— Je vais y leur faire la leçon, mon fils ! Si tu veux tourner le verrou, tu y tournes le verrou. Si tu y as besoin ! Ce que tu veux ! Comme tu veux, mon fils !

— « J'ouvre l'enveloppe. Et le vainqueur est… Sid Ali B. » Tous les motifs de satisfaction. Tous ! Alhamdoulillah !

Et pourtant ! Et pourtant ! Quand je m'étais bien éclaté, avec Rabah, je ressortais de là vaguement nauséeux, un peu assommé. Et très seul.

Je redescendais la rue des Poissonniers. Il pleuvait. Il pleuvait toujours quand je ressortais. Je garde le souvenir, faux souvenir assurément, absurde, qu'il pleuvait toujours quand je ressortais de chez Rabah, pour retourner gare du Nord, rentrer chez moi, aux Poètes. Il pleuvait et la nuit tombait. Y compris aux plus beaux jours du printemps, y compris à six ou sept heures du soir, heure d'été, au printemps, il pleuvait et la nuit tombait. Les égarements de la mémoire : on ne se souvient de rien précisément, on retouche, on refait une continuité avec des plans tirés d'autres prises, des chutes, des déchets, des images floues retrouvées au fond de cette poubelle qu'est notre mémoire.

Il faisait très doux, c'était le plus beau jour qui soit, mais il pleuvait, la nuit tombait, et j'avais un peu froid… Et la rémanence en moi, fiévreuse pulsation, du beat binaire d'un hard rap – SON, DRH, ARA, BK, PR… Je tournais ma casquette visière devant, pour me protéger de la putain de pluie fine et glacée qui tombera toujours dans mon souvenir. J'allumais une nuit grave. Comme je tournais sous le gras du pouce la molette de mon zippo, me revenait avec toute sa force de sidération, de ravissement, l'instant bouleversant où j'avais allumé, à Rabah, ma toute dernière Stuyvesant, et qu'il m'avait tenu ferme, à la virile, à la fraternelle, le poignet – ma main devait trembler un peu. J'avais du mal à déglutir : je suis resté en apnée, un instant. Avec l'envie. Dieu merci refoulée, d'éclater en sanglots.

Cet instant miraculeux où j'ai osé taxer à Djamila sa dernière Stuyvesant... Et où Djamila m'a murmuré, avec douceur :

— C'est bien parce que c'est toi, Sid Ali.

C'est moi, oui. J'existe. J'existe dans le regard d'un autre. J'existe dans un autre regard que le mien devant la glace. Je suis sauvé. Je vais cesser de me la jouer. Je vais essayer.

La nostalgie de la première fois ! Seule compte la première fois. Le coup de foudre. L'éclair qui déchire l'obscurité moite, ultraviolette, chargée de gaz d'échappement au-dessus de la passerelle... Première prise. C'est bon pour la lumière ? Bon pour le son ? C'est bon pour moi. On ne refait pas !

Après ? Après, on ne fera plus que répéter, que tenter de répéter à l'identique, pour retrouver la joie explosive de la scène originelle. C'est elle, c'est moi, je l'aime. Elle s'appelle Djamila. Inch'Allah ! C'est lui, c'est moi, je l'aime. Il se nomme Rabah. Al-Djena !

Après ? Les arrangements, les petits arrangements avec la réalité de cet amour, les trucages discrets, les effets spéciaux, les recadrages successifs, un nouveau montage – pour mémoire, comme on dit – :

l'amour au jour le jour, l'amour jour après jour, qui n'est plus tout à fait l'amour... Qui, du moins selon moi, ouf que j'étais, n'était plus tout à fait l'amour ! Ouf à donf ! Fou à lier. Je croyais qu'il n'y avait de beau, de vrai, que le début. Je n'avais pas compris que c'est après, que tout commence. Dans le quotidien... Dans la triviale réalité. La bande-annonce me suffisait, à moi. Je regardais droit dans les yeux Djamila, ses yeux d'un noir si profond, ses yeux au blanc si bleu, si lumineux, et je me fredonnais intérieurement, comme un enfant siffle dans le noir pour se donner du courage, pour avancer dans le noir jusqu'au bout du couloir, où se trouve l'interrupteur situé à sa hauteur : *Je lui dirai ! les mots bleus, les mots qu'on dit avec les yeux... Je lui dirai ! Je lui dirai !* J'allumais sa nuit grave à Rabah. La flamme illuminait la prunelle, si sombre, de ses yeux au blanc si bleu, si lumineux : il y avait de l'ironie dans ces yeux, il y avait quelque chose de tendre et fraternel, à la fois, et de la dureté... Cela m'avait suffi.

Je redescendais la rue des Poissonniers – apoum apoum apoum –, je jouais des épaules et des coudes dans la foule, toujours très dense, le soir, sur les trottoirs et jusqu'au milieu de la chaussée... Je traversais sans regarder, j'esquivais un parechocs – l'Espace blanche de la PP, qui tentait de se frayer la voie en actionnant sa plus stridente sirène, mais en vain. Je passais devant les rades à raï et les rades à chaâbi. Les flots sirupeux de variété cairote, violons pleureurs, saxos velours et modulations lascives me poissaient un peu plus l'âme – *Salma ya salama, salma ya salama, salma ya salama...* De quoi effacer l'apoum apoum apoum des Pervert Rats résiduel en moi. Une affiche en noir et blanc constellée de taches rouges figurant du sang appelait à manifester contre *le terrorisme résiduel en Algérie*. Il y avait ce soir chorba de solidarité et thé chez Cheb Moh Mmouni. À l'étal d'une boucherie halal, les têtes de mouton desséchées, parcheminées, me fixaient de leurs orbites vides. L'Aïd el-Kebir était passé, et nous ne l'avions pas fêté en famille, cette année, pour la première fois depuis ma naissance. Mais les petites épiceries sentaient toujours bon le ras el-hanout, et les fruits et légumes africains avaient ce parfum un peu écœurant, mais exquis aussi, si proche de la puanteur du pourri. Certaines douleurs sont dites exquises. C'est, sans doute, de quoi il s'agit.

Plus bas, Sirènes-Voyages proposait le grand pèlerinage à La Mecque *à prix cassé*.

Puis Masgid Al-Fath... L'appel à la prière s'entend d'ici. Les fidèles se déchaussent sous l'auvent de ce baraquement en parpaings bruts et alu ondulé consacré mosquée. On appelle ça une mosquée ! Pasqua appelait ça une mosquée. Chevènement appelle ça une mosquée.

Un barbu essaie de me convaincre de lui acheter un vrai coran, le seul coran autorisé par les muftis de Médine et de La Mecque, pas celui qui a l'imprimatur du recteur de la Mosquée de Paris. Chelaoim, connard !

Deux jaddas tout emmitouflées dans un tas de vieux chiffons et de sacs poubelles font la manche, m'attrapent par la manche de mon Aigle blanche. Je leur donne dix keuss : le petit cadeau d'un de mes chémis de l'aprème, un radin – un prof. Putain ! ce que le corps enseignant est rat avec le raton tapin. On en causait encore tout à l'heure, Rabah et oim, Sid Ali. Cheupoum tonk cheupoum tonk cheupoum tonk – Pervert Rats. Les rats pervertis. Ah ouais.

Plus bas encore, devant chez Bel Hom, deux toutous en boubous et une tout en Tati proposent la passe à vingt keuss. Elles aussi cassent les prix.

Je continue mon chemin. Touche *play random*, comme sur les lecteurs laser – je traduis : jouer à l'aventure. Je suis très bon en anglais. *Number one*. Quand j'irai enregistrer à Londres, comme Faudel : *no problem*. Eurostar ! « "Moi j'adore voyager, et quand je retourne en Angleterre, je prends le bateau à Calais..." Menteuse ! » Morts de rire, Rabah et oim, gare du Nord ! Morts de rire ! Cheutonk apoum cheutonk apoum cheutonk !

Je repensais aux trois chémis que je m'étais tapés en trois heures, service minimum, cette aprème, aux Martyrs : trois mille. Plus : cinq cents de « petit cadeau ».

Des Fins-de-droits manifestent pour obtenir une prime de 3 000 balles ! Ce que je me fais en trois heures, service minimum, oim, Sid Ali. *Esclaves, ne maudissons pas la vie !*

Mais ma tristesse ne se dissipait pas.

J'essayais de chasser Dja de mes pensées. En vain. Voici soudain que m'assaillaient des souvenirs heureux, importuns parce que heureux... Des souvenirs du bonheur enfui : nos aprèmes chez Agnès, que je n'ai jamais rencontrée ! nos aprèmes en amoureux, vautrés sur ce kilim si rêche au toucher, sous l'affiche du Comité pour l'Abolition de la double peine. Rien du zobzekage en pros, Dja et moi, rien de la baise de compète. Non, tout en tendresses, en délicatesses... Tout en maladresses aussi. Une manière assez arabe de paresser, de nous caresser sans nous lasser, de parvenir à la jouissance comme sans y avoir pensé. Comme ça. Donné. Un don du Ciel. 'Llah !

Mais quel bonheur ? Puisque j'étais si bien parvenu à me détacher d'elle, que tout cela avait glissé comme sur un tissu déperlant, comme la pluie sur ma Helly Hansen. Je faisais comme si elle n'avait jamais existé, comme si notre histoire d'amour n'avait pas eu lieu. Et je faisais très bien comme si… La plupart du temps, j'y réussissais. Si je croisais Dja dans la cour du lycée, ou à la bibliothèque, je dominais mon émotion : pour la simple raison que je n'en ressentais aucune en particulier, à son égard. Ni en bien ni en mal. Croyez-moi, ou ne me croyez pas… Rien à foutre.

Dja me la jouait indifférente quoique secrètement blessée. Je la lui jouais indifférent quoique vaguement étonné. Mais, bon : j'avais zappé. Changé de programme. *Quitter ?* Retour chariot. *Éteindre l'ordinateur ?* OK. Cliqué souris. Djamila Qui ? La Djamila en première S, là ? La chouchou à Mme Rénal ? Celle qui écrit dans *Pote à Pote* ? Celle qui milite au Ma Ychali ? Ouais, je vois. Non, je ne vois pas. Décodeur, please ! Où est la télécommande ? *Je veux le feuilleton à la place. « Vertiges de l'amour. »*

C'était fini entre nous, et bien fini. Bien fini, au sens : bien terminé, net, sans bavures. Un coup d'éponge sur la toile cirée. Dja et Mr. Propre. Aucune saleté, de part ni d'autre, après. Aucun désir de vengeance. Le respect mutuel. « Maximum respect. » Je crois bien que Dja ne m'a jamais calomnié. J'en suis certain. Et je sais que je n'ai jamais prononcé la moindre méchanceté sur son compte, après. Pas la moindre horreur. C'était une fille bien, aucun doute là-dessus. Moi, Sid Ali, je n'étais pas mal, non plus. Je peux me montrer noble, généreux, loyal. C'est une fille bien. Je suis un homme. Nous ne nous sommes jamais jugés.

Que s'était-il passé ?

Si un pote insistait, voulait savoir, je le traitais sec :

— Pas ton churl, hein, pas ton nesbi ! Dja ? Dja Qui ? Chela. Point barre. Et marche à l'ombre !

— Djamila, on m'a dit qu'elle est plus amie avec Malika à cause de toi.

— Ah ouais ? Le Glorieux a dit que cafter une médisance sur un ami à cet ami, c'est médire de lui. Enfin, Il ne l'a pas exactement dit comme ça, mais l'esprit y est. Casse-toi, pauvre tache ! Je pourrais frapper. Ainsi parlait Sid Ali sur la Montagne. Et les anges lui souriaient.

Gazé !

Cela dit, Malika, la haloufa, si elle n'avait pas été si boudin, yeux globuleux de vache folle, fesses molles, grosses cuisses, peau grasse d'acnéique non soignée au gel antiséborrhéique, beuheurq ! je l'aurais volontiers violée. Et pas par-devant : par-derrière, 'Llah ! Enculée à la dure comme ces porcs de chémis, aux Martyrs ! Et puis je l'aurais étranglée... Nahan ! étouffée sous un sac plastique. Un sac Auchan, tiens ! elle mérite pas mieux, cette tasse... 'Llah ! Comme ça. Juste histoire de lui apprendre une dernière fois qui je suis, Sid Ali. Je l'aurais égorgée au coutelas, ah ouais, putain, comme le mouton de l'Aïd el-Kebir ! 'Llah ! Je l'aurais décapitée, la Malika, à la feuille de boucher. Pour ne pas me salir, j'aurais mis un grand tablier d'équarrisseur en caoutchouc blanc, et des bottes d'équarrisseur en caoutchouc blanc, et ces longs gants de caoutchouc rouge montant jusqu'au coude, jusqu'à la saignée, des gants d'équarrisseur ! comme les musiciens du groupe ARA, sur le visuel du CD ! Abattoir Rubber Apron.

I gonna kill you
You, rat !

Cheutonk apoum cheutonk apoum cheutonk... Ah ouais. Ah ouais.

L'autre jour, je l'ai croisée sur la passerelle, Malika. J'ai regretté que les deux municipalités, la sienne, la mienne, aient posé ce grillage protecteur. Sinon, je l'aurais poussée d'un coup d'épaule, en loucedé, dans le vide… 'Llah ! Je l'aurais fait tomber sur la voie express, cette tasse ! Putain, le carambolage, à l'heure de pointe du soir ! sur la voie retour banlieue ! les coups de freins stridents, le corps de Malika déchiqueté ! écartelé ! les roues qui patinent sur la cervelle et les intestins qui se prennent dans les essieux ! Chlof ! Et le foie qui gicle sur le pare-brise… Chlof ! les essuie-glaces… Le foie et la rate de Malika… Son mou, à cette grosse vache folle… Chlof ! Traînée sur plus de cinq cents mètres, la malheureuse ! Les caisses encastrées les unes dans les autres ! les caisses qui prennent feu… À vingt heures, le sujet d'ouverture au JT ! TF 1 ? France 2 ? Nahan, je préfère regarder sur TF 1 ! PPDA, sa voix grave pour annoncer les grands événements, sa gueule d'enterrement des catastrophes nationales ! « Mesdames, messieurs, bonsoir. La tragédie de la voie express. En Seine-Saint-Denis, une beurette désespérée se jette du haut d'une passerelle… Douze morts, quinze blessés graves, neuf voitures ont pris feu… Plusieurs heures, aux pompiers, pour désincarcérer un seul survivant… Trois casernes de pompiers mobilisées… Tous les centres de secours de la région parisienne… Le SAMU 93 au complet… Ce qui reste de Malika sous les roues de ce roadster BMW Z3. Le conducteur du roadster miraculeusement indemne… » *ABS, Air bags, Antipatinage à régulation électronique ASC + T, brevet BMW Gesellschaft…* « La malheureuse Malika s'est suicidée sans imaginer qu'elle tuerait treize personnes, qu'elle en entraînerait douze autres dans la mort… Le bilan s'alourdit d'heure en heure… Les assurances réservent leur appréciation du sinistre... M. Chevènement s'est rendu immédiatement sur les lieux de la catastrophe... Le président de la République présente ses condoléances aux familles... Des mesures sociales sont envisagées pour mettre fin au malaise des jeunes dans les cités... M. Le Pen déclare que la mort de Malika est un détail... » Ah ouais. C'était un suicide. Le suicide fatal!

Et moi, Sid Ali, ni vu ni connu. Parce que personne d'autre ne passait sur la passerelle au moment où... 'Llah!

Mais non, je plaisantais. On ne peut plus plaisanter? Je me faisais mon cinéma. Le délire! À vrai dire, rien à secouer de la main que je pisse avec, la Malika, cette tasse! Rien à. Je l'ignore. Traitée *silent®! no rustle®*! Rien à..., de personne, Sid Ali! Je vous encule tous! J'encule la terre entière!

Ma mélancolie était tenace. J'en avais des bouffées de pure détresse. Je continuais de descendre à pas lents la rue des Poissonniers, vers le boulevard Barbès, la gare du Nord... Il fallait rentrer.

Je pensais à Aziz en taule. Je lui écrivais un petit mot tous les soirs, dans lequel je ne lui racontais rien de ma vie. Juste un petit mot gentil, qu'il ne perde pas courage. Il se vengerait de la donneuse qui l'avait à ticave, quand il serait ressorti – mais cela, je ne le lui écrivais pas: je savais que le courrier, en taule, est ouvert et lu avant par les matons. Salopards!

Mon père avait refusé de rendre visite à son fils en prison, et avait interdit à ma mère de le faire malgré ses supplications. Moi, j'étais mineur: je n'y avais pas droit sans l'autorisation de mes parents. Nib! donc. Pourtant, je me disais que si j'avais été le psy ou l'éducateur du Centre médicosocial, je me serais empressé d'envoyer le petit Sid Ali B. rendre visite au parloir, à son grand frère : que ça le refroidisse un peu, quand il verrait ce qu'est une prison dans la réalité, le petit Sid Ali B. ! quand il verrait que le décor est bien plus crade que dans les téléfilms ! que le bruit y est pire ! que ça pue la ménagerie, la prison, alors que ça ne sent rien à la télé ! La télé fait écran... Visite obligatoire à son frère, en prison, au parloir, le petit Sid Ali B. ! Que ça lui serve de leçon, au petit Sid Ali B., qui est olfactivement si délicat ! « Ajoutez-y les odeurs ! », comme disait l'autre ! Il serait certainement très impressionné, le petit Sid Ali B. ! Et il y regarderait à deux fois, ensuite, quand lui viendrait la tentation de commettre un délit !

Voilà ce qu'il se disait, le petit Sid Ali B. Enculés !

D'où me venait ce sentiment douloureux d'avoir trahi ? De ce que j'étais libre, moi ? Libre, réellement ? Beaucoup plus libre qu'Aziz, certes. Et puis ?

Et puis je repensais à Ahmed. Comme chaque fois que je descendais le boulevard Barbès, que je passais devant la vitrine des Sables-d'Or, devant la cabine dont, Aziz et moi, nous avions vu, soudain, notre grand frère ouvrir vivement la porte vitrée, en faire sortir le gus qui téléphonait, en le tirant sec par le col de sa veste de sonac, cet inconnu qu'il avait reconnu, lui : un petit fourgue pas net qui lui avait refilé un shit merdeux, coupé de sciure de bois... Et là, Ahmed, lui flanquer la double ouache ORL, à ce fils à sa mère qui l'avait embrouillé lourd... Lèvres fendues, arcades déchirées, les deux, le nez cassé, une oreille à moitié arrachée. 'Llah ! Et l'autre qui lui crachotait, avec ses dents déchaussées sous le choc, de plates excuses sanguinolentes :

— Che m'excusche ! Che chavais pas que... Che m'excusche ! Che chavais pas...

Et nous, Aziz et moi, heureux comme tout, 'Llah ! C'était un homme, notre Ahmed. Comme il te l'avait quécla, ce voleur ! Du shit à la sciure, putain ! ce vice ! Mais il te l'avait quécla grave, là, Ahmed... On se sentait en confiance, les minots, avec un grand frère comme lui. Pas un passant n'était intervenu. Le temps que les schmidts rappliquent, nous nous trouvions déjà boulevard de la Chapelle, tous les trois nous tenant gentiment par le bras... Les bons oualadis.

Ahmed voulait jeter un œil aux derniers arrivages chez Hadj Youcef. C'est là qu'il se fournissait en cassettes de vrai raï, pur et dur, le raï oranais, l'original, quand il n'avait pas trouvé au trabendo, sous le pont du métro aérien, ce qu'il cherchait. En fouillant bien, dans les bacs pleins de daube cairote et de ringardises tunisiennes, on dénichait des merveilles chez Hadj Youcef.

Nous n'aurions rien inventé, nous, les Algériens ? Et le raï, alors ? putain.

Bini ou binèk ghir n'har el youm...

Toi et moi nous n'avons que le jour d'aujourd'hui... *Ila enta h'bibi* – Cheikha Rimitti. Ah ouais.

Sid el commissaire kirani madrour
Chafou d'mou 'î tsil ma 'ârfouche
'âleche...

Monsieur le Commissaire, comme j'ai mal ! Ils ont vu couler mes larmes et ne savent pas pourquoi... *Serbili Baoui* – Belkacem Bouteldja. Mon histoire ! Tout moi. Putain ! Ahmed avait raison : autre chose que apoum apoum apoum cheutonk cheutonk cheutonk apoum cheutonk apoum... De la musique, le raï ! Notre musique. Et des paroles. Nos paroles. Nos mots à nous.

Et Barbès, notre Mecque ! Le Barbès de Paul Smaïl, dont je lisais et relisais alors *Vivre me tue*.

Vivre me tue. Putain, ce bouquin ! Il était paru à l'automne. Au bahut, tous les beurs qui lisaient le lisaient. La folie, c'était. Un bouquin, enfin, où l'un de nous parlait de nous, de nos vies, de nos galères, de nos colères ! On s'y reconnaissait tous, les beurs. À la bibal, la responsable en a commandé dix exemplaires. Ils étaient toujours tous de sortie. Il y avait des listes d'attente. On allait en chourer au Relais Point H, à la station du Rereu Aubervilliers-La Courneuve. Le présentoir des succès du mois est très près de l'entrée : fastoche de sprinter direction le quai au moment où la rame entre en gare – « Pardon, je suis pressé ! » Et Mme Rénal le faisait étudier à ses élèves de seconde et de première S comme modèle de style, et pour l'art du dialogue. Putain ! les dialogues : tout en beur littéral ! Sans sous-titres pour les De Souche. Mais Mme Rénal comprenait, et aimait. Il est vrai qu'elle avait eu un Algérien, dans sa vie – le père de sa fille. Mais la responsable des achats à la bibliothèque était blanche très blanche. Eh bien, le bouquin la passionnait aussi. Elle le recommandait. Et du coup, devait en recommander. Moi aussi, je sais jouer sur les mots. Comme Paul Smaïl.

J'avais su que Dja en était guedin de ce bouquin, qu'elle avait écrit à l'auteur et que, du Maroc, où il s'était exilé, il lui avait répondu. Ah ouais. *Vivre me tue*. Un papier extraordinaire, dessus, était paru dans *Pote à Pote*. Écrit par un pote à elle. J'en étais guedin, oim itou, de ce bouquin. Le héros, l'auteur, c'était moi. C'était tout moi. Son histoire était mon histoire. Vivre me tuait, moi aussi. Pour une fois, je m'identifiais pleinement au héros. Et à l'auteur. Bien que je n'aie pas gépi, sur le coup, pourquoi il avait refusé toute interview, sa photo dans la presse, de passer à la télé et tout le toutim promo ; ni pourquoi il s'était séca au Maroc, d'ailleurs. À Casa ! La casa !

Mais c'était moi, le héros. C'était tout moi. Et pourtant, mon milieu et le sien : pas grand-chose à voir. Les Smaïl, c'est le dessus du couscoussier de l'immigration. Des Camaros, d'origine, pas des Djez. Troisième génération. Et de ceux qui n'ont jamais franchi le Périphe, toujours habité le 18e. Ils vivaient, il le raconte, dans une cité, mais intra muros, rue Ordener. Ce qui change tout. Et le fils, Paul, ses études ? Au lycée Jacques-Decour, Paris 19e. Ce qui change tout. Son jad, à Paul, mort pour la France, et décoré, comme le jad à Dja. Son daron, naturalisé par la voie rapide à cause des services rendus par son père à notre mère patrie, la France, et employé à la SNCF : la sécurité de l'emploi. Ce qui change tout. Ce genre de pères qui, dans les années 1970, sont allés jusqu'à donner à leurs fils, à la naissance, des prénoms nazranis ; qui sont allés jusque-là, dans leur volonté de s'assimiler. Les mères qui, déjà il y a trente ans, faisaient le marché comme n'importe quelle ménagère francaouie. Et qui punissent leurs garçons quand ils ont fait une connerie comme les puniraient des mères francaouies : sans en parler au père, parfois. Sans en parler au père ! Putain ! sa tante, à Paul, la tante Zaïa, si c'est réellement comme il le raconte dans ses bouquins, Paul Smaïl : putain, mais elle aurait seulement prononcé le quart de la moitié des vannes qu'elle lance à son neveu, le fils de son silf, devant mon père, elle ne serait plus de ce monde, la tante Zaïa, que le Tout-Puissant me pardonne ! Mehdi, le mari de la tante Zaïa, qui a été assassiné par la police de Papon, Mehdi – Paul Smaïl le raconte, et pourquoi ne pas le croire ? – sortait sa femme, l'emmenait claquer sa paie, à deux, dans une grande brasserie à Clichy ! En pleine guerre d'Algérie, ils avaient ce courage. Ou cette inconscience ! Faire comme si ils étaient purs francaouis... Des gens mohodernes, évoholués, eurohopéanisés ! Yacine, le père de Paul, n'a probablement jamais égorgé halal le mouton dans la baignoire du F3, rue Ordener. Il n'en aura pas beaucoup égorgé, de moutons, à mon avis... Ce genre de gens qui ne sont plus pieux du tout, qui ne suivent plus nos rites religieux, qui ne respectent plus aucune abstinence, hormis pour la viande de porc, qui ne célèbrent plus vraiment la nuit du Destin et ne feront jamais de leur vie le pèlerinage à La Mecque. Et qui pratiquent un ramadan très modéré, voire désinvolte. Et qui fêtent Noël, « pour l'drari » ! Le petit frère de Paul, Paul Smaïl le raconte dans son second bouquin, le petit frère demande un camion de pompiers et des « putains à roulettes »... Tout comme ses copains de classe blancs de blancs. Chez nous, à la cité, putain, on se serait fait traiter grave, de pauvres fiotes, par les potes, si on avait eu de ces envies de pédés ! Je n'imagine pas Azzedine s'avisant d'écrire sa lettre au Père Noël : *Chere Per Noël, je aimrai un cammion de ponpiés...* (Il fait du cent fautes par page, Azz : l'orthographe, ce n'est pas de famille ; ce n'est pas génétique, l'orthographe !) Nous, le camion de pompiers, en grand, en vrai, on le voulait, à Noël : pour le caillasser. Avec les pompiers et tout le fourbi amovible dedans – *figurines miniatures, danger d'avalement, ne convient pas à un enfant de moins de trente mois*. Ça tue le temps, dans les cités, et les pompiers ne sont pas armés comme les schmidts, tu peux y aller ! (Non, je plaisante. Vive les pompiers ! qui ont sauvé la vie à Salah, et qui sont venus tout de suite me secourir, quand j'ai eu ma crise de sacré, aux Halles... De vrais hommes, eux, pas comme ces gueux de bleus, ces folles à Chevènement, avec casques, plastrons, jambières, visières transparentes et coquille protège-couilles, pour ce qu'ils en ont à protéger, de couilles ! ces fils à leur mère ! ces pédés !) Où j'en étais ?.... Ah ouais : les Smaïl, les assimilés, les assmaïlés ! Ce genre de gens qui ont plus ou moins rompu les liens avec la famille élargie restée au pays ; qui y retournent rarement, l'été, au pays, pour les vacances... Sinon jamais. Les filles qui ne se font plus niquer dans des mariages arrangés cousin-cousine !.... À peine des immigrés, les assmaïlés, à peine des musulmans. Aussi intégrés que possible. Presque désintégrés en tant qu'Arbis. L'aristocratie de l'immigration maghrébine ! Paul Smaïl n'a pas pris option arabe au lycée, je parie.

Et pas en deuxième langue non plus, je parie. Il parle l'arabe de Barbès, et le transcrit, je le cite, *sans aucune rigueur – « à l'oreille »*. En toute liberté. Et il emmerde la communauté communautariste, les bigots et les azouz. Il écrit avec ses claouies. Un homme, Paul Smaïl ! Sid Ali B. vous le dit. Maximum respect.

L'aristocratie de l'immigration maghrébine ? Eh bien ! ça change tout mais ça ne change rien du tout. Paulou a eu notre destin à tous. Paulou-le-relou a connu notre sort. Pour nous, il y a de subtiles distinctions : nous nous distinguons, entre nous, suivant une foule de critères, de nuances, de degrés. Comme dans ces pourcentages de composition marqués sur les étiquettes des textiles : 50 % coton, 30 % polyester, 20 % élasthane… Paul Smaïl, c'est : fibre moderne, produit dernière génération, microporeux respirant déperlant ultraextensible – le nec plus ultra ! Compagne juive non pratiquante, il le raconte ; des amis de toutes les couleurs, il en parle et leur rend hommage ; libertin, il s'en vante ; pas de religion, il l'avoue – oui, voltairien ! avoue-t-il. Admirateur de Voltaire, l'insulteur de notre Prophète ! Et fréquentant des Algériens, mais les *Taïeb*, mais les *Yahia* : la crème de la crème des enfants d'immigrés. Pas mes voisins, les Yahia : des Yahia qui en réalité ne se nomment pas Yahia, mais je crois voir qui sont-ce ! j'ai ma petite idée, oim, Sid Ali B. Tout se sait, peu ou prou, dans la communauté au sens le plus large du mot : nous avons le téléphone arabe. Ces Taïeb-là, ces Yahia-là sont des partisans du « Douz al-houdoûd ». Et ils donnent des teufs où ils invitent El-Ammour-le-Fassi, pour leur jouer de l'oûd. Ou des musiciens d'un petit ensemble amateur de La Chapelle, pour une nouba de malhoun. Putain ! Et ils font ramadan mais débouchent le champ à l'heure du F'tour – la rupture du jeûne au coucher du soleil, quand ne se distingue plus le fil noir du fil blanc (il faut tout expliquer au lecteur Infidèle). Le ramadan, mais pas l'original, en noir et blanc, non ! le remake hollywoodien. Le ramadan version colorisée. « C'est l'heure du F'tour ?

— Champagne ! » Putain !

Nous, nous le voyons bien que ce ne sont pas des gens comme nous. Mais quoi que tu fasses, tu fais partie de la communauté aux yeux des autres, les blancs nés chrétiens, Français de père en fils depuis n générations.

Ça change tout ? Ça ne change rien du tout. Dans le regard du Francaoui francaoui, que tchi ! Tu t'es si bien intégré que tu t'es désintégré en tant qu'Arbi ? Que tchi ! Arbi tu es, Arbi tu restes. Tu es Arbi – point. Pas Arbi ceci, Arbi cela : Arbi ! On ne va pas entrer dans les détails, chercher à savoir quel pourcentage de brut d'origine, quel mélange, quels additifs... D'ailleurs, vos histoires, on s'en fout. Chouïa ceci, chouïa cela ? Et chicaïas, avec ? Ce sont vos salades à vous, vos méchouïas. Camaro, Djez, Toun ; fils d'immigrés pour raisons économiques ou d'exilés pour raisons politiques ; hadj ou non ; t'exprimant désormais à la maison presque exclusivement en français ou ayant à cœur de ne parler chez toi, devant tes enfants, que le bel et bon arabe ; aujourd'hui islamiste fanatique ou, au contraire, libertin, athée – il y en a parmi nous, si si, mais ne les dénoncez pas ! n'en dites rien ! ils risquent la mort pour apostasie, y compris ici, au coin de la rue, à Paris, si si, de la main d'un barbu exalté inconnu d'eux ! et le tueur de l'apostat ira directo au paradis, lui ! il ne sera pas acquitté par la justice civile, ici, non, mais Allah et les mollahs lui pardonneront ! Eh oui, quand on est Croyant, circoncis, et qu'on a professé l'*Al-Fâtiha*, c'est irréversible, c'est pour la vie ! Arbi tu es, et musulman ! rien de moins, rien de plus ! rien d'autre ! Ainsi le veut la communauté, ainsi le veulent les Francaouis francaouis. Tous d'accord sur ce point, au moins ! Pas d'issue pour toi, si tu choisis la liberté, ton destin propre, d'individu. Malheur aux déracinés ! Malheur aux transfrontaliers ! Malheur aux trans et aux traves ! Malheur aux équilibristes ! Malheur aux fildeféristes et autres danseurs de corde ! Malheur aux à cheval ! Malheur aux caméléons ! Malheur à ceux qui refusent de jouer le jeu ! Malheur aux hors-jeu !

Malheur aux solitaires, et malheur à ceux qui sont curieux de tout, qui veulent voir et savoir, pour s'ouvrir au monde ! Malheur à ceux qui, comme Rimbaud, se sont voulus seuls témoins de leur gloire et de leur raison ! *Il avait plus de force qu'un saint, plus de bon sens qu'un voyageur – et lui, lui seul ! pour témoin de sa gloire et de sa raison.*

Ainsi parlait Sid Ali, sur la Montagne. Et son voisin de cellule lui faisait remarquer :

— Tu t'achgites beaucoup, petchit !

Paul Smaïl, avec son background et son CV canon, et sa tchatche adaptée pour public blanc exclusivement francophone, et sa courtoisie et son charme camaros, et son sourire ultrabright, et son QI niveau Sid Ali, il avait cru pouvoir s'en tirer, l'arioul ! Mais que tchi ! Arbi tu es, Arbi tu restes. Lire *Vivre me tue*. Le relire. DEA de littérature comparée, bac plus plus plus plus plus... *Ça va pas être possible !*, comme chantent les Zebda en imitant le ton cul coincé des employés de banque, et des loueurs d'apparts, et des rosebuds qui te refusent l'entrée des boîtes. *Je crois que ça va pas être possible !*

Mais à toutes ces taches qui vous jugent à la figure, je leur ferai une justice avec mes chaussures... Ah ouais. Zebda – maximum respect !

DEA de littérature comparée, comme Paul, bac plus plus plus plus plus, thèse sur Herman Melville... Résultat : tu livres des pizzas pour Speedzza. Comme mon grand frère Ahmed, aux dernières nouvelles, fin 1997. Il en a chié presque autant que nous, il a galéré presque autant que nous, Paul. Tu es Arbi ? Arbi tu es. Et marche à l'ombre ! Que vivre te tue ! Éteignez les *sunlights* ! Nuit américaine, pour le rabza : la nuit en plein jour ! Marche à l'ombre, le basané ! Tu es assez bronzé comme ça !

Paul Smaïl – il le raconte dans *Casa, la casa* –, Paul Smaïl a choisi de marcher à l'ombre quand est paru *Vivre me tue*. Retour à l'envoyeur ! L'arroseur arrosé ! Vous m'avez traité *silent*® ? Je vous traite *no rustle*® ! Ni grand escalier, ni paillettes ! Silence radio. Rien à. Lisez-moi, ou ne me lisez pas. C'est tout. Seul compte l'écrit, imprimé noir sur blanc. Pas la performance de l'auteur à « Nulle part ailleurs », ni à « Bouillon de culture ». Je n'aurai pas de visage, sinon celui d'un portrait du Fayoum – fin du Iᵉʳ siècle après Issa, VIᵉ siècle avant l'Hégire – qui me ressemble, semble-t-il. Car je sais que je ne serais pas écrivain, sous les projos, mais un beur qui écrit – nuance. Et qu'on se servirait de moi, qu'on me ferait dire des choses que je ne pense pas. Je serais manipulé. Je deviendrais le beur de service, le beur à la mode, le beur médiatique, le beur pour la télé, le beur thème d'émission, le beur sujet de société, le beur invité au JT... Le beur bien intégré ou le beur révolté, au choix, mais le beur d'intervention, quoi ! Le bon beur.

C'est à quoi Paul Smaïl se refusait. Moi, je ne comprenais pas. Ça me rendait ouf, oim, Sid Ali ! Fou, ça me rendait, moi. Que l'un de nous, un pote qui aurait pu avoir toute la gloire, faire péter l'audimat à coups de tchatche, à gazer l'animateur en direct, à le moucher live, et à faire mouiller la ménagère de moins de cinquante ans, et à faire craquer les gazelles hystériques et rugir de joie les babas dans le public... « On applaudit bien fort le héros, les filles, on frappe dans ses mains les garçons ! mieux que ça ! on salue l'exploit d'un livreur de pizzas devenu écrivain ! numéro neuf cette semaine dans la liste des meilleures ventes, romans documents essais confondus ! preuve qu'on peut s'en sortir avec la volonté et le talent... » Et qui dit :

« Non merci. Incognito à Casablanca, Maroc. Chela ! Je me casse… » Moi, ça me dépassait.

Mais j'ai révisé mon jugement depuis. Surtout depuis que je suis ici en taule, à Lisbonne, attendant une extradition imminente, immédiatement exécutoire, imaginant mon arrivée à Roissy, menotté, devant les caméras, et la presse : *Le tueur aux sacs plastique renvoyé dans sa patrie d'origine, la France…* J'ai compris que la célébrité médiatique pour la célébrité médiatique est un piège. J'ai compris que la célébrité mal vécue était mortelle. Le mal qui peut t'atteindre, qui doit t'atteindre… Je me suis souvenu, aussi, de ce que me disait Dja : « Pas *faire* ceci ou cela : faire artiste, faire chanteur, faire sportif de haut niveau, faire star, ou faire écrivain, Sid Ali, faire écrivain célèbre, comme tu dis, Sid Ali… Pas *faire* : être. »

Ah ouais. Mais si tu ne joues pas le jeu : retour de baston. Une méchante rumeur a couru, alors : que ce n'était pas lui qui avait écrit son bouquin, Paul Smaïl. Pensez ! un rebeu qui manierait si bien la langue francaouaise – de l'avis autorisé de Mme Rénal ? Et qui, en revanche, fait des fautes grossières en arabe littéral, bien qu'il connaisse apparemment assez bien la littérature arabe – l'adab et l'adâb – ? Chelou, Paulou-le-relou !

La rumeur a enflé au point de toucher les peuplades transpériphériques… Nous, du 93. Jusqu'à la cour de notre bahut, jusqu'à notre cité des Poètes – Mahallarmé ! Apohollinaire ! René Chahar ! Écœurés, on était. À plusieurs du bahut, on a écrit à l'auteur pour le soutenir moralement, et signé collectivement, tous les beurs de la classe, y compris ceux qui n'avaient pas lu *Vivre me tue*, mais en avaient entendu parler – une initiative de Madiha, la sœur de Dja. Une Dja *bis*, quoique moins belle.

Mais tout se sait dans la communauté. On a su l'origine du ragot. Ça ne venait pas seulement de fachos du FN, pas seulement d'un journaleux de *Minute*, lepéniste tendance Mégret, nahan ! mais de snobs mitterrandiens, du genre qui va *se ressourcer dans le luxe absolu du dépouillement à Marrakech* ! Une tache de presse qui a fait circuler une circulaire titrée *Smaïl m'a tuer* ! Haloufa ! Smaïl égal Omar, l'assassin – lequel d'ailleurs n'est probablement pas coupable de l'assassinat de Mme Marchal, la victime à l'orthographe défaillante ! Mais, hein, rien à ! Un rabza qui publie un roman à succès, c'est un assassin, pas un écrivain – point. Parce que ce roman, ce n'est pas lui qui l'a écrit, nous, on vous le dit. Smaïl ne pouvait pas avoir écrit son bouquin tout seul comme un grand, comme un blanc ! Un nègre, un blanc, lui avait tenu la plume, forcément. Mais voyons donc ! Alexandre Dumas, qui était black sur les bords, moitié ou quart, je ne sais plus, nez épaté et cheveu crépu, en tout cas, Alexandre Dumas, il avait des nègres, lui aussi ! Il n'aurait pas su, sinon. *Les Trois Mousquetaires* ? *Monte-Cristo* ? Un black, qui les aurait écrits ? Vous voulez rire ! Un nègre !

Et Adjani, hein ! Adjani, vous croyez que c'est elle en personne que vous voyez dans *La Reine Margot ?* Non, je vous dis. C'est sa doublure lumière. Une blanche blanc de blanc : pas une goutte de sang arabe !

Et Faudel ? Eh bien, ce n'est pas Faudel qui chante sur le disque de Faudel, je vous le dis, je le sais ! Ne me demandez pas comment je le sais, mais je le sais ! La bande a été trafiquée en studio, à Londres. C'est un requin De Studio british, un Francaoui, en fait, un De Souche, qui chante. Il suffit de bien écouter *Baïda*, d'ailleurs, sans préjugé : un Djez ne saurait pas chanter le raï comme ça ! Un beur ne saurait pas ! Non, c'est un nègre, je vous dis. Les rebeux ont la voix trop blanche pour chanter le raï... Smaïl ne peut pas avoir écrit *Vivre me tue*.

Ah ! et Kader Belarbi, le danseur étoile de l'Opéra de Paris, vous l'avez vu s'élancer ? vous l'avez vu s'envoler ? Cette élégance ! Eh bien, ce n'est pas lui qui danse, ce n'est pas lui que vous voyez danser ! Non, je vous le dis ! Un beur, à l'Opéra de Paris ! danseur étoile, soi-disant ! Un imposteur, oui !

Et Azzedine Alaïa, vous croyez que c'est lui qui crée ? Hedi Slimane, vous croyez que c'est lui qui dessine pour Yves Saint Laurent ? Un musulman qui saurait dessiner ? Ça se saurait ! Laissez-moi rire ! Comme un nardène de Barbès qui saurait bien écrire ! Aussi peu crédible ! L'écriture, le dessin, ce n'est pas dans leur culture, à ces gens-là ! Non, ils se font aider en loucedé ! Des gens bien de chez nous qui triment pour eux, en coulisses ! et au black !

Et Nagui ? Vous l'avez vu à « Nulle part ailleurs » ? Faux ! Ce n'est pas lui. Le vrai Nagui est ailleurs. Vous avez halluciné. « Vous regardez trop la télévision ! » Fixer trop longtemps l'écran peut provoquer une attaque d'épilepsie. Nagui a un nègre qui anime l'émission à sa place, je vous l'apprends. Cela ne devrait pourtant pas vous étonner : un nommé Nagui !

Vous hallucinez, je vous le dis ! Comme lorsque vous avez cru voir Zinedine Zidane courir sur la pelouse bleue – bleue parce que votre poste n'était pas bien réglé – du Stade de France – petit pont, tir au but, but ! buuut ! buuuuut ! Aucune raison de scander, de hurler « Zizou ! Zizou ! », puisque ce n'est pas Zizou, pas Zinedine Zidane – Zzzz, quel nom ! Non, ce n'est pas Zinedine Zidane qui a offert à la France le un et le deux du « et un ! et deux ! et trois ! Zéro ! » Ce n'est pas lui qui a offert la victoire en finale à la France. Votre poste était mal réglé, ou vous l'aurez halluciné ! Revoyez le match, repassez la bande sur votre magnétoscope, regardez bien, là, au ralenti ! là !.... Enfin, vous voyez bien que ce n'est pas Zinedine Zidane qui tire, mais son nègre ! un blanc blond, un roumi, un Francaoui.

Francaoui, roumi, blanc blond, comme le nègre de Paul Smaïl, qui a écrit *Vivre me tue*.

Ah ! mais Sid Ali B., c'est lui et lui seul qui a commis ces meurtres en série – Donata, Angéline et Julie. Il n'a pas eu besoin d'un nègre pour lui tenir le couteau ou le sac en plastique ! Ni aide, ni collaborateur... Les bougnoules, tuer, ils savent faire. C'est leur seul vrai talent. Nous n'avons pas eu besoin de leur apprendre. *Assassin* est un mot d'origine arabe, soit dit en passant. Et voyez ces massacres affreux, en Algérie ! Personne ne contestera sa pleine et entière responsabilité à Sid Ali B. Ses crimes sont signés et à bon droit signés : Sid Ali B., le tueur diabolique (voir *VSD*), le tueur au regard fixe, qui glace le sang de qui le regarde (voir *Paris-Match*), l'ange du Mal (voir *Le Figaro Magazine*). Les quatre crimes sont de sa main... Non. Au temps pour moi : les trois crimes – Donata, Angéline et Julie. Ne pas oublier que je suis jusqu'ici accusé de trois crimes seulement. Que je pense à gommer ma confession notée au crayon, à déchirer la feuille du bloc en dessous de celle où je l'ai notée : la pointe du crayon peut avoir gravé dans le papier mon aveu écrit. Penser à vérifier après avoir effacé. Le seul crime que j'aie jamais prémédité fut mon seul crime parfait. Il le reste tant que personne n'aura lu ma confession. Oui, c'est moi, Sid Ali B., qui ai froidement assassiné Cécile Rénal. Sa mort a passé pour naturelle, un accident banal. Elle aura glissé sur le carrelage mouillé… Ce furent les conclusions avant permis d'inhumer. Pas de sang, avec quoi elle aurait pu tracer sur le mur, avant d'expirer, une dénonciation : *Sid Ali m'a tuer*. D'ailleurs, Mme Rénal n'aurait pas fait la faute d'orthographe, elle.

Elle n'a pas souffert : je suis humain, j'ai bien vu qu'elle était sonnée mais respirait encore, je l'ai vite achevée au moyen d'un sac plastique. Ses yeux étaient restés ouverts et me fixaient.

Les trois autres crimes… Les trois crimes attribués à Sid Ali B. ne furent en rien prémédités, mesdames et messieurs les Jurés. Au contraire : ils ont été compulsivement commis sous l'empire de la démence et je demande, au terme de l'article tant, l'acquittement, mesdames et messieurs les Jurés.

Je plaide l'aberration mentale passagère. Une forme pernicieuse de l'épilepsie dont souffre mon client depuis son enfance. Et le traumatisme psychique profond que lui a laissé la vision d'un attentat où il faillit perdre la vie. Sid Ali avait douze ans au moment des faits, mesdames et messieurs les Jurés. Et il regrette profondément, aujourd'hui, la mort de Donata, d'Angéline, de Julie. Il regrette, bien qu'étant, en somme, innocent.

C'était lui, certes, mais ce n'était pas vraiment lui qui portait le coup fatal. Ce n'était pas lui. Il se trouvait en état second. La perte d'identité était profonde au moment où il appliquait sur la bouche et les narines de la victime le sac en plastique. Il lui semblait qu'il étouffait lui. Ce n'était pas lui, Sid Ali, qui tuait. Mais comme l'ombre de lui-même. *Ghost killer*, comme on dit *ghost writer*, en anglais, pour nègre.

Putain ! Ghost Killer – GK. Le nom du groupe ! J'ai trouvé le nom du groupe ! Du hard rap. *Play it loud.*

Parental Advisory. Explicit Content. Apoum apoum apoum cheutonk apoum cheutonk poum cheupoum tonk cheupoum tonk cheutonk apoum apoum ! J'ai la haine ! Cheupoum tonk cheupoum tonk cheupoum ! J'ai la haine ! J'ai la haine !

— J'ai la haine ! Le petchit a la haine, Jesus ! Sid Ali a la haine ! Jesus ! Tu dors ?

Au moment des crimes, et surtout dans les jours qui ont suivi le dernier – le meurtre de Julie Richard –, pendant ma fuite, et les premiers jours où je me suis retrouvé à Lisbonne, j'étais terrifié : je perdais la mémoire, je n'avais plus ma prodigieuse capacité à mémoriser ; ce don du Tout-Puissant qui faisait qu'il me suffisait, par exemple, de relire trois ou quatre fois, posément, une cinquantaine de vers d'un poème ou un passage de huit à dix lignes dans un roman qui me plaisait pour les retenir et pouvoir les réciter par cœur, sans faute, sans hésitation. Un précieux avantage, dans les études, surtout si on est un rien branleur – glandeur, si vous préférez : qu'il n'y ait pas d'ambiguïté –, comme je l'étais. Le seul ennui, c'est qu'aux examens blancs, dans les conditions du bac, comme je me rappelais mot à mot des textes que je pouvais citer pour briller, en étalant comme confiture ma culture, je craignais que cela ne parût – notez, au passage, ma maestria dans l'usage de la parfaite concordance des temps ! –, je craignais, dis-je, que cela ne parût suspect : un tricheur qui recopiait tel quel dans deux ou trois livres introduits clandestinement en classe alors qu'il était bien précisé : *dans les conditions du bac*. Il me fallait donc tripatouiller le texte cité de mémoire pour ne pas éveiller de soupçons. Arranger à ma manière me prenait, hélas, presque autant de temps qu'à ces taches nulaches, mes petits camarades, pour reconstituer très vaguement quelque chose de vaguement cohérent avec de très vagues souvenirs. On ne dira jamais assez quel martyre souffrent les surdoués de la mémoire ! Heureux les amnésiques ! Ainsi parlait Sid Ali, surnommé par des envieux MegaOctet, ainsi parlait-il sur la Montagne ! Et les anges lui souriaient.

Où j'en étais ? Ah ouais. *Alif, Lâm, Mim*, je recommence. J'ai eu peur, quand j'ai commencé à fuir, d'avoir tout perdu, que tout se soit effacé : les poèmes de Rimbaud et d'Apollinaire, les catalogues BMW, les paroles des chansons de Bashung, la dernière page de *Vivre me tue*, les trente premières décimales du nombre π, les premiers versets de la Sourate LXVIII, *Al-Qalam :*

1. – Nûn. Par la plume et ce qu'ils écrivent !

2. – Tu n'es pas, par la grâce de ton Seigneur, un possédé…

C'était l'horreur, dans les rues de Lisbonne, tandis que je cherchais à me souvenir. J'étais là, planté au milieu d'une rue, oublieux que j'étais planté au milieu d'une rue tellement j'étais préoccupé : bon, ça commence par *J'ai crevé l'oreiller, j'ai dû rêver trop fort…*, mais après ? Na na na na na na… *Quand Gisèle clappe dehors…*, mais après ? Des gens criaient, la stridence des freins du tramway m'a déchiré le tympan, je me serais cru rue N'Fissa, à Alger, à l'instant de l'attentat – putain ! je venais de manquer me faire tuer. Une vieille femme, en fait, m'a sauvé la vie en me tirant par la manche de ma veste en cuir :

— *¡ Cuidado !*

Pourquoi me suis-je souvenu que, pour remercier, en portugais, il fallait répondre :

— *¡ Obrigado ! ¿¡ Muito obrigado ! ?*

Toujours est-il que je l'ai fait.

Peu à peu, ici, en taule, tout m'est revenu. Des choses que je croyais définitivement perdues. Si je peux me comparer à un ordinateur – et pourquoi pas ? je suis un homme de mon temps, c'est moi MegaOctet – sans tiret entre *Mega* et *Octet*, pour faire plus moderne – et *MegaBit* aurait semblé faire allusion à ce que vous savez, mais hélas les taches qui, au bahut, m'avaient surnommé MegaOctet me déniaient justement la qualité de queutard depuis que le bruit avait commencé de courir comme quoi Sid Ali aurait été une fiote, et une *big one*, je vous dis pas ! une fiote de chez fiote, qui vendait son zek et son zob miniature le mercredi aprème, aux Martyrs, un de la bande à Djebril-l'Archange, si si ! je vous jure ! je le sais, on me l'a dit, je ne peux pas vous dire qui... Bon. Cliquer sur *Quitter*.

Où j'en étais ? ah ouais : si je peux me comparer à un ordinateur, disais-je, je dirais que les dossiers et fichiers avaient momentanément disparu de l'écran, mais que le disque dur était intact. *Moi, je suis intact, et ça m'est égal* : mon cerveau avait gardé trace, en mémoire, de ces mots de Rimbaud.

Tout m'est revenu, dans l'obscurité puante de ma cellule. Entre ces murs qui résonnent à assourdir quand des détenus, pour tuer le temps, frappent avec leurs gamelles sur le béton brut.

Je me suis souvenu à l'improviste de notre envol pour le Maroc, Rabah et moi. C'était kif le second roman de Paul Smaïl, *Casa, la casa.*

— *Du vin blanc, si vous en avez...*

Sauf qu'il s'envolait lui, le pauvre, pour Casa, et nous, stars, pour Marrakech. Et qu'il devait, lui, voyager en Éco, et nous, hafif, en classe Aff ! On n'allait pas se priver, tiens ! On n'est pas des mesquins, meskine ! « Nous sommes issus d'un peuple qui a beaucoup souffert ! » Apoum cheutonk apoum ! « Maintenant, c'est nous qu'on est les princesses ! » La classe Aff ? La classe !

Nous étions musulmans. Ah ouais. Mais le personnel de bord sur Royal Air Maroc n'est pas là pour faire respecter la charia mais pousser le chariot (putain ! la charia, le chariot) :

— Champagne ? Whisky ? Gin tonic ? Martini ? ou un jus de fruit ?

Jus de fruit ? L'euh autre !

Sid Ali, alias Aziz :

— Champagne !

Rabah :

— Champagne !

Pas un simple vin blanc, comme Paulou-le-relou, qui voyageait en Éco !

Offert ? Offert. Classe Aff. Du Mumm, Oumm ! Va pour du Mumm ! *Maman, si tu voyais ma vie !* La belle vie. La vraie vie.

Enfin.

Départ ? Le 14 juillet ! Ah ouais ! Allons, enfants de la patrie ! La monarchie francaouie a été abolie, mais Royal Air Maroc est à notre service ! « Notre ami le Roi ! » Ah ouais ! Le 14 juillet 1998 ! Deux jours après le 12 ! deux jours après la victoire au Stade de France ! Allons, enfants de la patrie-i-euh ! Le Mondial ! Et un ! et deux ! et trois... Zéro ! Ouais ! On a gagné ! On a gagné ! Nous, les bougnoules, les craouis ! Les craouis, seuls, ont des claouis ! Merci, Zinedine Zidane ! Choukrane, Zizou ! Pendant 48 heures, nous aurons connu le bonheur dans notre vie ! Nous pouvons mourir en paix, maintenant, comme des braves que nous sommes ! Allah est grand ! Et comme le dit le sublime Omar Khayyam, le poète des poètes :

Sois heureux un instant,
cet instant c'est ta vie.

Putain ! 48 heures ! Pas une de plus ! Mais pendant 48 heures, dans le Rereu et le tromé, les ninjas et les rapaces RATP n'ont plus vu en nous que de charmants chenapans, un rien facétieux mais pas méchants, qui sautaient, comme si c'était pour un 110 mètres haies, les tourniquets ! De futurs Zizous, ils voyaient en nous, ces fils de leur mère ! Ils ne devaient pas nous brimer, mais laisser, au contraire, s'épanouir notre turbulente mais riche personnalité ! Paix aux hommes de bonne volonté ! Et les buds, les deurvis, les gros bras des galeries marchandes ? De gentils polissons, ils voyaient en nous, aussi, les vigiles ! de futurs Zizous – petit pont ! tir au but ! but ! buuut ! putain ! buuuuut ! Pendant les deux jours qui ont suivi l'exploit, ils n'ont plus vu en nous, les voyous beurs, que des espiègles, quand nous leurs niquions les bipeurs mouchards et les codes barres sur les fringues et les disques que nous prenions à chourave ! Ce pied ! *La Fnac remercie les Bleus !* Je veux ! Et nous donc ! *Virgin salue la victoire des Bleus !* Je veux ! On allait la leur jouer timide, nous, la caillera, au lendemain d'un si beau jour ? On avait offert la victoire à notre mère patrie et on allait rentrer dans le rang ? ne pas nous offrir, nous, une délicieuse orgie de petits délits ? Que tchi ! Vous nous prenez pour qui ? Nahan ! Dommages et réparations de guerre ! Politique des dépouilles après la victoire sur l'ennemi héréditaire ! L'Allemagne paiera ! La Fnac ! Virgin Megastore ! Les Halles 1 et 2 ! À genoux, l'ennemi ! Allez ! Vous nous devez bien ça : je pique les cinq albums de compile raï, là, les cinq, ouais, ah ! et les trois polos Lacoste, là, blanc Narvik, les trois, ouais, le blanc c'est comme le noir : ça va avec tout et on est sûr de ne pas se tromper ! Ah, tiens ! et pendant que j'y suis, les Occhiali Armani ! Le soleil tape dur à Marrakech ! On est vite ébloui ! *La victoire est en nous !* Tu l'as dit tu l'as ! *Royal Air Maroc crie : « Bravo les Bleus ! »* Nous itou, Rabah et oim, Sid Ali – euh, Aziz, je voulais dire. Une distraction. Balek !

— Champagne, Messieurs ?

— Champagne !

Putain, Rabah et oim, moi et Rabah, en classe Aff, Paris-Marrakech ! Les premières vraies vacances de notre vie, lui comme moi, pauvres gosses ! Deux semaines. Mais le billet, offre spéciale soumise à condition : retour modifiable *Open 10 days*. C'est-à-dire qu'on pouvait changer la date de retour et rentrer jusqu'à dix jours plus tard, si on se plaisait et si il nous restait assez de tune pour teufer. Au pire, on irait à turf ! Il devait bien y avoir du miché de luxe à lever facile dans cette Mecque des pèdes, ces fameux riads de la Palmeraie, ou au bar de la Mamounia ! De quoi prolonger le séjour dix jours !

Et rentrer dix jours avant ? Dix jours avant la date du retour, puisqu'on pouvait aussi ? Ne rester que cinq jours à Marrakech ! L'euh autre, Rabah, il me gaze ! C'est pour rire ! Tu l'as dit tu l'as ! Toujours le mot pour rire, Rabah ! Pas un Rabah-joie ! Ouoh, putain, elle est chiée, celle-là ! Elle vient de loin ! Je vous étonnerai toujours.

— Champagne ?

— Champagne !

Puisque c'était offert. Ouais. Et avec le déjeuner ? Re. Et re. Et re. Du Mumm !

— *Si maman, si ! Si, maman, si ! Maman, si tu voyais ma vie...* Qui c'est la pétasse qui chantait ça déjà, qu'on était pas nés ni oit ni oim ?

— France Gall !

— L'euh autre ! France Gall ! Tassepé ! Tu pues, la vieille ! Bouge ! Allez, mémère ! sur Radio-Nostalgie ! On t'a assez entendue comme ça ! *Si, maman, siii !* Putain !

— Et Birkin ? Tu me refais Jane Birkin, Sid ?

— « Moa, j'chadooore fvoyacher…

— Et quand chje redtourne en Angletherre… »

— Comme je suis une conne, je voyage sur Royal Air Maroc ! Je connais pas l'Eurostar ! Et d'abord, il y a que des rabzas dans l'Eurostar ! Khaled, Faudel, Taha, Debbouze de vache, Zizou, Adjani…

— Bashung !

— El-Baaashung !

— Ouoh, putain, mort de rire !

— Mademoiselle, on peut avoir encore une coupette, comme au décollage ? Ah bon, on va se poser ?

« *Irbitou ah zimato-koum…* »

— Qu'est-ce qu'ils disent, là ?

— *Fasten your seat belts !* Putain, tu entraves pas l'arabe, Sid Ali ?

— Attends ! Stoppe de m'appeler Sid Ali ! Pour Royal Air Maroc et les pédés de la police des frontières, je suis Aziz !

— Ah ouais, c'est vrai, j'avais oublié ! Xcuse ! Putain, mort de rire ! Tu me refais Jane Birkin, Aziz ?

— Calais, des minicroisières pour Marrakech !

— Connasse ! Tu veux un Tranxène ?

— Ah ouais ah ouais ! Deux. Et un Xanax. Et un Prozac. Et un petit quart de Lexomil si il t'en reste ! Ça m'angoisse, l'atterrissage ! Je fais trois fois par semaine Paris-New York en Concorde, eh bien, j'ai jamais pu m'habituer ! C'est depuis un atterrissage un peu chaud, limite crash, à Riyad ! Ces nuls de Saudi Airlines, je sais pas où ils recrutent leurs pilotes ! Des déchets qui se sont fait jeter d'Air Algérie pour alcoolisme, probable !

— Mort de rire ! Tu me tues, Sid Al...

— Putain merde ! tu me casses mon coup ! Usurpation d'identité, c'est chérot, si tu te fais piquer ! Mollo, Rabah, ou je te chela là, on se connaît plus ! OK ? Xcuse-toi !

— Sur mon honneur d'homme, Aziz !

— Voilà. Je préfère ça.

Putain, Marrakech ! N'y allez pas, vous ne serez pas déçus. C'est un conseil de Sid Ali. Moi, j'ai su dès l'aéroport que c'était foutu.

Pourtant, l'arrivée : *no problem*. On nous avait prévenus : si tu n'es pas pauvre et marocain, si tu n'es pas un immigré qui retourne dans son pays d'origine, si tu as, en plus, un passeport Communauté européenne, pas d'attente aux guichets. Bienvenu ! Labès !

Ah si ! un truc à savoir, toutefois, et nous étions prévenus, Rabah et moi – je vous refile le tuyau, mais en pure perte si vous m'avez écouté : vous n'irez pas à Marrakech ! jamais ! – : donc, je disais, quand vous n'arrivez pas avec un groupe voyage organisé mais en individu libre et aventureux, le douanier a tendance à vouloir vous fouiller les bagages. Le truc consiste à glisser un talbin de dix sacs, un Cézanne, ouais – pas plus, pas moins : moins, c'est mesquin, le douanier doit nourrir ses onze enfants avec un salaire de misère ; plus, vous donneriez l'air d'avoir gros à vous reprocher et lui aurait des scrupules à laisser passer un dangereux trafiquant. Non : 100 francs – point. Et là, de deux choses l'une : ou tu tombes – cela doit arriver une fois sur mille – sur le hadj de retour de pèlerinage qui veut tenir quelques jours les bonnes résolutions qu'il a prises à La Mecque en touchant sept fois la kaba : il te fait la grimace, auquel cas tu lui souris en faisant « Oh pardon ! je le cherchais, il était là... », et tu reprends ton talbin ; ou le douanier prestidigite en artiste le talbin, et te fait signe de passer.

Aussi facile que... C'est pourrave pourrave l'administration, au Maroc. Comme dans tous les pays du tiers-monde. On est fiers, nous, citoyens de la Communauté européenne : ce n'est pas chez nous qu'on verrait des choses pareilles.

Les bagages ? Rien à retirer sur le manège. Rabah et moi, on voyageait en vedettes : le sac cabine et basta. Ce sont les pauvres qui trimballent des tonnes de bagages : quatre valises ficelées, trois de ces gros sacs carrés en plastique rayé bleu blanc rouge qui s'achètent à Barbès, trois grands sacs en plastique rose motif vichy de chez Tati et, dans les cartons d'emballage Darty, du petit électroménager qu'on apporte à la famille restée au pays – les taxes sont si élevées là-bas. Putain, je n'oublierai jamais l'horreur de notre arrivée à Alger : la clime de l'aéroport en panne, trois heures à la douane avec des tatillons haineux qui voulaient fouiller jusqu'au sac à dos lapin en peluche de ma sœur, Amina, ces fils de pute suant et puant dans leur uniforme dépenaillé ! Ma mère qui sanglotait : l'émotion : cela faisait plus de douze ans qu'elle n'était pas revenue au pays ! Aziz, au bord de l'évanouissement : hypoglycémie – il n'avait pas touché au plateau-repas dans l'avion ! Azzedine qui avait perdu sa squette Disney ! Mon père qui ne savait pas remplir les fiches d'admission, et moi qui ai dû m'y coller : six fiches à remplir, les croix dans les carrés, les dates et lieux de naissance... Pas sept fiches : Ahmed était resté en France, le bienheureux ! Ah ouais, l'horreur, l'aéroport d'Alger ! L'horreur !

Mais là, Rabah et moi : stars ! Voyageant comme voyagent les stars, surtout en été, dans les pays chauds. Tu prends quoi quand tu t'appelles Rabah A. ou Sid Ali B. ? La trousse de toilette est ce qui pèse le plus lourd dans ton sac : tous les soins pour la peau Nickel, que tu as chourés avant de partir – ton lait apaisant après-soleil, ton gel après-rasage style pas rasé, ton coup d'éclat antiridules, ton gommage désincrustateur à sec, ta crème des lendemains de teufs un peu trop torchées à l'Absolut et à la Corona (tu n'est pas raisonnable !) – , et ton tirecomédons, et ce crayon noir magique pour souligner d'un trait très fin, très discret, on ne peut plus naturel pour un œil sémite, l'à-vif de la paupière inférieure, du noir nuance jais, hein ! pas charbon comme les danseuses du ventre des boxons de dernière catégorie ! jais, j'ai dit j'ai ! tout un art raffiné, l'aïn de pute ! et du tenace, il te faut, hein, du qui dure ! du qui ne bavera pas sur la joue aux premières larmes – de toute manière, un homme, un vrai, ne pleure pas ! et si vous croyez que je vais vous rencarder sur la marque et le numéro de la pointe qu'il faut choisir, vous pouvez toujours vous enfoncer le petit doigt au fond du fond de la raie, bande de fiotes ! on a toutes nos petits secrets, nah !.... Sinon, dans ton sac polochon ultralight en toile parachute : deux, trois frocs poids plume en coton aéré ou en Microtech®, cinq, six polos Lacoste – en XL, c'est l'été, tu les portes plus larges l'été ! tu es plus à l'aise –, slips : assez pour quinze jours – mais comme ce sont des mailles, cela ne pèsera rien dans ton sac –, et pas de *socks : no, thanks, no ! no socks* : pieds nus, à l'aise, dans ta paire de sket-bas, tout l'été.

Quoi d'autre ? J'ai ajouté, moi, une casquette de rechange, ma Fila *Pro-race*, et Rimbaud en format poche. Plus un « Que sais-je ? » : *Le Maroc*. Je ne l'ai pas ouvert des trois jours que j'ai passés au Maroc... Trois jours, oui, je vais vous raconter : deux nuitées,

52 heures en tout et pour tout, au royaume des Alaouites, pas une de plus ! Quand j'ai refait mon sac, dans la chambre d'hôtel : corbeille à papier, *Le Maroc* ! Je n'allais pas m'encombrer : le Maroc, je n'y remettrais jamais jamais les pieds de ma vie, je me l'étais juré promis, foi de Croyant – je m'en suis fait le serment tourné vers La Mecque : une flèche en céramique incrustée dans le carrelage de la chambre en indiquait la direction, et en anglais, *please*, les mecs : *Mecca*. D'accord, d'accord ! j'aurais pu laisser le bouquin à Rabah, le lui offrir en cadeau d'adieu, en cadeau de rupture. Mais Rabah ne lit pas. Il est quasi analphabète, entre nous soit dit, mais ne le repétez pas : ça lui fout trop la honte et je ne suis pas langue de pute, moi, Sid Ali. On est brouillés à mort depuis Marrakech, mais je suis un homme, pas une fiote : un homme ne médit pas de ceux qu'il a aimés et qui l'ont déçu ; il les plaint, c'est tout.

Bon. Nous avions passé fissa la douane et les rhnouchs : pas de doute, c'était bien mon passeport, ma photo – comme une lettre à la poste, comme au départ à Orly ! Bigleux, les gols de la PF : le monde est une passoire de couscoussier, je vous le dis. Du moins, pour qui n'est pas un sans-papiers.

Change – très favorable, le change : cent dirhams égal soixante francs – j'arrondis. Bonnard ! Un pays pauvre, le Maroc.

Taxi, alors. Taxi : une vieille R5 beigeasse marronnasse, la couleur obligée des petits taxis de Marrakech, la plaque votive en plastique rose rituelle avec le verset du saint Coran gravé simili or qui pendouille du rétroviseur – Bismillah ! Et le portrait du Roi Commandeur des Croyants découpé dans un vieux numéro de *Gala*, ou de *Match*, et scotché sur le tableau de bord. Le chauffeur ? Un minot, l'air d'avoir quinze ans à peine, pas un poil au menton, gentil, souriant comme tout, propre sur soi, un bas de jogging noir brillant à trois bandes blanches : du Adidas bas de gamme, et une fausse Lacoste coton et polyester… Labès. Mais, là, les embrouilles commencent – heureusement, on nous avait prévenus – : le compteur ? en panne, comme par hasard ! On va à carna, je le flaire. Le doux Mohammed va me faire regretter le Raoul des tirecons parisiens, qui vote Le Pen, et son berger allemand, Rex, qui, de la place du mort où il est couché en rond, gronde et montre les crocs au téméraire rebeu qui a osé héler le G7.

— Y marche pas le compteur. Cent dirhams, je prends, pour Jemaa el-Fna ou Gueliz.

Ce sont des filous, ces gens-là ! Des voleurs ! Au moins, ils n'ont pas volé leur réputation ! Voilà, c'est dit.

Et balek, tes Occhiali Armani et ton Officine Panerai ! Balek, fils ! La caillera crouille locale – et là, forcément, la caillera est cent pour cent crouille ! – la racaille marrakchi, c'est connu, est la meilleure au monde pour la pouillave ! Une seconde d'inattention et, dans deux, tu ne sauras plus l'heure qu'il est, et tes yeux seront blessés par le feu cruel du grand soleil livide du Haut-Atlas, à midi – je peux faire genre style, si je me donne la peine ! –, chourée, ta montre ! chourées, tes lunettes ! Canailles ! Balek, Sid Ali, balek, Rabah ! Blancs européens, vous êtes aux yeux de cette racaille ! Alors, sur vos gardes ! 24 heures sur 24 ! On n'est pas aux Halles, ici, on n'est pas sur les Champs, on n'est pas aux Poètes ! On est dans l'ancienne capitale de l'Empire chérifien, la plus belle des cités impériales, Marrakech ! la capitale mondiale de la pouillave et du chourave !

Mais oim, pas si con, et pour me changer de mon Aigle et de mon Lacoste, j'avais mis pour voyager mon bas de jog blanc Fila, dont les deux poches de devant et la poche revolver sont toutes trois zippables, outre une poche intérieure en maille, pour les clefs et les credit cards : mais je n'avais pas de cards, et qu'ils essaient donc de me chourer mon cash et le passeport d'Aziz, ces bras cassés ! Les Occhiali Armani ? À peine sorti de la boutique où je les avais tirées, à Paris, j'étais entré dans une autre boutique pour faire poser un cordon aux branches : avec cordon, la pouillave à l'arrache est duraille, croyez-en un sportif de haut niveau dans cette discipline ! Macache, les OA à verres polarisés anti-UV ! Et l'Officine Panerai, alors ? L'euh autre ! Le fermoir du bracelet en acier qualité navale avait résisté, par trente mètres de fond, aux poignets des plongeurs du sabotage qui minaient encore la rade de Salerne trois jours après le débarquement allié en Italie ! Je ne craignais pas la racaille locale sur ce point ! Je nique la canaille crouille ! Je suis Communauté européenne, moi, Sid Ali ! Je suis Espace Schengen ! *Parce que je le vaux bien*.

— À Gueliz, au Gueliz, mon z'ami !

— À Gueliz ?

— À Gueliz, ouais. Et au Gueliz ! À Gueliz et au Gueliz ! Avenue Hassan II – Que Dieu Le glorifie ! Vu ?

— Ça va.

Putain ! l'équivalent de soixante balles pour un trajet de rien du tout dans cette chiotte pourrave, aux amortisseurs morts, et qui fouette affreux le crottin – le passager précédent aura marché dedans –, et dans un pays sous-sous-développé, où le salaire moyen doit avoisiner, brut, les cinq cents balles par mois ! Ils ne doutent de rien, ces gens-là !

Bon. Nous voici à Gueliz. C'est la ville moderne, à Marrakech, les grandes avenues rectilignes, les immeubles 1930, 1940, 1950, 1960 et la suite. *Gueliz* est une déformation du mot *Église* dans leur charabia : ces gens-là n'ont jamais su bien parler le français. Qu'est-ce qu'ils nous ont apporté, eux ? Zéro ! Je veux dire le chiffre : *zéro*. Ah ! et le mot *chiffre*, justement : *sifr*, en arabe : le vide. Voilà, ils nous ont apporté le vide, ces nuls, la notion du vide ! Vous parlez d'un cadeau ! Et puis quoi ? *Besef, chouïa, kifkif, macache, salamalec, toubib, zob* : rien de bien raffiné, vous me l'accorderez ! C'est des primitifs, ces gens-là ! Ils t'enculent à sec : sans corps gras, sans zebda – *zebda* : le beurre : c'est pourquoi le fameux groupe de musiciens beurs numéro un au hit-parade depuis qu'ils ont tombé la chemise, *on va tomber la chemise, tomber la…*, a pris pour nom Zebda, putain ! il faut tout vous expliquer, les Francaouis francaouis ! –, ni gel lubrifiant non plus, neutre ou mentholé, quand ils t'enculent ! Nahan : à sec le zek, ces brutes !

Où j'en étais, moi ? Ah ouais : Gueliz.

Où le taxi nous dépose devant l'hôtel Gueliz, notre hôtel.

Pourquoi le Gueliz ? Djebril-l'Archange, qui sait tout sur tout, questions pratiques – question culture générale, je le bats à plates coutures, moi, Sid Ali, entre nous soit dit –, Dje, donc, nous l'avait recommandé. Dans la ville nouvelle, tu te fais moins emmerder par la racaille que dans la médina et, au Gueliz, le patron ne regarde pas d'un trop sale œil les couples de pédés. Du moins, les pédés blancs européens. Or, là-bas, c'est bon à savoir, faciès ou pas, dans leurs yeux, si tu es, de naissance, citoyen de la Communauté européenne, tu es un blanc. Un blanc, ouais. Malgré ta gueule de bougnoule, aux traits que tu croyais indélébiles, eux te voient blanc ! Blanc, tu es à leurs yeux ! Et tu peux leur parler arabe : blanc blanc, ils te voient et t'entendent, je te le dis, mon z'ami – les gènes sémitiques ont été comme par miracle effacés. Tout est question de latitude: intangible vérité d'évangile au-delà du 36e parallèle, très sérieux doute au-deça. L'attitude serait une question de latitude? À quoi ils le voient, que nous sommes blancs? À quoi cela tient?

Tiens! un exemple ou deux: nos pères, comme les hommes restés au pays, se tiennent droits, pieds joints. Nous, flex, épaules tombantes et les pieds à dix heures dix. Nous, nous nous redressons avec arrogance à l'approche d'une autorité et nous nous avachissons quand nous nous trouvons entre amis.

Eux, tout le contraire: poitrine creuse, épaules rentrées, humbles et soumis, les yeux au sol, à proximité du pouvoir, et le profil d'autant plus bas que l'interlocuteur se trouve haut placé socialement; mais droits et raides, quand ils font le cercle avec leurs amis, pour discuter de l'avenir: leur montrer, à ces amis, qu'ils sont des hommes, qu'ils en ont, et des grosses, et de la dignité, avec! bref, qu'ils sont plus égaux qu'eux – si j'ose dire. Nos pères n'avaient pas le corps démocratique. Nous, si.

Et la morphologie a changé: une nourriture plus carnée, plus protidique et moins céréalière, les soins remboursés par la Sécurité sociale, mais aussi ce mépris que nous vouent les petits blancs et qui a sécrété en nous des hormones de croissance et de suffisance, modifié notre gestuelle, coulé nos corps dans des attitudes nouvelles, donné à nos sourires l'éclat insolent « Très très près, ha ha! » – tout un embrouillamini de causes et d'effets, à la fois indéchiffrables et bien réels. Une génération aura suffi pour nous transformer en stars d'Hollywood… Le cachet, la renommée et la reconnaissance en moins. Ce qui, évidemment, n'est pas rien. Ce qui fait tout le hic, putain ! Mais ce qui fait, également, que le yuppie casablancais – il en existe –, le yuppie qui a sa villa à Anfa, l'anfaoiré ! et son roadster Z3 BMW, et une Rolex au poignet, et des lunettes Versace, fait pourtant physiquement plus balourd, plus plouc, et beaucoup plus loin de son équivalent parisien, francaoui francaoui, que ne le fait, que ne l'est le dernier des jeunes beurs prolos de la plus crade des cités du 93 ! Allez comprendre ! Un Zinedine Zidane peut devenir un emblème d'élégance fleurant bon Dior. Mais vous verriez, vous, Mohammed VI poser, disons, pour la publicité de Franprix-Leader Price ? Mais l'agence de pub n'en voudrait pas ! Trop plouc, le look royal ! Camaro camaro, je ne vous dis que ça. Mais Zizou : Dior !

Ouoh, la honte que tu nous a mise, Zizou, nous les potes, et quel qu'ait été le cachet que tu as touché, on ne te demande pas le montant, on est discrets –, mais la honte, ouoh, la honte ! que tu aies accepté de poser aussi pour Franprix-Leader Price. Putain, quand on est Dior, on est Dior ! On ne va pas putasser pour du supermarché populaire bas de gamme… *J'adore vous faire gagner !* D'accord ! mais sur la pelouse du Stade de France ! pas à pousser ton caddie vers la caisse où une malheureuse frangine à nous, hébétée de fatigue et d'ennui, noyée sous le flot de sirop musical et de messages promotionnels, passe les codes barres devant l'œil rouge cruciforme du lecteur optique, l'aïn ! Bip ! six Banta orange bouteille plastique d'un litre et demi. Bip, bip ! deux fois douze Danette – *On se lève tous pour Danette !* Bip ! un pack de huit Flanby – *Flanby, c'est génial !* Bip ! un blister de rochers Ferrero, parce que c'est l'anniversaire d'Azz, et qu'il adore les Ferrero – *Comme aux soirées de l'Ambassadeur !* Bip ! dix, plus deux gratuits, rouleaux de papier cul Lotus –

Plus doux, nouvelle formule, avec lanoline oxygénée additive ! ah ouais ! ça change tout pour mon cul d'enculé ! Et, bip ! de la purée en paillettes premier prix format géant familial promo de la semaine Leader Price... Zinedine Zidane adore nous faire gagner. Gagner quoi ? Un bon de réduction de deux francs sur le couscous Zina, qu'il est celui qu'on prend, nous, les B. : moins bon, moins fin, oui, mais moins cher que le couscous Garbit – *qui est bon comme là-bas, dis !* Ouoh, Zizou ! La honte, Zizou ! Carton jaune, Zizou ! Hors-jeu ! Tu ne vas pas nous la jouer esclave de la marchandise, pute de grande surface et de consommation de masse, maintenant que tu es divinisé ! Tu es Dieu, toi, Zizou ! Tu es Dior, toi ! Tu n'es pas Franprix-Leader Price ! Putain, l'erreur de casting ! Et ton image de marque ? Zizou, ressaisis-toi ! Ressaizizous-toi ! Là, sur le coup, tu nous a un peu déçus, les potes des Poètes, on te l'avoue, on est entre frères, on peut se causer sincère ! c'est de la tune, Zizou, qu'il te faut ? On peut se cotiser, les potes, si tu as des fins de mois difficiles ! Nos parents, les fins de mois difficiles, ils connaissent, c'est les trente derniers jours du mois ! Et toi ? Deux cents plaques par mois, tu te fais ? Joli ! Tu as pu lui offrir tout le catalogue de La Redoute, à ta oumm ! Et la vitrine de Tati-Or ? Nahan, là, on te gaze ! Xcuse ! On t'aime bien, va ! On te pardonne, le chourmo de Marseille ! Personne n'est parfait ! On t'a pardonné la pub Franprix-Leader Price, aux Poètes ! Parce que tu nous a donné le plus beau jour de notre vie ! Petit pont, tir au but, but ! buuut ! putain ! buuuuut ! Le plus beau jour de notre vie ! Allahou akbar !

Je vous gave, là, lecteur ? Eh bien, je n'ai pas fini, moi ! J'ai toute ma nuit. Le numéro Sid Ali ne fait que commencer ! Shooté à la haine, je peux tenir le sketch jusqu'à l'aube ! J'ai tout mon temps, moi. On se fait iech, en taule ! *The show must go on !* Je vous étonnerai toujours. Et avouez que vous ne perdez pas votre temps, à me lire. C'est du solide et du documenté, moi, Sid Ali ! Ethnologie, sociologie, biologie et anatomie comparées, linguistique, économie, philosophie, religion, morale, éthique, politique, conseils pratiques, le toutim ! Je suis une banque de données universelle à moi tout seul ! Je suis toute la collection des « Que sais-je ? » ! Le PUF, je euh suis je. Le PUF, en bipède, pède, ambulant et animé de la parole – mieux : de la tchatche ! Je vous saoule ? Ah ouais. Je veux ! PUF et un peu pouffe, aussi, ouais. Je vire folle, ça m'affole ! Mais Jésus, dans la cellule à côté, s'est remis à chanter *Nasci para ser ignorante...* Putain, ce fado !

Pouffe ? Pouf pouf. Je recommence. Le Gueliz, avenue Hassan II. Le taxi vient de nous déposer devant, Rabah et moi, et nos légers sacs de voyage de stars, des sacs polochons en toile parachute, le mien blanc, le sien noir – qu'on ne confonde pas.

Le Gueliz ? Je vous le recommande. Nous étions injustes, Rabah et moi, de nous dire en chemin :

— Le Gueliz, ce sera degueuliz !

Impeccable, le Gueliz. Impeccable ! Mais j'ai tort de vous le recommander : vous aurez envie de vous précipiter à Marrakech, or, je vous ai déjà laissé entendre que Marrakech, c'est l'horreur ! N'y allez pas ! Mais le Gueliz, franchement : impeccable ! La chambre : murs blancs, pas une chiure de mouche, rideaux, draps et dessus-de-lit blancs, très propres... Au sol, du carrelage, javellisé haute dose tous les jours, pas de ces moquettes pourraves qui grouillent d'acariens et des mycoses laissées en cadeau par les précédents occupants successifs, beuheurq ! Non, carrelage. Et joli, le carrelage : des zelliges en céramique émaillée bleu, blanc et vert – ouais, ce que vous appelez des arabesques, bandes de nases qui ne connaissez rien à notre art : de subtils entrelacs où l'œil et la pensée, à les suivre, se perdent et se retrouvent en Dieu –, des zelliges briqués au Monsieur Propre tous les matins par les femmes de ménage, discrètes, polies... Et, détail qui signe mieux que tout l'incontestable supériorité de notre civilisation – je parie que vous ne trouveriez pas ça à Paris, au Ritz, dans les suites à deux plaques la nuit, petit-déj' non compris, y compris dans la suite ou Diana et Dodi El-Fayed, un musulman pourtant ! un Croyant... Nib, au Ritz ! Mais, au Gueliz, eh bien, il y a une flèche incrustée dans le sol carrelé, pour t'indiquer, à toi, Fidèle, la direction de La Mecque ! Vers où te tourner pour prier, si tu en as assez de te gaver, collé devant l'écran télé, de télénovelas sentimentales cairotes, de prêchiprêcha charia sur TV Dubaï, ou d'un vieux « Bouillon de cul » en rediff sur TV 5... Putain ! vous pensez qu'il n'y a pas plus nulache que la téloche en France ? Je vous recommande la marocaine ! Fume, c'est pas du chichon ! Plus débile, plus ringue, tu meurs ! Il faut avoir vu pendant une heure d'affilée une vieille peau choucroutée s'essayer à imiter Oum Kalsoum devant un parterre de représentants de commerce des Émirats, en stage incentive – programme offert par le concessionnaire Mercedes-Benz du sultanat d'Oman... Ouais, Mercho, toujours aussi nulaches ! C'est pas Béhème qui nous infligerait ça ! Ah ouais ! Et il faut avoir vu, de ses yeux vu, le spot de pub pour les serviettes hygiéniques Always, version chiite, *shit !* avec des pétasses voilées strict, qui te vantent la facilité d'utilisation du produit – « superabsorbant ! », je vous traduis –, et clament en chœur qu'elles sont plus libres depuis qu'elles utilisent Always, ces tassepés en hidjab !

Putain, Rabah et oim, morts de rire ! On ne s'en est jamais vraiment remis ! Morts de rire, au point de devoir courir au chiave, et pisser en duo, debout, comme des hommes ! Il est vrai que le Mumm *extra-dry* offert par Royal Air Maroc, plus la pressurisation suivie de la dépressurisation trois heures et demie plus tard... Bonjour, la vessie ! Ouoh, putain, Rabah, mon pote, mon frère ! les pétasses voilées qui te disent, *cheese*, en gros gros plan, qu'elles ont acquis enfin la liberté depuis qu'elles portent Always ! et que l'usage de la serviette hygiénique n'est pas désapprouvé par les mollahs ni le grand Mufti ! On respire ! On respire, mais la raison vacille, soudain ! Dans quel monde on vit ? On est où, là ? C'est la réalité, ça ? *Je veux le feuilleton à la place ! « Vertiges de l'amour. »*

On est dans la folie ? C'est vous qui l'avez dit. Moi, je ne sais pas, je ne sais plus. J'ai zappé. Le mal ne doit pas m'atteindre. Le mal ne peut pas m'atteindre.

Le chiave, au Gueliz ? Impeccable. Monsieur Propre. La salle de bains ? Impeccable. Carreaux blancs du sol au plafond, petite, mais nickel : comme à la maison, dis ! Non, vraiment, je vous recommande le Gueliz. Et maintenant, je vous dis le prix ? Vous n'allez pas me croire ! Vous allez croire que je me fous de vous ! Si si ! Vous insistez ? Bon, je vous dis le prix ! Rabah et moi, sur le cul, on était ! 290 dirhams la plus belle chambre avec salle de bains, vue sur l'avenue Hassan-II, « Que Dieu perpétue son règne et veille sur son Auguste Personne ! » 290 dirhams : vous divisez, calculette, par 0,6 : 175 balles grosso modo. Putain ! moins cher que la pourlane dans le nid à puces de « Monsieur Omar »... *Pourlane* ? Pour la nuit, bande de nases et chers lecteurs : *pourlane*, ce n'est pas un mot arabe, c'est du pur argot titi parisien de la rue des Martyrs ! il faut sortir un peu, ne pas rester scotché devant son écran télé ou Internet : fixer les lumineux pixels peut provoquer une crise d'épilepsie, j'en sais quelque chose, c'est un épileptique qui vous le dit, le Dostoïevski beur ! *L'Idiot*. Le prince Muichkine… Sid Muichkine ! Muih'ichkine, meskine ! Ce ne serait pas un peu arabe sur les bords, ce nom-là : Muichkine ? Ah ouais ! 175 balles la plus belle chambre au Gueliz, à Gueliz, Marrakech, Maroc.

L'idéal ! Pas un touriste en voyage organisé : ils n'ont qu'une vingtaine de chambres et pas de piscine ! Pas de piscine ! Alhamdoulillah ! Rabah me tirait une gueule longue comme d'ici le Sud-Sahara, mais moi, je jubilais ! J'ai horreur des piscines ! Je ne trouve rien de plus immonde au monde que les piscines ! Au collège, je m'arrangeais toujours pour sécher la piscine – si vous me permettez ce hardi oxymore ! C'est répugnant, l'eau de piscine, aussi chlorée soit-elle ! Les Blancs européens sont des dégueulasses : ils passent dix secondes sous la douche avant d'accéder au bassin et ne se savonnent pas ! Beuheurq ! Ils ne se lavent pas le trou du cul : résultat, tu as des traces fécales diluées dans l'eau que tu avales si tu bois la tasse, toi, Pur ! Tu avales leurs coliformes et leurs listéries, ce n'est pas de l'hystérie si je vous le dis, c'est la vérité pure ! Et ils ne se lavent pas la bite, non plus, ces sales incirconcis ! Et tu nages, toi, Pur, dans une eau souillée par ce moisi blanc qui stagne sous le repli de leurs prépuces, qui se dilue maintenant dans l'eau et la pollue, aussi ! Beuheurq ! Et leurs morpions, leur péliculose des poux du pubis – la phtiriase, c'est le terme scientifique exact… La phtiriase ! Beuheurq !

Je ne vous coupe pas l'appétit ? Vous n'étiez pas en train de bouquiner à table, j'espère ! Moi, je le faisais, mais ça énervait mon père. Il avait compris que c'était un prétexte pour me défiler quand il s'agissait de lui couper sa viande dans l'assiette. « Attends, je finis ma page ! Demande à Maman. » Du reste, c'est très mauvais de lire en mangeant, ça perturbe la digestion. J'ai eu un ulcère d'estomac. Mais je ne le mentionnerai pas dans le but d'apitoyer les jurés. Ce n'est pas assez puissant comme argument pour obtenir les circonstances atténuantes. Un ulcère d'estomac, à décharge, tu ne vas pas très loin avec ça. Les jurés ont des hémorroïdes, peut-être, ces enculés, à force de se faire enculer ! tu ne les attendriras pas. Et puis, je ne suis pas du genre à faire part au public de mes petites misères. J'ai ma pudeur. Je suis un homme.

Je suis un homme, mais, moi, nager en piscine, jamais plus ! Moi, Sid Ali, barboter dans leur saloperie ? Jamais plus. Sid Ali a nagé une fois, à neuf ans, contraint et forcé, dans une piscine municipale, mais n'y est plus jamais retourné de sa vie. Que tchi ! À la rigueur, il y nagerait équipé comme les agents secrets plongeurs saboteurs italiens qui minaient les ports pendant la dernière guerre, leur dernière guerre (1939-1945), avec, au poignet, un chronographe Officine Panerai, ouais ! comme ces héros fascistes : en combinaison étanche de caoutchouc ! Le mal ne peut pas t'atteindre ! Le mal ne doit pas m'atteindre ! Pas de piscine !

Phobique, était noté dans mon dossier. Faux bique ! Faux bicot, mais vrai génie méconnu. *Une propension pathologique à jouer avec les mots*, était également noté. Ah ouais ! À jouer avec les mots, à jouer sur les mots. Phobique ta mère ! Enculés !

Non, pas de piscine ! Mais, la mer, oui, *la mer allée avec le soleil* ! La Méditerranée ! Sauf que Marrakech, hélas, n'est ni sur la mer Méditerranée ni sur l'océan

Atlantique ! Marrakech se trouve mitan le plateau désertique du Jbilet, au pied des montagnes du Haut-Atlas ! Putain ! xlas l'Atlas, le Haut-Atlas ! l'Anti-Atlas ! Ah ouais ! je suis anti-Atlas, moi. Anti-Jbilet ! Anti-Marrakech ! Et c'était dans ce bled pourri qu'on venait d'atterrir, une heure auparavant, Rabah et moi ! Et maintenant qu'on avait vu la pub Always à la télé, dans notre chambre du Gueliz, qu'est-ce qu'on pouvait bien foutre de notre après-midi ? Visiter la ville, en touristes ? Médina, Médersa, Ménara... Dans cet ordre ? Bon, z'y va !

Mais, dehors, pas un pouce d'air, et une chaleur à crever ! 43° à l'ombre bleue et mince des palmiers, l'ombre en forme d'araignée posée sur le sable ocre du Jbilet ! La distance entre le Gueliz, à Gueliz, et la place Jamaa-el-Fna – pas Dja, Rabah ! Ja... On n'est pas chez les Djez, on est au Maroc, ici, putain ! on ne dentalise pas le *j*... La distance ? Aucune bête au monde, par cette canicule !.... Nous risquions l'insolation et la déshydratation ! Et je ne voulais pas imaginer à quoi doit ressembler un hosto au Maroc, un service des Urgences marocain ! Car je n'avais aucun mal à l'imaginer : j'ai connu l'hosto, aux Urgences, à Alger ! On m'y a conduit, inconscient, en état d'épilepsie, et j'ai rouvert les yeux sur un large et long couloir sombre et nauséabond, bas de plafond, peuplé de malades haillonneux qui geignaient... Et on m'a laissé trois jours et trois nuits, en observation, disait-on, sur une civière qui puait l'urine et le vomi, dans ce couloir que, depuis, j'appelle le couloir de la Mort... Car il y a eu un moment où, au plus profond de la nuit, dans les ténèbres bleutées de ce couloir qu'éclairait de loin en loin la lueur tremblotante d'une veilleuse, jusqu'au mot EXIT, écrit en jaune fluorescent sur la porte à double battant, au fond, là-bas, il y a eu ce moment où je me suis mis à réciter les sept versets de l'*Al-Fâtiha*, avant d'implorer le Très-Miséricordieux qu'il me donne la mort – maintenant. Pas une heure de plus ! Plus jamais ça !

Plus jamais ça ! l'aéroport d'Alger, l'avant-dernier cercle de l'Enfer ! Plus jamais ça ! l'hôpital à Alger, le dernier cercle de l'Enfer ! Quoi ? Et le Tribunal, et les Jurés, ne me trouveraient pas de circonstances atténuantes ? Putain ! Ils ont attendu toute une journée, eux, toute une journée, de l'aube au crépuscule, qu'on leur donne un verre d'eau, rien qu'un verre d'eau – bismillah ! Bismillah ! Et tous ces bons à rien, mal rasés, dans leurs blouses crasseuses, qui me disaient d'attendre... Attendre quoi ? La mort ? C'était fait ! J'avais connu la mort, là, sur la plage, à regarder le soleil danser sur les vagues !

Putain, si je m'en sors et que je me range, j'aurai une carte American Express, gold ou pas, je m'en branle, mais je la prendrai pour l'option Assistance-Rapatriement ! Plus jamais, me faire soigner dans un pays du tiers-monde ! Nahan ! Europ Assistance ! *À votre service 24 heures sur 24 !* Je veux. Et d'ailleurs, je ne quitterai plus l'Europe *aux anciens parapets*... En dessous d'un certain PNB, nib ! Là où tu ne peux pas boire l'eau du robinet, nib ! Nib, l'exotisme ! On n'est pas des sauvages ! *Ma journée est faite ; je quitte l'Europe !* écrit Rimbaud. Eh bien, je ne suis pas Rimbaud ! *Suis* du verbe *suivre*, ou du verbe *être* : au choix, comme vous voudrez ! Je ne suis pas un chien.

Et je suis djez en ceci, seulement : le peuple algérien a toujours été grande gueule, anarchiste, insoumis, rebelle –, et s'est toujours soumis à qui lui promettait l'ordre, que les tyrans viennent du dehors ou qu'il les choisisse parmi les siens. Aucun peuple ne s'est jamais autant haï, aucun ! Mais je ne suis pas djez, hein ! Je suis français. À mes yeux, je le suis. Pleinement. Comme Isabelle Adjani, à mon bras, montant le grand escalier tendu de velours rouge sous la rafale lumineuse des flashs, à Cannes ! Enculés !

Où j'en étais ? Ah ouais. De Gueliz à la vieille ville : taxi obligatoire, donc. Bon, hélons le tirecons qui passe ! Ce qu'il y a de bien, c'est qu'on en trouve en abondance à Marrakech. Ce qu'il y a de moins bien, c'est que c'est toujours toujours toujours la carna avec ces gens-là. Le compteur ? « Y est en panne, y est cassé ! » Mais ouais, pourri ! Prends-nous pour des gols, en plus, nous les anciens colonisateurs qui vous avons apporté l'ordre, la propreté, la justice, la santé, le protectorat ! Dix dirhams, tu auras, mon z'ami, l'équivalent de six francs ! on ira jusqu'à quinze ! neuf francs ! ce sera notre manière de te marquer notre mépris : on est des seigneurs, on ne discute pas avec la racaille basanée locale !

— Allez, tiens ! mon z'ami, quinze dirhams, n'en parlons plus !

Et marche à l'ombre, si tu en trouves à Marrakech ! Canaille !

Bon. Nous voici à pied d'œuvre. Le grand minaret, là ? La Koutoubia. La Kouhoutoubia ! Chef-d'œuvre de l'art almohade... Almohohade ! S'ils le disent ! Allez ! vue, la Koutoubia. Tu peux cocher la case : un V – vu. Et là, les calèches ! D'où : tout ce crottin sur la chaussée, et tout le crottin qu'on s'est ramassé aux semelles de nos Nike Air dans le tirecons qui nous menait de l'aéroport à Gueliz. Et tous ces touristes qui se font racoler par les cochers et vont, enthousiastes, à carna ! Connards ! La servitude volontaire ! L'aliénation bénévole ! Nous ? Rabah et moi, le tour de Marrakech en calèche, mon z'ami ? Non, sans nous, sans façon, merci ! Choukrane, mon z'ami, s'il faut te le dire dans ta langue ! Depuis que j'ai amené

Azzedine et Amina à Disneyland... Nahan, je ne renouvellerai pas de sitôt mon expérience des loisirs populaires, crois-moi! J'ai mon honneur!

Bon. À notre gauche, le Club Med, à notre droite, la grande poste et la banque Al-Maghrib... En face, la fameuse place Jaama-el-Fna – où tout se passe, disent les guides! Soit.

Les cercles autour des conteurs, des sorciers, des montreurs de serpents, des danseuses voilées, des musiciens gnaouis... Vu ça cent fois à la télé. Amusant cinq minutes, mais, bon. Et Rabah qui me tire la chetron! Le chéri n'est pas dans son assiette. Le plateau-repas RAM, qui ne passe pas? Pas étonnant, non plus: tout ce champagne dans l'avion, la chaleur ici, le climat saharien... Saharien, ça a rien à voir? Tiens! Plus: deux ou trois Tranxène, un Xanax, un quart de Lexomil, un Prozac pour la bonne bouche, un *high'n'low* pour faire glisser... Il a l'œil un peu vitreux, mon Rabah! les mains et les commissures des lèvres tremblent! Putain! j'ai reup, là! Il ne va pas me faire une crise de tétanie en direct live, le Rabah? Le malade, de nous deux, c'est moi, hein! C'est moi qui ai le haut mal, le mal sacré. Je lui propose un verre, là, en terrasse, à l'Argana.

— D'accord?

— D'accord.

— Ça va? Tu es un peu pâlot.

— Ça va aller.

Je commande: une eau minérale pour lui, une bière pour moi. Et que me répond le loufiat, je vous le donne en mille, Émile? Qu'on ne sert pas d'alcool dans la Médina... «Interdit.» Ah ouais. Mais nos plus grands poètes, Omar Khayyam, Hâfiz, ont chanté le vin... Pas de bière, mais pas de vin non plus? Nahan. Une Absolut, n'en parlons plus! Une vodka quelconque... Nahan. Pourtant, une vodka glacée aurait requinqué mon Rabah, qui défaille. Nib ! Pas d'alcool dans la vieille ville ! Inhinterdit. Les barbares ! Putain, qu'est-ce qu'on est venu branler de la main que je pisse à Marrakech ? Mais quelle idée, quelle idée j'ai eue là !

Sur quoi, son Oulmès bue, puis une autre – il avait soif, voilà tout ! –, Rabah se sent beaucoup mieux... Et moi ? Beaucoup plus mal, subitement, au bord de l'évanouissement, les entrailles qui se tordent comme un linge qu'on essore, je le sens : la chiasse ! Juste le temps de courir à chiave... Beuheurq, les chiaves : aussi crades que les chiaves des rades crades de Barbès ! Ça commence bien.

— Marrakech, ça fait iech ! La rime est riche.

Et maintenant ? Retournons voir et écouter les musiciens, gnaouis ou autres. J'aime le crincrin des gunbris, le son vert et acide des aouadas, le cliquetis lancinant des craquebas, le roulement continu des doigts sur la peau des gangas, le tempo obsédant scandé par les bendirs... Comme une envie de pleurer et de rire à la fois qui monterait en moi, un désir d'entrer en transe, de sentir venir l'extase, jusqu'à ce point exquis où le plaisir est douleur, et la douleur, plaisir – le *m'louk*. À quoi se mélange la plainte mélancolique de la gaïta du charmeur de serpents, dans le cercle voisin – le charmeur de rhnouchs. (*Rhnouch* : serpent. Mais également, dans notre argot : flic.)

Une brusque sensation de joie me fait frissonner. *Cris, tambour, danse, danse, danse, danse !* Dans *Illuminations* ? Non, Sid : dans *Une saison en enfer*. Rimbaud, putain, maximum respect.

Ce qui nous ferait bien marrer, ce serait d'aller à pouillave sur ces badauds qui badent, babas. Ces connards de touristes en troupeaux... Fastoche ! Un jeu d'enfants pour le dream team Rabah-Sid Ali –

pardon, Aziz, ici. Je suis Aziz, ici, ne pas l'oublier, dans la transe et la joie. Ne pas l'oublier: *Je est un autre*.

Pouillave à toutous babas? Fastoche, ouais. Mais, vous nous connaissez, nous sommes des humanistes, Rabah et moi: nous ne voudrions pas retirer le pain de la bouche à la misérable voyoucratie locale. Et puis, le touriste Club Med, en juillet, c'est vraiment du bas de gamme, que ça en vaut pas la peine. Lunettes Afflelou – « Je suis fou d'Afflelou! » Ah ouais? eh bien, pas moi, j'ai mon amour-propre. Et leurs montres? Des Citizen! « Ci-i-i-tizen », comme bégaie l'autre tache, là, j'ai oublié son nom, moi qui ai tant de mémoire –, l'autre tache qui fait la pub de ces montres pourraves, non garanties COSC! Putain, il faut vraiment avoir faim pour s'abaisser à vanter la Citizen... « Ma Ci-i-i-tizen! » Limite intermittent du spectacle, ce nul! Et leurs bananes, les toutous babas du Club Med! Putain, le sac banane! la monstruosité des monstruosités: l'appendice gibeux de l'homo touristicus, ce mutant! Quand j'ai vu un jour mon frangin Azz affublé d'une banane, je l'ai logé huit jours au quarante! Lui apprendre les règles fondamentales de l'élégance et de la morale des apparences. Pas de bananes! Nous ne sommes pas des singes. « Nous sommes issus d'un peuple qui a beaucoup souffert. »

Non, nous les laisserons tirer par l'indigène affamé, leurs bananes, leurs Citizen, leurs Afflelou! Mieux! avec les virtuoses du gnaoua, nous allons la jouer Aide humanitaire, Kouchner, ONG: chacun un talbin de cent dirhams, dans la sébile des Gnaouis, Rabah et moi. Voilà! Nous sommes comme ça, nous: CEE, et patrie des Droits de l'homme. Nous ne sommes pas des sauvages. Et la musique gnaoua: ensorcelante! La joie.

Bon. Mais, comme de toutes les belles et bonnes choses, on se lasse. Alors quoi, maintenant ? Les souks de la médina ? Direction la Médersa… Z'y va.

Par les lacis de ruelles que des claies de roseaux et des paillis protègent du soleil, sous le mouchetis impressionniste d'ombre bleue et de lumière crue qui chine chineurs et badauds babas, nous jouons des coudes dans la foule, nous montons vers la médersa Ben Youssef – *l'école coranique, la plus vaste et la plus somptueuse de tout le Maghreb*, nous signale le dépliant qu'on nous a remis à l'hôtel, avec la clef. Ah ouais. Mais les marchands essaient de nous harponner à la façon du capitaine Achab, comme si nous étions des baleines blanches, comme si nous étions de vulgaires Blancs européens ou américains du Nord, Rabah et moi. L'effet Lacoste, Occhiali Armani, Officine Panerai ? Toujours est-il. On se croirait dans un vieux film de qualité francaouie des années 1930 colorisé pour la rediff en télé : « – Les belles babouches, m'sieur ! – Les tapis ! – Tu y jettes un œil ! Mes plateaux en cuivre ciselés tout à la main ! – Les soieries les plus belles du souk, M'sieur ! – Le client, y est un ami ! – Mes sacoches en peau de chameau, ça coûte rien d'y regarder ! – Entrez, entrez donc, salam ! – Mes épices, mon baume pour la migraine, que si tu y as pas le soulagement tout de suite, tout de suite je rembourse l'achat ! – Je t'y offre le thé, tu prends ton temps, tu choisis ! – Je prends Visa, Master Card, American Express… » Ah non, là, c'est le *remake* 1998, ce n'est plus l'original des années 1930 colorisé ! Mais toujours aussi collants et racoleurs, les Camaros ! Putain, à la Casbah, à Alger, nous putassons moins, nous avons plus d'amour-propre ! Nous avons plus de dignité, nous, les Djez ! On voit que trente ans de socialisme et l'abolition des classes voulue par le

FLN sont passés par là… Nahan ! je plaisantais. Mais Isabelle Adjani et moi, Sid Ali, on aurait la honte de tirer ainsi le visiteur étranger par la manche.

D'ailleurs, on n'est pas des imbéciles : on a bien vu le truc : pendant que le baron attire ton regard avec sa camelote et son bagout, le complice te fait les fouilles ! Gros ! mais ça marche toujours avec les cons. La dépouille en loucedé est le plus vieux métier du monde. À preuve : nous les jeunes beurs des cités, la génération Mitterrand, du premier aussi bien que du second septennat, nous employons, dans ce domaine, l'argot des Apaches des fortifs, du temps de Zola ! Que dis-je ? le jargon des Coquillards de la bande à François Villon – un pote à nous, un poète, un vrai, et qui avait des claouis. Non, on n'allait pas se laisser faire, Rabah et moi. Et d'abord, leur pacotille artisanale faite main ne nous intéressait pas. Mais alors là, pas du tout ! Y compris cette chekkara, réplique exacte de celle que portait Djamila – ô Dja, toi mon seul et unique amour ! Nahan, on n'en voulait pas ! Nous, on veut de la WTM : de la *worldwide trademark*, de la griffe universelle, vendue sur les cinq continents, en boutiques, en galeries commerciales, en corners de grands magasins, en duty free dans les grands aéroports internationaux ! *All over the world ! United Colors of…* À chiave, l'artisanat marocain ! Vous puez, bande de passéistes !

Et quant au tireur indigène, il a du souci à se faire : des schmidts marrakchis, en combinaison d'intervention de treillis satiné bleu nuit comme en portent les vigiles aux Halles, comme des grands, ouais, des modernes, des qui en ont, les menottes accrochées derrière, au ceinturon, et qui ballottent sur la fesse, veillent sur la sécurité du visiteur étranger et ami muni de devises fortes… Ces schmidts d'opérette écartent d'un moulinet de matraque dédaigneux la racaille pouillave indigène, presque aussi stylés que leurs modèles qui font régner la terreur au trou des Halles ! Putain !

Mais nous sommes des hommes. Et nous poursuivons, impavides, notre chemin à travers les souks.

Le coin des tisserands, le coin des plumassiers, le coin des forgerons, le coin des cardeurs... Et nous voici devant les portes de la Médersa : fermée au public pour travaux de restauration. *Sous l'égide de la Banque Royale du Maroc, avec le concours de l'Unesco. Patrimoine de l'humanité.* Ah ouais. Et nous, Rabah et moi, autre patrimoine de l'humanité, qu'est-ce qu'on peut secouer maintenant, histoire de tuer le temps avant l'al-Maghrib ? Jeter un œil à la mosquée qui jouxte ? Soit. Entrons. Mais, vous ne me croirez pas ! on est au bord d'à deux doigts de friser l'incident avec une sorte de bedeau qui allait nous barrer l'entrée comme à des Infidèles ! Au Maroc, de par la volonté du maréchal Lyautey – honneur au maréchal Lyautey, résident général de la République française ! –, l'entrée des mosquées est strictement interdite aux non-musulmans. Il nous prenait pour des roumis, ce fils à sa mère ?

Nous nous étions pourtant déjà déchaussés : deux coups de talon suffisent, pourquoi croyez-vous que nous ne nouons jamais les lacets de nos Nike ? Pour aller prier plus vite ! Ça vous en bouche en coin, les psychosociomachinchoses qui étudiez les rites et mœurs des jeunes des cités ? Je parie que vous n'y aviez jamais pensé ? Vous gardez vos grolles, vous, quand vous entrez dans vos églises – dans vos, euh, gueliz – roumis de mes deux ! dégueulasses ! Et vous ne vous lavez pas avant de prier le Très-Haut, qui est pourtant notre Dieu commun, à nous gens du Livre... Vous m'étonnerez toujours.

Toujours est-il que nous avons vu le moment où la larve de la mosquée Ben Youssef allait nous demander notre profession de foi. Que tchi ! Fait iech ! On a jeté un œil à la bruissante fontaine et aux zelliges, on s'est rechaussés... Gag ! Rabah a failli mettre mes Nike, et moi les siennes : mais je prends une demi-pointure de plus que lui : 10½ : du 44½, si vous préférez, bande de nases ! mais je compte en mesure américaine, moi, je suis mondialisé, moi –, bon, on s'est rechaussés chacun son bien, et tchao !

Alors quoi, maintenant ? Retour à la place Jaama-el-Fna ? Z'y va. Par les souks ? De toute manière : que tu prennes à gauche, à droite ou devant toi : souks, souks, souks ! Z'y va. À jouer des coudes dans la foule toujours plus dense, à mesure que le soleil décline...

Pendant quelques secondes, je perds de vue Rabah. Puis, le revoici auprès de moi.

— Qu'est-ce tu foutais ? Tu t'achetais du kohol pour tes beaux yeux, brigand ?

— Nahan. Tu verras.

Je verrai quoi ?

Eh bien, je vous étonnerai toujours, mais Rabah m'a étonné, moi, quelquefois.

Ce qu'il y avait à voir ? Un portefeuille qu'il venait de tirer vite fait à un blaireau qui badaudait devant des tapis. Retapissé, le blaireau !

— Putain, guedin, mon pote ! On avait dit qu'on touchait pas à ça, que c'était trop dangereux ici. Surtout pour moi...

Sous-entendu : moi qui suis ici sous l'identité de mon frère Aziz, lequel croupit en taule. Ces nuls n'ont pas songé à lui retirer son passeport, pensant qu'après tout, il n'aurait rien à faire d'un passeport derrière les barreaux. Ici, je suis Aziz et je suis majeur – ne pas l'oublier. J'ajoute :

— La taule ici… Le bagne de Tazmamart ! Hassan II, c'est pas un marrant…

— Chchch… Qu'est-ce qu'on t'a dit, toi, me coupe à voix basse Rabah : de ne jamais dire à voix haute du mal de Sa Majesté… Ou on t'y jette fissa, au bagne ! Quand on fait la morale aux autres…

— Xcuse-moi, Rabah. Mais, promis, tu recommences pas ?

— Sur mon honneur d'homme.

— La paix !

Nous nous sommes claqué les paumes, réconciliés, sans imaginer que, deux jours plus tard, tout serait fini entre nous.

Bon, ce feuille : l'inventaire.

Ouoh. Petite prise que ça en valait pas le risque : du Raoul ! Le pass du Club Med – ah ouais. Une carte bleue, une, je dis une, et bleue, la carte bleue ! bleue ! – poubelle, connard ! Une card BHV Cofinoga : putain, le bricoleur de banlieue qui s'est payé la perceuse à crédit ! C'est quoi, le prénom ? Jean-Robert. Ouoh, Jean-Robert ! Ah, et une card – non, là, j'y crois pas ! une carte de fidélité Afflelou ! Bigleux, le Jean-Robert à la perceuse, mais, en plus, ce nul casse ses glasses trois fois par an, minimum, et les Assurances Axa, y a que ça de vrai ! veulent plus lui rembourser la différence avec le tarif de base Sécu, 27 francs, reste à payer 2 700… Alors, Jean-Robert, il s'est fait fidéliser Afflelou ! Il en est fou, d'Afflelou. Allez, poubelle ! Ah, il s'en souviendra, Jean-Robert, de Marrakech ! L'an prochain, ce sera l'Oberland bernois ! Et nous aussi : il y fait plus frais l'été. C'est la *lower middle class* qui se tape Marrakech en juillet. Ou alors, la *upper upper class,* qui a son ksar à la Palmeraie et vient se ressourcer dans le luxe absolu du dépouillement... Bon. Mais, la pouillave à Rabah ? Le cash taxé à Jean-Robert et sa perceuse à crédit Cofinoga ? 300 francs et 900 dirhams ! Pas de quoi s'offrir un déjeuner au grill de la Mamounia ! Du petit, je vous dis.

Oui. Mais si Rabah a fourni le motif, c'est moi qui fais le numéro. Et il suffoque à force de rire, Rabah, il est au bord de l'évanouissement. Et il me félicite, quand il a enfin retrouvé un peu de souffle :

— Putain, tu me feras toujours rire, Sid... Aziz !

Nous nous embrassons en frères. À la vie, à la mort, toi et moi.

Bon. La Médina ? On zappe. La suite du programme, on veut. Quoi, déjà ? Ah ouais ! La Ménara, qu'il faut voir au coucher du soleil, paraît-il. Ça tombe bien : le soir tombe.

— Taxi !

On sait : y est en panne le compteur, y est cassé ! Te fatigue pas, va, le bougnoule ! Tu auras tes quinze dirhams, et si tu fais iech, on appelle fissa les rhnouchs – non, non, je plaisantais, là. Pas notre genre.

La Ménara ! terminus ! tout le monde descend ! Si nous voulons, nous lui donnons quinze de plus, au bougnoule, et il nous attend là une demi-heure, et il nous ramène en ville. À Gueliz ? Pour Gueliz, c'est vingt. Eh bien, tu auras tes vingt, le bougnoule, attends-nous là ! La Ménara, on ne va pas en faire une pendule.

Le soir tombe, et toute sa splendeur limpide et rose, et toute sa douceur. Des martinets volent en rond haut dans le ciel, la cime des palmiers se balance avec nonchalance dans le vent léger de la brune chargé des sables de l'erg, les neiges éternelles se nacrent au derniers rayons du jour.

Elle est retrouvée.
Quoi ? – L'Éternité.

Ah ouais. La Ménara au couchant : vous l'avez vue comme nous, cent fois, dans des publicités. Pour Guerlain, pour YSL... Quel parfum, quel rouge à lèvres, quel linge de maison, quel club échangiste, quel serveur de minitel rose, quel constructeur de roadsters, quelle banque, quelle carte de crédit, quelle bière, sans alcool ou avec, n'aura pas utilisé en toile de fond, pour vous vendre son produit, la Ménara au crépuscule ? Eh bien, restez sur cette vision enchanteresse, n'allez pas vérifier sur place ! En vrai, c'est beaucoup moins bien, je vous le dis. Sur la photo, on ne voit pas les abords. Et l'assistant du photographe a passé un coup de balai avant que le boss ne déclenche son Hasselblad. Ouais. C'est bien plus beau quand c'est *Shalimar* ! C'est bien plus beau quand c'est BMW ! De toute manière, tout est toujours plus beau, quand c'est BMW ! Le bassin de la Ménara ? Plus petit que celui de la Villette. Le pavillon ? Un pavillon. Et les montagnes, au fond ? Certes, certes... Mais restez le regard tourné vers elles, ne baissez pas les yeux ! Et donnez la pièce à ce mendiant qui vous tanne pendant que vous admirez :

— La tcharité, m'sieur ! la tcharité, m'sieur, m'sieur ! la tcharité !

Tiens ! qu'il vous chela les sketbas, à la fin, ce déchet humain ! qu'il cesse de vous faire iech !

Celui-là, vous ne le voyez jamais sur la photo, hein ? Il est hors cadre. L'assistant l'a chassé avec son balai...

Ah, et n'oubliez pas vos lunettes noires : Vuarnet, Versace, Cébé, Mexx, Bollé, Porsche, Police, Calvin Klein, voire Afflelou, si vous préférez Afflelou ! – la marque, je m'en fous, pour le coup. Non, c'était juste un conseil d'ami que je vous donnais : que vous ne soyez pas éblouis en regardant le ciel !

Putain de Ménara. Putain de Marrakech.

Épuisement soudain, comme si une bonde s'était levée en moi et que le corps, et l'esprit avec, se vidait de toute substance… Vertigineux néant. Tout est flou et se moire, tout vibre, tout vacille, tout scintille… L'impression… Comment dire ? ah ouais, de regarder une chaîne cryptée sans le décodeur. Voilà. Je m'effondre.

Rabah n'en mène guère plus large. Nous nous affalons sur le lit. En entrant dans la chambre, nous avions machinalement allumé la télé tout en laissant le son coupé. Un chanteur égyptien, ou syrien, ou libanais, va savoir, coiffé, habillé, maquillé et pailleté comme Claude François à la grande époque d'*Alexandrie – Alexandra, ah ah !* –, et comme lui entouré de trémulantes claudettes, mais les siennes étaient semi-voilées de mousseline mauve constellée d'or, modulait une interminable mélopée muette, devant un orchestre de wassla électrifié et silencieux… Le son coupé, l'effet était hallucinogène. Je croyais lire sur ses lèvres qu'il aspirait à aller avec son aziza au Djena – avec sa chérie, au Paradis. Illico. Éternellement illico. L'hallu grave, là, je vous dis.

Avant de prendre notre clef, nous avions acheté une pizza pour deux personnes à un take away qui jouxte le Gueliz. De la bière, ils n'en avaient pas : ils n'avaient pas la licence, évidemment. Mais le portier de l'hôtel nous a cédé un pack de Heineken pris sur sa réserve personnelle. « Je vous supplie de ne pas me dénoncer… » Non non, main au front, main sur le cœur, on ne te dénoncera pas, l'ami… Putain ! quel pays ! Nous avons essayé ensuite de soutenir cinq minutes une conversation en arabe avec ce jeune gars si gentil et fin… Mais, nib. Impossible de bien se comprendre. On a dû revenir au français, qu'il ne parlait pas trop mal, mais pas trop bien non plus.

Ce perpétuel flottement entre nous, Arabes d'origines différentes. Nos difficultés à nous entendre clairement, sans malentendus. Cette nécessité de sans cesse recourir au français, la langue de l'autre, quand, enfants issus de l'immigration, il s'agit d'évoquer nos sentiments les plus intimes, nos peines de cœur, nos vagues à l'âme… Alors que l'arabe nous suffit pour l'insulte et la haine. S'il s'agit de mettre en doute la virilité et l'intégrité anale de l'interlocuteur, ou la virginité et la chasteté de la mère de l'interlocuteur, pas de doute : de Tanger à Damas en passant par Le Caire, là, en arabe, tout le monde saisit ce que vous avez voulu signifier.

Mais, rien qu'au Maghreb : trois variétés nationales de l'arabe, distinctes à nos oreilles : le camaro, le tune, le djez. Plus, toutes sortes d'arabes dialectaux, régionaux, qui subsistent à l'intérieur des trois pays autrefois sous domination française, et l'arabe du peuple, l'arabe du bled, l'arabe des grandes villes, l'arabe des gens cultivés et l'arabe des illettrés, l'arabe de ceux qui ont immigré puis sont revenus au pays, et l'arabe de ceux qui sont restés en France, et l'arabe de leurs enfants, l'arabe des quartiers à forte population maghrébine, l'arabe des cités… Mais l'arabe des chourmos du 13, l'arabe des quartiers nord de Marseille, n'est pas exactement l'arabe du 93, la Seine-Saint-Denis, l'arabe de la banlieue nord de Paris, qu'une oreille très exercée distingue de celui des banlieues sud de

Paris. Ce qui fera qu'un zoneur, venant de La Courneuve ou de Bobigny, dira à un autre glandeur de son espèce rencontré aux Halles : « Tu es de Vitry, toi, non ? Ou du Kremlin-Bi ? » Et mentionnons aussi l'arabe de Barbès : celui de Paul Smaïl, par exemple. Mais celui des musiciens de l'Orchestre National de Barbès en est encore un autre. Et dans nos HLM, on capte avec la parabole l'arabe du Machrek : la daube télévisuelle des pays du Moyen-Orient transmise par satellite. Autres accents, autre vocabulaire.

Ne disons rien de l'arabe tel qu'on prétend nous l'enseigner dans le secondaire, et qui n'est qu'une parodie grotesque, une farce, qui ne fait pas rire, d'arabe classique, d'arabe littéraire, d'arabe littéral mélangé d'un peu de dialectal – dans une proportion qui dépend des profs, des collèges. Du reste, qu'est-ce que l'arabe littéral ?

Ah, et l'insoluble question de la translittération ! Accents ou pas ? Signes diacritiques bricolés avec les moyens du bord d'un clavier Azertyuiop ? Apostrophes rentrantes et apostrophes sortantes selon les règles – mais quelle règles ? Et l'orthographe : à la française à l'ancienne ou à la moderne, anglaise et mondialisée, et pseudonormalisée ? Doit-on écrire *wa* ou *oua* ? *wi*, voire *wee*, ou *oui* – ouili ouili ouili ! –, mettre un *k* ou un *q* ? Le serviteur de la Vérité, avec un *k* – Abdelhak –, ou avec un *q* – Abdelhaq ? Moi, j'avais choisi *q* – mais ne voyez pas dans ce *q* une invite équivoque, de tapin ; nahan, c'était beaucoup plus un purisme de bon élève soucieux de beau langage. On commence à voir dans des livres écrits en français – du moins l'auteur le prétend-il –, édités et imprimés en France, que tout bon musulman fait au moins une fois dans sa vie le pèlerinage de *Mecca* ! ou, pire – quoiqu'on ne sache pas bien dire ce qui est le pire dans ce domaine –, de *Mekka* ! Mecca ! Mekka ! Mais qu'est mais qu'est eh, mais qu'est-ce que c'est, les mecs ? La Mecque ? La Mecque ! Ah ouais ! Barbares, sauvages, crétins, aliénés à la marchandise et au spectacle, esclaves ! H'chouma !

Ah, putain, et sur l'Internet ! ce délire ! Ce délire, sur la toile, sur le web, sur le euh oueb, mon fréhère ! Des transcriptions très approximatives faites par des Américains avec des QI de moins de trente points, limite trisomie 21, retranscrites n'importe comment par d'autres débiles mentaux, européens, eux, en abrégé, en raccourci, et mité de fautes de frappe et d'erreurs de manipulation de la souris... Et voilà le travail ! La langue du Prophète devenue ce sabirique charabia, ce bredouillis araboïde, plus éloigné du langage articulé adulte que de l'infantile lallation – *Lâ' Ilah illah Allah !*

L'arabe écrit translittéré en caractères latins est un monstre désormais, une chimère. Et il existe entre nos arabes parlés autant de distance qu'entre les langues latines. Est-ce qu'un Rital pige un Espingoin, ou un Espingoin un Francaoui, s'ils n'ont pas appris la langue des autres au collège ? Eh bien, nous, Camaros, Tunes, Djez, idem. À ceci près, en outre, que, la langue de nos voisins, nous ne pouvons pas l'apprendre au collège. L'Andalou, le Castillan et le Catalan se comprennent entre eux, plus ou moins, le prolo napolitain et le bourge milanais aussi. Nous, entre nous, nous avons plus de mal. Recourir alors à l'arabe littéral ? Mais, vous, Francaouis, recourez-vous spontanément au latin, quand vous butez sur un mot que prononce devant vous un Espingoin, ou un Rital ? Ma comparaison vaut ce qu'elle vaut, mais j'exagère à peine, hélas.

Et puis pour les Djez, les Djez vivant en Al-Jazaïr (*Jazaïr*, ou *Djazaïr*, ou *Djezaïr*, ou *Jezaïr*, selon le dictionnaire que vous utilisez, et Al ou El, selon d'autres usuels, et allons-y! retrouvez-vous-y! trouvez à quelle lettre de l'alphabet il faut chercher, et si le nom du pays est donné avec l'article ou non, putain!), les malheureux Djez, victimes de l'arabisation forcée de l'enseignement, un enseignement prodigué dans le secondaire par des crétins quasi illettrés recrutés en Égypte et au Proche-Orient, la lie des professeurs mis à pied pour incompétence notoire dans leur pays natal –, les malheureux Djez, qui, de tous les peuples du Maghreb, étaient, au naturel, les plus inventifs verbalement parlant, les plus imaginatifs, les plus inspirés – le raï en est une preuve, et, si vous me permettez une immodestie peu habituelle chez moi, Sid Ali, j'en suis une autre... Pour les malheureux Djez, djizais-je, l'obligation d'apprendre cette fibreuse, filandreuse et dure langue de bois, totalement artificielle, qu'est l'arabe algérien officiel: l'arabe Boumédiène, l'arabe Chadli, l'arabe Boudiaf, l'arabe Zeroual! Une novlangue totalitaire dans laquelle il est impossible à la jeunesse d'exprimer la moindre émotion un peu intimement ressentie, la moindre joie, la moindre souffrance vécue dans sa chair, la moindre manifestation d'intelligence critique et de fantaisie. Le moyen mortel qu'ont trouvé ces haloufs au pouvoir, ces fascistes staliniens, pour casser la poésie spontanée, le génie du peuple algérien, et l'abrutir un peu plus pour mieux l'asservir! Haloufin! Et, en face, les massacreurs du FIS, ces fils de leurs mères, et leurs corans printed in Iran! Haloufin! Qu'Algérien rime avec rien, c'est ce que vous avez toujours souhaité dans vos cœurs de porcs!

Mais une résistance s'organise dans l'ombre, et commence à courageusement s'exposer à la lumière crue des rues d'Al-Jazaïr et de Wahran, ou Ouaran –

Oran, quoi. Écoutez les rapeurs des groupes Hamma, De Men, Cause Toujours – ouais, les haloufin au pouvoir, causez toujours !

Écoutez Intik :

Watch me watch me watch me yosh
Watch the original arabic ragamuffin style
Watch me the original algerian arabic
ragamuffin style…

Morts de rire, on est !

Et, les larmes aux yeux :

À présent je rentre dans le vif du sujet
Pour parler de ceux qui ont été malmenés
Je parle des enfants qui ont été calcinés
Je parle de mes sœurs qui ont été violées
On est comme des oiseaux en cage qui ne
peuvent plus voler
Assoiffés de joie et de liberté…

Ah ouais. Maximum respect, Intik ! À donf la manette pour hausser le son sur le ghetto-blaster lecteur de CD !

Crève, Chadli ! Crève, Zeroual ! Et Bouteflika itou ! Chichis et Chevènes de l'Al-Jazaïr ! Cassez-vous !

Mais je me grise et je m'égare. J'en étais où ? Où en étions-nous, Rabah et moi ? Ah ouais, dans notre piaule au Gueliz. Une pointe de pizza fade et tiède avalée, une gorgée de bière tiède pour tenter de faire passer… Assommés de fatigue, d'ennui, de tristesse. À huit heures du soir, à vouloir nous ériger manuellement, mutuellement, tout en regardant, hallucinés, la télé muette… Pas de quoi nous rouler un tarpé, alors que nous nous trouvons dans la capitale du shit ! Nuls que nous sommes, nous n'avons pas pensé à aller à négo avec les petits fourgues qui hantent, jour et nuit, les abords de la place Jaama-el-Fna – « Du matos ? » Bravo les hommes ! Bravo Rabah, bravo Sid Ali ! « J'ouvre l'enveloppe... L'oscar de la nullité va, cette année, à Sid Ali et Rabah, pour *Pas de shit à Marrakech* ! Une coproduction Nul Entertainment, T'es trop Goldwin Merdique, UGChié ! »

Notre première nuit à Marrakech, cité impériale ! Morts, on était ! Morts. Pas morts de rire : morts. Allez, xlas ! de se branloter mou. Un Tranxène, un Xanax, un Lexomil, et on zappe. On éteint... Bonne nuit.

Vient un sommeil proche du coma.

Longtemps, je me suis couché de bonne heure. Putain ! comme il s'est payé la fiole des gens de lettres et de souche, l'espiègle Paul, en ouvrant son second roman. *Casa, la casa*, sur la célèbre phrase de Qui-vous-savez ! Manière de dire : ouais, Proust, ça nous appartient aussi ! Allez, à dépouille ! Mais c'est qu'ils l'ont très mal pris, ces culs coincés francaouis : touche pas au patrimoine national, craoui, va-de-la-gueule, pue-ta-race-sous-les-bras ! Les Guermantes ne t'ont pas invité à leur table ! Pas touche, Proust ! C'est à nous.

Ah ouais ? Marcel ? Une furieuse, pourtant, la Marcel ! Plus folle, tu te désintègres en plein vol, comme disait pour rire grave, et à tout propos, notre pote Djebril-l'Archange, qui en connaissait un bout sur la question ! « Non non, toi, là, le bougnoule, tu ne touches pas à notre petite madeleine, tu ne touches pas à nos aubépines (et les couilles avec), ni à notre tasse de verveine, ni aux tasses où Charlus draguait le prolo ! non, tu ne touches pas au baron micheton qui levait dans un boxon un peu plus luxe que celui de votre "Monsieur Omar" des Martyrs ! Et tu ne touches pas à Albertine disparue... – Disparue, mon cul ! partie faire tapin pelouse, la goudou ! » Putain, le beau monde sur papier bible, relié cuir doré à l'or fin, ce vice ! Mais Marcel Prouhoust, maximum respect !

Je vous excède, là ? J'en fais trop, là, moi, Sid Ali ? Ah ouais. Je veux. Et le numéro n'est pas fini. De temps à autre, pour ponctuer, j'aboyais au public imaginaire ou à mon seul spectateur, Rabah, j'aboyais en imitant le président Chichi : « Écoutez... Écoutez... » Et c'était reparti pour une grande heure de délire ! Écoutez-moi ! Et attendez la chute ! On tue le temps comme on peut, en taule. On manque de distractions. À la surprise de Jesus, j'ai eu quelquefois des fous rires, au plus noir de la nuit, à seulement me rejouer mes grandes déconnades one man show – pour moi tout seul. J'étais un incompris. Mais je m'applaudis en mon for intérieur ce soir. Je m'applaudis à tout rompre. Je m'éclate. Je m'éclate !

Au réveil, il était midi.

Nous venions de nous réveiller, Rabah et moi, aussi vaseux l'un que l'autre, et nous demandant avec angoisse comment nous allions occuper notre deuxième journée de séjour à Marrakech. Putain ! et il y en aurait encore treize autres à suivre, semblables, si nous ne faisions pas modifier notre billet : moins *10 days*, au lieu de plus *10 days*. Ce qui, en mettant les choses au mieux, nous laisserait encore quatre jours à tirer, putain ! quatre fois 24 heures ! Une centaine d'heures à Marrakech ! Ah nahan !

Bon. Douche – presque froide, pour se réveiller. Le rasage style pas rasé depuis trois jours tiendra bien un jour de plus sans qu'on ait la honte... Surtout, ici, dans ce bled pourri, où ces médiocres se rasent de près chaque matin dès qu'ils sont situés socialement un degré au-dessus du charclo ou de l'indigent. Rien à secouer de la main que je pisse, l'opinion de la peuplade indigène : aucune classe, ces gens-là ! aucun raffinement !

On s'habille ? On s'habille. Tiens ! en blanc, pour changer.

Bon. Sortons. Pour aller où ? On verra bien. Avenue Hassan-II, nous sommes... Et, là, le choc ! Là ! là, le 4 x 4 Mercho, Rabah... Non pas que je me sois subitement converti à Mercedes, non pas que j'aie abandonné la Gesellschaft de Munich pour celle de Stuttgart, je ne suis pas si versatile ! Mais les passagers de ce 4 x 4 Mercedes-Benz G 350 *Turbo diesel Lange Radstand* bleu nuit métallisé, phares grillagés, parechocs rehaussés et treuil passegué pour guéer les oueds boueux à l'étiage... Qui ? Qui ? Madiha ! la petite sœur à Djamila, le copié-collé de sa sœur aînée – la finesse, la sensualité, et un je-ne-sais-quoi en moins... Là ! Madiha, sur la banquette arrière, avec trois jeunes enfants, tiens ! Zoé, Silvestre et Balthasar, forcément... Ils l'adooorent autant qu'ils ont adoooré Djamila, qui les gardait l'été dernier, les niards blonds, mignons comme des niards pour une pub Absorba, ou Lotus. Et, à l'avant ? Madame, qui conduit. Et l'avocat, qui ne conduit pas because il cause dans son portable. Madame attend que le feu passe au vert pour redémarrer. Et moi, qu'est-ce que j'attends ? Éclair de génie ! je hèle le tac, par bonheur libre, qui patiente aussi, derrière, et m'y engouffre en tirant par le bras Rabah.

— Monte ! je t'expliquerai.

On va se la jouer cinoche. De l'action, enfin ! de l'aventure ! du grand spectacle !

Je dis, calme, en pro de la filoche, au taxir' rajoul :

— Tu suis le 4 x 4, là, devant toi.

Y est en panne le compteur, y est cassé, ouais, mais, là, pour le coup, je m'en fous. Il y a gros à gagner, le bougnoule !

Le bougnoule semble un rien réticent : lui aussi il regarde la téloche après le boulot et il flaire le scénario de thriller ! l'embrouille avec de la racaille djezofrancaouie, pas de la racaille d'ici ! Dangereux ! D'autant qu'un Blanc européen propriétaire d'une Mercedes immatriculée Wilaya de Marrakech, Maroc, pas un pli : il connaît personnellement le mokkadem de son quartier et l'adresse du h'gkoummissariat le plus proche ! Mollo.

Je tends un talbin de cent dirhams : c'est le seul idiome que ces idiots comprennent. Sauvages !

Bon. Il me fait la moue sous-entendue : ce ne sera qu'un acompte. D'ac'.

Le rouge est interminable avenue Hassan II, je l'avais déjà remarqué hier – vous avez remarqué ? je remarque tout.

Feu vert : le Mercho redémarre. Silvestre, ou Balthasar – Balthasar, puisque c'est le plus petit des deux garçons –, Balthasar se retourne et nous tire la langue. Sale gosse ! Et Madiha qui ne sévit pas ? Laxiste ! Trop Dolto, Madiha ! Trop indulgente et humble avec le petit blanc, Madiha. Double quecla, oim ! taoua aller retour, le Balthasar ! que je te le mate un peu, ce petit morveux vicieux ! Et si je t'entends pleurnicher, Balthasar : privé de Danette au dessert ! Non, mais ! Un petit séjour en camp de rééducation à *encadrement renforcé*, dans le Pas-de-Calais, comme Azz et Amina, ça lui forgerait le caractère, ça lui ferait les pieds, et ça lui apprendrait la politesse, au Balthasar ! Allez, pas de Calais, les bourgeois de ! Taouas et fessées, ou il va virer vite fait au cas psychosocial, le Balthasar, si tu le laisses livré à lui-même, Madiha ! Dja, ta frangine, je la connais, Dja lui aurait au moins fait une observation au gosse de riches, blanc européen roumi de souche ! « De souche ou pas, là, tu te xcuses, Balth, ou ça va faire vilain ! » Non, mais !

Ma seule crainte est que le tirecons R 5, modèle hors Argus (y compris à l'Argus marocain) – amortisseurs morts, embrayage irréparable –, ne puisse suivre ces 48 chevaux fiscaux cravachés au turbodiesel breveté Mercho. Mais Maman conduit comme une maman : tout en rondeur, tout en velours – ne pas faire peur aux petits nenfants ni à la charmaaante Madiha. Et Papa doit dicter une note à son cabinet à Paris.

Nous prenons la route direction Fès, Ouarzazate, Beni-Mellal.

Au premier embranchement, le Mercho tourne à gauche.

Sid Ali, au taxir' rajoul :

— Tu les suis toujours.

Dunes et palmiers à perte de vue, un chameau agenouillé dans le sable, au bord de la route qui, peu à peu, devient piste, et moins roulante, et plus secouante – la parole plastifiée du Prophète se balance de plus en plus amplement au bout du cordon accroché au rétroviseur... Bref ! l'aventure vécue, enfin ! Pas sur écran : dans la vraie vie.

Puis, ralentissement des quatre roues motrices allemandes, devant, les feux arrière rougissant par à-coups : nouvel embranchement, léger coup de frein et débrayage sur position essieux indépendants, dans un nuage de poussière ocre rose... On se croirait dans une pub vantant les mérites du 4 x 4 G 350 Mercedes-Benz. En contrechant et contrechamp, la minable stridulence plaintive, puis un sanglot déchirant de la vieille Renault surchauffée… Je suis certain que ces salopards, devant, ont la clime : d'où, les vitres relevées. Aventuriers, mais bourges ! Toutes les options du confort pour les adeptes du luxueux dénuement !

Nouveau ralentissement – ah !

Clignotant gauche – ah !

Stop.

— Stop ! Nous y sommes.

Là, lointain mirage dans la brume de chaleur, ocre rose du crépi sablé des murailles, blanc neigeux des jasmins en fleur, rouge feu des flamboyants, rouge violine des bougainvillées, élégant balancement lascif, baudelairien, des palmes – on devine le ksar. *Là tout n'est qu'ordre et beauté, luxe, calme, et volupté…*

Ici, une haie à balancier et un panneau trilingue arabe-anglais-français indiquant qu'il est interdit d'entrer. L'avocat ou madame ont dû biper de l'intérieur au moyen d'une télécommande : la haie à balancier se relève avec une servile vivacité… Retombe avec une plate révérence, à peine le double parechocs arrière du 4 x 4 passé – eh ! les bougnoules en tac, qui nous suivaient, niqués ! Balthasar peut vous tirer la langue, il aura sa Danette ! il en aura deux ! une vanille et une chocolat ! Pauvres pauvres, qu'est-ce que vous imaginiez ? que nous vous dirions : « Entrez ! venez donc prendre un verre ! vous resterez bien à déjeuner ? la cuisinière nous a préparé un tajine aux girolles d'Ifrane et coquilles Saint-Jacques, et il y a du champagne au frais ! Si si ! j'insiste, les tapins des Martyrs, les Gilles ! Entrez donc ! » ?

Je repère, montée sur trépied d'acier, une caméra de vidéo-surveillance qui balaie en panoramique le champ : le taxi arrêté, son chauffeur narquois, ses passagers penauds et accablés par la chaleur, ruisselants de sueur.

Il faut vite trouver la réplique *punch line* « chapeau, le dialoguiste » ! Je dis à Rabah :

— De toute façon, c'est kif la Ménara : bien mieux en photo, crois-moi ! On s'en fout.

Je marmonne intérieurement, à l'adresse de l'avocat, dont la Mercho s'éloigne en zoom *slow back*, flou progressif, *The End* : Enculé ! Pourri ! Mitterrandien !

Je ne trouve pas de pire insulte : je n'ajouterai rien.

Mais Rabah est fou de rage :

— Putaing, tu fais iech grave, là, Sid !

Et le taxir' rajoul, chouïa sarcastique, à ces peu clairs dis :

— Qu'est-ce que j'y fais, maintenant ?

L'impertinence de ces indigènes, je ne vous raconte pas ! Comme s'ils étaient chez eux !

Sid Ali :

— Demi-tour.

Rabah :

— Putaing ! soupé de toi. Je veux le feuilletong, à la place.

Sid Ali :

— Tu préfères qu'on te laisse là, mon grand, et rentrer pied à ? Mais tu n'as pas ta chèche ni ta gourde en peau de chameau… Bonjour, l'inso ! *Le Salaire de la peur* !

Je vois la claque planer. Je le bloque sec, d'une clef au poignet.

— Calme. Calme. Je plaisantais. On peut plus rire ?

Le taxir'rajoul me semble de plus en plus suspicieux. Il ne va pas maintenant à poucave aux rhnouchs ? Si ? Il faut l'apaiser ce méfiant.

— Tiens ! prends, lui dis-je, en lui tendant cent autres dirhams.

Les vacances bon marché à Marrakech en juillet, vous m'en reparlerez !

— Où je vous y dépose, m'ssieurs ?

Sid Ali :

— Jaama-el-Fna.

Rabah :

— Et on peut savoir, par hasard, ce qu'on va branler sur la place, à une plombe et demie aprème, sous ce cagnard de la Bonne Mère ?

Rabah, quand il est colère, ses origines marseillaises ressortent.

Sid Ali :

— Vu. On a changé d'avis. À Gueliz, au Gueliz. Fastoche, mnémotechnique : Gueliz, Gueliz.

Quand il nous dépose, le taxir'rajoul, j'ajoute 20 dirhams de pourbe. Tu n'auras pas perdu ta journée avec un ouf dans mon genre, le bougnoule !

Retour au Gueliz, donc. Et scène de sitcom, Rabah et moi. Tout y passe. Les portes claquent… Enfin ! la seule porte, la porte du bain et chiave.

Il allume la télé, s'affale sur le plume les bras en croix à la Issa, que je ne puisse pas m'y installer moi aussi. Les pétasses en hidjab nous vantent une fois encore la spongiosité absorbante de leurs serviettes Always, dont les mollahs ne désapprouvent pas l'usage. Je me réfugie au chiave, avec le commun paquet de nuits graves et l'ami Arthur. Je lis :

J'attends Dieu avec gourmandise. Je suis de race inférieure de toute éternité.

Rimbaud a tout dit.

Je reviens dans la piaule une heure plus tard, ayant relu random, en feuilletant au gré de l'humeur quoi, les *Illuminations*. Je pourrais les dire par cœur, depuis *Après le Déluge*, jusqu'au dernier poème. *Génie*, jusqu'à la dernière page : … *Suivre ses vues, ses souffles, son corps, son jour*. Mais je prends toujours plus de plaisir à relire.

Rabah dort, assommé par les benzodiazépines (et couilles), j'imagine.

Il s'éveille en sursaut sur le coup de cinq heures.

— Putain, on est où là ?

Sur Télé-Dubaï, une course de lévriers afghans sponsorisée par le concessionnaire Toyota de Koweit City.

Je fais, tendre, fraternel :
— La paix ?
— La paix.
— Tu as la dalle ?
— Chouïa.
— Tu voulais voir la Mamounia, tu en rêvais : sandwich-club et une Absolut citron vert, s'ils ont ça, ça te dit ?
— Tu es un frèhère, toi.
Il voulait voir la Mamounia, Rabah-le-Marseillais. Moi, d'instinct, j'étais certain que je ne m'y plairais pas, que c'était très surfait, la Mamounia. Et en tout cas, pas pour des hommes, des vrais, comme nous : on n'y serait pas à l'aise. Mais, bon, il faut savoir se sacrifier, parfois, pour sauver une amitié.
Dehors. Tirecons qui passe – hep ! Ah non, il y a déjà un passager : on ne pratique pas le covoiturage, nous, on n'est pas des sauvages ! Tirecons suivant – idem. Enfin, un vide.
On sait : y est en panne le compteur, y est cassé.
— La Mamounia ! 12 dirhams, dernier prix, ou on en prend un autre, OK ?
— 15, et on y va.
— 12, j'ai dit.
Il prend. Aucun amour-propre, ces gens-là ! Tu leur ferais lécher la semelle crottée de tes Nike s'il y avait un dirham coincé dans le relief !
La Mamounia !
Je vous plante le décor. Perron : une Rolls vert émeraude, une BMW 7.3 *Titansilber*, trois Mercedes noires qui doivent appartenir au palace, de ce modèle dans lequel Diana et Dodi se sont crashés sous le tunnel de l'Alma. (C'est pas sérieux, la Mamounia ! On pourrait renouveler le parc automobile, après une si effroyable tragédie.) Un larbin déguisé genre Mille et Une Nuits pour une soirée

délire aux Folies-Pigalle ouvre avec une moue répugnée la porte du petit tirecons – je le sentais bien, que la Mamounia c'était le plan pourri par excellence, la honte dont on ne se relèvera jamais. Mais, bon, trop tard pour reculer. On est des hommes.

Le hall ? Un hall d'aérogare internationale dans un quelconque Émirat – tel que vu à la télé. La déco ? Tape-à-l'œil, surchargée. Un cabaret oriental à Clichy – je ne suis jamais entré dans un cabaret oriental clichien, chien, mais j'imagine ! Avec quatre ou cinq zéros de plus pour le budget marbres, cuivre niellé, céramique émaillée et maroquin doré à l'or fin puisqu'on est au Maroc. Le portrait de sa Majesté Hassan II « Que Dieu Le guide sur le chemin de la Vérité ! » ? Le plus grand format qu'on ait pu tirer dans un labo géant construit pour l'occasion. Mon avis, si vous le voulez ? La gerbe. D'un vulgaire ! Je commence à saisir la subtile morale de l'avocat mitterrandien, le papa à Balthasar, en matière de déco. Rabah, lui, en est baba, bouche bée. Si j'y repense, je crois bien que c'est à cet instant précis que je l'ai méprisé au point de ne plus y revenir – fini-ni-ni. Là ! au milieu du lobby, sous le flot de miel liquide d'un *Strangers in the night*, joué par le grand orchestre symphonique de Rabat, qui dégoulinait du plafond. *Exchanging glances*... Ah ouais ! Des clins d'œil haineux, soudain. Ah ouais ! Refais-le-me-le, Rab, ton regard qui tue ! Maman, j'ai peur ! *Little did we know*, comme sanglote en anglaouicamaro, dans le micro, le Sinatra de Rabat... Ah ouais ! C'est sur de toutes petites choses de la vie, de minimes incompréhensions d'ordre esthétique, qu'on se sépare. Pas sur les grands drames existentiels.

S'était-il aperçu, au moins, Rabah-le-baba, que des privés de la Mamounia nous filaturaient du regard en catimini ? Blazers bleus et cravates, ouais, comme les curieux des galeries marchandes des Champs-Élysées qui suivent de l'œil, discrets, le lascar fiché choureur potentiel. On puait notre race, ici ? Et comment ! On pouvait toujours faire semblant de chercher si des amis à nous ne seraient pas à la piscine, par hasard – pour les inviter à prendre un verre au bar, vous voyez ? L'ambiance est pesante. On voulait juste boire une Absolut citron vert et grignoter un toast au saumon, on se retrouve en moins de deux au bagne de Tazmamart – vous avez déplu à la direction et la Mamounia est la propriété de Sa Majesté, vu, les lascars basanés en Nike et Lacoste ? Vos Officine Panerai ne nous impressionnent pas, nous ! Vos *occhiali* Armani, on s'en fout !

Il me faut prendre mon courage à deux mains, pour me diriger, en tenant par l'épaule Rabah, que je hais à présent, vers les *Gardens-Jardins-Pool-Piscine*.

La piscine de la Mamounia ! Beuheurq ! Les traces fécales, le moisi de prépuce, les coliformes, les morpions, le jus de teuchas pas lavées : toute la crasse des riches blancs européens et nord-américains qui miroite à la surface, au soleil couchant ! Je la vois ! Je la vois !

Je dis à Rabah :

— Z'y va, on se casse !

Demi-tour. Je retraverse le hall. Rabah, étrangement docile, me suit sans dire un mot.

Le tac qui nous avait conduits est là. Vague sourire du taxir' rajoul : comme si nous lui avions demandé de nous attendre cinq minutes. Comme s'il savait que cela ne nous plairait pas, ou, beaucoup plus vexant, que nous serions indésirables à la Mamounia. Nos gueules de rabzas ? L'humiliation est totale en ce cas. Mieux vaut ne pas chercher à savoir. Qu'il nous ramène en ville, pour 12 ou 15 dirhams – ce n'est plus la question.

Dans le tac, crise d'hystérie, à l'accent marseillais prononcé, de Rabah :

— Putaing ! Pleing le cul, Sid !

Moi, imperturbable :

— Aziz, je t'ai déjà dit.

Puis, un ton au-dessus :

— Rab, là, je t'imprime plus. Bourrage papier. Cliquer sur *Print Monitor*. Cliquer sur *Corbeille*. Cliquer sur *Quitter*. Cliquer sur *OK*. OK ?

Il se fait déposer devant la Koutoubia. Parfait ! Exactement ce que je voulais. Et moi, retourner me pieuter au Gueliz. Je prendrai une pizza avant de monter dans la piaule – une *Quattro stagioni*, pour changer. Et il doit rester une ou deux canettes de Heineken tiède… La grande vie ! la vraie vie !

J'ai sombré dans un sommeil comateux, comme la veille, aux environs de huit heures du soir. *Longtemps je me suis…* Et cetera. Ah, Marcel !

Aux douze coups de minuit, Rabah ajoute un treizième, un quatorzième, un quinzième…, martelés du plat de la main sur la porte d'entrée. Je me lève, pantelant, et lui ouvre – je ne suis pas si méchant. Kiss kiss. Il a du shit. Ah ouais. De quoi nous rouler un zeppelin Hindenburg. Nahan, merci, je me rendors, on se reparlera demain.

Le lendemain matin, au réveil, il est dix heures et demie. La télé est allumée, son coupé : une course de chameaux sponsorisée par le concessionnaire Cadillac des émirats d'Umm al-Qaïwain, Ras al-Khaima et Fujaïrah (nahan, je gaze, là). C'est du tout vu pour moi : je laisse Rabah finir sa nuit, je sors en loucedé, je hèle un tirecons – là, le compteur, la question est réglée : y a pas ! on le lui a chouré hier, le malheureux, si si ! Chez nous, on tire les autoradios, ici, les taximètres ! Quel pays !

— L'Agence Royal Air Maroc. 12 dirhams ! fissa ! RAM !

J'entre. Je sais ce que va me rétorquer la pétasse derrière le comptoir : votre billet, monsieur, n'est pas modifiable dans le sens où vous le souhaiteriez, vous ne pouvez pas effectuer le retour avant vendredi au plus tôt... Ah ouais. Attends voir à quel voyageur en classe Affaires tu as à faire !

La pétasse est un connard. Pas Jamila, mais Jamal – pas Dja : Ja –, c'est écrit sur son badge RAM. Tu vas ramer, mon petit gars ! Si c'est le backchich que tu espères, le rivage est encore loin ! Rame, galérien de RAM ! Esclave !

Il y a un client avant moi. Le temps, pour moi, de me repasser *in petto* ma scène avant le clap-moteur :

Primo : Je suis citoyen français, et donc ressortissant de la Communauté européenne, et donc ayant droit aux égards dus aux créanciers du FMI dont le royaume, le roi duquel tu es sujet, toi, minus, est fortement débiteur. Est-ce que tu me suis, minus, est-ce que tu suis les arabesques virtuoses de ma syntaxe, mes zelliges verbaux ?

Deuzio : J'ai toujours voyagé sur Air France, en Club, ils ne m'ont jamais fait d'histoires, pour une fois que j'honorais de ma présence un vol, aux deux sens du mot vol, Royal Air Maroc, je m'en mords les –, on ne m'y reprendra plus.

Tertio : C'est un cas de force majeure : ma femme vient d'accoucher un mois avant prévu, un fils, oui ! mon fils ! Aux prématurés, le pauvre petit ! en couveuse, mon fils ! il avait envie de voir son père avant l'heure dite, dis ! on le comprend ! mon premier enfant ! mon ibn ! et je veux faire admettre ma femme et mon ibn à Rothschild, où ils se sont si bien occupés de mon amie Isa – oui, Isabelle... Isabelle Adjani !

Quarto: J'étais des commandos subaquas suicide du prince Borghese, tel que tu me vois, le seul survivant d'entre ces héros: c'est simple, mon Officine Panerai m'a sauvé la vie! Tel que tu me vois là, j'ai posé des mines par vingt mètres de fond dans la rade de Salerne en 1943, et l'eau était froide, crois-moi! Je vais pas me laisser zober le zek par un untermensch basané qui descend du singe plus vite qu'il n'est permis, vu? Tu me changes mon retour ou tu as droit à l'apnée fatale, sans caisson de décompression, vu?

Quinquies: Mets tes boules Quies, ou je vais te crever les tympans! Je suis prénommé Aziz sur mon passeport, mais Sid Ali, je suis je, en voyage incognito dans le Royaume! Seulement une minute de plus à discuter marchand de tapis, une minute de plus perdue en salamalecs, une! et j'appelle sur son portable perso Sa Majesté, Commandeur des Croyants, un bon ami à moi! D'accord? Alors, tu me le modifies, mon retour, oui ou non, Jamal – j'a mal au cul?

— Monsieur, s'il vous plaît.

Ah ouais, c'est à oim. Et Jamal s'adresse spontanément à moi en français: j'ai l'air si peu bougnoule? Moi: sourire cheese, alors. Je suis Sid Ali-l'Ange, l'autre, en moi: le bon, le poli, le courtois, le patient, compréhensif et indulgent, l'honorable Dr Jekyll! Pas Mr Hyde.

Bon, Jamal, mon petit prince, je te dessine un mouton: je voudrais rentrer dès aujourd'hui sans entrer avec toi dans des considérations oiseuses ni m'abaisser à te donner des explications mensongères, voilà tout mon problème.

— Pouvez-vous me changer le retour, s'il vous plaît? J'aimerais rentrer dès aujourd'hui à Paris.

Quel problème?

— Oui, je vais voir ce que je peux faire pour vous, monsieur. Normalement…

— Oui, je sais, mais…

— Un instant, je vous prie.

Il pianote sur son clavier.

— Ah, il y a encore de la place en première sur le 16 h 10, via Casablanca. Si cela vous convient, je vous surclasses sans supplément.

Souffle coupé, Battling Sid ! Sonné, Muhammad Ali ! Le premier K-O de sa vie. La bonne vanne à sortir alors ne m'est venue que bien plus tard à l'esprit : « La première, je trouve ça vulgaire, mais je ferai une entorse à mes principes ! »

Je suis à la fois satisfait et gravement frustré : Jamal m'a volé ma scène. Je me plaindrai à la production : c'est pourtant moi, la star, non ?

Il me sticke le papillon adhésif modificatif sur mon billet : voilà, c'est fait.

— À votre service, monsieur. Heure limite d'enregistrement…

— Je n'ai pas de bagages.

— 15 h 30, en ce cas.

J'y serai dès 15 heures. Trop heureux de revoir mon pays, la France, dès ce soir. Paris ! Arrivée 22 h 20, heure locale. Parfait. Je serai au plume avant minuit. Plus jamais Marrakech ! On s'y ennuie. Je préfère Alger : au moins il y a des attentats et des massacres pour se distraire – non, je plaisante, là.

Ma parole, il en est Jamal ? Je lui plais. Tu me plais aussi, beau gosse. Tu portes bien l'uniforme. Impeccable, la chemisette blanche à épaulettes et la cravate rayée vert, rouge et or. Du polyester, bon, ils sont cheap chez RAM… Mais sexy, si si. Je te la ferais gratos, à toi, mais il n'y a pas moyen : décollage dans quatre heures et des poussières.

— Merci.

— Bon voyage, monsieur.

Ce n'est pas la vie, ça ? Ce n'est pas la vraie vie ?

— Taxi. Au Gueliz, à Gueliz.

Avec ou sans compteur, il aura ses 15 dirhams, celui-là.

Rabah vient de se réveiller.

— Bon, eh bien, voilà, Rabah, je me casse.

Rabah, d'un ton atone :

— Ah bon.

Encore très très benzodiazépiné, Rabah.

Je jette six talbins de 100 dirhams sur le plume et m'écrie :

— Tiens, ramasse ! Je ne suis pas cruel, je t'offre les deux premières pourlanes. Il n'y en aura pas trois pour oim dans ce bled pourri.

J'ouvre le placard d'une main, mon sac de voyage de l'autre *Le Maroc*, en « Que sais-je ? » ? Corbeille à papiers. Je sais tout sur le Maroc ! J'ai tout compris.

Je demande :

— Le Lacoste, là, c'est le tien ou le mien ?

— Ch'ai pas.

Je renifle.

— C'est le tien, il pue.

À la salle de bains, ensuite : rafle des rasoir, dentifrice, brosse à dents, kleenex, gels et crèmes de soins Nickel. Mais je lui laisse un fond d'antirides à moi : je ne suis pas chien, et il en a besoin plus que moi, Rabah.

Son portable sonne, dans la chambre. Tiens ! premier appel, depuis deux jours et demi que nous sommes à Marrakech... Une pouffe des Martyrs qui se languit du chéri ? Rien à.

Bon, eh bien, voilà. Dernier regard tourné vers La Mecque, dans le sens de la flèche.

— Tchao.

Personne à l'accueil du Gueliz : ça tombe bien, je n'aurai pas d'explication à donner.

Une masse de petits tirecons marronnasses beigeasses passent dans les deux sens, avenue Hassan-II. Hélons-en un vide.

— À l'aéroport.

Il n'est jamais que 2 heures et quelques ? J'attendrai... *Le chour et la nouit, ch'attendrrrai touchours, ton rrretour !* Dalida ! Pétasse ! Mitterrandienne pétasse ! Dalida en compile, maintenant, avec, stické sur le CD, le label *Raï* ! Si si, je vous jure, je l'ai vu, de mes yeux vu ! Maahaarketing ! Le coup d'après ? Ce sera France Gall ! Elle est *Raï*, France Gall, vous ne saviez pas ? Une bougnoule, ouais ! Algérie Gall ! *Sihi, m'haaman, sihi ! sihi, m'haaman, sihi ! m'haaman, sihi tu fvoy'hais maha vihie...* Ah ouais.

Je jette mon sac sur la banquette arrière et m'assois devant, en bon démocrate, citoyen du pays des Droits de l'homme. Et là : second K-O de la journée ! Le taxi a un compteur !

En état de marche ! Et dont, spontanément, le chauffeur tourne la clef ! Ah ouais. Je suis béni. Un hadj de retour du grand Pèlerinage, à n'en pas douter !

Aéroport. Combien, au compteur ? 38 dirhams au compteur, mesdames et messieurs ! Qui dit mieux ? Et quels voleurs, les autres ! Il risque de se faire lyncher par ses collègues, ce hadj, ce héros ! Tiens, je lui donne 200 dirhams ! Il n'en croit pas ses yeux. Mais si, mais si : avec moi, Sid Ali, comme avec Dieu, un bienfait sur terre est toujours récompensé.

Aérogare. Je dois rechanger la tune. Il est interdit d'exporter la devise royale marocaine. Mais qui voudrait garder les sousous de ces sous-sous-développés, je vous le demande ? Bon. C'est la carna dans un sens et la carna dans l'autre, le change. Comme à vélo : Piège-Bastonne-Piège ! *Et pas de commissions*, écrit Rimbaud ! Tu avais un peu trop tiré sur le pétard, Arthur, ce jour-là !

Zap – envol. Bien, la première classe RAM, mais, enfin, rien qui justifie une différence de 4 700 balles avec la classe Aff ! Avis de connaisseur. Et c'est du Mumm, aussi, en première.

Marrakech, Casablanca, Paris-Orly. Arrivée à l'heure dite.

Zap – taxi. Y en a un compteur, et qui y marche. La criante va approcher au bas mot les 35 sacs, mais, quoi ? vous me voyez prendre le RER ? Pas moi.

Très gentil, très charmant, le taximan : un bougnoule. Du déodorant Sapin pendu au rétroviseur, au lieu de deux ou trois versets du saint Coran. Je n'aime pas beaucoup l'odeur, mais cela dénote le respect du client, la volonté de bien faire. Je lui demande poliment si je peux fumer.

— Je vous en prie.

Je lui en offre une.

L'autoroute s'élève en pente douce vers un portique où s'inscrit en caractères lumineux *Fluide*. Fluide, la circulation, fluide, la nuit, fluide, la vie ! Fluide, ce bonheur qui me saisit soudain ! Une griserie, si légère... Je reviens ! *Douce France, cher pays de mon enfance...* La tour Eiffel illuminée, là-bas, vous ne me direz pas : c'est autre chose que la Koutoubia, non ?

Je lui demande s'il peut un peu monter le son, à la radio.

Joie ! C'est Bashung !

Éviter les péages
Jamais souffrir

Juste faire hennir
Les chevaux du plaisir...

Ah ouais, El-Baaashung ! Maximum respect.

Je suis le roi des scélérats
À qui sourit la vie...

Tu es vieux, tu es moche, Bash, je ne sais pas quelle est ta religion, si tu es coupé ou pas, mais, toi, je te la fais bateul ! Où tu veux, quand tu veux, comme tu veux, mon grand ! Capote ou pas, je te suce, tu me suces, je t'encule, tu me – comme t'y veux t'y choises !

Osez ! Osez ! Joséphine !

Le Périphérique. Sortie Aubervilliers. Puis la voie express où la malheureuse Malika, en se suicidant, a provoqué un accident effroyable, l'année dernière, vous vous souvenez ? Douze morts, elle non comptée, quinze ou seize blessés grave – non, je plaisantais.

Plus rien ne s'oppose à la nuit,
Rien ne justifie...

Les Poètes. Allée Mallarmé. Bloc 2. Entrée C. Combien, au compteur ? 348 ! Qu'est-ce que je disais, hein ?

Je tends un talbin vert, à l'effigie de Pierre et Marie Curie – maximum respect, la Polaque Prix Nobel, une immigrée comme nous.

— Gardez la monnaie et ne discutez pas !
— Vraiment ?
— Mais ouais.

« Nous sommes issus d'un peuple qui a beaucoup souffert. »

— Merci.

Fier, en plus, le chauffeur : juste un bref mais franc « merci ». Rien de plus. Net. Un homme, un vrai. Pas un à genoux… De l'honneur ! De la dignité !

— Bonne nuit.

— Bonne nuit.

Je suis le roi des scélérats,
À qui sourit la vie.

Paris déjà se vidait de ses habitants, et les Poètes, un peu, aussi. La fièvre du Mondial retombait déjà : nous allions retrouver dans les yeux du Blanc qui nous croise le mépris teinté de crainte habituel. Sous peu, ils ne verraient plus le Zizou en nous, mais le bougnoule éternel, qui pue sa race. Ninjas et rapaces, dans le métro, avaient été indulgents avec nous pendant huit jours... C'était fini. Les futurs Zizou étaient redevenus des beurs fraudeurs pris sur le fait.

Et qu'est-ce que j'allais pouvoir foutre de ma journée, putain ? L'antépénultième jour de juillet – le 29, quoi. Un mercredi. Ce qui ne changeait rien puisque je n'avais pas classe. Tapiner aux Martyrs, sur le trottoir en face du *Modern'*, ce dorme où Paul Smaïl fut gardien de nuit – il le raconte dans *Vivre me tue* ? Nahan. Pas envie. Pas en vie – trois mots. Vivre me tuait. Qu'est-ce que j'allais pouvoir branler de ma journée, putain, qu'est-ce que j'allais pouvoir foutre ? Zoner aux Halles ? Nahan, merci bien. M'offrir – cela faisait bien un an que je n'avais pas – une séance de suffocation jouissive sous sac plastique ? En chronométrant mon temps sur ma montre chronomètre garantie COSC ? Pas envie. Chaleur étouffante, accablante. Bouquiner tranquille, alors ? Impossible. Azzedine et Amina me cassaient les oreilles avec leur apoum apoum apoum cheutonk apoum à donf le ghetto-blaster : ce genre de gros radio-lecteur-laser à antenne, aux formes obscènement molles, du pourrave pourrave acheté – acheté ! je dis bien : les traditions se perdaient dans la famille B. – acheté en promo au supermarché *où la vie est moins chère* – ta mère ! Mais je n'avais pas le cœur à jouer les grands frères et à corriger ces pauvres gosses : ils attendaient de partir pour deux semaines, dans un camp à régime sévère, un peu plus au nord, encore, que le précédent : à Dunkerque. Dunhunkerque ! Il y aurait, semble-t-il, une plage à Dunhunkerque ! On doit l'apercevoir par temps clair, soit deux journées et demie par an. La mer allée avec le brouillard, le reste du temps – ah ! Rimbaud, toi, l'enfant de Charleville, mon frère ! *Encadrement renforcé* un peu plus renforcé encore que celui de l'année dernière, pour ces pauvres gosses. Les camps d'internement Chadli, sans les barbelés, certes, mais pas au bord de la Méditerranée : au bord de la Manche ! à la limite de la mer du Nord, plus très loin de l'Arctique ! Sans barbelés ni miradors, non, mais dans le froid et le crachin chtis, pauvres gosses ! Un camp de vacances à *encadrement renforcé* ! Putain ! Proportion d'enfants internés issus de l'immigration : 99,5 % – il y en a un dont la mère est belge de souche. Je ne suis pas poholitiquement cohorrect, mais je plaisante à peine. Pauvres gosses ! Je pouvais bien les laisser se shooter un dernier coup à l'apoum cheutonk, avant la déportation : les transistors, les blasters, les baladeurs, même, étaient interdits dans le camp ! Interdits ! Putain ! Rhnouchs à Betchine ! Papons ! Nazis ! SS !

J'avais le blues bleu foncé, nuance Billie Holiday. Je ruminais ma déception : les charmes de la vie marrakchi m'avaient échappé. Que tchi ! C'était comme dans Rimbaud : *les boutiques fanées, les boissons tiédies. Je me traînais dans les ruelles puantes et, les yeux fermés, je m'offrais au soleil, dieu de feu*. Ce que c'est beau ! Et vrai. Top du top, Rimbaud !

Je relus *Départ*.

> *Assez vu. La vision s'est rencontrée à tous les airs.*
> *Assez eu. Rumeur des villes, le soir, et au soleil,*
> *Et toujours.*
> *Assez connu. Les arrêts de la vie…*

Les arrêts de la vie ! Aux deux sens du mot *arrêt*. Je n'allai pas plus loin dans ma lecture. J'eus une idée : une passe de luxe aux Champs, après avoir jeté un coup d'œil aux Béhèmes.

J'ai enfilé mon futal blanc Aigle : il a une poche cargo sur la cuisse, parfaite pour y glisser Rimbaud en format poche.

ReRereu : le trajet habituel : changement aux Halles, descendre à Étoile-Charles-de-Gaulle, le temps de relire, en savourant, trois pages d'*Illuminations*.

Mais, sur les Champs, l'aïn ! Les vitrines du *showroom* BMW étaient recouvertes de grandes feuilles de papier blanc scotchées – *Vitrines en cours de réalisation. Entrée du showroom momentanément suspendue*. Avec les excuses bilingues, français et anglais, de la grande firme automobile bavaroise qui toujours s'efforce *de mieux satisfaire sa clientèle*. L'aïn ! Il y a des jours comme ça.

Bon. Je traverse l'avenue. Au Trouville ! (nota bene : j'ai changé le nom du rade pour ne pas avoir d'histoires.) En terrasse ? Nahan. Dedans, où les choses se passent, m'a conseillé Djebril-l'Archange.

Je m'assieds là. En voici un, de niché. Je vais le ferrer, Léo ! *C'est extra ! C'est extradaa ! C'est extraaaaa !*

Que je vous le décrive : costard noir Versace, ou Armani, ou Ermenegildo Zegna... Du rital reuch, en tout cas. Laine froide supercent et soie, poids plume. Une brique, minimum : plus c'est léger à porter, plus c'est lourd à payer. L'antenne naine du portable de luxe – on dirait, en caoutchouc noir, ce qui reste de petit doigt à la main mutilée de mon père – émerge d'une poche du pantalon. Polo noir en fil d'Écosse, à logo Hackett, bouton du haut déboutonné – c'est la détente ! c'est l'été. Pompes noires, de cuir grenu : requin chagrin, genre, et cousu main. Du british reuch reuch, si vous voulez mon avis. Lunettes noires identiques aux miennes : CK – et relevées à l'identique sur le front. Montre ? Swatch. Nul ! Le détail qui fout tout en l'air. Mais, bon, *nobody's perfect*, mis à part, unique exception, unique exemple, Sid Ali B. Moi, je porte une Officine Panerai, le chronographe des plongeurs du sabotage.

Plongée sabotage ? Z'y va.

Pède, l'homme en noir ? Indubitable. Revenu ? Quinze plaques par mois plus stock options, je dirais. Baisable ? Pas.

Du halouf engraissé au déjeuner d'affaires. La quarantaine, je dirais. Pas baisable mais enculable. Culasse ? Alliage d'aluminium... Non, n'importe quoi, Sid Ali. Ne pense plus aux Béhèmes, tu es là pour lever un chémi ! Le Trouville est le bon trou à tanches, parole de Dje. À l'heure de la détente du halouf, après son déjeuner tardif et arrosé au Fouquet's. Le showbiz pède imposé au taux maximum, c'est ici qu'il chasse. Et celui-ci chasse. Et chasse le beur, je dirais au feeling. La follasse amateur – trice – de beurs sait que sur les Champs, il y a toujours du halal premier choix, pas crade, pas puant trop des sketbas, ni sous les bras. La crème, la fleur de sel du tapin beur... Putain ! je suis inspiré aujourd'hui : c'est d'avoir relu Rimbaud dans le Rereu ?

Sid Ali, au loufiat :

— Une Absolut citron vert sur glace.

Besoin d'une vodka pour me donner du foie. Le miché en puissance me mate sans retenue maintenant. Oui, chéri. Ce n'est pas mon futal en polycoton blanc traité ripstop Aigle qui arobase ton regard, c'est ce qu'il y a dedans. Je vais la lui jouer tapin de chez Tapin, Tapin, Tapin & Associés. Migoguenard mi-bouche-en-cul-de-poule, comme Dje m'a appris – l'air de dire, muet : Tu es trop mignon, toi ! tu me plais, il faut que je t'encule à cru. Carpaccio !

Il a commandé lui aussi une Absolut citron vert. Message reçu cinq sur cinq. Réponse : donne suite.

Le bel animal beur est doué de parole, il ne communique pas que par mimiques : Sid Ali dit alors, entre haut et bas et ses dents d'un ivoire éclatant « Très très près, ha ha ! » :

— Je te plais ?

— Oui, répond posément l'habitué trou du cul du Trouville. Moi, sans m'affoler :

— Je connais une maison de passe, là, rue Balzac.

Lui :

— Bon. S'il y a des salles de bains avec baignoire.

Vous, lecteur candide, à ma place, vous auriez répondu :

— Ah ? vous aimez prendre un bain après la chose, pas seulement une douche.

Sid Ali, lui, en professionnel accompli, réplique sur un ton détaché :

— Ah bon, tu veux que je te pisse dessus.

Et pas de point d'interrogation, hein. Non, affirmatif. Tu connais la question à fond, tu sais deviner les perversions du client, et les satisfaire. Tu es un homme, un vrai. *Trajectoire anticipée par ordinateur*, comme sur les BMW.

D'ailleurs :

— Tu as tout compris, me dit-il, dans un discret soupir de soulagement et de contentement anticipé.

Je suis le Zidane du tapin : petit pont, tir au but, but ! Je vous étonnerai toujours. Je m'assieds à son guéridon, en laissant mon verre vidé sur celui que je viens de quitter, mais en lui apportant la note – toc. Et, puisqu'il veut que je lui pisse dessus, service service, le client est roi, je commande un formidable de Leffe pression, plus une grande San Pellegrino : c'est ce qu'il y a de plus diurétique : qu'il en ait pour son artiche, le miché. D'autant que je vais la lui faire Tarif C : nuit, dimanche, banlieue, retour à vide, pour les taxis. *And I am a taxiboy – yeah.* Je n'ai jamais pratiqué la passe-pisse, mais Dje m'a mis au parfum – c'est le cas de le dire ! En fait, pour toi, le tapin, la passe-pisse, c'est ce qu'il y a de moins chiant – c'est le cas de le dire aussi ! Tu es le dominateur, et sans l'obligation contractuelle de bander. Pas bésef, tout bénef. Le maximum syndical, je vais lui demander, à ce halouf. Au racket, le polo noir Hackett !

Il a l'habitude de la négo tapin, cela dit. C'est lui qui aborde le sujet, franc jeu :

— Combien ?

Je lui fais, timide :

— Cinq cents.

Il n'en croit pas ses oreilles. Attends la suite, chéri, que je te gaze – le heb-heb de Sid Ali-le-Djez, la terreur. La bouche en cul de poule se fait sourire ouistiti sexe, de pute :

— Je compte en eurodollars. La clientèle est internationale dans le quartier, c'est plus simple. Et euros ou dollars, kif : j'arrondis à 3 500… 3 500 francs. Je ne vous compte pas le supplément spécialité.

— Ah, celle-là, on me l'avait pas encore faite ! se récrie le halouf, stupéfait. Tu devrais faire de la télé, toi. Je peux te donner un coup de main, j'y bosse.

Ah ouais. Ils disent tous ça. Ou alors, qu'ils sont dans le cinéma… Putain, Cannes ! Le grand escalier, moi, Sid Ali, au bras d'Isa ! C'est nous qu'on est les stars, les Djez, et on vous fait le doigt « fuck you », Adjani et moi, Sid Ali ! Mais, je m'égare. Je ne suis plus dans la partie. Break. Je le nargue, mais en demi-teinte.

Lui, insiste :

— Je bosse à TF2.

(Nota bene : comme j'ai écrit *Trouville*, j'écris ici TF2, pour ne pas m'attirer plus d'ennuis : procès pour diffa, et le toutim – j'ai assez de soucis comme ça. Trois assassinats sur le dos, mon baveux qui me taxera sans doute un maxi pour ce dont je suis accusé, sans compter les frais – trois allers-retours par mois Paris-Lisbonne, en classe Aff, je ne vous fais pas le dessin. Après, il n'aura plus qu'à se ressourcer dans le luxe absolu du dépouillement de son ksar, à Marrakech. Ah ouais, je ne vous avais pas dit : mon avocat, c'est lui ! pour que mon humiliation soit complète. Mais il a offert spontanément de me défendre, et il m'a parlé de rédemption. Un musulman n'en a pas la notion, lui ai-je répondu, à tout hasard. En vérité, je n'en sais rien. Je n'ai pas assez étudié la question. Il est très correct avec moi, je dois l'avouer. La première chose qu'il m'ait dite, c'est qu'il n'était pas là pour me juger mais me défendre ; que je n'avais pas à me justifier devant lui. De quoi que ce soit. Moi, je lui ai demandé des nouvelles de Zoé, Silvestre et Balthasar. Ça l'a beaucoup ému, que je me sois rappelé leurs prénoms, trois ans après que ma chère amie Djamila… J'ai été très bon sur le coup. Mais à supposer que je vende bingo jackpot mes mémoires à un éditeur, ou, mieux, à un *big producer*, une major d'Hollywood, j'aurai encore tout juste assez pour lui payer ses honoraires, j'imagine. D'un autre côté, je peux me dire que j'ai pour avocat l'avocat des stars originaires du Maghreb, et dans tous les domaines : sport, fashion, movies, top modeling, rock'n'raï… Et *serial killing,* à présent, avec moi, l'artiste.)

Bon. Où j'en étais ? Ah ouais. Les présentations : miché-tapin, tapin-miché… Matin chipé… Machin typé… Les mots, les mots, les mots ! *Words ! Words ! Words !* Putain, je suis pété. Le tapin est pété. L'Absolut plus le formidable de Leffe Abbaye 5,5° ! Ah, et les cinquante centilitres de bière plus les trois quarts de litre de San Pellegrino commencent à faire leur effet explosif sur ma vessie. Mais il faut que je me retienne : pour la *golden shower*. C'est le terme technique, ouais. Dje me l'a appris. Je traduis : la douche dorée. L'argot de notre métier est envahi par l'anglais. Comme tous les autres argots.

Maintenant que j'ai avalé tout ce liquide, que je lui dise mon nom, au halouf en polo noir Hackett :

— Abdelhaq.

Le serviteur de la Vérité. Et j'arrache le *h* du fond de ma gorge pour sonner plus véridique.

— Moi, c'est…

— Attends, laisse-moi deviner. Jean-Quelque-chose. Jean-François ?

— Presque !… Jean-René.

Sid Ali, badin :

— Je vous demande pas vos papiers, hein. Je vérifie pas.

Lui :

— Dis donc, le jour où tu monteras sur les planches, toi, Jamel n'aura plus qu'à courir s'inscrire à l'ANPE !

Je lui joue modeste le plan suivant :

— Moi, faire saltimbanque, ça ne me dit rien. Journaliste, je veux faire. Présenter le JT, par exemple, ça m'irait. Ou animer une fois par semaine un grand débat en *prime time.*

Lui, à peine ironique :

— Tu as frappé à la bonne porte... Il faut que tu viennes me voir au bureau, un soir. On verra ce qu'on peut faire.

Ah ouais. C'est du lard ou du halouf ? Un affabulateur, le Jean-René ? Je devrais pousser un peu plus mon pion, mais ma vessie dit : non ! fissa le Détente Balzac. Bahalzac ! Stendahal ! Flauhaubert ! Prouhoust !

Je me lève, je lui fais signe de payer les consos que je vais lui reverser illico recyclées filtrées par mes reins de rebeu, à l'uro. Je fais :

— Bon, z'y va.

Il est toujours bon d'ajouter une touche exotique couleur locale avec le cli amateur de beurs.

Mais il monte au filet :

— Labès !

Smash. Putain, ce con, il a bien écouté Jamel Debbouze, il a retenu le vocabulaire de base beur. Balek, Sid Ali !

Nous traversons l'avenue. Pas un roadster Béhème en vue ! Les Champs ni la nostalgie ne sont plus ce qu'ils étaient ! Pas le moindre coupé décapoté ! Et oim, j'ai mes capotes ? Mais, je suis nul : pipi, pas capote ! Au contraire. C'est que je n'ai pas l'habitude, mes chéris, voilà tout. Et que je suis pété à l'Absolut et à la Leffe. Je dois me ressaisir ou: sortie de route. Et pas de correction de trajectoire assistée par ordinateur sur la SAB – Sid Ali B. Putain, ce que je peux déconner. Borderline, là! On se calme. C'est juste ce besoin de pisser. On y va de ce pas.

Eh bien, nous voici rue Balzac, dans la cour de l'immeuble, sonnant à l'entrée du Détente.

Oui, ils ont des chambres avec salle de bains, et des salles de bains avec grande baignoire. Non, le portier qui était, comme à ma première visite avec un autre Jean-Foutre, plongé dans *Paris-Turf*, ne m'a pas reconnu – c'était ma seule crainte: *Nul si découvert*. Nahan, gagné!

Le décor m'est connu: velours jaune au mur, rideaux à chichiteux pompons cuculs et dessus-de-lit à capitons boutonnés, ma chère, en satin rose.

La paie? Je fais à Jean-René le signe habituel: je froisse d'imaginaires talbins dans le vide.

— Tiens, c'est des francs, je m'excuse, je n'ai pas d'euros sur moi, plaisante le spirituel uro.

Il me tend six Curie – on marche aussi au schwarz, à TF2? Mimique de Sid Ali, l'index levé proche du «fuck you»: il en manque un.

— Ah oui, dit-il.

Il s'exécute sans discuter: deux Eiffel, un Cézanne.

Le Jean-René n'a pas de temps à perdre: immédiatement désapé et allongé dans la baignoire vide. C'était encore plus urgent pour lui que pour moi, apparemment.

Moi:

— Tu me veux loilpé, ou juste baissé culotte?

— Baissé culotte suffit.

C'est du dialogue comme j'aime: à l'américaine: pas de temps morts: au fait. Il commence à se branler vigoureusement, l'incirconcis. Je baisse mon froc et, debout, genoux contre le rebord de la baignoire, je commence, moi, à lui pisser dessus – un jet dru.

— C'est bon, c'est bon, c'est bon ! balbutie-t-il, exalté.

Quand son portable, dans la chambre, se met à sonner : toccata de Bach synthétisée, avec crescendo de sonnerie en sonnerie.

— Putain merde ! s'écrie-t-il.

Et tout ruisselant d'urine sidalique, il se redresse, sort de la baignoire, et court, nu comme l'a fait sa mère, et aussi luisant qu'à sa naissance, prendre la communication dans la chambre.

Moi, discret, bien élevé, vous me connaissez, je reste dans la salle de bain. Je m'assieds sur la cuvette du chiave après avoir soigneusement essuyé la lunette avec une lingette antiseptique : j'en ai toujours sur moi, au travail. Et on ne sait jamais les saloperies qu'on peut attraper dans une maison de passe balzacienne – bravo, Sid Ali, tu le tiens, ton sketch ! Enfoncé, Jamel Debbouze ! Le halouf l'avait prédit.

J'attends. J'attends que monsieur veuille bien... J'entends tout ce qu'il dit : il a laissé la porte ouverte, et il est colère, Jean-René. Il faut le comprendre, cela dit : devoir parler affaires couvert de pipi, et du pipi de rabza, en plus ! Il doit se sentir en état d'infériorité envers l'interlocuteur.

Mais il ne se laisse pas intimider pour si peu. Il tonne :

— Écoute, putain, merde, tu fais chier à la fin... Je t'ai dit que je te rappelais à cinq heures... Ça peut attendre jusqu'à cinq heures, non ?.... Non, il est cinq heures moins le quart ! Et ce n'est pas en cinq minutes au téléphone qu'on va régler une question que personne n'a réussi à régler en cinq ans... Le « Treize heures », c'est pourri, point. Pourri ! On a... on a... Non, laisse-moi parler... On a tout essayé !

Tout ! Du Mémère et Mimile, du strass et paillettes... À un, à deux anchors... Du chabadabada... Un homme et une femme, je veux dire, putain, tu es bouché au mastic aujourd'hui !.... Ouais. On a tout essayé ! Décor à la *Star Trek*, décor glamour de remise des oscars au Chinese Theater, décor tristoune genre studio de la RDA-Fernsehen, décor bonne franquette, faites comme chez vous, charentaises, nappes et rideaux en vichy... Bon. On s'est plantés, on s'est plantés ! C'était pas une question de décor ni de tranche, c'est qu'on a toujours des nuls de chez nul pour présenter. D'accord ?.... D'accord, Jean-François ? Je te pose une question, Jean-François... Bon, d'accord. Alors quoi, maintenant ? On débauche qui ? On pique qui à la concurrence ? Qu'est-ce que tu veux ? Deux follasses, pour changer un peu ? Bruno et Hervé, avec les calembours foireux de l'un et le cul coincé de l'autre pour équilibrer ? Alors qui ? Rachid et une Antillaise qui zozote pour faire ethnique ta mère, et tomber un peu plus l'audimat ?.... Une pétasse en string et teeshirt mouillé avec un Monsieur Muscle nu-torse ? C'est ça que tu veux ? Ou du compassionnel ? Une naine et un mucoviscido en fauteuil roulant ?.... Du talentueux, nous n'avons pas ça au catalogue. C'est le chic. Alors qui... ? Qui ? Qui, tu dis ? Putain, là, j'y crois pas ! William et... ? Ah non !.... Patrice a dit ça ? « Les Ringards, le Retour », alors ! Toujours plus bas ! c'est la devise de la maison. Quand tu touches le fond de la piscine, tu creuses encore : il y a l'égout, en dessous. Et c'est pour me dire ça, en fait, que tu m'appelais ?.... Bon, écoute, Jean-François, j'ai pas que ça à, je raccroche, là, je suis occupé, je te rappelle.

Il allait prendre froid, le chémi chéri, me disais-je, compatissant. Puis, dédaigneux : putain, ces taches de la téloche à 15 plaques par mois plus stock options, ils sont aussi grossiers que les potes de nos cités, moins les circonstances atténuantes qu'ont les fils d'immigrés – « Nous sommes issus d'un peuple qui a beaucoup souffert ». Je me disais en mon for intérieur, moi, Sid Ali, que j'aurais honte de m'exprimer ainsi, porte ouverte, devant un beur de banlieue. Et de payer 350 sacs pour me faire pisser dessus par un beur de banlieue ! Putain ! Les citéens ont plus de dignité ! Je disais les *citéens* – un néologisme de mon invention, breveté SAB-Gesellschaft. Pour distinguer de *citadins*, et de *citoyens*. *Citéen* : habitant d'une cité sensible en banlieue. La définition pour une prochaine édition du Petit Robert. Avec, à l'appui, citation tirée de l'œuvre de Sid Ali B. Je devrais déposer *citéen*. Exiger de ceux qui utiliseront le mot après moi qu'ils le fassent suivre du R cerclé, le symbole pour *Registered trademark*. Comme sur les fibres et les matières nouvelles. Citéen® ! Ah ouais. Et qu'on me paie des droits ! Ah ouais. Un maximum, enculés ! Citéen, vous avez dit ? À la caisse ! Bingo ! Jackpot.

Je suis un génie méconnu, enculés ! QI 137 à onze ans ! Mais, à force d'exercer mon intelligence, je ne dois plus me trouver très loin de la limite supérieure : Einstein : QI 144 ! Un rabzouille peut faire aussi bien qu'un Feuj ! Tiens, pourquoi est-ce qu'on écrit *Feuj* avec une majuscule et pas *rabza*, pas *rebeu*, pas *beur*, pas *bougnoule* ? La culpabilité, peut-être ? Une conséquence de la Shoah ? Autrefois, on écrivait les *Arabes, A* majuscule, et les *juifs, j* minuscule ? Aujourd'hui : les *beurs, b* minuscule, mais les *Feujs, F* majuscule ! Chelou ! La culpabilité ? Auschwitz ? Les six millions de morts ? Mais nous sommes, les uns et les autres, des Sémites, hein, circoncis pareil, halal ou casher, pareil... Nous sommes, les uns et les autres, la descendance d'Ibrahim, alias Abraham. Seulement, Sarah, la snob, la juive, ne voulait pas que son fils chéri, Ishak – pardon : Isaac ; j'écris comme je prononce, avec le sale accent beur des cités !.... Sarah ne voulait pas que son fils Isaac joue avec son demi-frère, Ismaïl. De la racaille, le fils d'Agar, la malheureuse Agar, la boniche que Abraham couchait avec parce que Sarah, sa légitime, hein... Et Ismaïl, qui prononçait son nom comme ils prononcent dans les cités sensibles du 93, en mangeant le *I* initial : 'Smaïl, c'était un lascar, un pas comme il faut, le petit 'Smail ! Pas question de le laisser jouer avec son demi-frère Isaac, qui irait, lui, dans un bon collège, puis un lycée chic ! Et après, ce serait l'ENA, ou un Master à Harvard, Isaac, ce chéri ! Non, mais ! Qu'elle te les a jetés, Sarah, la snob, qu'elle te les a lourdés comme des malpropres, la pauvre Agar et son fils Ismaïl ! Chassés au désert ! Allez, dehors, la descendance d'Abraham et d'Agar ! Vous vivrez sous la tente, dans des conditions précaires, des cités de transit, du provisoire qui dure, à la dure, pas d'eau courante, sans papiers ni papier cul, derrière des barbelés, dans des camps pour Palestiniens !.... Putain ! j'ai la haine ! j'ai la haine ! Intifada fissa ! Intifada ! Intifada ! Les chrétiens vous ont persécutés, ces fils de chiens ? Et les nazis, ces païens, vous ont exterminés ? C'est un fait. Un fait abominable, atroce ! Mais nous, les Croyants ? En dehors de vous avoir fait payer la *dîma* : la dîme – le dixième, 10 % de vos revenus seulement ! 10 % en échange de la protection de vos biens, de votre sécurité, et du droit à vous concédé à perpétuité de pratiquer votre religion comme bon vous semble, et d'enterrer vos morts selon votre rite... Putain !

10 % de vos revenus seulement ! Moitié moins que la TVA ! Et c'est comme cela que vous nous remerciez ? On pue trop notre race, les enfants d'Abraham et d'Agar ? Salopards ! Snobs ! Les chrétiens sont antisémites, les nazis sont antisémites, mais, nous, nous sommes des Sémites comme vous, non ?

Je lisais Rimbaud tranquillement... Enfin, je faisais semblant. *La réalité étant trop épineuse pour mon grand caractère*... Il a eu l'air un peu étonné, en me voyant assis sur la cuvette, à bouquiner tranquillement, le Jean-René. Il frissonnait : si chaude que soit la pisse d'un pisseur au sang chaud, elle finit par refroidir. Il a jeté un œil à sa Swatch, qu'il avait laissée sur le porte-savon de la baignoire. Nahan, je ne la lui avais pas chourée, sa Swatch : j'ai ma dignité. Une Swatch ! Qu'est-ce que je dis, une Swatch ? Pas même une Swatch : une montre publicitaire TF2 en plastoc ! Meskine ! La montre-cadeau qu'ils offrent aux taches des banlieues non sensibles qui font la claque dans leurs shows en prime time le samedi soir ! J'aurais trop la honte, de porter un pareil machin au poignet. Et à négo dans la cité, le gadget : zéro ! Les banlieues sensibles sont d'une grande sensibilité, d'une grande susceptibilité : pas de gadgets publicitaires, pas de produits promo télé. Ça dévalue trop ton image perso. Nous n'appartenons pas à la classe ouvrière. Nous nous sommes élevés au-dessus de la condition de nos pères, nous.

Jean-René m'a fait, rassuré :

— C'est quoi ton prénom déjà ? Ali ? Ahmed ?

— Abdelhaq ! Il n'y a pas que des Ali et des Ahmed : il y a des Zinedine, aussi, il y a des Nagui, il y a des Jamel !

Léger malaise, fugitive inquiétude dans le regard du miché qui pue. Je lui fais le sourire ami-ami – à Miami. Tiens ! il vaut bien les calembours foireux de cette grande furieuse de Bruno, celui-là.

— Je n'en ai plus envie, constate piteusement Jean-Renul. Ce connard m'a fait débander. J'aurais mieux fait de laisser sonner. Je ne sais pas pourquoi, j'ai oublié de renvoyer sur ma messagerie vocale.

Sid Ali :

— Ah ouais, mais moi, j'ai encore besoin de pisser. Autant que ce soit sur toi. C'est idiot de gaspiller.

Gazé ! Gagné ! Je le fais marrer.

— Tu serais très bon, à la télé, me dit-il.

Bis ! Ouais. C'est ça. Et les séances pipi au bureau – après l'émission, la miction – seraient facturées à TF 2 ? Pas question ! Et de toute manière, je n'en veux pas de leur « Treize heures ». Que ce soit en solo ou en chabadabada avec Djamila, devant un décor à la *Alf Layla wa Layla – Les Mille et Une Nuits* ! putain, il faut tout vous traduire... Je n'en voudrais pas pour un empire, de leur « Treize heures ». Je veux le « Vingt heures ». Sid Ali, c'est le « Vingt heures » ou rien. *Parce que je le vaux bien*.

Je la lui joue plus que modeste :

— Non, vraiment, merci, ça ne me tente pas.

Il se marre derechef. Mais me dit :

— Bon. Maintenant, sois gentil, Abd... el...

— ... haq ! Abdelhaq ! Avec un q.

— Sois gentil, Abdelhaq, tu me laisses. Je voudrais prendre une douche. Et j'aime prendre ma douche seul.

Ah ouais. Si la douche n'est pas dorée, il la veut solitaire, ce snob. Mais c'est vrai qu'il chlingue la vielle tasse, pire que les chiaves turcs des rades crades de Marrakech ! La douche ne sera pas de luxe, la minisavonette ne sera pas de trop. Putain, c'est vraiment des dégueux, les Blancs européens ! Aucune hygiène ! Quand nous avions déjà des hammams à tous les coins de rue des plus misérables médinas, ces haloufs de roumis se lavaient deux ou trois fois dans leur existence. Voyez leur grand Roi-Soleil, Louis XIV : il n'a pris que deux bains dans sa vie, qui fut pourtant longue ! À Cordoue, au temps d'Averroès, il y avait plus de mille bains publics ! À Bagdad, au temps d'Haroun-al-Rachid, il y avait déjà le tout-à-l'égout... À Versailles, c'était l'horreur ! Aussi dégueu que la piscine de la Mamounia. Beuheurq !

Mais je vais la lui jouer offensé, tiens ! qu'il flippe un peu, le Jean-Fétide, de TF 2. Avec le vouvoiement blessant, en prime, pour lui mettre les points sur les i comme dans pipi :

— Fastoche ! Vous n'avez plus besoin de moi : vous me jetez kleenex, plan social, dégraissage, Vilvorde... Mais je euh suis un homme, hein.

— Mais oui mais non, Abdel..., fait-il, confus. Non, je...

— Eh bien, moi non plus, je n'ai plus besoin de vous, figurez-vous.

Je ressors de la salle de bains en refermant la porte dignement, doucement, sans la claquer – on n'est pas dans une sitcom. Je la lui joue celui qui en a rien à.

Dans la chambre, j'avise son portable, posé sur la petite table – ça assonne, ça rime intérieurement : *portable, table*. Ouili ouili, le portable ! Du cellulaire satellitaire de luxe : un Ericsson – *Le monde entier dans votre main*. Je vais le lui chourer. Ouais, mais le monde entier est souillé de pisse. Je saisis un coin du rideau au moyen duquel je peux l'essuyer sans le toucher à main nue, avant d'y toucher.

Puis fissa dehors. De toute manière, je sais que c'est une connerie de tirer un portable : on se fait tout de suite repérer par les relais, si on l'utilise ; les rhnouchs n'ont plus qu'à venir cueillir en douceur l'imprudent localisé pendant qu'il tchatchait, aux frais du dépouillé, croyait-il, ce nul. Et de toute manière, je n'ai personne qui appeler. J'ai le monde entier dans ma main et je suis seul au monde. Que j'appelle Rabah à Marrakech, s'il y est toujours ? Coucou, c'est moi ! je t'aime encore, rien n'est fini entre nous – *Je rrreviens te chiercher, trrremblant comme une jeune marrriée... !* Que tchi !

Non, j'ai chouré le portable uniquement pour le sport, entretenir ma forme, garder la souplesse du poignet. Le luxe absolu de la pouillave : je le jetterai dans la première poubelle venue, son cellulaire satellitaire, à ce grossier personnage qui n'avait plus besoin de moi. Je lui avais assez pissé dessus. Tu l'as dit tu l'as.

Je fais quelques pas dans la rue Balzac. C'est trop tentant : j'appuie sur la touche qui fait défiler noms et numéros enregistrés. Le premier nom qui s'inscrit sur l'écran, putain : *Nagui*. Son numéro de portable perso : 06 et le tremblement. Ouoh, je l'appelle ! 'Llah ! Où qu'il soit en vacances, l'enfoiré ! À Marrakech, à Marbella, à Saint-Tropez... Allô ? C'est Sid Ali. Tu n'as pas reconnu ma voix ? Je t'étonnerai toujours !

Nahan. Rien à, Nagui ! Qu'il aille se, comme Rabah ! Je vous emmerde. Je vous emmerde tous, chulés !

Il y a une poubelle, là : toc, poubelle, le portable. *Le monde entier dans votre main !* Le monde entier : poubelle !

L'autre nuit, j'y ai repensé : la gueule qu'a dû faire Jean-René en voyant le portrait-robot du tueur présumé, je veux dire le dernier des portraits-robots, celui qui me ressemblait assez pour qu'on puisse m'identifier, en ouverture de son « Treize heures » pourri. Oh putain merde ! le beur qui m'a pissé dessus pour 3 500 balles ! Ce fils de pute qui m'a taxé mon portable avec tous les numéros des vedettes en mémoire ! Je l'ai échappé belle. Il aurait pu m'assassiner. Quel bol, j'ai eu ! Fini, le Trouville ! Finies, les séances pipi ! Tant pis ! Qu'est-ce qu'elle raconte, la pétasse qui présente mon « Treize heures » pourri ? Que les psys diagnostiquent chez le présumé coupable une misogynie fondamentale ? Ah bon, je respire. Je ne risquais rien, alors. Mais impossible de déposer au commissariat. « Et peut-on savoir, cher monsieur, ce que vous faisiez en compagnie de ce jeune et beau voyou de type méditerranéen dans une salle de bains du Détente Balzac ? »... Ni d'en parler à quiconque dans la maison. « Et dans la salle de bains, il te lisait du Rimbaud, Jean-René ? Les *Illuminations* ? Ah bon ? Ce beur n'était pas un illettré ? De plus en plus louche ! »

Ce fut mon dernier miché. Fin de la carrière d'un débauché. Mes premiers pas dans le crime, maintenant.

Putain, Sid Ali, si tu cessais un instant de te la jouer. Où est la gomme ?

Plus rien ne s'oppose à la nuit,
Rien ne justifie...

J'ai mal. La bouffe qu'on nous donne ici me donne la chiasse.

— Yema ! Yema !

J'ai mal.

Pourtant, tiens ! je l'imaginais très bien le grand papier à la gloire de la nouvelle star du petit écran, Sid Ali. Je le voyais écrit, le grand papier retraçant ma carrière foudroyante, de Canal + à France 2. Sid Ali devenu le plus dangereux concurrent de PPDA ! Sid Ali pulvérisant tous les records d'audience ! Sid Ali écrabouillant PPDA ! PPDA s'inclinant devant Sid Ali ! PPDA jetant l'éponge ! Le titre TF 1 chutant vertigineusement en bourse ! La fin de TF 1 ! France 2 et le service public reposant désormais sur les seules épaules de Sid Ali ! Le service public ! Ah ouais.

Et pas dans *Pote à Pote*, le journal des banlieues, le grand papier ! *Chronique d'une victoire annoncée !* Nahan ! Dans *Les Inrocks*... Nahan ! Mieux que ça ! Dans *Le Monde* ! Voilà ! Dans *Le Monde* ! Une page entière dans *Le Monde* ! Putain. C'est ma mère qui sera fière. Mon fils ! Mon fils à moi ! *Le Monde* titre : *Sid Ali le Magnifique*. Et pas de tiret entre *Sid* et *Ali*, hein ! Comme il faut.

SID ALI le MAGNIFIQUE

Sid Ali. De deux prénoms, il s'est fait un nom. Il a laissé tomber l'énigmatique B. de ses débuts, l'initiale de son nom. « *Je ne suis pas un rapeur, et je n'ai rien à voir avec Agnès B* », sourit-il. (Ah ouais : *sourit-il*. Très utilisé dans la presse. Ça rendait folle Mme Rénal, *sourit-il*. « Ce n'est pas un verbe locutif, *sourire*, on ne peut pas en faire une incise du discours ! On peut dire : *dit-il, déclare-t-il, s'écrie-t-il, s'exclame-t-il, murmure-t-il*, on peut dire à la rigueur *fait-il* ; on peut très bien dire : *dit-il en souriant*, oui, mais pas *sourit-il*, pitié ! ») Et ses débuts, Sid Ali ? Il y a un mois seulement ! Jamais nous n'aurons vu ascension plus fulgurante au petit écran. Mais Sid Ali dope l'audience. Sa seule présence, c'est 30 % de parts de marché en plus ! « *Point final*, sourit-il. *Je suis une marchandise*. » Et c'est ce mélange d'insolence et de lucidité qui fait tout son succès. Enfoncé, le phénomène Djamila de l'hiver dernier sur une chaîne concurrente, la grande chaîne privée. Djamila a déjà été zappée du JT par la direction et fait, depuis, des ménages sur LCI. (Ah ouais. Des ménages au sens strict du mot, pas au sens figuré.) Sid Ali débutait sur Canal +, à la rentrée. Quinze jours plus tard, le service public l'arrachait à la chaîne cryptée.

Tu l'as dit tu l'as !

« *J'étais conscient de l'enjeu. J'ai voulu avoir une démarche citoyenne. Les responsabilités sont plus grandes sur le service public. Fini de faire le guignol, je me suis dit. Et eux me voulaient coûte que coûte, tu l'as dit tu l'as* », sourit Sid Ali. « *Tu l'as dit tu l'as*. » Son gimmick. Dans les cours d'école, dans le bus et le métro, au bureau devant la machine à café, tout le monde reprend en chœur son « *Tu l'as dit tu l'as* ». C'est devenu la scie nationale. Le bruit court que M. Jospin se serait lâché mercredi dernier en conseil des ministres et, après que le président de la République a eu parlé, lui aurait répliqué : « *Tu l'as dit tu l'as*. » L'Élysée et Matignon ont démenti d'un commun accord. *Tu l'as dit tu l'as* sera sous peu un tube aussi: Zebda enregistre le titre ces jours-ci. Les beurs sont fous de Sid Ali. Et les beurettes en sont encore plus folles. Trois gardes du corps veillent désormais jour et nuit sur la sécurité de la star: trois potes de sa cité des Poètes. «*Mon fan club me fait beaucoup plus peur que les tueurs du GIA manipulés par les services secrets algériens,* sourit-il. *Je sais qu'il y a un contrat Betchine sur moi, mais je crains beaucoup plus l'hystérie des faouas!*»

(N.d.l.R.: *Faouas*: jeunes et jolies jeunes filles des cités de banlieue. Mohammed Betchine: l'homme fort du régime Lamine Zeroual, le ministre-conseiller du président algérien.)

Le prix du talent

«*Coûte que coûte. Tu l'as dit tu l'as!*» Le transfert le plus cher de l'histoire de l'audiovisuel. La Cour des comptes a certes un peu toussé au vu du cachet de Sid Ali et des avantages que lui a consentis France-Télévision, jugés *exorbitants du droit commun.* Mais Mme Catherine Trautmann, ministre de la Culture, a dit oui, et contresigné. «*C'est le prix du talent.*» Et depuis la victoire historique du 12 juillet, Sid Ali est, avec Zinedine Zidane, la meilleure chance qui soit arrivée à la France. Le ton Sid Ali, son insolence, son élégance aussi.

Le voici sur le plateau, trente secondes avant l'antenne: très calme, très pro, animal à sang froid mais à la sensualité à fleur de peau, au sourire ravageur, une moue à la fois enfantine et carnassière. Très détendu, Sid Ali! Qui pourrait croire que c'est, ce soir, son dixième JT seulement. Qu'il a commencé un lundi, la semaine dernière? Il a déjà le métier d'un PPDA. La jeunesse, le charme et le naturel en plus. Très chic, Sid Ali. Strict costume noir signé Hedi Slimane, l'étoile montante de la mode : Yves Saint Laurent vient de lui confier sa ligne hommes. « *Hedi ? un Maghrébin comme moi, et un ami* », sourit Sid Ali. Montre Officine Panerai, la montre de Bruce Willis et des missions suicide en apnée. Lunettes Occhiali Armani. « *Les verres ne sont pas correcteurs,* sourit-il. *Du verre blanc ordinaire antireflet. Je les porte uniquement pour me donner un peu d'assise, le sérieux nécessaire pour présenter le "Vingt heures"*, sourit Sid Ali. *L'effet ! Les faouas adooorent !* « Les faouas adorent également son piercing de luxe : le diamant d'un carat et demi qu'il s'est fait incruster par Cartier à la commissure gauche des lèvres. « *Pour souligner l'éclatante ironie de mon sourire* », sourit, pince-sans-rire, Sid Ali. Et ce détail touchant : aux pieds, mais cela ne se voit pas à l'écran – « *interdiction absolue de cadrer sous la table* », sourit-il –, Sid Ali a gardé ses « *vieilles Nike pourraves* », aux lacets dénoués. La star beure de l'audimat garde les pieds sur terre, bien dans ses baskets, et rend ainsi chaque soir un secret hommage aux potes de sa cité des Poètes (93). Sid Ali n'a pas oublié d'où il vient.

« Est-ce que je pue, monsieur le Président ? »

Dans quinze secondes, l'antenne. Sid Ali paraît toujours aussi décontracté. Auprès de lui, l'invité, le président de la République, a son sourire crispé des mauvais jours et dissimule mal son impatience. Il sait que la veille au soir, sur ce même plateau, Sid Ali a, comme il le dit dans son langage imagé des cités « *gazé en direct* » M. Chevènement. (N.d.l.R. : *gazé* ne semble pas, dans cette acception, faire allusion aux chambres à gaz. Il s'agit d'une expression sans connotation antisémite particulière, très populaire chez les jeunes des quartiers difficiles. À cet égard, la protestation qu'ont élevée conjointement le Mrap et la Licra contre l'usage intensif que fait de ce mot Sid Ali pourra sembler quelque peu excessive. Notons, d'ailleurs, que dans l'argot du titi parigot des années 1930, donc avant la Shoah, une gaze était une moquerie appuyée, une remarque cruelle. Gazer dans le sens où les gamins des cités emploient ce mot vient probablement de là.)

Harcelé de questions précises sur les mesures prises à l'encontre des sans-papiers, submergé par le flot de la «*tchatche Sid Ali*», le ministre de l'Intérieur s'est levé, a arraché ses deux micros-cravate et, outré de colère, quitté précipitamment le studio.

L'antenne dans cinq secondes. Le générique est lancé. «*Salut, la France!*» fait avec nonchalance Sid Ali. Un autre des teasing gimmicks de Sid Ali, ce désinvolte «*Salut, la France!*» Il ajoute, ce soir: «*Et bonsoir, monsieur le Président. Merci de faire invité, ce soir.* (*Faire* invité: putain, gazé, Chichi!) *Vous venez nous parler du Kosovo, du devoir d'ingérence humanitaire, de la mission du pays des Droits de l'homme aux Balkans... Mais, je souhaiterais, si vous me le permettez, monsieur le Président, vous poser une question liminaire...*» Putain: *liminaire*! Gazé, Chichi! Et Claude, sa fille, là, l'autre pétasse, derrière la vitre de la régie: verte! décomposée! Elle sent bien que ça upe fort l'interview piège, Claude, elle le sent que son papa président va au casse-pipe. Le chiave marrakchi à la turque, ça upe, ouais! Papa aurait pas dû venir! Je le lui avais bien dit, pourtant, de refuser l'invitation de Sid Ali. Mais, lui, dès qu'un gus cartonne à l'audimat: «Allô! c'est l'Elysée...» Ah ouais, ça upe? Tiens! prends, Chichi:

— *Monsieur le Président, est-ce que je pue?*

— Excusez-moi... ?

— Je vous pose une question, monsieur le Président, est-ce que je pue ?

— Écoutez...

Putain ! la chetron à Chichi : vert, il est vert ! Non, votre poste couleurs n'est pas déréglé : vert ! je vous dis. Plus vert que la pelouse du Stade de France. Et un, et deux, et trois... Zéro ! Je répète :

— Monsieur le Président, est-ce que je pue ? Vous ne répondez pas à ma question, monsieur le Président !

— Écoutez...

— La France vous regarde au fond des yeux, monsieur le Président. Répondez-moi !

— Écoutez...

— Est-ce que je pue ma race, moi, Sid Ali ?

— Écoutez...

— Vous avez parlé de nos odeurs, monsieur le Président, est-ce que vous maintenez le mot ? Vous avez dit, je vous cite, monsieur le Président, est-ce que vous maintenez le mot ? Vous avez dit, je vous cite, monsieur le Président : « Ajoutez-y les odeurs ! » Je vous demande si vous maintenez le mot. Vous ne répondez pas à ma question !

— Écoutez...

— Allez ! casse-toi, connard ! Tu l'as dit tu l'as ! « Les odeurs » ! Tu l'as dit tu l'as ! On t'a assez vu. Casse-toi ! On passe au sujet suivant : l'assassinat de Lounès Matoub... Casse-toi, Chichi, j'ai dit ! Comme cet autre connard de Chevènement, hier soir ! Tu nous caches le soleil, Chichi ! Tu nous manges nos parts de marché ! Casse-toi, je t'ai dit ! Je pue et je ne parle pas le français, peut-être ? Casse-toi, tu ne sais pas ce que ça veut dire ? Cassez-vous, toi et ta fille ! ta tache de presse, cette tassepé qui me méprise ! qui ne voulait pas me prendre au téléphone ! Parce que je pue le beur aussi,

au téléphone, peut-être ? Tassepé ! Nasseco ! Cassez-vous ! C'est mon émission ! Je fais péter l'audimat, ce soir ! 99 % de parts de marché, Sid Ali ! Du jamais vu ! Et moi, Sid Ali, c'est pas du guignol en latex ! C'est du vrai, moi ! C'est du live ! »

Je me marre. Je vous étonnerai toujours.

Plus rien ne s'oppose à la nuit,
Rien ne justifie…

Bash !

III

Et ce fut la rentrée. Et, quoi d'étonnant ? j'étais admis, doigts dans le nez – j'ai dit le nez, remarquez bien –, en première. Et quelle variété de première ? Déjà on se lève pour la *standing ovation, ladies and gentlemen* : une première S ! Et puisque l'administration laissait aux meilleurs éléments le choix d'une des trois classes de première S, je choisis la S 3 – j'avais l'impression de choisir un modèle dans la gamme BMW, je prends tout ce qui est monté en série, plus, en option, arabe « littéral », j'ai déjà le « dialectal », le truc magique pour gagner des points supplés au bac : la tache examinatrice en face de toi en sait toujours moins que toi sur le sujet, jeune citéen, et si elle grimace, tu menaces... La première S 3, donc – on me suit toujours au fond de la classe, les adeptes du radiateur ? – la première S 3, disais-je, celle qu'on choisissait si on avait un penchant littéraire et un don pour les langues étrangères – mon cas. La classe de Mme Rénal – ah ouais –, la classe qu'avait choisie Djamila, l'année dernière. Les deux autres étant plus économico-scientifiques – les « Écos », disions-nous, ceux de la S 3, pour désigner les S 1 et les S 2, avec, au bout de nos langues venimeuses, le dard du dédain des passagers en classe Aff parlant de ceux qui sont assis derrière eux, en Éco.

Évidemment, le choix des élèves était soumis à l'approbation des parents. Mais la paperasse, à la maison, je la remplissais moi avant de la donner à signer à mon père et à ma mère. Et ils ne lisaient jamais le document que je leur donnais à signer, avant de signer – devinez pourquoi ! Voilà, c'est fait, merci Papa, merci Maman, je n'ai plus qu'à poster. Mon père se et me demandait toujours pourquoi il fallait les deux signatures : qu'est-ce qu'une femme pouvait bien comprendre aux études, à la nécessité de faire des études pour réussir dans la vie, et pourquoi demandait-on à son épouse son avis sur la question ? Une quasi-illettrée, en outre ! Mais oui, Papa, tu signes là de tes initiales, de ta main valide – Dieu merci, tu es droitier ! Tu griffonnes ton paraphe habituel, ton grand *I* et ton grand *B*, ornementés de ces prétentieuses arabesques que tu crois élégantes et distinctives d'un homme qui a fait des études – si tu savais, papa ! Si tu pouvais te douter de ce que peut signifier une exubérance aussi brouillonne pour les De Souche, qui ont, eux, un millénaire de civilisation française dans le sang ! Si tu imaginais ma honte quand je vois ces boucles, saltos et doubles axels tracés à l'encre bleue bavant sur le texte imprimé. Ou quand je te vois, le bout de la langue coincé entre les dents de devant, t'appliquer à recopier d'une main tremblotante d'inquiétude la mention *lu et approuvé* – papa, si tu savais !

À toi, maman ! Au moins, toi, tu as le *D* et le *B* sobres, pudiques, réservés, comme il sied à une femme musulmane. Et à la longue, tu as fini par t'apercevoir, contrairement à ton tyran de mari, que *approuvé* s'écrivait avec deux *p*. Tu signes là, maman. Merci. *Si, maman, si ! Maman si tu voyais ma vie...* France, n'aie crainte, tu ne seras jamais Algérie Gall, label raï ou pas. Tu n'auras pas eu notre expérience vécue. Tu n'en sauras pas plus que ces culs coincés de Francaouis de souche qui ont reproché à Paul Smaïl son misérabilisme et les excès de sa colère. Et pourtant, son père à lui lisait ! Yacine était un homme cultivé, il empruntait des livres à la bibliothèque, et savait qu'on devait dire *ce dont j'ai peur* et non *ce que j'ai peur* : il ne faisait pas la faute que font toutes ces taches de la téloche, et jusqu'aux invités de « Bouillon de cul » ! Enculés. Et vous osez nous mépriser, trouver que nous exagérons ? Ah bon. Mais nous sommes ce que la colère a fait de meilleur, comme chantent les Zebda. Et... *La Prochaine Fois, le feu* ! On vous assez vus, assez entendus, les détenteurs de la Vérité avec un grand *V*, les gardiens gaulois du Patrimoine avec un grand *P*, et de la Qualité avec un gros *Q* ! Rimbaud est à nous, aussi. Et un peu plus qu'à vous, même, vous qui n'avez jamais fui en Abyssinie !

Où en étais-je ? Ah ouais.

Votre fils, Papa Maman, votre fils, le troisième né, celui que vous avez honoré du titre de Sid – un pressentiment, sans doute : noblesse de caractère, hauteur de vue, courage, panache dignes du Cid – eh ouais, les taches de souche ignares, Cid et Sid, kif-kif ! – ce Cid, héros de Corneille, dont j'ai étudié la pièce au lycée, moi aussi, fils d'immigré, et dont je pourrais réciter encore les Stances, percé jusques au fond du cœur comme je le suis ! –, votre fils bien-aimé, papa maman, le voici en première S 3. Je vous explique : S : le dessus du couscoussier, les cracks. Et 3 : la semoule raffinée extrafine, les littéraires. Pas du Zina comme on achète, nous, au supermarché Auchan, que tu y as un coupon de deux francs de réduction si tu y prends le format géant familial économique promotion de la semaine ; mais du plus cher : du Garbit paquet rouge, *Impérial*, qu'il y est trop cher pour nous et qu'il y est toujours plein pot, sans réduction à la caisse. Vu ? Votre fils, Sid Ali, c'est ce qu'il y a de plus cher : du Garbit *Impérial* –

bon comme là-bas, dis ! Avec, en prime *ce que la colère a fait de meilleur*.

Que pouvait faire mon pauvre père, « Que le Miséricordieux l'éclaire ! » ? Me chasser comme il avait chassé Ahmed ? Ah ouais ? Et qui lui remplirait alors les formulaires pour la prorogation de sa pension d'invalidité – non, pas d'amélioration notable : les doigts coupés restent coupés, vraiment désolé, on a tout essayé, aucun traitement n'y fait ! –, assortis des doubles à joindre au dossier Assurances – la grosse chemise cartonnée jaune, oui, Papa, si je ne l'ai pas dit cent fois je ne te l'ai pas dit une ! – ? Qui, ses suppliques dans le but de bénéficier, amiable, d'une indemnité pour licenciement économique ? Ah ! et les demandes de renseignements sur la situation familiale envoyées par le Centre médico-social, ah ! et le bordereau de sa cotisation au CAC… Nahan, les De Souche, pas le CAC 40 ! le Cercle Amical Coranique – papa prend le tarif de base, il lésine pour 20 francs, il n'aura pas de réduc pour le pèlerinage organisé, tant pis pour lui, ce n'est pas encore cette année qu'il sera hadj… Ah ! et les feuilles de soins Cerfa à adresser à la Caisse primaire de la Sécurité sociale, *nom, adresse, situation de l'assuré(e) à la date des soins, renseignements concernant le malade, s'agit-il d'un accident oui-non, si le malade n'est pas l'assuré(e), mode de remboursement, j'atteste sur l'honneur l'exactitude*, etc. J'atteste sur l'honneur les bronchites et bronchiolites d'Azzedine, les otites purulentes et répétées d'Amina, les désordres hormonaux de Maman. Moi, le seul mal sacré de la famille, je me porte comme un charme, très bien, merci ! Le *massacré*, comme disait Amina qui n'avait pas compris ! Mais non, frangine : le *mal sacré*… Sans oublier, j'allais l'oublier, la réponse au courrier de rappel quasi mensuel des HLM ! Ouais, qui les remplirait, s'il me chassait à mon tour, moi le massacré de la famille, pour insolence aggravée, pour irrespect du père qui t'y a donné la vie et la foi, que c'est un don de Dieu, ne l'oublie pas, mon fils ?

Calligraphier une lettre adressée à l'Office des HLM de la Seine-Saint-Denis pour, sans la moindre faute d'orthographe, sans la plus vénielle faute d'accord, solliciter très humblement de sa bienveillance habituelle un délai de paiement des loyers de mai, juin et juillet, du F5 sis cité des Poètes, allée Mallarmé, bloc B, entrée C, porte palière 502... La calligraphier au moyen d'un stylo Mont Blanc *Meisterstück*, chouré pouillave à un passant distrait, nez en l'air, ce nul, sur les Champs – et le modèle le plus plus, hein : plume alliage platine, or, iridium, *Redécouvrez enfin le vrai plaisir d'écrire à la main*, mais ouais, pour le prix où ils te le vendent si tu ne l'as pas eu à choure ! –, je vous recommande l'expérience. Là j'ai pris conscience que Karl Marx n'avait pas écrit que des conneries. Minimum respect, Karl ! Voilà pour la conscience de classe de Sid Ali. *Je suis le roi des scélérats à qui sourit la vie...* Tandis qu'Azz et Amina, pauvres gosses, deux ans de retard chacun sur la normale, étaient dirigés maintenant vers des sections *soutien scolaire, renfort éducatif*. Autant dire, pauvres gosses, du disciplinaire – le Bat'd'AF du bon temps de Nos Colonies ! Dans un de ces collèges professionnels où l'on forme le remuant, le turbulent sujet, à la station assise de longue durée sur un dur siège de plastique moulé orange, à l'ANPE. À mort, Allègre ! À mort, Royal !

Et ce fut la rentrée scolaire. Et, au cours de français, je m'assis, évidemment, au premier rang, sous l'estrade, à la table qu'avait occupée, je l'aurais parié, Djamila, l'année d'avant. Et ce fut, Cécile – je veux dire Mme Rénal – et moi, immédiat, irrémédiable, définitif et fulgurant à la fois... Appelons cela de l'amour, oui. Les yeux dans les yeux.

Pourtant, j'avais une réputation à soutenir. J'étais le bouffon de la classe – *bouffon* non au sens citéen du mot, mais à son sens classique : amuseur. Ou, si vous me passez cet autre néologisme de ma débordante imagination : divertisseur. Divertisseur en chef, et incontesté, de la classe. Et comme le bouffon du roi, dans une situation un peu fausse et d'autant plus délectable à occuper : comme le bouffon du roi, j'étais dans la nécessité de plaire à sa majesté – en l'occurrence, le professeur – tout en faisant rire populace et courtisans – les élèves – à ses dépens. Rôle périlleux à tenir, mais dont je m'étais jusqu'ici très bien acquitté, je le dis en toute modestie – tu l'as dit tu l'as, Sid Ali. Chetron à queclas – tête à claques, dans le langage châtié de Mme Rénal –, mais qu'on était tenté d'embrasser aussi, oui ! de tenir dans ses bras si on avait tant soit peu la fibre maternelle : un charme, ce petit Sid Ali ! brillant sujet ! et, paradoxe incarné : le plus jeune mais le plus grand par la taille... Vraiment très beau, un je-ne-sais-quoi, quelque chose qui vous troublait profondément, qui remuait en vous – mais quoi ?

Bouffon, j'étais. Le roi du houl ambiance soirée oranaise sur la plage, autour d'un feu de bois de vieux cageots : bière à gogo, pétards format bazooka, raï à donf le ghetto-blaster, *Ya rayah ya rayah*, vous voyez le genre... Non ! vous ne voyez pas, les bourges du 16e qui n'avez jamais franchi le Périphe pour autre chose que vous rendre dans votre résidence secondaire à Deauville, ou foncer sur Roissy – « Mon avion pour Los Angeles décolle dans moins d'une heure... » Non non ! vous ne voyez pas, vous n'avez aucune idée de ce qu'est un bon houl, les comtes et comtesses de la Rive gauche, les petits marquis de Neuilly, Auteuil, Passy ! (Je suis démago, là ? Je chauffe la salle avec de l'effet facile, du populopuliste, du Tati – je parle des magasins, pas du Tati de *Jour de fête* – ? Je suis démago grave ? Ah ouais, je veux. C'est trop bon par où ça passe ! Plus tu leur dégueules à la gueule, plus ils en redemandent, ces décadents vicieux, ces masos ! Je vais me gêner, tiens ! Au fouet ! Enculés !)

Et ni collabo ni rebelle, le bouffon Sid Ali, mais la vedette à qui on passe tout à cause d'une vague hantise : on risquerait d'assassiner Mozart si on flanquait un avertissement « Conduite » à ce génial fouteur de merde. Un avertissement « Travail », en ce cas ? Mais non ! il apprend tout vite et bien, ce gredin, là est le problème !

Génial, j'étais, je le savais. Je le voyais à une fugitive lueur complice dans les regards cependant excédés que vous me jetiez, chers professeurs ! Je devinais ce découragement passager, ce brusque accès de détresse... Et puis, que vous vous ressaisissiez dare-dare : Allons ! fermons les yeux une fois encore ! faisons-le pour la France, une France pluridimensionnelle ! une France multicolore ! tolérante ! moderne ! allègre et royale à la fois ! *Une France ouverte à l'Autre* – avec un grand *A*, l'Autre, ouoh, l'euh Autre ! Allons ! suivons les instructions ministérielles, aidons ces gens-là ! Assumons (un *m*), n'assommons pas (deux *m*) ! Pour une fois que nous tenons sous la main le parfait modèle d'intégration culturelle, celui qui peut vous réciter les Stances du *Cid* en entier, nous n'allons pas le briser, nous allons le placer sous vitrine, le chérubin, et l'épousseter au plumeau des compliments et des satisfecit : « Bien, Sid Ali ! On voit que tu ne perds pas ton temps collé devant la télé, toi, ou à zoner dans les galeries marchandes, ou à fumer du cannabis et à te saouler à la bière dans les caves de ta cité avec tes potes, toi ! tu lis, toi, Sid Ali ! »... Si ils savaient ! Si ils pouvaient voir le doigt « fuck you » que je leur fais sous le pupitre, moi, pitre – encore une exquise assonance, notez : *pupitre, pitre*. « Et ce gamin est d'autant plus méritant, chers collègues, que le reste de la famille, c'est : cas médicosocial, cas médicosocial, cas médicosocial, et cetera. – Ah non, je proteste ! Certains collègues ont eu dans leur classe le frère aîné, il y a quelques années : Ahmed. Exceptionnel lui aussi, brillantissime... – Tiens, qu'est-il devenu, celui-là ? Tombé le nez dans la poudre blanche, comme beaucoup de ces gavroches. J'ai remarqué, chers collègues, que souvent ces fils d'immigrés qui réussissent à l'école puis dans le secondaire, et particulièrement les fils aînés, va savoir pourquoi ? s'accrochaient très jeunes aux drogues dures, se suicidaient à vingt ans à l'héro ou au crack... »

Ah ouais, vous ne savez pas pourquoi ? Ni pourquoi moi, qui ne suis pas l'aîné, mais le troisième, je vais m'accrocher très vite à l'assassinat, pour changer. Ah ouais. Voulez-vous que je vous épelle le mot *humiliation* comme nous le prononçons nous ? avec trois ou quatre *h* initiaux aspirés et expirés, excédés, exaspérés, apostrophés à l'arabe, apostrophe rentrante et apostrophe sortante à la fois, nous avons les deux, nous ! Je vous le fais ? vous m'écoutez ? vous allez m'écouter, oui ou merde ? silence, au fond ! vous m'écoutez ? vous allez entendre la différence quand il s'agit de notre humiliation à nous ! écoutez ! écoutez bien ! écartez-vous ! gare aux postillons, nous en avons plein la bouche, nous vous le crachons, ce mot! il vient du fond du cœur et de la rancœur, nous l'arrachons du plus profond de notre gorge nouée, il chuinte de haine, il crisse de ressentiment sur la luette, il pue le hasch et la rage, comme notre haleine:

— 'H'h'h'humiliation!

Humiliés, vous nous avez! Enculés.

Mme Rénal:

— Décidément, mais vous avez tout lu, Ali!

Moi:

— Sid Ali, je vous prie, madame.

Mme Rénal:

— Sid Ali, vous avez tout lu ou presque.

Moi:

— Presque, madame.

Ah ouais. Le bouffon de la classe, j'étais, à l'évidence. Mais très poli, très bien élevé. Mme Rénal me pardonnerait tout. Y compris que, dès la deuxième heure de cours, je l'aie interrompue, levant le doigt comme pour un besoin pressant, un qui ne pouvait absolument pas attendre, j'allais faire culotte dans mon calvin –, afin de me donner le plaisir de la moucher live, Mme Rénal, de lui signaler qu'elle citait Rimbaud approximativement, qu'elle le citait fautivement, disons le mot, Mme Rénal, en nous déclamant le début de *Fairy*.

— Oui, Ali, qu'y a-t-il?

— Il y a, madame, je vous prie de m'excuser, il y a que, si mes souvenirs sont exacts et je pense qu'ils le sont, madame, sans me vanter, j'ai beaucoup de mémoire, il y a que Rimbaud ne dit pas: *Pour Hélène se conjuguèrent les sèves ornementales*... Mais: *Pour Hélène se conjurèrent les sèves ornementales*... Nuance.

Toc. Balle de match.

— En effet. Et je vous prie, et je prie la classe de m'excuser. *Se conjurèrent...* Oui. En effet.

Sid Ali ? Chouïa narquois, quoi. Narquoiautic Bureau, je me dis je, à part moi, histoire de me faire me rire. Mais j'ai un peu pitié d'elle aussi.

Mme Rénal ? Paupières baissées : non, impossible de zapper le trublion modèle, ce poste est sans télécommande. Tic nerveux : tic tic tic du capuchon du feutre spécial avec quoi on écrit au tableau blanc. Soupir. On se ressaisit, Cécile, ma vieille ! À la guerre comme à la guerre. On rouvre les yeux ! Du défi dans la prunelle, azur, sur ce bel aziz insolent qui a lu Arthur.

— Eh bien ! puisque vous avez beaucoup de mémoire, dites-nous donc la suite du poème, Ali !

— Z'y va, Zizou : petit pont, tir au but, but !... *Dans les ombres vierges et les clartés impassibles dans le silence astral.* Je continue ?

— Non, merci, Ali. Il suffit.

Ouoh ! « Il suffit. » Mais bouche bée, Mme Rénal. Baba. Ah ouais. Inutile de vouloir rivaliser avec le lascar habillé de blanc, à l'iris si noir, au blanc des yeux si bleu, et qui me fixe étrangement du premier rang où il s'est assis – à m'en faire baisser prudement et prudemment les paupières. Bon élément, l'Ali, mais fouteur de merde premier choix. À tenir à l'œil, Cécile, ou tu cours à la cata. N'oublie pas que tu as encore une dizaine d'années à tirer avant la retraite.

— Madame, est-il permis de fumer, je vous prie ?

Pas : « On peut fumer ? », comme on le demande négligemment aux autres profs. Mais à ce professeur-là : « Est-il permis... » Je suis bon. Je suis dans le ton. Je lui vole sa scène, à Mme Rénal. Ce n'était pas dans le scénario ? Qu'elle aille se plaindre à la prod... Je veux dire : au proviseur.

Elle me répond:

— Non. Pas dans ma classe.

— Ah, très bien, j'entends, je vous prie de m'excuser. Du reste, il est vrai que fumer nuit gravement à notre santé, d'où le nom que nous avons donné à la cigarette: la nuit grave.

Morte de rire, toute la première S 3! Mes trente-deux condisciples, suffoquant d'hilarité tout juste contenue.

Mais Mme Rénal a du répondant, putain. Elle ne se démonte pas pour si peu.

— Eh bien, jeune homme, qui nous faites le guignol non sans talent, je nuis gravement à ma propre santé, figurez-vous, et à raison – ou, pour mieux dire, à déraison de deux paquets par jour de *nuits graves*, oui, mais en dehors des cours! Et vous aurez l'obligeance de vous conformer à ma règle personnelle, *je vous prie*. Nous reprenons...

Putain! Gazé grave là, le bouffon! Vous voyez, ce n'est pas si difficile d'obtenir le respect. Pas de démagogie avec les lascars! Non: d'homme à homme, si j'ose dire s'agissant d'une dame dans la cinquantaine, haute d'un mètre cinquante, aux cheveux gris, menue, délicate, très féminine, joliment habillée – et avec trois fois rien, sans doute: le salaire, c'est peanuts dans l'enseignement, je vous le dis, et ma Cécile n'est pas du genre à la colle avec un amant friqué qui roule en Béhème. Ouais, une femme femme, Mme Rénal. Mais, passez-moi l'expression, une femme qui en avait. C'est bien d'ailleurs pourquoi je l'ai aimée at the very first glance – je traduis: au tout premier coup d'œil –, à la *Strangers in the night*.

Et je me mets à fredonner intérieurement, souvenir de la Mamounia, l'universel standard. Je me le joue dans le style mamouniesque, *gerbando vivace*, avec le grand orchestre symphonique philharmonique de Rabat, et le braillard vedette du Royaume chérifien... *Chérifien te chercher, tremblant comme un jeune marié...* Ouoh putain, tu es bon, là, Sid Ali ! tu te tapes le 200 calembours à l'heure facile, là... Ce braillard inconnu *all over the world* ! star mais uniquement sur le marché domestique, dans la niche marocaine du marché mondial, la tache nulache qui imitait Sinatra... Putain, ce mauvais ! Et l'ébahi Rabah, ce ravi, qui en bavait d'aise, les yeux en ronds de flan ! Et oim, qui ai plus de sensibilité, j'ai su alors que c'était game over, nous deux le couple... Allez ! Grand orchestre ! tapis velours de violons en fond ! entrechocs de cymbales ! je lance les cuivres ! ta ta ta ! chorus ! à vous le chœur des pétasses chabadabada ! plus fort les trompettes ! plus fort les saxos !.... Voilà ! *Little did we know...* Non, on en savait bien peu l'un sur l'autre, mais on s'aimait, et ce serait pour la vie... Djamila et moi, on s'aimait, et ce serait pour la vie, sur la passerelle de la voie express, quand nous nous sommes embrassés. Quel con, j'ai été ! Mais je n'allais pas m'abaisser à lui demander pardon ! non, mais ! un homme, je suis je, putain, un homme, Dja, mon amour !.... Ah ouais ! Plus fort les cuivres ! plus mœlleux encore les violons, plus veloutés double crème ! et plus sirupeux et susurrants les chabadabada choubidoubidou du chœur des pétasses ! Voilà ! Orgastique, le grand orchestre ! Le foutre va gicler, vous en aurez partout ! et du gluant, croyez-moi !.... C'est le grand orchestre philharmonicosymphonique de Rabat, les gars ! pas des rabat-joie ! Les étrangers dans la nuit se sont reconnus au premier coup d'œil, ils ont su, eux, que ce serait pour la vie, ils s'aiment et s'éloignent dans la nuit, enlacés...

— Vous semblez bien songeur, soudain, Ali.

Ah ouais. Je suis assis où était assise Djamila, l'an dernier. Que dis-je ? Où elle était assise encore en juin, à l'heure où je négociais à l'agence Royal Air Maroc, avenue de l'Opéra, un Paris-Marrakech, classe Aff !

Je me ressaisis, me rassemble pour frapper sec, en uppercut :

— Sid !... Ali, madame, si vous permettez. Sid Ali. Un prénom double. Pas de tiret entre Sid et Ali.

— Pardonnez-moi, Sid Ali.

Elle était bonne bonne, Mme Rénal. Elle nous vouvoyait et se faisait respecter. Maximum respect, Mme Rénal. Elle en avait ! J'aime les femmes qui ont des claouies, et des grosses. Ma mère est beaucoup trop soumise à mon père. À présent, il y a des épouses d'origine algérienne, ici, en France, et de la génération de ma mère, hein ! pas de la génération de Dja, eh bien, il y a des épouses et mères qui osent demander le divorce ! À cinquante, à soixante ans, le cas s'est vu, elles osent demander le divorce ! Eh bien, il faut en avoir, quand on est une musulmane ! Moi, Dja, si nous avions été mariés et que je l'eusse fait iech grave trop, je la connais, elle aurait demandé le divorce en recommandé avec A.R. Chronopost... Pas un pli ! pas une minute de plus avec ce boulet de Sid Ali. Et moi, là, j'aurais été cassé, détruit, fini. Une épave. Une loque. Une larve. J'aurais viré charclo alcoolo accro à l'héro. J'aurais pleuré sans pudeur, accoudé chancelant au comptoir d'un rade à Barbès, j'aurais sangloté en entendant sur Radio-Nostalgie, aux petites heures livides de l'aube, quand ne subsiste plus que la consolante pensée du suicide, mais on n'en a pas le courage ! on n'a plus de claouies, si vous voulez savoir, ces salopes nous les ont coupées à la Dalila – Dalila, je dis, les nœuds, pas Dalida dirladadi, dirladada ! –, *Strangers in the night... Stran-*

gers in the night, sur Radio-Nostalgie, putain ! Et juste après : *Si, maman, si... Maman, si tu voyais ma vie !* Humilié ! Humilié, je suis ! 'H'h'humilié ! La salope m'a plaqué ! Putain, la salope ! J'étais macho, soi-disant. Putain. Et miso, en prime ! Mais voyons donc ! Miso ! Z'y va ! Miso ! Putain !

Je ne tapinais plus les mercredis aprème aux Martyrs. Vous voulez savoir pourquoi ? Un accès de vertu ? Trop plein le cul ? Nahan, puisque c'était oim qui enculais ! que le miché ne touchait pas à mon cul ! Mais le mercredi aprème, Mme Rénal recevait chez elle ses « meilleurs éléments ». Elle tenait salon, en somme, comme une grande précieuse du Grand Siècle qu'elle était, comme une grande dame des Lumières ! Huit à neuf invités, au plus, assis qui sur le tapis, qui sur des almohadilles – des poufs, quoi, un raffinement de l'époque almohade : on en trouve dans tous les souks, et à Barbès –, qui sur l'accoudoir d'un vieux fauteuil club avachi, au cuir fauve éraillé, aux ressorts d'amortisseurs de petit taxi marrakchi, qui au fond dudit fauteuil – moi, le plus souvent… Et Mme Rénal, qui avait des problèmes de disques vertébraux, très droite sur une chaise de jardin, en fer.

Des verres à thé sur la table basse, la grande théière orientale en argent ciselé… Moi, ou un autre beur parmi les chouchous invités, servant le thé à la menthe à la ronde et à l'arabe, en frimant à mort, en le faisant couler de très haut dans le tout petit verre à marli doré, hop, je remonte, je redescends, je remonte, le coup de poignet souple et virtuose, puis sec, pour qu'une fois le verre rempli ras bord, pas une goutte de plus ne tombe et ne déborde, tout un art, toute une culture – on salue l'artiste ! Je vous en prie, les Blancs européens, aucun mérite, c'est dans nos gènes, on est né avec, le coup du poignet violoniste pour servir le thé à la menthe, il n'y a pas à s'extasier !

Ah ! et puis des biscuits achetés au Franprix, là où Zidane adore nous faire gagner, ou à l'épicerie du père de Djamila, c'est un peu plus cher, mais ils sont très gentils, ces gens-là, très serviables, ouverts jusqu'à onze heures et demie, minuit, et les deux filles, bien élevées, parfaites, j'ai eu l'aînée l'année dernière, un rêve ! elle ira loin, j'en suis sûre. Quand le racisme ambiant ne les brise pas, ces jeunes-là, ils vont plus loin et plus haut que leurs petits camarades nés « de souche de souche », comme ils disent dans leur jargon ! Exquise, Djamila ! Et si intelligente !

Mme Rénal habitait une de ces petites rues derrière la mairie, un de ces petits pavillons qui subsistent encore, entre les résidences plan d'épargne logement construites dans les années 1970, sous Giscard, un de ces petits pavillons dits Loi Loucheur, du nom d'un politicard qui avait fait voter une loi pour aider les petites gens à accéder à la propriété, dans les années 1930 – je brille à bon compte, là, mais c'est Mme Rénal qui nous a donné l'explication. Nous ne savions pas pourquoi, les gens appelaient ça des loucheurs... Et nous – devinez ! Des cheulours, pardi ! Mme Rénal habitait un pavillon Cheulour : une sorte de petite maison basque, colombages en ciment crépi rouge sang de bœuf, torchis en meulière, un rien de vigne vierge jauni pour cacher un peu le décrépi et le décrépit, trois marches à la porte d'entrée, deux étages, deux pièces par étage, deux mètres de large de jardinet devant, quatre ou cinq derrière... À l'abandon, le jardinet de Mme Rénal : herbes folles, liserons, chiendent, et un pommier mort ou tout comme. Mme Rénal n'en avait rien à, du jardinet.

Et l'intérieur ? Bric-à-brac. Du moderne scandinave Ikea mélangé à de meublants témoignages que notre professeur de lettres avait enseigné pendant plusieurs années au lycée Lyautey, à Casablanca. Quand on s'ennuie, le dimanche, à Casa, on va chiner au souk des Habous, où le marchand truande moins sauvagement l'acheteur que dans la Médina. J'ai été mutée, le mal du pays, retour à la mère patrie, mais avant de partir, je prends ces trois poufs, là, ces almohadilles, ah ! et ce petit tapis de prière : ce n'est pas que je prie mais c'est la bonne taille : dans le pavillon banlieusard où j'ai trouvé à me loger, le salon ne mesure pas onze mètres carrés, un peu moins, j'ai calculé avec un mètre. C'était du *cheap*, déjà, le Loucheur ! Proche du HLM années 1960. Mais, en individuel. Tu n'as pas « les odeurs » – pas vrai, Chichi ? (Connard !)

Bon. Chez Mme Rénal, qui tenait salon le mercredi, votre impression, Sid Ali « Salut, la France ! » ?

– Je peux parler franchement, là ? Après tout, je suis payé pour ça – the *biggest fee ever*, France-Télévision ne s'en est jamais remise. Eh bien, à franchement parler : tapis, rideaux, table basse, et le chiave, et le minilavabo du chiave, le tout : pas très net net ! Que voulez-vous que je vous dise, malgré tout le respect que je dois à Mme Rénal ? Chouïa cracra, si vous voulez mon avis autorisé – si vous ne le voulez pas, c'est le même prix. Mme Rénal était très propre sur soi mais mauvaise ménagère. Voilà, c'est dit. C'était beaucoup mieux tenu nous chez, le F5 porte 502. Beaucoup beaucoup mieux. Oumm lésinait sur tout sauf sur la Javel, l'Ajax et le Monsieur Propre. Tornade blanche, ma mère !

Moyennant quoi, dès ma deuxième visite en compagnie des élus de l'élite, à l'issue du salon du mercredi, sur le coup de sept heures du soir, je me suis arrangé pour laisser repartir les camarades et rester le dernier. Je me suis attardé à jouer les curieux, dans l'entrée :

— C'est joli, ces vieilles cartes postales de Casablanca. On dirait le décor studio du film. Putain, *Casablanca*, c'est mon film préféré. Putain, quand Rick dit à Ilsa : « *Please, trust me !* », et qu'Ilsa, les yeux noyés de larme, lui répond : « *I will !* » Évidemment, il faut le voir en V.O. Et ces sagouins l'ont colorisé, mais il te suffit de décapoter le poste, derrière, de tourner une molette, et tu l'as en noir et blanc... L'original ! Le seul, le vrai ! Après, comme j'oublie toujours de rerégler, Azzedine et Amina, mes cadets, me font tout un souk : ils veulent voir leurs Minikeums en couleurs, ces niais !

Bon. Les autres chouchous sont repartis ? que je puisse dire à Mme Rénal ce que j'ai à lui dire sans l'humilier publiquement... Je peux y aller ? Z'y va

— Écoutez, ne le prenez pas mal, je ne le dis pas pour vous offenser, mais ce n'est pas nickel, chez vous, madame Rénal...

— Ici, vous pouvez me dire Cécile, nous pouvons nous tutoyer... Mais, tu ne m'apprends rien, Sid Ali. Je suis nulle pour ces choses-là. Et ça m'ennuie tellement !

— Bon, eh bien, voilà : je vous donne un coup de main... Non, mieux, vous me laissez faire... Le Grand Bazar Brossolette, là, est encore ouvert à sept heures, ils ne ferment pas avant sept heures et demie : je cours acheter ce qu'il faut, je reviens fissa et je vous arrange le coup. Vous n'avez personne à dîner ? Moi, en deux heures chrono, c'est fait. Comme une tornade blanche !

Médusée, Mme Rénal ! Muette, sur le coup. Comme choquée. Embarrassée comme tout. Vingt-cinq ans sur une estrade face à des adolescents et, là, pour la première fois de sa carrière, ne trouvant pas la réponse à faire. Puis, protestant :

— Non non, tu vous plaisantez ?

— Pas du tout. Ça me fait plaisir. C'est à moi que ça fait plaisir. Je ne savais pas comment vous marquer ma reconnaissance…

— Mais, Sid…

— Allez, dites oui ! Le Grand Bazar va fermer ! Z'y va.

— Attends ! Attends au moins que je te donne l'argent pour… Attends !

— Eh bien, donnez-moi votre carte bleue et votre numéro de code, c'est ce qu'il y a de plus simple.

Aïe. Défi. Silence. Le regard les yeux dans les yeux, le premier qui baisse les paupières est un pédé. Putain ! La provoque des provoque, là. Ça passe ou ça casse, là. Là, Cécile, il va falloir que tu me prouves que tu as confiance en moi si tu veux garder mon estime. Et n'essaie pas de me faire le coup : pas de chance, je viens de me la faire voler, j'ai fait opposition à ma banque, ou le distributeur me l'a avalée hier soir, je ne sais pas pourquoi, et je ne l'ai toujours pas récupérée… Pas de ça avec moi, Cécile ! ça ne prend pas ! Tu ouvres ton joli sac à main en pécari rouge, tu sors ton joli portefeuille en pécari rouge assorti… Voilà. Voilà. Tu souffles un bon coup… Voilà.

Et voilà : Mme Rénal me tendait sa carte bleue – une bleue de bleue, une Écureuil, pas une Premier : les fonctionnaires ont de tout petits salaires…

— Tiens ! me fait-elle. Je crois que tu as très bonne mémoire. C'est le 62 20…

— L'Hégire plus un *sifr* ! Fastoche.

— Quoi ?

— L'Hégire, le début de notre histoire à nous : 622 après la naissance d'Issa, pour vous, chrétiens, plus un zéro : un *sifr*.

— Tu m'étonneras toujours.

Tu l'as dit tu l'as ! Et moi donc ! Je m'étonne moi-même, parfois, c'est dire. Et ma modestie m'éblouit. C'est pourquoi je porte si souvent des lunettes noires. Les dernières en date ? Des Versace chourées à un distrait à la terrasse du Trouville, sur les Champs, en passant. Non non, je ne suis pas entré dans le rade : je ne tapine plus, je ne pratique plus la passe à pisse depuis que je suis dans la classe de Mme Rénal. Quant aux Versace, je crois qu'elles vont finir très vite à la poubelle : elles font un peu trop fiota italiana enculatissima, si vous voyez ce que je veux dire !

Bon. Petite foulée à la Carl Lewis direction le GBB, *Bricolage, entretien, produits de beauté et d'hygiène, tout pour la maison, self-service...* Chabadabada choubidoubidou en musique de fond. Une bonne odeur, térébrante, de détersifs, désinfectants et autre lessiviels. Tout ce que j'aime ! Autre chose que la Mamounia, patchouli et zinnia – beuheurq. Caddie : la pièce de 10 balles rendue quand tu recliques au retour... Ouais. Que tchi ! On voit que vous ne me connaissez pas très bien encore : je ne vais pas m'emmerder, j'ai un truc pour libérer le truc sans glisser la monnaie dans la fente. Je ne vous le donnerai pas : maladroit comme vous êtes, vous n'y arriveriez pas du premier coup. Et se ridiculiser pour dix balles sous l'œil goguenard du gérant, il n'y a rien de plus vexant... Clic. Bon. Z'y va.

Rayons Entretien. Cent mètres de linéaires, à vue de nez – et nez est le mot, dans ces rayons-là.

Du Monsieur Propre, *Format géant, nouvelle formule* – caddie.

Du Canard W-C, *Superdétartrant, senteur océane, nouveau bec verseur recourbé* : rien de perdu, mon canard ! – caddie.

Du Supercroix… « Suuupercroix, ah ! » – caddie.

Du Cif, *Vitres gel à l'oxygène actif* – je veux : actif, l'oxygène, pour le ménage en apnée, l'Officine Panerai au poignet ! – caddie.

De l'Ajax, *Antibactérien*. Exactement ce qu'il faut pour le chelour à la Rénal, où pullule l'acarien dans la moquette et la bactérie dans les petits coins – caddie. Qu'a dit Sid Ali ? Caddie !

Ah ! et à propos de moquette, puisqu'il y en a dans la chambre de Madame, j'y ai jeté un œil : une bombe géante de mousse Woolite *Tapis & Moquette* ! Du sérieux, Woolite, du fiable ! Mon amie Isa – ouais, Adja, la Djez – n'utilise que ça, si j'en crois la pub.

Spontex, par quatre : eh bien ! un paquet de quatre.

Gratounette – pour gratouner. Et il y a gros à gratouner dans l'évier de la Rénal : quatre. Putain, sa carte bleue explose, à la Rénal ! Déjà le voyant rouge s'allume chez Visa. Mme Rénal, ce n'est pas raisonnable ! Bonjour les agios, le mois prochain !

Cinq chiffons *Tous usages* – au moins, eux, ils ne nous la jouent pas lyrique ta mère, nahan ! pas de littérature ! du matter of fact : cinq chiffons tous usages, en paquet de cinq – deux, j'en prends, de paquets. La Rénal, il faut que je lui constitue une petite réserve pour le placard sous l'évier.

Voyons voir encore… Putain, la musaque ! Je vous le donne en mille : France Gall ! Ouais. *Si, Maman, si…* Dis-y merde à Maman, et qu'on n'en parle plus. Voyons voir, pour les parquets.

Souleiou, *Biactivé, produit nouveau, deux en un* – ah ouais ! *Donne à vos sols l'éclat de la Méditerranée au soleil…* Ah ouais, *la mer allée avec le soleil* ! Non, merci, j'ai donné ! Bonjour l'épilepsie ! Sid Muichkine, le remake : j'ai dit non, c'est non ! Même à dix millions de dollars, au tarif Tom ou Bruce, je refuserais ! Les urgences au grand hosto d'Alger et le toutim, non non ! sans façon ! – À boire, à boire, bismillah ! – Crève le jeune Francaoui qui n'a pas la double nationalité ! ce fils d'un opposant au régime ! – Putain ! Nazi, Zeroual ! Hitler arabe ! Zero... Ual ! SS, le FLN ! Staliniens ! Pourritures ! Laisser crever un gamin dans ce couloir de la Mort, sur une civière couverte de vermine, qui pue le vomi et le pipi ! Barbares ! Assassins ! Je vous demande, je vous supplie ! un verre d'eau ! un verre d'eau ! Un verre d'eau, ce n'est pas la mer à boire ! Donnez-la-moi dans un de ces gobelets pourris, en carton, qui ont déjà servi à dix malades avant moi, dix lépreux qui y auront trempé leurs lèvres, je m'en fous ! mais un verre d'eau ! Nazis ! Staliniens ! Bougnoules ! Donnez-moi au moins un téléphone, que j'appelle en PCV Mitterrand, moi ! un ami, qu'il me rapatrie en avion du GLAM ! Glamour, le GLAM ! Comme Adjani quand elle a eu son malaise au festival de Tunis ! Mitterrand : « Allez, ouste ! allez me la rechercher fissa chez ces bougnoules, mes braves pioupious, la belle Isabelle ! C'est patrimoine et monument national, Isa ! Pas touche, Isa ! avec vos mains sales de sales bougnoules ! Vous ne pouvez pas mettre des gants en latex, comme tous les civilisés, quand vous prodiguez vos soins ? Vos soins, soi-disant ! Laisser crever le petit Sid Ali, ce gosse qui a monté le grand escalier à Cannes, tapis rouge, flashes et fanfare, la haie de Gardes républicains sabre au clair... Un QI 137, le petit Sid : ce que notre politique d'intégration a produit de meilleur ! Un gosse qui peut vous réciter par cœur les Stances du *Cid*, Sid ! Percé jusques au fond du cœur... Et il prononce bien comme il faut, comme on lui a dit de faire quand il s'agit de notre bon vieux Corneille : jusques au... Pas : jusqu'au... Nahan ! Quez'au ! Quez'au ! Eh bien, il sait ça, le petit Sid ! Et vous me le laissez crever dans le couloir de la Mort, sans même lui donner un verre d'eau ! Putain ! On a été trop bons de vous accorder votre indépendance, les bicots ! Putain, si on m'avait écouté, moi, Mitterrand, au lance-flammes, la racaille du FLN ! À la gégène et jusques à ce que mort s'ensuive, Ben Bella ! Là, Zero... Comment c'est déjà ton nom ? Ah ouais, Zeroual ! Là, Zeroual, nous frisons l'incident diplomatique ! Et déjà que les relations entre nos deux pays ne sont pas au beau fixe ! déjà que la flèche rouge du baromètre est sur chouïa chicaïa ! Tu la veux ta taoua ! tu veux que je t'envoie mes paras ? le commando spécial extraction exfiltration ? Tu risques de le payer cher, Zero ! on ne vous achètera plus votre gaz... Non, là, je gaze ! votre gaz, on en aura toujours besoin ! Mais tu me le renvoies franco de port paquet cadeau sans discuter, le petit Sid ! Tu veux que j'envoie Kouchner vérifier dans quel état vous me le rendez, le petit Sid ? Percé jusques au fond du cœur, hein, c'est ça ? Tu me le renvoies ou tu préfères la ouache de son grand frère Ahmed ? Pauve con ! Bougnoule ! Stalinien ! Hitler ! Tu le lui donnes, ce verre d'eau, oui ou merde ? »

Où j'en étais ? Ah ouais ! Un truc pour les parquets. Il y a du parquet sous le tapis de prière, dans le salon de Mme Rénal. Voyons voir... *Brille sans frotter !* Il ne manquerait plus que les parquets te frottent, maintenant ! Qu'il essaie de me frotter, le parquet, moi qui brille autant ! Pédés ! Enculés ! Tiens ! je prendrai Vigor *Parquets*. Ils n'essaient pas de te frotter, eux ! Et c'est moins daube, comme marque. Ça a fait ses preuves. Du Vigor, on en trouve à Alger. Chérot, je ne dis pas, because les taxes sur les produits importés, mais on en trouve à Alger. Il faut leur laisser ça, aux Algériens.

Voilà. Je n'ai rien oublié ? Ah si ! Des gants ! Indispensables. Nahan, pas des gros Mapa, pas ! Pas des à picots et floqués dedans, beuheurq ! la sueur de tes mains vire en mycose dans ce velouté blanc ! beuheurq ! Et les couleurs, ma chère : rose fiote ou jaune canari, les Mapa *Ménage* ! Mapa, tu m'as pas vu ? Nahan, l'artiste travaille tout en finesse, maestro, comme il travaille le cul du miché au gel lubrifiant mentholé avant de percuter ! Voilà ce qu'il faut à l'artiste : « Votre seconde peau », du latex ultrafin, quasi chirurgical, qualité *Manipulations délicates*, tu l'as dit tu l'as ! sous blister, dix gants jetables, pas de main gauche ou de main droite, c'est si fin que ça moule aussi bien – putain, c'est mon manchot de père qui ferait des économies s'il se gantait : le blister lui durerait deux fois plus longtemps qu'à son fils adoré !

Ah ! et pendant qu'on y est : au rayon Peinture : une combinaison blanche, à capuche, en intissé, pour travaux salissants : pas question que je salisse ma Lacoste blanche, ni mon futal blanc Fila, en tornadant blanc chez la Rénal !

Quoi encore ? Trois serpillières, trois ! *Traité surabsorbant* ? Merci, les gars, vous me changez la vie ! Rimbaud n'y aurait pas pensé ! Il suffit d'avoir des serpillières en toile traitée surabsorbante ! Elles n'absorbent pas, elles surabsorbent, celles-là.

On voit qu'on n'est plus très loin d'entrer dans le troisième millénaire. Deux ans de plus et c'est fait ! Putain, en l'an 2000, je serai majeur ! Le 1er février 2000 : majeur ! Plus de comptes à rendre à personne ! Libre comme l'air ! Et mon père ? Bras d'honneur, avec tout le respect que je lui dois ! Les formulaires, les feuilles de Sécu, la lettre mensuelle à l'Office HLM 93 ? Eh bien, il n'aura qu'à demander à Azz !

Chère monsieu le driecteur de l'ofice, que je vous y solicite une demende come quoi je me xcuse de pas pouvoire paier l'intégraleté du loyé de juin... Ouoh, putain, la chetron du directeur de l'Office, là ! le pourrave RPR – c'est un pléonasme –, quand il compare avec la lettre du mois dernier : Tiens ! chelou ! c'est bien la même signature prétentieuse à chier avec tous ces chichis bouclés habituels, il faut avoir contemplé des heures le pavage d'une mosquée pour y déchiffrer un *I* et un *B* ! mais la syntaxe, là, l'orthographe, la grammaire, la ponctuation, l'accentuation, les accords du participe, et pas de majuscules au début des phrases, et l'écriture d'un dyslexique au QI très en dessous de cent... Bizarre ! si je compare avec la demande de sursis du mois dernier... Il avait un nègre, jusqu'ici, pour lui rédiger ses bafouilles, l'Ibrahim B. ? Allez, au panier ! Mon cher député et ami trouve que ça commence à bien faire le laxisme avec ces malodorants ! Il va se la carrer dans le cul, l'Ibrahim, sa demande amiable de délai supplémentaire rédigée en charabia... Le loyer plein pot, Ibrahim, ou on vous expulse avant le 15 octobre ! Après quoi on n'a plus le droit de vous expulser jusqu'au printemps, à cause de ce décret scélérat et démagogique interdisant d'expulser les mois où il fait froid ! Ce décret que ni Chichi chéri, ni Ballamou, ni Juppé n'ont eu le courage d'abolir, terrorisés qu'ils sont par le politiquement correct intello de gauche et le vieil abbé Pierre !

Ensuite ? Un balai-éponge *Essorage clic-clac* – un. Mais, pas caddie, le manche : la base éponge y tient, mais pas le manche. Tu as à peine l'air concon, Sid Ali, tenant la hampe comme la Liberté tient le drapeau tricolore dans le tableau de Delacroix ! Tu portes ta croix, là ! Mais, quoi ? Ni le mal ni le ridicule ne peuvent t'atteindre, puisque c'est pour Mme Cécile Rénal que tu te dévoues.

Tiens ! les sacs aspirateur jetables ! Je n'y avais pas pensé. Oh, merde, mais je n'ai pas pensé non plus à lui demander la référence, à Cécile, et il y a bien trente modèles différents. Ce n'est toujours pas standardisé, le sac aspirateur ! Qu'attendent-ils, à Bruxelles, pour nous normaliser ça ? T 102, X 104, B 12 – *convient aux Tornado 100 litres et aux Moulinex 50 litres…* Il faudrait savoir ! Je la connais, ma Cécile, le vieux sac pourrave de son Moulinex qui *libère la femme*, elle est une femme tellement libérée qu'elle ne l'aura pas changé depuis l'époque où Édith Cresson faisait première Premier ministre à Matignon, cette cochonne ! Bourré de poussière tassée compact jusqu'à la gueule, le sac originel du Moulinex ! Et vous voulez me dire, les potes, où Cécile a bien pu ranger les cinq offerts avec l'achat de l'engin ? Bon, on s'en passera. On fera à la main, au balai. Après tout, entre l'Hégire et l'invention de l'aspiration de la saleté par le vide, on a fait sans, et on ne s'en est pas plus mal porté.

J'ai fait le tour de la question ? Je peux passer à la caisse ?

Avant les caisses, rayon Intime. Les tampons ? Nahan, je ne m'en tamponne pas ! Je suis un homme de mon temps, moi. Tiens, caddie : Nana *Active 12+2 gratuits* – putain, deux tampons bateul, tu profites de la promo, Sid ! Et, attends : *nouvelle formule ! Plus discrète*. Il n'y avait pas à hésiter. Ah ! il y a aussi des serviettes hygiéniques Always, que le mollah y ne les désapprouve pas, mais on est en France, ici, au pays des Lumières. Always, c'est amerloque, comme son nom l'indique, et Nana, du pays de Zola ! Putain, Zola ! l'Affaire Dreyfus, maximum respect ! Il ne s'est pas dégonflé devant ces enfoirés à képis, Zola : « J'accuse ! » Moi, j'accuse Liamine et Betchine de complicité avec les tueurs du GIA !

Pourquoi ce pack de tampons Nana ? Juste histoire de faire chouïa iech. Jouer au musulman qui séquestre l'épouse à la maison et doit donc s'enquiller toutes les courses ! Acheter, y compris, bien fait ! les serviettes hygiéniques pour la pudique épouse voilée. « Always, tu me prendras toujours, Mohammed, que le Mufti y recommande, et quand le Mufti y a dit, tu muftes pas ! Always, qu'on y trouve pas une autre marque à La Mecque ni à Médine… » Mais Mohammed s'est planté et a pris des tampons pour dévergondée occidentale qui n'hésite pas à se pénétrer intimement… H'chouma !

Bien. Et pour la bonne bouche : le petit choure, qui ne sera pas porté sur la criante facturette – déjà que je lui en ai mis, au bas mot, pour trente sacs, à la malheureuse Cécile… Ouais, mais quoi ? Il n'y a ni chewing-gums ni Tic-Tac, au Grand Bazar ! Je peux me brossoletter ! Ah, tiens ! un tsabih de dix capotes anatomiques Durex – un *tsabih* ? Un chapelet, il faut vraiment tout vous dire… Niqué, le code-barres : je n'ai pas perdu la main. *Je suis le roi des scélérats à qui sourit la vie. Et que ne durent que les moments doux, et que ne doux…* Cécile, si je te plaque un jour, ce sera pour Bashung ! Il est l'homme de ma vie, mais je ne t'en avais rien dit jusqu'ici pour ne pas te faire de peine. Je suis un sentimental, tu le sais.

Caisse. Tiens ! je la connais la caissière, on était dans la même classe, au collège, en quatrième, elle n'était pas trop en avance, la Nadja ! Je vais la lui jouer « ravi de te revoir, ouais, je suis devenu star mais je n'ai pas oublié d'où je viens, et je salue toujours franc les potes »… Putain ! elle me snobe, cette connasse ? elle fait celle qui ne m'a pas reconnu ? Elle m'a vu pendant un an en classe, même travée, le pupitre à côté, et maintenant elle me voit tous les soirs au JT de la 2 – *Salut, la France !* –, et elle me la joue « je ne sais pas qui tu es, je ne t'ai jamais vu ». Nasseco ! Une caissière du Grand Bazar Brossolette ! On croit rêver ! Qu'elle aille se brosso la nasseco !

— Votre code, s'il vous plaît.

Ça te gercerait les lèvres, de sourire au client qui en laisse pour 311,50 francs – 47,48 euros ? Putain ! si j'étais le gérant, je te la virerais vite fait, la Nadja ! Ce n'est pas la main-d'œuvre qui manque sur le marché du travail, hein ? Un coup de fil à l'ANPE, et tu as cent candidatures qui rappliquent pour moitié moins que le Smic ! Ils travailleraient gratos, pour un peu, ces esclaves !

Code, donc : Hégire, le début de notre histoire, et un zéro. *Code bon. Retirer carte.* Tchacatchacatchac... La facturette. Tu crois qu'elle aurait vérifié si j'ai une gueule à m'appeler Mme Cécile Rénal ? Aucune conscience professionnelle, en plus ! N'importe oiq. Virée, Nadja ! si c'était moi le gérant. Putain ! Et ce parfum, c'est quoi ? Du *Prisu* de chez Prisu ? Mme Rénal, qui gagne à peine plus que toi, elle, c'est Guerlain ! Il faut savoir faire des sacrifices sur le Monsieur Propre, pour sentir bon sur soi. Et toi, en plus, tu pues ta race, Nadja ! Tu n'es pas bretonne, Nadja (ouoh, putain, elle est pour les initiés, celle-là, elle est pour les bons élèves de Mme Rénal, qui nous a fait, hier matin, un topo sur le surréalisme). Elle pue pas sa race, Mme Rénal, nahan, mais *Shalimar* ! Ouais, le flacon devant la Ménara, là, au coucher du soleil. J'y étais ! Et ce putain de mendiant qui me supergluait : « La tcharité, m'sieur ! la tcharité, m'sieur, m'sieur ! la tcharité ! » Il sentait pas le *Shalimar*, lui non plus, c'est Sid Ali, qui te le dit. Ainsi parlait-il sur la Montagne, et les anges lui souriaient.

Bougnoule !

Allez ! *Back to the* Rénal chelour ! *Allegro vivace*. Le manche du balai-éponge coincé sous l'aisselle gauche comme Don Quichotte sa lance quand il charge les moulins à vent, les deux bras chargés de trois grands gros sacs de plastique GBB – ah ! au fait, penser à me les mettre de côté et les remporter oim chez, le nettoyage de l'impossible une fois accompli : je n'en ai pas encore dans ma pourtant déjà riche collection, de sacs GBB, et Cécile est sûrement du genre gâcheuse qui jette à la poubelle ce qui pourrait constituer un excellent sac poubelle... Et puisque nous en sommes au chapitre poubelle : en chemin, courte halte à une poubelle municipale pour y jeter les douze plus deux tampons Nana *Active*. Il ne faudrait tout de même pas pousser le bouchon trop loin, risquer d'effrayer la délicate, la sensible Cécile, qui m'est déjà conquise et quasi soumise.

Nous voici, *me, myself and I,* devant la grille rouillée du pavillon. *Je reviens te chercher, tremblant comme un jeune marié...* Putain, le jardinet, il faudra que je pense à le passer à la tondeuse, aussi, un de ces jours prochains – ils louent des tondeuses à la journée, mille balles de caution, chez GBB. Et je ne vais pas y aller à la grille sabot spécial rasage pas rasé depuis trois jours ! Nahan, un erg, je ferai, de sa savane, la Rénal ! le désert où Ibrahim condamna Agar et son fils à errer !

Encombré que je suis, j'appuie avec le front sur le bouton de la sonnette. La dame, à sa fenêtre, au chevalier blanc :

— Je vous ouvre !

Tiens ! elle est revenue au vouvoiement !

— Merci.

— C'est si gentil ! Et tu as fait vite !

Ah ! retutoiement. J'ai fait vite, oui. Tu as eu un peu peur que je me tire 200 sacs au distributeur de la

Poste, en passant ?…. Et comment voulez-vous qu'on vous croie, madame ? dit l'Écureuil, à qui Cécile vient se plaindre, le mois suivant, qu'elle trouve sur son relevé un retrait qu'elle n'a jamais effectué. Ah ! Cécile, Cécile, « *please, trust me !* » Eh, j'attends ta réplique, les yeux noyés de larmes : « *I will !* » Et là, musique : *As time goes by !* Putain.

Bon gars, je suis. Aussi probe que propre.

— Tenez ! je vous rends votre carte. La facturette… Le code, vous ne me croirez jamais, mais je l'ai déjà oublié.

Ouoh, le sourire en coin mi-figue mi-raisin ! Parfaite, là, Cécile. On ne refait pas la prise, la première est la bonne.

L'homme de ménage beau comme un dieu :

— Je passe la combine, j'enfile les gants…

Je fais claquer sec le latex comme les toubibs dans *Urgences*, quand ils doivent opérer à chaud et sans délai, pas une minute à perdre – « 2/1,5 de tension, le pouls ne bat plus, l'œil est révulsé, la température est tombée en dessous du seuil critique de 92 °F, et une fois de plus le Dr Ross joue au golf moquette dans son bureau, bipez-le-moi ! ce fumiste, et sa partenaire au golf qui lui fait des *puts birdy* sur la moquette, l'infirmière en chef qui a de grosses lèvres, là, celle qui couche avec tout le service d'orthopédie ! j'ai oublié son nom… » Opérer ce pauvre black qui vient de se morfler une sale bavure de keufs blancs racistes comme ils le sont partout au monde : onze bastos, onze ! et du gros calibre pas réglementaire : le cerveau est touché, le foie déchiqueté, la rate, bon, n'en parlons plus ! l'estomac, le poumon droit, le gauche ! les reins également, car ces fils de putes blancs racistes de la NYP lui ont également tiré dans le dos alors qu'il était déjà à terre, inconscient, baignant dans une mare de sang, le pauvre vieux black aux cheveux blancs absolument inoffensif, qui chantait le blues sagement assis sur les marches de son taudis en brique rouge aux fenêtres murées de parpaings, par une moite nuit d'été... Et diabétique ! et asthmatique ! pour tout arranger, ce pauvre vieux... Allez ! blouse jetable ! gants ! masque ! lunettes pour ne pas se choper le sida quand le peu qu'il restera de sang dans cette pauvre carcasse giclera sous le bistouri ! « Le bistouri ? du 3, j'ai dit, putain ! du 3 ! ciseaux ! merde ! ciseaux ! »... Putain, si on le sauve, celui-là, on fait exploser l'audimat, on gagne douze parts de marché, on repasse en prime time, on nique *X Files*... Mais, finalement, ouais, toute l'équipe mobilisée va réussir à le sauver ! « Sauvés ! »

— Sans vouloir vous commander, madame Rénal, montez donc bouquiner dans votre chambre ! je m'occupe de tout. Deux heures top chrono vérifié COSC, et c'est fait... « Supercroix ! Suuupercroix, ah ah ! »

Mon homme de ménage, là, le bougnoule ? Une perle. Gentil comme tout, serviable, efficace ! D'une probité et d'un sérieux confondants. Et je ne vous dirai pas combien je le paie de l'heure, vous ne me croiriez pas ! Ah, et de l'entrain ! du cœur à l'ouvrage ! il chante en passant l'éponge et la serpillière ! pour tout vous avouer, il chante un peu fort ! disons le mot : il braille – mais, bon ! personne n'est parfait.

Ah ouais. Et par quoi j'y cohommence, moi, m'dame Cicile ? J'y cohommence par la cuihisine qu'elle y est toute salopée du sol au plafond ? Y a du gras, y a du gras, m'dame Cicile ! Ah ! on y croirait jamais que vous y avez vécu à Casa !

Allez, là, Sid Ali, *forte ! fortissimo !* à en faire péter les vitres si cracras que la lumière est grise au plus beau jour de l'été finissant chez Mme Rénal, si cracras que tout le bidon, souple et dur à la fois, format géant, de Cif *Vitres gel à l'oxygène actif* va y passer ! Forte ! fortissimo ! Sid Ali :

Soyez ma muse !
Et que ne durent que les moments doux
Et que ne doux…
Osez, osez… Sid Ali !

Tu es dans la vraie vie, là, non ?

Notre amour, nos rencontres, nos retrouvailles hebdomadaires hors les quatre heures de cours de français par semaine, nos élans toujours pudiquement retenus, ces instants bouleversants, si fugitifs et cependant infinis, où nos regards se croisaient avec tant d'insistance que j'en avais la chair de poule, et elle aussi, j'en suis certain, quand elle cherchait une cigarette sans me quitter des yeux, ou, à l'aveugle, son verre de riesling posé là sur la table basse, mais il aurait fallu baisser les yeux pour le voir, et je suis Rick, et tu es Ilsa, Cécile, et, muet soudain, moi, je te supplie sans un mot d'avoir confiance en moi, et toi, tu ne me réponds pas à voix haute : « *I will !* » comme indiqué dans le scénario, mais je sais que tu le penses, là, fugitivement pour toi, infiniment pour moi… Car en cet échange si intense, ce qui s'est aboli en moi un instant, c'est l'intime et indicible malheur, c'est l'humiliation fondamentale, native –, ah ouais, l'euh 'h'h'h'humiliation, Cécile ! « Les odeurs » qui incommodaient Chichi ! (Connard !)

As-tu jamais compris, vraiment compris, Cécile ? Du fond de ton cœur ? De toute ton âme ? Peut-être. Je n'en sais rien. Je ne le saurai jamais.

Mais ces moments délicieux où les autres chouchous se levaient poliment, sentant qu'il était temps de partir, pour eux, le devinant à une ou deux impatiences qui t'échappaient, toi toujours si pleine de tact avec nous, les ados – une brusquerie inattendue dans une réponse que tu faisais à un pote, ton gobelet de thé à la menthe que tu renversais par mégarde, une nuit grave que tu prenais à l'envers, et tu paraissais vaguement étonnée que je ne me précipite pas comme à mon habitude, zippo au poing, pour te l'allumer : mais je n'allais pas enflammer le bout filtre ; je me marrais… Tu finissais par saisir, tu en avais un fou rire muet qui m'était adressé à moi seul, tu l'accompagnais pour moi seul d'un clin d'œil complice, m'invitant à jouer la comédie de vouloir m'en aller aussi, ou de trouver vite un prétexte pour m'éclipser, je ne sais pas, moi ! tiens, Sid : remporter gobelets et théière à la cuisine, y attendre patiemment que tout le monde soit ressorti – « À mercredi prochain, et à demain 10 heures en classe, les seconde, et à 3 heures, les S 3 ! Le surréalisme, demain, les S 3… »

Cécile revenait s'asseoir sur sa dure chaise en fer ; moi, me laisser glisser sensuellement, avec la nerveuse souplesse d'un grand fauve pour pub de mousse à raser ou de viril gel déodorant évoquant en quarante secondes l'atmosphère de *Out of Africa*, de *Mogambo*, des *Neiges du Kilimandjaro* – merdeux de prétendus créatifs publicitaires de mes deux, pilleurs des trésors du cinéma à grand spectacle pour nous fourguer votre daube qui pue au Carrefour du coin ! imposteurs ! trous du cul ! – mais je m'égare ! je reviens, je revenais, je me laissais mollement glisser du haut de mon mètre quatre-vingt-quatre, dans le vieux fauteuil club dont le cuir fauve crissait sous mes fesses, dont les ressorts grinçaient avec un je-ne-sais-quoi de plaintif, de tendre, de troublant… À nous deux, maintenant, Cécile. Les yeux dans les yeux. Que je t'allume ta gitane blonde, que je m'en allume une – car, bien entendu, j'étais passé aux gitanes blondes… Si tu avais fumé des pétards, Cécile, j'eusse – notez la parfaite concordance des temps, au passage, nous sommes assis dans le salon de Mme Rénal, pas vautrés dans une cave du bloc B, les potes ! – j'eusse, disais-je, Cécile, si tu avais fumé des pétards, eu l'audace d'enfreindre comme toi la loi et de me rouler un zeppelin – nahan, là, je gaze !

Comment dire ce sentiment de paisible bonheur qui m'envahissait tandis que je tirais une longue taffe ? Comment dire ce sentiment de... De quoi ? Comment dire ? Je tâtonne dans l'obscurité. Je griffonne au crayon et puis je gomme. Je casse ma mine assez souvent mais je n'ai pas de taille-crayon... C'est dangereux, un taille-crayon : le détenu pourrait dévisser la minuscule lame et, sinon scier les barreaux avec, se taillader les veines. Il me faut donc, chaque fois que je l'ai cassée, patiemment frotter le bois de la pointe contre le mur de béton jusqu'à retrouver la mine de plomb. J'use d'un à deux crayons par jour, mais j'ai de quoi bien cantiner : mon père ne m'envoie rien, le pauvre ! que voulez-vous qu'il m'envoie ? mais mon avocat est très généreux.

Où j'en étais ? Ah ouais. Mon incapacité à restituer sur le papier cet impalpable, cet indicible : la teneur, la tonalité pastel, les couleurs tendres et si douces de ces trente, quarante minutes en plus, de cette petite heure, au plus, où je m'attardais chez Cécile... De ces rabs, de ces laps d'éternité.

Et puis, mes provoques. Car je n'eusse – bon, l'imparfait du subjonctif, on zappe, l'effet est éventé, Sid Ali –, car je n'aurais pas été Sid Ali, si j'avais cessé de provoquer. Et j'aurais certainement moins intéressé Cécile, si j'avais cessé de la provoquer. Je ne l'aurais pas plus captivée que les autres élus de ses classes. Mais Cécile m'aimait aussi, j'en suis certain, pour ma perpétuelle provoque.

Ma provoque ! Toujours me risquer, toujours chercher le point limite : jusqu'où je pouvais aller trop loin – ah ouais, l'*Un pont trop loin* de ce film de guerre à grand spectacle que je concevais comme étant la seule vie digne d'être vécue. La guerre, oui ! Guerre aux autres, à tous les autres ! Guerre au monde qui n'a pas vraiment voulu de moi ! Guerre à outrance ! Roquettes des bons mots heb-heb – la variété algérienne des roquettes, ainsi nommées par onomatopée car elles font ce bruit de soie qui se déchire et se répète en jaillissant du bazooka : le heb-heb, l'arme favorite des tueurs du GIA, j'en ai entendu une nuit, à Alger... Ah ouais. Roquettes des bons mots heb-heb que je balance sur l'ennemi, lance-flammes de l'insolence dont je l'arrose, et gazes à tout va... Z'y va. Avec Cécile, je ne risquais pas ma peau, non, en courant vers un pont trop loin, à l'assaut... Non, je risquais seulement cet amour entre nous qui n'a jamais dit son nom. Mais parvenu au point critique, au point de non-retour, je m'en tirais toujours par mon cran et le truc habituel : le bon mot, la réplique qui tue, ou, mieux, celle qui intrigue, celle qu'on ne sait pas mieux recevoir qu'une grenade dégoupillée qui va exploser, là ! Planquez-vous les gars ! face au sol ! Sid Ali vient encore de nous en balancer une ! ça gaze fort !.... La réplique qui suscitait le malaise, le si délectable malaise ! J'y allais à la Zizou : tacle en loucedé et grand spectacle, petit pont pour amuser les gradins du virage nord et déconcentrer l'adversaire, on place dans l'axe de la lucarne, d'un coup de talon vicieux pas vu pas pris : tir au but, but ! buuut ! putain ! buuuuut ! À moi tout seul, l'ambiance du Stade de France en délire, la nuit historique du 12 juillet ? Mieux que ça ! le houl d'un stade algérois, ou, mieux encore ! oranais, un soir de victoire !

Quand chaque spectateur pourrait littéralement mourir de bonheur, avec la pensée vague qui l'élève, le soulève et l'extasie: la pensée que Allah a voulu cela et que je l'ai donc, moi, supporteur comblé de mon club, voulu aussi! Ah ouais!

Un esprit d'enfer, hein, comme on dit? Ah ouais! Infernal, je suis. Un djinn! Et qui va fredonnant intérieurement son leitmotiv perso, ces mots d'une chanson du grand Bashung: *Je suis le roi des scélérats à qui sourit la vie*. Le mal ne doit pas m'atteindre, le mal ne peut pas m'atteindre, sacré ou pas. Je suis libre. Je suis un homme. Debout, moi! enculés à genoux!

Je disais donc… Mais toujours la folle du logis m'égare sur le chemin d'un discours cohérent, articulé, structuré comme le dossier d'un psy du centre médicosocial, mon dossier sur lequel un enculé inconnu, qui ? qui donc, hein ? avait rajouté, griffonné manuellement, en grand, en très grand ! en très très grand ! alors que le dossier était déjà muni d'une étiquette autocollante de bonne taille remplie comme il faut au traitement de texte maison – un logiciel Word 6 ou 7, m'est avis, police de caractère Helvetica, du corps 14, en *bold*, j'ai l'œil, et donc parfaitement déchiffrable, l'étiquette, vous en conviendrez –, avec les nom, âge et adresse complète du jeune patient, mineur, souffrant de malaise vagaux vagues et de plus vagues troubles caractériels, aussi mineurs que lui, et passagers : vous verrez, avec un quart de lexomil par jour, au coucher, ça devrait se tasser ! c'est la puberté qui le travaille, il a le sang chaud ce gamin basané qui réussit si bien au collège (et tu es patient, toi aussi, lecteur, si parvenu ici tu n'as pas tourné la page ou laissé tomber le bouquin… Tiens ! je vais voir si ce ne serait pas un peu plus captivant, le dernier Pennacouly ! – Mais non, attends, lecteur, pitié ! j'ai encore tout plein d'histoires fascinantes à te raconter sur moi myself, Sid Ali !)… Et je disais donc que, sur cette épaisse chemise cartonnée rose mauve nuance dégueulis de vinasse, un enculé de fils de pute mal baisée, enfant de salaud de merde, nique ta mère et viens te battre si tu en as, mais, pas de risque, tu n'en as pas, va, je le sais : ton enfoiré de père et ta putride pute de mère mal baisée ont oublié, la sale nuit maudite où ils t'ont si mal conçu, minus ! et tu n'as pas été livré complet à la clinique, tes vieux étaient fauchés trop, ils n'avaient pas pris l'option couilles sur le modèle de larve infra-humaine bas de gamme choisi ! –, avait rajouté, disais-je calmement, posément, avait rajouté, cet hystérique, en très gros, en très très gros, écrit au gros feutre noir à pointe biseau bien épaisse : *Le Cas Sid Ali B.* Cinq majuscules ornementées et chantournées, d'une écriture à la Ibrahim B., d'une écriture de mégalomane borderline en crise aiguë, *Cas* étant souligné au gros feutre rouge, et le tout, pour faire plus joli, sans doute, et surtout plus visible – attention les yeux, mettez votre écran soleil mica-polarisé or Vuarnet « Ski extrême d'été en haute altitude et poudreuse » –, le tout cinq fois surligné ! de rayures bayadère tracées au Stabilo Boss vert acide fluo, au cas où, chers collègues, vous aurait échappé de quoi il s'agissait et retournait dans ce dossier d'ouf !

Putain ! et on dit que je suis malade ! et on dit que je suis fou ! Ah ouais ! Mais, pauvre enculé, pourquoi t'es-tu contenté de si peu ? Tu pouvais trouver en papeterie, pour ajouter une touche de baroque hollywoodien à ton œuvre rageuse, des feutres argent, des feutres or, des étoiles adhésives argent et or, des bombes à floquer argent et or, du gel relief argent et or, et du fluo vert, jaune et rose, aussi, de quoi transformer ce dossier médicosocial en affiche pour festival de Cannes, et Mostra de Venise ! et nuit des Césars ! et cérémonie des Oscars ! Hors compétition, en avant-première mondiale, attention les yeux :

Le CAS *Sid Ali* ! « Vous n'aviez jamais vu ça à l'écran ! »

Et on dit que je suis ouf ! Enculés !

Je me calme, je me calme – je reprends. Je disais qu'il serait vain de vouloir reconstituer ce qui fit le charme de notre chaste liaison, Cécile et moi, Sid Ali. Il y a trop d'indicible, d'insoutenable à se souvenir, de je-ne-sais-quoi, de presque rien, de fugitif et d'enfui à jamais, et de ces minimes mais délicieux secrets partagés entre amants, qu'on n'a pas, mais vraiment pas, alors là, vraiment pas, n'insistez pas ! – exquise pudeur de l'amour fou – envie d'exhiber devant vous, les autres, tous les autres... Si vous avez aimé ne fût-ce qu'une fois dans votre vie, ne fût-ce qu'une heure, ne fût-ce qu'une minute – mais c'était une minute d'éternité, non ? si vous avez aimé, vous savez de quoi je veux parler, cher et si patient lecteur. En résumé, le ragot pour torchon people : *Qu'y a-t-il entre Cécile et Sid Ali ? Nos révélations exclusives en pages intérieures avec choc des photos et poids des mots...* Nib ! nada ! tintin ! laaaaâ ! Et le doigt « fuck you », à vous, paparazzi et fouille-merde ! à vous, voyeurs acheteurs de cette presse alimentée par des paparazzi et des fouille-merde ! Vous ne saurez rien ! Vous serez privés de notre vie privée. Laissez-nous tranquilles !

Et puis, quoi, cher et patient lecteur : comme moi, vous avez été nourri au raccourci depuis votre plus tendre enfance, ou, du moins depuis plus de trente ans, si vous êtes un peu ou beaucoup plus âgé que moi. Devant petit et grand écran, vous avez été éduqué à l'ellipse, au spot, au clip, au « *clap ! action* ! *action ! action !* », au « *cut ! cut ! cut !* »... Et au short cut, et à l'insert furtif, et à l'incruste subliminale... Vous avez comme moi été habitués aux flashs, aux pubs de vingt secondes – toujours vingt secondes de trop puisque c'est pour nous vendre une daube moisie qui pue, vernie or et pailletée pour faire joli à l'image ! On nous a tous rendus toxicodépendants au format court et au dialogue lapidaire, on nous a tous accoutumés, accrochés, asservis au montage serré de plans brefs, chocs, coups de poing, on nous a tous dressés à la vitesse et manipulés aux temps forts... Oui, car les producteurs de télé et les créatifs de pub ne sont que des salopards de dealers en drogue dure et rien d'autre ! On nous a gavés au tempo haletant de la sitcom et au frénétique format de série des séries : épisodes de 26 minutes, une coupure de pub tous les quinze à vingt plans – la fameuse rapidité pro, à l'américaine, allez ! et que ça saute ! et que ça tressaute ! Pas que ça à foutre ! nous facturons 350 000 dollars la minute à Procter & Gamble, on va pas se faire chier avec du dialogue proustien évanescent et luxuriant modern style, on est pas des pédés ! on va pas se faire chier avec de l'intermittence du cœur – tu l'aimes ou tu l'aimes pas, point final, viens pas nous les gonfler avec tes doutes, tes inquiétudes, tes incertitudes et tes scrupules, chéri, ou tu dégages ! nous, on a de la lessive à vendre après –, on va pas se faire chier avec du cafouillage au plume, en plus – allez, au plume : un plan ! vous baisez : un plan ! elle gémit de plaisir, la pétasse : un plan ! *cut !* c'est pesé, emballé, on passe à autre chose ! –, pas se faire chier avec de ces délicieuses minutes d'abandon rêveur où l'enfant réinvente le monde, lui et ses jouets cachés sous la table de la salle à manger, ah ! et surtout surtout pas chier avec de l'incommunicabilité et de l'ennui antonionien – Antonio Qui ? tu m'as pas bien regardé, toi, là, pédé ! bouge ! la porte exit du plateau c'est par là, pédé ! –, ah non non ! on va pas se faire chier avec des taxis qui ne surgiraient pas du hors-champ, instantanés comme le Nescafé, notre autre sponsor de la série, à peine le héros récurrent lève la main pour en héler un ! jamais un héros récurrent ne rencontrerait la moindre difficulté pour trouver un taxi libre, serait-ce un vendredi soir à 19 heures, sous une pluie battante, la veille de Noël ! non mais ! et on va pas se faire chier non plus avec de minables histoires de monnaie que ledit héros récurrent, forcément récurrent puisque offert par Procter & Gamble, n'aurait pas pour faire l'appoint quand il doit payer le chauffeur dudit taxi jaune new-yorkais, taxi qui déjà repart sur les chapeaux de roues dans la nuit si chargée de menaces, si moite, si glacée, si livide et sombre comme le café en poudre quand il se change en liquide bouillant dans votre tasse, et si parfumé ! on se croirait sous les tropiques, enlacé à une piquante et brune indigène qui le partage avec toi, ce délicieux café réalisé en un instant, tandis que le viril récurrent, assez pro pour savoir qu'on ne doit pas briser le rythme, claque la portière à toute volée ! ah ! un mec, lui ! un vrai ! un aventurier ! pas un pédé ma chère qui irait revoir pour la énième fois au ciné-club *L'Avventura*... *L'Avventura* ! le titre, putain, il fallait oser, Tonioni : pas un coup de feu ! pas un hélico qui se désintègre en plein vol ! pas un commando exfiltration-extraction qui saute pour tirer du merdier où il s'était foutu, non par maladresse mais à cause de son courage sans limites, notre téméraire héros lessiviel pas rasé depuis trois jours, mais qui s'en sortira, vous verrez, cent autres 26 minutes sont annoncés et on va bien lui trouver un rasoir trois lames lubrifiées bifluorées et un gel mousse qui redonnera à sa peau toute sa merveilleuse et virile élasticité !.... *L'Avventura* ! Je me marre !

Comment on dit en rital, là, déjà, quand on veut dire ce que je veux y dire entre quatre-z-yeux, moi, au Tonioni ? *Enculato ! Pederasta ! Follassa intellec-*

tuella ! Pas de temps à perdre, nous, je vous dis. Pas que ça à ! Non, mais !

Eh ouais. Et c'est pourquoi, mes chéris, vous êtes devenus si petite nature, boudeurs d'assiette, capricieux grignoteurs de grignotis et autres minifriandises, chipoteurs blasés de *junk food* instantanée, *addicts* à la barquette jetable et au réchauffé micro-ondes, effrénés zappeurs à toute heure (et, soit dit entre parenthèses, du coup, justice immanente : d'obèses patapoufs pas baisables, ni par-devant – la bedaine –, ni par-derrière – le fessier est si monstrueux que mon gland ne parviendrait pas jusqu'à l'orifice de votre cul, noyé, englouti comme il l'est sous cette masse de chair flasque, beuheurq !)... C'est pourquoi vous êtes désormais incapables d'apprécier les longueurs solennelles et drapées dans un marbre éternel d'un certain grand art classique ou romantique. Vous avez du mal à digérer la sublime majesté d'un travelling avant de Visconti glissant, tel un danseur chaussé d'escarpins de gala en satin noir, sur le pavage en marbre d'une salle de bal à la fois sicilienne et proustienne... Et vous calez, les drogués de McDo et de Minut' Soup, vous calez devant la lenteur tout orientale d'un panoramique de Kurosawa, à l'intériorité méditative zen, à la virilité de samouraï, d'un plan qui à moi, Sid Ali, me tira des larmes – ah, *Ran* ! Et vous sautez – pas que ça à foutre ! je suis garé en double file, là, j'ai mon avion à prendre et le Périphe est bouché, et mon portable sonne, qui est-ce ? tu es où, là ? – vous sautez les pages de descriptions et digressions quand vous relisez – relisez ? vraiment ? menteurs ! – Balzac : ces descriptions et digressions dont je me délecte moi perso, Sid Ali, c'est ma vraie détente, Balzac (oh, pardon ! parlons d'autre chose !)... Ah ouais, Honoré de, maximum respect ! plus c'est long plus c'est bon pour moi perso : comme les parties de turlute – « Si tu recules comment veux-tu que je t'encules ? » Et Tolstoï, et Wagner vous font pareillement chier : trop long et lent et riche et chromatique pour vous, les stressés ! Pauvres, pauvres aliénés qui perdez votre temps à le gagner et le gagnez à le perdre ! Prenez-le donc, votre temps ! Et puisque vous n'aimez que le bref, relisez – relisez !.... nahan ! pas à moi, Sid Ali, les tocards ramenards qui n'ont jamais lu mais toujours relisent ! ça ne prend pas avec moi –, lisez donc ces deux vers d'un robâyat – d'un quatrain, ouais ! le format vous va, là, pour le coup, les petites natures ? c'est beaucoup plus court que le plus court des clips, plus léger léger que le plus bref des spots pour un quelconque produit allégé, un quatrain ! plus minimini encore, à part la minidose de MiniMir, je ne vois que le haïku ! –, et je ne vous demande pas de lire le quatrain tout entier, nahan, je vous vois déjà vous agiter caca nerveux pipi pressant qui ne peut pas attendre, je vous connais ! mais de lire ces deux vers, deux, deux fois un, d'un quatrain du génial poète Omar Khayyam :

Sois heureux un instant,
cet instant c'est ta vie.

Maximum respect, Omar ! En neuf mots tu as tout dit. Mieux que la pub Speedzza (il lui en faut dix : *Speedzza, c'est speed, c'est hot, c'est super, c'est Speedzza, Speedzza !*). Et tu peux chanter, si ça te chante, les douze syllabes de ces deux vers du robâyat sur la musique des bas Dim – ta ta ta ti ta ta ! ta ta ta ti ta ta !

Non, n'aie crainte, lecteur – je te tutoie, je te vouvoie ? au hasard ! ne vous en offusquez pas : ce n'est pas de la provoque de jeune beur, c'est le lait de l'humaine tendresse, comme disait le grand Will, un autre pote à moi, mais vous n'aimeriez pas ses tragédies : certaines durent plus de quatre heures à représenter, et je ne compte pas l'entracte ! –, non, je ne vous écrirai pas *La Guerre et la Paix* – je dis : *La Guerre et la Paix*, parce que s'il s'agit du livre, on met l'article à *Guerre* et l'article à *Paix*, ignares ! *Guerre et Paix*, c'est le film de King Vidor, scénario de Mario Soldati – de la daube hollywoodesque, entre nous soit dit, mais Audrey Hepburn était émouvante... Quand ces incultes de distributeurs francaouis de souche ont reçu la copie master from the States, ils ont lu sur l'étui *War And Peace* ; comme, dans leur milieu, ils n'avaient jamais jamais avant ce jour entendu prononcer le nom de Tolstoï, non ! ni à la terrasse du Carlton ni à celle du Fouquet's, ils ont traduit, on va pas se faire chier, *Guerre et Paix*. Notez, ils le sortiraient aujourd'hui, ils laisseraient le titre américain, *War And Peace* – c'est plus vendeur coco, tu ratisses plus large and easy. Ou, non, tiens ! plus vendeur encore, coco : *WAP* ! Là, avec une promo canon Austerlitz de Navarone, tu cartonnes en mégacomplexes multisalles ados-pop-corn-esquimau-coca-promo-vacances-scolaires, je te le dis, moi ! surtout avec du produit dérivé marketing, genre « Collectionne les figurines de tes héros favoris, Natacha, Bolkonski et Bezhoukov » ! Bingo ! Jackpot ! Merci, Léon ! Non, pas le Léon du film de Luc Besson, mais Tolstoï ! Je remercie Léon Tolstoï, le mec, là, qu'a écrit *WAP*, le livre que je te parle que la Warner a tiré le remake, un Russe, paraît-il. Depuis la chute du Mur – c'était quand déjà, le Mur ? avant ou après la sortie de *Batman II* ? – en tout cas, depuis ce beau jour pour la démocratie : Est ou Ouest, hein, on regarde plus d'où ce que ça vient la provenance, hein ! mondialisés on est, hein, et culturellement parlant aussi, pas de raison que ces enfoirés d'intellos nous les, hein ? Press-Pocket, y ressortent le I de *War And Peace*, mais la vache, c'est mahous ! mille pages imprimées en minimini, il faudrait une loupe, ah non merde, chié ! pas que ça à, moi ! j'attends la *short novelisation* qui ne devrait plus tarder, on a signé avec Librio-Flamme : arrosage grande surface tout public ! le bouquin à dix balles, ça plaît aux ados – et par ici la tune ! rebingo ! rejackpot ! et encore merci, Léon !

Ouais, je vous disais que je ne vous écrirai ni *La Guerre et la Paix*, ni *Le Rouge et le Noir*, même si mon héroïne, l'avez-vous remarqué ? – mais non, vous ne lisez rien ! et au collège, c'est en *digest*, maintenant, c'est du allégé Allègre à 0 % de matière grasse et littéraire : tu parcours des yeux, ton baladeur aux oreilles : Police, la compile, te matraque à donf les rochers, tu oublies sur l'heure qui c'était la Rénal, là, et qui, la Mole, et qui, hein, qui a tué qui ? Julien, ou Mathilde, la salope blonde, froide, hitchcockienne, ou la Rénal, là, chais pas son prénom, à la chieuse... Louise ? putain, faut chercher longtemps dans l'édition intégrale, l'édition pour pédés, pour le trouver le prénom de la Rénal de, hein ! et moi, pas que ça à. Moi, je rentre rapido *back home* me déguster vite fait un Bolino réchauffé microondes, pour dessert une barre revitalisante Mars *Céréales*, ça te redonne *toute l'énergie vitale fondamentale qui est en toi*, euh, la pub a pas tort, et je réécoute *random* le best-of du Cure... Même si, disais-je, mon héroïne, la vie imitant l'art – un autre l'a dit avant moi : Oscar, une autre furieuse dans mon genre et qui a connu la taule, elle aussi, pour avoir un peu chahuté, *kiss my ass, you fag, son of a bitch !* – même si, disais-je, la vie plagiant sans vergogne le grand art, l'héroïne de mon histoire – je continue, je ne perds pas le fil, moi, pas si ouf qu'on le dit ! – l'héroïne de mon histoire porte le nom que lui avait donné, dans son roman, Stendhal. Seule la particule est tombée. La Rénal stendhalienne est une « de »... La mienne, que voulez-vous ? nous sommes fin 1998, début 1999, sous un gouvernement de gauche, dans un pavillon Loi Loucheur... À Aubervilliers ?.... À La Courneuve ? Quelque part par là. Ne comptez pas sur moi, je ne vais pas à poucave, je suis un homme, un vrai ! aussi, ne comptez pas sur moi pour vous donner le nom du trou pourrave où ce que se passe l'action de cette love story peu banale genre *Le Diable au corps*, mais chaste, et qui finit en thriller et film d'horreur – le scénariste aura sans doute un peu trop tiré sur le pétard – : je ne veux pas faire iech les potes des Poètes. À peine j'aurais laissé tomber de mes belles lèvres le nom de ma commune dans le 93, putain ! que, putain merde, rappliqueraient dare-dare les équipes motos gros cube Béhème pour une ouverture direct live du JT d'ici une heure, que ça saute : « Il me faut du choc, du saignant, les gars ! l'audimat est en chute libre, trouvez-moi un scoop sur la dérive de ce fils de pute de serial killer bougnoule – oh, pardon, ça m'a échappé ! –, qu'on regagne vite fait des parts de marché, le chef l'a dit, ou je vous vire, moi, enfoirés, hop ! à moto, top chrono, du saignant, j'ai dit, du choc ! »

Ah, et puis les potes verraient en prime déferler aussi la horde des paparazzi spécialisés dans le fait divers crade, il en existe, et autres fouille-merde de notre belle gutpress nationale en pur boyau de porc, pas du synthé : « Tiens, toi, là, mon petit gars qui as l'air si sympa, tu l'as connu perso, toi ? le monstre abject, le tueur aux sacs plastique, le serial killer maudit qui fait horreur à la France saine et profonde comme l'a déclaré si justement Le Pen – oh, zut, pardon, excuse, pouf pouf, je recommence ! non, ce n'était pas pour te provoquer, juré, mon petit gars, non non, mon grand gars, j'ai dit, mon grand gars, mon grand, j'ai dit, non, ne me frappe pas ! ne me frappe pas ! je te file mille balles, tiens, j'irai jusqu'à deux mille, et toi, tu me files une révélation bien cradingue salingue, du qui pue fort la merde, sur cette pourriture de Sid Ali, l'enfant de salaud de sa mère musulmane qui n'a eu aucune pitié pour la charmante Donata, la blonde Angéline et la douce Julie, d'accord ? – que je te rétablirais la peine de mort, moi, pour la racaille qui tue en série, et vite fait encore ! ça la ferait réfléchir à deux fois, la racaille ! À la belle époque de Landru, tiens, quand on exécutait à l'aube, en public, et à la guillotine, on ne voyait pas des crimes en série aussi odieux, on ne voyait pas d'assassinats sur de pauvres femmes sans défense ! Non, non, mon petit gars, ne me frappe pas ! je vais jusqu'à trois mille, dernier prix ! La vache, ces beurs, tous les mêmes : des tueurs ou des tueurs en puissance, pas à sortir de l'alternative : c'est fait ou ça se fera ! Une blague, l'intégration ! Une blague, l'insertion ! Les Poètes ! laissez-moi rire ! Que fait ta police, Chevènement ? Trotskiste ! » Ah, croyez-moi, je vous le dis, on ne va pas à teuf tous les jours quand on fait baveux journaleux en banlieue sensible !

Du reste, moi, Sid Ali, je ne vois pas pourquoi je vous raconte cela au conditionnel : c'est, en fait, ce que nous appelons en arabe de l'accompli. Car, à peine a couru la rumeur de l'ombre d'un commencement de début de très vague soupçon sur ce Sid Ali B., à peine a paru un encore plus vague portrait-robot – j'étais gros patapouf, pas de pli séducteur aux commissures des lèvres, pas de si sexy fossette mitan le menton, nahan, mais de petits yeux porcins, moi qui les ai si grands et à l'amande parfaite et aux longs cils si soyeux ! et, détail plus atroce que tout sur ce pseudo-portrait-robot : la squette Nike posée à l'envers ! à l'ancienne, à la Goude – ça ne datait pas d'hier, le gimmick : la naissance de ma sœur Amina, le jour du Bicentenaire ! – ouais, me faire ça à moi, Sid Ali qui, depuis deux ans, l'avait remise définitivement à l'endroit, laissant aux ringues d'avoir l'air Raoul daté, genre Martin Boubou-l'héritier-de-la-chaîne en goguette, ou Chichi-la-crevure voulant faire hypersympa et peuple et tout et tout un soir de finale au Stade de France, connards ! moi, le dandy diva, le divin Sid Ali, qui avais lancé la mode de la squette à l'endroit comme le prince Édouard, peu avant de devenir roi d'Angleterre sous le numéro VII, succédant à sa mère Victoria, lança un beau jour, sur la plage de Trouville, la mode, qui dure encore, des revers de pantalon (j'ai lu ça dans *Vogue Hommes*), moi, le divin Sid Ali, ces crétins de la SJ, la Scientifique Judiciaire, m'avaient, suivant des dires vagues, de vagues témoignages de vagues témoins oculaires myopes astigmates et défoncés au prozac, m'avaient, dis-je, affublé, ces nulaches, d'une squette à l'envers ! Sur le portrait-robot du Roi Dagobert, ils lui auraient sans doute mis la culotte à l'endroit, ces gols... Et ni mes potes, ni mes parents, ni mon frère Aziz, depuis peu sorti de taule – six mois pour récidive –, ni Azzedine, ni Amina n'auraient pu me reconnaître, alhamdoulillah ! n'auraient pu m'identifier à ce monstre, vraiment monstrueux pour le coup ! Mais malgré tout – comment sont-ils remontés jusqu'à la vérité ? mystère ? non ! comme d'hab : un greffier qui s'est laissé graisser la patte : « Allez, je ne vous ai rien dit mais j'ai lu ce nom et cette adresse, je vous le griffonne sur ce Post-it que vous aurez l'obligeance de rouler en boule et d'avaler après l'avoir lu, voilà, merci ! mon tarif ? le tarif habituel ? 50 000, je triple de cette manière mon salaire annuel de fonctionnaire, oui ! mais ça ne fait pas encore bésef : on nous paie si mal dans la fonction publique ! donc, voilà : Ibrahim B., bloc B, escalier C, porte 502 ; mais l'innocent coupable présumé, sûr et certain que c'est lui qui a fait le coup ! moi, j'ai le flair, pour ce genre d'affaire, et on ne m'enlèvera pas de l'idée que c'est la mère qui a tué le petit Gregory, allez ! il n'y a pas de fumée sans feu, mais cet enfant de salaud de Sid Ali B. n'est même pas encore mis en examen, hein, les gars, pas de gaffe, ou ça remonte jusqu'à moi, enquête de la chancellerie et tout, et là, moi, je suis mal, j'ai deux enfants, dont un paraplégique et l'autre mucoviscidosique, alors mollo ! »... Mais, malgré tout, les journaleux baveux vautours ont foncé et fondu sur les B. pour les terroriser, du moins ceux de la famille qui se trouvaient à la maison ce jour-là, un mercredi aprème. Ces salopards n'hésitent pas à s'en prendre aux enfants et à les faire parler avec des méthodes dignes de Barbie – le nazi, pas la poupée. Ces salopards n'ont pas hésité à interroger façon bavure de commissariat Amina, dix ans – « Tu la veux, ta baffe, je peux faire mal, graine de délinquance, tu sais ? et si j'y vais avec l'annuaire Telecom, tu pourras toujours aller te plaindre à papa maman : ça ne laisse pas de trace, l'annuaire ! » La pauvre petiote a fini par craquer et balancer que son grand frère Sid Ali avait un peu très beaucoup sale caractère mais en fait pas beaucoup trop tant que ça, hein !.... Je t'ai pardonnée, va, Mina ! De purs et solides héros de la Résistance, des qui en avaient, ces saints, ces martyrs ont fini par donner des noms dans un dernier souffle, épuisés qu'ils étaient par la souffrance : baignoire et gégène en alternance, allez, qu'on en finisse ! Mais Azz n'a pas cédé : « botus et mouche cousue », a-t-il dit – au moins il lit les *Tintin* d'Aziz. Il fait des fautes d'orthographe que c'en est à peine croyable, il écrit phonétiquement, en fait, et encore, selon une très approximative phonétique, mais il a des claouies, ce brigand. Et il va virer vite fait caillera grave, dope douce puis dure, rodéos, taxe autoradio, tire à la caisse et au pigeon, pouillave en tout genre, tapin pour arrondir les fins de mois difficiles, le minot, si notre sans claouies ni doigts gauches de père n'y prend garde – Ibrahim B. ne pourrait même pas jouer le fameux concerto de Ravel, ce minus, à supposer qu'il sût jouer du piano... Ah ! je t'imagine à Pleyel, Papa, face au Steinway : « Mais, mon fils le giénie, j'y peux pas, moi, j'y peux pas le Ravel *Main gauche*, j'y peux pas ! déjà que les iautres conciertos de piano, j'y joue que les notes hautes de gamme, que j'y peux pas les basses, mon fils, le giénie QI 137... » Et je suis mort de rire ! Xcuse me, c'est nerveux, ça me prend parfois, pendant ces longues, lusitaniennes, et si ténébreuses nuits en taule, ces si conradiennes nuits quand s'entend dans le lointain le déchant lugubre d'une sirène sur la mer de Paille pour ajouter la touche de tragique existentiel qui manquait à la scène – ouoh putain !

La crampe de l'écrivain. Ma main gauche – je suis gaucher, moi : moi, vous m'auriez donné une dizaine, allez, disons quinze pour ne pas avoir l'air de frimer, vous m'auriez donné quinze leçons de piano et un frac à queue-de-pie pour la circonstance, vous m'auriez assis à Pleyel sur un tabouret, devant un grand Steinway de concert – noir, le Steinway : je ne suis pas Céline Dion... Je fais, du coin de ma moue si séductrice – deux pétasses au premier rang sont déjà dans les pommes –, je fais signe au chef qu'on peut lever le drapeau à damier : z'y va ! J'ai relu une fois, j'ai survolé, survolté, la partoche en coulisse, à l'aise, pole position, vroom vroom, top chrono, baguette, maestro, please ! je n'ai pas que ça à, j'ai, après, quelques teuchas toutes chaudes à défoncer, et deux ou trois coupettes de Ruinart rosé aussi frappé que moi qui m'attendent au bar du Crillon avec deux ou trois autres pétasses pour faire passer entre deux gorgées… Je prends du Ruinart uniquement parce qu'il est le plus ruineux, ha ha ! Bon, on y va les nunuches de l'Orchestre National de La Courneuve-Aubervilliers ? j'ai talon et pointe à donf sur les pédales, moi ! En 19 minutes et 5 secondes, je vous le cours, moi, le *Main gauche* ! comme la grande Martha ! Dans 19 minutes et 10 secondes – vous nous laisserez bien, après une exécution si magistrale de l'œuvre jouée, ce silence de quatre ou cinq secondes qui après du Ravel est encore du Ravel, du Mozart, du Mozart, du Sid Ali, du Sid Ali ! – dans 19 minutes et 10 secondes, vous vous lèverez pour la standing ovation et dix ou douze rappels, je la sens bien, là, ce soir, la salle : il y a des soirs magiques où le public a presque autant de talent que l'artiste… Allez, go ! pas la mer à boire, le *Main gauche* : un seul mouvement ! il ne s'est pas trop foulé sur ce coup, mon Ravelou-le-relou ! Cela dit, il l'avait écrit pour ce pauvre Paul Wittgenstein – ouais, un frangin au Ludwig du *Tractatus logicophilosophicus* – qui avait perdu la main droite – un débris d'obus –, sur le front en Russie, en 1917, juste avant que Lénine… –, pas eu de bol, Paul Wittgenstein ! et, petite santé, il fatiguait vite depuis : alors, il n'a qu'un mouvement, un seul, le *Main gauche*… Bon, z'y va, on fonce : j'ai adopté une fois pour toutes les tempi de Martha Argerich, qui est la plus grande des pianistes, la number one de ma playing list perso Piano classique depuis un certain soir où Mme Rénal m'a fait découvrir ce sublime *Prélude* de Chopin, le N° 4 de l'Opus 28, qui n'est pas seulement, tripatouillé par Gainsbourg, la musique d'une chanson de Jane Birkin, *Jane B.* – enregistrée à Londres : Jane avait bien pris le bateau à Calais, pour le coup, l'Eurostar n'existait pas à l'époque… Et que Mme Rénal soit à jamais bénie pour m'avoir révélé, ce soir-là, l'original tel que composé pour piano seul par Chopin, et joué par Chopin réincarné en femme, et une très belle femme, une femme qui a une sensualité à fleur de peau, à la Djamila, et sa lourde chevelure, et ce geste que je croyais uniquement djamilesque, mais il est également à Martha quand Martha relève si gracieusement une longue mèche de cheveux sur l'oreille – je l'ai vue à la téloche un soir, Martha, très tard dans la nuit, à l'heure où quelque chose d'un peu humain commence à éclairer l'écran de l'intérieur… Martha qui joue ce prélude tel qu'écrit. Tel quel, ouais ! Je n'ai pas lu la partoche et pour cause : je ne sais pas lire la musique – l'enseignement de la musique est si négligé en France que c'en est un scandale… Mais je sais – ne me demandez pas comment je le sais mais je le sais. Martha ne nous le joue pas en gonzesse, genre « ah ! je suis une faible femme sentimentale comme nous le sommes toutes, et puis non, pas ce soir, chéri, j'ai ma migraine et mes règles… » Non : net ! noble ! viril ! lumineux ! douloureux mais pas plaintif pour si peu ! on est des hommes, merde ! joyeux, presque ! du menton ! des claouies ! Chopin Chopin, quoi ! Alors, moi, Martha, je relève gracieusement une longue mèche de ma lourde chevelure d'un noir si noir qu'il en est bleu, voilà, c'est fait, et maintenant z'y va à la Zizou, le Steinway va en baver, je vous le dis : tacle loucedé pas vu pas pris, petit pont, talon pointe cadrage lucarne, tir, but ! Et voilà ! Les pédés, les follasses coiffeuses, les Fernande et les Dominiquenique, si vous n'aimez pas, si vous préférez du chopinet comme chez maman, du qui vous prélude la larme à l'œil, rose mignard, chou à la crème romantique, chantilly tout plein, oui, et un soupçon de sucre glace à la violette, je suis très *sweet tooth*, ma chère, j'avoue ! et, pour le carton, le napperon de papier dentelle qui fait si joli joli au fond, un frisotté frisette, et à volonté du bolduc à nœud-nœud... Ah ! putain, faites pas iech, les pédés ! Virgin fait nocturne le jeudi, vous avez encore le temps de courir vous offrir Claydermann, *La Compile* ! Allez, dégagez, les enculés enfoirés ! ici, c'est de grand art qu'il s'agit. Et ce soir, Sid Martha Ali joue.

Et là, après le *Main gauche*, je retrouverai l'usage de ma droite pour vous le donner en bis, hommage de l'artiste au public qui l'aime, ce *Prélude N° 4*. Ce bis, je te le dois bien, cher public : il n'y a que toi qui m'ait jamais un tant soit peu compris, un tant soit peu aimé. J'ai eu une enfance sinistre et que je ne souhaite à personne : je n'étais pas compris, je n'étais pas aimé. La connerie massive et de mon père et de la société me pesaient tant que j'en suis devenu fou à tuer. Je ne me cherche pas d'excuses, ni à me faire plaindre : je suis un homme. Je constate simplement. Ludwig Wittgenstein, le frère du pianiste manchot a dit ceci : *Ce qu'on ne peut pas dire, il faut le taire*. Bien vu, bien dit. Ah ouais.

Mon crayon m'en a chu de la main gauche – la main qui écrit – sur le sol de béton brut de ma lusitanienne cellule – ping.

Où en étais-je ? Ah ouais : Mme Rénal, Stendhal, la particule. On laisse tomber la particule, d'accord ? Tu es Mme Rénal et tu n'as pas de particule, toi. Rénal est ton nom de jeune fille. Je suis Sid Julien Ali, et je t'aime. Ça vous va, les amateurs de spots et de clips et de daube hollywoodienne, qui courront voir, dès que ce sera sorti un mercredi aprème des petites vacances scolaires de la Toussaint, *WAP II, Le Retour, L'Empire contre-attaque* ? « Ah ouais euh, j'ai la Natacha détachable en sticker euh, mais j'ai pas encore le Bolkonski avec son épée magique rétractable intersidérale galactique en plastique, et pour le Napoléon avec son bicorne amovible euh, là, ça négocie sec sur le second marché figurines dans notre LP de La Courneuve euh, putain, et, le Bezoukhov, pour pas te faire bezoukhover la gueule euh, c'est duraille euh : trois Dark Invadors contre un Bezoukhov, au dernier cours fixé par nos potes Gaillard et Sylvestre, ces terreurs. »

Aliénés !

Bon. Et maintenant, donc, en rediff: Cécile-Sid Ali – le best-of. Les meilleures scènes, tournées entre début septembre 1998 et le 13 janvier 1999, et la pire: la scène finale, l'héroïne est froidement assassinée dans sa salle de bains, la nuque ayant buté contre le rebord de la baignoire-sabot, *The End*, la salle se rallume... La nuit commence pour le lonesome héros solitaire et parfait criminel auteur d'un crime parfait, qui avait du génie mais ne fut pas aimé autant qu'il l'aurait souhaité, et tua pour un mot de trop – à quoi tient la vie parfois, à quoi tient la mort, Sid Ali ? À un mot, Sid Ali. Et le reste est littérature. Et il n'y a de vrai que le romanesque, pas vrai mon Paulou ? Vivre me tue, *but I will survive! I will survive!* L'hymne national perso de mon autre chéri – pardon, mon Paulou, si je te semble si volage, mais on se fait chier en taule, mais vivre tue, en taule –, Zizou! Mon Zizou Zizou! Mon Zizou Dior *Eau Sauvage*, nah, enculés!

Les meilleurs moments, ah ouais, de bons morceaux choisis dans ces treize mercredis aprème, treize, je les ai comptés, et le dernier des mercredis aprème fut un 13! Si j'avais été un peu plus superstitieux, aurais-je évité de commettre l'irréparable? Qui sait ? Treize mercredis aprème seulement, car il faut décompter ces lugubres vacances scolaires de la Toussaint – Madame ne recevait pas en son salon: elle était allée passer quelques jours à

Nantes, où vivait sa fille Claire. Et, pire – idem, pour le motif –, les vacances de Noël qui coïncidèrent cette année-là, grosso modo, avec notre saint Ramadan. Ces salopards de fils de putes roumies – pardon, Maryam ! ça m'a échappé, je fus très mal élevé –, ces adorateurs de l'enfant Issa-le-prophète-mineur faisaient teuf et se goinfraient jour et nuit – huîtres, foie gras, saumon fumé, dinde, bûche, chocolats, fruits confits, marrons glacés, une coupette pour faire glisser, une autre, ah, et, tiens ! on n'est pas des veaux, je reprendrai bien un peu de boudin, du blanc, du noir, des deux, je m'en fous, je ne suis pas raciste, moi, je vote Jospin quand je ne vote pas Bayrou, et tiens ! débouche-nous donc une autre boutanche, Milou : le boudin antillais, ouais, je vous dis que je ne suis pas du tout raciste, vous voyez bien : je bouffe de l'antillais, qui est plus épicé que notre boudin de chez nous, et, conséquence fatale, donne soif, mais j'ai pris mes précautions, j'ai encore à la cave trois caisses de roteuses d'Épernay ! du brut ! du bon ! tchin ! et vive le petit Jésus, nom de Dieu !

Tandis que nous, musulmans, tintin, ceinture, pas une goutte d'eau jusqu'au F'tour : la rupture du jeune à l'heure où la nuit est noire (il faut vraiment f'tour vous expliquer, ha ha, les roumis !), et chez nous, les B., le fameux menu spécial ramadan « On s'est privés tout le jour, on se régale la nuit » : nib de nib de nib ! Tiens, à titre purement documentaire, je vous repasse la scène du 24 décembre 1998, aux environs de 20 heures, heure sacrée du JT de PPDA, naissance d'Issa ou pas. Sortez vos kleenex, les âmes sensibles et sentimentales ! Et sortez de la salle, ceux qui ne supportent pas le réalisme social – le vrai, pas l'idéalisé, boursouflé, grandiloquent, truqué, creux et mensonger réalisme social stalinohollywoodien, non, la tranche de vie bien saignante coupée à la Zola... Bien saignante, ouais! pas comme cette exsangue barbaque halal, d'un gris brun relevé de vert et de bleu moisi que vous voyez dans les assiettes, exceptée celle de Sid Ali, la diva prima donna vedette superstar de la famille B., cette barbaque dont la seule vue vous soulève le cœur... Et à moi donc! qui ai en plus les odeurs, et commence à pardonner à Chirac son dérapage verbal. Ah ouais, il a raison mon Chichi, ça upe! tous à vos masques à gaz! si je laisse filer une caisse, on n'entendra pas le bruit à cause de la hurlante télé – mon père est un peu dur de la feuille, j'avais oublié de vous le dire quand j'ai tenté de dresser d'Ibrahim B., en bon fils musulman aimant et soumis, un portrait flatteur –, et quant à la senteur dudit pet, la puanteur des bas morceaux de mouton dans les assiettes la masquerait aisément – mais finalement je me retiens, j'ai été très bien élevé par mon père Ibrahim, le patriarche en personne dans mes yeux d'enfants! Cela vous répugne chouïa, vous ne supportez pas ce genre de social réalisme? Comme je vous comprends! Moi, Sid Ali, dès que je peux me casser de ces bas-fonds, je me casse!

Et, au menu, en accompagnement de l'innommable barbaque? Du couscous Zina, dis! pas assez beurré – ma mère est d'un rat! –, collant – elle l'oublie trop longtemps dans le couscoussier: elle court briquer et rebriquer au Monsieur Propre le chiave par mon père dégueulassé – je ne peux pas lui enlever ça, à ma oumm, question ménage, elle est parfaite, Yema! et comme elle est bonne, vraiment bonne, nous la pleurerons tous à sa mort. Mon père, même, ça lui fera un petit quelque chose tout de même, un petit pincement au foie, et il aura bien un bon grand quart d'heure de chagrin, je le connais mon père, un sensible, un grand sentimental sous des dehors un peu rustres… Et notre mère, donc, a amélioré l'ordinaire : que nous ayons la merveilleuse impression de réveillonner, nous aussi ! elle a rajouté à la semoule – une sorte de gluant ciment tiède que viendrait de baratter une bétonnière (il ne faut bas rater, ça, ha ha, Sid Ali !) – des raisins secs ! ah ouais ! teuf ! des raisins secs – ils étaient en promo réduc bon d'achat, cette semaine, chez Leader Price ! Yema, bonne comme elle est, elle s'est dit : « Raisin de plus ! » Ha ha, Sid Ali !

Et le dessert ? Ouaouh ! Danette ou Flanby, au choix. Et, un si beau soir, Amina et Azz auront bien le droit de s'épargner un cornélien dilemme : « Oui, mes chéris, prenez les deux, tiens ! J'y suis comme ça, moi. » Une teuf n'est plus vraiment une teuf si on commence à compter… Et chez nous, il n'y a ni sapin enguirlandé ni petits souliers dans lesquels vous trouveriez demain matin au réveil une console Nintendo, toi mon Azz chéri, ou la poupée qui ouvre et ferme les yeux et fait pipi au lit comme il t'arrive encore de le faire parfois, quand tu es trop nerveuse, ma Mina que j'aime. Nib cadeaux chez les B. !

Et pour arroser ce festin ? Ah ! quelle prodigalité : de l'eau du robinet et du Banta Orange – du qui bulle, du qui pique et pétille, avec 0 % d'orange naturelle, 0 % de pulpe, 0 % de fruit, 99 % de colorants E 111, 112, 113, 114, 115 (allez en pensée jusqu'à 199, cher lecteur, mais moi, je m'arrête là : je ne veux pas gâcher du papier pour ça, le papier coûte cher en prison. Celui-là coûte cher, quant à celui pour…, oui, vous voyez ce que je veux dire, putain ! l'Administration pénitentiaire portugaise vous fait le rouleau de rêche papier kraft qualité lieux publics à Alger au prix du papier à lettres vergé d'Arche 100 g filigrané *Mont Blanc*, j'exagère à peine : la chiasse est à prix d'or dans les taules lisboètes. Mais à part ça, tout le monde se montre très correct et *bom comportamento* avec moi. Si je compare avec ce que mon frère Aziz, de retour de ses incarcérations, me disait du sordide, de la promiscuité et de la violence qui règnent dans nos prisons françaises, violence, promiscuité et sordide générateurs de récidives, et cercle vicieux que notre garde des Sceaux, Mme Élisabeth Guigou, que j'admire et respecte infiniment, si si, je suis sincère ! devrait tenter de briser enfin, elle en a la force et le courage, je le dis sincèrement, si si, foi de Sid Ali ! si je compare avec ce que me disait Aziz, eh bien, je me réjouis d'avoir fui au Portugal et d'avoir trouvé un avocat de génie qui multiplie les recours pour obvier à perpète aux demandes d'extradition de la France, ma mère patrie ! – fermons cette scatologico-philoso-phicosociale parenthèse, cher lecteur...). Et pour en revenir au Banta Orange (vous savez, moi, Sid Ali-la-glu, je suis un tenace : quand je vois une idée flotter à la dérive, au fil de mes capricieuses pensées, je ne l'abandonne pas à son sort, je lui tends mentalement une perche, je lui lance une bouée et la ramène à moi), donc, le Banta Orange et sa stupéfiante couleur. Un orange... Ah, comment vous dire ? Si ! vous connaissez forcément cette nuance d'orange : vous prenez l'avion et vous voyez les employés en tenue de sécurité vaquer à leurs occupations sur le tarmac de l'aéroport ; vous prenez l'autoroute et vous voyez ces ouvriers occupés à repeindre en blanc les lignes jaunes, et vous avez déjà vu au JT des secouristes tenter de sauver un malheureux qui se noie dans une coulée de boue ; et si vous êtes tant soit peu observateur, vous aurez remarqué que la doublure satinée des blousons de pilote, d'essai ou de chasse, est d'un orange qui fait, certes, un peu mal aux yeux mais se voit de loin : si, par malheur, l'avion devait se crasher, mais que, par chance, le siège éjectable fonctionne comme il devait fonctionner, selon la notice du fabricant et les nombreuses répétitions en crash simulé au sol, le pilote éjecté, perdu au milieu de l'apeurante solitude océane, est réconforté à l'idée qu'il lui suffit de retourner sa veste comme un vulgaire politicard, il est immédiatement visible à très haute altitude des avions espions et, plus bas dans l'atmosphère, des hélicoptères envoyés à sa recherche avec treuil extraction et paras plongeurs pour donner un coup de main à ce *boy* dont le *training* nous coûte deux millions de dollars par an, et le Capitole trouve que le gâchis à l'US Air Force, ça commence à bien faire, *don't tell me !...* Eh bien, voilà ! l'orange chimique du Banta Orange, c'est ça, c'est exactement ça : un orange *flashy*, fluo, sécuritaire, et qui pète, nom de Dieu ! les *boys !* et qui claque, et qui scintille comme la mer rimbaldienne quand elle va avec le soleil, et qui éblouit. J'ai failli aller chercher dans ma chambre mes lunettes Pilot Top Gun à verres écrans micapolarisés anti-UVA anti-UVB, traités *Stratospheric Altitude*® pour soutenir l'insoutenable éclat de cet orangé du Banta Orange planté au milieu de la table familiale un soir de Noël et de Ramadan. Je risquais une crise d'épilepsie, à trop le fixer. Une fois de plus, sans le vouloir, j'eusse gâché une sympathique fête de famille.

Du Banta Orange ! Mais c'est Byzance ! Si ma chère Isa Adja-la-Djez nous voyait, elle laisserait illico tomber le toast brioché tartiné de foie gras d'oie qu'elle tient d'une main et la coupe de Ruinart rosé millésimé frappé juste comme il faut, ni trop ni pas assez, qu'elle tient de l'autre – bing !

mais le verre blanc cassé ça porte chance, alors, hein, Sid, Inch' Allah ! –, assise, solitaire, face à sa télé, et elle viendrait tout de suite nous rejoindre... « Chauffeur, la limo ! non, pas la stretched limo, la short suffira : on va en banlieue, dans le 93, et il ne faut pas la jouer provoque avec ces déshérités des cités – non, la berline BMW 7.3, ou la Mercedes, mais mon Sid chéri, je le connais bien, il a horreur des Merchos, comme il dit dans son argot de caille ! »

Isa, mon Isa, mon amour, si c'est cet enculé enfoiré emmoumouté de PPD « Mesdames et messieurs, bonsoir ! » que tu voulais regarder live un si beau soir, nous l'avons à la maison, nous aussi. Et en couleurs, comme chez toi ! Viens donc, viens donc, mon Isa ! Je t'attends.

Piteuse pitance ! Et du Banta Orange en bouteille plastique d'un litre et demi. *Écrivez à Banta France SA. Détachez selon le pointillé le coupon-réponse dans l'angle supérieur droit de l'étiquette. Remplissez-le lisiblement, en lettres majuscules. Envoyez-le par courrier ordinaire sous enveloppe affranchie au tarif lent exclusivement, en incluant dans l'enveloppe une enveloppe blanche au format normalisé 114 x 162 pliée en deux dans le sens de la largeur et affranchie au tarif lent exclusivement, sur laquelle vous aurez inscrit lisiblement, en lettres majuscules, vos nom et adresse. Joignez-y un RIB. Nous vous remboursons 2 francs sur votre achat en « grande surface » d'une bouteille format familial 150 cl de Banta Orange ou de Banta Citron. Un seul remboursement par domicile et par foyer – même patronyme, même adresse. Les demandes mal libellées ne seront pas prises en considération. Aucune réclamation ne sera acceptée. Offre promotionnelle soumise à conditions, valable uniquement en France métropolitaine, à l'exclusion des DOM-TOM et des Territoires administrés, du 19 au 26 décembre 1998 à minuit, le cachet de la poste faisant foi. Opération « Célébrons ensemble l'entrée dans l'an 2000 ». En partenariat avec le ministère de la Jeunesse et des Sports et l'Association L'Insertion Pour Tous. Visa N° 98 7/2001/A.2 du Haut-Secrétariat à la Consommation. Offre visée par le bureau BVP – Accord amiable N° 982541. Et avec le soutien de la Fondation LVMH, Opération « Un sac Vuitton, un foulard Hermès et une bouteille de Moët & Chandon millésimé pour tout habitant du 93 qui nous en fera la demande sur papier libre et sous enveloppe affranchie au tarif urgent, dans la limite des stocks disponibles, aucune date limite à cette offre soumise à l'unique condition que les musulmans de stricte obédience nous dispensent de leur envoyer une bouteille de champagne qu'ils ne boiraient pas ».* Nahan ! la dernière mention, là, sur l'étiquette de Banta Orange, je vous gaze – il faut bien s'amuser un peu. Mais je jure, je jure ! que tout ce qui précède est strictement authentique et fidèlement reproduit sans l'aimable autorisation de Banta France SA – 59200 Tourcoing. Je le jure « Croix de bois, croix de fer, si je mens, je vais en enfer ». Je ne cours pas grande risque : le dieu qui fut crucifié sur une croix de bois – dans mes souvenirs, elle n'était pas en fer –, n'est pas mon Dieu, mais un prophète mineur à qui le Prophète n'a accordé qu'une place mineure dans le saint Coran. En revanche, Maryam, la mère de cet Issa, était tenue en très haute estime par le Tout-Puissant. *Big shot* sur la *playing list*, la révérée Maryam ! beaucoup mieux que Madonna, à qui le saint Coran ne dédie pas un seul mot. Maryam, la révérée, a droit, elle, à une sourate entière, et qui porte son nom : la XIX. On y apprend comment elle fut visitée par Djebril l'Archange… Non pas mon malheureux pote retourné faire un peu mac et beaucoup tapin aux Martyrs depuis que Momone et Jacquot l'ont laissé tomber comme une vieille chaussette pourrave et qui pue : Dje, leur beur de service rigolo comme tout, pédé de choc et qui n'avait pas froid aux yeux, et qui animait si *hot hot* les rave parties techno, fumette, ecstasy, sniff-sniff, bain-mousse, mousse-au-chocolat-au-bout-de-la-queue-qu'on-ne-sait-pas-si-ce-n'en-est-pas-mais-on-s'en-fout-on-aime-ça-aussi, et panpan-le-tutu avec cagoule en latex, slip de cuir et menottes empruntées au planton de service devant notre porte pour pimenter un peu, ah, putain ! champagne ! tu me suces, ou je t'encules ? les deux ? z'y va à la Zidane ! – place des Vosges, Dje a cessé d'amuser. Ainsi va le monde, et surtout le grand, de monde... Z'y va la balance, carnage au heb-heb, moi, Sid Ali ! Tu t'en fous, mon grand : tu n'as plus rien à perdre. Tu n'es pas une follasse donneuse... Si, un peu ? Mais avec des salauds pareils, hein ! En 1942, moi, Sid Ali, je me connais, j'aurais écrit corbeau à la Kommandantur, avec copie adressée à la Feldgendarmerie, pour leur dénoncer un abominable voisin pétainiste qui écoutait jour et nuit Radio-Paris et était abonné au *Völkische Beobachter*, non mais ! Je suis comme ça, moi. Ouf à donf ? Ah ouais. Fouteur de merde ? Ah ouais. Le bougnoule roi du houl ? Je veux ! Je me marre.

Et quant à l'Archange Djebril, il est, dans le saint Coran, celui qui annonça à Maryam que, quoique vierge, elle enfanterait d'Issa. Et que Youcef, le chaste époux de Maryam, ne s'en inquiète pas.

Tiens ! Amina, j'ai trouvé de quoi t'insérer dans le tissu social un peu mité de notre beau pays et t'occuper un bon quart d'heure ! Il y a 2 francs à gagner contre un timbre à 2,70 francs pour l'envoi, et un timbre à 2,70 francs pour la réponse ! Le coup du siècle, Amina ! le coup de ce siècle qui s'achève ! Demande un RIB à Papa, remplis les lignes pointillées sans te tromper de ligne, je repasserai derrière pour corriger tes fautes d'orthographe, et poste demain matin, dernier délai, à Banta France SA. Est-ce que la vie n'est pas Bantastique (je suis un peu enrhubé), petite sœur ? Petite sœur, n'es-tu pas heureuse d'être venue sur terre le jour même du bicentenaire de la Révolution française, le 14 juillet 1989 ? À cause des célébrations, du grand défilé de Goude, des grands de ce monde invités par Mitterrand, de Thatcher à Kohl et à Bush, et des strictes restrictions à la circulation automobile qui en résultèrent, Yema a attendu plus d'une heure et demie l'ambulance, si bien que tu as failli venir au monde sur un parking de l'allée Mallarmé, à la cité des Poètes, ô Amina, quel destin ! Mais n'es-tu pas contente que l'Occident repu et qui pue, et qui se croit hédoniste, ait échangé l'éventualité de mourir de faim contre l'absolue certitude de mourir d'ennui ? Ma sœur, songe à la douceur d'aller là-bas vivre ensemble à Alger, où les carnages quotidiens du terrorisme résiduel nous distrairaient un peu de ce spleen !

Ah merde, putain, bordel, chié, shit de bullshit ! en voulant décoller l'étiquette pour en détacher le coin triangulaire dans l'angle supérieur droit à renvoyer à Banta France SA, j'ai niqué le binz, *xcuse me, sorry, dear,* je ne l'ai pas fait exp, Amina ! on croit bien faire, on veut aider, et on se plante lamentablement : tel est notre sort humain, trop humain, dans cette Vallée de larmes dont la route est barrée par une haie de schmidts en tenue d'intervention antiémeute, casques, jambières, plastrons, boucliers, aux deux bouts de la vallée ! La SA va nous maraver grave, là, Amina ! gare la matraque si le triangle est mal découpé, chouïa déchiqueté sur les bords, putain! les chemises brunes ne plaisantent pas! mais Hitler te les a matés à ouaches et taouas, ces *lumpen* fachos caillera de bitume à la dérive, la Nuit des longs couteaux, non, mais! Allez, zappée, la SA! Nahan, ne pleure pas, je t'en supplie Amina, la Digne de confiance, en arabe! sois à la hauteur de ton prénom, suis mon exemple: princier je suis par mon nom, et, dans les plus désolantes circonstances du sordide quotidien, je me conduis avec la hauteur que ce nom exige pour que je sois à sa hauteur! Amina, nahan! ne pleure pas, je t'en supplie, pour une étiquette déchirée de Banta, et une demande de remboursement de 2 francs, qui t'aurait coûté 5,40 francs en timbres, sans compter les deux enveloppes autocollantes et l'usure de la pointe Bic! ne pleure pas, ne crie pas, ou je deviens fou, moi, petite sœur, ou je deviens serial killer, juste histoire de faire iech les ieuvs, et de devenir, enfin, star, ainsi, oim itou, Sid Ali! C'est mon tour: qu'on parle un peu de moi, pour changer, dans la presse people et au JT de PPDA, on a un peu xlas de Céline, de la Casta, et de Marceau Sophie-pouet-pouet-les-nibards! Ah ouais. Ne pleure pas, ne crie pas, pauvre aliénée! je suis le seul sain d'esprit dans cette famille, le seul génie dans la famille et votre seul soutien! Vous me regretterez, le jour où je partirai en claquant la porte comme est parti notre grand frère Ahmed, l'aîné, que tu n'as pour ainsi dire pas connu! Lui, c'est un homme! Lui, il en a! Crois-moi, petite sœur, et sèche tes larmes! Je suis le meilleur, le seul génie dans cette famille de dégénérés, le seul qui réussisse dans ses études, le seul qui pourrait réciter par cœur, jusques au fond du cœur percé, les Stances du *Cid*, moi, Sid!

Et mon père, là, me demande de lui couper sa viande, le salaud de fils de pute de mutilé de mes deux ! Du mouton congelé, décongelé, recongelé, redécongelé, qui doit dater du dernier Aïd-el-Kebir, sinon du précédent, putain ! De la barbaque qui va vous filer la chiasse, les B. ! moi, je n'y touche pas ! j'ai du bon sens et de la dignité ! et du reste, je n'en ai rien à, puisque je soupe plus tard au Fouquet's avec Isa-la-Djez, ouais, la belle Isabelle Adjani ! Ça t'épaterait baba, si je te l'apprenais, là, Amina, mais je reste discret : Isa et moi, nous fuyons les paparazzi comme la peste, je ne voudrais pas que ces fouille-merde viennent perturber le paisible repas du F'tour en famille, dans notre belle cité des Poètes, allée Mallarmé, *quand du stérile hiver a resplendi l'ennui...* Ah ouais, Mina, j'ai invité Isa à souper, ce soir, et elle m'a dit oui. « Depuis que je me suis expatriée avec mon fiston en Suisse pour les raisons fiscales que tu sais, plus personne ne m'appelle de Paris, Sid ! tu sais ce que c'est, Sid, on ne veut pas y croire tant qu'on ne l'a pas vécu : star ou pas, hein, loin des yeux, loin du cœur ! tu es le seul qui me soit resté fidèle, toi, mon Sid, j'accepte volontiers ! j'aurai ce soir, pour toi, mon Sid, les yeux de Chimène ! je passe une robe longue très très décolletée, épaulettes ficelles, fendue à gauche jusqu'à la hanche, écarlate Scarlett, nuance incendie d'Atlanta, et autant en emporte le vent ! merde bordel, on va pas la jouer mémère un soir pareil : du moulant soyeux sexy adhère à la vulve adhère à la raie ! une de la prochaine collection printemps-été-automne-hiver que m'a filée bateul Yves, je ne te dis que ça, Sid ! mets tes lunettes noires, ou tu risques l'éblouissement, et ça ne vaut rien l'éblouissement pour un épileptique ! et, mon amour adoré, on se retrouve vers minuit sur les

Champs, on fera réveillon et ramadan à la fois ! Quoi ? on se ferait iech devant un couscous Zina, du mouton immangeable, et un verre de Banta Orange, un si beau soir ? nous qui avons monté bras dessus bras dessous, faut-il qu'il m'en souvienne, Sid, la joie nous est toujours venue après la peine, nous les gosses d'immigrés ! ce pied ! le grand escalier au dernier festival de Cannes, en leur faisant le doigt « fuck you », à tous ces nulaches de souche ! Ah non, la vie est belle, si on le désire ! Tu veux que je t'envoie la limo, dans ton Neuf-Trois pourrave ? je peux, tu sais, mon Sid ! le Rereu le soir de Noël, c'est plein de Raouls et de Ginettes qui vont à teuf à Montparnasse, aux Halles ou à Pigalle, c'est intenable ! ça upe le parfum Prisu, pas le *Shalimar* ! Je n'ai pas d'expérience particulière, j'ai débuté très jeune et, très jeune, connu la gloire, mon Sid, j'avais ton âge, mais on me l'a dit ! Alors si tu veux, je demande au chauffeur de faire un détour, tu le guideras sur ton portable ! on se paume dans ces banlieues ! moi, hors de Neuilly, Auteuil, Passy, je suis vite perdue, il me faudrait la balise Argos, et Genève, en revanche, est un village, tout le monde se dit bonjour dans la rue, comment va le petit qui grandit, et il fait ses dents ? et, miracle ! les paparazzi m'ont chéla les sketbas, là-bas, toujours ça de pris ! tu ne veux vraiment pas la limo ? tu veux prendre le Rereu pour ne pas perdre le contact avec les vrais gens ni le sens des réalités, ce qui en a perdu plus d'un sur les sentiers de la gloire, Sid ? Je t'admire ! C'est comme tu voudras ! tu es un homme, toi ! pas un de ces pédés qui nous entourent comme moucherons sur l'étron puant que nous sommes, en fait, vaniteux des vaniteux qui ont cru aux mirages, papillons qui se sont pris au jeu et ne se souviennent pas qu'ils furent naguère larves, égarés que la renommée qu'ils croient qu'elle les illumine mais qu'en vérité elle les aveugle, Bossuet l'a mieux dit que moi ! Tu crois qu'en dehors de mon agent, bien obligé s'il veut sa comm, l'enfoiré ! tu crois qu'en dehors de toi, mon Sid superbe et généreux, tu crois qu'il y en aurait eu un, au moins un, un seul, pour me souhaiter Merry Christmas ? Que tchi ! Isa, ma jolie, on t'a zappée à Paris ! Allez, *bye*, Sid ! à dans trois plombes et quelques d'ici ! mes amitiés à Azz et Amina ! je raccroche, je me fais couler un bain ! »

Ah ouais, ça fait du bien, ça détend, quand les B. font tous iech ! Ah, et qu'est-ce qu'il dit, là, PPD, au JT, pendant que la famille B., le troisième fils second puiné excepté, mastique sa barbaque congelée, décongelée, recongelée, redécongelée – putain ! il va y avoir queue au chiave, pas plus tard que tout à l'heure, et mon père met toujours une plombe chrono à se torcher le cul ! Isa, si tu voyais l'envers du décor ! la sinistre réalité que je cache soigneusement à la presse people pour ne pas faire de peine à mes parents ! je suis un bon fils au fond, et un bon musulman... Ouais, qu'est-ce qu'il dit, là, PPD ? Que le cours de l'euro remonte ? Ah, je me sens soulagé ! Je me disais bien : il suffit de savoir attendre, pour la monnaie ! Quelle que soit la devise, ça finit toujours par remonter. Et moi, avec mon panier bien panaché, ce que je perds d'un côté, euro, yen, dollar ou livre sterling, je le gagne de l'autre ! Le yoyo, je connais ! j'y ai joué enfant sur la plage à Alger ! Il y a des hauts et des bas ! Ta vie, si tu la joues petit bras, tu perds ! Si tu as du menton et des claouis : tapis ! Pas le râteau, croupier ! laissez ! je double la mise ! il faut un peu d'émotion pour pimenter la vie ! j'ai toujours été très joueur, tu l'as dit tu l'as ! Je vous saoule un peu, là ? Mais il me faut ça, moi, Sid Ali : il n'y a pas de vin à table ici, sur la toile cirée en vichy rose Tati ! que du Banta Orange, et de l'eau du robinet, un soir de Noël, ô Issa ! On se saoule avec ce qu'on a sous la main, moi c'est du Tchatche Extra brut cuvée réservée ! Ah, et la Jean-Marc Sylvie et son brushing platine cendré de fiote hétéro, qu'est-ce qu'il nous raconte là ? Que, hier la veille, veille de Xmas, Wall Street – « on ferme jusqu'au 3 janvier : se détendre un peu aux Bahamas, putain ! ce stress que nous subissons dans le nessbi, si vous saviez, les Érémistes, vous ne nous envieriez pas ! vous avez la belle vie, vous, à buller les gars... » Quoi ? que Wall Street avait clôturé à la hausse ? Ça ne me plaît qu'à moitié ce binz ! Avec mon flair habituel, je prédis le Jeudi noir II, le Retour, fin janvier ! Il faut que je call sur son portable perso mon *brooker* ! Vendez-moi toute la daube start-up : on va se crasher sinon, *believe me, dear* ! Ah, mais, la Jean-Marc, je te préfère encore à Gros-cul et ses pochettes de follasse qui indiquent, selon la couleur, si on est beary ou bullshity dans la merde, à la Bourse ! Je ne peux plus la voir en peinture, la gaillarde, il faut que j'appelle Bouygues Junior, qu'il me la vire, 'Llah ! Ah ! et que je call aussi Arthur Andersen : leur dernier relevé, la comm à 20 % pour ce coup tordu minus sur le second marché à Honk Kong, nahan ! pas de ça avec moi, Art, vous me prenez pour un gol ? ce sera 12, deux fois 6, comme d'hab ! non, mais ! ou je convoque les potes de ma téci, et là ! vilain la baston, Arthur ! tu auras tout ton temps, après, à l'hosto, pour relire les contes d'Andersen, fils de ! Je ne te souhaite pas l'hosto à Alger, je ne suis pas chien, mais tu le mériterais ! Tu me prends pour qui ? Ah, *and now, ladies and gentlemen, the show must go on !* mon dab, là ! qui me demande de lui couper son bout de barbaque moisie : du mouton que Ibrahim le patriarche aurait gerbé rien qu'à le humer ! Va te… ! Demande à Maman, Papa ! elle est plus patiente que moi et sait mieux faire ! Elle a été mieux élevée que nous ! Ses vieux étaient des sévères, on filait doux chez eux pour éviter la taoua à la mitidjesque ! Maman, gosse, n'aurait pas fait un caprice avec cris, sanglots et convulsions pour une étiquette de Banta Orange ! Putain, le beau titre : *Cris, sanglots et convulsions*. Deux millions d'entrées en première semaine sur Paris-Périphérie dans une configuration 500 salles ! Ça valait le coup de tirer mille copies sans mégoter ! Champagne ! Qu'est-ce que je dis là ? mieux que ça : Banta Orange !

Vous aimez, vous, ce prétendu nouveau cinéma qui envahit nos écrans : néopopuliste, néonéoréaliste mais archéomisérabiliste, miteux mini-budget, acteurs non pros, caméra à l'épaule et qui bouge tangage-roulis-paso-doble, maman ! j'ai envie de vomir, image sale tramée gros, et bouts de ficelle pour nouer ensemble à la va-comme-je-te-pousse les débris épars d'un scénario qui, de toute manière, tenait sur trois mini-post-it, dont deux, putain, bordel de merde, on les a égarés, mais on s'en tape, va, coco ! on a l'avance sur recettes et on est prévendus à Canal ? Venez à la maison ! venez donc ! si si, j'insiste ! le ticket d'entrée, je vous le fais bateul exo gratos cadeau free of charge, et si déçu, remboursé ! Et on vous trouvera bien une chaise : Azzedine ne les a pas toutes cassées.

Je suis le roi des scélérats à qui sourit la vie, ordinairement. Mais ce soir, je ne sais pas ce qu'elle a, la vie, mais elle me tire sa méchante tronche crispée, lèvres pincées, des mauvais jours. Qu'est-ce qu'elle a la vie, ce soir ? Elle a ses règles, la vie ? Les psys me le disaient mais je ne voulais pas les écouter. Je préférais écourter.

Et maintenant, place au grand bon beau cinéma comme on aime. Enfin ! on ; moi, du moins. Vous, je ne sais pas. Je ne vous connais pas encore assez pour connaître vos goûts. Mais puisque vous êtes parvenus à la page 369 de ce bouquin que vous lisez, là, et que ma si poétique prose ne vous rebute pas trop, apparemment, vous devriez apprécier ce qui suit : du grand bon beau cinéma comme vous aimez. Z'y va ? Z'y va.

Intérieur jour. Salon pavillon Mme Rénal. Lumière soir clair fin septembre, une seule lampe halogène allumée. Sid Ali, Mme Rénal.

Les chouchous des trois classes dont Mme Rénal est professeur de lettres, et qui ont l'insigne privilège de faire salon littéraire chez ladite dame les mercredis aprème, viennent de partir et s'attardent – plan de coupe – à bavarder entre eux devant les grilles du jardinet du cheurlou Rénal – derrière les grilles dudit jardinet, si on se place du point de vue du privilégié des privilégiés, Sid Ali, lequel espère qu'il n'y aura jamais ici de Nuit du 4 août. « Ali le Magnifique », vient de le surnommer dans un élan d'enthousiasme féminin éperdu, tendre et quelque peu maternel aussi, qui sait ? Mme Rénal, laissant tomber le titre de noblesse de son jeune invité comme elle a laissé tomber sa stendhalienne particule : entre nobles vraiment nobles qui se sont reconnus pairs, nous n'avons pas besoin de ces vains hochets de la vanité, n'est-ce pas ?

Mme Rénal, revenue au salon après avoir, en parfaite hôtesse, raccompagné à la porte d'entrée de son pavillon – de sa folie, aurions-nous dit au siècle des Lumières, où elle eût mérité de vivre, contemporaine de Voltaire, de Fragonard, de Mozart –, Mme Rénal, revenue au salon, fait, du bout de l'index sur la touche *open*, tirer la langue au lecteur – nahan ! pas toi, cher lecteur : je te parle de son lecteur de CD... Tiens, avale, lecteur Sony, et ne fais pas la grimace : c'est un disque de Mozart !

Quand on avait connu, comme moi, le B & O à commandes atactiles de Rabah, sa chaîne, dont il fallait toucher les touches pour qu'elle fonctionne – vous voyez l'archaïsme ! –, faisait pitié. Mais, bon : Mozart fait tout passer. Y compris des basses nippones ni mauvaises : inexistantes ; y compris des aigus japonais saturés.

Du Mozart, je n'en avais jamais écouté avant ce soir-là. Entendu, certes : comment y couper ? il te poursuit, bidouillé grave, jusque dans les supermarchés – la *Missa solemnis* arrangée daubabadabada daubidoubi douah, pendant que tu pousses ton caddie entre les linéaires, « Tiens ! il faut du Banta Orange pour Amina et Azz » –, il te poursuit dans les halls d'aérogare, du moins, toi, lecteur, qui prends sans doute l'avion plus souvent que moi ! et nous poursuit, nous, les humbles, aux Halles, dans les lugubres couloirs du Rereu, soi-disant pour apaiser nos esprits turbulents, mais c'est Mozart qu'on assassine, eh, les communicants et autres service marketing clientèle de la RATP-SNCF ! Déjà entendu Mozart du, oim, Ali Sid, j'avais ; mais écouté, avant ce soir-là, jamais !

Quoi ?

Le *Quintette pour clarinette en la majeur, K. 581*. CK, c'est pour Calvin Klein, le slibard « tout-est-léger-tout-est-logé-les-claouies-à-l'aise-et-la-bite-itou ». K. ? le catalogue chronologique et thématique des œuvres de Mozart dressé par Ludwig von Köchel. Fastoche, la culture générale. Pas de quoi en faire un caca nerveux. Ouvrez n'importe quel dictionnaire des noms propres à la lettre *K* ! Moi, j'utilisais le Robert. Il me manque en taule, le Robert, le 1 aussi bien que le 2. Mais mon avocat va essayer de m'arranger le coup. Je peux tout lui demander, à mon avocat. C'est un homme merveilleux, un de ceux, si rares, que tu croises quatre, cinq fois dans une vie, et qui te redonnent confiance en l'homme… Et donc, j'y reviens, Mozart, qui te redonne également confiance en l'homme dès que tu écoutes, je dis bien écoutes, les premières mesures de ce quintette pour clarinette ou, si j'en crois Mme Rénal, et comment ne pas la croire ? toute autre œuvre de ce génial génie (il n'y a pas pléonasme, s'il s'agit de Mozart) : opéras, concertos, symphonies, motets, airs de concert, sonates, menuets, cassations – non, pas ce que vous croyez, les taulards ! –, fugues – non, les taulards, pas ce que vous imaginez non plus ! je vous parle de musique, d'une des seules libertés intérieures dont Dieu nous ait fait don –, et duos, et trios, et quatuors, et tu l'as dit tu l'as, et tout le toutim ! rien à jeter dans Mozart ! tout est bon… Mozart : maximum respect. Maximum respect, et subit, et sidérant, et définitif, ce soir béni-là, chez Mme Rénal. Voilà, c'est fait, n'en parlons plus : À toi, Wolfgang Amadeus ! pour la vie, à la mort, main dessus main dessous, claque dans la paume, tu es un homme, allez, tchin ! à nous, et Allah est grand ! À nous deux, mon Amadeus aimé ! J'avais vu sur grand écran *Amadeus*, le film : ils l'avaient passé, un soir cinéclub, on se demande bien pourquoi, c'est du grand public tout public, pas de l'art et essai, je vous le dis, au Royal-Select-Maurice-Thorez (je gaze)... *Amadeus*, le film : daube, daube, daube – trois fois daube. Et daube, tiens ! Bidon. Tape-à-l'œil pour public ado-pop-corn-esquimau-Coca, mais je suis un homme, moi, j'en ai, et je n'ai pas d'acné juvénile mais du poil au menton... Forman, tu es un vendu, n'en parlons plus. Mais Wolfgang Amadeus, le bien nommé Amadeus, Mozart, le compositeur : pouce levé, maximum respect, c'est dit. Ouoh putain, c'est clarinette ! comme nous disons, nous autres, Séquannosanctidionysiens – ouais, les peuplades du 93, quoi –, clarinette, comme nous disons pour rire : notre manière espiègle de dire que c'est clair et net (vous comprenez vite, vous, mais il faut vous expliquer longtemps). Ah ouais.

Tu es tout petit, tu as peur, tu trembles, mais Mozart, mais Mo, un pote, un vrai, te prend par la main et te conduit jusqu'au bout du couloir obscur, là où l'interrupteur est à ta hauteur à toi, si petit – clic : lumière ! Le second mouvement du quintette, le divin larghetto prend son envol et vire sur l'aile, pour te larguer en beauté dans ces espaces infinis qui effrayaient Pascal autant qu'ils m'effraient moi, Sid Ali... Son Dieu, à Blaise, autre pote, son Dieu est le mien : nous avons, nous, gens du Livre, Dieu en commun, et je remercie Allah chaque soir, à l'heure de l'al-Maghrib, chaque soir ou presque : parfois, hélas, je n'ai pas le temps, j'ai été repris par ces futilités qui me dévorent mon temps, la branlette narcissique devant la glace, ma collection de sacs plastique que j'enrichis encore de quelques pièces rares, et les inépuisables catalogues BMW sur papier glacé ; sinon, oui, je pense à remercier Allah de nous avoir donné à tous, gens du Livre, le divin Mozart qui, lui, contrairement à Pascal – c'est un pote, Blaise, mais je dis ce que je pense ! –, apaise ta crainte du néant au lieu de l'aiguiser. Mozart exprime exactement ce sentiment si subtil, si volatil aussi, dans ce si furtif si dièse, plaintif et fier cependant, et noble – comment Mozart fait-il pour nous offrir ainsi toute note, toute touche, toute nuance avec son exacte contraire : Vous choisirez ! je vous laisse votre liberté fondamentale d'auditeur, comme à un frère, un ami, si si, j'insiste sans insister ?.... Tenez, prenez, cadeau ! ce *mi*, ce *mi* inspiré, mi-aspiré mi-exhalé par le clarinettiste virtuose sur le bois de l'anche qui vibre imperceptiblement, oui ! les deux, prenez ! et ce coup d'archet chair de poule, cette envolée brusque des cordes, ce pincement au cœur, ce vague, ce flou, ce trouble, exquis comme la douleur parfois est dite exquise, ce trouble heureux comme le bonheur, une touche de gris pour la griserie, une touche de rose pour ce peu de morosité nécessaire, l'ombre légère sans quoi l'éclat de la lumière n'est plus perçu ! joie et mélancolie, regret esquivé, espoir, rire au bord des larmes, flottement entre la vie et la mort mais qui est vie, encore, vie ! vie ! vie ! extase, délivrance soudaine de notre humaine, trop humaine condition, jubilation intérieure : je plane dans l'infini, les anges me sourient, je jouis miraculeusement, je suis bon, indulgent et fort, qu'importe si la mort vient en cet instant, Sid Ali ? tu auras vécu cela, un mercredi aprème en septembre, le soir tombait, rose, sur ta banlieue, réputée sensible place Beauvau – ah, les veaux ! –, tu auras vécu cela dans un pavillon Loi Loucheur par toi briqué de fond en comble, la semaine précédente – et si c'est déjà à refaire, on refera, tant pis ! – en compagnie de Mme Cécile Rénal, une grande dame... *C'est aussi simple qu'une phrase musicale*, Rimbaud l'a dit, l'a écrit, dans *Illuminations*. Ah putain ! *Lâ' Ilah illah Allah !* Il n'est de dieu que Dieu

– notre profession de foi. Le début de tout et la fin. On pourrait se le passer et repasser en boucle, presser la touche *full repeat*, et nous serions sauvés, infiniment sauvés. Mourir ne serait plus la grande affaire de notre vie, mais vivre. Que disait Omar Khayyam, déjà ? Ah ouais : *Sois heureux un instant, cet instant, c'est ta vie*. Maximum respect, Omar. Et toi Omar, l'autre, tu n'as pas *tuer* ! Je le sais, ne me demande pas pourquoi je le sais : c'est mon secret, mais je le sais : Omar, tu n'as pas *tuer*, ni tué. Tu es innocent. *Lâ' Illah illah Allah !* Il n'est de dieu que Dieu ; de Mozart, que Mozart. Le *Quintette pour clarinette en la majeur*, et nous sommes délivrés de la plate pesanteur, libérés de l'obtuse et insistante attraction terrestre. Chapeau, l'artiste ! Pouce levé ! La queue et les oreilles ! Un ban comme pour Zizou ! On a gagné ! on a gagné ! on a gagné ! Mais comment pouvais-tu savoir, Wolfgang Amadeus, deux siècles avant ma naissance, que c'était ça ? Exactement ça. *Yes, dear, exactly !* Le QI ? La sensibilité ? Le génie ? Comme moi, Sid Ali... WAM et SAB, nous étions faits pour nous entendre. Si j'en crois *Amadeus*, le film – de la daubante, daubeuse et daubique daube, entre nous soit dit : je le dis, le répète, le confirme, persiste et signe –, ton père était dur envers toi, WAM, comme le mien l'est avec moi, SAB. Mais la différence entre nous est que ton père, Leopold, t'aimait. Je ne peux pas en dire autant du mien, Ibrahim.

Mais je ne suis pas ici, ce soir, pour disserter sur l'art et le génial génie de Mozart, non, mais me délecter à la vision du long métrage à grand spectacle de ma riche vie intérieure de star méconnue mais qui ne le restera plus très longtemps. Curieux comme je suis, vous me connaissez, j'ai effectué en pro tous les repérages qu'il y avait à faire dès ma première visite, mais une certaine timidité – mais si ! il m'arrive d'en avoir, on voit que vous me connaissez mal encore, vous lisez trop la presse people et ce qu'elle ragote sur moi : ma légendaire arrogance n'est qu'un masque à ma pudeur et à ma sensibilité d'écorché vif, je suis un incompris, mais j'ai fait mienne la devise du divin Oscar Wilde : *Donnez-moi un masque et je vous dirai la vérité !* –, une timidité certaine, et ce sens inné du *perfect timing* qui n'appartient qu'aux plus grands du métier m'ont retenu jusqu'ici de poser des questions indiscrètes à l'héroïne de l'histoire. J'ai repéré, posé sur les rayonnages Ikea, devant les Pléiades alphabétiquement rangés, d'Andersen – pas Arthur : Hans Christian, un écrivain issu d'un milieu très déshérité : comme quoi, hein, quand on veut s'en sortir et qu'on a du cran, et qu'on serre les dents ! – à Zola – que n'avons-nous un Zola pour dénoncer, cinq colonnes à la une, l'ignominie de Chevènement : « *J'accuse !* » ?.... J'avais, disais-je, repéré ces cinq photos sous cadre de plexiglas, format carte postale : deux fois une très jolie jeune femme seule ; une fois la même mais tenant dans ses bras un ravissant bébé âgé de trois ou quatre mois ; une fois ce bébé âgé de cinq ou six mois de plus, béat, tout nu mais coiffé d'un petit bob blanc de marin légèrement posé de travers, et qui lui donne un irrésistible petit air de faux dur charmeur et un tantinet canaille qui aurait séduit un Jean Genet pédophile, barbotant en compagnie d'un petit canard de caoutchouc jaune et d'un aviso miniature de la marine US, dans une grande cuvette ovale de plastique rouge, au milieu d'une pelouse, au soleil ; le même, enfin, un an plus tard, habillé en petit garçon, que dis-je ? en grand garçon : blue jean Levi's 501 – oui, ils le font en taille 2 ans à présent, les cow-boys sont de plus en plus précoces, vous savez ! –, tee-shirt blanc

Fruit of the Loom – la guirlande de fruits barrant sa poitrine de futur balèze –, Nike blanches aux pieds – ouais ouais ! kif les miennes, dans une pointure très très en dessous évidemment, mais comme les miennes : les lacets bien noués, le bougre ! son impeccable maman le sait bien que, depuis deux ou trois saisons, il est du dernier ringard de laisser ses lacets flotter innoués – Sid Ali B., l'éminent et incontesté arbitre des élégances décontractées, l'a décrété… Et seuls, Mimiles, Raouls, Jackys, Fernandes, et ce nulache de Martin Boubou-l'héritier-des-chantiers arpentant, agacé, le port de Saint-Tropez – ah ! putain merde de bordel à queue, je ne sais plus à quelle bitte j'ai amarré mon yacht ! (voir *Voici*) – l'ignorent encore.

Bon, z'y va. Et comme dit le commissaire au gardé à vue affligé d'un faciès dans le style du mien, juste avant que la garde à vue ne vire à la sanglante bavure – « Ah, mais il y a eu outrage à un représentant de la force publique dans l'exercice de ses fonctions, monsieur le Juge : ce jeune beur mal élevé, que j'interrogeais dans les formes les plus strictement formalistes de la réglementaire courtoisie, ne m'a point répondu « monsieur le Commissaire », mais « Commissaire » tout court ! Je plaide donc la légitime défense : cette sauvagerie est effrayante, vous en conviendrez : je ne vous donne pas, moi, monsieur le Juge, du « Juge » tout court, mais du « monsieur le Juge » ! »… Comme il dit, donc, ledit commissaire : « Ici, c'est moi qui pose les questions, vu ? »

Sid Ali :

— C'est votre fille, là, Cécile ?

Mme Rénal :

— C'est ma fille.

Sid Ali :

— Claire, n'est-ce pas ?

Mme Rénal :

— Claire, oui.

Sid Ali :

— Djamila m'avait dit que vous aviez une fille, et qu'elle faisait... Je euh veux dire : qu'elle était professeur d'université... De philosophie, non ? À Nantes, non ?

Mme Rénal :

— À Nantes, et en philosophie, mais pas encore professeur : maître assistant, seulement. Je ne peux pas me résoudre à dire maître assistante... Ou, pourquoi pas ? maîtresse assistante ! pendant qu'on y est. Et malgré toute l'ardeur des féministes à vouloir nous imposer leurs chichis de précieuses ridicules, je suis et resterai, moi, professeur. Je ne serai jamais, circulaire du ministère ou pas, décret paru au *Journal officiel* ou pas, professeureuh... Ou professeuse... Ou professoresse... Je ne sais d'ailleurs pas comment ces dames féministes souhaiteraient que l'on dise : elles se chamaillent sur la question de la féminisation des noms de métier, laissons-les se crêper le chignon pour ces futilités et justifier, hélas, l'opinion que se font d'elles les non moins ridicules machos !

Bravo, Cécile ! Voilà du vrai bon dialogue : subtil, élaboré, instructif. Pas de la daube pour sitcom ou soap lessiviel. C'est beaucoup beaucoup beaucoup mieux que *Les Feux de l'amour*. Et tu es un homme, toi, ma Cécile : tu ne te laisses pas intimider par les prétentions intellectuelles de suffragettes pétasses. Je n'en vais pas moins, moi, ton homme, Sid Ali, t'en balancer une bien bonne. Voilà, je dégoupille la grenade avec les dents, je ne suis pas un pédé ! planquez-vous face au sol, les gars ! c'est de l'explosive à fragmentation classe A, il va y avoir du dégât ! c'est moi qui vous le dis, les gars !

— Elle est très jolie, Claire ! Et... pas trop typée, hein ?

Étonnée de la surprise, Cécile.

— Que veux-tu dire par là, Ali ?

— Son père était algérien, non ? Djamila me l'a dit aussi.

— Algérien, en effet.

— Et c'est quoi, son nom ? Son père et vous, vous étiez mariés ou non ?

— Tu es bien indiscret, Sid Ali, mais je vais satisfaire à ta curiosité : nous étions mariés, et Claire se nomme Claire Almansour.

— Quel beau nom ! Al... Mansour ! Le... Victorieux !

— En un seul mot : Almansour.

— Levictorieux, en un seul mot : ça me va tout aussi bien.

Mme Rénal, un rien ironique :

— Tu es bien bon, et voilà qui me rassure, Ali ! Je craignais que cette contraction de l'article et de l'épithète formant patronyme, due sans doute à la négligence et, plus encore, à la légendaire ignorance de l'administration française, ne te déçût chouïa. En Algérie, l'état civil aussi était tenu par des fonctionnaires venus de la Métropole, qui ne savaient pas un traître mot d'arabe et ne se doutaient absolument pas que les noms des colonisés pussent avoir, comme les leurs, chrétiens, une signification... Et, du reste, s'en fichaient comme de colin-tampon.

Aïe aïe aïe ! Là, Sid Ali, tu n'es plus à la hauteur du dialogue : Cécile, c'est du *punch line* en rafale, et du bien rédigé, et du tout en finesse, en outre. Tu perds pied, Sid ! Ressaisis-toi, mon petit gars, ou tu finis vite fait sur une civière – « *Eh, guys !* dégagez-moi ce blessé grave par hélico : réa, assistance respiratoire, sérum goutte-à-goutte and *all that, guys,* que ça saute ! *And, fuck ! when I say « Right now ! », I do mean « Right now ! », guys ! fuck !* »... Ah ! et note dans un coin de ta prodigieuse mémoire, soldat Sid Ali, cette expression de *colin-tampon* qui t'était jusqu'à ce jour béni restée très littéralement inouïe : colin-tampon, ça sonne vieille France, ça ! Du beau, du haute époque, du tout en bois travaillé à la main ! Colin-tampon : on s'en resservira, Cécile !

OK. Rien de grave. Je repars à l'assaut. Tout grand amour est également un combat. Eh bien, à la guerre comme à la guerre ! Eh bien, la guerre ! Mais je ne la jouerai pas petit bras, à la Valmont, moi. Il est vrai que Mme Rénal n'a rien d'une Merteuil, mais beaucoup d'une Madame de Rénal. Et je suis un intuitif déductif, moi – QI 137, je vous le rappelle au cas où vous l'auriez oublié – : je devine que ce charmant bambin, là, est le fils de Claire. Djamila ne m'en a jamais parlé. On ne me tient jamais informé de rien. Il faut que sans cesse j'exerce ma vigilance et mon intelligence toujours à vif, si aiguë. C'est épuisant, à la fin. Mais, vous me connaissez, je ne me laisserai pas abattre. Je repars à l'assaut, dis-je.

— Et là ? l'adorable bébé, là, ce petit bonhomme, là ? ouoh tu es trognon trop, toi, ouoh ! craquant croquant, le petit gars ! il est meugnon ! il est meugnon ! ouoh, là, avec son petit canard, le canard ! et son petit bob canaille ! ouoh ! tu me plais toi ! Le fils de votre fille Claire, Cécile ? Vous êtes grand-mère ?

— On ne peut décidément rien te cacher, Ali… euh, Sid Ali !

— Je préfère, merci. Il est adorable, ce petit bonhomme, ouoh ! il est chou, et puis il a l'air éveillé, hein, pour ses – quoi ? deux ans ?

— Presque.

— Djamila ne m'en a jamais parlé.

Mme Rénal, sarcastique :

— Djamila est en dessous de tout !

Attends voir un peu, ma Cécile ! tu ne perds rien pour attendre : la poche cuissarde de mon futal, là, aujourd'hui, je n'y ai pas mis les *Pensées* de Pascal, ni les *Illuminations* ! J'ai de l'explosive très explosive ! de la conflagrante qui déflagre ! de la dispersante qui éparpille ! de la qui déchiquette tartare broyé fin ! de la qui fait du cadavre inidentifiable ! « À vos casques et vos jambières, les *boys* ! à vos plastrons pare-éclats ! et que ceux qui ont encore des couilles pensent à rabattre la bavette faite pour, s'ils veulent, pour repos du guerrier, percuter de la pouffe au bordel, ce soir, OK ? »

— Et quel prénom le papa lui a donné à ce joli mignon ?

Tiens ! Malaise. Ce ne serait pas le papa qui aurait prénommé son fils ? Il est vrai que chez les roumis, ce n'est pas comme chez les ratons : ils laissent intervenir tout le monde et n'importe qui sur une question pourtant essentielle et qui détermine un destin ! D'où ce déclin de l'Occident...

Mme Rénal, d'un ton crâne :

— Claire a prénommé son fils Melchior.

— Melchior ! Quel beau prénom, Melchior ! Et puis, pas banal, hein ! Ça ne court pas les rues, les Melchior...

— En effet.

Z'y va ! j'en dégoupille une autre, toujours avec les dents, je ne suis pas un pédé, et je balance :

— Gaspard, Balthasar et Melchior : les rois mages qui suivirent l'étoile allumée par Allah pour qu'ils aillent s'incliner devant le prophète mineur, l'enfant Issa !

Là, ça fait mal, hein, ma Cécile ! Troublée, Cécile la nazranie (note au lecteur roumi ignorant de la culture arabe : *nazrani* : de : Nazareth, vous me suivez ? ceux des gens du Livre qui tiennent pour leur

Seigneur Issa de Nazareth – Jésus, si vous préférez. *Roumi* : de Rome : les catholiques romains, donc. Bon. Je peux continuer ? Vous pourrez briller, désormais, roumis francaouis de souche, dans vos dîners en ville ou vos déjeuners du dimanche, en famille, quand, par on ne sait quelle aberration, se trouvera aussi assis à votre table un Mohammed ! Je peux continuer ?) Déstabilisée, Cécile, notais-je... Nahan ? Nahan. Ça a l'air de l'amuser, au contraire, Mme Rénal. Ah ouais. Ah bon. Alors, dans ce cas-là, on sort la kalach ! Je l'ai démontée, nettoyée, graissée, remontée pas plus tard qu'hier, ma chère kalach, avec laquelle j'ai fait de si jolis carnages... Z'y va !

— Et puis, hein..., une jolie petite gueule de rabza, le Melchior ! Les bons gènes qui reprennent le dessus. Tu me plais, toi, Melchior !

Ouoh putain, là, Cécile apprécie moyen moyen. Grimace, Cécile. Pas raciste pour un sou, pourtant, Cécile, puisqu'elle épousa un Djez, et eut de cet Arabe une fille. Le papa de Melchior serait-il djez, lui aussi, et la maman de la maman de Melchior n'apprécierait-elle pas outre mesure le *remake* ? Pas net. Je hume un relent d'indicible dans l'air, du lourd secret de famille et qui pue. Du conflit mère-fille, malgré les apparences. D'ailleurs chelou chelou, cette absence du père de Melchior sur les photos de famille... « Soldat Sid Ali, vous venez de poser le pied sur une mine, m'est avis ! » Oh, mais le soldat Sid Ali en a vu d'autres ! La mine s'enrayera – ça arrive, hein : quand l'acteur qui joue le rôle est une star à dix millions de dollars et qu'on ne se trouve encore qu'au tout début du film, la mine n'explose pas, croyez-moi, elle s'enraye, la mine ! le scénariste se serait fait virer avant par la prod, si elle devait exploser dans le premier quart de la première bobine, la mine antipersonnel ! ah ! à moins que ce ne soit pour un de ces rôles « Sortez les mouchoirs ! », de tétraplégique, qui conduit la star en fauteuil roulant jusqu'à l'estrade où elle reçoit l'Oscar ! Mais Sid Ali, ce genre de putasserie pour faire exploser le box-office, il dédaigne ! Tous ses rôles, il les jouera entier, debout, en parfait état de marche ! Non, mais ! Il repart, en héros, à l'attaque, Sid Ali :

— Donc Melchior, mais Melchior Quoi ?

— Melchior Almansour.

— Ah ouais. Le papa ne l'a pas reconnu ?

Là, franchement gênée, de l'embarras, hein, Cécile ? Ouoh, ce sourire crispé, exaspéré, que tu m'adresses, ma Cécile !

— Tu es décidément fort indiscret, mon cher Ali ! Mais je vais tout te dire : Melchior n'a pas de papa. L'homme avec qui vivait Claire, et qui est un Maghrébin…

— Je me disais bien : rien qu'à le regarder, le petit Melchior…

— Un Marocain… Un chercheur en biologie moléculaire, reçu en France, et qui travaillait pour le CNRS, dans un laboratoire, à Nantes… À Nantes, où il fit la connaissance de ma fille, Claire, un soir, lors d'un concert de musique de chambre, car ce Hassan est fort mélomane, comme ma fille, qui est une violoniste amateur (pas -trice, ça ne se dit pas, quoi qu'en disent certaines féministes intégristes), une violoniste amateur de talent… Tu vois, cher Ali, que je ne t'épargne aucun détail afin de satisfaire à l'insatiable curiosité qui fait tout ton charme…

— Cécile… Cécile…

Je ne savais pas vraiment comment prendre la vanne. Et les yeux de Cécile s'emplissaient de larmes à mesure qu'elle allait plus loin dans les détails…

— Cet homme, disais-je, un certain Hassan, un Fassi... Un natif de Fès...

— Merci, Cécile, mais je sais ce que veut dire *Fassi* !

Toc.

— Excuse-moi, Ali, j'oublie toujours que tu sais tout sur tout !

Et allez, Cécile ! venge-toi sur moi, ton ami Sid Ali, à qui tu fais, au passage, l'affront de constamment laisser tomber son titre de Sid ! Venge-toi donc sur moi de la saloperie de ce Marocain, saloperie qui, à vrai dire, ne m'étonne pas le moins du monde, venant d'un Marocain ! Z'y va, gaze-moi, Cécile, gaze-moi ! Mais moi, qui ne sais pas tout mais comprends beaucoup de choses, Cécile, je pourrais te raconter la suite de l'histoire que tu vas me raconter maintenant : que ce Hassan le Fassi ! le Fassiste ! a voulu retourner vivre dans sa famille, au Maroc, et que Claire le suive et accepte l'horrible vie d'une femme européenne, et, j'imagine, chrétienne, ou, bien pire du point de vue des gens de là-bas, sans religion –, accepte l'horrible condition qu'une famille marocaine réserve à l'épouse européenne du fils à qui est venue la fantaisie d'en épouser une... Et je crois savoir que, dans le genre rétrograde, dans le genre sultan absolu, parmi les Marocains, les Fassi sont les pires... Et Claire a répondu à Hassan, avec raison, avec bon sens : « Non, jamais. » Et voilà pourquoi Melchior n'a pas de père. Et moi, Sid Ali, qui ne suis pas particulièrement bagarreur, moi qui ai toujours su, sans pour autant jamais perdre mon honneur, mais je suis supérieurement rusé – mon QI de 137, j'en use sans l'épargner –, moi, disais-je, qui ai toujours su très habilement m'esquiver dès que sur les parkings ou dans les caves de ma cité des Poètes la baston tournait chanmé ou la marave virait à grave, moi, Sid Ali, je jure sur ma foi, qui est la seule vraie Foi, je jure que, si le destin devait un jour me faire croiser sur ma route ce Hassan : 'Llah ! queclas, taouas, ouaches à la Ahmed, mon frère, que Allah le bénisse ! et coups de lattes dans les claouies que ce Hassan n'a d'ailleurs plus : elles n'ont vraiment servi qu'une fois : pour concevoir le merveilleux Melchior ! Et au Hassan, pour terminer en beauté le travail commencé, et que la correction lui laisse un impérissable souvenir, quelques balafres au visage, du style des zelliges de la mosquée Karaouiyne, faites au coutelas sacrificiel : que tes meilleurs amis ni ta mère ne puissent te reconnaître quand ils te croiseront dans les ruelles de la médina de Fès-el-Bali, aussi bien que dans les larges avenues de la Ville-Nouvelle, salopard ! Et maintenant : à toi, Cécile, raconte-moi !

— Oui ?

— Et ce Hassan, donc, a souhaité retourner vivre dans son pays, dans sa ville, Fès, dans sa famille, et Claire, qui n'est pas folle, a dit non. Et Hassan l'a abandonnée alors qu'elle était enceinte de plus de sept mois... Et Claire a accueilli seule, donc, la naissance de Melchior... Qui porte donc le nom de sa mère... Et qui est un merveilleux petit garçon qui lui donne, et me donne, beaucoup de joie, et a, oui, comme tu le dis, Ali, une jolie petite gueule de rabza. Voilà.

Voilà. Qu'est-ce que je vous disais, hein ? Mais ça ne me plaît pas du tout, moi, de voir ma Cécile en larmes. Et je laisse exploser ma juste colère contre cet ignoble fils de pute fassie :

— Putain, pardon, mais quel salopard, ce Hassan ! quel salopard ! Abandonner son enfant ! Un fils, en plus... C'est déjà horrible pour une fille, mais, enfin, bon, les filles s'en sortent toujours, plus ou moins... Tandis qu'un garçon, s'il n'a pas de père pour le guider, s'il n'a pas de père pour lui dire le bien et le mal, il est foutu ! foutu ! je vous le dis, moi, Sid Ali ! il est foutu, Melchior ! Un garçon qui n'a pas de père pour le tenir, il vire vite fait voyou... Et après, c'est irrattrapable ! Je ne doute pas que votre fille Claire ne soit une très bonne mère, mais une mère ne suffit pas. Une mère seule peut très bien élever une fille... Mais un garçon, il lui faut la présence d'un homme !

Mme Rénal, stoïque, a abandonné toute velléité d'endiguer ce flot d'imprécations, et de conseils, et de remarques frappées au coin du simple bon sens, fruit d'une expérience personnelle – la mienne, Sid Ali. Elle se contente de ponctuer, à mi-voix, d'affectueux quoique castrateurs :

— Ali... Ali... Ali...

À peu près aussi efficaces pour faire cesser le feu que les implorations à la miséricorde du Très-Miséricordieux que murmurent les villageois de la Mitidja quand ils sont soumis au tir continu de plusieurs dizaines de lance-roquettes qui, des hauteurs, crachent leurs heb-heb – heb-heb, heb-heb, heb-heb, heb-heb, heb-heb, heb-heb, heb-heb, heb-heb... (Et cela ne finirait jamais, ce bruit de soie qui se déchire, ces traces de braise dans le ciel si noir, et Amina, et Azzedine, et moi aussi, je l'avoue, et, plus inimaginable encore, mon grand frère Aziz ! oui, nous ne pleurions pas de frayeur, non, comme notre mère, mais nous gémissions doucement, en chœur, d'effroi... Et notre père, où était-il alors ? Que faisait-il, notre père, le manchot ? Il était sorti, notre père. Pour aller où ? Au café que fréquentait mon oncle Abdallah, sans doute, et qui était encore ouvert à cette heure. Et quoi y faire, dans ce café, notre père ? Pardi ! tenter encore une fois d'extorquer cette part d'héritage dont son frère l'aurait lésé... Soi-disant. Quoi, au juste? Eh bien, ce gourbi qui servait de remise à outils à mon oncle Abdallah, là, sur la route de Relizane... Quoi? cette baraque sans eau ni électricité? Tu l'as dit tu l'as! Ah ouais, mon père! Nous y serions vachetement mieux que dans notre F5 des Poètes, hein? À six dans cette pièce sans fenêtre, qui devait tout de même bien mesurer neuf, dix mètres carrés, hein, mon père? La taille de votre chambre à coucher, dans cet appartement 502, porte C, bloc B, allée Mallarmé, Yema et toi! Et s'il fallait nous courber parce que la hauteur sous plafond dans ce taudis devait être, à vue de nez, d'un mètre soixante-quinze, en tout cas si nous, tes fils, suivant l'exemple de notre aîné Ahmed, nous dépassions le mètre soixante-quinze de haut – et pour Aziz, c'était déjà fait, et pour moi, ça ne tarderait plus, j'en avais l'espoir, eh bien, humblement, nous nous courberions, mon père, pour avoir l'honneur de pénétrer sous ton toit, mon père! Ah ouais, beaucoup mieux qu'aux Poètes, on y serait, toi, Yema, Aziz, Azzedine, Amina, et moi, Sid Ali, dans ce gourbi! Ah ouais. Et si tu décidais du retour définitif au pays, mon père! dans ton pays, mon père, pas dans mon pays, mon père! dans ton pays de merde, mon père! si tu décidais du retour définitif, ce dont tu nous parles souvent, maintenant, eh bien, tu n'aurais plus de loyer à payer, hein? et moi, mon père, le seul de la famille qui sache écrire correctement depuis que Ahmed nous a quittés, je n'aurais plus à me faire iech à rédiger ma sollicitante lettre mensuelle à l'Office séquanosanctidionysien des HLM, mon père! et tu n'aurais plus, toi, à saloper ladite lettre en la signant de ton *I* et de ton *B* à iech... I puis B, depuis que Ahmed a dû t'apprendre, mon père, qu'en France, et dans la plupart des pays civilisés, mon père, le prénom venait avant le nom ! Et il en a fallu du temps, mon père, pour que tu consentes à signer, si on peut appeler ça signer, *IB*, et non plus *BI*... Connard.)

Z'y va ! Heb-heb, Cécile !

— Mais, attendez, Cécile ! Moi, je n'admets pas, hein ! Je ne vais pas laisser faire, moi ! Il n'est pas question que ce gosse soit livré à lui-même ! On ne va pas aller rechercher par la peau du cou ce Hassan et exiger de lui qu'il s'occupe de son fils, hein ! Il vaut beaucoup mieux pour Melchior qu'il ne connaisse jamais l'homme qui s'est contenté de lui donner la vie et, ensuite, n'a pas voulu assumer ses responsabilités... Je n'appelle pas ça un homme, moi. Et c'est très bien, d'ailleurs, que Melchior se nomme Almansour et ne porte pas ce nom, quel qu'il soit, ce nom que son géniteur à déshonoré à jamais...

Ouoh putain, Sid Ali, mais tu t'es surpassé, là ! mais tu es grandiose, Sid Ali ! mais tu es sublime, Sid Ali ! mais tu es génial, mon fils ! «... Qui s'est contenté de lui donner la vie... N'a pas voulu assumer ses responsabilités... Ce nom que son géniteur a déshonoré à jamais... » ! Ouoh putain, Sid Ali ! Ce pied ! Et Cécile ? Pétrifiée ! Une moue mi-horrifiée mi-fou rire... Je ne vois vraiment pas dans les propos que je tiens matière à rire, mais, bon ! C'est nerveux, sans doute. Je l'émeus. Elle en reste bouche bée... Parfait. Je continue, je n'en ai pas fini :

— Mais moi, madame Rénal, je vais m'en occuper de ce gosse. Et comment ! Je suis là, moi. Je vous parle très sérieusement, madame Rénal. Je saurais très bien m'y prendre, je le pense. Je ferais un très bon père pour le petit Melchior. Je ne vous dis pas que je veux épouser votre fille, que je veux vivre avec elle... Non non, je suis réaliste. Mais je veux prendre en main l'avenir de votre petit-fils, voilà. Il faut qu'il ait un homme auprès de lui, ce petit bonhomme. Et il vaut beaucoup mieux, bien entendu, que cet homme soit un musulman. Évidemment, ça complique un peu les choses, que sa mère et lui habitent à Nantes... Même s'il y a le TGV, maintenant, ce n'est pas exactement la porte à côté, Nantes. Mais, bon, on trouvera un arrangement...

Et, jusqu'ici, Cécile n'a encore trouvé aucun argument à m'opposer. Si elle continue de se taire, c'est qu'elle m'approuve. Parfait... Ah si ! Elle a quelque chose à me dire. Bon, j'écoute.

— Écoute, Sid Ali, j'ai bien entendu ce que tu me disais, et j'en parlerai à ma fille. Mais maintenant, je ne te chasse pas, mais je vais te demander de partir. Je dois sortir et je veux me changer avant de sortir, alors sois gentil, je t'en prie...

— Bien bien, j'ai compris, je m'en vais.

— Je vais à un concert, au théâtre des Champs-Élysées. Je vais écouter une très grande pianiste qui s'appelle Martha Argerich, et je ne voudrais pas rater le début, et je veux me faire belle, parce qu'il faut se faire beau pour aller écouter Martha Argerich, il faut y aller comme à une cérémonie. Alors maintenant, tu me laisses, Sid Ali... D'accord ? Nous nous retrouverons demain, en classe. Et mercredi prochain ici. D'accord ?

— D'accord. Vous n'avez pas à vous justifier, Cécile !

— Merci. Je t'aime beaucoup, Sid Ali.

Et voilà. C'est dit, c'est avoué : elle m'aime. Et a énoncé mon nom en entier. Ne m'a pas appelé simplement Ali, pour me dire, pour m'avouer qu'elle m'aimait... Ououoh ! Merci, Cécile. Et là, moi, Sid

Ali, tout en finesse, tout en sensibilité, tout en subtilité : je ne répondrai pas comme la première tache nulache venue : « Je vous aime beaucoup, moi aussi, Cécile ! » Nahan. Et pas même, comme, dans mon premier mouvement, j'allais le faire – le premier mouvement n'est pas toujours le bon –, sur un ton de respect et de reconnaissance éperdue : « Je vous aime beaucoup, moi aussi, madame Rénal. » Nahan ! Mais la trouvaille de génie : le faux lapsus :

— Je vous aime beaucoup, moi aussi, madame de Rénal.

« De ». Ouououoh !

Et Mme Rénal ? La classe ! Elle ne relève même pas. Elle m'embrasse. Je l'embrasse. Nous nous embrassons. Ah, et tiens ! au passage, je lui taxe une nuit grave : je n'en ai plus.

— Vous permettez ?

— Mais comment donc, je t'en prie, prends le paquet, Sid Ali, j'ai toute une cartouche ! Quel mauvais professeur, je fais, quel mauvais exemple je vous donne à tous ! Et je nuis gravement à votre santé ! Quelle corruptrice de notre belle jeunesse ! Je t'en prie, hein, Sid Ali, ne va pas me dénoncer à Allègre ! Abominable pécheresse que je suis, je me verrais chassée de notre belle Éducation nationale ! Bannie !

Punch line, Cécile, ô ma Cécile ! Sublime, grandiose, géniale, toi aussi.

Et ce geste si délicat pour refermer la porte d'entrée de ton cheurlou sans que ton invité ne puisse, en aucune manière, se sentir blessé, offensé, délaissé !

Ouououououh ! Apoum apoum apoum ! Cheutonk apoum cheutonk apoum cheutonk ! Attends un peu voir, Hassan-le-Fassi ! Je te conseille de changer de trottoir si par hasard, un jour, ton chemin croise le mien... Salopard ! Enculé !

Et toi, Melchior, mon joli, je te reprends en main dès demain, moi. Et je ferai de toi un homme, mon fils ! Oh ! mon canard ! mon bouchon ! mon petit bouchon ! Oh, ouououh, mon Melchior ! Oh, tu es beau, toi ! Oh, je t'aime, toi ! Craquant croquant ! Trognon trop, mon mignon ! Ouououh, mon Melchior ! Mon fils ! Mon fils !

Extrait d'une autre séquence. Décor identique, intérieur jour. Personnages : Mme Rénal, Sid Ali. La bande-son, et quelques didascalies :

— Quel curieux garçon, tu fais !
— Je ne suis pas une fille !
— Mais ce n'est pas de cela qu'il s'agit, Ali. Personne ne met en doute ta virilité…
— On a un pote, dans la classe, je ne vous dirai pas son nom, je ne suis pas poucave… balance, je veux dire, je ne suis pas une donneuse, et si il veut vous le dire à vous, il vous le dira –, il y a ce pote, donc, beur comme moi, et pédé, enfin homosexuel, je veux dire…
— Pédé, quoi. Je connais le mot, tu sais.
— Ouais, excusez… Euh, excuse-moi. Impossible de vous tutoyer.
— Bon, alors nous revenons au vous. Je vous vouvoierai, Ali.
— Je préfère : je suis plus à l'aise si je vous vouvoie.
— Comme tu… Vous… Comme vous voudrez. Et donc, vous me disiez…
— Ah ouais. J'ai ce pote, beur comme moi, et pédé, pas comme moi, et qui a eu le courage de me dire qu'il l'était. Moi, maximum respect pour lui ! Et il m'a dit : « Beur et pédé : double peine ! » Mort de rire, j'étais. Vous comprenez l'allusion ?

— Oui. Les malheureux qui purgent leur peine en France et qui, ensuite, sont expulsés vers l'Algérie...

— Voilà.

— Et pourquoi est-ce que cela t'a fait mourir de rire, Ali ?

— Ah, vous voyez : vous m'obligez à te tutoyer !

— Tu me donnes le tournis, Ali. Tu vas trop vite !

— Je suis trop intelligent ?

— On n'est jamais trop intelligent.

— Surtout si on est handicapé de naissance...

— Handicapé de naissance ?

— Ben ouais. Fils d'immigrés algériens, si ce n'est pas un handicap de naissance, qu'est-ce que c'est ? C'est notre mucoviscidose à nous, de ne pas avoir les gènes de souche ! Il nous faudrait un téléthon, nous aussi. Aidez-nous à sauver ces malheureux... Envoyez vos dons à... Notez bien le numéro qui défile sur votre écran : 0 800... Et la suite... Un numéro vert : 1,29 franç la minute... Je gave un peu, là.

— Non, mais...

— Si ! je le vois bien, j'en fais trop. Excusez-moi. Je ne m'en lasse pas, moi. Et c'est plus fort que moi. Avant, j'étais affabulateur. Maintenant, je suis logorrhéique... Ou alors, mutique, carrément. *On* ou *off*. Pas d'autre choix.

— Tu me saoules un peu, c'est vrai.

— Djamila me le disait souvent : « Si tu cessais de te la jouer, Sid Ali... » Une fille bien, Dja.

— Djamila m'a parlé de vous plusieurs fois. Je ne voudrais pas me montrer indiscrète, mais que s'est-il passé entre vous pour que... Djamila semblait beaucoup tenir à toi, et puis un beau jour...

— Terminé.

— Et vous n'avez jamais cherché à vous revoir,

Djamila et toi ? Vous n'avez jamais cherché à vous expliquer ?

— Ah, moi, non ! J'ai mon euh orgueheuil. Je n'allais pas me mettre à plat ventre et…

— Quelle curieuse idée tu as de l'amour, Ali ! Il ne s'agit pas de se mettre à plat ventre et de…

— Ah, moi, que voulez-vous : quand c'est fini, c'est fini ! Je suis comme ça, moi. Djamila ? Zappée !

— Zappée. Voilà. Djamila était un programme de télé qui t'ennuyait, alors : zap ! passons à autre chose, qu'y a-t-il sur les autres chaînes ?

— Vous dites ça un peu durement, Cécile, mais en gros…

— Mais en gros, c'est ça. Zap.

— Et quand Djamila vous parlait de moi, Cécile, c'était pour vous en dire quoi ?

— Pour dire que tu étais un génie…

— Ah ouais ? Ça me va.

— Que… Pardon, non… que tu avais du génie.

— Nuance. Je saisis la nuance. Mais telle que je la connais, Dja, elle vous aura dit : « C'est un génie ! », madame Rénal. Là, c'est moi qui ajoute : madame Rénal, pas elle. C'est moi, Sid Ali, vous me suivez ? Madame Rénal vient après le *fermez les guillemets*, quand je la cite, Dja. Vous me suivez, madame Rénal ? Balek ! Et là où il y a problème, c'est que Dja vous a bel et bien dit que j'étais… Que je suis un génie. Mais vous, vous avez rectifié ses propos en me les rapportant, de peur que mes chevilles enflent ! de peur que je ne puisse plus enfiler mes sketbas – baskets, en verlan, madame Rénal…

— Sid Ali !

— De peur que je ne puisse plus mettre ma casquette, ma Fila *Pro-race*, même en clipant la patte de serrage sur le premier trou – ou le dernier, suivant si on les compte depuis la pointe ou depuis la coiffe…

— Ali ! Ali ! Ali !.... Tu me terrifies, parfois, je te l'avoue. On ne peut rien te cacher. On ne peut pas te tromper. C'est comme si tu lisais dans les pensées...

— Mais je lis très bien dans les pensées, en effet ! Et j'ai cassé plus d'un psy, comme ça, si vous voulez savoir ! J'en ai gazé plus d'un, de psy ! Je vous étonnerai toujours.

— Tu m'étonneras toujours, ça, oui. Mais tu ne devrais pas employer ce mot : *gazer*. Je sais que pour vous, les jeunes, il n'a aucune signification particulière, que vous l'employez pour dire simplement...

— Ouais, qu'on se fout de la gueule de...

— Mais pour les gens de ma génération, le mot gazer évoque...

— Ah ouais, les Feujs. Les chambres à gaz, Auschwitz, tout ça...

— Tout ça, oui.

— Je comprends. Je m'excuse. Sincèrement, je m'excuse. Putain, l'autre enfoiré, pardon, Le Pen ! Le « détail »... Six millions de morts ? « Un détail. » L'ordure ! Six millions de morts ! Pire que les massacres en Algérie... Le « terrorisme résiduel » de l'autre enfoiré, pardon, là-bas. 321 massacrés et une centaine de femmes violées, dimanche. Lundi ? Ah, petite journée, lundi : 210, seulement, les massacrés ! Vraiment du résiduel, avouez ! Et pour les violées, le chiffre n'a pas été communiqué : moins de 50, sans doute : au-dessous de 50 violées par jour, on ne va pas s'emmerder à les compter ! Mais mardi, hier : ah, alors, là, le score remonte ! 391 ! qui dit mieux ? Du résiduel, vraiment ! Mais toujours assez bon pour ces gens-là – je parle de mon peuple, madame Rénal. De mon peuple qui n'est qu'un résidu de larves, de déchets. Vous savez ce que nous disons nous-même de nous-même, non ? Vous connaissez le proverbe...

— « Algérien rime avec rien. » Oui, Sid Ali, je le connais. Mais, que je sache, tu es français, Sid Ali…

— Ah ouais ! Quelle chance ! Du pays de Papon et de Le Pen ! Un détail !

— Quelle colère il y a en toi, Sid Ali ! Si je pouvais te…

— Je m'excuse, madame Rénal, je ne dirai plus *gazer*. Je vous en fais la promesse. Sur mon honneur d'homme.

Et je fis le signe du serment sur l'honneur : main au front, au cœur, au foie. Dans cet ordre… Et Mme Rénal eut l'air de trouver cela un tantinet ostentatoire, un tantinet cabotin. Mais en même temps, un sourire lui échappait : elle était troublée, comme si mon geste venait de lui rappeler un heureux souvenir… Un geste familier de cet Algérien qu'elle avait aimé, cet Almansour, le père de sa fille, Claire ? Tu plais, Sid Ali, tu plais ! Tu es bon là. Continue dans ce ton !

Elle a repris avec une grande douceur – je la fascinais, putain ! je la fascinais – :

— Et j'apprécierais aussi que tu ne dises pas : les Feujs. Je préférerais que tu dises : les Juifs. Puisque c'est uniquement pour me provoquer que tu dis : les Feujs…

— Ah, là, je vous jure bien que non, Cécile ! Je vous le jure.

— Oui, tu vas me le jurer sur ton honneur d'homme, n'est-ce pas, Ali ? Mais je vous pratique suffisamment, vous, les jeunes, ou du moins je vous connais assez bien, vous, mes élèves, pour savoir que vous savez tous très correctement parler quand vous le voulez, si vous le voulez… Pour savoir que vous n'utilisez pas si abondamment que cela le verlan, y compris lorsque vous discutez entre vous... Pour savoir que vous savez fort bien adapter votre niveau de langage à celui de l'interlocuteur ! Tu te souviens certainement de ce texte de Barthes que je vous ai donné à lire la semaine dernière, ce texte sur les niveaux de langage, dans *Le Degré zéro de...*

— Ah ouais, Roland Barthes. Top ! Maximum respect. Number one sur ma playing list, Roro Baba !

— Ali ! s'écrie, en fureur, Mme Rénal, Ali, maintenant tu cesses de me *gazer*, tu cesses de me *traiter*, tu cesses de me prendre pour une *tache nulache*, ou, toi, tu prends immédiatement la porte... Compris ?

Oh là, oh là ! Mais Mme Rénal s'énerve grave, là ! Mme Rénal prend son ton doctoral, son ton magistral ! Elle n'est plus Mme Rénal recevant en son salon, mais mon professeur Mme Rénal... Balek, Sid ! Mollo ! Tu es beyond any limit, là ! Il est vrai que tu gaves et gazes grave, là ! Bon, tu rétrogrades en douceur, Sid Ali... Et voilà ! *Freinage ABS, antipatinage à régulation électronique, rattrapage de trajectoire calculée par ordinateur, appel asservi d'impédance des antiblocages sur essieu arrière par stabilisation anticipée du train avant* – je n'invente rien –, brevets BMW.

— D'accord, dis-je humblement, d'accord. Je m'excuse. Sincèrement. Je ne sais pas ce qui me prend parfois. C'est plus fort que moi. Je pète les blomps... Pardon : les plombs. Je deviens ouf... Pardon : fou. On va y arriver ! Je vous jure que ce n'était pas pour me moquer de vous, Cécile. C'est plus fort que moi. Une force qui s'empare de moi, qui me dépasse. Le besoin de faire mon intéressant...

— Oui... Et de faire les réponses et les questions à la fois. Comme cela, l'autre ne peut pas t'atteindre, Ali. Tu es imprenable !.... Mais tu es très seul, aussi, permets-moi de te le dire avec toute la profonde amitié que j'ai pour toi.

— Là, je ne vous suis plus, Cécile. Du verbe *suivre*, pas du verbe *être*. Je ne vous suis plus.

— Mais si, Ali. Tu m'as très bien comprise : tu es terriblement intelligent. *Terriblement* est le mot.

— Pas *un* génie, mais j'ai *du* génie.

— Cela ne va certainement pas te faire plaisir, Ali, mais je te dirais que je te plains, que je te plains du fond du cœur, Ali. Je te plains, Ali.

Putain, Mme Rénal avait l'air vraiment émue. Elle en tremblait. Ses lèvres semblaient tétanisées, comme si elle avait du mal à contenir un sanglot qui lui venait... L'effet, que je lui faisais ! Je la bouleversais. Je lui plaisais, putain, je lui plaisais, je la bouleversais. Elle me la jouait compatissante et maternelle, mais je déjouais son jeu. Le piège était un peu gros. Je lisais le désir dans ses yeux. C'était juste un truc, de me parler comme si j'étais son fils. Rien à, sa compassion. J'étais bien dans ma peau, quoi qu'en dise Cécile. Regarde-moi bien, Cécile : nonchalant, élégant et de sang-froid, comme le héros d'un polar en noir et blanc de la grande époque. À l'aise, je suis, Cécile. Tel Rick dévorant des yeux Ilsa, dont les yeux s'embuent de larmes, comme les tiens, là. Alors, je peux poursuivre :

— Je ne dirai plus *Feuj*, promis. Ni *gazer*. Mais, pardonnez-moi de vous le dire, Cécile, mais, je l'ai déjà remarqué, en classe, vous nous parlez beaucoup des Juifs, de la culture juive, comme si vous vous sentiez personnellement concernée. Mais Rénal, ce n'est pas un nom juif, non ?

— On est juif, et juive, par les femmes, Ali.

— Ah ouais.

— Et ma mère s'appelait de son nom de jeune fille Lévi – *i*. Salomé Lévi. Et la mère de ma mère était née Lévy – *y*. Ruth Lévy.

— Ah, là, alors, je m'excuse. Sincèrement.

— Mais, tu n'as pas à t'excuser, Ali. C'est un fait, un simple fait. Je tenais à ce que tu le saches, voilà tout. Je suis juive, par ma mère, et la mère de ma mère et ainsi de suite, en remontant dans le temps, probablement jusqu'à... Bref, je suis juive.

— Votre fille à vous, alors, Claire, c'est décidément un sacré mélange.

— Tu l'as dit tu l'as! comme tu dis toi. Et pourtant... Pas trop typée, hein? Mais un sacré mélange, ça, oui. D'autant plus que le père était moitié arabe moitié berbère: kabyle par sa mère.

— Ali, c'était le prénom de votre mari?

— Tu as deviné: il s'appelait Ali.

— Raison de plus pour m'appeler par mon nom, moi: Sid Ali! Moi, c'est Sid Ali. Je m'excuse, mais je crois bien vous l'avoir dit et répété une bonne dizaine de fois déjà, Cécile: Sid Ali, en deux mots. Pas de tiret entre.

— Oui, pardon, j'ai tort, très grand tort. À mon tour de te demander sincèrement pardon, Sid Ali. Je ne sais pas ce que j'ai ce soir.

Décomposée, Cécile! Balbutiante, et rougissant jusqu'au blanc des yeux, comme on écrit quand on ne craint pas le poncif daube. « J'ouvre l'enveloppe... Et le vainqueur est... Sid Ali B. » On l'applaudit bien fort. Pendant que j'y suis, que j'en rajoute un chouïa:

— L'enfant préféré, l'enfant vraiment attendu on le nomme Sid Quelquechose: Sid Ahmed, Sid Ali... En fait, Sid, c'est plus un titre honorifique qu'un prénom. Moi, je suis le premier né en France. Né français… Comme vous.

— Comme moi, oui, Sid Ali.

Et à présent, bouchez-vous les oreilles, les gars ! heb-heb !

— Melchior est un encore plus sacré mélange de sangs. On dit que c'est cela qui fait la beauté, en fait : le métissage. Et il est vraiment très beau, Melchior. Moi, je suis l'exception qui confirme la règle : pur-sang arabe…

Ah ! il y a de la riposte dans le camp adverse : Mme Rénal me coupe moqueusement la parole :

— Et très modeste !

Heb-heb ! On remet ça ! Il ne sera pas dit que je n'aurai pas le dernier mot :

— Remarquez, je dis ça, mais, après tout, je ne sais rien de mes origines. Les gens comme nous ne savent jamais grand-chose de leurs origines. Comme les grands-parents étaient plus ou moins illettrés, comme ils n'avaient pour ainsi dire pas de papiers, d'actes notariés, d'archives… Dès qu'on remonte à la génération de nos grands-parents : c'est le flou. Si on a la prétention de remonter à la génération des parents de nos grands-parents : là, c'est le trou noir. Et je ne me vois pas consulter ici, en France, un généalogiste : « Monsieur, s'il vous plaît, auriez-vous l'obligeance de dresser mon arbre généalogique ? Et de remonter, si faire ce peut, jusqu'à l'Hégire ? Ou mieux encore, jusqu'à… Ibrahim ? Je veux dire : Abraham ? »

Là, Sid Ali, tu as été vraiment sublime, et si tu en doutais – mais tu n'en doutes aucunement –, si tu avais la plus légère ombre d'un doute sur toi, ce regard aimant et doux, le regard que Mme de Rénal jetait sur Julien Sorel, ce regard te confirmerait que tu as été vraiment sublime : pas la moindre vulgarité, pas le moindre mot en verlan, pas trace du moindre argot, pas la moindre vanne, non, mais une grande élévation de pensée. Tu peux t'éclipser, maintenant que tu as ébloui. Tu peux prendre poliment congé… Ce que tu fais. Sois heureux : tu as gagné. Tu es Sid Ali Al-Mansour ! Le Victorieux, oui.

Autre scène. Intérieur jour. Décor ? Cuisine pavillon Mme Rénal. Personnages : Sid Ali, suivant son idée fixe, mais brillant, mais charmeur, à son habitude ; Cécile, infiniment patiente, douce, compréhensive, et très spirituelle, à son habitude. Elle vient de déboucher une bouteille de riesling qu'elle tenait au frais, s'en verse un grand verre, puis surprend l'adorable mine, l'adorable moue de petite pute que lui fait alors son élève préféré, et si grand, pour elle, si petite, que lorsqu'ils se trouvent tous deux debout, si proches – oh ! ce parfum qui sans doute à jamais hantera ta mémoire, Sid Ali *Shalimar*, de Guerlain ! qu'on ne trouve pas dans les parfumeries ordinaires, qui vendent tous les autres parfums, nahan, mais uniquement dans les parfumeries Guerlain ! et tu sais cela aussi, Sid Ali, toi, fils d'immigré qui vit en HLM, ah ouais ! mais qui saura, quand tu seras mort, que tu savais cela, aussi ? –, elle doit constamment lever les yeux vers lui… Et, incapable de résister à ce charme qui émane de lui, et lui rappelle à elle, peut-être, le charme, et la beauté, et l'intelligence d'un autre Djez qu'elle a passionnément aimé avant ce Sid Ali, un Ali, tout court, incapable de résister plus longtemps à ce Sid, l'infernale corruptrice, qui déjà n'hésitait pas à offrir une cigarette à son élève, un mineur, ne l'oublions pas ! l'infernale corruptrice prend un autre verre et, pour lui, pour Sid, le remplit… Mais à moitié seulement : elle ne voudrait pas trop le pousser au vice, elle a encore quelques principes, Mme Rénal, professeur de français de la première S 3 !

Lui (ayant bu une gorgée de cet excellent riesling – Mme Rénal est aussi connaisseuse en vin qu'en parfum, apparemment) :

— Cécile, pardonne-moi d'y revenir, mais tu ne m'enlèveras pas de l'idée qu'il faut à Melchior, je ne dis pas un père, ça ne s'invente pas, un père, mais un homme pour bien le tenir...

Elle :

— Tu as la chance d'avoir un père vraiment exceptionnel, toi, Sid Ali ?

Lui :

— Ah ouais, je lui dois tout, à mon père ! Je ne lui dois pas seulement qu'il m'a donné la vie... Tout, je lui dois ! Tout ! Mais je préférerais ne pas en parler. Nous avons notre pudeur, les musus !

Elle :

— Ah ! les « musus », maintenant. Celui-là, je ne l'avais encore jamais entendu ! Et que je t'apocope, et que je t'apocope, hein, Sid Ali ? Mais, pourquoi pas en verlan, pendant que tu y es, Sid Ali ? Les zumus, dis y là, Dis Ila ! Tu es zumu, Dis Ila !

Ouoh ! la riposte ! Putain ! Le camp adverse aussi avait sa réserve de heb-heb ! Ouoh, là, tu t'inclines, mon gars, c'est toi le gazé, tu ne répliques pas, il n'y a rien à répliquer ! Eh ouais, Sid Ali, c'est la vie ! On ne peut pas toujours gagner. Même Muhammad Ali a perdu des combats. Même Isabelle Adjani s'est tapé des bides gratinés, dont une autre, moins géniale, ne se serait jamais relevée ! Putain, *Toxic Affair* !

Autre scène. Un autre mercredi aprème. Les deux protagonistes sont revenus au salon. Sur la table basse : une bouteille d'un excellent riesling Kayserberg *Vendanges tardives*, gardée au frais dans un seau isotherme, et deux grands verres ballons pareillement remplis : plus qu'aux trois quarts. Ah ouais. Musique ? Musique, mais en sourdine. Et quoi ? Devinez ! c'est moi qui me suis permis de choisir. Mais ouais, c'est clarinette, gagné ! Le *Quintette pour clarinette en* la *majeur, K. 581*. Dommage qu'il n'existe pas une transcription réduction pour piano seul : j'aimerais entendre la grande Martha nous le jouer au piano, rien que pour nous, Cécile et moi.

Sid Ali :

— C'est étrange, tout de même, si on y pense, que vous ayez aimé un Maghrébin, un musulman, dont vous avez eu une fille unique, votre seul enfant, et que votre fille, à son tour…

Cécile :

— Certes, certes, Sid Ali ! C'est étrange…

— On peut dire que ça a quelque chose de… freudien ? On peut le dire ? Quelque chose de freudien…

— On peut le dire, si on veut, Sid Ali, on peut le dire. Mais je ne suis pas là sur le divan, et tu n'es pas mon psy !

— Ah, ça ! aucun risque avec moi ! Putain, les psys, quels enculés, ceux-là !

— Voilà qui est dit.

— Le dernier des métiers, psy. J'aurais moins la honte de faire, je ne sais pas… Tiens, keuf de bitume, j'aurais moins la honte que de faire psy ! CRS, tiens ! j'aurais moins la honte… Ce sont des malades, les psys ! Ce sont eux qu'il faudrait soigner. Allez, divan, pauvre con ! Raconte-moi donc comment ton père t'a fait chier grave dans ton enfance pour que tu me fasses chier grave à ton tour, à me demander sans me le demander mais tout en me le demandant, hein, comment je m'entends avec mon père ! Ça te regarde, pauvre con ?

— Calme-toi, Sid Ali ! Calme-toi !

— Non non, Cécile, je te prie de m'excuser mais je ne peux pas garder mon sang-froid quand on me parle de psys ! Ces salauds ! Ils n'ont aucun respect ! On est des musulmans, nous ! et pour nous, le père c'est sacré ! Ils peuvent ne rien savoir du tout, ils devraient tout de même savoir ça ! Quand tu travailles dans un Centre médicosocial où au moins la moitié des gens que tu soignes – que tu as la prétention de soigner – sont des musulmans, putain ! tu devrais savoir ça, au moins ! tu peux te renseigner un minimum, non ? Notre père, nous, on ne peut pas en dire du mal – point final. D'ailleurs, on ne peut même pas concevoir d'en penser du mal ! C'est inimaginable, pour un musulman, de penser du mal de son père ! Ce serait comme de penser du mal de Allah !

— Mais oui, Sid Ali ! mais oui ! Tu n'as jamais pensé de mal de ton père, jamais, au grand jamais ! je le sais. Et tu crois que je crois que tu crois à ce que tu dis...

Là, Cécile, la réplique est indigne de toi ! Mais comme je t'aime et que je te respecte, Cécile, par amour et respect pour toi je ferai comme si je n'avais rien entendu, et si tu le permets, Cécile, je continue, et si tu avais la bonté de ne plus m'interrompre, je t'en aimerais et respecterais encore mieux... D'accord ? C'est cela ! ressers-toi et ressers-moi un peu de riesling ! Je suis comme toi, Cécile, j'aime beaucoup le vin d'Alsace, cette belle Alsace pour laquelle tant d'entre nous, Français que nous sommes, ont versé de sang et de larmes ! Ta ta tam ! Je continue donc, je n'ai pas épuisé ma colère, Cécile, je continue donc :

— Et ce fils de pute qui vient me parler de l'infirmité de mon père ! C'est d'un goût, vraiment ! Ah, bravo pour la psychologie, le psy ! Quelle finesse ! Quelle subtilité ! Connard !

— Mais, Sid Ali, cet homme a été maladroit dans son expression, peut-être, mais la question qu'il te posait partait d'un bon sentiment, peut-être. Peut-être voulait-il t'aider...

Ah ouais ! C'est ça, Cécile ! C'est Cile, c'est ça ! Ouais ah !

— M'aider à quoi ? Mais, je vais très bien, hein, moi ! Je suis épileptique, d'accord... Mais enfin, je n'ai jamais eu que deux crises dans ma vie – non, trois, mais la dernière, très courte, à ce qu'on m'a dit : je ne suis resté inconscient que quelques minutes... Et épileptique, ça ne veut pas dire fou, hein, ça ne veut pas dire fou !

— En effet, Sid Ali ! Et, depuis longtemps, personne ne le pense plus, Sid Ali. En tout cas, plus aucun médecin. Et je suis bien convaincue que ce n'est pas pour cela qu'on t'a... demandé de consulter...

— Qu'on m'a obligé ! qu'on m'a forcé à consulter ! Sinon, c'était la bavure au commissariat, ou pire encore !

— Vraiment, Sid Ali ?

— Ah ouais ! ce sont des nazis !

— Des nazis, Sid Ali ? Comme ceux qui ont gazé mon grand-père, Sid Ali ?

— Je m'excuse, Cécile, je m'excuse. Je retire ce que je viens de dire. Mais c'est l'horreur, le Centre médicosocial, je vous le dis ! Et je peux savoir pourquoi on m'avait *demandé* de consulter, Cécile ? Parce que mon frère Aziz faisait des conneries ? Mais moi, Cécile, je ne suis pas mon frère Aziz, hein ! Moi : QI 137, beau, bien dans ma peau...

— Indéniablement très bien dans ta peau, Sid Ali !

C'est ça, Cécile ! Z'y va ! Ton grand-père est… Alors ça te donne le droit de… Non, je retire ce que je viens de penser ! Pardon, je m'égare, Cécile, mais aussi, tu ne fais rien pour m'apaiser, là. Et tu te ressers un troisième verre de riesling, mais moi, tintin !

— Ce que je voulais dire, c'est qu'ils ont vraiment du temps à perdre, au Centre médicosocial ! Et c'est nous qui payons ! Nous : je veux dire : les contribuables ! Cette élite dont mon père, qui est mutilé, oui, le psy ! Cette élite dont mon père n'a jamais fait partie ! Invalide, cinq enfants à charge, et avec ce qu'il gagne, mon père, et avec ce qu'elle gagne, ma mère, qui fait par-ci par-là deux trois ménages, de toute manière payés au black… Vous voudriez qu'il paye des impôts, en plus, mon père ? Vous voudriez que, par sa contribution, il paye une partie de ce que j'ai coûté à la société quand tous les mercredis aprème je devais aller me confesser à ces enculés ! Mais pour nous les musulmans, ça n'existe pas la confession ! C'est un peu facile, la confession, hein ? C'est un peu trop facile, ce binz, non ? « Eh bien voilà, monsieur le curé, j'ai fait tout plein de dégueulasseries, mais, puisque je vous les chuchote à l'oreille, vous m'absoud…

— … m'absolvez.

— … m'absolvez ! » Je me disais bien que ce n'était pas ça, merci, Cécile ! Vous m'absolvez. « Va en paix, mon fils ! tu recommences quand tu veux tes dégueulasseries et tu reviens me voir, et on remet le compteur à zéro une fois encore… La seule chose à ne pas oublier, c'est de revenir me voir cinq minutes avant de mourir pour une dernière révision, une dernière vidange, on remet une dernière fois le compteur à zéro… Et comme ça, tu évites l'Enfer ! » Bravo, les cathos ! Vous êtes bien les meilleurs, c'est moi, Sid Ali, qui vous le dis !

Et, ah, mais, là, ma Cécile, au moins je te fais bien rigoler. Tchin ! Et que me réponds-tu ?

— Oui, cela me semble un bon résumé, quoique un peu rapide, de la question cruciale de la confession.

Bon. Changeons de sujet, sinon, je le sens, je vais encore une fois me faire gazer. Oh, pardon, Cécile ! je m'étais promis juré à moi-même d'éliminer ce mot affreux non seulement de mon vocabulaire, mais encore de ma pensée. Cliquer sur *Effacer*. Voilà, c'est fait.

Autre scène. Toujours en ce salon exigu du modeste pavillon où habite Mme Rénal. Le 06.01.99, indique le mini-écran à affichage digital du tuner-lecteur-laser de format dit midi-compact, en acier anodisé, marque Yamaha, que Claire, la fille de Mme Rénal, a offert à sa mère pour Noël – de l'avis autorisé de Sid Ali, avis qu'en homme réservé et bien élevé il gardera pour lui : pas tout à fait ce qu'on fait de mieux dans cette gamme de prix, surtout si on est amateur de musique classique, mais pas non plus ce qu'on fait de pire. Le 6 janvier 1999, donc, le mercredi aprème des retrouvailles, si ardemment attendues par notre héros après ces lugubres festivités chrétiennes et ces non moins sinistres festivités musulmanes qui le plongèrent dans une noire morosité et ont aiguisé en lui un humour féroce – cet humour qui est, dit-on, la politesse du désespoir… La plus plaisante humeur a présidé à ces retrouvailles jusqu'en cet instant – 18 :18, indique le tuner-lecteur-laser. L'ambiance était à la complicité badine, à la tendresse. Mais, fait nullement inhabituel entre amants que les aléas de l'existence ont séparés un moment et qui se retrouvent enfin, mais ne se retrouvent plus exactement au diapason, mais ne retrouvent plus le la, ce la majeur du *Quintette pour clarinette*… Quelque chose, c'est clarinette, quelque chose s'est passé à leur insu, et qui les trouble tout à coup : un ange passe, un ange s'attarde dans le ciel de leur amour, le silence s'installe, un nuage s'assombrit, qu'il faudrait avoir le courage de crever… Mais qui des deux osera faire éclater l'orage ? Qui des deux ressent le plus fort besoin d'exprimer sa si soudaine angoisse, cette bouffée de ressentiment envers l'autre, parfaitement inattendue, irraisonnée, mais qui l'oppresse tant ? Et lequel des deux acteurs, auteurs en duo du dialogue, éprouve brusquement le plus violent besoin de briller aux dépens de son codialoguiste, quitte à le blesser ? Qui ? Cécile ou Sid Ali ? Sid Ali, évidemment ! Sid Ali, qui est un homme, un vrai, et qui a toujours résisté à tout sauf à la tentation, comme disait ce cher Oscar Wilde, un autre homme, un autre vrai… Qu'importe le prétexte, absolument farfelu, injuste, injustifié, il le sait ! Qu'importe ! Il est le champion de ce qu'on appelle, à Hollywood, les *punch liners* : ces fournisseurs attitrés de bons mots et de réparties cinglantes, qui font rire aux éclats ou fondre en larmes des salles entières de spectateurs, au cinéma, et se damneraient pour la réplique qui fera mouche et, accessoirement, monter encore leur cote au box-office des auteurs. Sid Ali se damnerait, oui, pour une punch line bien tournée. Et il n'est du reste plus tout à fait lui-même en ces instants joyeux où plus rien ne le retient dans sa volonté de briller. Son surmoi a volé en éclats. Il est habité par une force mauvaise qui le transcende et le grise, son Horla. Le mal peut l'atteindre… Et ces états seconds surviennent en lui de plus en plus fréquemment. Vas-y, Sid Ali ! Le mal ne peut pas t'atteindre ! Vas-y ! Tout ce qui te passe par la tête ! Sans aucun discernement, sans plus aucune censure du moi. Tout et n'importe quoi ! Tu es un homme, nom de Dieu, n'hésite pas ! Tir au but ! But ! Z'y va !

— Mais au fond, Cécile, tu nous méprises un peu, nous, les Arabes...

— Je vous méprise !? se récrie Mme Rénal, outrée, et surtout démontée par la violence d'une attaque que rien ne laissait prévoir, et qui a tout du coq-à-l'âne d'un fou. C'est cela, Ali, c'est cela ! Tu es le seul de mes élèves que je reçois en tête-à-tête, Ali, et c'est évidemment parce que tu es arabe et que je méprise les Arabes, et que j'éprouve un plaisir masochiste, ou sadique, qui sait ? à accorder mon amitié à quelqu'un que je méprise, puisqu'il est arabe !

— Un peu, j'ai dit, Cécile...

— Un peu, oui ! crie-t-elle. J'ai parfaitement entendu, Ali ! Je ne méprise pas beaucoup les Arabes, Ali, mais je les méprise « un peu » tout de même ! Ce qu'il ne faut pas entendre !

L'homme que j'ai le plus passionnément aimé dans ma vie était un Arabe, un Algérien... Je l'ai épousé, j'ai vécu avec lui à Casablanca où il s'était réfugié pour fuir les règlements de comptes abominables qui ont suivi l'Indépendance. À Casa, contrairement à mes braves collègues francaouis en poste au lycée Lyautey, contrairement à eux qui ne vivaient qu'entre eux, comme de bons colons qu'ils étaient dans leur cœur et leur âme, j'ai fait l'effort d'apprendre l'arabe, de m'intéresser à la civilisation arabe, de vouloir en savoir un peu plus que ce que contenait le manuel à l'usage des professeurs du lycée Lyautey concernant la religion et la culture musulmanes. Et je te prie de me croire, Ali, Casa était de toutes les villes marocaines la plus cosmopolite et la plus occidentalisée, mais ce n'était pas facile, pour une Française, de se promener seule dans la médina, figure-toi ! Et dans les dîners purement français que donnaient mes chers collègues, je ne peux pas dire que mon mari, Ali, était accueilli à bras ouverts. Ali, pourtant, était excessivement poli et connaissait les bonnes manières occidentales : il ne rotait pas à table, ne crachait pas, ne prenait pas la nourriture avec ses doigts, ne se mouchait pas dans sa manche... Et il buvait du vin, comme tout le monde. Et il aurait mangé du porc, sans doute, s'il y en avait eu au menu, mais il n'y a pas de charcuterie à Casa ! Et Ali savait qui était Molière, il savait que Victor Hugo n'était pas seulement le nom du boulevard où il avait son bureau... Ah oui, très blanc, il était, Ali ! Mis à part sa chetron de bougnoule, comme tu dis toi, mis à part son prénom et ce nom qui claironnait un peu trop victorieusement que les Arabes n'avaient pas toujours été des soumis... Mais en vérité, aucun des convives, mes chers collègues, ne se doutait que ce nom d'Almansour signifiait quelque chose ! aucun, je dis bien, aucun ! Et si j'ai demandé le divorce, Ali, ce que j'ai pu faire parce que, Dieu merci, nous étions mariés au consulat de France, sous le régime français du mariage, ce n'était pas parce que je méprisais un peu, ou beaucoup, Ali : je l'aimais encore mais je ne supportais plus le mépris qu'il avait lui, de soi, vis-à-vis de moi. Là, je ne sais pas si tu me suis encore, Ali... Sid Ali, pardon, je ne sais pas si tu me suis encore, mais tu y réfléchiras. Et, comme tu es très intelligent, Sid Ali, tu comprendras plus tard ce que j'ai voulu te dire, ce soir-là. Ce soir.

Et Mme Rénal pleurait en me disant cela. Mais moi, hélas, mon djinn s'était emparé de moi : j'étais très ému, certes, au bord des larmes, mais mon djinn, loin de me retenir, m'a poussé, mesdames et messieurs les Jurés, pour la seule jouissance de la superbe réplique qui claque, de la *punch line* qui fait de vous le *number one* des grands studios hollywoodiens, à répliquer. Et voici ce que j'ai dit, très posément, à voix basse presque, pour que l'effet soit d'autant plus saisissant – l'effet qu'aurait tout naturellement trouvé un très grand acteur, là où un médiocre aurait claironné –:

— Reste que tu n'as pas laissé Ali donner son nom à votre fille, hein ? C'est certainement toi qui as choisi le prénom de ta fille, non ? Et comme par hasard, Cécile, tu ne l'as pas prénommée... Sombre, hein ? Tu ne l'as pas prénommée Basanée ! Non : Claire, tu l'as prénommée. Remarque bien que tu n'avais pas beaucoup le choix : c'était Blanche ou Claire. Mais Blanche, il y a trente ans, c'était déjà depuis longtemps démodé. Alors voilà : ce serait Claire !

Ouoh, Sid Ali ! Là, c'est la punch line à 100 000, à 150 000 dollars ! Je l'ai lu dans *Studio*, ou dans *Première* : j'ai lu qu'à Hollywood, si tu trouvais la bonne réplique, la réplique qui fera s'écrouler de rire ou tirer le paquet de kleenex à tous les spectateurs de tous les mégacomplexes multisalles de la terre, de Los Angeles à Saint-Pétersbourg, de Tokyo à Rio, de Moscou à Chicago, de Shanghai à Sydney, de Stockholm à Palerme, de Londres à Berlin, et à Madrid, et à Lisbonne – aucune raison d'oublier Lisbonne –, et à La Courneuve et à Aubervilliers – aucune raison non plus d'oublier ni La Courneuve ni Aubervilliers –, bingo ! jackpot ! tu pouvais la vendre, ta *punch line*, jusqu'à 100, jusqu'à 150 000 dollars ! À Hollywood, il existe une cote officieuse des meilleurs punch liners. Un jour ou l'autre, la punch line sera cotée en Bourse ! L'auteur de cet article notait qu'à la grande époque, quand il y avait abondance de talents, les auteurs étaient payés à la semaine par les studios. Mais aujourd'hui que le talent se fait de plus en plus rare, comme pour toute denrée qui se raréfie, il se négocie de plus en plus cher. Remarquez, 100 ou 150 000 dollars pour dix mots qui nous auront fait rire dix grandes secondes ou verser notre petite larme, c'est *peanuts* en comparaison de ce que gagne le débile mental à stock options qui dirige le studio et mégote sur les honoraires des auteurs de génie ! Ce con qui devra se faire longuement expliquer par ses assistants tout le sel de la superbe *punch line* que Sid Ali B. vient de faxer à son bureau de Beverly Hills ! Ce con, le cul carré dans son grand fauteuil présidentiel, n'y a rien, mais alors, là, rien compris. Il ne comprend jamais rien à rien. C'est d'ailleurs pourquoi les actionnaires du studio lui ont offert le job. Plus tu es con, plus tu es haut placé dans ce métier !

Et toi, Sid Ali, toi qui, aujourd'hui, si tu avais pu bénéficier de ce petit coup de pouce sans lequel on ne peut pas réussir à Los Angeles, surtout si on n'est pas né Ricain – il n'y a, en vérité, pas plus xénophobes que ces gens-là, et le racisme anti-arabe qui règne là-bas… Toi qui, aujourd'hui, te ferais dorer les claouies à l'or fin chez Cartier-Beverly Hills, eh bien, tu vas maintenant regagner ta cité, Sid Ali. Tu vas regagner le HLM où ce que euh tu y habites euh… Et comme tu es un dandy, Sid Ali, c'est-à-dire un homme, un vrai, un homme qui, loin de ployer la nuque en signe de soumission, oppose à la bassesse du monde dans lequel on l'a condamné à vivre une superbe ironie dont il se veut seul juge, comme tu es un dandy, Sid Ali, tandis que tu franchis la passerelle qui sépare deux communes pareillement pourraves, au-dessus du vacarme des klaxons et de la puanteur d'une voie qualifiée sans doute par dérision d'express, puisque plus rien ne bouge là, en dessous –, tu entonnes, toi, ce refrain fameux d'une comédie musicale des années 1930, une comédie musicale si fameuse que là, sur le coup, le trou, toi qui as une si prodigieuse mémoire, Sid Ali : tu n'en retrouves pas le titre... Il est vrai que le riesling était fameux aussi, et qu'à tous les deux, Cécile et toi, vous avez sifflé toute la bouteille, mes salauds ! Mais qu'importe le titre, hein, puisque tu te souviens du refrain, ce refrain que tu chantes à t'en casser la voix, maintenant :

And I am singing on my way to the bank !

Eh ouais. C'était au plus noir de la dépression, mais à Broadway, toute la salle reprenait en chœur, avec les girls empanachées qui levaient haut la jambe sous des pluies de paillettes, cet hymne si joyeux : Oui, nous chantons sur le chemin de la banque... Et *coast to coast*, toutes les radios broad-castaient simultanément, en direct, cet hymne dérisoire, oui, idiot, oui, inconscient, oui ! mais tellement de circonstance aussi : le bras d'honneur, le doigt « fuck you » à tous ces dirigeants capitalistes qui nous précipitaient dans la merde... Ah ouais ! dans la merde vous nous foutez ? eh bien, z'y va ! on lève la jambe, et tous ensemble, tous ensemble, en chœur :

And I am singing on my way to the bank !

Vous voyez bien : on peut encore chanter dans un pays qui compte plus de trois millions de chômeurs ! une république dont le président se nomme Chichi-les-Odeurs ! et le Premier ministre Jospinet-la-Pinette ! un pays où Martine-la-Poufiasse-qui-a-encore-grossi s'occupe du social et du sort des beurs ! et Chevène-la-Matraque, de l'Intérieur, et des beurs, lui aussi ! des beurs qu'il fait matraquer par ses keufs dans ses commissariats ! Et tiens ! pour s'amuser un peu – on s'ennuie dans ce beau pays qu'est la France, on se demande bien pourquoi tous ces bougnoules et ces nègres tiennent absolument à venir chez nous ! –, tiens, pour s'amuser un peu, ces sans-papiers, là, mes braves keufs : sparadrap extralarge sur la bouche, menottes dans le dos, et fissa Orly ! il y a toujours un vol en partance pour le Mali, ou l'Algérie !

Ah ouais. Eh bien, Sid Ali, chante ! chante ! Tiens, un peu de Bashung, pour changer :

Je suis le roi des scélérats
À qui sourit la vie...
Osez osez... Sid Ali !

Avant-dernière séquence.

Extérieur jour. Place de la Mairie. Un panneau municipal dont une face porte des informations d'ordre administratif, et l'autre, mieux exposée à la vue des passants, a été concédée à un acheteur d'espace publicitaire. L'affiche sous verre est un portrait photographique en noir et blanc représentant le footballeur Zinedine Zidane, lequel pose habillé d'un sobre et très chic col roulé de cachemire noir dont il relève le col jusqu'aux yeux, cachant ainsi au passant le bas de son visage. Mais sa célébrité le rend par tous immédiatement identifiable. Blanc sur fond noir, un nom, très court: Dior. Et dans un angle de l'affiche, en découpé couleur, le produit, objet de cette publicité: un flacon d'*Eau Sauvage*. Une eau de toilette pour homme. Au-dessus du panneau, un déroulant lumineux indique au spectateur le jour où se déroule l'action – 13.01.99 –, et l'heure – 15:21.

Place de la Mairie. Un fleuriste: Les Jardins de Shéhérazade. Au vu de l'exiguïté de la boutique et du choix proposé, assez restreint, semble-t-il, de fleurs d'une qualité douteuse, le spectateur a le droit de s'amuser d'un nom suggérant d'oniriques splendeurs orientales. Devant la vitrine, dans des seaux de plastique, des bouquets tout faits, vendus à 30, 50 ou 70 francs selon leur composition. Sid Ali passe… Et, avec nonchalance, choure un bouquet de 70 francs –

tant qu'à faire de chourer, autant chourer le plus reuch, n'est-ce pas ? Le risque encouru n'est pas proportionnel à la valeur de l'objet taxé à pouillave. Mieux : quoiqu'il ne s'y soit jamais essayé, Sid Ali estime qu'il est certainement plus facile, s'agissant de Béhèmes, de tirer un roadster S3, surtout si le cabriolet se trouve décapoté, que la berline la plus ordinaire de la basique série 3, sans aucune option. Le bouquet si prestement tiré du seau est composé de roses jaunes flammées, de fleurs de camomille et de ce feuillage fourni dont les fleuristes médiocres abusent pour donner un volume plus flatteur à leurs mesquins bouquets. Poursuivant son chemin et avisant une municipale poubelle, Sid Ali dépouille le bouquet pouillavé du papier cellophane constellé d'étoiles et de croissants de lune dorés – sans doute allusifs à la raison sociale du fleuriste volé – qui l'enveloppait et qu'il juge, lui, en esthète exigeant, affreux beuheurq à dégueuler putain merde à iech – 'Llah ! Pour la première fois de sa vie qu'il va offrir des fleurs, il est hors de question qu'il commette la moindre faute de goût, le plus petit faux pas.

Ces fleurs, il va les offrir à son professeur de français, Mme Rénal qui, en ce mercredi 13, ne tiendra pas son salon, elle en a prévenu ses élèves élus – dont, bien entendu, Sid Ali, qui a fort bien entendu. Il a écouté aussi sagement que ses camarades les explications que Mme Rénal s'est crue tenue de donner, par scrupuleux respect de ceux qu'elle nomme toujours, selon une habitude acquise à ses débuts de professeur agrégé de lettres, à l'époque heureusement révolue où tenir compte de notions aussi peu démocratiques que la valeur personnelle des élèves, leur intelligence ou leur assiduité au cours paraissait indispensable à l'exercice d'un bon enseignement, ses « meilleurs éléments ». Mme Rénal, professeur excessivement conservateur – « -trice ? » –, mystique certes laïque mais exaltée au point de parler de sa mission quand son métier n'est après tout qu'un métier salarié comme un autre, ni plus ni moins utile à la société qu'un autre – « qu'est-ce qu'elle s'imagine, putain, cette toquée qui nous la joue sainte Thérèse d'Avila ? » –, Mme Rénal n'a pas pu se résoudre à l'allégresque idée que « les scolaires » – expression qui déjà l'horrifiait comme la vue d'une guillotine aurait horrifié une grande dame tenant salon au Siècle des lumières, jugez de sa folie ! – « formaient une masse à gérer comme telle ». Moyennant quoi, recevant une note du rectorat lui notifiant cette ministérielle, et si allégrement moderne – car compatible avec les exigences de notre allègre économie de marché – vision des choses, et ayant retourné à l'envoyeur ladite note simplement commentée d'un grand point d'interrogation tracé au feutre rouge et signé de sa fort déchiffrable signature, Mme Rénal, s'était, dans un récent rapport d'Académie, vue signalée comme étant *psychorigide* – ah ouais. Et donc, la psychorigide Mme Rénal avait cru de son devoir d'informer ses chouchous que le mercredi 13, sa fille se trouvant pour la journée à Paris avec son fils Melchior, elle s'adonnerait, ce mercredi-là, au plaisir d'être grand-mère plutôt qu'au plaisir d'être grande dame. D'accord, Sid Ali ?

D'accord. Sauf que pas d'accord. Il était absolument, mais alors là ! absolument hors de question que Sid Ali laissât passer une si belle occasion de faire enfin la connaissance de ce trognon trop croquant craquant canard oh le canard bouchon meugnon meugnon de Melchior – absolument, mais alors là ! absolument et définitivement hors de question, voilà. D'accord ? Quitte à déplaire à la grand-mère du trognon trop croquant craquant canard oh le canard bouchon meugnon meugnon Melchior... Hors de question. D'où : bouquet. Dans l'espoir d'apaiser une éventuelle irritation de ladite grand-mère. Vu ?

Eh bien : extérieur jour, pavillon Mme Rénal, Sid Ali sonne à la grille d'entrée, laquelle est, comme habituellement elle l'est dans la journée, entrouverte – raison pour laquelle il va jusqu'au perron, en grimpe les trois marches demi-lunaires, et sonne à la porte d'entrée du pavillon... Laquelle s'ouvre... Et sur qui ? Mme Rénal, bien évidemment... Mais aussi ?.... Melchior !

Ouoh ! Qu'il est beau ! Et comment il accueille cet inconnu ! Par une sorte de béat gazouillis rieur : comme ferait un petit garçon heureux de voir rentrer à la maison, après sa journée de travail, son père qui l'aime et qu'il aime, son père vénéré ! Ah ouais. Nullement effarouché, Melchior ! Il tenait son doudou sous le bras, un immonde machin fait d'un assemblage de bouts de tissus molletonnés, un truc, un gnome – un djinn, quoi ! –, bien sale, odorant et doux, un vrai doudou comme tous les petits enfants les aiment... Eh bien, il le laisse tomber son doudou : voilà ! il n'en a plus besoin de ce fameux objet transitionnel, de ce substitut au sein ou à Dieu sait quoi de maternel et de rassurant, non, tiens ! adieu, le doudou ! je suis un grand garçon, maintenant, je n'en ai plus besoin puisque voici mon pote Sid Ali ! puisque voici mon père, celui qui m'aime ! celui qui fera de moi un homme !

Et savez-vous comment ce petit bonhomme si affectueux, si éveillé, et qui me ressemble tant, manifeste sa joie de me voir ? savez-vous ce qu'il trouve à faire ? Oh ! quelque chose de merveilleux ! il court à moi et m'embrasse les genoux ! Comme je vous le dis !

On ne peut pas vraiment dire que, malgré ce bouquet que je lui tends, la grand-mère de Melchior partage son enthousiasme. Pour tout dire, Mme Rénal m'adresse en guise de sourire ce qu'il faut bien, en toute objectivité, qualifier de grimace excédée.

— Sid Ali ! je croyais pourtant avoir été claire...

(Claire, sa fille ? ou claire *c* minuscule ? ha ha !)

— Oui oui, Cécile, je m'en vais, je m'en vais... Mais je ne pouvais pas résister. Il fallait que je fasse la connaissance de Melchior. Voilà.

Mme Rénal, méchamment sarcastique, feignant alors de nous présenter dans les règles les plus formelles de la courtoisie :

— Monsieur Melchior Almansour, monsieur Sid Ali Benengeli...

(Eh bien voilà, cher lecteur, vous savez enfin, parvenu à la page 419, mon nom. Le nom que je tiens de mon père, qui le tient de son propre père, lequel le tenait de son propre père, et ainsi de suite, en remontant jusqu'aux douze fils d'Ismaïl, probablement... Et je vous prie de noter qu'il aura fallu, pour que vous le sachiez enfin ce nom que je m'honore de porter et que j'aurais, dit-on, sali, déshonoré – mais mon seul juge sera Allah ! et non des hommes si peu croyants qu'ils se croient le droit de juger d'autres hommes, leurs semblables, leurs frères –, il aura fallu, disais-je, pour que vous le connaissiez enfin ce nom, que je fusse mis en présence de mon fils spirituel. Et si ce n'est pas là la preuve que Allah m'avait désigné pour tuteur et guide de cet enfant dans la voie de la vertu et de l'honneur... ?)

— Cécile, est-ce que je peux le prendre dans mes bras ? Juste un instant, Cécile... Rien qu'un instant, Cécile...

Cécile, au comble de l'exaspération :

— Prends-le dans tes bras, Sid Ali !

Dans mes bras, Melchior continue de manifester sa joie. Par jeu, mais aussi un peu symboliquement : pour lui offrir ce qui est ma couronne princière, de prince du peuple beur, de prince des Poètes, je le coiffe de ma casquette Fila *Pro-race*... Elle est trop grande pour lui, évidemment, et là, il grogne un peu, Melchior, il grinche, il se débat et la jette ! Il proteste, Melchior ! Il a son caractère déjà, le bonhomme ! Tu seras un homme, mon fils, et j'aime ça, moi !

Sa grand-mère, elle, n'apprécie pas du tout. Elle s'écrie :

— Sid Ali ! Un enfant n'est pas un jouet mais une personne !

— Oui oui, dis-je, oui oui, Cécile, pardon ! Pardon, Melchior ! Je vous le rends, Cécile, je vous le rends !

Et je le lui tends, mon Melchior, mon fils, et Mme Rénal le prend dans ses bras, et se baisse pour ramasser l'immonde doudou, et le lui redonne... Et Melchior qui le reprend ! Ah, Melchior, Melchior ! prends garde aux femmes, mon Melchior ! prends garde à la douceur mortelle, prends garde à la mortelle bonté des femmes, Melchior ! Si elles se montrent si bonnes, si douces avec toi, mon enfant, mais c'est pour mieux te dominer ! Mortellement maternelles, les femmes...

Et j'implore alors Mme Rénal, je l'implore tout en sachant qu'elle me répondra non, mais j'ai cependant la faiblesse de l'implorer :

— Cécile, j'aimerais tellement faire la connaissance de Claire... Est-ce que je ne pourrais pas attendre que...

Mme Rénal semble parvenue à ce point de la colère où la colère ne s'exprime plus par des cris mais au contraire en une sorte de soupir las, désabusé et qui signifie mieux que notre sempiternel et éructant « putain ! j'y crois pas ! » qu'en effet, elle n'y croit pas, qu'en effet, elle n'en croit pas ses oreilles. C'est avec un grand calme qu'elle me fait :

— Sid Ali, les plaisanteries les plus courtes sont les meilleures. Et tu as cessé de me faire rire... Ma fille sera là d'ici dix minutes, un quart d'heure, et je suis bien décidée à passer seule avec elle et Melchior les quelques heures qui nous restent avant la séparation, à 19 h 40, disons 39, sur un quai de la gare Montparnasse, devant la voiture où ils ont leur place réservée. Et maintenant, mon cher Sid Ali, je te le dis en toute amitié : tu t'en vas.

— Très bien, j'ai compris, je m'en vais.

Très bref champ-contrechamp. Très gros plan. Mme Rénal, Sid Ali, les yeux dans les yeux.

Mme Rénal :

— On t'aime, Sid Ali !

Sid Ali :

— Qui : on ?

Mme Rénal :

— Moi. Je t'aime bien, Sid Ali.

Sid Ali :

— Oui : *bien*. Tu m'aimes *bien*, Cécile.

Et parce que les acteurs ont du génie, et parce que le réalisateur est Dieu, il y a dans ce regard échangé tout à la fois haine et amour, indécidablement haine ou amour, haine et amour... Et cette horreur fondamentale qui ne se dévoile, qui ne se révèle à nous que si rarement, Dieu merci ! sans quoi nous ne pourrions tout simplement plus vivre –, la vérité, la vertigineuse vérité qui fait tout le terrible de notre condition humaine : au plus profond, au plus secret de notre cœur, haine et amour ne font qu'un.

Et pour ajouter à mon désespoir de quoi nourrir la détresse en quoi il se mue, ici, devant la porte d'entrée du pavillon que Mme Rénal vient d'ouvrir pour me signifier mon congé : Melchior ! Melchior qui, lui, avec une gentillesse chavirante, agite sa menotte comme font les petits enfants pour dire au revoir aux grandes personnes qui s'en vont, et me lance si adorablement :

— À revoir !

Et pour me saluer, le trognon trop, le bout de chou a laissé une nouvelle fois choir son doudou. Mais ouais, Melchior ! un père, c'est beaucoup mieux qu'une cochonnerie faite de vieux bouts de chiffons crasseux et qui ne sent pas très bon.

Putain.

Séquence finale.

Extérieur nuit. Place de la Mairie, le panneau d'annonces et avis municipaux au revers duquel mon Zizou cache dans du cachemire parfumé Dior la moitié de sa sublime chetron de bougnoule – bravo, pour le coup, mon Zizou ! Dommages de guerre ! Réparations ! Les Suisses commencent à avoir la honte et, il n'est jamais trop tard pour bien faire, à rendre tout ce que ces salopards ont taxé aux Feujs. Et nous, mon Zizou ? Z'y va ! On taxe Dior. On les aura ! On les fera tous cracher ! Ils vont le sentir passer chez LVMH ! Putain, le cours va s'effondrer ! Et la chetron de la Sylvestre, la blonde platinée, là ! Ah ! et Gros-cul qui ne va plus savoir quelle pochette arborer dans la poche de son blazer à iech ! Du noir, ma gaillarde, pour ton deuil ! Ou du blanc, dernier hommage aux musulmans qui vont te trouer la peau, connard !

Ah, et quel jour sommes-nous, se demande le spectateur, et quelle heure est-il ? Mais, pourquoi crois-tu qu'au montage le réalisateur a fait insérer ce bref plan de coupe dans lequel tu peux voir un panneau municipal surmonté d'un déroulant lumineux t'indiquant le jour et l'heure ? Et double avantage : une indication narrative qui permette au spectateur de mieux suivre l'intrigue et, en *prime*, au passage, comme on verra pendant douze secondes la publicité pour l'*Eau Sauvage*, la prod a rackettté

Dior: « Voilà, notre film, là, c'est de la superproduction, budget à huit zéros après le *digit*, vous nous suivez ? et même si le digit n'est qu'un un, ça fait encore, en langue archaïque Mémère-Mimile, dix milliards de centimes ! Et on va faire au minimum cinq millions d'entrées, alors on vous taxe de cent briques. Cadeau, avouez, pour ce que nous appelons, dans notre jargon, de la pub clandé, ou de la furtive ! » Et si Dior dit non, eh bien, ce sera du Guerlain ! Ou du YSL ! Nous on préférerait l'*Eau Sauvage*, parce que Zizou est beaucoup plus vendeur que la fiote plus-bronzé-tu-meurs qui fait tapin sur l'affiche pour *Kouros*, vu ? Et le jour et l'heure, vu aussi ? Vous savez lire : 13.01.99 – j'espère que dans la prochaine nuit de la Saint-Sylvestre, le bogue ne va pas nous le niquer, notre beau panneau lumineux électronique et municipal à affichage digital ! Et l'heure ? 22 h 22 – vlà les keufs ! vlà les keufs deux fois ! J'en bégaie.

Non, je disais ça pour rire. Pas un keuf, place de la Mairie ni à proximité, à l'heure déjà tardive où les banlieusards sont vautrés devant leur écran, à se demander si Aubry n'aurait pas encore grossi. « – Si ! je te dis qu'elle a encore grossi, Ginette ! – Mais c'est pas Aubry, mon Raoul, c'est Trautmann ! – Eh ben, elle a grossi aussi ! Pas dégueulasse la bouffe dans les ministères, hein, les pouffes ? Tiens, on s'en reprend une louche, de cet excellent caviar, avec une bonne tranche de foie gras, pour faire passer, Martine ! Ah ouais, foie gras, Catherine ! Et repasse-moi donc la boutanche... Pourries ! Ah, y a vraiment que la Guigounette qui sache encore un peu se tenir ! »

Et donc, sur le coup de 10 heures et demie du soir, grosso modo, le beau Sid Ali, tout habillé de blanc, marche de son pas souple et nonchalant de star à qui le succès donne cette aisance qui n'appartient qu'aux stars. Le mal ne peut plus l'atteindre – *Parce que je le vaux bien*. Il se dirige vers cette pittoresque rue de cheurlous, dernier témoignage qu'Aubervilliers, ou La Courneuve, comme vous voudrez, fut autrefois non pas un village, certes, mais une agglomération de pavillons petit-bourgeois. Très petit-bourgeois. Sid Ali, la star égarée dans ce minable décor, se dirige vers où ce que crèche l'immortelle, merci pour nous, mais mortelle, hélas pour elle, Mme Rénal.

Nous y voilou. Les volets sont ouverts : chez Mme Rénal, les volets sont toujours ouverts. Prudente, Mme Rénal ! Si un jour il lui prenait la fantaisie de les refermer, ses volets, ils sont si rouillés qu'ils tomberaient en poussière, elle le sait. Seule sa chambre à coucher, au premier étage, est éclairée. Les doubles rideaux ne sont pas tirés encore. Le voilage blanc – un rien crade, mais je ne vais pas, en plus, te laver tes voilages, hein, Cécile ! et de toute manière, d'ici un quart d'heure, tu n'auras plus jamais à les tirer, tes rideaux ! –, le voilage blanc sale, disais-je, diffuse une clarté… *clarteuse* ! pour reprendre un mot inventé par Rimbaud, et que je n'ai jamais trouvé que dans Rimbaud – mais, très objectivement, je n'ai pas tout lu.

Mme Rénal est donc seule chez elle, revenue de la gare Montparnasse, où elle raccompagna Claire et Melchior – mon Melchior. Ils sont déjà à Nantes. Claire a téléphoné à sa mère pour la rassurer : « Oui, tout s'est bien passé, c'est vraiment une belle invention le TGV, je te passe Melchior qui veut faire un gros gros poutou à sa Mamie, le bouchon, avant d'aller faire dodo avec son doudou… » Cécile relit Proust, ou Kafka, ou Roland Barthes, allongée sur son plume, un grand verre de riesling posé, à portée de la main, sur le meuble de chevet à sa droite, la bouteille dans son seau isotherme sur celui de gauche... C'est comme si j'y étais. Je sonne à la grille du jardinet, fermée à cette heure. Tiens, qui ose venir me déranger à dix heures et demie du soir sinon cette glu de Sid Ali ? Voyons voir... Quatre, cinq, six secondes... Voilà, un pan du voile se soulève... Eh oui, Cécile, c'est moi, éclairé par ce réverbère planté dans l'axe de ton entrée, sur le trottoir. Qu'est-ce qu'on fait, hein ? On ne va pas appeler les flics ? Pas mon genre, moi, Mme Rénal. On va faire semblant de n'avoir rien entendu ? Trop tard ! Il faut ouvrir. Voilà. Cinq, six, sept secondes... L'œil-de-bœuf – d'un bœuf qui a la maladie de la vache folle : il est ovale ! –, l'œil-de-bœuf qui, de jour, éclaire parcimonieusement l'escalier, s'éclaire en cet instant électriquement... Donc, tu descends, Cécile – tu viens m'ouvrir, merci. C'est la dernière fois de ta vie que tu viens m'ouvrir, Cécile – le crime fut prémédité. Voilà. L'entrée s'éclaire aussi – je le vois à travers ce ridicule vitrail de style gothique flamboyant Loucheur... Et la porte du pavillon s'ouvre sur toi, Cécile, encore habillée mais en charentaises – ouoh, le détail mémère ! pour ton dernier soir, Cécile, tu aurais pu éviter de me décevoir ; avant de m'ouvrir, Isa pense toujours à réenfiler ses escarpins de satin... Ah ! et tu tiens dans ta main droite un verre de vin blanc... Et, de la gauche, eh bien, tu presses l'interrupteur qui commande l'ouverture de la grille, afin que je puisse entrer et te dire pourquoi je viens te déranger si tard... T'inquiète, Cécile ! je ne te dérangerai plus jamais, après. Dans la poche gauche – je suis gaucher – de mon ciré blanc de skipper Helly Hansen, j'ai un sac Virgin... Voici pourquoi je suis venu. Deux enjambées : j'ai de grandes jambes et ton ridicule et si négligé jardinet est si ridiculement petit… Les trois marches demi-lunaires, d'un seul élan… Et toi :

— Ali le Magnifique !

Ça alors ! La réplique n'était pas prévue ! Elle n'était pas écrite dans mon scénario ! Tu improvises, Cécile, tu te crois tout permis maintenant, et tu fous mon histoire en l'air ! Bon, ce n'est pas vraiment de la *punch line*, là, ma réplique à moi, mais je la dis sur un ton si froid qu'il te glace :

— Sid… Ali ! Pas Ali tout court : Sid Ali… Le Magnifique, si tu veux, je prends. Un compliment n'a jamais fait de mal à personne. Je suis djez, mais je ne suis pas ton mari, Cécile, je suis Sid… Ali.

Mais non ! Elle ne semble pas émue outre mesure, Cécile ! Combien de bouteilles de riesling Kayserberg, vendanges aussi tardives que ma visite, hein, Cécile ? Ah ouais. Cécile, elle voit débarquer chez elle un commando de tueurs, égorgeurs et violeurs, armés de coutelas, grenades, kalachs, et quelques lance-roquettes, là, de quoi arroser le jardinet, qui en aurait bien besoin, d'une pluie mais de heb-heb… Heb heb bien, Cécile : comme si de rien n'était ! Entrez, je vous en prie, je vous attendais, faites comme chez vous ! Putain, de plus en plus chelou ! Ça non plus ce n'était pas dans le scénar, Cécile ! Et je n'avais pas prévu qu'en plus, tu me la jouerais maternelle, la scène ! Putain, écoutez-la :

— Qu'est-ce qu'il y a, Sid Ali ? Je t'ai offensé ? Tu t'es senti offensé ? Tu as du chagrin ? Un gros souci dont tu voudrais me parler ? Tu as un peu trop tiré sur le joint ou autre chose ? Dis-moi, viens ! entre ! raconte-moi !

Et elle me tend la main, putain ! Comme si j'étais un bambin, putain ! Comme si j'étais son Melchior !

Mais, je suis un homme, moi, salope ! Ah ouais. Et insiste bien, hein, Cécile ! que je puisse passer pour un salaud aux yeux des spectateurs, hein, d'avoir refusé la main que tu me tendais ! Et qu'est-ce que tu me dis, là, Cécile, juste histoire de m'humilier un peu plus encore ?

— Viens, ferme la porte et suis-moi ! Je lisais tranquillement dans ma chambre, nous allons essayer de discuter tranquillement... Nous serons mieux dans ma chambre pour discuter, d'accord ?

Parfait : ça c'était dans mon scénario. Je te violais sauvagement, *front door and back door*, la totale ! je te déchire ta vieille teucha pourrie et ton zek mal lavé, salope ! et pas avant mais après t'avoir étouffée dans un sac Virgin Megastore : j'aime bien limer du cadavre, moi, chacun ses goûts ! L'autre jour, je me suis fait jouir comme un fou en suffoquant sous ce sac Virgin Megastore, moi ! Putain ! ce que j'ai pu jouir ! la purée qu'a crachée mon zob, putain ! de la bien grasse et gluante, pas du petit-lait de pédé ! 'Llah ! La seule différence entre toi et moi, c'est que moi, je n'en suis pas mort de faire ça sous sac plastoque ! mais que toi tu vas y passer !

Je suis – du verbe *suivre* – Mme Rénal dans l'escalier.

Elle me précède d'une marche ou deux. En fait, ses ridicules charentaises écossaises fourrées sont bien d'une ou deux pointures trop grandes pour elle, et elle ne peut pas aller vite, ou elle se casserait la gueule ! et puis, économe, Cécile, hein ! elle ne voudrait pas renverser non plus ce peu de vin blanc qui reste encore au fond de son verre, cette connasse. Si tu taches le tapis, connasse, ne compte pas sur moi pour venir nettoyer ! Le ménage à l'œil, je veux bien une fois mais pas deux ! Je suis Sid Ali Benengeli, fils d'Ibrahim Benengeli, petit-fils de Youcef Benengeli, et j'ai ma dignité ! Et ma oumm en fait assez, des ménages, pour nourrir ses enfants, la bourge ! la bourge qui se parfume Guerlain ! Tu y vas mollo, Cécile ? Très bien ! à ton pas, Cécile ! une lenteur à la Kurosawa ! autant de temps que nous avons mis à monter, Isabelle et moi, le grand escalier au festival de Cannes ! Mais Isa-la-Djez est bien plus belle que toi, Cécile ! Et elle avait mis ses plus hauts talons aiguilles, Cécile ! C'est plus pénible à porter mais c'est beaucoup plus chic que des charentaises, crois-moi ! Et là, Cécile, on n'est plus dans un film de Kurosawa ! nahan ! là, je vais te la jouer film d'horreur – un tueur fou me suit, mon Dieu ! qui va me violer puis m'assassiner !

Je dis posément :

— J'ai une mauvaise nouvelle pour toi, Cécile, je suis venu pour te violer et te tuer, puisque tu me méprises.

Là, sur l'avant-dernière marche : panique ! Elle se retourne sur moi, monte à reculons la dernière marche, recule encore… Sur le palier, la porte de la salle de bains est ouverte : voilà, je la pousse ; je ne la pousse pas très violemment : je la pousse du plat des deux mains sur sa poitrine ; je l'ai poussée simplement ; elle est tombée, laissant tomber son verre, qui s'est brisé sur le carrelage ; elle n'a pas crié ; sa nuque avait heurté le rebord de la baignoire-sabot (dans les mesquins pavillons Loi Loucheur, sabots sont les baignoires, car pour une longue, il n'y aurait pas la place ; aux Poètes, nous n'avons qu'une salle de bains pour six, mais une grande baignoire, où je peux voluptueusement allonger mon mètre quatre-vingt-quatre dans un bain de mousse et jouir, non sans un peu de perversité, je l'avoue, d'entendre Azzedine, ou Amina, ou les deux, tambouriner à la porte et me sommer, ces minots ne doutent de rien ! de leur ouvrir illico).

Mme Rénal gît, cassée en deux, comme une poupée de chiffon, inconsciente mais respirant encore. Je ne veux pas qu'elle souffre : je sors le sac Virgin Megastore… Et, là, les voyeurs, les pervers, j'ai ma pudeur, je vais vous frustrer –, là, je dis « *Cut !* ».

J'ai repris mon sac Virgin Megastore, l'ai remis dans la poche gauche de ma vieille mais toujours merveilleusement imperméable Helly Hansen. J'ai redescendu l'escalier. Va savoir pourquoi, j'ai repensé alors à une sortie qu'avait faite en classe Mme Rénal sur cet usage abusif, ridicule, que font les journalistes du verbe non locutif *sourire – sourit-il, sourit-elle* –, au lieu d'écrire, comme il convient : *dit-il*, ou *dit-elle en souriant*. Je suis morte, sourit Mme Rénal.

L'entrée. Coup d'œil à gauche, coup d'œil à droite : z'y va, personne, la voie est libre ! *Back home*, Sid Ali. Tiens, il faut que je vérifie un truc, en arrivant, sur le catalogue des roadsters BMW : à savoir si le tapis velours est de série ou en option sur le Z3 2.0. Si BMW nous fait le coup du tapis velours en option sur la 2.0, je prends la 2.8 : pas me faire iech pour 32 000 balles de plus ou de moins, et puisque je veux le tapis velours, hein ?

Ah, et j'aurais laissé des empreintes, monsieur le Commissaire ? Mais certainement, monsieur le Commissaire ! Comment voulez-vous que je n'aie pas laissé d'empreintes ? Dix témoins vous diront m'avoir vu, aux environs de 3 heures et demie de l'après-midi rendre une petite visite à Mme Rénal qui voulait me présenter, si je puis dire, à son petit-fils ! Et il est parfaitement vrai, je l'avoue, je peux en faire la déposition et signer, je l'avoue, que j'ai voulu apporter des fleurs à Mme Rénal, ça se fait, et que ce bouquet, oui, je l'ai volé aux Jardins de Shéhérazade, place de la Mairie ! Voilà, c'est dit! Mais on ne va pas me coller perpète à Fleury-Mérogis pour le vol d'un bouquet de roses jaunes d'une valeur de 70 francs! Faites-moi une bavure, monsieur le Commissaire, si ça peut vous détendre! et avec l'annuaire Telecom, si vous préférez, je vous en prie, monsieur le Commissaire! mais franchement, je ne vous vois pas appeler la Judi, ni le Procu, ni le Juge d'Ins pour le vol d'un bouquet de roses jaunes d'une valeur de 70 francs, roses qui, du reste, ont dû vivre moins encore que ce que vivent les roses dans la poésie, parce qu'entre nous soit dit, hein, Les Jardins de Shéhérazade, monsieur le Commissaire!....

Tiens, l'épicerie du père de Djamila est encore ouverte: vodka.

— Bonsoir, monsieur Chédine!

— Ah, bonsoir, Aziz!

Parfait. M. Chédine a eu vers 10 heures et demie du soir, 11 heures moins le quart, par là, la visite de ce voyou d'Aziz Benengeli venu lui acheter une bouteille de vodka. Aziz Benengeli, cher monsieur Chédine, serait donc doué d'ubiquité, qu'il puisse à la même heure croupir au mitard à Fleury-Mérogis et venir chez vous acheter une bouteille de vodka? Ô fragilité du témoignage humain!

De l'Absolut? Y a pas. Bon, alors, n'importe, la moins reuch: hors l'Absolut, elles se valent toutes, j'ai toujours été épris d'Absolut – ha ha! *punch line* –, va pour Smirnoff. 10 balles de plus que chez Auchan: normal: la marge, la surface, les horaires, tout ça. À Auchan, gratos, en fait, pour moi, la vodka: choure! Mais j'ai ma morale: chez un misérable épicier de banlieue, courageusement ouvert jusqu'à 11 heures et demie du soir et plus, musulman en plus, Djez d'origine et, ô Allah! le père de la divine Djamila, je passe à la caisse! Je suis comme ça, moi,

Sid Ali. Cézanne. 12 francs de monnaie à me rendre... Mais non, monsieur Chédine, là, je vais vous la jouer grand seigneur, frère de sang, solidaire et tout et tout !

— Ta monnaie, Aziz !

— Non, laissez, monsieur Chédine ! Tenez ! pour le tronc du Ma Ychali !

Et voilà, Sid Ali.

Plus rien ne s'oppose à la nuit,
rien ne justifie...

Mon chagrin, à l'enterrement ! Dévasté, j'étais ! Anéanti. Comme tous mes potes du bahut. Comme tous les chers collègues de Mme Rénal. Comme Djamila qui, me voyant sangloter et sanglotant comme moi, s'est, dans un brusque élan du cœur, faufilée à travers les rangs serrés des élèves et des professeurs massés autour de la fosse – pour venir m'embrasser. Et nous avons alors sangloté ensemble, enlacés. Et ensemble, nous avons jeté, selon le rite, une poignée de terre sur le cercueil. Et les chochottes et les pédés, tous ceux et celles qui ne voulaient pas se salir la main, se repassaient la petite pelle, mais nous, les Djez, Dja et moi, nous avons eu la dignité de prendre la terre à pleine main... Pourquoi ce rite, au demeurant ? puisque, selon la volonté testamentaire de Mme Rénal, l'enterrement était strictement civil : pas de curé, de pasteur ni de rabbin.

Ah, et un discours aussi ? Oui, mais, pour une fois, j'ai estimé notre protal qui, au lieu de nous infliger le banal, ronflant, et gonflant, et interminable blabla de circonstance, s'est contenté de s'écrier :

— C'était une grande dame !

Bravo, Goudinart ! – je n'y peux rien, c'est son nom, tout le monde ne peut pas s'appeler Benengeli. Bravo, Goudinart ! Rien à ajouter. Et Claire Almansour, qui partageait mon sentiment, je l'ai remarqué, a remercié des yeux le proviseur pour son laconisme.

Et Mme Rénal aurait également apprécié cette brièveté, j'en suis certain.

Elle était une grande dame, unanimement respectée sinon unanimement aimée. Certains, pour ne pas dire la plupart de ses chers collègues la trouvaient un peu trop grande dame, justement, la regrettée Cécile Rénal : elle ne faisait pas beaucoup d'efforts, Cécile Rénal, pour se rendre à leurs barbecues, à leurs soirées raclette, ou diapositives retour d'Égypte, ou karaoké Brassens-Barbara... Pour tout dire, elle les snobait un peu, Cécile Rénal, les chers collègues ! Cécile Rénal, toujours si remontée contre Allègre, comme elle l'avait été contre tous les prédécesseurs de l'actuel ministre de l'Éducation nationale depuis qu'elle enseignait, ne s'était jamais jointe à l'allègre cortège de ses collègues quand, avec banderoles et sifflets à roulettes, ils prenaient le RER pour aller manifester à Paris... Mais, bon, elle était morte – un truc idiot : en charentaises, glissé sur du carrelage humide, coup du lapin, à quoi tient le destin, hein ! –, elle était désormais, et à jamais, une grande dame unanimement pleurée par tous ceux qui l'avaient connue, et donc aimée.

Claire ne pleurait pas : elle paraissait au-delà du chagrin. Et Melchior, hein ? Melchior n'assistait pas à l'enterrement : qui s'occupait de lui, mon trognon trop bouchon bout de chou, hein ? pouvait-on me le dire ? La personne qui le gardait tandis qu'on portait en terre sa grand-mère était-elle digne de confiance ? Et qui sait si l'abominable Hassan, son géniteur, ayant par hasard appris la nouvelle, ne tentait pas, en cet instant précis, d'enlever son fils, resté à Nantes ? Ce chien de Fassi était capable de tout... Oh ! mon Melchior, tu n'avais plus que ta mère et moi, sur cette terre, pour t'aimer.

Et c'est sur cette pensée, si amère, que je suis ressorti, le dernier, du cimetière... Cette bouffée de pure détresse, alors ! Ce si cruel souvenir qui me fit chanceler, alors, et devoir me retenir de tomber en m'agrippant à deux mains à deux barreaux de la grille du cimetière, comme fait dans sa cellule le prisonnier désespéré : du haut de l'estrade, Cécile, quand, me fixant des yeux, tu as commencé à nous réciter, avec la lenteur voulue, la lenteur qui sied à la brièveté des vers de Rimbaud, *L'Éternité* :

— *Elle est retrouvée.*

Quoi ?

... tu allais poursuivre, Cécile, mais je t'ai coupé la parole, Cécile, et j'ai donné la réponse avant que tu ne l'énonces :

— *L'Éternité.*

Et toutes ces taches, alors, Cécile, tous ces tarés, tous ces nulaches, tous ces enfoirés, tous ces pédés qui se croyaient l'élite sous prétexte qu'ils étaient élèves de première S, tous ces gols se sont mis à rigoler... Enculés !

J'ai séché mes larmes, et les cours de l'après-midi (« Zeugma ! » – j'ai cru t'entendre, Cécile, nous enseigner que l'élégante et hardie figure de style que je viens d'utiliser ici n'est autre qu'un zeugma). Quel homme aurais-je été si j'avais eu si peu de sensibilité que je me fusse assis à ma table, au premier rang, sous l'estrade, comme si de rien n'était ? Nahan ! Rereu, Halles, Fnac ! M'offrir, Cécile, comme en offrande à notre amour, notre amour qui te survivrait, Cécile, m'offrir le *Quintette pour clarinette* de Mozart. Donc : Fnac. Sigle devenu acronyme, hypocritement acronyme, pour faire oublier le sens de ces quatre lettres : *F, N, A, C*... Fourgueur National des Accros à la Conso. Voilà ! Mais, bon, si vous souhaitez acheter un disque de musique classique, le choix est limité : soit Virgin, soit Fnac. Et la Fnac, du moins en classique, est mieux référencée. Et puis, je l'avoue, me rendre chez Virgin pour un ultime hommage à Cécile m'eût paru d'un goût douteux – dois-je expliquer pourquoi ?

En ce lundi 18 janvier, j'honorerai donc de mon insolite présence les rayons Musique classique de la Fnac-les-Halles.

Voyons voir. M... Mozart. Tu es bien le meilleur, va, WAM : un linéaire entier pour toi tout seul ! Musique religieuse, opéras, symphonies, concertos, musique de chambre... Je sens que je suis sur le bon chemin, là. Subdivisions par instruments : à cordes, nahan, piano, nahan, à vent, ouais, à c : clarinette ! C'est clarinette : nous y sommes !.... Ouoh putain, un bac entier de K. 581 ! Au moins douze versions disponibles... Aïe. Nahan, pas aïe ! j'ai trouvé ! La meilleure, forcément la meilleure puisque celle de Cécile : par le Wiener Oktett... Riesling ? Kayserberg ! K. 581 ? Wiener Oktett ! Fastoche. Le visuel a changé, *of course*. Ils changent l'illustration tous les six mois environ : marketing, relookage mode, rotation optimisée, zéro stock, flux tendu, et piège à con pour le distrait qui ne voit pas que le produit est identique à celui qu'il avait déjà, mais vendu à présent sous un autre conditionnement. Encore faut-il pouvoir entrapercevoir quelque chose dudit produit sous l'amas galactique de stickers promotionnels qui constellent la cellophane de l'emballage : *Le Choc du mois, Le Choc de l'année, Le Diapason d'or, Les Croches d'or, Le Choix du Disquaire, Le Monde de la Musique a aimé, Élu par les Inrocks, Conseillé par Télérama, Prix Vert, Spécial Soft, Opération Miniprix-Maxiplaisir, Classique pour vous, Classique pour tous, Les CD du cœur, Les Cent Enregistrements du siècle, La Disco-*

thèque idéale, Les Incontournables, Les Indispensables, Les Introuvables – ah ouais ! à la Fnac, on trouve les introuvables ! bravo, la Fnac ! je remercie chaque jour le Très-Miséricordieux de t'avoir trouvée… Sans oublier *Les Inoubliables, Les Essentiels, Les Immortels, Les Authentiques, « Écouter Mozart, c'est donner à manger à un enfant qui a faim – 1 franc reversé à ATD pour tout disque acheté », Mozart-Sida, Mozart-Kosovo, Vu à la télé…*

Quoi ? Vous vous sentez intimidé, indécis, incertain de votre culture, que vous devinez un tantinet trop récente et lacunaire ? Vous redoutez que votre choix ne révèle à de plus avertis que vous, et qui en ricaneront à vos dépens, sans pitié aucune, n'ayez crainte, les salauds ! ne révèle, votre choix, à quel point vos connaissances en musique classique ne sont qu'un fragile vernis qui volera en éclats dès votre premier vrai contact avec la dure réalité vécue par les authentiques mélomanes ? Aucun souci à vous faire ! Rien de plus facile que d'éviter le faux pas ! Je vous file le truc : si la cellophane qui emballe le CD est si parfaitement recouverte de ces alléchantes pastilles promotionnelles que vous ne puissiez plus lire ni le titre de l'œuvre, ni le nom du compositeur, ni celui de l'interprète : prenez ! prenez sans hésiter ! c'est du bon ! c'est forcément du bon ! Et il sera toujours temps, une fois rentré à la maison, d'arracher la cellophane pour découvrir ce que vous avez acheté ! Quoi ? De qui ? Par qui ? – Ouoh putain merde ! je l'avais déjà ! – Eh ouais, pauvre tache, esclave de la marchandise, aliéné ! tu t'es fait niquer ! tu t'es fait fnaquer ! Bien fait pour toi ! Tu as voulu la culture de masse ? Voilà, c'est fait, tu l'as.

Et, regarde… ! Tu croyais comme moi, pauvre ignare, que le *Requiem* était la dernière œuvre composée par Mozart, chef-d'œuvre d'ailleurs laissé inachevé, la Mort ayant fauché encore plus vite que Mozart ne notait noires, blanches et croches sur les portées ? Nahan ! pas du tout, pauvre tache ! Regarde... ! Mozart a encore énormément composé après son *Requiem*, et ce fils de pute de Ludwig von Köchel, qui en avait un, de poil, et un long, dans la main, eh bien, il a omis de les inscrire dans son fameux catalogue prétendu exhaustif ! À chiave, Köchella-Cosse ! Regarde, mais regarde, là ! ce coffret de trois CD : *Mozart-Pubs* ! Mozart, après son *Requiem*, on ne sait pourquoi inachevé, a composé de quoi remplir encore trois CD d'une durée de 60 à 70 minutes chaque ! Comment ? tu n'as jamais écouté le brillant *Concerto pour Riz-Taureau-Ailé* ? Tu ne t'es jamais consolé d'un chagrin en t'enivrant de la majestueuse *Symphonie Assurance-Décès-Axa* ? Et tu me jures, tu me jures que tu ne connais pas l'émouvante *Sonate pour Couche-Superabsorbante-Pampers*, avec la petite fronce, là, qui évite au pipi bleu du bébé de fuir ? Putain ! Quel ringard tu fais ! Et *Les Noces de Figaro-Magazine*, tu vas me dire aussi que tu ne les as jamais entendues ? Ce nul ! Et le *Trio en* mi *mineur minidose de Mir*... « mais qui fait le maximum » ?

Ah, et tu ne sais pas non plus que c'est Verdi qui a composé l'hymne du Front national ? Eh bien, je te l'apprends, mon pote ! Le Pen avait commandé pour son parti néonazi un hymne à Verdi. Et le Giuseppe, filou comme tout Rital qui se respecte, tu sais le coup tordu en loucedé je t'embrouille qu'il lui a fait, au Jean-Marie ? Eh bien, il lui a refilé un fond de tiroir ! Et tu sais quoi ? putain ! gonflé, le Giuseppe, il fallait oser ! il lui a refilé un chœur de Feujs ! Ouoh, la carna, Peppino mio ! Du feuj ! pour mon Jean-Marie qui ne peut pas les piffer, les youpins ! *Va pensiero suli ali dora-a-ate*... Mais Jean-Marie, tu le connais, toujours très grand seigneur! Au lieu de ouache à chetron au Rital qui s'était payé la sienne, Jean-Marie, il a dit: « Laissez, ce n'est qu'un détail! » C'est son expression favorite, à Le Pen: « Ce n'est qu'un détail! » C'est devenu un tic, chez lui.

Bon, Sid Ali, tu as bien ri du sketch que tu viens de te jouer, là, mais les plafonds sont bas, à la Fnac-Halles, et toi à qui Allah a fait don du mal sacré, ne l'oublie jamais, tu as besoin d'air! Tu te décides, maintenant.

Le *Quintette pour clarinette*... Par l'Oktett. Prix-Vert-Promo-Spécial: 50 balles. Donné! 10 balles par interprète: putain, ça se paupérise à mort dans le classique! mieux vaut encore faire la manche dans le métro qu'enregistrer pour Decca! Et pendant que les cinq gus jouent le quintette, qu'est-ce qu'ils peuvent bien branler les trois autres de l'Oktett qui restent sur le carreau?

Autre question à résoudre fissa, Sid Ali: tu niques le truc qui ferait bip si tu passais le portique sans avoir payé, mon grand, ou tu passes à la caisse? Tu passes à la caisse, Sid Ali. Le deuil commande une certaine décence. Et chourer du sublime et de la nostalgie, ce serait tuer une seconde fois Cécile, et faire les poches à Mozart... Indigne de toi.

Rerereu: retour aux Poètes.

Azz et Mina, les minots, ne sont pas encore rentrés du boulot ou de la buissonnière. Parfait. Leur ghetto-blaster? Voilà. J'enlève les piles, j'arrache le cordon secteur qui permet de brancher sur la prise électrique, et je cours jeter piles et cordon au vide-ordures: que les minots ne fassent pas iech apoum apoum apoum quand leur génial grand frère s'adonnera au plaisir subtil de la joie grave, de l'heureuse mélancolie à quoi nous invite le divin Mozart... Le vide-ordures ? Bouché jusqu'au quatrième étage, mais les Benengeli habitent au cinquième, et peuvent donc encore bourrer le conduit d'un bon mètre cube de déchets avant de téléphoner aux services sanitaires de l'Office HLM du 93, pour se plaindre hautement du scandaleux état d'abandon où se trouve leur immeuble. C'est à peu près la seule chose que M. Ibrahim Benengeli sache faire sans se montrer si plat, et si bégayant, et si geignard que la secrétaire ne lui raccroche au nez dans la minute qui suit – pas que ça à, hein ! surtout avec des gens qui ont trois loyers de retard. Non, là, il lui arrive, à mon père, de tenir bon, d'exposer ses doléances pendant trois, quatre, voire, les jours où il est en forme, cinq minutes ! « Que la puantieur, Madame, elle est pas hygiénique... » Ta mère, mon père !

Voilà. Mon lecteur laser – toujours précautionneusement tenu sous clef dans mon placard, en mon absence. Tire la langue ! avale ! fais pas la grimace : c'est du Mozart ! (Je vous l'ai déjà fait, ce coup-là ? Je le sais bien. Mais moi, personnellement, je ne m'en lasse pas.)

Le *Quintette* !

Premier mouvement : *Allegro* – 6 minutes et 21 secondes. Je peux tenir, je le sais. Je suis un homme, et le mal ne peut pas m'atteindre.

Deuxième mouvement : *Larghetto* – largué ! je vais craquer, je le sens, je le sais... Là ! voilà ! qu'est-ce que je disais ? La clarinette prend son envol, et moi... ? Je m'effondre. Torrent de larmes ! horreur ! néant liquide, primordial où je perds pied ! terreur ! terreur d'un chagrin que je ne saurais endurer plus longtemps... Salopard, Wolfgang ! salopard ! me faire sangloter et gémir ainsi, moi, Sid Ali, qui ne suis pourtant pas un pédé, hein ! putain... Nahan,

nahan ! Wolfgang, mon pote ! mon frère ! nahan, je retire ce que je viens de dire ! je retire ! Car la douleur en moi déjà se mue en plaisir, et m'élève vers ce sentiment du sublime où, pauvre humain, trop humain, je me réconcilie avec Dieu, et avec moi myself, Sid Ali !

Je sais cela maintenant :

Il y a les chagrins et les deuils ordinaires, et ceux, de luxe, accompagnés par Mozart. Si un deuil te frappe, mon ami, mon frère, si un chagrin te terrasse, un seul conseil : Mozart.

Mozart te ferait consentir, si insoutenable qu'en soit la pensée, à ta propre mort. Mozart te conduit, sans jugement, directement au Paradis. Al-Djena ! Aucune question ne te sera posée, pas de mise en examen, tu es sauvé. Tu es sauvé, Sid Ali, puisque Mozart existe – Allah est grand.

WAM ? *Top !* Mais le rectorat, alors là, putain ! plus nul, tu meurs ! L'erreur de casting colossale ! Impardonnable ! Im-par-don-na-ble !

La grande Cécile Rénal nous a « quittés », comme on dit au JT. (Vous n'avez pas remarqué ? Dès lors qu'il s'agit d'une vieille gloire des planches et du grand écran, PPDA ne nous annonce pas de sa funèbre voix de circonstance que la si talentueuse célébrité mondiale totalement oubliée mais toujours vivante dans nos cœurs et qui ne jouait plus rien depuis la mort de Pompidou parce qu'on ne trouvait plus de bons auteurs ni de bons scénaristes –, vient de mourir, mais qu'elle vient de nous « quitter ». Ah ouais ? elle était pressée, elle avait un train à prendre, elle prenait comme Jane Birkin le bateau à Calais...) Cécile Rénal nous a quittés, nous la regrettons tous, nous la regretterons toujours – « ces gamins sont inconsolables, cher collègue, surtout le petit Benengeli, il fait vraiment peine à voir... » Et vous savez qui ? vous savez qui le rectorat nous dégote pour la remplacer au pied levé, la grande Cécile Rénal... ? Je dis *qui*, mais quand on se trouve devant ce boudin tas de boue, on ne se sent plus le droit d'user du pronom personnel *qui*, mais tenu au contraire, par respect pour l'humain, d'utiliser le *quoi* désignant des choses, des machins – ça.

Il nous envoie quoi, le rectorat, pour succéder à Mme Rénal ? Une certaine Christelle Genou ! Le nom, déjà ! Christelle Genou : tout est dit. Rien à ajouter. « – Quoi c'est que qui fait euh prof de francaoui de la Un S 3 ? – Christelle Genou. – Ouoh putain ! – Tu l'as dit tu l'as ! » Genou. Pas : Du Genou, qui aurait eu je ne sais quoi d'un peu piquant... Nahan : Genou ! Après tout, Mme Rénal ne s'appelait pas, telle l'héroïne de Stendhal, Mme de Rénal. Donc, pas de raison que la Christelle soit Du... Genou elle est née, Genou elle reste. Et son agent n'aurait pas pu lui trouver un pseudo, à la Christelle Genou ? Il aurait fallu d'abord qu'elle en trouve un, d'agent ! Elle a tout essayé, Christelle, elle les a tous vus, les agents, tous ! Devant eux elle s'est mise à genoux, Genou : « Prenez-moi ! Je vous laisse 90 % de comm, mais prenez-moi ! Tenez, je vous abandonne l'intégralité de mon cachet... » Mais les agents, pas si oufs, les agents ! En chœur, ils lui font : « Genou ! Gagedé, le boudin tas de boue ! Pas que ça à ! Tu t'es déjà vue dans une glace ? Qui voudrait de toi ? »

Eh bien, l'Éducation nationale en a bien voulu ! Pas la peine, les grands quotidiens du soir comme du matin, pas la peine de nous tartiner de pleines doubles pages sur le déclin de l'enseignement du français et le malaise des jeunes dans les lycées publics. Vous imprimez simplement en gros ces cinq, six mots : *Christelle Genou, professeur de première S*... Le lecteur referme immédiatement le journal et fait à sa femme : « Bon, chérie, nous sommes laïques dans l'âme, toi et moi, mais nos gosses nous les collerons dans le privé : je ne voudrais pas qu'ils se trouvent confrontés à une Christelle Genou ! Le trauma que ça pourrait provoquer chez ces pauvres gosses ! »

Ah ouais. Mais Cécile Rénal nous quitte, et le rectorat : « Goudinart, on vous envoie Genou, Christelle… » Isabelle Adjani vient de déclarer forfait, on vous envoie Marceau, Sophie-pouet-pouet-les-nibards ! Ah ouais. Ces gamins, on leur a donné à voir *Le Guépard, Ran, Casablanca, L'Avventura*, mais, changement de programme : la semaine prochaine sur cet écran, le navet gratiné franchouillard dont aucune télé belge ne voudrait en rediff : *La Sous-douée court au casse-pipe* ! Voilà ! C'est le titre !

La voilà, debout sur l'estrade, Genou ! Je ne vous décris pas comment elle est habillée, j'y ai renoncé : c'est proprement indescriptible. Des soldes invendus de deuxième main dégriffés Tati. Et pas du Tati-Tati, hein, pas du Tati-Couture, pas du Tati-Boutique, pas du Tati-Diffusion, nahan, du Tati-Hyper-marché-Discount !

Elle parle ? Elle parle, Christelle. Et que dit-elle, en préambule ?

— Bon euh ouais là je suis un peu émue euh beaucoup de succéder à euh, mais bon, ça va bien euh, ouais, je ne me suis pas présentée quoique bien qu'en fait euh M'sieur Gounidart y l'a fait pour moi, alors, voilà, je m'appelle Christelle Genou…

Fuse, lancée à bout portant, une première interruption :

— Christelle ? Ah ouais, je connaissais le Christ, mais je savais pas qu'on faisait aussi cet article pour dames…

Et par qui lancé, le heb-heb ? Devinez !

Livide est la connasse. Déjà, une forte odeur de congé maladie immédiat, prolongé, puis renouvelé de mois en mois jusqu'à la fin des classes, une forte odeur de demande de mutation expresse, de carrière tournant court très prématurément, et témesta, prozac, cure de sommeil, électrochocs, et cetera, flotte dans l'atmosphère, joyeuse malgré un deuil très récent, de cette première S 3, dont j'aime tant le public si bon public. La salle vibre, gronde, rugit, explose comme j'apprécie qu'elle le fasse quand son génial bouffon improvise et attaque! L'inconsciente s'est jetée à l'eau sans masque, sans tuba, sans palmes, sans combinaison de plongée, sans ceinture plombée, sans appareil à oxygène en circuit fermé, et sans chronographe Officine Panerai! Elle ignore que l'as des commandos suicide du prince Borghese, Sid Ali Benengeli, a miné la rade: balek! tout va sauter! on retrouvera de la cervelle de Christelle, bien peu de matière, il est vrai, on retrouvera son peu de cervelle jusque sur les plages du débarquement en Sicile! jusque sur les rivages de Stromboli! on retrouvera un bout de Genou dans le port de Malte! et du boudin du boudin flottant entre deux eaux, parmi vedettes et avisos, dans la baie de Naples!

Ah ouais! tu veux nous la jouer démago sympa sympa, on est des potes, on se tutoie, j'ai à peine quatre, cinq ans de plus que les plus vieux d'entre vous, six, sept que les plus jeunes, d'ac'? Je me suis fait briefer par M'sieur Goutinard, je vois que j'ai affaire à une classe Benetton *United Colors of*: un petit fond de Francaouis de souche – nous ne sommes pas racistes, il en faut –, une grande louche de keublas des deux origines – Cainfs et Zantilles –, autant de métis indéterminés, de couleurs indéfinies – cette saison, la tendance est au marron jaunasse tirant sur le rouge –, des niaques – Chine et ex-Indochine –, et bien entendu, en masse: beurs, rabzas, rebeux, nardènes, bougnoules variante berbère ou variante arbie, et cetera, et cetera... Le tout des deux sexes, le tout nubile et pubère... Tiens, je vais me reprendre vite fait en douce un Xanax, un Tranxène, deux Lexomil, et trois Temesta, en sus, pour faire glisser. Voilà, c'est fait, tu souffles un bon coup, Christelle, tu ne baisses surtout pas les yeux: un seul furtif baissé de paupières, et c'est foutu, cet âge est sans pitié a dit je ne sais plus quel poète, et d'ailleurs je me fous du programme, je vais leur parler de mes écrivains favoris, Irène Frain, Claire Chazal et Paulo Cœlho – Allègre nous a donné le feu vert : il faut personnaliser à mort les cours, et la leur jouer plus ragamuffin hip hop *hot hot* new wave pour intéresser tant soit peu cette caillera qui, section S ou pas, finira à l'ANPE... Alors, ma Chris, z'y va !

Ah ouais.

Christelle Genou bisse :

— Voilà euh, je suis sûre et certaine que entre euh nous tout va très très très bien se passer...

Trois fois « très » : pas bien se passer, pas très bien se passer, pas très très bien se passer, ce dont n'importe qui d'à peu près mentalement équilibré se contenterait – nahan ! très très très bien se passer... Donc, moi, Sid Ali, très très très remonté – d'où : hebheb :

— Si vous en étiez, madame, si sûre et certaine, est-il si certain, est-il si sûr que vous nous l'affirmeriez avec autant d'assurance et autant d'ardeur ?

Et là, l'impayable boudin, vous croyez qu'elle servofreinerait ABS et correction de trajectoire assistée par ordinateur ? vous croyez qu'elle passerait tout en douceur, tout en finesse, *piano piano*, mollo mollo sur la pédale forte, de l'*allegro* à l'*andante*, de l'*andante* à l'*adagio*, puis de là au *largo* ? Du tout ! Elle ne serait pas Christelle, si elle n'était pas conne. Et comme l'a si finement noté l'autre seul génie français du dialogue cinématographique, j'ai nommé Michel Audiard : *Les cons, ça ose : c'est d'ailleurs à ça qu'on les reconnaît*. Immortel aphorisme ! d'un sel tout nietzschéen, d'un pénétrant parfum larochefoucaldien... Christelle Genou est une conne : elle ose – CQFD. Savez-vous ce qu'elle ose pour tenter de neutraliser cet élément beur perturtabeur – j'en bafouille ! perturbateur, voulais-je dire – ? savez-vous ce qu'elle ose la Genou Christelle ? La Christelle Genou, n'ayant retenu de ma vanne que le solennel, que le bossuetesque « madame », la Christelle Genou se récrie :

— Vous n'allez pas m'appeler madame ! On se tutoie entre nous, tu me dis Christelle quand tu m'interpelles, je le dis pour toute la classe, si vous avez une question à poser, ou un commentaire à faire euh, et moi je suis ouverte à tous les commentaires euh, je veux euh que dans ma classe chacun expose son point de vue perso, mon cours n'a rien de magistral, c'est une réunion entre gens qui ont envie de discuter de ce qui les branche, de ce qui les fait vibrer, de ce qui leur parle euh, de leurs coups de cœur, je suis une sentimentale euh...

Ah ouais ? Connasse. Pas magistrale pour un sou, tu l'as dit tu l'as ! Pas magistrale du tout ! Et dans ta christellique connerie, tu t'imagines que Sid Ali Benengeli – en sous-titre, ça donnerait quelque chose comme *Seigneur Noble Issu-des-Anges*, avoue que ça sonne un tantinet moins tartignole que Christelle Genou... Et tu t'imagines que Seigneur Noble Issu-des-Anges va se laisser tutoyer par une femme (je crache !), une Infidèle ! une roumie qui, son prénom le prouve assez, n'a retenu de la vie du prophète mineur Issa que ce qu'en dédaigne Allah ? Ah ouais ! elle veut me tutoyer, Christelle ! Mais voyons donc, blanche pétasse, je vous en prie ! Faites comme chez vous !.... Putain, ce manque de respect des pétasses blanches envers nous ! Putain, cette démagogie féroce, à la Chichi !

À genoux, Genou ! Au pied ! Sinon ça va barder ! Tu insistes ? Tu me souris, compréhensive et niaise, tu veux me la jouer « je suis en mal d'affection, Sid, ô mon Sid, je t'implore humblement: la paix! « Très bien: tu l'auras voulu! Z'y va: heb-heb! tout un bouquet façon gerbe finale du grand feu d'artifice du 14 juillet! Je prends, le temps de la réplique, ce fort accent de beur caricaturant avec outrance l'accent beur pour faire marrer, complices, ses potes beurs: Jamel se chauffant dans les coulisses en compagnie de ses copains les plus *destroy* et qui ont déjà tous décollé en vertical Top Gun, la déconnade propulsée aux pétards turboréacteurs, avec quelques coupettes d'extrabrut millésimé bien frappé pour faire fuser, et que ça mousse! et que ça pétille un peu plus encore! M'est venue la tentation de vous transcrire la réplique suivante comme Balzac transcrivait l'accent du baron de Nucingen – j'y ai renoncé car, je l'avoue, avec tout le respect que je voue au génial Honoré de, je ne trouve rien de plus chiant à lire que ces approximations phonétiques, donc, désolé, *sorry*! cher lecteur, mais, quoi! je te sais assez d'imagination pour suppléer à mes carences stylistiques et littéraires.

Sid Ali:

— Chris, euh, puisque euh tu es vachetement hypersympa cool et tout et tout, c'est correct OK si je taffe une nuit grave, là?

Christelle:

— Une quoi?

Sid Ali:

— Une cibiche, une clope, une sèche, une tige, une béda, une garo, un mégot, un joint autorisé par la loi, du tabac roulé dans du papier, quoi, une cigarette, pour citer le Petit Robert, une Marlboro – je suis revenu aux Marlboro: tant qu'à faire de crever d'un cancer, autant le faire en cow-boy, en héros!

Christellique réponse, égarée, hagarde, effarée, suffocante:

— Mais euh, naturellement bien entendu c'est euh certain, personnellement je ne fume pas moi, mais si tu as envie de…

Sidalique *punch line* :

— Ah ouais, mais là, ça tombe mal, Chris : j'ai plus envie d'une grave nuit ! Non, ce que je euh ai envie, là, putain, pour supporter la dure réalité de la Un S3, c'est d'un pétard bien tassé format zeppelin, ouais, un tarpé, je dirais pas non, mais le cours du chichon a vertigineusement grimpé, ces derniers jours, ni la Gaillard ni la Sylvestre n'arrivent plus à suivre, pas plus que tu me suis oim, oit, Chris !

Et là, standing ovation ! toute la première S3, hilare, applaudit debout ! – Attendez, attendez, ça ce n'était que de la petite foulée pour s'échauffer, le temps de recharger mon lance-roquettes tout fumant… Quand surgit, furibarde, dans notre salle de classe, sur notre territoire, notre prof de maths, Mme Herbert, qui faisait cours, alors, à la première S1. Elle a ouvert la porte avec tant de violence qu'il faudra en redresser les deux gonds faussés, et crie à l'adresse de la supposée remplacer l'irremplaçable Mme Rénal :

— Madame Dugenou, si vous ne savez pas tenir vos élèves, il faut changer de métier immédiatement ! Et ne me dites pas que le chahut fut spontané, ne me dites pas que c'est venu d'eux ! je la tiens parfaitement bien, moi, la S3 ! il est évident que vous les avez provoqués ! et pour moi, et pour la S1, c'est intolérable ! on ne peut plus m'entendre !

Bravo, madame Herbert ! *Standing ovation !* dont je donne le signal en me levant et en applaudissant à en avoir, au creux des paumes, des cals, des plaies, de christiques stigmates… Et toute la salle suivant mon exemple, Mme Herbert, stupéfaite, connaît enfin le triomphe de sa déjà longue carrière de prof de maths : Céline Dion au Zénith, en comparaison, c'était du mou, du tiède, du poli succès d'estime. Tandis que Mme Herbert, c'est le dernier concert d'Oum Kalsoum – rien de moins. Et la tronche que nous tire la Genou ! Eh ouais, Christelle ! Mme Herbert n'est pas Mme Rénal, mais, enfin, elle a appris vite, sur le tas : dans les bahuts du 93, l'allégresque démagogie, ça ne prend pas. Nous ne voulons pas, coco, du copinage showbiz, nous ! Nous sommes issus d'un peuple qui a beaucoup souffert, nous exigeons le respect, un peu de distance, un peu de hauteur et d'estime réciproque. Nous laissons aux petits-bourges francaouis l'hypersympa hypercool, et le commentaire de l'émission de la veille ou du dernier Besson ! Nous, les lascars, les faouas, les Djamila, les Sid Ali, nous voulons du luxe, de l'éveil aux sublimités de l'art et de la civilisation, nous voulons du Rénal, qui fleure bon le *Shalimar*, pas du Genou qui pue le Prisu ! Nous sommes des stars, nous ! nous sommes des Zizous ! Nous savons comme Goethe, qui citait sans le savoir Allah, que nous sommes venus sur cette terre non pour nous y vautrer dans la mollesse, les coussins, l'avachissement moral et le strass et les paillettes, mais « pour nous y parfaire » – lisez, ou relisez, le *Divan occidental-oriental*, ou notre saint Coran. Lisez, ou relisez, Hölderlin : *C'est poétiquement que l'homme habite la terre*… Ah ouais. Nous voulons qu'on nous parle de Rimbaud, de Mozart, de Picasso ! pas du dernier débat hypersympa hypercool chez Delarue à propos du putain de malaise euh chez les jeunes euh des banlieues sensibles et des quartiers difficiles… Eh ouais, allègre Christelle, royale et Ségolène connasse ! nous voulons qu'on nous prenne pour des jeunes hommes et des jeunes filles de bien, dignes qu'on leur offre ce que la civilisation occidentale a produit de plus noble, de plus élevé, de plus spirituel, aux deux sens du mot spirituel ! Nous voulons qu'on nous vouvoie, nous voulons qu'on nous reprenne sévèrement, mais justement, quand nous déconnons et que nous déconnons crescendo, et que nous allons jusqu'au délire, au borderline, au « passé les bornes, il n'y a plus de limites » – ces bornes, ces limites que nous franchissons si aisément parce que vous avez désappris l'autorité, la morale, la décence, la dignité, le sens de l'honneur ! parce que vous crevez de peur et que vous vous couchez à plat ventre à la première menace des petites terreurs que nous sommes, et qu'au lieu de vous comporter en éducateurs, en professeurs, en missionnaires ayant charge d'âmes, vous préférez nous la jouer pétasses et baveux bavards de talk-show ! parce que vos modèles ne sont plus Platon, Socrate, Sénèque, Érasme, Montaigne, Arnauld, Fénelon, Diderot, mais Julien Lepers et ses *Questions pour un champion*, ou Karl Zéro et son ignoble universel tutoiement, ou Arthur et ses débiles astuces scatologiques... Enfoirés ! Vous faites caca culotte face à cette belle jeunesse exotique qui vous observe d'un œil que les humiliations subies et la médiocrité de l'existence ont rendu plus lucide et moqueur... Ah non, les démagos, on ne nous la fait pas ! Mme Rénal ne subissait pas de chahut parce qu'elle avait le courage d'affirmer, face à ces jeunes terreurs défoncées à la connerie marchande spectaculaire et télévisée, accros à l'apoum apoum apoum et aux pubs Coca-Cola, comme les tueurs du GIA sont dopés au fanatisme islamique et au hasch coupé de prozac pilé et d'amphés – eh ouais ! croyez-vous que les massacreurs pourraient tenir les cadences infernales du viol et de l'assassinat de masse s'ils n'étaient chargés comme des coureurs cyclistes du Tour de France ?.... Mme Rénal ne subissait pas de chahut parce qu'elle avait le courage d'affirmer, face à la horde de ses élèves, que les romans de Stendhal ont plus de valeur que ceux de Claire Chazal, que le *Quintette pour clarinette* de Mozart est un tantinet plus profond et subtil que le duo Bernard Tapie-Doc Gynéco, et que Picasso, le peintre, peut nous donner plus d'émotions et de joies que la *Picasso*, le dernier modèle produit par Citroën ! Christelle Genou, elle, n'hésite pas à forcer le copinage et à nous imposer son racolage éhonté de pute qui sniffe de la circulaire ministérielle signée Allègre, et se shoote aux publications de la Fédération de l'Éducation nationale vantant une pédagogie moderne, adaptée à notre société si sympa, vivante, diverse, chaleureuse, colorée ! Christelle Genou, appliquant à la lettre le précepte énoncé par Michel Audiard, ose encore, ose toujours, et nous fait maintenant la passe « Je m'intéresse aussi à la culture arabe », et se lance dans un extravagant parallèle entre les temps et modes verbaux du français et cette arabesque bizarrerie de l'arabe qui distingue l'*accompli* de l'*inaccompli*. Ah ouais ! Et que fait alors la classe, sans que, pour une fois, je vous le jure, son bouffon en chef ait seulement eu à lancer le mouvement ? Elle s'esclaffe, la classe ! Et, tous sexes, races, origines et couleurs confondues, s'écrie :

— Ouaouh ! l'accompli et l'inaccompli !

Là, Christelle Genou commence à tendre désespérément les mains vers une imaginaire bouée que nul ne lui jettera. Mais en conne qu'elle est, Christelle Genou se fait in petto « de l'audace ! encore de l'audace ! toujours de l'audace ! » Et, aussi sonnée qu'elle soit, saisissant vaguement, dans ce qui lui reste de conscience éveillée, qu'elle doit tout de suite changer de sujet si elle veut éviter de boire la tasse, eh bien, elle change de sujet, la vaillante Christelle Genou, et, passant du coq à l'âne, se noie – voilà, c'est fait. Ses dernières paroles, avant que ne ressurgisse dans notre rugissante classe Mme Herbert, à présent accompagnée de M. Goudinart, furent pour nous dire ceci :

— Nous sommes d'origines diverses mais nous croyons tous en Dieu euh, qu'il se nomme le Christ, Allah ou Iahvé…

Ah ouais.

Mais je n'allais pas relever, là, je n'allais pas risquer d'offenser Allah pour le seul plaisir de gazer une pareille connasse – j'ai laissé à d'autres bouffons de la classe la joie de le faire.

— Ah ouais, mais moi, Christelle, je suis bouddhiste !

— Ouoh, et moi je suis animiste comme mes ieuvs !

— Et moi, mes parents ne m'ont pas baptisé : c'est reuch trop, la cérémonie, que ce soit à l'église, à la mosquée ou à la syna ! ou à la gogue !

Je vois que je fais des émules dans la *punch line* et le bon mot qui tue. Je fais école dans ce lycée (ha ha).

Bon. Et là, moi, cher lecteur, si vous me le permettez, je zappe. Je ne vais pas vous en tartiner encore dix, douze pages de ce navet franchouillard nul à chier. Basta, *La Sous-douée court au casse-pipe*… Il arrive qu'entre potes, bien pétés au pétard et cognés à la Kro, on prenne un plaisir pervers à se fader un nanar avec Galabru, Jean Lefèvre et Jacky Sardou – genre –, mais vient un moment où on a xlas de hurler de rire à la manière hyène devant de telles débilités. Comme l'a finement noté l'aphoriste Sid Ali, le La Rochefoucauld du XXe siècle, et probablement du millénaire qui s'en vient : *On se lasse de tout, même de la connerie*. On s'est marrés grave, ouais, mais on a la honte trop : les tropéziennes gendarmettes, les petits baigneurs congelés depuis un siècle et qui s'étonnent des anachronismes que provoque leur résurrection inopinée, ou Sophie Marceau exhibant ses nibards sous la douche dans un motel crade de Pacific Palisades – xlas ! zap ! Et si on se faisait une rediff de *Casablanca* ? J'ai la vidéo, là. « *Please, trust me ! – I will.* »

Je me suis pris une exclu 8 Jours – normal : le tarif : j'avais franchi et les limites, et les bornes, et un peu la borderline itou, je l'avoue. Une 8 Jours n'était pas cher payé : *La Sous-douée court au casse-pipe* avait tourné au *Voyage au bout de l'Enfer*, et à *Terminator I, II, III* et la suite – Sid Ali Benengeli as the Terminator, of course ! Huit jours ? Cadeau. J'étais très content, moi, de ce repos forcé : après ce drame épouvantable que je venais de vivre, la disparition de Mme Rénal, que j'aimais tant, ces huit jours seraient les bienvenus. D'autant que de ces huit jours, je ferais quinze, ayant su somatiser comme je sais si habilement faire quand je souhaite obtenir une dispense de cours signée d'un quelconque médecin du CMS (enculé)... Cette semaine supplémentaire fut encore un peu étirée par l'élasticité, par la plasticité admirable de mon caractère, et cette rimbaldienne nonchalance qui toujours fit mon charme troublant – relisez *Bottom : La réalité étant trop épineuse pour mon grand caractère*... Eh bien, pour le mien, idem. Et Rimbaud a souvent dit avant moi, et pour cause – l'implacable loi des dates –, ce que ma propre expérience me donne à vivre, moi qui suis le contemporain d'Arthur, de Julien Lepers et de Karl Zéro... Ces quinze, seize, dix-sept jours me menèrent en douceur aux vacances de février, lesquelles furent prolongées par une virtuose rechute dans la somatisation – malaises vagaux, hoquets nerveux, tics, tétanies et le toutim, que n'apaisaient ni Lexomil ni Xanax –, furent étirées comme élasthane de slip Calvin Klein jusqu'à Pâques – le Christ monte au calvaire, Christelle le précède, en toute justice elle devrait monter au ciel avant lui... Parfois, pure curiosité d'un esprit curieux de tout, je rezappe: *La Sous-douée*... Je fais une apparition, je passe jusqu'à une heure en classe. Ce qui suffit à confirmer mon impression première: le navet est vraiment trop nul, et l'actrice a maintenant des cernes sous les yeux, et perdu une douzaine de kilos – elle flotte lamentablement dans ses robes Tati. Un remake fauché de *La Nuit des morts-vivants*, Christelle Genou staring as the Living Dead.

Puis, je deviens intermittent du spectacle scolaire: un jour z'y va, un jour z'y va pas, selon l'humeur. Il pleut et, parce que le printemps est là, j'ai rangé au fond du placard ma Helly Hansen? Z'y va pas. Cinéfilms nous rediffe *La Nuit du chasseur*? Z'y va pas. Et z'y va pas non plus si m'est resté sur l'estomac mon cocktail spécial perso du petit-déj': Corona, Absolut, Xanax, Lexomil, Prozac, chouïa jus d'orange, le tout assaisonné de ces cachets divers et variés, prétendus modérateurs ou préventifs de l'épilepsie, et qui me sont prescrits à vie... Putain, je sais pas pourquoi, mais j'ai envie de gerber, là! Pourtant, je n'ai pas pris comme Azz et Mina un bol de corn-flakes noyés de Quick chocolaté – beuheurq.

À dire vrai – et quand on écrit en taule, et que plane la menace d'une longue peine dans une autre, taule, pourquoi mentirait-on et se mentirait-on? quel bénéfice tirerait-on de nouvelles illusions?.... À dire vrai, mais je l'ignorais, c'était à mon insu, je sombrais dans la dépression. Je me paupérisais, aussi, ma seule source de revenus, le tapin, s'étant tarie. Je devenais économe – Sid Ali Benengeli économe ! –, c'est dire à quel point je ne me ressemblais plus. Je voyais, non sans inquiétude, fondre à vue d'œil, quoique caché sous un amas de sacs plastique, le magot acquis aux Martyrs. Je me désintéressai des catalogues BMW. Il m'arriva d'assortir, indifférent à la stridente dissonance ainsi provoquée, un bas de jogging Lacoste avec un haut Fila, ou l'inverse. Et certes, c'est l'honneur du dandy que d'avoir de ces audaces qui heurtent le conformisme et le goût ou, pour mieux dire, l'absence de goût du petit-bourge, Raoul ou Mimile. Et je veux bien que l'élégance naisse de ces légers décalages délibérés, voulus, pleinement assumés, par rapport à la norme sociale. J'ai lu, de Baudelaire, *Mon cœur mis à nu*... Mais vient un jour où la fatigue de vivre devient visible, lisible, dans l'avachissement de l'apparence. Alors, au lieu du dandysme dans la joie, vécu comme un jeu, on a le dandysme par défaut, le dandysme dépressif du *destroy* – or, j'ai horreur du style genre destroy ! tu l'as dit tu l'as, Sid Ali. Mais jugez de ma déchéance due à la mélancolie : je ne me livrais plus au rite quotidien du rasage qui donne l'air pas rasé depuis trois jours ; je me négligeais au point d'avoir parfois un début de barbe. Pire ! il m'arriva de me raser, d'un geste rageur, avec un rasoir mécanique Bic jetable, de près ! Oui, vision pathétique d'un Sid Ali rasé de près ! de très près ! « bien rasé » comme disent les bourges et les pédés. Et, le croirez-vous, cette vision d'horreur d'un Sid Ali glabre dans le miroir au-dessus du lavabo me laissait de marbre – bien la seule chose qui fût de marbre dans cette minable salle de bains, où j'autorisais Azz ou Mina à entrer tandis que je me rasais, tant mon honneur et ma dignité d'homme m'étaient devenus indifférents – vanité des vanités ! et tout est vanité !

Et je n'étais pas dupe : si j'étais aujourd'hui bien rasé, c'était que je n'en avais plus rien à ; si j'avais mis un futal Fila avec un polo Lacoste, c'est que je n'en avais plus rien à ! mais alors, là ! plus rien à ! tu l'as dit tu l'as, Sid Ali.

J'étais dupe et je ne l'étais pas. J'étais moi et je n'étais plus moi.

Je devenais ouf ? J'en avais peur. Et je pouvais toujours me le dire en verlan pour atténuer cette horreur : avoir l'impression qu'on bascule dans la folie – je devenais fou, je le savais, et j'avais peur.

On allait vers l'été. Mes parents et leur génial troisième enfant, celui auquel Allah avait fait don du mal sacré, furent invités à se présenter chez M. le proviseur de l'établissement où, de son entrée en troisième jusque vers la mi-janvier de son année de première S, l'étonnant sujet avait fait des étincelles – et quelque peu foutu la merde, aussi, mais on fermait les yeux : le petit Mozart était un enfant facétieux, le petit Arouet, qui deviendrait Voltaire, était intenable, quant au jeune Jean-Baptiste Poquelin, il avait été si chahuteur, que son papa, le tapissier lèche-cul cul-coincé de Sa Majesté, enjoignit au rejeton de prendre un pseudo s'il voulait faire star : d'où Molière. Ce connard était du genre de mon père, qui aurait fait une jaunisse si j'avais réussi à l'écran sous le nom de Benengeli – « Que t'y as sali mon nom, mon fils, en faisant le saltimbanque, qu'il est pas haram comme métier, que Allah il le condamne ! – Ah ouais, mon père, eh bien, tiens ! j'ai trouvé beaucoup mieux encore pour le salir, ton nom si angélique : je fais serial killer ! » Ouoh, là, tu es mal ! Finalement, tu aurais préféré me voir dans *Match* à la rubrique *Festival de Cannes*, qu'à la rubrique *Meurtres en série*, nahan ? Trop tard, connard ! Fallait pas me faire iech autant ! L'assassinat de jeunes femmes en masse (trois) fut ma terrible vengeance ! Et puis, mon père, tu pourras toujours négocier avec le rédac chef de *Match* les phiotos du petit Sid Ali petit, qu'il était si jioli, gentil et sage, et bon élièvе, qu'il m'aidiait à rédiger mon courrier, et que c'est la fatialité du destin de la destinée qui a fait de lui le coupable idéal que je sais au fond de mon cœur de père qu'il est innocent, Sid Ali, que c'est une tragique terreur judiciaire !

Mais non, salopard, je te connais, tu lui vendras les rares photos de moi enfant pour trois francs six sous, *Match* t'aura eu à carna, tu es si con ! et tu déclareras au magazine qui a le poids des mots et le choc des photos : « Voilà les photos de l'abominable criminel monstrueux qui m'a sali mon nom pur et hadj jusqu'ici ! » Aziz, un jour, m'a confié qu'il te soupçonnait de l'avoir balancé aux keufs. Moi, je me suis révolté : « Aziz, stop it ! tu délires grave trop, là ! Un père peut pas faire ça à son fils ! » J'étais révolté. Mais aujourd'hui, je ne suis plus aussi sûr qu'il délirait, mon Aziz, mon frère. Je dirais même que je suis à peu près sûr du contraire : il avait vu juste, mon Aziz, mon frère ! Et c'est toi, mon père, qui m'as balancé aux keufs aussi : « Que mon fils le criminiel que vous recherchez, il est à Lisbonne, qui est la capitale du Portugal, je vous passe le tuyau ! » Car comment peux-tu m'expliquer ce mystère, mon père : de Lisbonne, je téléphone à Djamila, nous nous parlons pendant plus d'une demi-heure : aucune conséquence. Deux jours plus tard : je téléphone un grand quart d'heure à Djebril-l'Archange : aucune conséquence : libre tel l'air, je vais, je vaque dans Lisbonne, au gré de ma fantaisie, par les rues, les jardins et les quais, et les escaliers, et cet ascenseur *modern style* qui mène le marcheur paresseux de la Baixa, la ville basse, aux hauteurs modérées du Chiado... Est-ce que la vie n'est pas belle ? Ni le mal ni Interpol ne peuvent m'atteindre. Je musarde, je me hasarde dans des ruelles inconnues, je suis heureux, amoureux fou d'un Manuel, superbe hidalgo aux yeux bleu lapis que je retrouverai dans trois jours à Séville ; un petit verre de porto bu à une terrasse du Rossio m'égaie juste ce qu'il faut : un peu, pas trop ; me hante un délicieux andantino de Mozart ; je vais, beau comme un dieu, habillé de noir – les fringues offertes par Manuel –, ou de blanc, à mon habitude – pourquoi en changer ? la couleur du deuil pour un musulman est, pour un Occidental, celle de l'innocence : je joue sur les deux tableaux, à tous les coups je gagne – ; ai-je tué ? trois connes, trois pétasses, qui s'en soucie ? je marche à mon pas souple et nonchalant de star, des pédés lisboètes se retournent sur moi, le cœur chaviré, la pine raidie – tu viens de voir passer Sid Ali Benengeli, *rapaz* ! et ce soir, solitaire dans ton plume, tu te branleras en repensant à lui ! –, Dieu, qu'il est sexy ! et il a l'inconsistance si poétique des personnages du si lisboète Fernando Pessoa ; il va dans la douce lumière hivernale des bords du Tage, pas vu pas pris jusqu'ici, hein, incognito ! imprenable ! insaisissable ! on le cherche en France, où des témoins dignes de foi l'ont vu hier, à Toulouse, à Orange, à Strasbourg ! il était en Belgique, à Namur, une heure avant qu'on le voie à La Part-Dieu ! ah ouais ! et là, il avise une cabine téléphonique : tiens, j'ai encore une vingtaine d'unités sur ma carte Telecom Portugal, je vais rappeler à la maison : donner de mes nouvelles, souhaiter la bonne année à la maisonnée, en ce 1er janvier 2000... « – Allô ? Ah, d'où ce que tu y appelles, mon fils ? – De Lisbonne, capitale du Portugal... » Ouoh, la connerie ! La première connerie de ma vie... Et d'une certaine manière, la dernière. Le temps d'épuiser en vains bavardages les unités contenues dans la puce de la carte : quand l'écran clignote pour m'annoncer que c'est la fin – *bye* ! je raccroche. Et toi mon père, ayant raccroché, que fais-tu ? Immédiatement tu redécroches et, de ta main valide, tu composes le 17 : qu'il faut que tu y informes que le sérieux killer que j'ai le malheur qu'il soit mon fils, j'ai la certitude que c'est lui, y se trouve présentement à Lisbonne, qui y est, m'sieur le Goumissaire, je vous passe le tuyau, la capitale du Portugal.

Ah ouais. Et qui ? qui ? deux jours plus tard, dans une autre cabine, au bord de la mer de Paille dont le scintillement l'éblouit, sourit à son double reflété sur la vitre, salue Ali le Magnifique, commence à composer un numéro en France : 00 33... Et là, se fait cueillir par la PP – Policia Portuguesa – comme un bleu dans le crime, comme un débutant sans talent, comme une fleur, comme le roi des ? Sid Ali Benengeli, un des fils d'Ibrahim Bengeli, lequel, avant-hier, ce fils à la police donna ! Car ce père est une donneuse ! un infanticide ! un chadliste ! un intégriste ! un analphabète ! un mutilé civil ! un ouvrier ! un cocu – quoique son épouse ne l'ait jamais trompé – ! un chieur de première ! un assassin aussi ! un bougnoule, pour tout dire ! un enculé ! et, pour comble, mon père !

M. Goudinart expose à cet Ibrahim Benengeli – un crétin hébété à qui, moi, Goudinart, qui en ai vu d'autres depuis que j'occupe ce poste en banlieue, je vais parler sur le ton qu'il faut prendre avec les pères tarés de bons sujets : le ton adjudant ! – et à Dalia, l'épouse dudit Ibrahim – plus fine, plus sensible, plus ouverte et cultivée que son imbécile de mari, ce qui ne constitue certes pas un exploit, mais, hélas, si brisée par l'existence et son éducation musulmane qu'elle n'ose approuver trop hautement devant le père du gamin mes sages et généreuses décisions à moi, Goudinart :

— Voici, monsieur et madame Benengeli, et je pense que Sid Ali en sera d'accord : votre fils a été très perturbé par la disparition de Mme Rénal, il est tombé malade ensuite, bref, il a fait, pour la première fois dans son parcours scolaire, une mauvaise année, mais je sais que ce n'est qu'un faux pas comme il peut en arriver aux meilleurs, et à de plus solides que lui ; aussi, je lui renouvelle ma confiance et vous propose son redoublement. Voilà, vous signez là, monsieur Benengeli, d'autres parents d'élèves attendent, je suis un peu pressé, je m'en excuse...

Good, Goudi ! Merci.

Eh ouais, Goudi, ce spectacle abominable que t'inflige alors mon père, je le connais, moi, par cœur, et si tu étais vraiment sympa, tu ne m'humilierais pas : tu ferais comme si tu voyais tous les jours un parent d'élève tirer la langue et saloper ton formulaire en y gribouillant un monstrueux embrouillamini de déliés et de boucles dans lequel le plus subtil des émailleurs de zelliges ne saurait distinguer ni *I* ni *B*... *Be good*, Goudi, arrache des mains de ce connard le papelard et passe à ma mère, qui va signer lisiblement, sobrement, *Dalia Benengeli*... Voilà. C'est fait. Je peux m'en aller, Goudi ? Je suis mineur : ma signature n'est pas requise. Merci, Goudi.

Comment voulez-vous que je croie aux lois de l'hérédité et de la génétique, sauf à imaginer que je suis un fils de pute ? Mais si tel est le cas, ma mère fauta cinq fois avec le même homme ! Car Ahmed, Aziz, Azzedine, Amina, et moi, si différents que nous soyons par l'intelligence et le caractère, putain ! ce que nous pouvons nous ressembler physiquement tous les cinq ! Et par chance, ressembler tous les cinq à toi, Yema, et pas du tout à ce connard censé nous avoir engendrés ! Allah n'aura pas voulu nous infliger double peine ! Allah est grand.

Mes ieuvs sont encore sur le palier du deuxième étage, que je me trouve en bas, dans le hall, fredonnant :

Je suis le roi des scélérats
À qui sourit la vie...

Je redouble ? Champagne ! D'autant plus que j'ai la quasi-certitude de n'avoir pas, en bis, Christelle Genou : hier, lundi 7 juin, en plein milieu de son cours sur les structures et schèmes narratifs dans l'œuvre romanesque de Claire Chazal (nahan, je vous traite, là : Genou adore Claire Chazal, mais n'a jamais entendu parler d'un truc aussi tordu qu'une *structure narrative*, et n'aime pas ce que schème, moi – ha ha !), hier, lundi 7 juin, dis-je, aux environs de 15 h 15, la connasse s'est effondrée : crise de nerfs, sanglots, convulsions, confusion mentale, Samu, Urgences... Mon seul regret est de n'avoir pas assisté à la scène de visu, mais on me l'a racontée. Et le narrateur avait plus de talent et était mieux structuré que Claire Chazal, je vous le dis : c'était mon pote Salim, qui ne me vaut pas, certes, mais qui, à force de m'imiter, a acquis une certaine verve, je l'admets. Je suis Molière, il est, disons, Labiche. Enfin, n'exagérons rien : un Labiche au petit pied... Je t'aime bien Salim, mon pote, mais ne cherche pas à péter plus haut que ton cul – conseil de pote. Le récit fait, nous avons conclu ensemble qu'il était peu vraisemblable que Genou, ressortant de la clinique où elle sommeillait, assommée aux benzos, et si jamais, un jour, elle devait en ressortir en effet, appelle immédiatement la prod – le rectorat, je veux dire –, et les supplie de la laisser jouer dans le sequel : *La Sous-douée retourne au casse-pipe* !

Salim s'est étonné que la connasse n'ait pas pu tenir quelques jours de plus : elle voyait le bout du tunnel, pourtant – l'année scolaire tirait sur sa fin. Je lui ai répondu ce qu'il y avait à répondre : tous les pays, ces enculés, vous diront que les grands dépressifs ne se suicident pas au plus noir du désespoir mais quand ils revoient une vague lueur d'espoir dans leur nuit mentale, mais une lueur qui leur semble, aussi, hélas, trop lointaine à atteindre : – Non, je n'y arriverai pas, je n'y arriverai jamais, alors, xlas ! je me jette dans le vide, ou je me taillade les veines, ou je me tire une balle dans la bouche... Ou, tiens, au lieu de prendre la dose prescrite de prétendus modérateurs et préventifs de l'épilepsie, tiens, je verse tout le flacon dans mon verre d'Absolut citron vert ! Tchao, les potes ! on se retrouvera dans un monde meilleur, où personne n'aura contrecarré les desseins d'Allah, ni ses dessins non figuratifs, abstraits, indéchiffrables, énigmatiques – immatériels zelliges.

La mort aurait donc une saveur forte de vodka et de citron vert ? Je ne sais pas, je ne peux pas vous le dire : au dernier moment, j'ai vidé mon verre dans l'évier.

Conséquence : je n'avais plus de cachets contre le mal sacré. Mais je n'allais pas m'humilier à demander une consultation en urgence au CMS pour qu'on me refasse vite fait une ordonnance. « Et puis-je savoir, Sid Ali, pourquoi ta ration pour le mois est épuisée dès le 8 juin ? »

Nahan, enculé, tu ne peux pas le savoir : je ne te le dirai pas. On se passera de tes cachets qui, d'ailleurs, ne sont que poudre de perlimpinpin et n'auraient pas mis fin à mes misérables jours... C'est moi qui aurais eu l'air fin !

L'été venait, le morne et terrible été des cités sensibles ! Le désespérant été des cités sensibles qui pousse les peuplades reléguées au-delà du Périphe à un caillassage accru, à plus de cassages et plus de casses... Les baies vitrées sont ouvertes, des gamins privés de vacances hurlent dans le rose du crépuscule :

— Putain ! ce qu'on se fait iech !

Et d'autres F3, F4, F5, F6 surpeuplés, s'élève la zique à donf, mélange de raï, de rap, de disco, de techno, de variétoche avariée, et parfois – Allah ! pourquoi nous as-tu abandonnés ? –, dominant cet assourdissant brouhaha, le feulement québécois de Céline Dion qui pleure sur le naufrage du *Titanic* ! Je répète :

— Allah ! pourquoi nous as-tu abandonnés ?

Allah, je ne peux plus écouter, au milieu de ce chaos de fin du monde, le larghetto du *Quintette pour clarinette* ! Allah, pourquoi rends-tu inaudible Mozart ?

Alors je suis revenu à l'apoum apoum

apoum cheutonk apoum apoum apoum apoum apoum apoum – je te gave grave, là, lecteur ? Tu as xlas de l'apoum ? Fais comme moi, tourne la page !

La page est tournée ? Nouveau chapitre. Je vous le fais très bref. La raison ? Ce n'est pas du vécu, en fait. On m'a raconté après ce qui m'est arrivé – après que j'ai eu repris connaissance. Voici :

15 juin. 17 h 12 ou 13. Cité des Poètes, allée Mallarmé, éblouissement rimbaldien, mer allée avec le soleil, vague, flou, silence, blanc, mal sacré, Samu, Urgences.

Réveil. Où ? Al-Djena ? Non : Créteil, Averroès-Hôpital Franco-Musulman, service de neurologie… Pas le paradis, non, pas encore ce coup-ci, mais comparé à l'hosto à Alger, oui, El-Djena. Les médecins d'Averroès, le personnel soignant et le personnel tout court sont la preuve irréfutable que des musulmans de sang algérien peuvent faire de parfaits hospitaliers : polis, propres, humains, souriants, aimables et d'une efficacité et d'un sérieux professionnels auprès desquels les acteurs de la série américaine *Urgences* font figure de bras-cassés, traîne-savates, tire-au-cul, poils-dans-la-main… Eh ouais, mais nous ne sommes pas en Algérie, nous sommes en France – vive la France ! Et les Algériens ont eu Boumédiène, Boudiaf, Chadli, Zeroual, et j'en oublie, et maintenant Bouteflika, qui ne vaut pas mieux, mais c'est bien fait pour eux ! Les Algériens sont des nuls et des enculés – c'est dit. Ils n'ont que ce qu'ils méritent. Avec, en prime, les massacreurs du FIS et les égorgeurs et violeurs du GIA ! Bien fait ! S'ils pouvaient se gazer avec leur gaz naturel, je ne les pleurerais pas ! Vous avez voulu ma peau à Alger, enculés ! À Créteil, au Averroès, ils se sont mis en quatre, pour sauver ma précieuse peau de Français ! Vive la France !

Le 16 : je vais beaucoup mieux. Le 17 : la pleine forme, je pète le feu. Le 18 juin, jour fameux, jour anniversaire du vibrant appel du Général à ses compatriotes – mais bien peu l'ont suivi, hein, les Francaouis, vous n'écoutiez pas la BBC, mais Radio-Paris, fils de putes ! – : je ressors. La vie est belle. J'aurais un seul reproche à faire à de Gaulle : d'avoir trop léché le cul de ces enculés de Djez. Pour le reste : maximum respect.

Bon, me voici ressorti d'Averroès. Presque à regret. Presque, je dis. Comment occuper mon temps ? Je sais : j'ai dans un tiroir une liste de livres essentiels d'écrivains français établie par Mme Rénal, qu'elle distribuait au début de l'année à tous ses élèves en leur disant :

— Voilà, quand vous aurez lu tous ces livres que je vous recommande, vous aurez quelque chance d'être ce qu'on appelait autrefois un honnête homme, et le mot homme, ici, vaut bien entendu pour les filles qui deviendront des femmes. J'avais un merveilleux professeur de français en première qui nous disait lorsqu'il parlait de l'homme en général, de l'homme considéré comme l'être humain : « Quand je dis l'homme, j'embrasse la femme » !

Je t'embrasse en pensée, Cécile ; tu étais un homme, toi, un vrai ! Tu en avais ! Et merci pour cette liste, qui sera mon viatique dans la vie.

La voici, l'alphabétique liste :

à la lettre *A*, Artaud – non, merci, sans façon ! en tout cas pour le moment : lire ce ouf à don d'Antonin ne tente pas ce borderline de Sid Ali.

B, Barthes : *Mythologies*. Lu. Très très bien. Mais Roro Baba n'avait encore rien vu des folies de la société du Spectacle.

C, Céline : *Voyage au bout de, Mort à...* Lus. Le reste, le dégueulis antisémite, Mme Rénal eut la décence de ne pas nous le recommander. Et non pas parce qu'elle était juive. Mais parce que littérairement parlant, à son avis, du moins, c'était de la daube.

D, Debord, Guy. *La Société du Spectacle*. Pas lu encore. Bon, on va lire.

Mon avis, deux jours plus tard – deux, ouais : j'ai lu moins vite que d'hab, j'ai pris mon temps, je ne l'ai pas dévoré, Debord : c'est du dense et du solide, rien à voir avec du Claire Chazal – ?

Si les fanatiques de Guy Debord m'y autorisent, mon avis à moi, Sid Ali Benengeli, le voici : impeccable ! Mais donner ça à lire à un jeune rebeu fils de prolo habitant une cité sordide située dans une banlieue difficile, c'est, *mutatis mutandis*, offrir à un famélique gamin biafrais (biafrais, le gamin, biafrais du tout !), ou à un squelettique minot éthiopien aux yeux plus gros que son gros ventre ballonné, au lieu d'un bol de riz à la Kouchner, un bouquin : « Tiens ! prends ! lis ! apprends ! – Fais voir, le titre, dit le gosse, *Essai sur l'anorexie infantile* ? Bon, je le lis cette nuit, et je te donne mon avis demain matin. » Le lendemain matin : « Alors, petit, ce bouquin que je t'ai offert hier ? – Écoute, à franchement parler, ça ne m'a pas appris grand-chose, mais c'est très bien écrit... » Eh bien, voilà, tu l'as dit tu l'as : avant d'avoir lu Guy Debord, j'avais déjà tout pigé, grosso modo.

La société du Spectacle, notre société, est dépressive, narcissique et affabulatrice. Et moi,

Sid Ali Benengeli, je suis dépressif, narcissique et affabulateur. On était faits pour s'entendre, la société et moi ! Sauf que ! il y a un hic : j'ai un cœur et une âme, aussi ; la société, pas. Alors, tu es fou de colère, outré de l'insurmontable contradiction : tu veux jouir du spectacle mais ne vendre ni ton cœur ni ton âme – ni ton cul, pendant que tu y es ? pédé ! Et la société te dit : – Nib ! C'est soit les BMW, le CAC 40, Cannes, la téloche, le people, les stars, le fric, le strass, les paillettes et le toutim mais sans cœur ni âme ; soit tu gardes ton cœur et ton âme, mais alors : SDF, RMI, sans papiers, sans rien ! Tu ne peux pas faire *fifty-fifty*, tu ne peux pas panacher : c'est soit le menu à cent sacs dans un trois étoiles mais sans gaieté, sans chaleur, sans vie, genre la Mamounia, soit le Resto du cœur !

Tu parles d'un choix ! Alors, tu fais quoi ? Tu caillasses... Puis des petits casses... La dope ensuite, et la suite... Et pour en finir, eh bien, tu tues ! Tu tues n'importe quoi, je ne dis pas n'importe qui, je dis n'importe quoi : tu élimines de la pétasse qui lit *Voici* – je l'ai fait. Je n'en suis pas fier, mais quoi ? Vivre te tue, comme dit l'autre ? Ouais. Alors, tu es Sid Ali, « Ali le Magnifique » te surnomme la seule femme au monde qui t'ait jamais vraiment aimé, et toi, dans un moment d'égarement, tu la tues. Et après, le pli étant pris, tu tues encore trois fois. Et le pire : sans plaisir. Pour rien. Parce que cette Ritale débile te gonflait à te sortir tous les lieux communs de la terre et du JT réunis. Parce que cette connasse prénommée Angéline s'offusquait de ce que tu veuilles venir chier dans les toilettes pour dames : mais chez les hommes, connasse, c'était dégueulasse ! Et puis, pour finir, une pétasse plongée dans la lecture de

Gala, de *Voici*, puis de *Match*, et qui se délectait du cancer du mari de Céline Dion... Voilà tout. J'ai zappé trois connes. En quoi ai-je fait pire que la SS – la Société du Spectacle (on a les initiales qu'on mérite !) ? Là aussi c'est de la connerie en série et du meurtre de masse... Bon, eh bien merci, Guy Debord, mais, grosso modo, j'avais compris. Et maintenant, je purge ma peine dans une cellule à Lisbonne, et mon voisin de cellule prénommé Jesus – ça ne s'invente pas, hein ? – croit m'apaiser en me chantant le seul fado qu'il connaisse, ce fada : *Nasci para ser ignorante*... Ah ouais ! *Ignorante*. J'étais né pour être aussi ignorant et con que mon père, seulement il y eut une erreur dans la programmation, un bogue, un machin, un truc, Allah a déconné, je ne sais pas quoi : je suis le seul innocent en ce monde qui a oublié qu'existe un Bien et un Mal – et pas de *Jenseits*, Nietzsche, mon pote (maximum respect, à part ça) ! Non, il n'y a pas à sortir de là : il n'y a rien par-delà le Bien et le Mal ! Par-delà le Bien et le Mal, il y a la Mort, ou la Folie. D'accord ? Et maintenant, tu choisis : la Morale ou la Mort, la Morale ou la Folie. D'accord ? Si tu choisis la Morale, tu auras droit à du Mozart, au dessert ! D'accord ? Mais tu peux prendre les romans de Claire Chazal, si tu préfères. Seulement, là, c'est avec le menu Mort et Folie, avec le Menu Affaires ! Alors, tu choisis ! Tu ne peux pas panacher. Ce n'est pas fifty-fifty ! Ou les romans de Claire Chazal avec la Mort et la Folie, ou la Morale avec Mozart. D'accord ? Ou le Bien, ou le Mal. D'accord ?

D'accord.

Cela dit, Guy Debord, c'est très très bien écrit. Il a du style, Guy Debord. C'est du grand art. Très

Grand Siècle. Comment vous dire ? Du Bossuet, mais rewrité en janséniste, mais élagué, dégraissé, allégé par Pascal… Tu l'as dit tu l'as, Sid Ali !

Je me paupérisais, je me clochardisais. Alors que si mon génie avait été reconnu, je l'eusse très cher monnayé. Et, qui sait ? je n'aurais peut-être pas cherché ma voie dans le serial killing ! Je m'en serais tenu à mon premier crime, qui n'en était pas tout à fait un puisqu'il était parfait. J'aurais réussi dans tous les domaines où l'invention et l'imagination sont sollicités. La pub, tiens ! J'aurais cartonné dans la pub. Et comme, dans la pub, Jane Birkin trouve toujours, à Calais, un bateau prêt à partir pour une minicroisière vers l'Angleterre, je trouvais toujours une idée de spot, un slogan, une accroche, un gimmick prêt à partir – « Écartez-vous, les gars ! je balance mon heb-heb… » Bingo, la pub Sid Ali ! Aux vestiaires, le RSCG ! Allez vous rhabiller, les Havas-Cons ! À chiave, Ogilvy ! Nuls, Satchi & Satchi ! Ça te chie, moi je dis. Vous avez fait votre temps, les ringues ! vous nous avez assez seguelé et dégueulé dessus, c'est mon tour ! Voici venue l'ère Sid Ali B.-SAB Communication ! Sid Ali est là, le plus grand, le plus beau, le plus fort, le plus fart ! a tuff tuff guy, tu l'as dit tu l'as ! SSA : Stinking Sid Ali… À moi, le vide vendeur ! À moi, le vent qui paie et le pet acheté à prix d'or ! Tiens ! la caisse ! pendant que mon père a le dos tourné ! et pour la puanteur, comme d'hab, j'accuserai ma petite sœur ! C'est du *Brise d'Anus*, sentez ! C'est de l'odeur à incommoder Chichi quand il fait tribun et harangue, peau d'hareng, le peuple !

C'est de la pub comme on aime, du spot ciblé fin ou du gros pour la France en profondeur : de la réclame pour ménagère formatée à moins de cinquante ans ou à plus, chacun aura sa part, et nous, les parts de marché ! C'est du grand marché international et du domestique ! c'est du niche, du segmentaire, du client captif et du à conquérir demi-point par demi-point ! c'est du matraquage en radio, du tunnel pour petit écran, de l'affichage géant sur les murs de la ville et sous terre ! c'est du fait à cœur et qui pue ! c'est de la daube pour débiles légers et pour débiles profonds ! c'est du sponsor à téléthon ! c'est du bidon dur et du mou ! c'est du jetable ! c'est de l'éternel ! c'est du produit nouveau ! c'est du paquet-cadeau-gratuit-promo ! c'est du déroulant lumineux, de la sucette et du cul-de-bus ! Ça upe fort mais c'est du bon. Les délicats ma chère et les pèdes, bouchez-vous le nez et les oreilles, fermez la bouche : que les mouches n'entrent pas ! Ça ne fleure pas la rose ? Tu l'as dit tu l'as ! Je t'avais *advertising* : c'est de la pub, mon grand ! Il faut ce qu'il faut, pour faire tourner la machine ! Tu sens l'asphyxie venir, là ? trop c'est trop ? Ils t'ont salopé les paysages, ils bourrent ta boîte aux lettres de leurs dépliants, papillons et catalogues en quadrichro ! ils te hantent au bistro, sur le chemin du boulot, et au lit, quand ton radio-réveil te tire du sommeil ! et le soir au cinoche, avant le grand film que tu étais venu voir, mais là, putain merde, tu en as déjà ras le cul avant que le film ait commencé ! pour un peu tu quitterais la salle tant qu'elle reste semi-éclairée, pendant que tu morfles la rafale des messages mitraillés ! trente spots ! j'ai dit trente ! et deux fois Dim ! et deux fois « Le bon sens à deux pas de chez vous » ! et deux fois la pétasse qui hume son flacon d'Anaïs-Anaïs, ce qui en fait quatre d'Anaïs, putain ! ça ne va pas finir ? ça ne va pas finir un jour, avant qu'on ne soit tout à fait morts ! Non, non, assez de Darty ! plus jamais ça ! plus jamais la capote pour que le sida ne passe pas par toi ! plus jamais la fiote Mennen qui, pour jouir, branle sa bombe de gel après-rasage au lieu de sa bite, ce pervers ! plus jamais les deux torchons dont le blanc se compare devant la fenêtre, à la lumière du jour ! plus jamais l'urine bleue qui stagne au creux d'une couche ordinaire mais est absorbée par celle qu'on veut te vendre à toi qui n'as pas de bébé ! plus jamais le plat à poisson où la peau du maquereau a gratiné et collé mais que le mari nettoie en un éclair sous l'œil narquois de madame ! plus jamais, les flans qui ont du génie et les yaourts qui, lorsqu'ils apparaissent dans le stade, font se lever des foules en délire comme il n'y a pas si longtemps Hitler à Nuremberg ! Nazi, Danone ! plus jamais ça ! et non, plus jamais non plus le gringo suant et mal rasé ! tu pues, le gringo ! et plus jamais la grand-mère qui sait faire un bon café, ni plus jamais Mamie Nova !

Tu t'asphyxies ? Mets ton masque à gaz quand la pub te gaze ! Mets-le, et serre bien les sangles, mon gars, et vérifie bien l'état du filtre et l'étanchéité du caoutchouc : à partir d'aujourd'hui, c'est moi, Sid Ali, qui gaze ! Ouais, je fais dans la pub maintenant, et plus seulement le JT du service public ! Je balaie, moi, je ratisse large, j'y vais au filet dérivant ! On m'a surnommé le chalut qui passe ! Chalut, la France ! Je vous vends de la merde, oim itou ! Le cul bordé de nouilles et les couilles en or massif, avec, oim itou, Sid Ali, pour avoir trouvé le slogan le plus creux, l'accroche la plus foireuse ! Allez, permettez, c'est mon tour ! Caisse ! Z'y va, esclaves de la Marchandise et du Spectacle ! Le nouveau roi de l'insignifiance, c'est moi !

Le décor ? Je vous le plante vite fait : une quelconque station de métro. Le héros ? Un antihéros : assis sur un siège en plastique moulé orange, à attendre la rame, un prolo lumpen qui va au boulot ou au dodo – on ne peut pas savoir, il a du sommeil en retard, les yeux rouges, il bâille, il fait pitié. Il lève un œil vitreux, bovin, indifférent, sur l'affichage obsessif qui occupe toutes les cases 4 x 3, sur le quai d'en face comme sur le sien, dans son dos – douze affiches identiques. Tiens, je me rappelle, c'était Darty *24 heures sur 24*, hier… Et aujourd'hui ? tiens ! qu'est-ce que ça signifie ? une seule phrase, en caractères géants, rouge sang sur fond blanc : *En verlan, vers l'an 2000 !* Point d'exclamation. Ah ouais. Je vois bien que c'est du teasing, qu'on m'en dira plus long la semaine prochaine – *J'enlève le haut, j'enlève le bas. Avenir Publicité tient ses promesses* –, mais bon, là ! je ne saisis pas le gimmick. Qu'est-ce qu'on veut nous vendre ?

Je t'explique, moi, Sid Ali, à toi, malheureux esclave exploité par les fonds de pension, la mondialisation effrénée, la bulle financière sur le point de crever, le boursicotage sur la toile, la spéculation boursière des start-up – ça *upe* ! –, les caprices de diva du baron Patron-des-patrons, les lubies de Titine-les-35-heures, l'augmentation vertigineuse du jeton de présence au conseil d'administration – je vous le fais à cinq briques l'heure hors TVA –, l'inflation délirante des stock options, les délocalisations, le télétravail en Inde, les bas salaires en Chine, les entretiens de Davos, les pipes de Monica à Bill – ça a joué sur le Dow Jones, il ne faut pas croire ! –, le CAC 40, le Dax, le Matif, le Nikkei, le FT, le notionnel, les prédictions de Soros, les démentis de Soros, les inquiétudes du *Financial Times*, les certitudes de *Fortune*, les escroqueries de Bill Gates, les Veuves Écossaises, le Second Marché, la chute du yen, la remontée du yen, la chute de l'euro, la remontée de l'euro, la monétique, le *just in time*, le flux tendu, le zéro stock, le zéro défaut, le productif informatisé, le virtuel, le cyberéchange, le Net, le *B-to-B*, le transfert des bénéfices dans les paradis fiscaux, la socialisation des pertes et la privatisation des profits, le socialisme jospinien, blairien et schröderesque, bref ! Le triomphe du capitalisme postmoderne, postindustriel, post-Tout ! le sanglant totalitarisme de la SS... Nahan ! pas SchutzStaffel : Société du Spectacle, malheureux prolo ! le SM, quoi ! – nahan ! pas le SadoMasochisme (encore que !), mais le Stalinisme Marchand, malheureuse victime de l'exploitation de l'homme par l'homme, si on peut encore donner le beau nom d'homme à ces robots ! le fascisme sans chemises noires – nous avons tous les coloris *United Colors* en boutique ! le stalinisme sans Goulag, le nazisme sans la Shoah ! Tout bénef ! tout bénef pour eux, s'entend ! pour eux, les nouveaux maîtres du monde, tout bénef pour eux les Surhommes... Je t'explique, pauvre ilote qui attends ton métro pour boulot ou dodo – qu'importe ! –, je te l'avoue, le coup vient de moi, Sid Ali, j'ai chouïa la honte mais c'était trop tentant ! Tu connais ma devise ? *Take the money and run !*

Bon, je te fais le topo. Tu n'as pas remarqué, en tout petits caractères, au bas de l'affiche, les logos et noms des deux sponsors ? Comité pour la Célébration de l'an 2000, et ministère de la Jeunesse et des Sports. Alors voilà : pas plus tard que l'autre jour, j'écoute les messages sur la messagerie vocale de mon portable cellulaire satellitaire en contact permanent avec un géostationnaire antiespionnage et brouillage automatique instantané des appels indésirables selon une sélection préalable des correspondants autorisés à appeler – reuch reuch, le bidule qui tient au creux de la main et met le monde entier et les grands qui le dirigent à ta portée, mais il faut ce qu'il faut quand on est une superstar constamment sollicitée par le pouvoir, et donc tenue de rester à la fois rapidement joignable et à l'abri de la curiosité malsaine aussi bien que du chantage auquel un fils de pute de fouille-merde, que Allah le maudisse, l'enfoiré de journaleux baveux ! pourrait t'exposer si tu n'avais pas toutes ces fonctions indispensables fournies sur ce merveilleux appareil, « le » mobile des élus – tu me suis toujours, là, le prolo ? Inutile de te donner le nom de la marque et du modèle : si tu voulais te l'offrir, un an de ton salaire n'y suffirait pas, et, de toute manière, le bureau qui sélectionne les joignables et les pas, que tu aies payé ou pas, n'accepterait pas ta candidature pour faire partie du réseau – ce sont des nazis, je te le dis et je te le répète !.... Et donc, pas plus tard que l'autre jour, disais-je, tandis que je remontais les Champs de mon pas souple et nonchalant de beau félin, harcelé sexuel par les petites pétasses habituelles me suppliant de leur signer un autographe, « Sid ! Siiid ! Siiiiid ! – Nahan, que tchi ! pas le temps, les tassepés ! »... Mais plus je les repousse sans ménagement, plus elles me crient qu'elles m'aiment, ces stupides disciples de Leopold von Sacher-Masoch ! Pas diff, hein, de se faire aimer, avouez ! pas la mer à boire ! tu leur fais l'œil de velours noir, elles hurlent à l'orgasme, Maman ! tu leur souris en coin, elles s'évanouissent – « Faites le 15 pour avoir le Samu ! » Ah ouais ! on voit que le féminisme ne fut pas un vain combat, mes chéries ! le MLF a gagné, visiblement ! Enfin, la soumission totale et volontaire de la gonzesse à l'homme, l'asservissement librement assumé de la gonzesse à l'homme, le vrai, le viril qui les traite comme des pouffes et des connes ! enfin, la femme entièrement customisée pute avec toutes les options Radasse-de-luxe pour ressembler aux belles sur les affiches et les périodiques – je vous cause des magazines, pas des tampons, gourdasses ! –, pour ressembler à celles des spots de pub et du JT, ah ouais ! aux nanas du tampon périodique Nana ou aux *anchorwomen* blondasses fadasses de CNN ! Merci, Simone ! mais remets ton turban, mon pauvre vieux castor, on voit tes cheveux blancs, là ! et elles veulent toutes faire le trottoir, maintenant ! et, de plaisir, les minettes tombent en syncope quand un connard arrogant et vain mais qu'on voit tous les soirs à la télé leur fait le doigt « fuck you » ! Non, pas difficile de se faire aimer quand on a du succès... Pétasses ! Le Sémite miso macho, Feuj ou rebeu kifkif, il n'y a plus que ça qui les fasse mouiller, ces Blanches européennes ou nord-américaines ! Le grand blond aux yeux bleus, rose et glabre, le dolichocéphale sanglé dans son bel uniforme et botté, bref, le fantasme du Führer : ter-mi-né ! pour ces bécasses. On veut du brun, du mat, du basané, du rugueux, du peau de pécari, du qui pue le musc sous les bras, du qui sent le marché aux poissons à Jérusalem ou le moussem dans le Riff : béliers en rut et nerveux étalons pour la fantasia ! ah ouais, du qui a le basket fétide et le slip gluant, non mais ! du qui sue et ahane fort quand il les tronche, ces salopes ! du qui gicle long, épais, glaireux, gras : 'Llah ! dans ta teucha de Blanche froide, propre sur toi, aseptisée et désodorisée ! prends, salope ! et ne gueule pas si fort, tu vas réveiller le petiot qui dort dans son berceau – qui te l'a fait, celui-là, hein, hein ? salope ! salope ! moi, les gonzesses dans ton genre, les belles du Seigneur, je claque dans mes doigts, elles écartent les cuisses illico ! je vais pas m'emmerder à attendre qu'elles soient lubrifiées à point, ces chiennes ! c'est ton problème de femme blanche qui s'est trop tamponnée, trop absorbée discret Kotex ou Nana, salope ! et si tu as tes règles, je prends aussi : le halal, au lit, je m'en fous, j'avale vite fait un tartare bien relevé, parfois, quand le mollah a le dos tourné ! tu saignes, tu saignes pas ? rien à ! z'y va ! pauvre conne qui t'es pomponnée une plombe et quart chrono devant ton miroir pour me recevoir – pchit pchit, les aisselles ! tiens, je mets en route le lave-vaisselle : qu'on ait du propre pour bouffer après la bagatelle massacre, moi ça me donne faim, que voulez-vous ? quand c'est du Sémite qui me lime, Feuj de Passy ou Arbi qui pue venu de son lointain 93, je ne suis pas bégueule ! Il n'y a pas à dire, ils savent y faire, eux ! emballées au premier jet, nous sommes, les zessgonnes ! rien à corriger, pas de trajectoire vers le décor à redresser in extremis au volant, talon pointe sur la pédale de freins, ce ne sont pas des pédales, ces hommes, ces vrais ! allez ! en cinquième, pied au plancher pour le septième ciel avec ces hommes, ces vrais, qui les ont si lourdes ! – Ah ouais, salope ! tu t'imagines en Claudia Schiffer, la boche, mais moi, je suis Zinedine Zidane, le rabza, et je te fais jouir par-devant et par-derrière, comme une salope que tu es : petit pont, tir au but, but ! buuut ! putain, buuuuut ! direct cadré lucarne au mitan ! ras ta teucha de salope blanche quasi frigide : mon foutre glu, sirupeux et nacré de rabza déborde à la bonde ! lourd comme un gris de Balaouâne, collant comme un loukoum, et tu aimes ça, salope ! et tu en redemandes ! – Encore, encore, le bougnoule, je n'avais pas connu ça depuis les Accords d'Évian ! que dis-je ? depuis l'attentat du Petit-Clamart ! depuis les plasticages de l'OAS ! Oh, nos nuits bleues à Alger, mon légionnaire qui sentait bon le sable chaud !

Mais tu t'égares, Ginette, ce grand fou te rend folle ! Vas-y, mon grand ! mon bicot adoré ! – Puisque tu me le demandes si gentiment, Ginette, z'y va, ma grande ! *replay !* et pas du *slow motion*, hein ? pas du différé, nahan ! du live, du direct ! du chaud chaud ! les premières images de l'exploit en exclu ! du vite fait bien fait ! 'Llah ! prends toujours, salope ! j'ai du rab dans mes claouis, moi l'Arbi, moi le Feuj ! Les Sémites, nous sommes deux grands peuples qui avons beaucoup souffert, mais c'est notre revanche, ce soir, dans ton plume, sous la couette ! salope ! salope ! *Replay bis* ? Z'y va ! *Replay ter* ? Je vais t'envoyer en l'air à Mach 2, Mach 3 ! Top Gun, moi, salope ! Tu n'en peux plus ? tu cries pouce ! tu es trop fourbue ? tu as mal aux reins ? il faut que tu appelles ton osthéo demain matin ? qu'il te replace ces sacrées vertèbres sacrées que je t'ai froissées ? pauvre chatte ! mais tu voulais goûter au Sémite, en voilà ! Je t'entends encore gémir, encore vagir ! Le vagin, salope ? le clitoris en feu ? la muqueuse sèche sous mon coup de lance-flammes ? la vulve cramée par mon foutre qui sent si bon le sable chaud ? là ? là où ça fait mal mais où ça fait du bien quand même ! – Après tout, nous les Blancs, nous n'avons pas eu non plus que du plaisir dans la vie, le patron qui fait iech, un loyer en retard à payer, le crédit 9 mois Cofinoga du lave-vaisselle ! à propos, est-ce que j'ai mis sur programme Éco et remis du sel comme préconisé dans la notice quadrilingue ? putain ! sa langue râpeuse dans ma teucha, maintenant, le Moshe, le Mohammed, ah ! je ne sais plus, ces gens-là se ressemblent tous ! le prépuce coupé, ma puce ! bonjour la sensibilité du gland à vif ! c'est pour ça qu'ils sont meilleurs ! simple question de circoncision ! est-ce que ça lui fait mal, au nouveau-né, quand le rabbin ou le mufti tranche net ? c'est pour se venger de la douleur endurée alors, bébé, qu'ils nous déchirent si sauvagement, les Blanches ? c'est pour ça qu'ils tirent leur coup avec tant d'ardeur ? À cause de l'indélébile trace mnésique incisée dans leur âme... Aïe ! Les vieux de tes vieux ont péri à Auschwitz, mon Moshe ? tes vieux en ont bavé dans les Aurès, mon Mohammed ? c'est pourquoi tu m'en veux tant mais que tu m'aimes aussi chouïa, comme tu dis toi, grand fou ? pardonne ! sois bon, mon Moshehammed ! et remets-le-me-le ! je veux du rab, il faut finir les plats si on veut utiliser le programme Éco du lave-vaisselle sans passer d'abord les assiettes sous le jet, dans l'évier, avec une giclée de Mir *Éclat senteur citron* ! C'est bon ! c'est bon ! putain que c'est bon ! tu es un homme, toi ! tu me plais quand tu me défonces au marteau-piqueur comme ton père défonçait le sol durci par nos froids hivers à nous, gens du Nord, nos hivers si froids pour vous, venus de l'autre rive de la Méditerranée ! oui, dis-moi, quand ton père trimait sur les grands chantiers de la France qui se modernisait à pleine vitesse, sous le septennat hélas écourté de Pompidou et sous celui de Giscard, qui irait jusqu'au bout mais ne serait pas réélu, ce nul, et nous ferait le coup grotesque de la chaise vide au JT ! Oh, Moh ! la guerre était finie, et nous aussi, Francaouis de souche, nous allions pouvoir enfin, comme les autres peuples de l'Europe, consommer en paix ! remplir le caddie sans scrupule, sans hésitation superflue ! bouffer à nous en faire péter la panse, nous gaver de cholestérol et de tranquillisants remboursés alors, heureux temps ! à cent pour cent par la Sécu ! Oh, mon Moh d'amour ! les Trente Glorieuses ! les miraculeuses Trente Glorieuses, oh, mon Sauvy ! oh, mon Sauveur ! Ah ouais, on a été un peu salauds avec vous alors, un peu égoïstes, je l'avoue ! Ce n'était pas la bonne idée, de vous reléguer au-delà du Périphe, dans du provisoire qui durerait, des cités de transit, des poulaillers en béton, après que nous avons bien eu plumé la volaille crouille, dont la progéniture prolifique virerait à la racaille caillassage et nouba, bavures de commissariats ! Je sais ! je sais ! il aurait fallu stériliser les femelles musulmanes comme l'écrivait si sobrement Jean Raspail dans le *Fig-Mag* ! Des intellos sartriens nous avaient bourré le mou à nous raconter que les huit, neuf heures quotidiennes de marteau-piqueur, le vacarme, les vibrations, rendaient sourds et impuissants ces malheureux immigrés nord-af, éhontément exploités par un patronat sans cœur... Tu parles ! vos pères engrossaient huit, neuf fois leurs épouses en dix, douze ans ! Oui oui, il aurait fallu stériliser vos mères, mais nous n'avons pas osé ! Giscard a voulu se montrer humain avec ces gens-là, les énarques sont des timorés, des pédés ! et quant à la Mitte, ce Machiavel de carnaval, il a vite compris que son créneau porteur à lui, comme on dit, c'était l'intégration, la désirable intégration à la Harlem Désir, s'il voulait garder son plein de voix aux prochaines élections ! Il le savait, ce filou, que jamais un beur ne voterait pour Chichi-les-Odeurs ! il préférait les caresser dans le sens du poil, ces jeunes beurs futurs électeurs : que leurs musulmans de pères continuent d'engrosser les femelles, et le PS tient jusqu'à la fin du millénaire prochain ! Ça durera toujours plus que le Troisième Reich, je vous le dis, moi, François ! Déjà deux septennats... Et Chichi, qui n'en rate pas une, se tire dans le pied : il dissout, ce connard ! Rebelote, les socialos au pouvoir, c'est reparti pour vingt ans ou plus ! Et c'est ainsi, à quoi ça tient, hein ? le cul, la politique, le sociologique, le démographique, tout ça c'est tout un ! un embrouillamini où une chatte ne retrouverait pas ses petits ! mais ma chatte à moi, mon cher Moh, est en chaleur... Et c'est ainsi, disais-je, que te voici dans mon lit, il est minuit ! percute-moi encore une fois mon grand ! bazooka ! joue-la-moi terroriste intégriste, comme tu sais si bien faire ! tu es un homme, toi ! quand tu y vas au gros calibre, je fantasme que c'est Nagui, que c'est Noah, que c'est Zizou, que c'est El-Kabbach qui me déchire et me fait reluire ! je fantasme que c'est Ivan Levaï, c'est dire ! je fantasme que c'est Dominique qui me nique, ouais, Dominique Strauss-Kahn ! je suis Anne Saint-Clair – je prends les deux, vous me ferez un prix ! Les Sémites, Feujs ou Arbis, je ne suis pas raciste, je vote PS, mais entre nous soit dit, vous vous tenez bien un peu beaucoup les coudes, j'ai dit les coudes, médiatiquement parlant ! s'il s'agit d'envahir nos écrans, vous savez faire ami-ami-à-Miami, hein ? enfoirés ! Excuse, mon Moh ! je retire ! non ! pas la baffe ! et puis, c'est humain, hein, je le reconnais, de faire front commun entre humiliés ! mais votre arrogance... Non ! pas la baffe, mon Moh ! ta queue dans ma teucha en feu ! voilà ! tu as des couilles en or massif, mon grand ! pas en plaqué ! je ne te plaquerai jamais, moi, Ginette ! tu n'es pas comme ce peine-à-jouir de Jospinet-la-Pinette ! tu n'éjacules pas précoce comme le Jacquouille, toi, mon Mohammed !.... Ah, ton petit nom c'est pas Mohammed ? c'est Sid Ali ? excuse ! moi, du moment qu'il y a faciès, j'ai tendance à confondre ! vous vous valez tous ! au lit aussi, mon Sid Ali ! tire au but et mets au fond, je veux du tacle et du grand spectacle, joue à la Zizou, mon Zizou, mon Sidounet ! mon Cid, je suis ta Chimène ! toi, pilote Top Gun, sanglé dans ta combinaison anti-G, amène-moi en vertical au point G ! crève-moi le mur du son ! les voisins peuvent toujours écrire au gérant, je m'en fous, je jouis, Sid Ali ! et le reste est littérature pour « Bouillon de culture » ! Tire, mon Sid ! tu as de l'Ali ! je brame, c'est l'hallali, Allah ! je suis ta biche blanche de souche, et je brame au fond des bois, salope que je suis ! encule-moi, chéri, encule-moi ! Ah, je veux, comme Phèdre, mourir de plaisir ! C'est la fin du monde ! Pompéi agonise sous la pluie de braise, de ponce incandescente, cendres et lapilli !.... L'Islam est à nos portes ! la Reconquista reflue ! les Arbis ont redébarqué ! l'Andalousie est tombée ! la Manche ! la Vieille Castille, et la Nouvelle, à leur tour ! la Navarre, maintenant ! Il n'y a plus de Pyrénées ! Toulouse ! Ils sont à Toulouse, ville rose ! Ils ne sont pas *born to lose*, ha ha, ces fiers soudards qui nous envahissent comme cavaliers de fantasia et nous prennent pour des ploucs ! La banlieue de Toulouse est à feu et à sang ! La racaille crouille caillasse au Mirail ! Ça danse au son de Zebda, *Tomber la chemise* ! Et allons donc ! torse nu, le bougnoule qui pue et nous envahit, ne vous gênez pas ! faites comme chez vous ! Vous voici numéro un dans les *hits* ? Mais ouais ! la France profonde collabore, elle en a l'habitude ! elle court à la Fnac ou chez Virgin s'acheter le Faudel, le Rachid Taha, le nouveau Zebda ! Mais ouais ! c'est l'invasion ! Le Bordelais ? N'en parlons plus ! Déjà vous arrachez nos vignes, virils buveurs d'eau ! mais je parie que vous épargnerez le Mouton-Rothschild – mouton et Rothschild, c'est fait pour s'entendre : sémite, tout ça ! Et vous continuez : le Front n'a pas su vous contenir à Toulon, Orange ou Vitrolles, Mégret et Le Pen n'en ont pas, n'en ont plus ! Ce coup-ci, nous ne saurons pas vous arrêter à Poitiers ! notre vieux Charles Martel bande flanelle,

Viagra ou pas ! l'Europe s'est avachie, s'est épuisée dans le confort, le tout-à-l'égout, le chauffage central, la carte de crédit, la clim' en série dès les modèles moyenne gamme, la télécommande pour zapper sans se lever du fauteuil ! et Mégret, et Le Pen font placard à part, soit, mais chutent ensemble vertigineusement dans les sondages ! plus un élu pour nous sauver ! les bougnoules sont à nos portes, dans nos lits ! ils ont nuitamment franchi le Périphe, ces chiens ! ils déferlent sur les Champs les soirs de victoire nationale ! ils grouillent aux Halles ! nous ne sommes plus chez nous ! mais nous, femmes blanches, hein, nous faisions souris grises sous l'Occupation, nous nous sommes donné du bon temps, allez, avec les Vert-de-gris ! les Sturmbannführer, les Obersturmbannführer – plus ce que le grade était long à écrire, plus ce que c'était chic de coucher avec, l'officier nazi, je vous le dis, moi, Ginette ! –, ah ouais, et on se caillait la couenne, sous la couette, à cause des restrictions, et nos hommes, qui nous baisaient si mal, il faut bien le dire, étaient en Stalags ! alors, hein, le grand beau blond en uniforme : dans mon plume ! que je me réchauffe un peu, pauvre esseulée plus baisée du tout depuis le début de la Drôle de guerre ! Quel corbeau osera me dénoncer à la Kommandantur ? Alors, hein ! comme Arletty, je suis Garance ! mon cœur est français, et comment ! mais mon cul est international ! Oh, mon Otto ! oh, mon Ludwig ! oh, mon Wolfgang, qui m'a tant amadeusée ! *Blau Augen, blonde Hären*, comme chantait Marlene... Il n'y a que l'Occupant pour nous occuper un peu, nous les salopes ! il n'y a que l'étranger pour nous distraire de notre ennui de mal baisées par le petit-bourge bande-mou francaoui-de-souche ! C'est votre tour, les bicots ! Champagne ! Champagne pour nous ! Et pour vous, l'eau du robinet, puisque vous ne buvez pas d'alcool! Ta queue, mon grand! et tes couilles, et les deux oreilles pendant qu'on y est! fais-moi la corrida, ce soir! nous sommes dans l'arène, la fanfare joue un paso doble, c'est l'heure tragique de la mise à mort! la femelle en habit de lumière s'est maquillée, s'est pomponnée devant le miroir, est passée chez le coiffeur pour le coup de peigne raccord – 200 balles, putain, se font pas chier! –, tiens! une grosse goutte de sent-bon au creux des roberts pour exciter en toi l'animal, mon bicot, mon homme à moi! nous sommes des mammifères très proches du fauve après tout, ne l'oublions pas! il suffisait de voir Bill et Monica au JT! il nous faut à nous aussi la parade pour provoquer le coït! Z'y va, mon homme! je ne suis plus qu'une flaque! copulons! je te suce, tu m'encules! comme t'y veux t'y choises! toute soumise, je te suis, telle Piaf: *J'irais jusqu'au bout du monde, je me ferais teindre en blonde* – mais ça, c'est déjà fait! je leur ai demandé la couleur de Claudia Schiffer, moi, Ginette, chez Biguine-the-biguine: putain, 300 balles, mais mon basané aime bien: ça lui rappelle Dalida et les travelos qui l'imitent dans les cabarets clandestins d'Alger! –, *si tu me le demandais*... Ah ouais, demande-moi, Sid! *On peut bien rire de moi, je ferais n'importe quoi, si tu me le demandais*... Claque dans tes doigts, et je suis toute à toi, mon Sid Ali! Ha! haaa! haaaaa! je jouis! Je me convertirais, si tu me le demandais, je me voilerais, si tu me le demandais... Le strict hidjab noir, oui, si tu me le demandais! tu me fais tant plaisir! Al-hamdoulillah!

Al-hamdoulillah! Ce soir, c'est le taureau qui tue la blondasse, la fausse Claudia Schiffer! Tu es morte ou tout comme, conne! Ma bite fut l'arme du crime, mesdames et messieurs les Jurés! – Ah, Sid Ali m'a *tuer* ! Et moi aussi, Ginette, j'ai fait la faute d'orthographe en écrivant avec mon sang le nom du tueur bougnoule sur le mur !

Mais maintenant, qu'est-ce qu'on fait, hein, Jospinet ? Qu'est-ce qu'on fait, la Chevène que le curare manqua d'achever au si justement nommé Val-de-Grâce ? Hein, Chichi-les-Odeurs, qu'est-ce qu'on fait ? Quelle sera notre peine ? La peine de mort ? Vous l'avez abolie. Les barbelés, les miradors, les gaz ? Ce n'est plus très *in*, plus très tendance ! non ! c'est ringard, pour tout dire, les camps ! Ça déparerait le décor flambant neuf de notre belle Communauté économique européenne, si démocratique, si respectueuse des droits de l'homme comme de ceux de la femme, et tout et tout ! En plus, la Licra, le Mrap et SOS Racisme protesteraient. Vous seriez un rien embarrassé pour le coup, au gouvernement ! Alors, l'élimination douce, en loucedé ? La solution finale mais lanolinée, mais onctueuse, mais soft, comme le lait pour le cucul à bébé et les yaourts laxatifs au bifidus actif – tous les soirs sur vos écrans ! Ah ouais, mais vous l'avez déjà trouvée la solution finale adaptée à notre cas, le lait senteur citron qui ravive vos couleurs, hein ! Vous l'avez trouvée la solution finale : nous stariser tous, comme vous avez starisé notre Zizou national ! Ah ouais, deux, trois, quatre, cinq, six millions de stars ! c'est plus propre et facile à gérer que les six millions de morts de la Shoah, non ? Sauf que si vous faites de nous tous des stars, vous n'y avez pas pensé, pauvres taches nulaches : plus aucun de nous ne sera star, alors ! Zizou en personne sera zappé, et tout sera à recommencer ! Car le marché sera vite saturé, vous ferez imploser le tube cathodique ! Une star, par définition, est une rareté ! Et puisque vous n'avez pas trouvé le moyen de nous donner à tous une vie modeste et simple mais décente, mais digne: digne d'être vécue sans la dope du succès médiatique, sans les shoots aux sunlights et aux flashs... Puisque vous ne nous avez pas laissé d'autre choix: ou la bavure au commissariat du coin, ou le grand escalier au festival de Cannes! Crevures! Staliniens! Fascistes! Nazis! Économistes de l'économie de marché! Mondialisés! Fonds de pension! Stock options! Start-ups! Internets! Bill Gates! Bill Clintons! Dow Jones! Ted Turners! Hitlers! Chiracs! Chevènements! Nuls! Enculés!

On se calme, Sid! On se calme! Ne nous refais pas un ulcère d'estomac. Bon, les messages sur ton portable, Sid: qui donc t'a appelé tandis que tu déjeunais au Fouquet's avec Isa? Moi, vous me connaissez: j'ai de l'éducation! pas de portable à table, pas qu'on vienne me faire iech, putain, pendant que je déguste mon Carpaccio de foie gras de homard de rivière du Gers au coulis marbré de moutarde rose à la fleur de miel balsamique et sa mousse de cèpes élevés sous la mère déglacée à la Corona citron vert braisé – je ne vous dis pas tout, j'abrège, j'ai pris le plat du jour du menu Affaires: avion ou restau, moi, Sid Ali: allez, Affaires! pas se faire iech!.... Qui t'a appelé tandis que tu trinquais, tchin! les yeux dans les yeux, *cheek to cheek*, avec la belle Isabelle – ah ouais, Isa? tu te fais iech à chier en Suisse, mais ils sont plus relaxes sur les taxes? ouoh, ma grande, la Swissair n'a pas été créée pour les chiens! ah ouais? ils sont mesquins, meskine, ils sont mesquins à ce point, les Helvètes? ils l'ont toujours été, remarque bien: pendant la dernière guerre – leur dernière guerre –, avec ces pauvres Feujs, c'était pas du joli joli, non plus, hein! Quoi? ils comptent les jours de résidence ? il t'en faut au minimum 183 par an ! c'est *cheap* ! et comment tu fais, mon Isa, quand tu as un tournage de six mois aux States ? Je pensais m'exiler oim itou dans un paradis fiscal où ce que je pourrais mieux déduire mes frais de représentation sous les cocotiers caressés par les alizés, mais je vais y réfléchir à deux fois, merci du tuyau, allez ! tchin ! une autre roteuse de ce ruineux Ruinart rosé cuvée réservée, garçon, la bis ! labès ! tiens ! encore une que les Francaouis n'auront pas, pas vrai, Isa ? et c'est de la note de frais deux fois déductible et remboursable : j'ai un truc – tu gagnes au tirage, tu gagnes au grattage, putain ! on ne va pas se laisser emmerder la queue par la mal baisée de la compta maison et la déonto – la déonto quoi ? –, nous sommes issus d'un peuple qui a beaucoup souffert, nous avons droit à quelques égards quand nous avons réussi, nahan ? nous n'avons pas un faciès d'abus de biens sociaux, nous ! nous faisons artistes, nous, et si les justiciers psychorigides de Bercy nous font iech trop ! tchao, on s'exile ! et en plus, cerise sur le cake, le malheureux smicard non imposable qui lit *Match, Voici* et *Gala* tirera son mouchoir et pleurera sur les misères qu'on nous fait et qui nous ont contraints à nous exiler, si c'est pas malheureux, pas vrai Isa, ma grande ? Putain ! tu embellis chaque jour, toi, il faut que tu nous fasses *La Reine Margot II, Le Retour*, il faut que j'en parle à Patrice !.... Bon. Qui m'a appelé, là, qui m'a laissé des messages ? Matignon ! Qu'est-ce qu'il me veut encore, Lionel ? Putain, la glu, je n'aurais jamais dû autoriser le bureau à lui donner mon numéro de portable, il y a de l'abus, là, tu l'as dit tu l'as !.... Allons, ne soyons pas chien : j'ai son numéro préenregistré, et de toute manière, une prodigieuse mémoire. Mais si l'enfoiré ne décroche pas avant la deuxième sonnerie, je raccroche. Pas que ça à. Ah si ! il prend, il était impatient, me dit la secrétaire perso agenda de monsieur le Premier ministre, Josy. Alors, quel est le problème, mon Lio ? C'est chaud chaud dans les banlieues sensibles à l'approche de l'an 2000 ? Tu m'étonnes ! Rodéos, caillassages de bus, incendies de gnolebas, bavures dans les commissariats, et cetera... Mais ouais, je suis tenu au courant du suivi par mes gardes du corps : des potes de la téci sur le Neuf-Trois où ce que j'ai fait natif... Je vous arrange le coup ! tu as bien fait de m'appeler, Lio. Ouais, Buffet peut me *call free*, mais pas sur mon perso : au bureau, à SAB-Com, ouais ! Je ne confonds pas le service public et le nessbi, moi. Je ne suis pas calviniste, à part pour les slips, mais j'ai une éthique, ta mère, moi aussi, Lio ! Ce qu'il nous faut, là, c'est une mégacampagne nationale d'affichage ! Nahan, pas de spots télé, Lio, c'est de la tune foutue en l'air avec la racaille ! Réfléchis, Lio : elle est dans la rue, la racaille, pas scotchée devant son poste à regarder les pubs, c'est Sid Ali qui te le dit ! Alors arrosage maximum Dauphin et Avenir Pu – l'avenir pue, ouais, tu l'as dit tu l'as ! d'avenir nous n'en avons plus, nous n'avons plus que du futur, je referme la parenthèse, Lio, et je go on... Dauphin et Avenir Pu, disais-je, les deux, et que de l'affiche en 4 x 3, ne mégotons pas ! une semaine *leasing*, une semaine *killing* et c'est emballé ! Putain, je vous ai déjà trouvé l'accroche, là ! Du balèze, balek ! je suis toujours le meilleur, sans vouloir me vanter ! Nahan, mon Lio d'amour, je ne te dis pas tout de suite, tu auras la surprise : c'est toujours meilleur quand la friandise s'est fait attendre ! « *Please, trust me !* » Et là, Lio, les yeux noyés de larmes, tu te revois à Casablanca, le coucou va s'envoler *As time goes by*, et tu imagines que tu es Ingrid Bergman, et tu me réponds : « *I will !* »... Ah, pendant que j'y pense, tu me zappes Aubry, là, sur ce coup. Je ne veux pas de cette pouffe qui nous a trahis. Ah putain ! elle était là, à radasser, la pouffe, pour la photo avec tous les potes de la cité : « Ma politique de la ville ! Aider les jeunes à s'épanouir ! Vivre ensemble, et cetera... » Aides à l'encouragement à l'aide à l'incitation à l'aide au secours, mesures d'accompagnement et j'en passe et des meilleures ! Sauf que, quand nous nous nous sommes permis de lui rappeler, off the record, ses promesses : la tune et la rénovation des cages d'escaliers, ses promesses faites la main sur le cœur devant les caméras pour le JT Vingt heures ouverture sujet du jour neuf minutes, cette grosse pouffiasse : plus personne ! Que tchi ! « Allez vous faire mettre, les beurs ! Moi, j'ai eu mon effet d'annonce, je suis servie, pas de carte, j'ai le full en main ! » Pouffiasse ! Dans le genre communicatif spectaculaire faux cul, elle fait pire que son dab « Je me retire avant de jouir », la Tine ! C'est dire ! Putain, les cathos de gauche, faut se les fader ! Ce n'est pas toi qui me contrediras, mon Lio ! Et puis, elle a grossi, hein, la Titine ! Sudisette, pamplemousse, fromage blanc à 0 %, si tu veux passer dans mon JT, pouffiasse ! Je refuse les grosses à l'antenne, moi, Sid Ali : elles me bouffent mon cadrage ! Balasko ? Nib ! Trautmann ? Nib ! Guigou ? Yes ! envoyez la garde et ses Sceaux ! Ah, et puis tu pourrais dire à ton coiffeur d'y aller plus mollo sur le Régécolor noir corbeau, Titine ! La teinture te durcit encore tes gros traits bouffis de pouffiasse, pouffiasse !.... Bon, à part ça, Lio, comment va Sylviane ? Ah ouais, elle nous prépare un bouquin pour la rentrée ? *La Condition de la femme à l'aube du IIIe millénaire* ? Bon titre ! vendeur ! Ah ouais, putain, ça m'intéresse ! tu l'as dit tu l'as, je suis preneur ! Que sa tache de presse m'envoie les épreuves fissa que ça saute ! Nahan, le espé, je m'en tape ! mais je veux la primeur pour mon JT, Lio ! Je lui fais un spécial trois minutes tapin après la météo, à ta Sylviane adorée, la philosophe ! après la météo, je dis ! qu'on ne confonde pas son produit avec le lacté, le détergent, le crémeux, le papier cul « Mon Dieu qu'il est doux pour le tutu du bébé », la mucoviscidose, le vroom vroom, les grandes causes nationales et le lessiviel !

Voilà, je suis comme ça, moi, Sid Ali ! Un bon fond ! On me pleurera quand je serai mort, et on se dira : « En notre âme et conscience, avons-nous fait assez pour lui ? »... Quoi, mon Lio ? Ta frangine Noëlle Les Halles sort aussi son bouquin à la rentrée ? Nous voilà beau ! Ah nahan, là ! mon Lio, il y a de l'abus. Je te préviens tout de suite : je ne prends pas les deux à « Salut, la France ! » C'est l'une ou l'autre, tu choisis ! Il y a du cornélien dans l'air ! tu es percé jusques au – quez'au ! quez'au ! – fond du cœur d'une atteinte imprévue aussi bien que mortelle ! Ma sœur ou ma femme : scène de ménage au plume ou gueule de la frangine qui ne me recause plus jusqu'à la prochaine présidentielle, en 2002, si Chichi ne se tire pas avant une autre balle dans le pied : après le pied droit, le gauche, tiens ! pas de jaloux ! il en est capable ce ballot, il est imprévisible, et dès qu'il remonte d'un quart de point dans les sondages *BVA-Ipsos-Le Monde-L'Expansion*, on ne peut plus le tenir ! et sa fille, de joie, en fait pipi culotte Chanel ! Dilemme des dilemmes, mon Lio : la légitime, dilemme beaucoup, ou, dilemme bien aussi, ta frangine, avec qui que tu as joué à la balançoire en culottes courtes de velours côtelé, ah ! et un petit peu au docteur, hein, ose l'avouer – les petits protestants non plus ne font pas de parfaits enfants – ? Ah, mon Lio, Premier ministre rose, ce n'est pas rose tous les jours, je le devine, mais tu as voulu le job, tu t'y colles ! La Mitte t'en a fait baver, je le sais, et Chi-chi-le-Mac surveille comment tu vas à turf ? Mais maintenant, pas de manières, ma chérie, tu as conquis bec et ongles ton bout de trottoir : la passe ! Allez, tchao, Lio, que le ministère de la Jeunesse et des Sports m'appelle d'ici une heure, pas avant. J'ai donné une heure à mon chauffeur, qu'il aille tirer son coup au Détente Balzac. Je suis humain, moi.

Et bien entendu, cinquante-neuf minutes plus tard chrono, qui m'appelle à la SAB-Com ? La Buffet ! qui fait figurante coco dans le gouvernement socialo et n'est pas encore revenue de l'aubaine : j'ai mon gyrophare, je ne paie plus mes prunes, et la cantine gratos au ministère, du trois étoiles ! « Que nous proposez-vous, cher Sid Ali, pour apaiser ces banlieues rouge sang que nous ne tenons plus depuis que nous n'avons plus auprès de nous pour nous guider ni Duclos ni Marchais ?

— Marie-George, j'ai trouvé l'accroche qui tue, je vous la fais à prix d'ami : cent plaques TTC pour le créatif, moi *myself* en perso : je la facture plancher quand c'est pour une grande cause nationale, j'ai ma morale, je suis musulman, Allah m'inspire ! – Cent briques pour le créatif de génie que vous faisez, Sid Ali ? c'est donné ! répond Marie-George Buffet. On s'en fout, on claque ! c'est le contribe qui pue sous les bras qui paie ! on ne va pas lésiner ! Potlatch ! Alors, c'est quoi cette accroche ? – Écoutez, écoutez : *En verlan, vers l'an 2000 !* Bingo, non ? – *En verlan, vers l'an 2000 !?* Je vous prie de me pardonner de m'excuser, Sid Ali, mais ça ne veut rien dire. – Ouais, mais c'est ça qui est génial ! Avec ça, je vous ramène la paix dans les quartiers à feu et à sang des banlieues sensibles, de Dunkerque à Marseille, de Brest à Strasbourg ! Une campagne d'affichage monstre : *En verlan, vers l'an 2000 !* – Bon ! si c'est vous qui le disez, Sid Ali ! – Qui le *dites*, qui le *faites*, madame le ou la Ministre : que vous vous adressiez à un bougnoule ne vous dispense pas de parler en bon français ! – Vous avez raison, cher Sid Ali, quelle leçon ! Allez, z'y va, comme vous dites ! *En verlan, vers l'an 2000 !* De toute façon, j'ai le feu vert de Matignon. Monsieur le Premier ministre m'a dit : Sid Ali, ce qu'il veut, où il veut, comme il veut, quand il veut ! Z'y va ! Potlatch ! »

Et voici pourquoi, pauvre larve de lumpen qui te lèves, péniblement, de ton siège car la rame entre enfin en station, voici pourquoi tu vas voir défiler maintenant, de Balard à Créteil, répété douze fois, six fois à ta droite, six fois à ta gauche, dans toutes les stations de la ligne, toutes ! sans exception ! le slogan absolument insignifiant trouvé par oim, Sid Ali, un simple calembour jugé génialissime par les gens au pouvoir :

En verlan, vers l'an 2000 !

Tu es ébahi baba, pauvre larve vermineuse de *lumpen* de prolo de merde ! Le concept t'échappe ? Il est trop concon, le concept ! Mais là réside tout le sens, toute la saveur, tout le secret et tout le parfum du truc, pauvre larve vermineuse de *lumpen* de prolo de merde ! Plus c'est con, plus tu es bon dans ce métier, et plus tu gagnes : ton salaire mensuel, pauvre larve vermineuse de lumpen de prolo de merde, c'est notre salaire quotidien ! Et la semaine prochaine, après le *teasing* : le *killing* ! Dans la nuit du dimanche au lundi, les colleurs d'affiches auront collé l'additif : pour démagogiquement complaire à la turbulente jeunesse de ce beau pays qu'est la France, rien que mon beau faciès de beur star, la moue ironique bouche en cœur, le majeur levé « fuck you » et, en légende, mon fameux gimmick : *Tu l'as dit tu l'as !* Ah ouais ! Et l'agence SAB-Communication aura jugé qu'il est inutile d'indiquer mon nom sur l'affiche, pas plus qu'on n'a jugé bon de citer le nom de Zinedine Zidane sur l'affiche Dior *Eau Sauvage* : je suis si célèbre et emblématique ! Ni plus ni moins que mon Zizou !.... Si ? Plus célèbre que Zizou ? Si c'est vous qui le dites ! Ma modestie, ma timidité et un vieux fond de pudeur musulmane me perdront ! Je n'en fais pas assez, je le sens, il faut que j'appelle mon agent. Maintenant : à la kalach, au bazooka, au coutelas sacrificiel, au heb-heb, 'Llah ! Z'y va ! On n'est pas des pédés !

Et toi, pauvre larve vermineuse chiotique d'unterlumpen de lower lower prolo de merde, surexploité et prématurément usé par un boulot à la con que tu risques fort, en outre, de perdre, parce que ton patron a décidé de réduire encore ses charges sociales et sa masse salariale, toi qui gagnes 6 257 francs net par mois, mon ami, mon frère, mon semblable malgré les trompeuses apparences du Spectacle, eh bien, aux prochaines élections, tu voteras Arlette Krivine ou Jean-Marie Mégret, tiens, juste pour faire chier le beau monde ! Ça commence à bien faire, la gauche morale !

Et ces ordures élues qui nous gouvernent viendront dire ensuite que nous sommes, toi et moi, des fachos ! Ils oseront le dire, ces bien-pensants culs-coincés pisse-froid petits-bras peine-à-jouir pète-en-douce, faux-derches mais vrais Totalitaires ! Enculés !

Mais nous, mon frère, nous chanterons en marchant à la mort, comme chantaient en marchant au poteau d'exécution les partisans condamnés à mort par Vichy ! Ou comme les poumistes, ces sublimes héros de la guerre d'Espagne, condamnés à mort et par les communistes, et par les fascistes, et par les nazis, et par l'indifférence méprisante des catholiques fervents, et des chrétiens modérés, et des républicains laïques, et des socialistes, et des radicaux, mon frère, mon ami ! ces héros qui marchaient à la mort, disant qu'ils avaient perdu la guerre, certes, mais qu'ils avaient toujours les plus belles chansons, et encore assez de cran pour plaisanter de leur échec ! Et ces héros ne chantaient pas *L'Internationale* en marchant au poteau d'exécution, non ! mon ami, mon frère, ils laissaient à l'heure de leur mort l'*Inter* à cette salope stalinienne de Pasionaria qui s'envolait, « *¡Adiós ! compañeros !* puisque *pasaran*, je file à Moscou, moi, retrouver mon pote le moustachu, là, mon Joseph, qui en est déjà à ses quarante, ou cinquante, ou soixante millions de morts, de faim ou de mauvais traitements dans les camps – passé un certain chiffre, le chiffre n'a plus d'importance, n'est-ce pas ? quand on aime, on ne compte pas ! et je l'aime, mon Joseph ! »... Non, mais eux, ces héros, en marchant à la mort, chantaient fandangos et séguedilles, et grenadines aussi, et ces coplas flamenco qu'ils susurraient naguère à l'oreille des filles ornée d'un camélia, le soir, sous les arcades de la Plaza Major du bourg, pour les faire rire, les séduire, les charmer ! et on buvait du manzanilla, si doux et si doucement amer sur la langue, mon ami, mon frère, si sucré, faut-il qu'il m'en souvienne ! et des copeaux de jambon jabugo qu'on mâchonnait, ou du bois de réglisse, et des serments éternels, et des bouderies si passagères, et des caresses si légères, et des frissons, et des coups d'éventail esquivés, et des baisers volés dans le cou ou sur la joue, la joue où la mantille dessinait une dentelle d'ombre immatérielle ! ah, et du lourd parfum d'ambre qui nous grisait tout autant que le xérès, et de la sueur si fine qui perlait sur les nuques ployées, et des mots tendres, et des prières murmurées, et des minuscules fleurs de jasmin que nous nous jetions par poignées comme des boules de neige, et du meuglement lointain d'un taureau qui serait sacrifié demain dimanche, à 5 heures et demie du soir dans l'arène ! et de minuit qui sonne au clocher de l'église jadis minaret, et des accords arpégés sur une guitare désaccordée, et des pas de tango que nous esquissions en imitant Bepe de la Pampa – nous l'avions vu, la veille, aux actualités du cinéma ambulant –, et des passes, des véroniques, des farols, avec une nappe rouge du grand café de la place pour muleta, un manche à balai pour épée ! et le bel Angel faisait le taureau furieux qui chargeait, ses index tendus en guise de cornes, *¡Ole !* – oh ! et des *¡Sí !* et des *¡No !* et des *¡Querido !* et des *¡Mi corazon !* oui, ces instants où l'éternité semble précipiter dans le présent comme un nuage d'anis dans l'eau froide ! et la pensée si fugitive que le bonheur existe en ce monde – *¡Sí ! ¡Sí !* – et nous reprenions alors en chœur sous la nuit étoilée, si moite et si limpide cependant, la lune s'était levée, et, bras dessus bras dessous, nous reprenions en chœur les paroles très banales d'une copla malaguène qui nous paraissait pure poésie, naïfs que nous étions et que nous sommes restés, nous, idiots idéalistes : *¡Por ella diera la vida... !* Et une dernière fois, mon ami, mon frère, les yeux grands ouverts, face aux bouches des douze fusils – nous sommes des hommes, et nos femmes et nos compagnes aussi en ont : nous avons tous refusé le bandeau –, et tandis que ce fils de pute en grand uniforme, avec toutes ses médailles, ses croix, ses crachats, ses aiguillettes dorées à l'or fin, met sabre au clair, nous, en haillons, dépenaillés, fous de sommeil inassouvi, car la ronde nous réveillait tous les quarts d'heure : ces fils de putes ne nous auront pas laissés dormir, paisibles, notre dernière nuit – alors, mon ami, mon frère, nous entonnons pour narguer nos bourreaux, une toute dernière fois, comme autrefois sous les arcades de la Plaza Major : *¡Por ella diera la vida... !* Je donnerais ma vie pour la Liberté !

Et nous, mon ami, mon frère, toi et moi, damnés de la terre, nous n'entonnerons pas non plus *L'Internationale*... Non ! ce n'est plus la lutte finale, nous avons perdu et définitivement perdu, nous le savons bien ! Tout fait écran désormais, et le beau mot de liberté semble bien ringard à la plupart de nos contemporains, ils préfèrent : sympa ! super ! génial ! cool ! Nous le savons bien, mon ami, mon frère, nous regardons la télé et nous écoutons la radio, nous aussi ! ah ouais ! Mais quand tout espoir est perdu, subsiste encore ce bonheur grave de chanter dans la nuit, comme les enfants chantent pour se donner du courage en traversant le couloir dans le noir – ils sont trop petits pour atteindre l'interrupteur ! Oui, et cette joie sans raison qui nous saisit tandis que nous haussons le ton, que nous chantons à pleine voix à présent ! Mais la joie sans raison est un pléonasme, la joie est toujours sans raison, sans motif... Mais la joie cependant n'est pas la folie, mais la seule raison à tout, mais la seule raison de tout !.... Et qu'il faut vivre !

Nous, mon ami, mon frère, nous chanterons, l'hymne du divin Bashung :

> *Plus rien ne s'oppose à la nuit*
> *Rien ne justifie...*
> *Osez ! osez, Joséphine !*

Il fait noir, ici-bas, et froid, dans ma cellule. Et Jesus dort. Je ne l'entends plus chanter.

Cécile m'avait interrompu en plein milieu de ma réplique, coupé le sifflet comme on dit vulgairement, elle avait sifflé la fin de la récré, sifflé comme le keuf de carrefour qui ose te siffler parce que tu viens de niquer au volant un rouge feu… Ah ouais ? Au lendemain de la victoire historique, il ose me siffler pour une si minime peccadille, ce fils de ? Quoi, Zizou a offert sa plus belle victoire à la France depuis Valmy, hier au soir, et moi, là, le bougnoule, je devrais le lendemain matin, alors que nous n'avons pas beaucoup dormi de la nuit, il faut nous comprendre, je devrais respecter le feu tricolore ? On est un 13, jour de chance, la veille du 14 juillet, jour de gloire, le lendemain de l'autre jour de gloire, le jour de notre Zizou national – qu'il reste à jamais cité à l'ordre de la Nation, dans les siècles des siècles, et jusqu'à la fin des temps voulue par Allah… Putain ! tu ne m'as jamais vu en photo, fils de ? Tu ne me connais pas encore ! Des confettis, ton pévé, des confettis, j'en fais, et je les jetterai, badin, ce soir sur les faouas de ma cité, au bal des Pompiers ! à l'heure du feu d'artifice, ça les fait rire et les excite, les faouas et les meufs non voilées, les libérées ! et c'est si joli les confettis de pévé ! et c'est si bon, la confiture de prunes ! Voilà ce que j'en fais, de ta prune, connard ! Et j'attends de pied ferme la bavure ! Essaie voir un peu ! Demain mon Zizou sable le champagne avec Chichi, Madame et Claude, à l'Élysée ! Et toi, tu n'es pas invité, que je sache, le schmidt ? Tu vas de la gueule, on le sait que tu es porté sur le jaja pendant les heures de boulot, Chevène a une fiche sur toi à Beauvau ! Une bavure de plus, et on le vire, le Mimile du carrefour ! Ce genre d'emmerde-beurs, ça ne devrait plus exister dans notre belle PD – Police Démocratique, qu'est-ce que vous alliez imaginer ? vous avez vraiment l'esprit mal tourné ! police démocratique, républicaine, nationale et le toutim… On a gagné ! On a gagné ! Enculé !

Ah ouais. Où j'en étais ? Cécile me coupant la chique au milieu d'une réplique qui, il est vrai, allait tourner au tunnel. En avait-elle le pressentiment ? Toujours est-il. Je lui disais :

— Un garçon sans son père, sans un homme sur qui s'appuyer ni à qui s'opposer, il est mal barré dans la vie et pour la vie, je vous le dis. Il aura l'Œdipe difficile, ce pauvre gosse. Il ne pourra pas se structurer, comme disent les psys du centre médicoso… Ça vire vilain très vite, un gamin sans papa ! Caillera en moins de deux, croyez-en mon expérience : d'abord small délinquance, puis medium délinquance, pour finir XXL délinquance, et la taule… Pas de papa, d'où : vol à la tire, rodéo, dope usage perso, douce puis dure, deal ensuite, au détail puis du gros, depuis la savonnette noire jusqu'à la tonne de blanche semi-raffinée livrée par avion à Roissy, vol cargo Thaï Airways ! Et pour se distraire les mercredis aprème, le gamin qui n'a pas de papa ni de Mme Rénal chez qui venir parler de Proust : tapin ! – prostitution, je veux dire, je parle mal c'est vrai, Cécile, je n'ai pas beaucoup d'éducation… Foutu, le gamin sans papa, foutu ! Une fois le pied sur la pédale d'embrayage, plus moyen de rattraper ! Pas de correction de trajectoire assistée par ordinateur sur ce modèle ! Tu fonces à donf sur la route du crime…

Et là, putain ! je n'y crois pas ! Cécile qui me coupe sec la parole ! en hurlant ! si hors d'elle qu'elle n'a pas pu trouver dans son vocabulaire habituel le mot qui conviendrait pour stopper net ce flot torrentiel, non, mais qu'elle se permet d'user d'un mot à moi, d'un mot du métier, mais qui m'est très personnel ! et dont l'usage m'est réservé, en somme, à moi, Sid Ali... Cécile, comme devenue folle, se permet de me hurler au visage :

— *Cut* ! Sid Ali ! *Cut !*

Je me suis tu net. Ah ouais. Souffle coupé.

Mais maintenant, lecteur, à toi seul... À vous seul – je ne sais déjà plus si je vous tutoyais ou si je vous vouvoyais, lecteur ! – à vous, disons, à vous seul, pour vous seul, la réplique en entier. Tout ce qui a été ensuite coupé au montage. Un tunnel, en effet. Allumez pleins phares ! Pas les codes ! les phares, j'ai dit ! C'est très obscur ici. Et la nuit est au bout. Voici :

Sid Ali :

— Tu fonces à donf sur la route du crime, et tu n'es pas en codes mais pleins phares ! mais tu fonces vers le vide, tu fonces dans le mur, tu le sais, vers ce mur de ténèbres, tu fonces, là où finit l'éclairage de la portion de route éclairée, la suite des lampadaires à halogènes plantés à intervalle régulier, monotone, et ce halo infiniment répété de clarté orange, soufrée, qui grise et décompose tout ce qui vit sur terre, l'éclairage moderne, l'éclairage de la modernité qui te rend blafard, cadavéreux, dans l'habitacle de ton coupé roadster, oui ! comme un mort-vivant, comme un vampire de série B, toi, au volant, tes mains plus livides que si tu étais ganté de latex chirurgical, de gants pour manipulation délicate « Votre seconde peau », toi, déjà mort, ou peu s'en faut, sous ce ruissellement de lumières comme un soir de gala à Cannes ! ces lumineuses éclaboussures et ces reflets qui miroitent à la surface du pare-brise et le moirent, et trompent l'œil que tu tiens fixé sur le tireté blanc fluorescent de la ligne jaune – car blanche est la ligne jaune : un adjectif qualificatif peut continuer de subsister dix ans, vingt ans, à la disparition de sa réalité dans la réalité vécue, si peu vécue, si mal vécue... Et discontinue, est la blanche ligne jaune : tu pourrais dépasser, mais qui ? mais quoi ? tu es absolument seul sur cette voie express où tu roules la nuit – tu pourrais te dépasser toi, alors, te surpasser ? mais tu es aux limites de l'adhérence, au bord du dérapage, et tu accélères encore, ouf que tu es ! la ligne est discontinue, et toi, tu continues de foncer vers le néant, seul au volant, il n'y a personne d'autre que toi dans le coupé, c'est un roadster : il n'y a que deux sièges, et ton père n'a pas voulu monter, s'asseoir à la place du mort ! pas si fou, lui ! il t'a abandonné, il t'a laissé rouler, halluciné par la répétition infinie des lampadaires ! mais l'éclairage prendra fin aussi, un peu plus loin, tu le sais, tu as déjà pris cette route : ce paysage nocturne, lisse et noir comme l'écran d'une télévision éteinte, t'est familier, tu l'as toujours connu, de fait, depuis ta naissance, en France : c'est la France moderne, la nuit ! impression nauséeuse de déjà vu, de déjà vécu ! oui ! tu connais ! plus rien ne peut t'étonner ! c'est l'universel ennui du monde industriel ! des agglomérations indistinctes qui brillent dans un lointain proche ! des banlieues interminables, sans début ni fin, des centres commerciaux identiques dispersés sur tout le territoire : identiques marques, identiques édifices, identiques logos, épars dans l'univers sidéral, vitreux, quasi virtuel, où nous vivons, si c'est vivre que de vivre cela !.... Oui ? Non ? Un léger coup sur le volant, tu sais, et la question serait réglée ! hop ! dans le décor ! puisque ce n'est plus qu'un décor ! puisque ce paysage mort n'a pas plus de charme qu'un décor de studio pour show strass et paillettes en *prime time* ! allez ! un coup de volant, un double talon pointe sur la pédale frein et sur l'accélérateur ! glissade ! tonneau ! le monde à l'envers ! le monde réellement renversé ! oui ? non ? à toi de voir ! tu préfères rouler jusqu'au bout de ton destin ? tu ne sors jamais avant la fin du film, aussi nul soit-il ? quoi qu'il en soit, tu attends le *The End*, et que les lumières dans la salle se rallument ? c'est vrai ! je te connais, mon lascar ! tu en as ! le film de ta vie est plus que nul : tu n'avais ni le bon scénario ni le budget que tu aurais souhaité ! c'était raté dès le premier plan, dès le premier clap : ces souffrances fœtales et les douleurs atroces que tu infligeas à ta mère pendant l'accouchement – un psy du Centre médicosocial y faisait allusion à voix basse devant un collègue, mais tu as toujours eu l'oreille fine, mon lascar ! tu as tout entendu, et tu as lu également le dossier que ton frère avait dérobé pour toi – pas chouré : je parle parfaitement bien, quand je veux ! je me suis toujours parfaitement exprimé, quand je le voulais ! – et j'ai toujours dit ce que j'avais à dire, ou me suis tu poliment quand je jugeais que cela ne valait pas la peine de discuter : l'adversaire était trop minable, une star laisse pisser ! et j'étais star ! dès mes onze, douze ans, c'était fait ! personne, je dis bien : personne ! ne s'en est rendu compte autour de moi ! mais pour moi, aucun doute ! alors, là ! aucun ! je n'ai jamais douté de moi ! jamais ! je l'ai toujours su !.... Que m'a-t-il manqué pour que ni le public ni les producteurs ni les agents des stars internationales ne se rendent compte de mon succès colossal ? comment ont-ils pu ne pas me voir, tout simplement ne pas me voir lorsque j'ai monté le grand escalier à la soirée d'ouverture à Cannes, tenant par le coude Isabelle Adjani, et tous deux, invités d'honneur, adressant aux caméras du monde entier, aux millions de spectateurs qui nous regardaient, adressant, en guise de bras d'honneur, puisque invités d'honneur nous étions, les Djez, ce soir-là, un superbe majeur levé « fuck you » ! ah ! putain, Isabelle ! il faut avoir vécu un tel moment de bonheur pour savoir que la vie vaut de l'être ! il faut l'avoir vécu pour ne plus jamais avoir envie de sortir avant la fin du film ! nahan ! *fuck you all of you, nuts !* ah ouais, jusqu'au bout ! jusqu'au bout ! à donf ! pied au plancher ! que le moteur mouline à 6 500 tours minute comme indiqué sur le somptueux catalogue BMW ! putain ! ce n'est pas la vie, ça ? le scintillement du mica luminescent incrusté dans le béton du relief décélérateur de la chaussée, ici ! ah ouais ! béton, le décélérateur ! fonce, toi, Sid Ali ! fonce ! fuis l'hypnose ! fuis ce scintillement du soleil sur la mer, l'été, que tu connais si bien ! l'éternité ! la rimbaldienne éternité ! ah ouais ! béton, les limitations de vitesse ! tu laisses aux cons, aux minus ! aux taches, aux nuls ! tu laisses béton ! *et que ne durent que les moments doux, et que ne durent*... ! Tu es le roi des scélérats à qui sourit la vie, mon pote ! et pour te détendre : musique ! tout va toujours mieux en musique ! sans la musique, la vie serait une erreur ! tu l'as dit tu l'as ! z'y va ! tuner : tu as la commande au volant : BMW a bien fait les choses ! pas de danger à te pencher pour chercher le bon poste sur l'autoradio et perdre de l'œil, un instant, la route ! nahan ! tu sélectionnes ta fréquence préférée d'une simple pression du petit doigt de la main gauche sous le volant ! même mon père, « Que le Très-Glorieux lui accorde longue vie ! », même mon père y arriverait : zap ! Radio-Bleue – *Dis, Maman, dis*... ! ouoh putain ! zap : Radio-Nostalgie –

Dis, Maman, dis… ! putain merde ! mais c'est une malédiction ! Bismillah ! je suis maudit ! – zap : Radio-Courtoisie – les courtois fachos cathos antisémites, que ces Sémites soient juifs ou arabes, ils ne font pas plus le détail que leur cher Jean-Marie, ces zinas qui nous passent du Mozart à l'heure où minuit sonne ! putain, il devrait y avoir une loi pour leur interdire Mozart à ces fils de pute ! Wolfgang Amadeus, tu es un pote, d'ac' ! mais Radio-Courtoinazie, xcuse ! je zappe… Ah ! voilà ! voilà ! je ne sais pas quelle fréquence c'est, là, mais voilà ! j'ai trouvé ! Bash ! Ouais, les potes ! Bashung ! *Osez osez…* J'ose, Bash !

Éviter les péages
Jamais souffrir
Juste faire hennir
Les chevaux du plaisir…

Et la voie express qui nous la joue maintenant plan final de *road movie* ! Vous voyez ce que je veux dire ? Vous avez vu cent fois, mille fois le plan, sur grand et petit écran, c'est un des pires poncifs du road movie, mais ça marche à tous les coups ! à tous les coups ! vous sortez les mouchoirs, là ! vous savez que vous n'avez plus besef à tirer avant de pouvoir courir aux lavabos sans déranger tout un rang de spectateurs ! vous savez que vous allez voir d'ici quinze ou vingt secondes, tout au plus, commencer à défiler le générique de fin ! forcément ! forcément ! pas un pli ! puisque la route où le héros roule, seul au volant, vers son destin, s'élève maintenant en pente douce, s'élève vers le ciel, oui, vers le soleil ou la nuit étoilée, tout dépend du scénario, mais s'élève ! mais ne peut que s'élever – pente menant au mot fin, rampe vers le néant de l'écran blanc tandis que les lumières dans la salle se rallument déjà… C'est fini.

C'était la dernière séance. La voie express s'élève vers le ciel, et il n'y a plus rien après, tu le sais, tu le sais! il n'y a plus rien après! Dieu est mort! Que Allah me pardonne de le clamer, solitaire, dans la nuit! Dieu, du moins, est mort en Occident, au début du siècle, et nous abordons le néant du siècle suivant à plus de 240 à l'heure, 6700 tours minute au compteur, putain! l'aiguille dans le rouge, tous les voyants au rouge, tous les témoins de détresse allumés… Ce pied! Z'y va, Sid Ali, monte le son encore! là! à donf, Bash! le divin Bash!

Plus fort les basses! plus haut les aigus! et chante, chante avec lui, chante à t'en casser la voix, pleure, ris, crie, hurle – à tue-tête! à tue-tête, Sid Ali!

Plus rien ne s'oppose à la nuit
Rien ne justifie…

Rien ne justifie… Non. Nous sommes dans le monde de l'insignifiance, le monde spectaculaire de l'insignifiance: un monde intégralement réifié, purement matériel, et d'autant plus volatil, virtuel, invisible, impalpable, en l'absence de Dieu. Dieu est mort en France.

Plus rien ne s'oppose à la nuit… Nous sommes déjà morts, mais personne ne nous l'a dit. Des morts-vivants, nous sommes.

Restez devant vos écrans! Dans quelques instants, mesdames et messieurs, la suite du programme. Vous avez besoin de… Bon, allez-y! il y a un tunnel publicitaire avant. Courez pisser, et revenez-nous vite! Dans un instant, la suite du programme! Et tirez la chasse en sortant! Et passez un coup de spontex sur la lunette que vous venez de saloper, salopards de Francaouis de souche de mes deux! Vous ne pouviez pas relever l'abattant avant d'ouvrir la braguette ? Ça vous aurait fatigués ? Haloufs ! Enculés !

Bon. Revenez ! Le film va commencer. La suite du programme. Frissons garantis ! Du gore ! Un thriller avec serial killer ! Ah ouais. Génial ! *Sid Ali B.* ! Je l'avais vu sur grand écran quand c'est sorti. Putain, la sortie nationale ! La totale ! Une configuration de 712 salles ! Les plus grandes ! Tous les mégas et les multiplex, tous ! et, au minimum, quatre salles par complexe ! Tout le territoire balayé ! Toutes les niches ! Tout le marché domestique ! On a écrasé, on a pulvérisé tout ce qui a osé sortir ce mercredi aprème-là. On les a enculés, ces nuls ! Du jamais-vu ! Du jamais vu pour un Français ! Plus fort que *Superman* ! plus fort que *Born To Kill* ! plus fort que *Matrix, Sid Ali B.* ! D'ailleurs, les films avec un point d'exclamation dans le titre, c'est bien connu : bingo ! Je vous file le tuyau. Non, ne me remerciez pas : j'ai lu ça dans *Studio*.

IV

« Qu'est-ce t'as, taha ? Ma chetron qui te revient pas ? C'est la première fois de ta vie que tu croises en chemin un bougnoule ? Tu avais jamais vu de beur avant de me voir ? Y en a pas au zoo ? y en a pas à Disneyland ? y en a pas au musée de l'Homme ? Parce que nous n'en sommes pas, des hommes ? Qu'est-ce t'as, hein, qu'est-ce t'as ? C'est ce portrait-robot qui te chagrine ? En quoi il me ressemble ? Il n'a pas plus l'air que moi d'un humain, hein ! Ah ouais ? il a l'air plus loin du singe que moi, lui, il a l'air plus proche de l'homme, tu crois ? Question purement subjective, d'opinion, de sensibilité... Connard ! Enculé ! »

La descente aux enfers se fit par paliers. Par paliers de dépression, si j'ose hasarder cette image qui me renvoie une fois encore à mes fantasmes de nageur de combat suicide, à ce mauvais cliché d'archives qui fait tout le chic insolite de la publicité pour les montres Officine Panerai et qui m'a fasciné au point que je me suis cru parfois, que je me suis halluciné comme étant ce plongeur saboteur qu'on y voit émerger de la mer – ah ouais, les psys, allez-y! je dis la mer... Expliquez-moi donc l'équivoque sur le mot: je suis si nul que je n'ai pas compris! Analysez-moi ça, que j'y voie plus clair en moi! Enculés!

Il y eut une première cassure. Tout heureux de la première tune gagnée à la sueur de mon front, tout heureux d'avoir pu payer pour une fois, tout heureux de n'avoir pas chouré selon mon habitude, j'apportais à mon amour, Djamila, les seuls biens qu'elle tenait pour précieux en dehors de l'amour, de l'amitié, et du respect que tout bon musulman doit à ses parents: de la musique et de la lecture. Je lui offrais des disques et des livres, mais elle me chassa comme un malpropre, comme un bougnoule. Elle fit ce que fait le keuf quand il te marave à la porte du commissariat, le bud qui te claque la porte au nez du club où tu voudrais entrer faire teuf avec ta bande de potes, le prof qui te flanque une exclu pour mauvaise conduite alors que, putain! il était pas chanmé trop le chahut, juste un peu de houl pour animer la classe qui crevait d'ennui, faire marrer les autres, quoi, faire bouffon, et prouver que ta réputation de fouteur de souk en chef, de grand sheik du hala et du bordel n'est pas usurpée ! Mais si on ne peut plus rigoler un bon coup de temps à autre, hein ? si on ne peut plus ambiancer la vie, à quoi bon vivre ?

Je me suis effondré alors. Sans le savoir. Sans m'en apercevoir.

Il y eut une seconde cassure : chez Mme Rénal, dans l'entrée, tandis que l'adorable Melchior agitait sa menotte, ce regard que m'a jeté Cécile, ce regard dans lequel je ne pouvais plus discerner l'amour de la haine : les deux sentiments que j'avais toujours imaginés les plus contraires, les plus exclusifs l'un de l'autre, zénith et nadir – deux mots arabes parmi tant d'autres qui ont enrichi notre langue –, les deux polaires d'une réalité fatalement binaire : le Bien ou le Mal, aucune autre alternative... Haine ou Amour : pas à sortir de là... Mais non, les deux sentiments si opposés, ici, en cet instant, se confondaient absolument... Et Melchior, le trognon trop, le petit bout, le bout de chou craquant croquant, le petit bonhomme, mon pote à la vie à la mort, mon fils, s'écriait : « À revoir ! » À revoir, oui – tu l'as dit tu l'as, Melchior.

C'était si insupportable que j'ai tué pour effacer cette vision infernale. Et ce fut un crime parfait. Dont jamais je ne serais soupçonné.

La troisième cassure fut provoquée par un fait anodin en apparence, un de ces riens qui retiennent l'attention quelques secondes, en passant, tandis qu'on marche dans la rue, et qu'on aura oublié au coin de la rue suivante... Mais un fait, si minime soit-il, moins qu'un incident, une curiosité bien banale, une simple chose vue, qui chez tout autre, jugé normal, n'aurait pas laissé de trace, peut déclencher chez un sujet psychiquement fragile un orage, une violente décharge de mélancolie, un éclair de folie dans son ciel cérébral, et qui le foudroie… Tout comme le scintillement de la mer sous un soleil radieux constitue un spectacle apaisant sinon joyeux, voire une brèche ouverte sur l'infini, sur l'éternité retrouvée, chez quiconque de normal – mais pour l'épileptique, la menace, qui plane, d'une crise, d'un effondrement… Et quand il ressortira de l'état d'hébétude subit où l'a plongé le haut mal, le mal sacré, quand il reprendra conscience, le malade demandera à son entourage : « Que s'est-il passé ? Que m'est-il arrivé ? » Lui n'a pas vécu, en somme, ce qu'il est pourtant le seul à avoir vécu, à avoir ressenti. Ce brusque anéantissement l'a exclu un moment du monde des vivants. Ce n'était pas grand-chose, pourtant : la fameuse goutte d'eau qui fait déborder le vase, le fameux papillon dont un battement d'aile provoque une tornade aux antipodes…

Troisième cassure, donc. La date, les circonstances, les faits.

Septembre 1999. La rentrée scolaire. Je redouble ma première. La S3, en bis. Sans Mme Rénal, évidemment, mais sans Christelle Genou, non plus. Le professeur de français est un homme : beaucoup moins nul que celle-ci, ce qui n'est pas difficile, beaucoup moins intéressant que celle-là – mais la mission était impossible. Pour tout dire, je n'en ai rien à. J'ai les deux listes des grandes œuvres du XXe siècle dont Mme Rénal nous conseillait, disons impérativement quoique en douceur, la lecture si nous voulions devenir des gens de bien : l'une d'auteurs français, l'autre d'auteurs étrangers. Au lieu de m'asseoir au premier rang, comme l'année dernière, je me suis installé au fond de la classe et, là, quand le prof fait iech trop, je bouquine.

Dans la reading list n° 1, j'ai choisi, je ne veux pas perdre mon temps, *À la recherche du temps perdu*. De Proust, jusqu'ici, je n'avais lu qu'*Un amour de Swann*. Là, j'avais de quoi m'occuper jusqu'à Noël. Pour compenser, je choisis un livre beaucoup plus court sur la *reading list* n° 2 : *Mars*, de Fritz Zorn. Du terrible, de l'effroyable – un alcool fort, comme j'aime. Un jeune beur d'une cité décatie de la banlieue parisienne peut avoir plus d'affinités avec le rejeton de très grands bourgeois résidant – ces gens-là ne logent pas, n'habitent pas, ils résident – dans la banlieue la plus huppée de Zurich, qu'avec ces petits-bourges francaouis écrivains de peu, moins que rien, faiseurs de bibelots et d'inanités sonores, peine-à-jouir ! bande-mou ! tient-pas-la-trique ! gicle-menu ! pète-dans-la-soie ! propre-sur-soi ! pas-touche-à-mon-cul ! cucul-la-praline ! un-peu-de-rose-bonbon-pour-faire-joli ! prout-prout- ma-chère, et mouche-toi-avant-de-dire-bonjour-à-la-dame ! Des saintes-nitouches, des godiches, des dadais : minimalistes petits bras, petites natures, petits, petits, petits, qui trouvent leur plus grand plaisir dans une gorgée de bière, ces taches ! ces nulaches ! Ah, leur bibine et leurs bobines à la téloche ! et leur piapia ponctué de cuirs et de baveux barbarismes, et de solécismes, et de « euh, je veux dire » ! – Eh bien, dis-le, Dugland, Pivot t'a invité pour ça ! Putain ! au pays de Saint-Simon, de Diderot, de Stendhal, de Balzac, de Dumas, de Proust, de Céline !

Je me renfermais dans une sorte d'autisme. Les professeurs qui m'avaient connu l'année précédente enragé bouffon de la classe ne me reconnaissaient plus : sage comme une image, sombrant dans la dépression – et personne pour lui jeter, du rivage, une bouée, à ce Sid Ali de malheur qui nous avait pourri l'ambiance, l'année dernière, et bouffé l'air, et poussé la pauvre Genou au bord du suicide ! Sid Ali Benengeli se noie ? Bon débarras !

Un mercredi aprème, au beau milieu d'une phrase de Proust, au moment où le Narrateur, en pleine détresse, espère encore et n'espère plus que sa mère quittera la table, plantant là les invités, parmi lesquels Swann, pour venir embrasser son petit loup... Mais non ! Maman avait dit non : c'était non. Et voici comment un baiser refusé par une mère nous a valu un monument de la littérature universelle ! Bien joué, Maman ! À quoi ça tient, hein ? Moi, Yema se serait dit : h'chouma, tu es un homme, Sid Ali... Et, à la maison, pas de Françoise pour me porter, avec une joie mauvaise, la mauvaise nouvelle : *Il n'y a pas de réponse*.

Eh non, il n'y a pas de réponse à cette mortelle angoisse qui me dévore tandis que, vautré sur mon plume, j'essaie de m'intéresser aux malheurs du Narrateur, enfant délicat et fragile, écorché vif, à la Fritz Zorn, à la Sid Ali... Pardon, Marcel, si je te laisse tomber quelques heures : il faut que je me casse prendre un peu l'air ! aller à négo chez un petit fourgue de la Goutte-d'Or, qui tient ses prix, pour un peu de chichon ou de beu à tarpé – chacun sa petite gorgée de bière, hein ? Ah, et puis, tiens ! pendant que j'y suis, me fournir au trabendo, ou chez Hadj Youcef, en bon vieux raï : quelques Cheikha Rimitti, par exemple – la passion de mon grand frère Ahmed.

Z'y va – Rereu – Gare-du-Nord... Nulle star qui à cette heure prenne l'Eurostar ? Nahan, à première vue. Et du reste Sid Ali s'en branle... Vent debout, droit sur Barbès par le boulevard de Magenta, où, naguère – nahan, jadis, déjà ! le beau Rabah déclara sa flamme au beau Sid Ali sous la forme cavalière, hardie, et si moderne, d'une partie de trou du cul et sucette ! Ah ouais.

Me voici à Barbès-Rochechouart. Je poursuis mon chemin. Boulevard Barbès... Les Sables-d'Or, et la légendaire cabine téléphonique d'où Ahmed, manu militari, tira hors, par le revers du veston, le minus qui l'avait à carna – du hasch coupé de sciure de bois, je vous demande un peu, faire ce coup à Ahmed ! – et là, sous les yeux éblouis de ses frères Aziz et Sid Ali, le carnage ! quecla à chetron, ouaches et taouas et le toutim ! sanglant, je vous le dis ! Et notre Ahmed, dès lors sacré par nous, ses cadets, héros et guide, seule autorité incontestable de la tribu Benengeli – notre père, désormais, notre vrai père ! Honneur à toi, Ahmed ! Tu es un homme, toi, tu as des claouies, et deux poings ! Le mutilé Ibrahim n'en a plus qu'un, de poing. Et des claouis... ? Passons ! Pas d'offense ! Allah nous juge.

Mais, là, je vacille puis me fige, comme frappé d'horreur... Là, tracé à la craie ou à la peinture blanche sur le bitume du trottoir, le contour d'un corps humain tombé les bras en croix – assassiné ? poussé, d'un balcon de cet immeuble, dans le vide ? suicidé ? Quoi ? Qui ? Quand ? Pourquoi ? Comment ? Je veux savoir. Je veux savoir !

J'avise un cainf, à l'air bon et doux, assis sur ce banc :

— Tu as vu, toi ? Qu'est-ce c'est ? Qu'est-ce il s'est passé ?

Lui :

— Ce matin, très tôt, on m'a raconté, un mec qui s'est jeté, ou qu'on a poussé dans le vide, de là-haut, du sixième... Pas beau à voir, il paraît ! Tout écrabouillé...

Moi :

— Putain… Son nom ! Son nom ! Tu sais comment il…

Il hausse les épaules :

— Mohamed… Ahmed… Ch'ais plus.

Je crie, presque, je m'agrippe à lui :

— Ahmed ? Ahmed Benengeli ?

— Ch'ais pas, je te dis ! Ahmed, je crois, ouais. Ou Mohamed… Accro à mort, à la blanche, au stade final de la gave, on m'a dit, un vrai zombi. Il aura pas rebondi, je te le dis ! Plus que la peau sur les os, et en slip, on m'a dit, un cadavre ambulant… Probabe, il s'est suicidé.

Je suis secoué de nausées. Je crois que je vais dégueuler. Je m'adosse à l'arbre pour ne pas tomber… Un autre renois s'est approché. Les deux discutent entre eux – en ouolof, il me semble.

Est-ce qu'il en sait un peu plus, l'autre ? Je lui fais :

— Il s'appelait Ahmed ?

— Ouais, Ahmed… Y en a beaucoup sur terre, des Ahmed !

J'implore :

— Il me ressemblait ?

— Je peux pas te dire : squelettique, il était !

Un troisième témoin maintenant : un rabza, lui.

— Meskine ! Le pauvre. Il ne sortait que la nuit…

Non, lui non plus n'a pas assisté à la défenestration, mais il a vu les gars de la Judi venir mesurer, calculer la parabole de la chute du sixième étage jusqu'à l'impact sur le trottoir, interroger les témoins, et puis tracer ce contour avant d'autoriser la levée du corps… De la bouillie. D'ailleurs, on voit encore une tache de sang, là.

— Tu vois, là, mon gars ? Une drôle d'impression, je te jure !

Je te crois. Surtout s'il s'agit de mon frère Ahmed.

Le cainf assis sur le banc :
— Te bile pas trop ! S'il était de ta famille, le junkie, vous le saurez toujours bien assez tôt. Les flics préviennent toujours la famille…
Moi :
— Ouais, mais Ahmed nous a quittés depuis…
Geste vague : l'éternité, la nuit des temps, je ne sais plus, moi qui ai tant de mémoire !
Le rabza :
— Ça change rien. Ils mettent un peu plus de temps à vous retrouver, mais ils vous trouvent toujours pour vous prévenir, la famille, les rhnouchs… Même si ton frère a coupé tous les ponts… Ils vous retrouvent. J'en sais quelque chose : un de mes frères qui était retourné au pays, ça faisait deux ans, presque, qu'on n'avait plus de nouvelles… Impossible de savoir ce qu'il était devenu, s'il était mort dans un massacre ou un attentat ou quoi… Nib ! Au consulat, nib ! Nulle part ! Nous pas savoir ! Personne ne pouvait nous y dire, meskine ! Mais les rhnouchs de là-bas et ceux d'ici, quand il s'est agissé de nous dire qu'il était mort, ils ont su vite fait le trouver notre numéro de phone… Et puis, comme ça, ils l'annoncent au père : « Allô ? Vous êtes Mechiche Anouar ? Juste pour vous dire que votre fils Mechiche Ahmed est mort… » Et crac, ils raccrochent, ces fils de chiens ! Pas un mot de poli, pas une condolé… Laâ !
— Ahmed, dis-je.
— Mon frère aussi s'appelait Ahmed…
Putain.
Je ne veux pas en savoir plus. Je m'éloigne. Je suis comme en état second. Tout, alentour, devient flou ; la réalité, viscosité. De plus, il se met à pleuvoir. De plus en plus dru… Autre nausée. Je vais tomber – non. Je ne suis pas tombé. Je continue d'avancer. Je tourne à droite, dans la rue des Poissonniers. La

mosquée Masgid al-Fath… Sirènes Voyages, qui toujours propose un pèlerinage à La Mecque à prix cassé… Le rade à Radouane… J'ai oublié pourquoi j'ai abandonné le Narrateur à son inconsolable chagrin, oublié mon envie de chichon ou d'un peu de beu… Passé devant la porte de Yacine. Continué… Que je monte chez cet enculé de Rabah ? Que tchi ! Chez cet autre enculé grave de Si Kif, le marabout que ma mère m'amena consulter à propos de ce mal sacré qui… ? « Ali Sid a le mal, pas Sid Ali ! » Imposteur !

Brusque demi-tour, occasionnant le heurt malencontreux du quidam qui me suivait… Une dame ? Nahan : mi-quidam mi-dame : Liliah, le trave.

— Salut, taha ! Et le tchieb ?

— Béton !

— Et Rabah ?

— Mon doigt où je pense !

Ah ouais. C'est comme ça, Liliah !

Devant les Sables-d'Or, les deux cainfs et le rabza ont disparu – se seront mis à l'abri, sans doute. Il pleut sur la présence absente du suicidé, sur le relevé de la Judi… La pluie, les pas des passants, leur indifférence effaceront le contour de son corps tracé à la craie sur le trottoir, boulevard Barbès. Les souvenirs de ceux qui l'ont connu s'estomperont avec le temps, les désinvoltures de la mémoire, les mensonges, les inexactitudes, voulues ou non, feront le reste… Plus personne ne saura qui était cet Ahmed, défenestré d'un sixième étage, chargé à mort, en slip. Quelle horreur ! J'essaie de pénétrer dans l'immeuble pour me renseigner. Mais à la porte d'entrée le code est mis vingt-quatre heures sur vingt-quatre : Barbès, Neuilly, kif ! Tout le monde se barricade. On ne peut plus entrer nulle part. Quel monde !

Demandons à la vendeuse des Sables-d'Or si elle en saurait un peu plus. Non, on lui a raconté, mais tout était fini avant l'ouverture de la bijouterie, à dix heures. Elle ignore jusqu'au nom du malheureux, ne l'a jamais croisé dans l'escalier, ne sait rien, en est désolée.

OK. *Back home.* Retour au Rereu, Gare-du-Nord.

Non. Devant le Louxor, je rebrousse chemin… J'y retourne.

La pluie a cessé de tomber. Trois gamines, des petites keublas jolies comme tout avec leurs nattes perlées et entrelacées de laines multicolores… Vous savez quoi ? Eh bien, de ce relevé tracé à la craie, ou du moins ce qu'il en reste, elles ont, avec la belle et cruelle innocence des enfants, fait une espèce de marelle ! Elles sautent à pieds joints sur le torse, l'abdomen, le visage, les bras, les jambes, les – aïe – du mort contouré ! Aucun respect… Mais que faut-il que je fasse ? Je ne vais pas appeler les keufs. Tout le monde s'en fout, d'ailleurs.

Je passe, je retourne rue des Poissonniers… Eh ouais : il n'était pas seulement dit de moi dans le dossier intitulé *Le Cas Sid Ali B.* : fabulateur, simulateur, manipulateur, phobique… On pouvait y lire aussi que j'étais un obsessionnel. Tu l'as dit tu l'as ! le psy mégalomane, graphomane et enculé.

Je pleure. Je prends à partie un passant, qui, lui, me prend pour un fou – comment lui donner tort ? – :

— Ahmed ? Où est Ahmed ? Je veux savoir s'il est vivant ou si c'est lui qui…

Je sais, j'ai trouvé ! Je sais où je vais maintenant : « Chez Omar »… Un autre Omar que le « Monsieur Omar » des Martyrs… « Chez Omar », rue d'Oran. Un rade où on peut entendre de ce bon vieux raï echchine – le raï sale, le raï brut – dont j'ai plus envie, en cet instant, que de chichon ou de beu. Je voudrais écouter l'idole de Ahmed : Cheikha Rimitti.

Rayi touweder
Rah el galb m'ridh...

J'ai perdu la raison, et mon cœur est malade.

Cheikha Rimitti ! Notre Oum Kalsoum à nous. Mais elle est à Oum Kalsoum, Cheikha Rimitti, ce que Billie Holiday est à la Callas. Vous ne voyez pas ? Moi, Sid Ali, si ! Elle ne se contente pas d'une gorgée de bière, Cheikha Rimitti ! Dans les cantinas où elle chantait dans les années 1940, à l'époque où elle n'avait pas encore trouvé son nom de scène, elle avalait un petit verre d'alcool, ou un grand, entre deux refrains et, le verre vidé, le tendait au patron en lui disant : « Rimitti ! » Remettez, dit en français avec un fort accent djez ! Eh bien voilà, elle l'avait trouvé son pseudo ! Rimitti !

Rayi touweder
Rah el galb m'ridh...

Et maintenant, Jesus aussi m'abandonnait. Je ne l'entendrais plus me chanter la nuit *Nasci para ser ignorante*. Quand je crierais mon désespoir la nuit, quand je sangloterais comme un enfant et qu'en vain j'appellerais Yema, ou Ahmed: qu'ils viennent me chercher, bordel merde putain! qu'ils viennent me sortir de là, de cette cellule pourrave, de cette prison de Lisbonne où j'avais été jeté par erreur, par erreur, ouais! comme j'avais été jeté par erreur dans une vie cauchemardesque qui n'avait été que pure souffrance, depuis ma naissance et, le pire! souffrance imméritée, souffrance vide de sens –, et quand Jesus m'entendrait, dans mon chagrin, invoquer Allah, ou Djamila, quand il m'entendrait délirer au point de mélanger ces noms en un seul vocable, d'en malaxer consonnes et voyelles sous la langue, d'en agglutiner les syllabes pour les fondre, oui, de tout touiller en une immonde bouillie comme le marabout t'a appris à le faire afin de conjurer le Mal, soi-disant! et ce mal, ce mal petit *m* mais sacré, mais haut... Et ce fils de pute, ce chien d'imposteur, ce Si Kif qui abuse de la crédulité inquiète des mères d'enfants malades du haut mal, du mal sacré, force alors le jeune épileptique à marmonner jusqu'à plus soif sa prétendue formule magique, magique en ceci uniquement qu'elle est dénuée de toute espèce de sens mais que la répéter ainsi à l'infini te donne si soif que tu ne crains plus de mourir d'une crise d'épilepsie, non, mais de soif, à la fin, mais de folie… « Yemalladjahmedmilallah… Yemalladjahmedmilallah… »

Jesus ne frapperait plus du plat de la main sur la paroi de béton brut, si sonore, qui sépare nos cellules, et ne lancerait plus son rituel et tonnant et si rassurant :

— Oh, petchit !

Et quand les hululements des sirènes et autres cornes d'appel s'élèveraient des brouillards de la mer de Paille, et que je m'essaierais, moi, Sid Ali, à trouver l'unisson et le la pour couvrir d'une mélopée entonnée à voix haute ce son lointain et si lugubre – si lugubre en ceci qu'il me rappelait qu'il y avait de la vie ailleurs, que la vraie vie était ailleurs, Rimbaud avait raison… À la proue des navires, accoudé au garde-fou du bastingage d'où il aurait été si doux de scruter le large, de suivre des yeux un vol de sternes qui se perd dans la brume bleutée, en essuyant sur ses joues non des larmes de chagrin mais ce crachin. Je pouvais toujours essayer, Jesus ne me rappellerait plus à l'ordre :

— La nuit n'est pas finie, petchit ! Jche voudrais bien finir la mienne…

Il ne serait plus là pour me rappeler à l'ordre. Et qui le remplacerait ?

Jesus est entré dans ma cellule : les deux matons qui devaient le conduire au bureau de levée d'écrou l'avaient autorisé à venir me dire brièvement adieu. Son avocat avait obtenu sa mise en liberté conditionnelle jusqu'au procès qui aurait lieu au début de l'automne. De quoi l'accusait-on ? Je ne l'ai jamais su : Jesus protestait sur un ton véhément de sa parfaite innocence, ce qui le dispensait de me dire de quoi il était innocent. Il était victime d'une erreur judiciaire, peut-être… Peut-être pas. Moi, rien à !

J'avais, d'emblée, adopté ce tacite code d'honneur qui régit les relations entre taulards. Le premier principe en est qu'on ne cherche pas à se justifier ni à juger l'autre, entre taulards, qu'on ne cherche pas à savoir la vérité. Chacun dit ce qu'il veut, chacun l'entend comme il veut. À chacun sa vérité, ou ses mensonges. On est libre, en prison. Car on peut jouer toutes les comédies, ou n'en plus jouer aucune, son cœur mis à nu. La mythomanie la plus élaborée, les masques, les grimaces, les plaisanteries sur soi, ou, au contraire, la plus douloureuse, ou, à l'inverse, la plus sereine sincérité… Kif, tout ça : ça n'a plus aucune importance ici. Tu es un réprouvé face à un réprouvé. C'est en quoi, tu es, avec autrui, plus libre en prison que tu ne l'es dehors.

Jesus m'a donné l'accolade, m'a souhaité bonne chance, et de ne pas perdre courage. Je lui ai dit que j'étais certain qu'il serait acquitté. Il m'a répondu sans l'ombre d'un doute dans la voix :

— Bien entchendu ! Il ne manquerait plus que !

Ah ouais : il ne manquerait plus que.

— Adieu, Jesus.

— Adieu, petchit. Je te souhaiche um voichim comme moi…

— Il n'y en a pas deux comme toi, Jesus. Il ne sera pas si modeste celui qui te remplacera.

Je ne crois pas qu'il ait saisi l'ironie de ma réplique. Tant pis, tant mieux. Plus aucune importance. Plus rien.

Les matons lui ont fait signe qu'il fallait y aller maintenant. Il m'a embrassé, il est ressorti… La porte en fonte s'est refermée sur moi. Les barillets des verrous ont basculé avec ce fracas de ferraille qui déchire les oreilles. Puis l'œilleton coulissant est retombé. Et je me suis effondré.

Un peu avant midi, un maton est venu me chercher pour me conduire à ma consultation de psychiatrie. Qui aurait dit qu'un jour j'attendrais avec autant d'impatience ma visite hebdomadaire au psy?

Il est vrai que si j'avais eu la chance d'avoir pour médecin, au Centre médicosocial, un Dr Joachim da Silva, je n'aurais pas échoué en prison, peut-être. Peut-être n'aurais-je pas assassiné.

Son cabinet est un cagibi sous les combles d'une tour manuéline de la prison, une sorte de donjon que l'architecte a ajouté, petite note de fantaisie déconcertante, à son horrible forteresse en béton de pur style salazariste des années 1950 – le style fasciste, le style stalinien, le style hitlérien, le style des édifices publics construits dans les banlieues rouges après guerre: il n'existe qu'un seul totalitarisme, sous plusieurs dénominations; et, parce qu'il n'y a pas de hasard, un seul style totalitaire, qui est fait de mégalomanie, de haine pour l'humain, de vanité délirante et de mépris coulés dans le béton; et cela va des premiers édifices publics construits en URSS, sous Lénine, à la mosquée de Hassan II, construite par Bouygues à Casablanca, en passant par la prison où je suis incarcéré à Lisbonne.

On accède au cabinet du Dr da Silva par un étroit escalier à vis, comme au haut d'une tour de guet. On ne peut pas le grimper à deux de front. Le maton fait passer le prisonnier devant. Arrivé au palier, le maton repasse devant pour frapper à la porte. De derrière la porte, le docteur l'invite à entrer et à faire entrer le *paciente*, dit-il, et non le *prisioneiro* – nuance. Avec un souci de courtoisie dont le formalisme parfait m'enchante, le Dr da Silva se lève pour accueillir son patient – je n'ai jamais vu aucun des enculés du CMS agir ainsi. Il a ce si joli geste de la main pour m'engager à m'avancer, à m'asseoir:

— Entrez, monsieur, je vous prie !

Devant le maton, il me donne du monsieur, comme pour me signifier mon imprescriptible dignité d'homme. Et s'il n'ajoute pas « Benengeli », mais dit « monsieur » tout court, ce n'est pas qu'il a oublié mon nom, mais qu'il se rappelle les règles exactes de la vieille politesse française, celle qui est exposée dans les anciens manuels de savoir-vivre, et qu'aucun des ploucs petits bourges qui nous gouvernent, Jospinet et Chichi compris, ne respectent plus, heureux de se comporter comme les Raouls qu'ils sont dans leur âme – c'était bien la peine de faire l'ENA, minables ! Celui qui accueille est censé savoir le nom de qui il accueille, et l'accueilli sait son propre nom, non ? Donc : « Entrez, monsieur, je vous prie ! » Comme dans Saint-Simon, comme dans Marivaux, comme dans Proust... Mme Rénal nous avait appris cela.

— Entrez, monsieur, je vous prie ! dit dans un français parfait le Dr da Silva.

Et d'un mouvement du menton, d'un clignement des yeux, il signifie alors au maton qu'il a confiance en moi, que le maton peut donc se retirer. Il le sonnera quand la séance sera terminée.

— *Obrigado*.

Voilà.

Ensuite, seulement, mais jamais en présence du maton, il peut m'appeler par mon prénom. Il ne le fait que lorsqu'il me voit perdu dans ma détresse. Il ne le fait pas par démagogie, pour forcer artificiellement une complicité forcément factice, comme le faisaient les enculés du CMS, mais en chrétien s'adressant à un frère, à un homme qui révère notre Dieu commun, je crois.

Nous avons des entretiens extraordinaires. À lui, je peux tout dire. Dès notre deuxième rencontre, je lui ai parlé de Mme Rénal, sans mentionner, évidemment, que je l'avais assassinée. Je lui ai parlé de ces deux listes de livres essentiels à lire qu'elle nous avait données. Je lui ai dit que sur la liste n° 2, celle des écrivains étrangers, figurait ce fameux Fernando Pessoa dont je n'avais encore rien lu mais dont j'avais compris qu'il faisait l'objet d'un véritable culte, à Lisbonne. À la terrasse du A Brasileira, un des nombreux cafés fréquentés par l'auteur du *Livre de l'intranquillité*, on a installé, assis à un guéridon, client du café pour l'éternité, sa statue en bronze. C'est à cette terrasse que j'ai fait la connaissance de Manuel. J'ai dit au Dr da Silva que je trouvais très beau ce mot d'*intranquillité*. Il m'a répondu :

— On trouve très facilement des éditions en français de notre littérature dans les bonnes librairies de Lisbonne, j'en chercherai une pour vous et vous me laisserez vous l'offrir.

Je ne peux vraiment pas imaginer une scène pareille dans une taule en France. Je n'en ai pas d'expérience directe, mais les descriptions que m'a faites Aziz, les trois fois où il en est ressorti, m'ont donné à penser qu'une prison française était plus proche d'un hôpital algérien que d'une prison portugaise. Voilà qui me paraît une raison suffisante de m'opposer par tous les moyens légaux possibles à mon extradition du Portugal. À quoi mon avocat s'emploie aussi habilement qu'énergiquement, usant de tous les recours possibles, de toutes les ruses procédurières que lui offre la discordance entre les lois françaises et portugaises. Me Jean-Charles Hélier de Hocquencourt, qui me représente, est un homme aussi distingué et bien élevé, aussi raffiné que le laisse entendre et attendre son nom.

Jusqu'à aujourd'hui, malgré l'obstination glapissante des avocats des victimes à voir le monstrueux sadique aux sacs plastique revenir en France, s'il m'est permis de m'exprimer en citéen : putain ! mon Jean-Charlou, niqués et doigt « fuck you », ces taches de Me Ducon, Me Gueulard, et Me Pieds-Nickelés-de-rollers (on a les particules qu'on peut, hein) ? Ce que Me Jean-Charles Hélier de Hocquencourt, pourtant si courtois et réservé d'ordinaire, a résumé en trois mots et un indicible sourire pincé :

— Ils sont nuls.

En me voyant entrer dans ce cagibi qui lui tient lieu de cabinet, le Dr da Silva s'est tout de suite rendu compte que j'étais au comble de la détresse. Il m'a interrogé des yeux. Je lui ai répondu :

— Jesus, mon voisin de cellule, m'a quitté ce matin...

Je n'ai pas pu aller plus loin : les sanglots m'étouffaient, je suffoquais.

Il s'est passé alors une chose qui m'a bouleversé. Le Dr da Silva s'est levé de son minuscule bureau, je me suis levé aussitôt : je n'avais pas perdu, Dieu merci, ce réflexe de l'élémentaire politesse que j'ai à cœur de respecter scrupuleusement quand je me trouve en présence de personnes qui la méritent, et la méritent non pas pour ce qu'elles représentent socialement – je n'ai jamais eu aucune servilité envers quiconque, je m'en flatte, je ne vais pas commencer maintenant –, mais parce qu'elles ont encore l'idée qu'il existe quelque chose qui s'appelle – qui s'appelait ? – la politesse... J'étais debout, le Dr da Silva m'a pris dans ses bras comme si j'étais un fils pour lui et m'a dit très simplement :

— Pleurez, pleurez ! c'est le seul soulagement dont Dieu nous fasse don, avec la prière et l'amour du prochain.

Et j'ai pensé alors qu'une seule fois dans ma vie avant ce jour affreux et béni un homme, me voyant dans la peine, m'avait pris dans ses bras, et que cet homme n'était pas mon père: non, jamais mon père ne m'a pris dans ses bras – jamais! –, mais mon frère Ahmed. Nous venions de rentrer de ce séjour cauchemardesque en Algérie où il ne nous avait pas accompagnés, ayant, ce chanceux! trouvé pour l'été un job de garçon de plage à Dinard. Moi, j'étais encore sous le choc de ces trois jours et trois nuits où j'avais cru mourir de soif et abandonné de tous dans le couloir d'un hôpital à Alger; j'ai commencé à lui raconter, et puis je n'ai plus pu continuer, les sanglots que je refoulais m'étranglaient; Ahmed, alors, m'a pris dans ses bras et m'a dit:

— Pleure un bon coup, petit frère, n'aie pas la honte, il n'y a pas de mal à ça! pleure! je m'en fous que tu me mouilles mon chandail, ça ne tache pas, les larmes…

Ce dernier trait, ce dernier détail, c'était tout Ahmed: son humour, son besoin de faire un bon mot jusque dans les pires moments de l'existence – je tiens ça de lui. J'en suis fier.

Manière de marquer ma gratitude au Dr da Silva, quand j'ai eu retrouvé un peu de calme et de souffle, je lui ai dit:

— Maintenant, docteur, il faut que je vous confesse un quatrième crime, mon premier, en fait. Je n'en ai jamais parlé à personne. Même mon avocat l'ignore…

J'ai eu une hésitation. Le Dr da Silva a enchaîné:

— Vous allez m'apprendre, sans doute, ce que je crois avoir deviné: que vous avez tué aussi votre professeur… Cette Mme de Rénal?

J'ai baissé le front en signe d'acquiescement. Et je trouvais inutile de rectifier en retirant à Mme Rénal la particule dont le Dr da Silva venait de gratifier son nom.

Un long silence a suivi, qu'il n'a pas cherché à rompre. Il fallait que je reprenne, moi, la parole : il ne m'y aiderait pas, mais c'était justement pour m'aider, je comprenais cela.

J'ai alors connement dit, et, avant d'avoir fini ma phrase, regretté de le dire, mais il était trop tard :

— Vous allez me dénoncer ?

Il m'a répondu, d'un ton sévère :

— Le serment d'Hippocrate et le secret professionnel s'appliquent ici aussi, entre ces murs. Et je me fais un point d'honneur de les respecter scrupuleusement. Je ne vous trahirai pas. Vous verrez avec votre conscience, Sid Ali, si vous souhaitez faire l'aveu que vous venez de me faire à d'autres que moi, à votre avocat, par exemple, ou, mieux encore, devant vos juges... Il se peut que cela vous soulage mieux encore que de pleurer.

Un autre long silence à suivi, que j'ai, à nouveau, rompu moi :

— Mon avocat plaidera la folie. Ce qui implique, j'imagine, s'il obtient gain de cause et que je sois déclaré irresponsable au moment des faits, que je serai interné à vie. Je me pose parfois la question de savoir s'il ne vaut pas mieux finir en taule, coupable mais ayant tout avoué, tout assumé, que de finir, faussement innocenté, chez les fous.

— C'est une bonne question, m'a répondu froidement le Dr da Silva. Vous seul pouvez y répondre, Sid Ali.

Sur quoi, il a sonné pour appeler le maton qui me reconduit à ma cellule : la séance était terminée. Je lui ai tendu la pièce de 100 escudos – 3 francs et quelques ! –, prix symbolique de la consultation, mais que le Dr da Silva, en rigoureux freudien, tient à faire symboliquement acquitter par ses patients prisonniers.

C'est une bonne question, oui. Et moi seul peux y répondre.

Ce qui suit, je ne l'écrirai pas au crayon: je ne veux plus avoir la tentation de gommer quoi que ce soit. Je veux maintenant me confesser des trois crimes pour lesquels je serai jugé en France, ou à Lisbonne, si finalement – ce que je souhaite – je ne suis pas extradé. Quant à l'assassinat de Cécile Rénal – assassinat prémédité mais que tout avocat digne de ce nom tournerait en coups et blessures ayant entraîné la mort sans intention de la donner –, j'ignore encore ce que je déciderai quand s'ouvrira mon procès. J'aimerais en reparler avec le Dr da Silva. Le musulman que je suis, sinon par la foi, du moins par la culture, ne donne pas la même valeur à l'aveu que le chrétien, et a un tout autre sentiment de la grâce, il me semble. Ce que j'ai de chrétien, car j'ai également reçu, aussi médiocrement que l'héritage nous soit transmis à nous, pièces rapportées, enfants naturels – *issus de l'immigration*, pour employer le terme administratif qui tend à s'imposer –, ma part de culture occidentale, donc chrétienne, ce que j'ai de chrétien, c'est mon *intranquillité*. L'intranquillité ! Que voilà bien un sentiment ringard, craignos, out, coco ! un sentiment qui ne fait pas les bons scores, ni les bons audimats, ni les performances de *La France qui gagne*, la France gagneuse de Chichi-le-Mac ! J'ai appris, hier soir, en réussissant à capter cinq minutes TV5, que j'étais « une honte pour [mon] pays », et que mes « crimes remettaient en cause toute notre civilisation », rien de moins ! Je cite texto l'avocat de la famille de Julie Richard, par oim surnommé Me Pieds-Nickelés-de-rollers. Me Gueulard, représentant la famille de Donata Fiorelli, a, quant à lui, déclaré que « l'auteur de ces crimes épouvantables devra expier à perpétuité et en France, faute de quoi ses victimes seraient assassinées une deuxième fois ! » Ah ouais. Et Me Ducon, pour ne pas passer pour couille molle auprès de ses deux confrères : « Ces crimes font horreur à la France, ces crimes ne sont pas d'un Français ! » Ah ouais, c'est bien vrai ça ! On avait oublié que Landru était un bougnoule.

Eh bien, l'auteur de ces crimes qui font horreur à la France veut maintenant raconter d'une traite, en quelques pages, comment en moins de deux mois, à la fin de l'année dernière, il a par trois fois été comme possédé par une sorte de Horla… De Hors-moi. Je n'ai pas tué, j'ose l'affirmer : ça a tué en moi. Ou si c'est moi qui ai tué, ce fut innocemment. Mais si ces deux dernières phrases que tu viens de lire, lecteur, j'en faisais, par l'entremise de mon avocat, une déclaration publique, je donnerais une nouvelle occasion à Mes Enculé, Enfoiré et Crevure associés de retourner putasser dans tous les JT et les débats télévisés pendant quinze jours, trois semaines. Or, quand le *bom comp* que je suis a droit à ses dix, douze minutes, au mieux, de TV5, il préfère voir autre chose que leurs faces de crevures enfoirées et enculées…

Mais les crimes qui me sont imputés n'en sont pas moins horribles, je l'admets. Et j'irai maintenant jusqu'au bout de la nuit comme on va jusqu'au bout d'un livre qui passionne. Il faudrait éteindre… Tu devrais… Oui mais non ! Hébété de sommeil, comme halluciné par la page imprimée, tu continues de lire cependant. Et vient un moment vertigineux où il te semble que tu as quitté le monde sensible, à trois dimensions, qui t'entoure, pour pénétrer dans la dimension suivante : la fiction.

Tes yeux papillonnent à suivre les lignes imprimées noir sur blanc, mais seul est vrai ce scintillement mat du papier et des caractères d'imprimerie. Et te voici devenu le héros du livre que tu lis.

C'est ainsi qu'un jour, au petit jour, après une nuit blanche passée à lire *Le Rouge et le Noir*, je me suis retrouvé dans la peau de Julien Sorel, mon illustre prédécesseur, mon pote, mon frère. Oit et oim, Julien, le sort nous destinait à une heureuse médiocrité, au mieux, vu nos origines et notre condition sociale. Mais nous avons tiré la mauvaise pioche : une sensibilité d'écorché vif, une allergie pathologique aux humiliations, et du génie – vivre nous tue. La société ne pardonne pas. Et ces brutes d'avocats nous le feront savoir à longueur de débats et de journaux télévisés, à coups de déclarations fracassantes dans la presse quotidienne populaire et les magazines people… Il n'effleurera jamais l'esprit de ces salauds que nous fûmes (c'est du belge !) des victimes aussi. Et comme, nous, nous aurons la dignité du dandy : de ne jamais nous présenter en victimes… C'était joué d'avance. C'était foutu. *Un crime, vite, que je tombe au néant de par la loi humaine !* Des crimes qui fassent « horreur à la France » ! Des crimes qui ne soient « pas d'un Français » !

Ces crimes, les voici narrés du point de vue du monstre. Que les voyeurs ne se réjouissent pas trop vite ! Ils seront frustrés, sans doute, à me lire… Mais qu'ils ne comptent pas sur moi pour leur donner de ces détails sanglants et croustillants qui font grimper les tirages dans la presse ! Si ils veulent en savoir plus, qu'ils se reportent à leurs journaux : vrai ou faux, tout y était !

À vrai dire, que ce soit vrai ou faux me laisse indifférent désormais. J'aurais au moins appris cela en taule : ce que peuvent dire de moi les médias : rien à ! de la main que je pisse avec, rien à !

And now, ladies and gentlemen... Z'y va.

Donata.

Un coup de folie fut la cause de tout. Je ne parle pas du meurtre, somme toute fort raisonnable sinon raisonné, mais de la raison qui me mit en présence de la victime dudit meurtre – *barbare, abject, gratuit, ignoble*, au choix, selon que vous ayez acheté *Détective, Voici, Match* ou *VSD*.

Donc, dans un rade à raï de la rue Richomme, un pauvre homme richement prénommé Sid Ali – autrement dit, et comme cela se chante dans une célèbre comédie musicale : *Me, myself, and I*. Les trois, plus ou moins réunis en un unique buveur de vin blanc d'Alsace, lequel en est à son troisième verre – verre servi dans un petit verre à pied vert, comme il sied au vin d'Alsace –, les trois instances enivrées de ce moi, réunies, donc, en un gris et vague Sid Ali, écoutent distraitement le soliloque d'un loqueteux pilier de comptoir, à l'évidence beaucoup plus éméché et déchu que lui encore. Cette tache en est à son six ou septième ballon de rouge algérien et, de retour d'un récent séjour en Al-Jazaïr, et à Al-Jazaïr – la tache avinée et mécréante est djez –, raconte, inépuisable tel Shéhérazade, des histoires à dormir debout sur son pays. Sa chuintante tchatche brise menu les claouis au jeune patron du rade, Cheb Moh Mmouni... Cheb, puisque jeune, je viens de vous le dire, Moh, parce que le prénom apocopé fait plus jeune, plus mode qu'énoncé au long, le banal Mohammed, et sans doute un Mimouni privé de son *i* par un employé francaoui de l'état civil. Ah ! combien de nos aïeux ont vu ainsi un beau nom, qu'ils tenaient de leur père, charcuté par le méprisant je-m'en-foutisme de petits blancs fonctionnaires de l'administration coloniale ? Et on ne m'enlèvera certes pas de l'idée que mon patronyme à moi s'est composé autrefois, comme mon prénom, de deux vocables distincts : Ben Engeli... Mais le jeune cheb (pléonasme) est toujours très patient avec sa clientèle et pousse la complaisance jusqu'à ponctuer, avec une régularité de métronome, le crachotis du buveur impénitent impénitent bavard d'un « pas vrai ! », ou d'un « ah bon ? », voire d'un diplomatique « ça, alors ! », qui relancent habilement et le monologue et la consommation. Et, donc, figurez-vous que cet alcoolo dénommé Ali – Ali tout court, lui, pas Sid Ali –, figurez-vous qu'il a connu, lors de son dernier séjour au pays et dans sa ville nataux (ou natals : les grammairiens n'ont jamais pu s'accorder sur le pluriel en al de cet adjectif, et je me garderai bien, moi, de trancher : mon avis de bougnoule ne serait pas retenu par l'Académie française – vous en connaissez beaucoup, vous, des bougnoules portant l'habit vert ?)... Figurez-vous qu'il s'est, l'Ali, à Alger, lié d'amitié avec un certain Ahmed Engeli, un gars rigolo comme tout, assez guedin et très *destroy*, qui ne boit pas que de l'eau et ne fume pas seulement du tabac, je te le dis, et tient dans la Casbah un rade clandé et « after hours » fréquenté par la fine fleur de la teuf et du houl jazaïrois : libertins, apostats, anti-chariaïstes, anti-frontistes, anti-intégristes, anti-colonels, et à présent anti-bouteflikaïstes, comme ils furent, tour à tour, et parfois en simultané, anti-chadlistes, anti-zeroualistes, anti-ouyahiaïstes, anti-betchinistes, bref ! anti-« tout ce qui fait de l'Algérie un pays invivable aux viveurs et aux bons vivants et aux vivants tout court » ! Et cependant – quelle baraka ! – toujours en vie, ces bougres, ces scélérats à qui sourit la vie ! et, malgré des difficultés matérielles qui les frappent encore plus durement que le gros de la population conformiste et soumise, toujours partants, ces bougres, ces scélérats – quelle karama ! –, pour claquer leur paie en hasch, en alcool, et en fringues chic et chères, car ils tiennent aussi à cultiver cette élégance-là, traduction visible, en beaux tissus, chaussures bien cirées et cravates bien choisies, de leur beauté intérieure, manifestation ostentatoire de leur élégance morale... Dans les pires États policiers, aux plus noires époques de la répression et de l'ordre moral, il y eut toujours ainsi de ces groupuscules de résistants qui expriment dans le dandysme et la pratique clandestine de plaisirs interdits leur refus de la tyrannie. Et leur héroïsme à eux n'est pas moins grand, ni moins digne d'estime, que celui des austères militants poseurs de bombes, jeteurs de tracts à la volée, ou saboteurs de voies ferrées ; il l'est même davantage, car eux n'iront pas s'entretuer ensuite pour obtenir le pouvoir dans l'organisation ; eux ne sont pas des camarades, mais des amis qui se contentent de s'aimer les uns les autres : on n'a pas encore trouvé de meilleur moyen de vivre en paix – tu l'as dit tu l'as, Sid Ali.

Et, là, l'Ali, très ivre, dit à l'autre Ali, moins ivre que lui mais beaucoup plus Sid :

— C'est pas crouyabe, mais alors, là, putain, pas crouyabe ! ce que tu y ressembles, pas crouyabe, à cet Engeli Ahmed !

Et, là, Sid Ali, comme subitement pris de folie, s'écrie :

— Normal ! C'est mon frère !
— Ah ouais ?
— Ah ouais, dis-je, aucun doute !

Et ce n'est pas mentir que d'affirmer « aucun doute ». Et en le disant, je suis si ému que j'en tremble, que j'en pleure. Bien entendu, clarinette, que cet Ahmed est mon Ahmed ! Ahmed n'était pas mort, non ! Ce n'était pas le contour de son corps défenestré que la PJ avait tracé sur ce trottoir du boulevard Barbès, devant les Sables-d'Or... Je l'ai retrouvé, mon frère, Ahmed, je l'ai retrouvé, ou tout comme : ce sera fait demain, ou dans huit jours, mais je l'ai retrouvé ! J'ai retrouvé Ahmed, le fils maudit par l'abject Ibrahim Benengeli ! Et le fait que cet Ahmed se nomme Engeli et non Benengeli, loin de bémoliser ma certitude, la renforce fortissimo, au contraire ! Clarinette, ouais ! Freud, Lacan et moi avons tout de suite deviné pourquoi Ahmed avait aphérésé son patronyme, pourquoi il l'avait mutilé en en retranchant le *Ben* : il n'est plus le fils de personne, mon Ahmed et, en tout cas, il n'est plus le fils de son père ! il a voulu couper symboliquement le dernier lien par où il tenait encore à un mutilé nommé Ibrahim Benengeli – son père.

Joie ! Joie ! Joie ! J'en renverse la moitié de mon sylvaner, en portant à mes lèvres le verre. Il me fallait pourtant une gorgée de vin frais pour avaler l'ivresse de cette illumination : Ahmed est vivant, et il vit, vit vraiment, je veux dire vit en bon vivant dans ce pays de merde dont le peuple est en majorité un peuple de morts-vivants : des gens qui se comportent comme autant de condamnés à mort en sursis, et se taisent, et se terrent chez eux, tels des rats, dès la tombée de la nuit, de peur d'attirer l'attention des tueurs légaux : les rhnouchs, ou des illégaux : les fisseux !

Ahmed, mon frère, tu vis, toi, *after hours* ! Ahmed, je viens te rejoindre sur l'heure ! Et peu importe s'il me faut pour cela, ironie du destin ! revenir à Alger, où je m'étais juré de ne jamais remettre les pieds de ma vie ! Mieux vaut encore courir à teuf dans une ville dangereuse, sordide, misérable, une ville peuplée d'assassins, et de bigots, et de keufs ripoux et fachos ; une ville où la moindre hospitalisation, ne serait-ce que trois jours en observation, oui, trois jours, trois jours seulement ! te précipite dans le dernier cercle de l'Enfer de Dante ! Ah ouais, mieux vaut cela que de crever d'ennui dans notre belle Ville lumière ! Peu importe que ce soit à Alger, Ahmed, puisque ce sera en ta compagnie, mon frère – toi seul qui d'entre nous, les quatre fils d'Ibrahim, a osé lui dire à voix haute ce que nous ne cessons de nous répéter au plus secret de notre cœur, les trois qui sont restés, Aziz, Azz et oim : « Connard ! »

Et, là, Ahmed, ton frère, fou de joie, fait à cet Ali :

— Allez, tiens ! la tournée est pour moi... Les tournées ! Toutes ! Tout ce que tu as bu, mon pote ! Combien, Moh ? Six... Sept bulles ? huit ? allez ! plus mes trois, nahan, quatre ! verse-m'en un de plus, Moh !

Et l'addition ne me coûtera qu'un Cézanne, tant il est vrai que Cheb Moh Mmouni est le cafetier le plus honnête et généreux de ce beau pays qu'est la France... Ce pays que je quitte pour toujours ce soir même, c'est décidé : demain soir, je serai à Alger. Ne me manque plus que l'adresse de mon frère, ou du moins de son rade clandé et *after hours*, dans la Casbah : si fétide que soit l'haleine avinée de l'Ali, j'empoigne les revers de sa veste, je le tire vers moi, tout contre mon visage, et m'écrie :

— Je veux l'adresse, tout de suite ! Donne-moi l'adresse de mon frère Ahmed, ou, si tu ne l'as pas, dis-moi comment on se rend à son rade !

Mais le gros rouge à 16°, plus le plan dédaléen de la Casbah, font que l'Ali est incapable de me guider en paroles à travers ces lacis de ruelles, escaliers qui s'entrecroisent et passages secrets qui ne mènent nulle part – enfin ! vous connaissez, vous avez vu ça dix fois à la télé, en noir et blanc, à moins que ces sagouins n'aient également colorisé *Pépé le Moko*... Et Sid Ali, perdu, lui fait alors :

— Béton, mon gars, je le retrouverai bien tout seul, mon frère, va ! l'amour fraternel me guidera, hamdou'llah !

— Hamdou'llah !

Sur quoi, Sid Ali regarde l'heure à son Officine Panerai, ce peu qui lui reste de sa splendeur passée, du temps qu'il était star... Mais qu'importe, à présent ? Il saura renoncer de bon cœur à ces hochets de la gloire, à ces vanités, à ces faux plaisirs, puisque ce sera pour renouer avec la seule vérité, la seule qui ne puisse décevoir : l'amour fraternel. Allons ! il n'est que 19 h 40 ! Si la publicité n'est pas mensongère, Jane Birkin trouvera toujours, à Calais, un bateau prêt à partir pour retourner en Angleterre... Et toi, Sid Ali, gare de Lyon, un train de nuit qui te conduira à Marseille. Et à Marseille, tu le sais, même s'ils n'en font aucune publicité sur les ondes, il y a toujours un bateau prêt à partir pour Alger. Tu pars sans bagages, sans rien, les mains dans les poches de ta Helly Hansen... Tu as ta squette Nike, et aux pieds, homme aux semelles de vent, tes Nike Air... Tu as sur toi cent sacs environ et ta carte d'identité. Ta carte d'identité, tu l'as toujours sur toi, Sid Ali : quelqu'un de ton âge affligé de ton faciès ne peut pas se permettre de l'oublier : il est (les statistiques du ministère de l'Intérieur l'attestent, et on doit, sur ce point, convenir de leur sérieux, ton expérience perso les confirme) de cinquante à soixante fois plus souvent contrôlé dans une année qu'un de ses concitoyens du même âge mais de *type européen* – en moyenne une fois par an pour le jeune Francaoui de souche, et une fois par semaine pour le jeune beur... C'est, du reste, pourquoi tu as également toujours sur toi ton passeport – le tien, ouais, pas celui d'Aziz. Et, certes, tu es mineur, citoyen français, et tu n'as pas de visa pour l'Algérie : trois raisons pour te faire refouler au débarquement à Alger, à supposer qu'on t'ait laissé monter à bord à Marseille... Mais, quoi ! tu aviseras, tu te démerderas, Sid Ali, tu n'es pas un débutant dans la carna ! et ce soir, tu le sens, tu as la baraka, Allah te guide sur le chemin qui te mène à ton frère. Allah a toujours déploré ce gâchis : que votre minus de père ne se soit pas incliné devant les deux êtres d'exception que vous êtes, Ahmed et toi... Et tu t'écries intérieurement, citant Rimbaud – décidément, tout est dans Rimbaud, Sid Ali : *Ma journée est faite, je quitte l'Europe !*

Et tu salues le Moh et l'Ali, Sid Ali, et tu descends en courant la rue Richomme, puis, au milieu de la chaussée, au risque de te faire écraser, ce bout de rue des Poissonniers dont les trottoirs sont encombrés par la foule habituelle, la faune de la Goutte-d'Or que tu coudoies pour la dernière fois de ta vie, Sid Ali – pour la dernière fois de ta vie tu croises le fameux Babou Abi, ce hideux sorcier malien qui hante depuis des années le quartier et dont Paul Smaïl a croqué la silhouette dans *La Passion selon moi : ... il n'a plus forme humaine. Un tas de coton imprimé africain et de fripes en lambeaux, de merde et de plaies séchées, de peau noire ulcérée tirant sur le bleu nuit, grenue comme un gros cuir, durcie d'escarres... Je le reconnais cependant : Babou Abi, du Mali, comme il se nomme en personne quand il n'a pas trop bu et tient encore debout – quand les mouches rouges du reproche cessent de le tourmenter...*

Adieu, Babou Abi, immortalisé non par tes pouvoirs de féticheur, ils étaient imaginaires, mais par le talent réel, et réaliste, d'un écrivain – victoire de l'art sur la superstition ! Adieu, Babou Abi, l'imposteur qui faisait si peur aux minots du quartier et terrorisait leurs jaddas ! Et va te faire foutre, toi, Si Kif ! le marabout qui prétendit me guérir du mal sacré au moyen de piteux grigris, de tours de prestidigitation ratés, et du sacrifice minable d'une poule noire, et de ces répugnantes profanations de notre saint Coran ! Demain, après-demain au plus tard, dans l'ombre bleue d'un passage secret de la Casbah, ou adossé à un mur chaulé jauni par le soleil, j'embrasserai mon frère Ahmed, mon frère Ahmed m'embrassera, et nous pleurerons de la joie de ces retrouvailles, et plus jamais ! non, plus jamais, Si Kif ! plus jamais, Babou Abi ! plus jamais le Mal ne pourra m'atteindre !

Le Mal ne peut plus atteindre Sid Ali. Sid Ali continue de courir, de courir... Le voici boulevard Barbès, le voici devant les Sables-d'Or : sur le bitume, la trace blanche a définitivement disparu, effacée par les pas, la pluie, l'indifférence des passants, le temps qui passe – a disparu le contour du corps de ce défenestré, suicidé, tué, ou, qui sait ? si fou, ou si défoncé qu'il avait cru pouvoir s'envoler, quitter par le haut, par le ciel où les anges l'accueilleraient, ce monde invivable... Oui, Sid Ali, définitivement disparue la fantomatique présence de ce malheureux qui devint une marelle pour ces fillettes noires, ce disparu dont personne ne se rappelait s'il se prénommait Mohamed, ou Ahmed. Et, n'aie pas honte de te l'avouer, Sid Ali : à présent, tu t'en fous ! puisque ce n'était pas ton frère. À présent, tu le sais : ton frère est vivant et n'attend que toi à Alger... Et tu cours, tu cours toujours, superbe, superbement indifférent à la suspicion immédiate que provoque chez les keufs la vision d'un quidam à faciès et qui court : forcément, à leurs yeux, un voleur sinon un assassin... Oui, Sid Ali, tu le sais d'expérience : même à Barbès, où le Blanc européen est pourtant très minoritaire dans la foule, même à Barbès, oui, un bougnoule qui court est a priori suspect : un bougnoule ne court pas à un rendez-vous amoureux, un bougnoule ne court pas retrouver un frère adoré perdu de vue depuis des années ; un bougnoule court parce qu'il vient de tirer le sac à main d'une vieille dame, ou de planter un couteau dans le dos d'un vieux monsieur respectable ! Un quidam à faciès qu'on repère en train de courir est un malfaiteur, le keuf l'a appris à l'École nationale de Police ! En leçon de « Chasse au faciès », un des apprentis keufs se dévoue pour passer ce masque de carnaval en caoutchouc représentant un sale crouille – leur professeur dit, lui, plus réglementairement : un *type méditerranéen* –, on en trouve chez tous les marchands de farces et attrapes ; armés de leurs matraques de travaux pratiques, matraques plus légères, plus souples, et qui font moins mal que les vraies, ses condisciples le poursuivent alors, le rattrapent à plusieurs, le plaquent à terre, le menottent dans le dos, commencent à le tabasser, jusqu'à ce que le prof leur fasse : « Stop, les gars ! gardez donc un peu de vos forces pour le cours suivant :

“La Bavure de commissariat avec annuaire”… » Si si ! c’est comme ça que ça se passe – tu l’as dit tu l’as !

Mais ce soir, Sid Ali, les keufs ne te voient pas. Ils ne te suivent pas des yeux avec leur regard habituel, cet œil mauvais que nous appelons, nous, l’aïn ; ils ne te sifflent pas ; le feu du boulevard de la Chapelle, au croisement du boulevard Barbès, est au vert : ils te laissent traverser – traverser, il est vrai, au péril de ta vie, et, là, pourquoi essaieraient-ils de te retenir de commettre un délit qui pourrait avoir pour toi, quelle joie pour eux ! des conséquences fatales ? Non ! sans rien dire, ils te laissent jouer au matador qui esquive in extremis la charge du taureau, en l’occurrence une BMW 7.3 conduite par un bovin furieux, fou de rage, au bord de l’ictus apoplectique – mais tu ne lui réponds pas par un bras d’honneur, Sid Ali, Allah te protège ! et tu as mieux à faire, qui est maintenant de t’engouffrer dans la station de métro Barbès-Rochechouart… Le sang bat à tes tempes, et ton cœur, à se rompre, comme on dit dans les romans de gare quand le héros est à bout de souffle. Mais tu as encore de la ressource, Sid Ali : tu es un homme, pas une mauviette, pas un pédé. Tu n’as pas de ket ? Quelle question ! Et les ninjas et les rapaces de la RATP pullulent ? Pardi ! tu es à la station Barbès-Rochechouart, la station la plus fliquée de tout le réseau, nuit et jour ! Et pourtant, vois ! Allah détourne un instant les regards d’éperviers des trois gros bras en combinaison bleue d’intervention, munis de matraques, et des cinq petits bras en blazer vert, à cravate rayée RATP, munis de carnets à souche, tous les huit embusqués là, prêts à bondir sur le fraudeur, voire sur le beur ou le jeune black non encore fraudeur mais qu’ils flairent avoir l’intention de frauder – l’agent RATP ne distinguant pas, contrairement à la conjugaison arabe, l'*accompli* de l'*inaccompli*... Mais non, Sid Ali, pas vu, pas pris ! Défiant la sagacité des rapaces, tu t'es plaqué, comme pour l'enculer, contre un innocent voyageur, quinquagénaire grisonnant habillé en notaire et sagement pourvu de son carton bleu, lui, et, collé à lui, Sid Ali, tu as passé et le tourniquet et le portillon – on aurait cru que vous jouiez tous les deux un remake homo et franchouillard du *Dernier Tango à Paris*... Ose, ose, Sid Ali... Et tu as remercié ton passeur, Sid Ali. Et ce monsieur très comme il faut t'a souri, Sid Ali, heureux, semblait-il, d'avoir été ton complice, ah ouais ! heureux de les avoir niqués en beauté, ces fils de pute... Semblable à ce personnage poncif et récursif des nanars de série sur la Résistance : tu sais, le petit bonhomme falot, gris, modeste, timide, perdu dans l'anonymat, mais qui, à l'improviste, donnera le coup de main inespéré et salvateur au héros traqué. L'antihéros va s'emparer de la valise bourrée d'explosifs comme si c'était la sienne, et l'athlétique et blond crétin de la Gestapo, ne pouvant pas imaginer un instant que ce M. Tout-le-monde porte de quoi faire sauter la Kommandantur – laquelle, d'ailleurs, sautera comme prévu dans le scénario à la séquence suivante –, le nazi aux yeux bleu porcelaine lui dit, au petit bonhomme, avec cet inénarrable accent boche qu'ont les Boches dans les nanars franchouillards : « Ach ! fous bouvez bazer, fous, meuzieur, che fous en brie, che ai gonfianz ! »

Et Sid Ali, hurlant de rire, descend l'escalier quatre à quatre – et l'expression *quatre à quatre* est à prendre ici au sens littéral : il saute de quatre marches en quatre marches... *Éviter les péages, jamais souffrir, juste faire hennir les chevaux du plaisir*... Le quai... La rame... Une station... Changer à Gare-du-Nord... Rereu ligne B... Changer aux Halles... Rereu ligne A... *Je suis le roi des scélérats à qui sourit la vie...* Gare-de-Lyon.

Et te voici donc gare de Lyon, Sid Ali, sous le panneau d'affichage des départs. L'idéal serait un train de nuit, comme dans *Les Mots bleus*... Ces mots qu'on dit avec les yeux... Et pourquoi ne pas entonner alors, à la manière de Bashung, *Les Mots bleus* ? C'est ta version préférée du tube immortel de Christophe (quant à celle, très récente, d'Amina – nahan, pas ma sœur, mais la chanteuse Amina, qui est une sœur aussi, je veux dire par là une originaire du Maghreb, et que j'aime beaucoup, par ailleurs –, mouais, eh bien, voilà, c'est dit !). Pourquoi ne pas chanter tout haut, si ça te chante, *Les Mots bleus* ? Parce que ça choque tous ces connards encombrés de bagages, alentour ? Mais c'est mon concert d'adieu, les Francaouis ! Et qu'est-ce que ça peut vous foutre, hein ? vous pouvez bien me supporter une dernière fois, nahan ? Francis Cabrel et Michel Sardou restent, eux ! Vous aurez toujours votre ration de daube quotidienne ! Ils ne vont pas vous abandonner, eux, ne craignez rien ! Z'y va, donc, Sid Ali !

Je reviens par le train de nuit
sur le quai je la vois qui me sourit
il faudra bien qu'elle comprenne à tout prix...

Ouoh, mais le voici mon train de nuit idéal : 21 h 03, Paris-Gênes, TR 583... Perfect ! Une couchette, je m'assomme aux benzos – xanax et stilnox, j'ai tout ce qu'il me faut... Au réveil : Marseille-Saint-Charles ! La Méditerranée... La mer allée avec le soleil, en novembre ! Ah, *Réservation obligatoire* –

ouais, comptez sur moi, la Snecefeu ! Bouffons ! Billet ? Ah ouais ! de mieux en mieux ! Pour son tout dernier soir en France, Sid Ali se rangerait, s'amenderait, deviendrait banal ! Sid Ali paierait ? Il ferait beau voir, Simone de ! *Il faudra bien qu'elle comprenne à tout prix*, la Snecefeu ! J'ai dit non, c'est non ! et c'était mon dernier prix. Du reste, si je payais, que me resterait-il ? Bon, la question est réglée.

Oh, mais, attendez ! je ne vais pas non plus vous la jouer clandestin péteux, honteux, lancé dans une partie de cache-cache avec un porteur de squette griffée SNCF – je préfère YSL –, et pour finir en rat, à passer la nuit enfermé au chiave ! Pas mon genre. J'ai ma dignité, et un récit déjà très élaboré, que je rédige mentalement dans ce ton délicieusement désuet et pompeux des rédacs qui firent, très jeune, ma réputation de styliste hors pair, au collège – et les éloges des professeurs faillirent pervertir à jamais mon goût en littérature, me faire préférer Tahar Ben Jelloun à Jean Genet :

À peine le convoi s'ébranla-t-il, je me présentai spontanément au contrôleur et, du ton le plus contrit, « Monsieur, lui dis-je, faites votre devoir, dressez procès-verbal : je n'ai ni billet ni réservation ; mais soyez humain, je vous prie, et considérez ce qui m'a conduit pour la première fois dans une vie, jusqu'ici probe, je m'en flatte, à commettre un délit justement poursuivi par l'administration de la Société nationale des chemins de fer français. Voici : ma mère, en cet instant fatal, se meurt dans une soupente sans feu, à Marseille ; apprenant la terrible nouvelle il y a moins d'une heure, je courus à la gare de Lyon ; y fis établir, par un distributeur automatique de titres de transport, un Paris-Marseille ; introduisis, comme requis, une fois ma commande passée, ma carte bleue dans la fente horizontale prévue à cet effet... Hélas ! Quelle ne fut pas ma stupeur en constatant que l'appareil, après avoir avalé ladite carte, ne me délivrait point de titre de transport ni ne me la restituait, et ce, sans explication aucune ! Devais-je, monsieur, je vous laisse juge, renoncer à donner l'ultime baiser d'un fils aimant à sa mère méritante en raison d'une défaillance de l'électronique due, qui sait ? à ce bogue fatal dont, certes, on nous prédit depuis longtemps les irréparables outrages, mais, aux dires des experts, pour dans deux mois seulement, la nuit de la Saint-Sylvestre ? »

Bon, c'est bon. Je la lui fabulerai un peu moins scolaire et fleurie, un peu plus sobre, un peu plus Marguerite Duras, et c'est gagné. Et déjà – j'ose l'avouer, à présent qu'une pareille méchanceté passera pour peccadille en comparaison de ce qui advint deux heures plus tard dans le Paris-Gênes –, déjà, je jubilais à imaginer mon père trouvant quelques jours plus tard dans notre boîte aux lettres, dont la serrure, jamais réparée depuis, fut forcée le jour où M. Balladur devint Premier ministre de la France (et j'admets volontiers que ces deux faits objectifs n'aient objectivement aucun lien), une enveloppe portant le logo tricolore SNCF, ainsi que la mention suscrite : *Service contentieux et recouvrement*. Là, de deux choses l'une : soit le dab prend ça pour de la pub personnalisée – « qu'elle y bourre la boîte, qu'elle y sert à rien, qu'à y bourrer un peu plus le vide-ordures qu'y est déjà bourré jusqu'au bord du ras du quatrième étiage, d'où que dégiage une puantieur pas hygiénique ! » –, soit il la tend à Azzedine, ou à Amina, en faisant état d'un retour de l'ophtalmie cyclique qui, si souvent, le prive de pouvoir bien distinguer le blanc du noir, et donc de déchiffrer l'imprimé. Azzedine, ou Amina, lui lit, tant bien que mal – que mal, à mon humble avis –, le contenu de la ferroviaire et nationale missive... Et là, Ibrahim qui avait jadis maudit son premier fils, Ahmed, maudit aujourd'hui son troisième, celui qui pourtant sait lire couramment – et qui aujourd'hui, mais il l'ignore encore, a rejoint l'aîné à Alger. Et mon père, c'est ton second fils renié, Sid Ali, qui te le dit : tu pourras toujours essayer de faire suivre le courrier à Alger ! La poste algérienne n'est pas d'une grande efficacité. Et d'ailleurs, comment me retrouver puisque je m'appelle désormais Engeli, et que je loge chez un autre Engeli ? Connard ! C'est à toi que j'adresse ce bras d'honneur, et non aux connards qui attendent leur train dans cette gare. Et je suis d'autant plus libre de le faire, mon père, que je n'ai pas de bagages qui m'encombrent les bras, moi ! Je te renie, en retour, mon père.

Et je mérite, pour que ma joie soit totale, un dernier verre, voire deux, voire un verre fait de deux : ce fameux cocktail auquel Sid Ali a donné son nom, du moins son prénom : un *Sid Ali*, ouais ! c'est-à-dire une Corona allongée d'Absolut et relevée d'un trait de citron vert. Ahmed est un malin, et je ne doute pas que sa cave soit fournie en tout ce qu'il faut pour survivre, sain d'esprit, en pays abstinent et à régime policier, mais à des prix forcément prohibitifs. Or, je me suis promis de ne pas ruiner son illégal établissement... Donc, *last* Corona, *last* Absolut ! *and good bye, everybody ! and fuck you, all of you ! That's all, folks !* Officine Panerai est d'accord avec l'horloge de la gare : il n'est que 20 h 28, ce qui laisse largement le temps à votre vedette préférée de se sustenter d'un sandwich arrosé de bière coupée de vodka, au buffet.

Buffet. À une heure si tardive – ah ouais, tardive ? argument mesquin, meskine ! –, en fait de sandwichs, ne reste plus que du format carré, au pain de mie rassis, sinon raciste, emballé sous film alimentaire transparent. Mon dernier festin en France me laissera un brin dubitatif quant à la réputation internationale, et qui n'est plus à faire, de ce beau pays, en matière gastronomique. Soit. À la guerre comme à la guerre !

— J'en voudrais un au blanc de poulet… Avec une Corona, et une Absolut, et un verre pour la Corona, please !

Car Sid Ali laisse aux frimeurs tartes de la pub, et au non moins tarte et non moins frimeur président de la République, Chichi-les-Odeurs, de boire au goulot sa Corona… Ah ouais, pas d'Absolut ? Décidément ! N'importe quelle vodka, en ce cas ! *whatever you call vodka, anything goes !*

Je dépiaute non sans mal, de son pelliculage, un coin de ce peu engageant manger, je mords, je recrache la bouchée, je hurle :

— Halouf ! Chien de chrétien, tu as voulu me faire pécher ! c'est du jambon ! du porc, c'est !

Et là, je vois le loufiat pétrifié, blanc comme un linge… Non, l'image est mensongère : trop mate et basanée est la carnation du loufiat pétrifié pour tourner au livide… Une bonne raison à cela : il est aussi bougnoule que moi ! le loufiat pétrifié et maintenant balbutiant :

— Pardonne, mon frère, pardonne ! c'est une erreur de faute d'inattention sans intention… Pardonne ! Bismillah !

Je l'apaise : c'est bon ! tout le monde peut se tromper, surtout toi, mon frère : des horaires d'enfer, un boulot sous-payé ! et la viande impure n'a souillé qu'une mienne canine... Allah ne me punira pas pour si peu, il voit que toi et moi sommes innocents. Mais Mohammed, pour la peine, tu vas m'apporter – « *happy hour* : un verre bu, un verre offert » – un autre 5 cl de vodka. Eh ouais, mon pote ! comme tout un chacun sur cette terre, je suis pétri de contradictions : je ne serais pas un homme, sinon, mais un saint. Le porc, non, mais l'alcool, oui : c'est le Coran alternatif ! Tu l'as dit tu l'as, Sid Ali !

Et maintenant, dirigeons-nous tous trois, mon moi, mon ça, mon surmoi, d'un pas viril, d'un pas marin, afin de parer au tangage et au roulis du sol bitumineux de la gare de Lyon, vers ce quai n° 15, d'où, dans moins de cinq minutes, s'ébranlera le convoi qui doit mener Sid Ali à son destin – Inch' Allah !

Nous y voici... Et en voiture... *Attention à la fermeture automatique des portières...* Ébranlés nous sommes, et comme l'écrit Céline en épigraphe au *Voyage au bout de la nuit* :

Notre vie est un voyage
Dans l'hiver et dans la Nuit,
Nous cherchons notre passage
Dans le ciel où rien ne luit.

L'homme à la squette griffée SNCF ? Le voici. S'il n'est pas le sosie de Michel Galabru, il est Michel Galabru en personne. Ton jour de chance, Sid Ali : du gros bourru à bon fond, du soupe au lait qui ne ferait pas de mal à une mouche... Tu déploies ton charme qui t'a valu tant de palmes, d'ours et de lions, tant de césars et tant d'oscars, Sid Ali, et c'est dans la poche !

À ce navet franchouillard pour sortie cinoche du samedi soir en compagnie de Raoul et Ginette, que j'ajoute la Duras *touch* ! Je fabule, mais le plus minimaliste que je puisse. En gros :

Ma mère, oui. Terrible, non ? À Marseille... La revoir. Une dernière fois, la revoir. Pas de billet. Pas. Bleue, la carte avalée. Et puis rien... La machine, morte, avant que ma mère. Terrible. Que devais-je... ?

Ah, Galabru ne joue pas à contre-emploi. Il s'en tient au navet pour lequel il avait signé. Il m'écoute d'un air goguenard, semble croire en ma sincérité autant que je crois, moi, en celle de Chevènement quand il parle d'humanisme, puis finit par me couper la parole :

— Il y a un seul problème, jeune homme : ce train ne passe pas par Marseille.

La quecla des queclas, Sid Ali ! Adjani, son bide, c'était *Toxic Affair*, toi, c'est *Paris-Gênes* !.... Oh, je t'entends ricaner, lecteur ! j'entends, aussi perfides que déplacées, tes lourdes allusions aux effets dévastateurs des benzodiazépines et de l'alcool, quand consommés sans modération, sur les neurones... Sauf que ma mésaventure aurait pu t'arriver à toi aussi, lecteur ! et, rassure-toi, je n'ai pas perdu un seul des 137 points de mon QI ! Mais il se trouve que tous – je dis bien : tous – les trains qui vont de Paris à la Riviera passent par Marseille, à l'exception d'un seul – je dis bien : d'un seul – : le TR 583 de 21 h 03 ! Et pourquoi ? Ni Galabru, ni probablement la SNCF, ne sauraient me répondre. C'est comme ça. Voilà

Et que dois-je faire, moi ?

Galabru :

— C'est votre jour de chance, jeune homme, c'est mon anniversaire ! Je ne vous dresserai pas de contravention et je vous laisserai descendre à

Dijon, où ce train, normalement, n'accepte de voyageurs qu'à la montée – ce qui est normal pour un train de nuit uniquement composé de wagons-couchettes ou de wagons-lits, et alors qu'un TGV part de Paris vingt minutes plus tard et vous laisse à Dijon vingt minutes plus tôt. Tenez, jeune homme ! je vais faire mieux, c'est décidément mon jour de bonté : je vous indique que si ce train où nous sommes arrive pile à l'heure, et que vous courez vite, vous avez quelque chance d'attraper le dernier TGV qui remonte sur Paris... Vous paierez l'amende dans celui-là !

Ouoh putain, le gazage, Sid Ali ! le gazage en règle ! Au point que tu remercies humblement, et en oublies que tu es censément le fils aimant d'une mère mourante ! Nahan, pas un mot sur le prétendu motif de ton voyage sans titre de transport, ni le moindre regret qu'exigerait un minimum de vraisemblance ! Mais Galabru s'en tape le gland autant que toi, apparemment, de l'agonie de ta mère, à Marseille ! Je vous étonnerai toujours, certes, mais cela m'étonnera toujours, moi, d'avoir rencontré parfois dans ma vie, trop rarement, certes, mais parfois, oui ! des gens que j'avais rangés immédiatement, à leur seul aspect, à leurs manières, à leur façon de s'habiller, dans la catégorie des Francaouis moyens modérément racistes mais néanmoins racistes, et qui se révélèrent de braves types, si peu racistes et si courageux qu'ils ne se croyaient pas tenus non plus de se censurer, et ne se privaient donc pas de se payer la fiole d'un beur qui méritait une moquerie au prétexte que ladite fiole était un faciès – bref, d'avoir rencontré des Francaouis corrects avec nous, les beurs, sans pour autant se croire obligés de nous la jouer politiquement corrects.

Ah! Francaouis de souche, si vous saviez combien nous préférons ceux d'entre vous, si rares, qui ont le courage et la dignité, dans le métro, le bus, les lieux publics, de nous dire à voix haute que nous les importunons quand, de fait avéré, nous les importunons délibérément – et nous le savons fort bien, nous, quand nous vous importunons délibérément ! Si vous saviez combien nous les préférons à tous ceux, si nombreux, qui se taisent honteusement mais n'en pensent pas moins, et maugréent intérieurement, et ont cet œil à la fois mauvais et fuyant qui nous exaspère, qui nous rend fou de colère, parfois, et nous incite à plus de violence, à l'escalade, à l'incident ! là où aurait suffi, de votre part, je ne dis pas une baffe, nous avons notre honneur et la mémoire de ce que notre peuple a souffert, mais, tiens ! une réflexion bien sentie, prononcée sur un ton ferme, et non pas pour nous humilier, mais nous apprendre à vivre avec vous, dans le respect mutuel, en société ! Si vous saviez, Francaouis couards, qu'il y a pire, pour nous, que ce regard torve, oblique, que vous nous jetez sans nous le jeter tout à fait, pire que cet inaudible ronchonnement que nous percevons, nous, très distinctement : c'est votre odeur ! l'odeur que vous dégagez, alors, oui, ce relent atroce de peur, de haine, de ressentiment, une puanteur dont vous n'avez pas idée ! une pestilence dont le putride Chichi n'avait pas idée le jour où il parla de nos odeurs... Couard connard !

Je n'ai pas été traité – au sens que nous donnons, nous, à ce mot, c'est-à-dire : insulté –, j'ai été bien traité par cet employé de la SNCF ; je n'en suis pas moins un rien vexé, et les trois ou quatre verres de sylvaner bus chez Cheb Moh Mmouni, à quoi il faut ajouter les deux vodkas plus la Corona, le tout sur un estomac vide, ne sont pas faits pour me calmer. Galabru commence sa tournée, remontant de compartiment en compartiment, de wagon en wagon, pour vérifier les billets ; moi, à déambuler, dans un sens puis dans l'autre, au long du couloir de cette voiture dans laquelle je suis monté, gare de Lyon – une voiture de seconde, à l'ancienne, dont tous les compartiments sont installés en couchettes, et les rideaux baissés.

Il n'y a pas grand monde dans ce wagon, mais je trouverais craignos de m'asseoir, de devoir me plier en deux et courber la tête pour m'asseoir sur une couchette ; et plus craignos encore, de résoudre la question en m'étendant sur une de ces couchettes ; au risque, en outre, chargé comme je le suis aux benzos, de m'endormir presque aussitôt ; avec pour conséquence de rater l'arrêt à Dijon, de rater ce TGV, qui, si baraka, me ramènera à Paris – et de désobliger l'aimable Galabru.

Je chain smoke nuit grave sur nuit grave. J'avais pris deux paquets à la gare : plus de la moitié d'un paquet y est déjà passée... Et puis, xlas ! je vais m'asseoir ! Voyons les fiches de réservation insérées dans le tableautin de chaque compartiment : il n'y en a qu'une ici – donc, un seul voyageur à l'intérieur. Je fais coulisser la porte... C'est une voyageuse, et – Galabru l'a signalé – mon jour de chance : cette voyageuse, une jeune fille, ne s'est pas encore couchée. Fort intelligemment, elle a relevé et verrouillé à la verticale la couchette médiane afin de pouvoir se tenir assise plus confortablement, sans avoir à se courber exagérément. Elle lit *La Repubblica* (je m'étonne toujours que la République, lorsqu'elle est italienne, exige pour s'écrire deux *b*, alors que l'espagnole, la portugaise, l'anglaise, l'allemande, la belge, et tant d'autres, se contentent, comme notre belle République française, d'un seul...).

J'adresse mon plus beau sourire cheese à la supposée Ritale. D'autorité, imitant son heureuse initiative, je relève la couchette vis-à-vis, la verrouille en position verticale. D'autorité, aussi, je m'assieds, non comme une rigoureuse courtoisie l'exigerait : dans l'angle opposé à celui où elle s'est assise, côté fenêtre, mais, soit comme un dragueur sans vergogne, soit, au contraire, comme un sentimental que la solitude aurait rendu fou et qui, tel Bashung chantant *Les Mots bleus*, voudrait que l'inconnue en face de lui *comprenne à tout prix...* Et lui dire *ces mots bleus, ces mots qu'on dit avec les yeux !*

L'inconnue n'a pourtant rien qui puisse exciter ni fasciner Sid Ali, lequel la juge affreusement mal attifée : pantalon de velours prune et col roulé de mohair mauve ringardissimi ! chose surprenante pour une Ritale, se dit-il. Pas laide mais pas jolie non plus, irrémédiablement quelconque ! boudin ! Du boudin baisable ? Nahan, merci. Du violable ? Éventuellement, si on se fait iech trop, histoire de tuer le temps. En tout cas, peu impressionnable, le boudin : apparemment nullement émue par l'entrée inopinée, et combien spectaculaire, d'une star sublime de beauté, d'animalité sublimée et de sensualité ! d'un sex-symbol rayonnant et nimbé de la blanche aura que mon saint Coran, à l'instar de sa Bible, signale comme étant une qualité distinctive des anges, et que lui confère, à cet intrus, l'éclat blanc d'un ciré Helly Hansen, d'un futal Aigle en déperlant blanc laqué non moins immaculé, et jusqu'à la visière de sa squette blanche Nike, portée à l'endroit, et qui jette sur ses yeux, d'un noir si profond qu'on s'y noierait, une clarté divine... Étrange impassibilité de la visitée ! Comme si Maryam – ouais ! ta Maria, ta Madonna, ta Vergine, la Ritale –, voyant s'avancer vers elle l'archange Djebril – ton Gabriel ! – venu lui annoncer la naissance d'un enfant conçu hors le péché de chair, Issa – si si ! ton *bambino Gesù, bambino, bambino !* –, avait à peine levé un œil, à peine interrogateur, puis s'était replongée dans la lecture de *La Repubblica* – deux *b* !

Là, de deux choses l'une, se dit Sid Ali : soit la donzelle est totalement pouffiasse : « Aucune raison de m'affoler, je me livre à tout ce qui passe à ma portée et que Dieu a pourvu d'une bite en état de bander ! », soit totalement connasse : « Je suis si conne que je n'ai peur de rien ni de personne, serait-ce d'un bougnoule pété à mort et violeur en puissance qui s'installe, comme par hasard, en face de moi… » Mais une troisième hypothèse, songe Sid Ali, est encore à envisager : « Je suis une connasse et une pouffiasse. »

Bon. Ayons-en le cœur net, que cesse ce doute dévorant ! À l'attaque !

— Je ne vous dérangerai pas longtemps : je descends à Dijon !

L'assaillie, abaissant enfin et son quotidien et sa garde :

— Vous ne me déranges pas du tout !

Ah ouais. Mais que trahit donc une si insolite, une si abrupte rupture de ton au mitan d'une si courte phrase : ce passage du vous au tu ? Une méconnaissance crasse de notre belle langue et des formes variées de sa politesse ? La volonté méprisante de signifier à cet archange qu'il a tout de suite, ou presque, été, au faciès, identifié bougnoule et, donc, sans vain scrupule, tutoyable à merci ? Ou la manifestation inconsciente d'un désir si violent, si fort, qu'il inhibe tout langage du corps, tout discours charnel, toute gestuelle, mais s'avoue dans ce criard lapsus : C'est toi que j'aime ! toi que je veux ! toi que je ne peux déjà plus vouvoyer ! ah, encule-moi ! ah, défonce ma baveuse teucha ! Z'y va, bel archange ! et en retour, oh, oui ! tutoie-moi ! tue-moi de plaisir et tutoie-moi, visiteur descendu du Ciel, archange à l'éclat d'un blanc lumineux insoutenable ! Z'y va !

L'intuitif que je suis opte pour la première des conjectures. D'où :

— Italienne ?

— Oui.

Quelle extraordinaire perspicacité, Sid Ali ! Tu l'as dit tu l'as ! N'en restons pas là, connasse ou pouffiasse, ou connasse et pouffiasse, *chi lo sa* ? Que je me présente :

— Moi, je suis Sid Ali Benengeli.

— Donata, répond-elle.

— Donata... ?

Elle semble hésiter, comme si donner son nom en entier risquait brusquement de la compromettre. Quoi ? tu n'as déjà plus confiance en moi, connasse ? Mais non ! c'est que tu appartiens à cette immense classe des jeunes petits-bourges qui jugent trop formaliste, pas sympa euh, quoi, de s'appeler autrement que par son prénom entre copains, forcément copains, quoi, puisque euh étant de la même génération... Connasse.

Cette force qui m'habite et éclaire ce regard fascinant qui est le mien, la convainc finalement, la Donata – comme si cela m'intéressait, connasse ! – de me dire aussi son efflorescent patronyme :

— Fiorelli... Donata Fiorelli.

— Et vous allez à... ?

— À Savona.

— À Savona de Marseille ?

Là, tu n'as pas saisi, Donata, c'est trop fin pour toi ! Et tu me précises, *cretina, stupida, idiota* – alors qu'en vérité, je n'en ai rien à branler – :

— Mes parents vient me chercher…

Ah ouais ! prudente jusque dans le verbe, Donata : elle ne sait pas si les vieux viendront tous les deux, ou seulement le papa, ou seulement la mamma, alors, tiens, « Mes parents *vient* me chercher… » On verra bien, hein, Donata ? Et Sid Ali, prenant cet air ensorcelé qu'il aurait en revoyant *L'Avventura* (deux *v*, l'aventure en italien, décidément !) :

— Vos parents viennent vous chercher ?

— Oui, on habite à le dehors de Savona…

— De Marseille.

— Je ne comprends pas…

T'occupe ! Du moment qu'elle me fait rire moi.

Et Donata :

— Et toi ?

Ah ouais. Le tutoiement d'office ! « On est des euh jeunes, vachetement sympa, euh Européens, un seul peuple de jeunes euh, alors quoi, on va pas faire de chichis, hein ? on se tutoie euh ! » Connasse.

Moi :

— À Dijon, je viens de te le dire, Donata. En ouvrant mon placard dans la cuisine, tout à l'heure, je me suis aperçu que je n'avais plus de moutarde qui m'aille, alors j'ai sauté dans le premier train en partance pour Dijon, et voilà !

— Je ne comprends pas.

T'occupe, je t'ai déjà dit, connasse ! Du moment que mes astuces me font rire moi. J'ai toujours été mon meilleur public. Je m'étonnerai toujours, et c'est l'essentiel.

— Mais tu habites à Paris… Ali ?

— Sid!.... Ali. À Paris, à Passy. Quand mon amie Isa s'est exilée en Suisse, j'ai repris son appart... La vue est belle!

— Ah oui?

C'est ça, connasse! fais maintenant semblant de savoir de qui et de quoi je parle!

— Et tu fais des études à Paris?

Ça me passionne, connasse!

— Un cours d'immersion totale dans le française!

Totale immersion, en effet, très efficace: tu t'es noyée, Donata, et tu ne le sais pas encore! Et moi, de te flatter bassement, connasse:

— Tu le parles à la perfection!

— Oui, les professures sont très bonnes...

À preuve! Tu l'as dit tu l'as, Donata!

— Et, tu aimes la France, Donata? s'inquiète alors l'original Sid Ali.

La totale! Comme l'immersion.

— Oh oui, beaucouppp!

Le *p* pète! Les professures t'immergent, connasse, mais ne t'ont pas appris que ce *p* là ne se faisait pas entendre, ni sentir! exquise civilité du français, et bizarrerie parmi tant d'autres qui font toute la saveur, le charme et la richesse de cette belle langue... Moi:

— C'est un beau pays, la France!

Réponse souhaitée, Donata, et plus que prévisible: « Et toi, tu connais l'Italie? »

Donata:

— Oui, très belle! Et toi, tu connais l'Italie, Ali?

L'Italie Ali... Elle bégaie, en plus, cette connasse! Et, le comble! elle se croit autorisée à corriger mon français! Je dis que la France est un beau pays, elle me dit: « Oui, très belle! » Le mot pays a changé de sexe dans la nuit, et personne ne m'en a informé!

Bon, puisque tu veux mon opinionne sur ton belle pays à toi, Donata, le voici :

— Ah, *l'Italia bella* ! La seule vraie patrie des artistes ! Dante ! Versace ! Fellini ! Ferrari ! Fila ! le Titien ! Sergio Tacchini ! Michel-Ange ! Molitor (elle est uniquement pour initiés usagers du métro parisien, celle-là) ! et Verdi ! et Vivaldi ! et Prada ! et Dolce & Gabbana (deux *b*) ! et Berlusconi ! et Mussolini ! et les valeureux plongeurs saboteurs du prince Borghese, comme moi équipés, en chronos étanches, par Officine Panerai !

Là, Donata, c'est plus que de l'immersion totale ! c'est de la submersion totale ! C'est l'apnée aux limites de l'évanouissement, c'est la mortelle ivresse des profondeurs que connurent tant de camarades du prince Borghese... Pas mécontente, au fond, Donata, de savoir que ce voyageur sans bagage ni titre de réservation, pourtant obligatoire sur ce train TR 583, et qui s'est assis en face d'elle sans lui en demander la permission, ce grossier personnage ! ce bougnoulo bougnoulissimo ! la quittera à Dijon – si ! il descend à la prochaine, courir s'acheter de la moutarde, s'il en trouve à une heure si tardive. Ouoh ! il y aura toujours bien, d'encore ouvert, le petit arabe du coin... (Que seriez-vous devenus sans nous, hein, Francaouis de souche ? Vous seriez depuis longtemps morts de faim !)

Je la gaze, la ragazza. Mais que croyez-vous ? Rien ne l'effraie ! Pas même l'énigmatique tchatche de l'archange Sid Ali ! Rien ne la démonte apparemment, elle fait front avec vaillance ! Elle tiendrait tête à un Sollers, à « Bouillon de cul » ! Elle rabattrait son caquet à Bernard Tapie, dans une « Marche du Siècle » ! Voici qu'elle en vient à m'exposer pourquoi elle apprécie mon beau pays, la Donata :

— L'administrationne, en France, ça fonctionne beaucouppp mieux que chez nousss ! Pour un exemple, les documentes, les insciptionnes à la université, les cartes de identité, la patente pour guider, en France, il y a pas de la queue à faire, mais en Italie il est tout très merdique…

— Merdique ?!

Ah ouais : *merdique*. Tu emploies ce mot que le Petit Robert, un pote à oim, tient pour FAM., autrement dit, du langage familier, Donata. Tes professures t'immergent dans une vraie merde linguistique, Donata, et ils t'apprennent à dire *merdique* : il faudra que tu me donnes l'adresse de l'établissement !

Et elle insiste, putain, cette connasse :

— Oui, elle est très merdique pour toute ce qui est papiers, l'Italie…

— Tandis que la France est le pays idéal pour les papiers… Sauf pour les sans-papiers !

— Je ne comprends pas !

Non, tu es trop conne, connasse ! Je répète donc ! Écoute, et note, connasse :

— La France, je te le dis, Donata, est le pays idéal pour les papiers, sauf pour les sans-papiers ! Tu ne me suis toujours pas ?

— Pas beaucouppp… Tu parles très vite, Ali…

— Sid ! c'est la dernière fois que je te le dis, Donata !

— Oh, pardonne, Sid…

— … Ali !

Ah ouais, et je parle trop vite ? Eh bien, tu ne vas plus très longtemps m'entendre parler trop vite, connasse ! Tu commences à me les gonfler, là, mais mes claouis ne sont pas de la baudruche ! Tu vas cesser de jacasser comme une connasse que tu es ? Mais non, elle jacasse, la connasse :

— Maintenant, c'est bien, c'est cool, on est tous l'Europe, il n'y a plus de frontières, et je pense que tous les hommes et les femmes se vaut...

Se valent ! Non, remarque, laisse, connasse : *vaut !* Finalement ce *vaut* vaut mieux ! Les hommes sont des veaux, mais des veaux cool, et les femmes aussi, du moins les connasses dans ton genre qui nous ressortent comme des perroquets toutes ces connasseries bien-pensantes et politiquement correctes dont on les assomme sur les ondes et à la téloche !

Seulement, voilà, Donata, j'ai une mauvaise nouvelle pour toi : il y a encore une vingtaine de minutes à tirer avant que ce train n'entre en gare de Dijon, capitale de la moutarde, je suis bien assis ici, je n'ai aucune intention de changer de compartiment, de déranger les gens qui dorment, mais je n'ai plus envie non plus de t'entendre débiter des banalités pour débats téloche, tout en écorchant ma langue et – zeugma – mes oreilles ! Alors, voilà : je me lève, pas la peine de t'affoler, ce n'est pas pour te tirer, tu ne mérites pas que je gaspille mon précieux foutre de Croyant dans ta putride teucha roumie que tu ne laves pas au savon de Savona ! j'ai de grandes mains, Donata ! et belles ! je suis grand en tout, et je suis très beau, avoue... Voilà ! c'est fait, tu es très mal, là, mais je ne t'ai pas entendue crier, je t'en remercie ! ou non, pas de raison : si tu n'as pas crié, c'est que je sais étrangler en virtuose, à la djez, Donata ! j'ai gardé au moins cet atavisme de mes origines, et un grand sang-froid ! Tu n'as pas crié, Donata, parce que tu n'as pas compris ce qui t'arrivait, tu n'es qu'une connasse, trop conne pour faire pouffiasse : pouffiasse c'est un métier, le plus vieux métier du monde ! connasse, pas ! connasse, on l'est de naissance ! tandis que pouffiasse, ça s'apprend ! j'ai appris sur le tas, moi, en une aprème, c'était un mercredi... Et tu respires encore, cependant, Donata ! C'est la technique Sid Ali, la mort en deux temps : un, tu perds connaissance, deux, tu perds la vie !.... Attends ! voici comment ! j'ai une surprise pour toi, là, dans la poche gauche de ma Helly – je suis gaucher, tu as remarqué ? c'est un douteux avantage dans la vie et, du reste, je n'en tire pas gloire : des tas de gauchers sont des crétins finis – Hansen, ma Helly Hansen qui m'a tant rendu de services dans ma déjà longue vie de bourlingueur dessalé, car dessalé je suis je, Sid Ali, et aventurier, et j'aime les qualités de solidité et d'imperméabilité de cette veste de marin en *Sormbreaker® haute protection, intégralement étanchée, coutures thermosoudées*, la pub le dit, et pourquoi ne pas la croire ? Et donc de ma main gauche, Donata, ma main la plus habile, je tire de la poche gauche... Ouoh ! une rareté, du chic, tu ne te plaindras pas, *Donata idiota !* pour toi, délicate attention, ce sera une marque italienne : Prada ! et la rareté des raretés, te dis-je ! un des très rares sacs Prada souples, en plastique, la plupart sont comme ces sacs qu'on te donne dans toutes les boutiques de luxe : en fort papier glacé, format rectangulaire, soufflets, cordelières retenues par un nœud à des œillets et formant poignées... Nahan ! là, tu as droit, Donata mia, à un sac Prada mais mou, en plastique, dont je coiffe ta chetron de suffocante connasse pour t'y étouffer, toi qui respires encore comme par défi, et en finir, tu va crever très au-dessus de tes moyens, boudin, tu va crever dans du Prada – voilà, *è finita la commedia !* je sais un peu d'italien, sans l'avoir appris au bahut : au bahut, j'ai pris en option 3e langue – dans mon bahut, on peut, c'est une singularité de ce bahut, prendre une troisième langue –, j'ai pris espagnol, il vaudrait mieux dire castillan, mais tu passes pour un bouffon, dans mon bahut, si tu t'exprimes correctement... Et en 2e langue, j'ai pris l'arabe dit « dialectal » – le dialecte de qui ? de trois ou quatre incultes qui ont pondu une note incompréhensible à je ne sais plus quel ministre de l'Éducation nationale qui n'en avait rien à secouer, mais s'est dit qu'il marquerait son ministère avec ça, et pourrait passer pour un homme de gauche et un humaniste, et tout et tout, et faire chier trente secondes Pasqua qui les lui brisait menu au RPR, alors va pour l'arabe dialectal en 2e langue dans le secondaire ! l'arabe parlé – parlé par qui ? en dehors du prof, qui est bombardé de circulaires rédigées par des énarques convaincus de savoir parler l'arabe parlé, puisque, se trouvant un jour à la Mamounia, et avisant un de leurs amis qui sirotait un délicieux cocktail champagne et jus de grenade, ils ont hélé un loufiat, lui ont fait « Kifkif ! », et le loufiat a fort bien compris ! alors vous voyez bien que ces énarques sont parfaitement habilités à déterminer le programme d'enseignement de l'arabe dialectal qui nous ramènera la paix dans nos banlieues agitées, et nos quartiers difficiles !

L'arabe dialectal du lycée ! la fumisterie des fumisteries ! une obscénité ! la preuve, s'il en était encore besoin, de leur ignominie ! la preuve définitive, au pays de la Mitte, et de Chichi, et de l'Allègre, ce bouffon bouffi de suffisance, la preuve du mépris dans lequel ceux qui gouvernent ce pays merdique – pour reprendre un terme par toi parfaitement assimilé, Donata –, la preuve du mépris qu'ils ont pour la civilisation arabe ! kif le mépris qu'ils ont pour la religion musulmane : les mosquées en préfab, parpaings et fibrociment ondulé sont un parfait symbole du peu de considération dans lequel ces haloufs, qui se disent humanistes et antiracistes, et tout et tout, tiennent l'Islam ! Mais mon bahut s'honore de proposer en 2e langue l'option arabe « dialectal »... Chic ! tu dis n'importe quoi, n'importe comment, tu t'inventes ton arabe à toi, et si le prof, qui a appris, lui, à parler l'arabe du Prophète (622 de votre ère, les roumis !) t'emmerde, tu lui dis : « Oh, mais xcuse ! ce que je vous cause, là, c'est notre dialectal à nous... » Essayez d'imaginer, les Francaouis de souche ! je transpose grosso modo : alors voilà, un prof de français qui ne connaîtrait que le français de Chrétien de Troyes, et n'aurait aucune idée que la langue ait pu un tant soit peu évoluer depuis le XIIe siècle, est chargé d'enseigner leur propre langue à des enfants de prolos qui parlent le français contemporain populaire, le français de Coluche, mettons, et ces gamins lui disent : « Fais iech, putain ! », et lui, le prof, il feuillette fébrilement son édition sur papier bible de *Lancelot* et se demande ce qu'ils ont bien voulu dire là, les gamins ; il ne trouve pas de tels mots dans ce bouquin qui lui sert de référence, selon les directives du ministère !... Ce serait hilarant, nahan ? Eh bien, ce délire nous ferait rire, nous aussi ! Mais l'option arabe « dialectal » est une très mauvaise blague faite à nos dépens, un truc pour nous humilier et nous niquer la gueule un peu plus, tout en feignant de nous caresser dans le sens du poil ! Salopards ! démagos ! crevures ! allègres boufffissures ! Et vous vous étonnerez, après, que nous nous ruions sur l'anglais en 1re langue, et sur les cours renforcés d'anglais, et sur les facultatifs d'anglais pratique et d'anglais commercial, *and so on*, auxquels nous nous inscrivons tous ! et sur les séjours linguistiques si nous pouvons, ou du moins si nos vieux peuvent payer ! Et nous en redemandons encore et encore, de l'anglais ! et nous ne les séchons pas les cours d'anglais ! parce que nous sommes beaucoup moins débiles que vous ne l'imaginez, parce que nous savons, nous, que si nous voulons réussir dans le nessbishow ou le nessbi tout court, il n'y a pas deux solutions, il n'y en a qu'une : l'anglais ! l'anglais à outrance ! l'anglais en 1re langue ! l'anglais dès la maternelle ! dès la crèche ! l'anglais, nous voulons, guignols d'énarques ! enfoirés ! et pas de gadgets et d'azouzeries ni de begagueries pour gogos ! D'arabe dialectal, nous en savons toujours bien assez pour comprendre que notre oumm n'est pas contente quand nous avons foutu la hala dans l'appart juste après qu'elle a fait le ménage ! Nous, nous voulons parler *easily and fluently* l'anglais ! *And that's why, you know, you're dead, now, stupid Donata of Savona* !

Et maintenant, se débarrasser de ton cadavre de boudin boudiné dans du mohair mauve et du velours prune avant l'arrivée à Dijon, capitale de la moutarde et du vinaigre aromatisé – « Il n'y a que Maille, qui m'aille ! »

Ces antiques wagons compartimentés à l'ancienne ont deux avantages : les rideaux côté couloir, qui, tirés, te permettent de vaquer tranquillement à tes occupations à l'abri des regards curieux ; la fenêtre côté fenêtre, car elle peut s'ouvrir, se descendre à mi-hauteur, jusqu'à ce garde-fou, si nécessaire pour un ouf dans mon genre… Mais je l'ouvre, et le vent fouette au visage le bel aventurier que je suis, le marin en Helly Hansen, seul dans ces ténèbres tempétueuses… *È pericoloso sporgersi*, c'est écrit, Donata ! Mais je vais te *sporgere out*, moi, l'ouf ! and *how ! idiota, alienata* par la *televisione* de Berlusconi !

Et ce n'est vraiment pas une affaire, de soulever un corps inerte, le cadavre de la victime ! Il n'y a que dans les polars, dans les mauvais polars de série, dans les Série noire fabriqués en série, que le tueur constate amèrement combien un mort pèse plus lourd qu'il ne pesait de son vivant ! C'est un poncif du romanesque policier de pacotille, ça aussi, c'est de l'affabulation littéraire, mais littéraire au sens péjoratif du mot : c'est de la littérature ! Et certes, je ne pouvais pas comparer le poids de la Donata morte à celui de la Donata vivante, puisque, Allah ne l'a pas voulu et je lui en sais gré, je n'ai jamais tenu dans mes bras et soulevé de terre cette connasse, pour l'embrasser, en la hissant à ma hauteur, sur la bouche – beuheurq ! –, mais je suis bien convaincu que ce boudin qui bascule dans le vide, son cul de boudin poussé par un Sid Ali qui ne sent plus sa force, je suis bien convaincu que ce tas n'était pas plus léger, il y a un quart d'heure, quand, animé, ce tas lisait *La Repubblica*. Je tiens la preuve que le polar, quoi qu'en disent ces blasés avachis et chichiteux qui font la petite bouche devant les grands classiques, mais vantent, comme étant un genre plus vivant, le polar, le polar, quoi qu'ils en disent, est un genre mineur parce que répétitif, un genre répétant à l'infini des poncifs – parmi lesquels le mal que l'assassin doit se donner pour se débarrasser de sa victime une fois tuée, la peine qu'il éprouve à se coltiner son cadavre, appesanti, de fait, non par la mort, mais par la paresse intellectuelle de l'auteur de polar !

Et certes, de grands romanciers ont pu se laisser aller eux aussi, à l'occasion, à des approximations, des aberrations, des affirmations qui ne tiennent pas debout, mais on ne sache pas que leur travail ait consisté à continuellement recopier et plagier ces conneries piquées chez leurs prédécesseurs ! Leur ambition était, au contraire, l'originalité ; leur souci constant était d'exprimer leur singularité, leur génie – bref ! tout le contraire de ce qui guide dans leur besogne les auteurs de polars en série et de séries policières pour la téloche, et de scénars de nanars pour cinoche du samedi soir. Dans les thrillers du samedi soir, le cadavre de la victime est aussi pesant à manipuler et à transporter que dans les polars achetés au supermarché, hein ? Mais qu'importe ? ce n'est pas de l'art, c'est du produit à consommer, c'est de la création comme sont des créations les déjections des créatifs de la pub ! créatifs de mon cul ! imposteurs dont toute l'imagination consiste à réitérer à l'infini du poncif comme on chie chaque matin, à déféquer du déjà vu ! réalisateurs de clips et de spots recopiant servilement, mais en format réduit, très réduit, très très réduit, les inventions de grands artistes tels que Visconti, Kurosawa, Antonioni ou, le plus éhontément pillé de tous, voleurs ! enculés ! j'ai nommé Fellini !

Pillage ! copiage ! plagiat ! plagiat ! plagiat ! falsifications, frelatages, coupages de grands vins avec de la bibine de supermarché, duplicatas ratés, fabrication standardisée de marchandise culturelle, répétition infinie d'identiques banalités, de paroles vides de sens, de pensées impensées, de lieux communs et de formules toutes faites pour fournir en continu, en flux tendu, aussi bien le soap, le show, la sitcom que le débat politique ou le débat de société télévisé – le parler pour ne rien dire, ces crachotis et bredouillis et bouillie pour les chats que postillonne la langue de bois des gens au pouvoir, experts, responsables, commentateurs ! le blablabla que répètent, que répliquent à la perfection, que récitent par cœur, comme des automates qu'ils sont, ces pauvres aliénés, sympa sympa, et cool ! les Donata, les Ginette et les Raoul, les vrais gens du micro-trottoir, les micro-putains qui, tous les soirs, au JT, viennent recracher ce qu'ils ont avalé la veille en regardant le JT… Morts-vivants, fantomatiques reflets dans ce miroir que leur tend le petit écran ! doubles de ceux qui leur parlent soir après soir à la télé, les Alain-à-la-Manque, les Jacques Attila-le-Sherpa, les Mgr Gaillard, et les Gaillot-Cac-40-et-Notionnel, et les Me Gueulard-la-Moumoute, et les BHV… Tous ces augustes et ces clowns blancs animateurs du show en continu et flux tendu, baveux baveurs de platitudes insignifiantes, de prévisions indiscutables suivies de démentis instantanés, tous ces as de la palinodie – mais, on s'en fout, hein ? aucune importance ! on n'est pas là pour chercher à dire la vérité ! et d'abord, c'est quoi la vérité, hein ? Non, *Anything goes*, comme on chante à Broadway ! N'importaoiq, comme disent en verlan les lascars ! On peut, tel Alain-à-la-Manque, déclarer doctement qu'il faudra plus de trente ans à l'Allemagne pour se réunifier – je vous le dis, moi, l'expert en tout sur tout ! et on me paie des millions pour mes imparables prévisions de visionnaire ! Et je vous dis aussi, moi, Alain-à-la-Manque, qu'il serait impensable, impensable ! de ne pas fixer la parité des deux marks comme suit : cent marks Est égalent un mark Ouest ! Kohl serait fou de ne pas suivre mon conseil ! il n'y a pas à sortir de là ! Tout autre choix économique, et c'est dans les trois mois qui suivent, je vous l'affirme, moi, Alain-à-la-Manque, l'effondrement total de l'Allemagne ! pire que Weimar ! la fin de l'Allemagne, je vous le dis, je vous l'écris, je le signe et le publie dans *Le Monde*, et dans *Libé*…

Ah ouais. Et alors ? Alors, Kohl dit calmement : « *Nein nein !* un mark Est égale un mark Ouest. » Et que se passe-t-il alors, outre-Rhin ? Eh bien, l'Allemagne s'est réunifiée en quelques mois et pas en l'an 2020 – « en mettant les choses au mieux », ainsi que les voyait Alain-à-la-Manque… Et, en gros, ça se passe plutôt bien, *danke schön !* Ah ouais !

Mais quelle est alors sa réaction, à Alain-à-la-Manque ? Contrit, il bat sa coulpe en murmurant comme ferait en ce cas un bon musulman : « H'chouma alik ! » ? Du tout ! Vous rêvez ! Le clown Alain-à-la-Manque retourne dès le lendemain soir faire son tour de piste à la téloche pour clamer qu'il l'avait toujours prédit ! Toujours ! Et comme l'animateur du débat et le public qui applaudit quand un signal lumineux dans le studio lui dit de le faire, comme l'animateur et le public sont également amnésiques, ils l'ovationnent, ce clown qui leur explique, pouet pouet ! que la réalité, loin de le contredire, confirme ses délires de la veille, délires que, d'ailleurs, tout le monde sur le plateau et dans la salle a oubliés – vous ne voudriez pas qu'on se souvienne de pitreries vieilles de 24 heures ? on veut du produit frais, nous autres téléspectateurs ! Il dit, le clown, que la sage décision de Kohl quant au mark ne l'étonne pas le moins du monde, mais alors là, pas du tout ! deux zéros de plus ou de moins, on ne va pas en faire toute une histoire, hein ? Figurez-vous que, pas plus tard que ce matin, moi, Alain-à-la-Manque, sur la note d'honoraires pour mes conseils au Premier ministre, j'ai rajouté un zéro, eh bien, Matignon a banqué sans moufter ! Il faut dire qu'ils m'ont à la bonne, les boys de Matignon ! tous des potes, ces augustes ! Ballavoy,

Bérégodur, Jospé, Jupin ! je présente tous les six mois à celui qui se trouve en piste le plan avec lequel le pays va prendre sa claque dans les six mois qui suivent, et à chaque fois, eux, joueurs comme des fous, ils doublent la mise – je veux dire, mes honoraires !.... Et là, les gugus, pour sortir la France du marasme économique où elle continue de s'enfoncer malgré mes sages conseils ! là, pour faire retomber la fièvre dans les quartiers sensibles des banlieues difficiles, pas d'affolement ! j'ai trouvé la martingale, moi, Alain-à-la-Manque ! La voici, je vous la donne en exclu – *exclusivité,* pas exclu qui dort dans la rue ! vous ne m'avez pas regardé ? –, écoutez-moi : « On réévalue l'euro tout en le dévaluant, on diminue les charges sociales tout en les augmentant, on dégraisse à mort mais on donne un coup de pouce à l'emploi, vous me suivez toujours ? Ensuite, on réduit la fracture sociale en défiscalisant totalement les bénéfices sur stock options, et, cerise sur le gâteau ! la mesure généreuse et populaire qui satisfera tout le monde sans écorner le budget d'un sou, la trouvaille de génie de votre serviteur, Alain-à-la-Manque, écoutez bien : on supprime l'IGF pour les SDF ! Voilà, grâce à moi, les sans domicile fixe ne paieront plus l'impôt sur les grandes fortunes ! Et là, bingo ! jackpot ! le gouvernement ! vous tenez jusqu'à la prochaine présidentielle, les gars ! alors, vous n'allez pas mégoter et me faire un caca nerveux pour une histoire d'un zéro de plus ou de moins sur la note, hein ! je vous facture comme d'hab, *fifty* déclaré, *fifty* au black, je ne suis pas raciste, moi, j'aime beaucoup le black, ha ha ! mais, je file ! j'ai pas que ça à fiche ! on m'attend à Davos, moi ! et, à propos de black, il faut aussi que je dégote le nègre qui va me plagier un bon bouquin que j'ai lu hier dans le Concorde et que je voudrais publier à la rentrée… Le sujet ? La morale démocratique. Un bon titre, non ? »

Et Donata, il faut que tu saches la vérité, maintenant qu'il est, hélas, trop tard pour que tu l'entendes, toi qui gis déchiquetée sur le ballast de la voie ferrée un peu au nord de Dijon : c'est Alain-à-la-Manque qui t'a tuée, ce n'est pas Sid Ali B. ! C'est toute cette connerie et cette pourraverie grasses des puissants grassement payés pour animer le show débile qu'on nous inflige depuis que La Démocratie & L'Économie de marché réunies, SA, règnent sur cette terre et que je ne peux plus supporter, moi, Sid Ali… C'est cette atmosphère délétère de la SS – Société du Spectacle, Donata ! Cet air irrespirable, empuanti par les pompeurs d'air, les vendeurs de vent, les pétomanes qui nous gazent… Et que si tu traites d'imposteur Alain-à-la-Manque, fastoche ! lui, il t'envoie son pote BHV pour te traiter d'antisémite ! Et là, tu ne peux plus répliquer, toi : une fois qu'on t'a collé l'étiquette, c'est foutu ! Surtout si tu es, comme moi, un rabza ! C'est plus grave, de la part d'un rabza, de dénoncer l'imposture de ces guignols ! Parce que si tu es un rabza, tu es forcément complice des gamins de l'Intifada qui caillassent les jeeps de Tsahal… Mais si tu t'appelles Alain-à-la-Manque, ou BHV, tu peux calomnier n'importe qui, personne n'osera te contredire ! Tu peux dire et faire n'importe quoi, et t'en justifier encore ! Tu peux, en compagnie de Tapie, de Chazal et de PPDA, inaugurer Disneyland France, et déclarer que Disney aussi, c'est la civilisation… Et tu peux, quelques jours plus tard, t'envoler pour Tokyo avec toute l'équipe de *Paris-Match*, aller inaugurer l'édition japonaise de *Paris-Match*, et déclarer que tu approuves tout ce qui rapproche les peuples et les cultures, donc la parution d'un *Paris-Match* nippon… Tout se vaut, tout s'équivaut ! *Anything goes !* Et tu peux ajouter, si ça te chante, que d'autres philosophes l'auraient fait avant toi ; que Sartre, que Malraux l'auraient fait... Ah ouais ! Mais tu as oublié Nietzsche, mon pote ! Pourquoi ce ridicule scrupule ? Maintenant que nous sommes débarrassés de toutes ces superstitions démodées, et de ces choix autrefois si embarrassants à faire : le Bien ou le Mal, l'Intelligence ou la Connerie, l'Art ou l'Industrie, le Salut spirituel ou la Consommation...

Ah ! mais vous l'avez trouvée, la solution finale moderne, clean, soft, adaptée à notre époque : nous asphyxier avec vos produits de synthèse, vos fétides mélanges détonants de verbiage et de vide, de concepts et de paillettes, de poses morales ostentatoires et de strass ! Bouffons ! Bouffons qui nous polluez l'air comme font l'industrie chimique et les gaz d'échappement ! Bouffons, qui nous salopez le paysage et l'horizon comme font les dégazages sauvages des pétroliers en haute mer et la marée noire Total ! Nouveaux totalitaires ! Militants du tout et n'importe quoi et son contraire ! Commissaires du people ! SS de l'économie de marché spectaculaire et mondialisée ! Enculés !

Et toi, Donata, tu étais une conne, tu n'avais pas la sensibilité suffisante pour te sentir incommodée par cette puanteur qui, moi, Sid Ali, m'offusque et me fait dégueuler ! Toi, Donata, tu me redégueulais toute la daube dont les médias t'ont gavée depuis ta plus tendre enfance, et le pire est que tu croyais sans doute me faire plaisir ! En toute innocence, tu me pétais au nez tes lieux communs politiquement corrects ! Tu ne devinais pas que chez cet archange, voyageur sans bagage, qui s'était assis en face de toi, cela pouvait provoquer une crise non pas d'épilepsie, mais de Horla.

Et je te dois, à présent que tu ne peux plus m'écouter, Donata, une explication: une explication qui vaut ce qu'elle vaut, une explication qui m'est un peu suspecte à moi aussi, une explication qui ne me plaît qu'à moitié car elle ressemble un peu beaucoup à une explication de psy – d'enculé, donc –, mais, bon! il faut que je te la donne quand même; ce serait une explication à ma folie, et mon avocat, qui est un génie comme moi, élégant comme moi quoique dans un genre différent du mien, et un homme fondamentalement bon comme moi – ça t'étonne de m'entendre dire ça, Donata? mais c'est comme ça! je suis bon, et je suis innocent, moi, Sid Ali... Bon. Voici – on peut vérifier que je n'invente rien en consultant le dossier établi sur mon cas par le Centre médicosocial, le dossier que mon frère Aziz avait réussi à chourer quelques heures, le temps pour moi de photocopier ce qui m'intéressait, et de savoir enfin ce que pensaient de moi ces enculés de psys, et la vérité sur ma naissance... Mais en fait, je ne devais rien découvrir sur ma naissance que je ne susse (ma bite – pardon, je n'ai pas pu m'empêcher!) déjà, rien que je ne susse sans savoir tout en sachant: ces choses-là, tu finis toujours par les deviner et, de toute manière, tu les a apprises dans ta chair si tu ne les sais pas encore intellectuellement – il y a une mémoire du corps qui toujours te rappelle l'horreur qui a eu lieu – mais quelle horreur? Eh bien voilà... Et un jour – tu as quoi? six, sept ans? –, ta mère, si pudique qu'elle soit, craque devant toi, et commence à l'évoquer à mots couverts, en hésitant beaucoup, en butant sur les mots, en mélangeant l'arabe au français dans un bouleversant charabia, et les larmes lui montent aux yeux tandis qu'elle te raconte un peu plus posément l'horreur que ce fut et pour toi et pour elle, ta yema, et un sanglot l'interrompt, elle est comme cassée en deux, ta yema, elle suffoque – alors c'est toi, son fils, le seul Sid de ses fils, qui lui fait noblement, affectueusement, en homme déjà ! en homme, oui ! si jeune que tu sois : « Stop, tu m'en as dit assez, Maman ! » Et comme elle te prend dans ses bras, tu ajoutes, admirable mot d'enfant, d'un enfant ignorant encore qu'il vient de faire son premier bon mot, mais ce fut dit innocemment, ce bon mot n'était pas voulu : « Et puis, on était tous les deux ensemble, quand je suis né, alors on a tout vu, tous les deux – pas la peine de me raconter ! »

Des détails, les curieux, les voyeurs ? Mais comment donc ! Rouvrons ce dossier sur la chemise cartonnée duquel un cinglé avait ornementé et souligné avec tant de plaisir pervers le mot *Cas*... Nous y apprenons que Sid Ali B., à sa naissance, manqua de peu mourir étouffé, et comme Jean-Jacques Rousseau en naissant, donner la mort à la mère qui lui donnait la vie. Mme Dalia B. souffrit si horriblement qu'elle en perdit connaissance et ne fut réanimée et sauvée qu'in extremis. Quant à l'enfant ? Eh bien, tout était dans le dossier ! ah ouais ! aucune pièce ne manquait, aucun rapport n'avait été détruit, ou pour mieux dire : aucune copie des comptes rendus médicaux signés, certifiés, tamponnés, attestés conformes, et apprenant quoi, à l'intéressé qui les lisait ? ah ouais ! que les souffrances fœtales et l'accouchement désastreux, et l'apnée prolongée, de une à trois minutes – le seul point sur lequel les avis des experts divergeaient – qui priva d'air le nouveau-né avaient irréversiblement, irrémédiablement endommagé son cerveau, compromettant gravement sa motricité aussi bien que son intellect... Ne resterait qu'à déterminer ultérieurement, après examens approfondis, jusqu'à quel point. Autrement dit, si ce déchet humain prénommé Sid Ali serait un débile mental profond, un débile mental léger, ou un débile mental inquantifiablement débile, mais débile, ça ! oui !

Bravo, les toubibs ! bravo, les experts ! Bravo ! les Alain-à-la-Manque de la maternité à la manque où je vis, si effroyablement, le jour en ce 1er février 1982 – il neigeotait sur la banlieue nord de Paris, à peu près jusqu'au Périphe ; au-delà, c'était tout bleu jusqu'à Alger... (Non, là, j'invente, pour faire à la fois plus romanesque et plus poétique ! *Parce que je le vaux bien*, comme dit la pub L'Oréal ! On me doit bien ça après ce qu'on m'a fait subir dans cette maternité que je ne nommerai pas uniquement pour ne pas m'attirer plus d'emmerdes, ils seraient capables de me coller un procès !) Et quant à mon père, il s'écria : « Qu'on l'achève ! Un débile mental du nom de Benengeli, il n'y en aura jamais qu'un : moi, Ibrahim ! » (Non, là, j'invente aussi. Mon père, quand il sut que ça s'était très mal passé, décida de ne pas aller y voir : il était trop impressionnable, il attendrait que son épouse revienne à la maison avec l'avorton si noblement nommé...) Pour le premier Benengeli né en France, le premier Benengeli à jouir de la nationalité française dès sa naissance, sans avoir à la demander, ça commençait bien mal. Il ne faisait pas honneur à son pays ni au personnel médical, ce Sid Ali Benengeli ! Mais plus tard, il aurait un fou rire parfois, il crierait de joie à la seule pensée de ce qui serait advenu s'il avait connu pareille mésaventure dans une maternité d'Alger : eh bien ! il ne serait pas là pour la raconter ! Ni sa mère.

Ah ouais ! et bravo à toi, Sid Ali, mon bébé, mon trognon trop, ouoh, mon canard, mon bout de chou, mon joli craquant croquant, mon petit bonhomme qui, du fond de ton berceau recouvert d'une tente en plastique pour assistance respiratoire, leur fit, à tous ces toubibs penchés sur son cas, le doigt « fuck you » ! ou tout comme : tu fus précoce aussi dans l'injure, mon bébé ! Et tu t'ingénias tout de suite, mon mignon, à déjouer tous leurs plans, leurs prévisions, leurs pronostics, tu t'évertuas, avec cette insolence qui ne devait plus jamais te quitter, à démentir tous leurs diagnostics ! Et ton impertinence ne connut plus de bornes quand on te contraignit à consulter des psys : psychologues, psychanalystes, psychiatres, psypsys ! Alors, là ! mais il se payait nos fioles de psys, ce petit Sid Ali, programmé, je vous le rappelle, pour faire un superbe attardé mental ! Mais non, il se rebelle, le bougre ! Il cesse de faire psypsy au lit beaucoup plus tôt que ses frères aînés. Il marche à dix mois, parle à deux ans en s'exprimant comme un enfant de quatre ou cinq ; dès cinq ans, il est coquet comme on le devient à douze ou treize ; dès six ans, il se contente de répondre d'une moue ironique quand il juge qu'une question qu'on lui pose ne vaut pas qu'il gaspille sa salive ! Il entre à la grande école : en cours préparatoire, il en est déjà à batifoler à la dernière page de son abécédaire, à visiter ce zoo où zébus et zèbres illustrent l'ultime lettre de l'alphabet sous le zigzag d'un éclair déchirant un ciel azur – oh, l'incohérence ! –, tandis que ses potes peinent toujours sur les toutes premières pages, s'étonnent encore qu'un *b* suivi d'un *a* donne *ba* – ouoh, les gols ! c'est pourtant le b, a, ba ! Tu l'as dit tu l'as, Sid Ali, mon bébé !

Déjà, la star destinée à la débilité mentale et psychomotrice se paie le luxe jubilatoire de grimper vertigineusement dans le hit-parade du QI… Et s'il ne dépasse pas les 137 points, ce qui constitue déjà un superbe score, ce n'est pas incapacité à monter plus haut encore, mais qu'il se lasse ! Un dandysme précoce – précoce, tout l'est en lui – le fait juger que l'excès, en tout, est inélégant !

Bref, tel fut l'étonnant destin de ce Sid Ali, condamné par les Diafoirus experts et les Alain-à-la-Manque médecins, Donata, à devenir un idiot – et qui, d'une certaine manière, est devenu un Idiot, mais avec un grand *I* : Sid Ali Muichkine, meskine !

Et Sid Ali aurait sans doute pleinement joui de son succès, Donata, si sa naissance tragique n'avait pas eu une conséquence malheureuse – ou heureuse, comme on voudra – sur sa santé mentale : une hypersensibilité à la connerie, à la pourraverie, à la putasserie des puissants qui mènent ce monde ! une espèce d'asthme que provoque en lui la pollution de l'air par les émanations irrespirables de l'économie de marché mondialisée et de la Société du Spectacle ! Tu es, Donata, la malheureuse victime, désignée par le hasard, d'une violente crise qui m'a frappé soudain, dans ce fatal Paris-Gênes. Allah, ses voies sont impénétrables, a voulu que ce soit toi. Et il est vrai, Donata, que tu n'as pas eu de chance : je suis un espiègle, un primesautier, un désinvolte, un capricieux impénitent ; je vais et je viens, léger, ravi de vivre, et de mon génie, et voilà ! je suis trop vif, je ne réfléchis pas assez, je ne prends jamais le temps qu'il faut prendre pour bien choisir ; je n'ai pas pris le temps de choisir ma victime... Mais sache-le, Donata, et prends-le comme ma demande de pardon, je suis sincère en le disant : sache que j'aurais franchement préféré avoir sous la main Alain-à-la-Manque à exécuter... Putain, quecla sa chetron, cet enculé ! Sac, ensuite, et pas du Prada, hein ! nahan, un sac Auchan ! Z'y va, je t'étouffe, bouffon, dans un sac plastique, comme tu m'as fait suffoquer sous ta connerie, et la plasticité de ta pensée, ou, pour dire plus justement les choses, de ton absence de pensée, de toute pensée, et de toute morale, et de tout scrupule… Allez, bon débarras ! Au ballast !

Et tu aurais encore été moins lourd à jeter que la menue Donata ! Enculé !

Et ça ne vous suffit pas, les curieux, les voyeurs ? Vous voulez d'autres détails, du plus gore, du plus beuheurq ? Vous n'êtes pas encore rassasiés ? Pourtant on vous l'aura assez repassée, sur vos petits écrans, la chute du corps de Donata sur la voie ferrée, la manière dont le vent et la vitesse ont plaqué un instant le cadavre contre le wagon, comment il a rebondi et s'est fracassé, et s'est déchiqueté au long du ballast, mélange de velours prune, de mohair mauve et de chair – ah non ! pas de chair : du latex, c'était ! comme pour les guignols. La téloche vous a montré une superproduction avec le guignol grandeur nature de Donata. Et, à crime de superstar, on a tout naturellement réservé un traitement de superproduction hollywoodienne : pour la malheureuse victime du génial Sid Ali B., on n'allait pas mégoter ! Ce serait du jamais vu ! une première dans les annales de la Justice, de la police judiciaire comme de la scientifique, et du JT ! Une reconstitution aussi soigneusement et richement produite que le dernier Luc Besson ou le dernier Spielberg ! Tournage en simultané à quatre caméras, effets spéciaux minutieusement répétés puis exécutés en temps réel par la meilleure équipe de cascadeurs au monde, des Français que les grands studios américains essaient de nous arracher à prix d'or... Et un grand réalisateur qui n'a pas voulu que son nom apparaisse au générique – sa pudeur l'honore, mais le métier a très vite su de qui il s'agissait. Et le court métrage était si bien réalisé, si convaincant, que toutes les rédactions des grands JT ont demandé, et obtenu de la garde des Sceaux, avec l'aval du CSA, l'autorisation de le montrer en ouverture du « Vingt heures ». Et pas seulement d'en montrer deux ou trois plans, non, mais la séquence entière, la scène vue sous plusieurs angles, avec diverses focales, en défilement normal, au ralenti, en accéléré, puis *replay*, puis *replay* avec arrêt sur image, et des plans de coupe pour agrandissement aussi, et des plans avec incrust montrant magistrats et policiers présents sur les lieux du tournage, et d'autres sans incrust mais zoomant sur le visage hébété et caoutchouteux, somme toute assez réaliste, de connasse au visage aussi expressif que celui d'une poupée gonflable de sex-shop, une connasse à la cervelle bourrée de son radio, de lieux communs pour débats télévisés, de correction politique démocratique et marchande, de slogans jeunistes, une connasse lestée de conformisme petit-bourgeois communautaire européen, d'alemisme, d'aznarisme, de berlusconisme, de blairisme, de jospinisme, de schröderisme, de tout et de rien et de n'importe quoi – une marionnette pour guignolade télévisuelle prénommée Donata à l'écran comme dans la vraie vie, une de ces vrais gens dont se repaissent les faussaires réalisateurs, animateurs, présentateurs et amuseurs du spectacle journalistico-télévisuel universel – *vera gente, en italien, gente autentica, en espagnol, verdadeiras pessoas, en portugais, real people, en anglais, Leute auf der Straße*, en allemand : chaque pays d'Europe a son équivalent –, une de ceux à qui le reporter tend un micro sur le trottoir pour un microtrottoir afin qu'il ou elle répète ce qu'elle a entendu dire la veille par les commentateurs du JT, une de ceux à qui on propose de découvrir la différence entre le yaourt ordinaire et le velouté, de faire l'examen fenêtre de ses torchons, d'essayer ce nouveau slip pour incontinent dont la fronce anatomique retiendra mieux leur urine bleue – car bleue, toujours bleue est l'urine des vrais gens testés dans les spots ! – ah ! et sans oublier l'échange de son paquet de lessive Ariel contre deux paquets de lessive ordinaire, ni le constat que la purée mousseline Mouss'Line est plus mousseline que les autres purées mousselines... Une ménagère de moins de cinquante ans, cœur de cible des tunnels de pubs diffusés avant et après le JT, un humain robot ménager dont le seul vrai malheur dans une vie vide, fixée devant un écran qui fait écran à la vie, fut de croiser un vivant viveur, un vif, un écorché vif, un sensible, un imaginatif, un beau fouteur de merde aussi, le roi des scélérats, l'as du houl, le Zizou de la gaze, le génie de la cité des Poètes.

Et la séquence horrifique fit exploser l'audimat ! Toutes chaînes confondues, les scores furent pulvérisés, comme disent les chroniqueurs sportifs. Et pour ceux qui n'avaient pu satisfaire leur voyeurisme à vingt heures, il y eut une seconde séance au JT de la nuit ; et ceux qui avaient également manqué la séance de minuit, purent s'en délecter au petit-déj', entre deux bols de Nesquik « Nouvelle formule, enrichi aux biovitamines et sels minéraux essentiels ! »

Et le standard du Téléphone-Vert « Assistance au téléspectateur » de TF2 sauta dans la soirée, saturé qu'il était d'appels demandant une rediff : on n'avait pas vraiment bien vu comment la malheureuse victime du monstrueux sadique avait été éjectée de la voiture 11 du Paris-Gênes – si si ! authentique ! l'information fut donnée dans le numéro suivant de *Télé-7 Jours*... Et devant la machine à café du burlingue, Ginette a rassuré Raoul qui crevait de dépit et de honte d'avoir raté ça: son Milou, à la Ginette, avait pensé à enregistrer, lui, elle lui ferait une copie de la cassette. Ah ouais! c'était à voir, le moment où la malheureuse victime du monstrueux sadique, si c'est pas un scandale que des fous pareils soient en liberté quand on paye tant d'impôts, hein? rebondissait sur la paroi du wagon puis se fracassait sur le ballast, la malheureuse, avec ce pull en mohair mauve que, moi, j'ai le même, mais, ma Ginette, tu ne remets plus le tien tant que le dangereux criminel court dans la nature, m'a ordonné mon Milou: des fois que ce serait le mohair mauve qui l'excite, ce psychopathe... Et puis, mais c'est toujours moins intéressant quand l'image n'est pas animée, mais enfin, c'était bien quand même, le jeudi d'après, le choc des photos dans *Match*, dans *Détective*, dans *VSD*... Et pour une fois, j'ai pris l'*Obs*, et *L'Événement*, et le *Fig-Mag*, parce qu'ils y étaient aussi! Ah, terrible! Vraiment on se demande qui peut acheter ces magazines pour voir des horreurs pareilles... Moi, Raoul, c'est pas pareil, c'est pour me tenir informé, mais, ils l'ont dit hier soir à « Ça se discute »: il y a plein de pervers qui achètent ces hebdos pour se régaler du malheur des autres! Le cancer de René, le mari de Céline Dion, par exemple, ou celui du prince Rainier, eh bien, on a du mal à le croire, mais ça a boosté les ventes des people, Delarue l'a dit: « boosté les ventes du people »! le cancer de ces malheureux... C'est un monde, hein? Il y a vraiment des tordus sur cette terre!

Moi, Sid Ali, je n'ai pas été aussi voyeur que ces vrais gens, je n'ai pas voulu regarder comment s'éparpillait dans ces ténèbres venteuses la dépouille disloquée de l'infortunée Donata – c'est d'ailleurs le seul détail qui clochait et foutait tout en l'air dans la somptueuse reconstitution produite par la Justice, la Police et les JT Associated : c'était filmé de jour ! Ce nulache de prétendu grand réalisateur ! pourquoi n'avoir pas, pour plus de réalisme, tourné en nuit américaine ? Truffaut, lui, y aurait pensé. Mais qui sont les Truffaut d'aujourd'hui ? Je vous le demande.

Pour moi, Sid Ali, la séquence qui suivit l'éjection de la connasse lectrice de *La Repubblica* assassinée par étouffement sous sac Prada fut certes moins spectaculaire, mais beaucoup plus captivante, car faisant appel au don d'observation, et nous montrant, s'il en était encore besoin, le foie, la ruse, le sang-froid hors pairs du héros, et son intelligence exceptionnelle.

Donc, Donata ne se trouve plus dans ce compartiment n° 5 de la voiture n° 11 du TR 583 Paris-Gênes ; mais sa valise et son sac, si. La valise, se dit notre héros, nous n'y toucherons pas, Sid Ali : a priori, rien d'intéressant dedans, et plus de temps à perdre : nous approchons de Dijon. Mais le sac... ! Ah ! le sac de Donata ! Du faux Vuitton, figurez-vous ! Une horreur fabriquée dans une matière plastique caca d'oie, si cheap d'aspect que Barbès-Bazar n'en voudrait pas pour ces bagages qu'ils vendent aux malheureux Cainfs sans papiers qui retournent de leur gré au pays, las qu'ils sont des tracasseries dont l'actuel Papon, j'ai nommé Chevènement, les accable... Et, jaune pipi sur ce fond caca d'oie, le célèbre motif obsessionnel aux initiales *L* et *V* entrelacées mais qu'un plagiaire dyslexique a inversées : Donata avait un sac VL en simili. Et dire que je l'ai fait mourir dans de l'authentique Prada ! Voilà qui relativisait beaucoup l'horreur du crime et devrait valoir, en toute justice, de très larges circonstances atténuantes au coupable, non ? La victime portait du faux Vuitton ! Je ne m'explique pas que Mme Élisabeth Guigou, dont le nom rime très légitimement avec goût, qui est une femme aussi élégante au moral que dans sa manière parfaite de s'habiller en toutes circonstances, y compris pour un pince-fesses donné en l'honneur de cette charogne de Hassan II par Chichi-les-Odeurs et sa Bernadette, je ne m'explique pas que notre garde des Sceaux n'ait pas encore proposé devant l'Assemblée nationale une minime modification du Code pénal instituant que tout assassin d'une personne arborant, sous quelque forme que ce soit, du faux Vuitton bénéficierait automatiquement d'un non-lieu. Cela dit, j'espère que le député de ma circonscription proposera l'amendement suivant : si c'est du vrai Vuitton, acquittement aussi. Non, mais !

Bon, se dit Sid Ali, cette digression faite, explorons le contenu de l'horreur. Hors de lui était, il y a seulement cinq minutes, notre héros, hanté, harcelé par un colérique djinn, manipulé, agi par son Horla, changé, de Dr Jekyll en un hideux Mr Hyde, et donc il va commettre la connerie à ne pas faire, fouiller en laissant assez d'empreintes pour l'envoyer aux Assises... Ah ouais ? Pour qui vous me prenez ? Vous vous foutez de moi, là ? Vous ne savez pas que je suis un *perfect cool blood killer* – dois-je vous traduire, vous qui vous gavez de tout ce que l'industrie cinématographique américaine fabrique de produits filmiques dont les distributeurs français ne prennent plus jamais la peine de traduire les titres ? Et que fait donc l'astucieux et prévoyant Sid Ali ? Le prudent Sid Ali a toujours sur lui, pour le cas d'un coup de foudre inopiné et quasi instantanément suivi d'un rapport sexuel qu'il exige protégé, ce afin d'éviter sa contamination par une saloperie dont le nom s'énonce comme les deux premières syllabes de son prénom double – on suit toujours, les taches et autres nulaches qui bâillent au fond de la classe ? –, le prudent Sid Ali a toujours sur lui, disais-je, quelques préservatifs et une paire de gants en latex fin « Votre seconde peau », car ledit rapport pourrait avoir pour préalable l'examen approfondi d'une certaine partie intime du partenaire que la décence, ou le désir d'obtenir le Grand Prix de l'Académie française, interdit de nommer – si vous ne suivez pas, les taches et autres nulaches, vous redoublerez ! je l'ai bien fait, moi, Sid Ali, et je n'en suis pas mort !

Voilà, les gants... Et que claque le latex de qualité chirurgicale comme sur les mains velues du Dr Ross – quand il aura fini sa partie de golf-moquette en compagnie de l'infirmière en chef, il pourrait peut-être venir opérer la malheureuse victime du racisme policier que les secours viennent de déposer, baignant dans son sang, aux Urgences !

Ouais. Molto bordelica, la Donata ! Un fourbi de tout et n'importe quoi, en vrac, dans cet atroce sac VL ! Tune ? Du made in France : trois Eiffel, un Cézanne – 700 balles, ouais, vous comptez vite ! Toujours ça de pris, hein ! Butin, putain ! Du made in Italy : ah, là, pas de quoi sabler au Ruinart rosé ! Il était temps que Donata aille retrouver son papa et sa mamma à Savona ! 50, 60, 70, 80, 90 000 – ça impressionne tous ces zéros, et, si en francs, on serait content de sa journée, mais ce sont des lires (délire) ! Grosso modo, à vue de nez, et si je ne m'abuse, docteur (ha ha ! elle est bien bonne) : 200 balles et des poussières. De quoi s'acheter du VL, mais pas du LV – nahan ! pas même le porte-tickets de métro Vuitton (je jure avoir vu ça, un jour, dans le Rereu ! ouais ouais, une follasse munie d'un porte-tickets de métro Vuitton ! et je jure que je n'avais pas bu ni abusé du pétard ! Voir ça provoque un choc à la fois culturel et social dont on est long à se remettre quand on est un jeune beur venu d'une cité sensible sise dans un quartier difficile, croyez-moi !).

Donc, j'ai, si je change les lires, une centaine de keuss : pas mal, *grazie mille*, Donata ! Mais, que vois-je, de plus intéressant encore ? Une card ! Une Mastercard ! Balek, les yeux ! Si vous craignez comme moi les éblouissements, mettez vos écrans polarisés *Ski extrême* ! Je vous donne le nom de la banque ? Vous allez rire : Banco di Santo Spirito ! Eh ouais. Les roumis m'étonneront toujours, de mélanger ainsi sans vergogne le profane et le sacré ! Pour les cathos, le Saint Esprit est aussi une banque... Mais voyons donc ! On n'est pas des pédés de musulmans qui vous flanqueraient une fatwa pour moins que ça ! Et la Mastercard, d'un caca d'oie qui l'assortit au faux Vuitton – là, la classe Donata ! –, est à quel nom ? Donata... Nahan ! Renata ! Renata Fiorelli ! Ah ouais ! Bravo, Donata ! Car tu te prénommes bien Donata, toi, je viens de vérifier sur ta carta d'identita ! Tu m'as dit la vérité : Fiorelli, Donata, Borgho di Savona, Savona (c'est plus propre deux fois), Italia. Alors quoi ? On choure à la frangine ? Remarque, je serais mal placé pour te faire la leçon, et, du reste, à quoi bon une leçon posthume ? Mais enfin, chacun sa morale : moi, je me suis contenté de lui chourer son identité, à mon frangin Aziz, jamais je ne lui aurais tiré sa Mastercard... La tentation n'était pas bien grande, il est vrai : Aziz n'a jamais eu ni Mastercard, ni Visa, ni Amex, ni Diners, ni quoi que ce soit qui ressemble à une carte de crédit ou à une carte bancaire, si ce n'est sa carte d'identité inviolable, infalsifiable et plastifiée, potage aux salsifis, brevet Pasqua, qu'il mit, quoique de nationalité française depuis l'âge de cinq ans, des mois à obtenir parce que né algérien en Algérie. Si tu n'es pas né en France, il faut que toute la paperasse passe par Nantes. « Pourquoi, Nantes ? – C'est comme ça, ne discute pas ! – Mais les dossiers mettent un temps infini en va-et-vient entre Nantes et notre commune : affranchis au tarif lent, et toujours il manque une pièce ; et il faut donc recommencer, et renvoyer le dossier à Nantes, et attendre, et recevoir de nouveaux formulaires à renvoyer dûment remplis à Nantes ; ça peut prendre trois mois, ça peut prendre six mois ! alors que pour mes frères et ma sœur nés après moi en France la question est réglée en vingt-quatre heures ! Pourquoi, Nantes ? – C'est comme ça, ne discute pas ! – Mais puisque j'ai déjà une carte d'identité française, celle sur papier, et que je suis français, et uniquement français ! J'avais la double nationalité, mais j'ai, dans les règles, en accomplissant les innombrables démarches nécessaires pour ce faire, et il faut vraiment le vouloir, croyez-moi ! renoncé définitivement et irréversiblement à la nationalité algérienne : que vous ne puissiez pas me reprocher à moi, Aziz Benengeli, comme vous en accusez tous ceux qui ont gardé les deux, de vouloir jouer sur les deux tableaux, de passer et repasser d'une nationalité à l'autre selon ce qui nous arrange, de vouloir le beurre et l'argent du beurre comme vous dites élégamment ; non ! j'ai choisi : je serai français ! alors, pourquoi mes potes nés en France, pourquoi mon frère Sid Ali, né en France, peuvent-ils obtenir leur nouvelle carte en allant à la mairie de leur commune ou au commissariat ; et pourquoi, moi, suis-je traité comme un citoyen de série B, un Français au rabais ? Combien de temps encore devrai-je expier le crime d'être né en Algérie ? Pourquoi, Nantes ? – C'est comme ça, ne discute pas ! » Et vous vous étonnerez après ça, les Francaouis de souche pasquaïens ou chevènementistes, kifkif, qu'il nous arrive de sortir de nos gonds et d'avoir comme une envie de caillasser et de casser tout ! Ah ouais ?

Je ne lui aurais jamais tiré sa précieuse carte d'identité à présenter au minimum une fois par semaine au suspicieux schmidt qui passe, à mon cher Aziz qui m'aura appris l'élégance beur et l'art de niquer les bipeurs et codes-barres – je lui en voue une reconnaissance éternelle... Non, je me suis contenté de m'attribuer son passeport pour trois raisons que je vous expose ici : primo, il était en taule au moment des faits, Aziz, mon frère, et à quoi lui aurait servi son passeport derrière les barreaux ? deuzio : j'étais mineur encore et lui, majeur ; tertio : je ressemble beaucoup, en beaucoup plus beau, certes, mais beaucoup beaucoup à mon frère Aziz ! Que de fois, par exemple, des psys nous confondirent, et furent un peu surpris – pardon Aziz, je t'aime beaucoup, tu le sais, comme tous deux nous aimons Ahmed ! –, furent surpris, dis-je, d'entendre tout à coup cet Aziz, qui aurait pu figurer au *Guiness Book of Records* sous la rubrique Échec scolaire, leur parler de ses affinités avec le personnage de Julien Sorel, ou leur avouer combien lui avait plu *Querelle de Brest*... Et le psy, là : « Querelle de quoi ? de qui ? » (Je jure qu'ici je n'affabule pas ! C'est à ces enculés incultes qu'on confie notre belle jeunesse un peu psychiquement troublée ! On le serait à moins, quand on vous voit, vous, plongés dans le dernier essai d'Alain-à-la-Manque ou de Jacques Attila ! Quand ce n'est pas, enculés, le dernier Paulo Cœlho ! Je jure l'avoir vu aussi – on en est là !)

Mais revenons à la trouvaille, bonne pioche ! d'une Mastercard établie par la Banco di Santo Spirito à Renata Fiorelli...

Le lecteur gavé de daube de série téloche se dit que c'est bien beau une carte, mais que si notre héros ne dispose pas du code… Mais là, Sid Ali, qui vous a toujours étonné, avouez-le ! va vous étonner une nouvelle fois. Intuitif, déductif, inspiré, Sid Ali se dit que, contrairement à lui qui est doué d'une prodigieuse mémoire, cette conne ne retient rien, pas même une suite de quatre chiffres, et aura donc connement noté quelque part le sésame – le sésame, dis-je, en rendant hommage, au passage, à mon vrai maître, Ali Baba, qui obtenait tout ce qu'il désirait en se contentant d'ordonner : « Sésame, ouvre-toi ! » Je suis Sid Ali Baba, et, vous, babas !

Écoutez plutôt, comme disait Shéhérazade. Où, me dis-je, cette connasse aura-t-elle noté le numéro magique ? Pardi ! là où tous les connards et les connasses amnésiques le notent : dans leur carnet d'adresses.

Le carnet d'adresses ? Le voici ! Beuheurq ! assorti au sac : faux Vuitton itou. Là, avec un bon avocat, je suis acquitté dès le premier jour du procès en Assises : « Mesdames et messieurs les Jurés, je n'ai que ceci à vous dire : la prétendue victime du prévenu que je représente avait non seulement un sac en faux Vuitton, mais le carnet d'adresses assorti ! – La séance est levée ! » Standing ovation pour le prévenu à juste titre présumé innocent et outrageusement provoqué par la dénommée Donata Fiorelli, voleuse notoire de Mastercards du Banco di Santo Spirito !

Sagement ganté, pour manipuler une telle immondice, de ce latex spécial *Manipulations délicates*®, notre héros, si compulsif, commence à compulser. Voyons voir.

Lettre A :

Tout un tas de copini de la Donata, hypersympas

euh, hypercools euh, et qui ont, comme tout le monde, fixe et portable avec numéros à dix chiffres au minimum ; certains, étrangers assurément, en comportant douze, voire treize – nib. Passons à la lettre B.

B :

Brandolino, Leonella (une Vénitienne, un peu concon, chic fille mais très radine). Numéro de portable, numéro de fixe… Nib.

Ballando-Augiero, Gian Giacomo (un voleur, un menteur, un truqueur !). Numéro de portable, numéro de fixe… Nib.

Beato-Cohen, Gianni Stefano (ce salopard !). Numéro de portable, numéro de fixe… Nib !

Et, à la ligne suivante ? Eh bien voilà ! Nous y sommes ! Curieux nom, non, que ce :

BSSMC ? Suivi d'aucun prénom ? Tiens ! un sigle, peut-être ? Une société ? B : Banco. S : Santo. S : Spirito. M : Master. C : Card ! Ah ouais ! Mais domiciliée dans quel microscopique atoll, quel paradis fiscal de la taille d'un confetti, cette société, pour avoir un numéro de téléphone à quatre chiffres seulement ? Donata, idiota, tu m'as cru à ton image, tu m'as vraiment pris pour un gol ! *Ecco lo !* le *numero magico*, le sésame de Sid Ali Baba ! Et, le plus beau, comme un signe que m'envoie le Saint Esprit : 1982 ! Ah ouais, ma date de naissance ! Moi, au moins, je ne l'oublierai pas !

Le premier distributeur venu : retrait. Ensuite, il ne faut pas tenter le Diable, surtout quand on a affaire au Saint Esprit ! Jamais deux fois, ce genre de pouillave : trop dangereux, si on récidive. Mais, dans les deux ou trois heures qui suivent le choure : z'y va ! Après quoi, on jette.

Mais, avant d'arriver à Dijon, on jette quoi ? Le contenu du sac, par où fut jetée la propriétaire dudit sac... Puis le sac lui-même. D'où, l'énigme qui occupa quelques jours les quotidiens populaires : pourquoi ces affaires de Donata éparpillées sur plusieurs kilomètres, et plus loin encore, plus près de Dijon, son sac Vuitton (nul ne nota qu'il était faux, telle est la paresse de la presse !) ? – résolue.

Le héros peut maintenant sortir de ce compartiment n° 5, où il commence à se les geler, bien qu'ayant fini par relever la vitre ouvrante. Le coup d'œil du criminel pro avant de refermer la porte coulissante : rien de compromettant, rien qui mène aux Assises ? Nahan. On peut enlever les gants – bravo, Dr Ross ! le patient est sauvé, vous pouvez retourner à votre partie de golf-moquette avec l'infirmière en chef aux lèvres pulpeuses et la niquer par 3... 'Llah !

Ralentit le train, ralentit, ralentit, ralentit – grincent et gémissent les freins antiques, et feulent, et stridulent à réveiller les voyageurs endormis... Dijon. Je descends seul du Paris-Gênes. Monte un seul Dijonais, qui s'il a l'intention de se rendre à Marseille est un foutu distrait – tu l'as dit tu l'as, Sid Ali !

Ding deng dong ! Courir, emprunter le souterrain, quatre à quatre l'escalier à la descente, trois à trois celui de la remontée vers le quai TGV – la voiture, là, la plus proche, la 13 ? soit ! puisque c'est mon jour de chance ! en première ? ouais ! je ne mérite pas de voyager en première, peut-être ? en avion, la First, je trouve cela vulgaire, mais en train, z'y va !....

Pchch ! baiser pneumatique de la portière qui déjà dans mon dos se referme automatiquement... Plusieurs places libres, dont une, isolée, conviendra très bien au loup solitaire que je suis. Déjà s'avance vers moi l'homme à la squette griffée SNCF... Ton plus beau sourire, Sid ! Et tu paies... Enfin, Donata paie.

Eh ouais, tu étais pressé, meskine ! Isa is waiting for you in Paris pour à teuf aux Bains Douches : pas eu le temps de prendre ton billet. Tu régleras de bon cœur, sans discuter, le supplément pour défaut de titre de transport valable et composté.

Le Galabru de ce train-là est un Jean Lefèvre. Putain ! le casting, à la SNCF, c'est décidément franchouillard de chez franchouillard ! Je m'acquitte – ce sont des choses qui arrivent, n'est-ce pas ? Mais là, troublé, va savoir pourquoi ? je me crois tenu, en plus, d'exhiber la carte pasquaïenne infalsifiable et plastifiée m'identifiant comme étant Sid Ali Benengeli, domicilié allée Mallarmé, cité des Poètes, etc.

— Non, je n'en ai pas besoin, me notifie, plein de bon sens, Jean Lefèvre. Du moment que vous payez...

En effet. Nul, Sid Ali ! Bogue ! Cliquer sur *Quitter*. Cliquer sur *Redémarrer*. On se calme.

Ah ! et j'ai droit, puisque ayant payé, à un formulaire à remplir, si je le souhaite. Je suis fils de manchot, il m'en chaut ! Et voici de quoi m'occuper en me divertissant le temps du voyage.

SNCF. Grande Enquête Nationale. Mieux vous connaître afin de mieux répondre à vos attentes. Accordez-nous quelques minutes de votre temps, et risquez de gagner des kilomètres gratuits au tirage au sort en nous indiquant vos nom et adresse.

C'est ensemble que nous pourrons mieux améliorer nos services pour mieux vous satisfaire... Putain, la prose ferroviaire nationale, c'est pas du Paul Smaïl !

Suivent les éternelles questions de ces questionnaires normalisés, tests, recensements, sondages et autres foutaises élaborées pour cibler et cadrer et encadrer les consommateurs que nous sommes, continuellement invités à fournir des renseignements sur notre mode d'existence – vie serait un bien grand mot, quoique plus court qu'*existence* – en ixant de croix des carrés informatiquement codés, et ce dans le but de *mieux améliorer*, comme l'écrit la SNCF, notre aliénation et notre servitude volontaire, esclaves que nous sommes !

À moins que vous ne suiviez mon exemple. Je vais vous enseigner un petit jeu amusant, et qui consiste à répondre n'importaoiq. N'importaoiq, depuis la rubrique : identité, profession et le toutim, jusqu'aux trois lignes en pointillé finales où l'on vous autorise, si vous le souhaitez, mais c'est facultatif, hein ! et n'en abusez pas ! pas plus de trois lignes ! à donner votre avis personnel, si si ! et suggérer, et exprimer vos desiderata, voire vos désirs insatisfaits, qui sait ! il se peut que vous en ayez encore un ou deux, et un reste de frustration, mais nous allons régler cela ensemble, et ensemble mieux améliorer, d'accord ?

Mon petit jeu s'appelle le Nique-Test-Conso.

Tablette abattante servant d'écritoire, Mont Blanc *Meisterstück* – z'y va !

Alors voilà : je suis une dame de plus de 65 ans, célibataire, mère de onze enfants de moins de cinq ans (eh ouais ! procréation médicalisée extra-utérine, deux fois des sextuplés en moins de deux ans, un mort-né dans la deuxième portée : résultat : onze enfants de moins de cinq ans). Je vis dans une commune de moins de 5 000 habitants, un studio de 20 m^2, au loyer de plus de 20 000 francs par mois (le proprio est un vautour). Je suis sans emploi mais je gagne plus de 20 000 francs par mois (des ménages, au schwarz, et ça couvre le loyer). Je suis handicapée motrice. Je n'ai fait que des études primaires, mais j'ai obtenu un doctorat en droit (bakchichs aux examinateurs). Je parcours en chemin de fer plus de 5 000 kilomètres par semaine mais uniquement sur le réseau de banlieue. Je prends l'avion plus de dix fois par mois (mes onze niards paient demi-tarif). J'ai deux automobiles (deux Twingo : une seule, on aurait été un peu à l'étroit, les douze). Je prends chaque mois cinq semaines de vacances, sauf en février où je n'en prends que quatre (normal). Ce que je désire ? Des wagons-restaurants à l'ancienne : linge damassé, argenterie, loufiats en frac, mais uniquement sur les dessertes régionales TER... La suppression des TGV, et en particulier de l'Eurostar, puisque, Jane Birkin nous le répète depuis des années sur les ondes, il y a toujours, à Calais, un bateau sur le point de partir pour une minicroisière vers l'Angleterre... Enfin, la modification de l'itinéraire du Paris-Gênes de 21 h 03 comme suit : départ de la station du RER Aubervilliers-La Courneuve, terminus : Marseille-Saint-Charles.

Voilà. Et les distingués voyageurs de la voiture 13 entendent ce jeune homme de type méditerranéen, si vous voyez ce que je veux dire, rire comme un bossu. Et vous pouvez me jeter ces regards mi-méprisants mi-inquiets, connards d'hommes d'aff et bosseuses pétasses en tailleurs Escada – toujours en Escada, les nessbiwomen ! – qui remontez à Paris après une épuisante journée de négociations féroces pour gagner encore un dixième de point sur la marge ! mais si tout le monde faisait comme moi, là, une petite partie de Nique-Test-Conso, juste pour rigoler, quoi ! pendant, disons, un mois, un mois seulement, on vous renvoie tous vos questionnaires remplis de nos délires, avec des croix n'importe où, au hasard, ou alors avec tous les carrés ixés, voilà ! par milliers on vous renvoie vos tests consos niqués... Putain ! ce bogue ! le vrai bogue de ce siècle et du suivant, pour le coup! toute la machine s'enraye! tout pète! les ordinateurs qui dépouillent vos questionnaires sont devenus fous! vous n'y comprenez plus rien! que veulent-ils, ces cons de consommateurs? quelles sont leurs attentes? Et là, connards d'hommes d'aff et bosseuses pétasses, là, pour la première fois depuis les années 1950, mettons, depuis le début des Trente Glorieuses et de la société de consommation, putain, vous ne savez plus quoi faire pour nous satisfaire, nous servir, et *mieux améliorer*!

Voilà, nous, les esclaves, on vous fait le bras d'honneur, on vous fait le doigt « fuck you »! La révolution sans barricades, sans mitraillettes, sans une goutte de sang versé, nahan! juste des croix dans des carrés n'importe comment! Et démerdez-vous maintenant, les responsables, les décideurs! On vous dit qu'on veut des wagons-lits avec bains et un wagon-restaurant avec violons tziganes sur la ligne B du RER, entre Aubervilliers et Les Halles, exécution! La majorité a choisi! On est en démocratie, non? Le consommateur est le roi de l'économie de marché, non? C'est Alain-à-la-Manque qui le dit, alors, hein? Exécution! Nos désirs sont des ordres! Je vous l'entends dire et répéter sur les ondes et le petit écran depuis que je suis né, et né dans d'effroyables souffrances, moi, Sid Ali! Je veux une cabine tout en acajou, dans un wagon-lit, et des violons tziganes pour me jouer du Mozart! Je veux changer la vie… Non, je ne veux pas la changer: je veux la vie, tout simplement! Je veux la vie! la vraie vie! *Esclaves, ne maudissons pas la vie!*

Ouais. Mais quand j'ai bien ri à en pleurer, voici que je pleure et que je ne ris plus du tout, voici que je suis secoué de sanglots… Voici que les distingués voyageurs de la voiture 13 se demandent s'ils ne devraient pas signaler au chef de train, Jean Lefèvre, cet hurluberlu qui trouble une quiétude pourtant par nous bien méritée après une si rude journée de négo, et qui n'est visiblement pas dans un état normal, ce bougnoule... Oh, et puis, après tout, rien à, hein ! pas nos oignons, on a notre dixième de point gagné sur la marge... Et c'est vrai qu'on est en démocratie, or, en démocratie : a le droit celui qui paie, c'est la loi ! et je l'ai vu payer, alors, hein ! N'empêche ! qu'on admette une racaille pareille en première ! la SNCF pourrait mieux sélectionner sa clientèle, merde ! mieux scorer ! il y a l'art et la manière, mais on peut si on veut : il y a un vigile à l'entrée de la boutique Escada, avenue Montaigne... Tiens ! je ne trouvais rien à redire à la fin du questionnaire, maintenant, je sais très bien comment je vais les remplir les trois lignes en pointillé où l'on m'invite à suggérer ! Bon, je suggère !

Et je vois, et je n'hallucine pas ! je vois la pétasse bosseuse en tailleur Escada qui occupe le siège 52 – j'occupe, à sa hauteur, le siège isolé 54 –, je la vois rebaisser la tablette, ressortir son stylo tout en or, de bosseuse pétasse, et rajouter trois lignes de commentaire au bas du questionnaire – ah ouais.

Et pourquoi, vous demandez-vous, n'a-t-elle pas subi le sort de Donata ? Dans un train ancien à compartiment, je ne dis pas ! Mais essayez voir un peu, dans un wagon de TGV ! Ouf à donf mais pas si fou, Sid Ali !

Et frappé soudain par la pensée qu'il allait faire une belle connerie, la connerie de sa vie, de retourner à Alger ! oui, qu'il venait de l'échapper belle, en montant, pour se rendre à Marseille, dans ce Paris-Gênes qui ne passait pas par Marseille... Et terrassé de chagrin par la conclusion qui s'impose à lui : qu'il ne reverrait jamais son frère Ahmed ! Pardonne-moi, Ahmed, pardonne-moi ! je suis un homme, tu le sais, toi, mais l'idée que je pouvais avoir une nouvelle crise d'épilepsie dans cette ville, et qu'on me conduise, inconscient, à cet hosto, et que je rouvre les yeux sur le couloir de la Mort éclairé par ces loupiotes bleues… Une fois suffit, Ahmed ! Je ne peux pas ! Je ne peux pas ! Je sais que tu comprends, Ahmed ! Je sais que tu m'approuves ! Plus jamais ça ! Mais que faire, si Allah nous abandonne ! Et toi, Ahmed, pourquoi nous as-tu abandonnés, Aziz, Azzedine, et oim, et Amina, et Yema ?

Tu vois bien que c'est l'enfer sur terre, s'il n'y a pas d'autre choix que le couloir d'un hosto sordide à Alger ou la voiture 13 du TGV Lyon-La-Part-Dieu-Dijon-Paris. C'est le voyage au bout de la nuit. Mon visage décomposé, fantomatique reflet sur la vitre, mes yeux noyés de larmes, et si sombres et si profonds qu'on croirait les orbites évidées d'un crâne décharné, d'une tête de mort… Ces airs de morts-vivants qu'ont les voyageurs dans les trains modernes, à grande vitesse, la nuit, dans ces wagons éclairés et dont les doubles vitres, si épaisses qu'on croirait de la glace, ne peuvent pas s'ouvrir ! Je suis cet inconnu qui me ressemble… Et te ressemble, mon frère, Ahmed, toit qui teufes toutes les nuits dans un rade clandé « after hours » de la Casbah – pour le plaisir, Ahmed, ou par désespoir ?

Et tandis qu'on roule vers Paris à près de 300 km/h, les ténèbres se changent en voie lactée, en scintillement infini, en halos, en éclats ! Voici les agglomérations ! les banlieues ! le paysage que ces connards et ces pétasses somnolents, épuisés mais béats d'avoir obtenu un dixième de point sur la marge, le paysage qu'eux et leurs semblables, leurs clones, ont irréversiblement, irrémédiablement, sali, aplani, laminé, déboisé, détruit, éclairé, bétonné, pollué, pour y édifier des cités invivables, des tours, des barres, des centre commerciaux, des Continent, des But, des Casino, des Galaxy ! Enculés ! Salopards ! On arrive ! Vous entendez ? le haut-parleur vous l'annonce en français, puis en anglais, au cas où vous n'auriez pas compris : vous avez toute la journée travaillé en anglais, vous vous adressez en anglais y compris à vos clients et à vos collègues aussi français que vous, alors la SNCF vous le dit : « *Ladies and gentlemen, in a few minutes...* » Paris, la capitale de la civilisation occidentale ! C'est Tiberi qui l'a dit, *sic* ! Tu l'as dit tu l'as, Tiberi ! Tu es le maire de la capitale de la civilisation occidentale ! Putain, elle a fait des progrès, la civilisation occidentale, depuis Homère ! Se donner un maire pareil, et sa Xavière ! Allez, levez-vous les bosseuses pétasses et les connards ! On est arrivés ! Tout le monde descend ! Et moi, un jour, je vous descendrai tous ! Et ce ne sera pas en ixant des croix dans les cases d'un questionnaire ! nahan ! mais : kalach, grenades à fragmentation, coutelas sacrificiel, et quelques heb-heb – heb-heb heb-heb heb-heb heb-heb ! Je n'en peux plus ! Je n'en peux plus de vous ! Fascistes démocratiques ! Chiraco-jospinistes ! Baladurofabiusiens ! Staliniens de marché ! Nazis de la consommation et de la communication assistée par ordinateurs ! Donneurs d'ordres et remplisseurs de questionnaires ! Robots ménagers ! Débiles mentaux ! QI négatifs ! Veaux à prions ! Prions, mes frères ! SS ! SS de la Sécurité sociale, SS de la Société du Spectacle, SS du Santo Spirito ! Assez ! Assez !

Je n'en peux plus ! Je n'en peux plus ! Reviens, Ahmed ! reviens vivre en France, reviens ! et nous deux, Ahmed, comme tu sais si bien faire, quecla la chetron, ouaches et taouas, à toutes ces pétasses et ces connards !

— Non, après vous, je vous en prie, j'ai tout mon temps, moi, Madame, la nuit ne fait que commencer... Et... *Plus rien ne s'oppose à la nuit, rien ne justifie...*

Bizarre, hein ? ce jeune bougnoule que j'ai vu successivement rire aux éclats, sangloter, et que je vois maintenant, de façon tout à fait inattendue, s'effacer poliment dans le sas de la sortie pour me laisser passer devant – je suis pressée –, et qui chantonne je ne sais quelle idiotie !

Je vous étonnerai toujours.

Gare de Lyon. Coucou, me revoilou ! *Je suis le roi des scélérats à qui sourit la vie*... Le guichet de change va fermer – mais est encore ouvert.

— Vous pouvez me changer ces 90 000 lires, s'il vous plaît ?

— Ça vous fera 232 francs.

— Donnez-moi les 200, et gardez les 32 – pourboire !

Je vous étonnerai toujours.

Et maintenant, un distributeur de talbins, voir si le Saint Esprit exaucera mon vœu. Société Générale ? Va pour la Société Générale ! Choisir la langue dans laquelle je dialoguerai avec la machine. Le français, chère Société Générale ! Je suis français, moi, chère Société Générale, c'est ma fierté, je suis français, je m'en fais gloire ! *Introduisez votre carte dans le sens de la flèche*. C'est fait. La Mastercard de Renata est acceptée – la Société Générale n'est pas xénophobe. *Composez votre code à l'abri des regards indiscrets* – qu'on essaie voir un peu de m'épier tandis que je dialogue avec l'Esprit Saint, par l'intercession de la Société Générale : quecla chetron, oim, ouaches et taouas ! Oui, Saint Esprit, je suis né en 1982... Et le miracle s'accomplit. Combien peux-tu me délivrer de keuss, Saint Esprit ? 20 – soit 2 000 balles (je traduis pour les ringards et les chochottes Neuilly Auteuil Passy) ? Ouais, ouais, répond le Saint Esprit ! Et veux-tu avec ça un ticket ? Nahan, les talbins suffiront… Les voici : 10 beaux Eiffel tout neufs ! Qui a dit que la vie n'était pas belle ? Qui se plaint, et de quoi ? C'est moins reuch payé que la passe zobzek aux Martyrs, mais on a moins à se donner ! Grazie mille, Santo Spirito ! Il va falloir que je pense sérieusement à la conversion ! Et la *card* de Renata Fiorelli ? Poubelle ! Il ne faut pas tenter le Diable, ni le diabolique Sid Ali – tu l'as dit tu l'as, Sid Ali ! Et que Allah te pardonne ! Tiens, là, cette poubelle débordante de barquettes du McDo et autres immondices !

Ça me fait penser que j'ai une faim de loup – oh, eh bien, tiens ! elle servira encore une fois, la Mastercard ! Dans une de ces belles brasseries de la Bastille qui servent jusqu'à 2 heures du matin… Après, on jette, promis.

Ce fut un souper à la fois solitaire et princier : une coupette de Moët – ils n'avaient pas de ce ruineux Ruinart rosé que nous aimons tant, Isa-la-Djez et oim, Sid Ali –, tartare de saumon en entrée, suivi d'un pavé de charolais au poivre, avec, pourquoi pas ? un riesling Kayserberg – ils en avaient ! mais hélas pas en *Vendanges tardives – nobody's perfect, but me, myself and I*… Nahan, pas de dessert, pas de café, mais une Absolut sur glace, *please !* et l'addition… C'est Renata qui nous invite, *me, myself and I* !

La carte est jetée avec nonchalance sur la criante, dans la soucoupe. Le loufiat l'introduit dans la factureuse portative… Aïe ! grimace du loufiat !

— Ah, ce n'est pas une carte française, je dois la passer au…

Ouoh, Sid Ali, la connerie à ne pas faire, tu l'as faite ! Il va regarder le nom du détenteur – de la trice, en l'occurrence… Un jeune rebeu bien de chez nous, pas vingt ans, pas une star, pas Faudel, pas Zizou et qui a son compte au Banco di Santo Spirito, comme c'est vraisemblable ! Viré, le scénariste ! Il s'agit d'un film réaliste, Sid Ali ! On est dans la vraie vie. Mais, tu es un homme, tu en as, et tu ne perds pas pour si peu contenance.

— Ouoh, le con ! j'ai encore pris celle de ma femme, j'étais à la masse ! La scène qu'elle va encore me faire, ma Renata ! Vous savez, les Italiennes… Attendez ! j'ai du cash…

Eh bien, voilà, ça passe ! *No problem !* Il n'y avait aucune raison de s'affoler. Le loufiat rend la carte – *no comment* –, et prend le cash… Et remerciera bien bas le généreux cli qui, pour payer une criante de 630 balles, dépose quatre talbins de 200 et laisse en pourbe le rendu… Vous voulez savoir comment, dans une brasserie chic de la Bastoche, un jeune beur, en négligé, peut se faire raccompagner jusqu'à la porte d'entrée, et que le loufiat la lui ouvre, cette porte, en s'inclinant servilement comme aurait fait un loufiat interprété par un comique de service chargeant à mort dans un navet franchouillard d'avant-guerre ? Fastoche, je vous passe le plan, les potes : 170 balles de pourboire ! C'est pas beau, ça ? Et vous savez ce qu'il y a de pire, et me fout et la honte et les boules pour le reste de la nuit et jusqu'à l'aube, et jusqu'à midi, et jusqu'au soir, et jusqu'à – stop ? Eh bien, le pire était que ce loufiat, les potes, était un comme nous ! ouais, un jeune à faciès, un rebeu, quoi, un rabza ! un beur ! Un beur se déshonorant devant un autre beur pour 170 balles ! Un beur donnant, à son insu, l'aliéné, indirectement raison à Le Pen ! Putain.

À moins que… À moins que… À moins que ce ne soit lui qui ait voulu me gazer et me donner une leçon ? Me retourner ironiquement le compliment, comme on dit ? Me signifier qu'il n'était pas dupe ?

Mieux: que je lui devais bien ça. Il avait cette finesse de jugement qui s'acquiert dans une adolescence faite de mouise et de galères et tissue d'humiliations perpétuelles, la vivacité, la perspicacité qui se cultivent, qui se musclent, qui s'hypertrophient parfois, j'en suis un vivant exemple, dans la lutte quotidienne pour la survie en milieu hostile, ce continuel état d'alerte qui aiguise en nous la capacité à flairer le mensonge de la comédie humaine. Il avait peut-être très bien vu venir la carna, lu dans mon jeu, détecté le fraudeur qui n'a peur de rien, ou repéré en moi un bleu de la pouillave encore si nouveau dans la carrière, si naïf, qu'il ignorait qu'on peut facilement, si on détient le code, tirer ni vu ni connu du cash avec une carte bancaire étrangère, mais que tenter le coup au restau, là, c'est une autre paire de manches – macache bono, mon pote! Une Mastercard du Santo Spirito, tu me prends pour qui, l'arioul? Ah ouais... Mais, par complicité naturelle entre gosses des cités, il avait décidé de me sauver la mise. Il avait bien le droit de se payer ma fiole, ensuite. Il y a un humour beur comme il y a un humour juif: l'humour des humiliés et offensés. Cet art de garder sa dignité tout en feignant de s'abaisser... L'arme de la dérision, du rire. Je me connais: dans la même situation, mais à rôles renversés, j'aurais sans doute eu ta réaction, mon frère en faciès: j'aurais joué au loufiat joué par le comique de service dans un nanar franchouillard itou. Et je me connais, j'aurais chargé à mort, j'en aurais rajouté, et pas qu'un chouïa! Des tonnes, j'en aurais fait, oim, Sid Ali!

Anyway, it was a big mistake, of course... Je veux dire que c'était la grosse connerie à ne pas faire que d'utiliser la carte d'une jeune Italienne que j'avais assassinée, que cette carte fût à son nom ou à celui de sa sœur. Car quelques heures après le retrait dans un distributeur de la gare de Lyon, au petit matin : découverte du cadavre quelque part le long de la voie ferrée au nord de Dijon… Quelques heures plus tard, vers midi, douze kilomètres plus loin environ : tiens ! une carte d'identité italienne sur un talus de la voie ferrée… Une centaine de mètres plus loin : tiens ! un agenda en faux Vuitton… Identification de la victime, questions à la famille, à Borgho di Savona, Savona. Puis, un relevé bancaire : Renata, la sœur de Donata, ne s'explique pas ce retrait. De passage à Paris, la veille de la mort de Donata, Renata avait déjeuné avec Donata, avait payé avec sa Mastercard, puis l'avait confiée à sa sœur – un achat important à faire pour leur Mamma –, et Papa était un employé du Santo Spirito… (Je ne vois pas pourquoi je vous raconte ici ce que vous ont raconté il y a plusieurs mois, en détail, vos quotidiens.) Bref ! rapprochement entre la victime et ce jeune beur pas net, surexcité, un peu ouf, qui croyait pouvoir se rendre à Marseille et est descendu à Dijon… Réinterrogeons Galabru. Interrogeons Jean Lefèvre… Y aurait-il des témoins voyageant dans la voiture 13 du TGV 711, et qui auraient remarqué que… ? Dressons un portrait-robot du suspect… Et alors…

Et alors, rien ! Ce n'était pas une connerie. Du moins, ce n'est pas sur ce faux pas que je suis tombé. Et pourquoi ?

Pourquoi ? Mais parce que ce brave Galabru, dont j'avais trop vite chanté les louanges, ayant cru voir en lui un de ces trop rares Francaouis moyens dépourvus de l'épais et sournois racisme ordinaire, et l'aimable Jean Lefèvre, qui m'avait traité comme il aurait traité n'importe quel voyageur de première ayant omis d'acheter un billet – et, qui sait ? peut-être aussi la bosseuse pétasse en Escada qui, me voyant sangloter de désespoir, avait rajouté trois lignes rageuses au questionnaire SNCF –, en tout cas, tous ceux qui m'avaient décrit à la PJ, et avaient permis de dresser ainsi le portrait-robot du suspect n° 1, comment m'avaient-ils vu ? Eh bien, comme par hasard, avec une chetron standard d'ennemi public n° 1, une chetron à la Carlos, le terroriste, mais avec des traits *type méditerranéen* très accentués : le suspect n° 1, l'archange vu dans le Paris-Gênes et dans le TGV Lyon-La-Part-Dieu-Dijon-Paris était un affreux bouffi, gras, tassé, au cou de taureau, aux yeux porcins, au regard éteint, à l'air idiot, quasi mongolien (oh, pardon ! *trisomique*, il faut dire désormais, c'est plus correct)... Voilà à quoi je ressemblais ! Et vous savez à qui je ressemblais aussi, comme par hasard ? Au premier portrait-robot d'un bougnoule terroriste, un dénommé Khaled Kelkal... Tiens donc ! Vous avez oublié, vous, Francaouis de souche dévoreurs de presse populaire de merde, vous avez oublié la supposée chetron d'assassin dessinée d'après les témoignages de ceux qui s'étaient trouvés sur son chemin d'ennemi public n° 1 ! vous avez oublié mais, moi, pas, ni aucun des potes de sa cité, ni aucun des jeunes beurs de tous les quartiers difficiles des banlieues sinistrées de notre magnifique pays, la France : sur le premier portrait-robot dressé de lui, le beau, et fin, et angélique Khaled Kelkal, dont le regard intelligent et la sensible ironie du sourire vous frappait dans la réalité – vous frappait pourvu que vous fussiez pourvu d'un atome d'intelligence, d'un rien de sensibilité –, Khaled Kelkal portraituré et robotisé selon la haine aveugle des témoins et l'interprétation de leurs dires par des keufs bornés, forcément bornés, Khaled Kelkal était un affreux bouffi, gras, tassé, au cou de taureau, aux yeux porcins, et cetera.

Et l'encore innommé et innommable individu de type méditerranéen qui dans quelques jours deviendrait le supposé coupable présumé innocent Sid Ali B. ? Eh ouais : un affreux bouffi, gras, tassé, et cetera. Plus : détail atroce – et le plus révélateur de ce racisme ordinaire du Francaoui moyen, qui, s'il s'agit d'un beur, lui fait voir dans l'individu qu'il prétend avoir vu non pas le sujet singulier, tel qu'il est, mais sa caricature, le beur tel que représenté dans les séries télé – : le suspect portait, comme tous les beurs des séries télé, sa casquette à l'envers ! Ah ouais ! Les témoins m'avaient tous halluciné avec la visière sur la nuque, et la patte de serrage au front ! Ah ouais. « Vous regardez trop la télévision ! » comme dit le guignol de PPDA, aux « Guignols de l'info ».

Et pendant un bon moment, c'est cette hallucination de témoins drogués de télé qui m'a rendu insaisissable. C'est le délire de la fiction, c'est la folie du Spectacle qui, un temps, m'ont sauvé, fou que j'étais, dans la réalité. On ne me voyait pas tel que je suis mais, comme la pub l'indique sur les paquets de lessive qui vont vous changer la vie, ou les paquets de purée en flocons magiques, ou les paquets de couches qui absorbent mieux l'urine bleue du bébé, *Tel que vu à la télé !* – traduction de l'obsessionnel *As seen on TV!* stické sur la plupart des produits de consommation courante américains. C'est réel puisque vous l'avez vu à la télé. L'écran fait écran à la réalité, à la vie vécue. « Dans le monde *réellement* renversé, le vrai est un moment du faux. » Guy Debord, *La Société du Spectacle* – un des titres inscrits sur la liste des livres recommandés par Mme Rénal.

Envoi à mes frères sémites, les Juifs : mes frères, mes semblables, j'ose espérer que de jeunes Juifs dénoncés à la Gestapo par leurs voisins, Francaouis de souche, ont eu la vie sauve pour cette même raison : ils étaient beaux, fins, élancés, leur regard brillait d'intelligence, l'ironie affinait leur sourire, ils ressemblaient aux David de Rembrandt, voire à celui de Michel-Ange, mais ces rats pétainistes de voisins les avaient décrits comme ces Juifs des caricatures antisémites qu'ils trouvaient dans *Gringoire*, ou dans *Je suis partout* : le « visqueux youpin », affreux bouffi, gras, tassé, au cou de taureau, aux yeux porcins, au regard éteint, à l'air idiot, quasi mongolien – non, on ne disait pas *trisomique*, à l'époque : on a fait des progrès depuis, hein ? On a éradiqué le mal en changeant simplement le vocabulaire, hein ? Pas se faire iech avec la morale, hein ? Et encore moins avec la réalité vécue.

Enculés !

Angéline, maintenant.

La scène se passe trois semaines plus tard. Je suis à Nantes. Pourquoi suis-je à Nantes ? Aucune idée. Je suis à Nantes, voilà tout. À Paris, gare Montparnasse, j'ai pris à 11 heures du matin un TGV, lequel m'a laissé, une heure et cinquante-neuf minutes après le départ, à Nantes – il est incontestable que ce train roule à très grande vitesse, la SNCF ne nous ment pas, et, finalement, j'ai bien fait de ne pas renvoyer le questionnaire : la direction aurait pris mes desiderata en compte, la ligne était supprimée !

Ce jeune voyageur de type méditerranéen et tout de blanc vêtu, beau si on aime le genre typé – il en faut pour tous les goûts, hein ! –, un peu agité, et qui voyage en première classe, a-t-il billet avec résa ? Il a – et composté ! De Funès en reste baba. Ah ouais, sur ce train on a de Funès – le casting SNCF, c'est toujours pas du TGV, tu l'as dit tu l'as. Et donc, ce jeune voyageur de type méditerranéen aurait payé ? Payé, oui, cash, donc à un guichet. Je vous étonnerai toujours. *And how did he find the cash ?* Pouillave dans le métro un quart d'heure environ avant de passer au guichet. Un gros risque que s'est amusé à courir votre héros préféré : le plus joli coup et le plus con qui soit, si poncif qu'on ne le voit plus jamais exécuté dans aucun film ni téléfilm, y compris les produits de grande série pour grand public, en grande distribution ou à une heure de grande écoute – le scénariste aurait honte d'user d'un truc si déjà vu et éventé.

Mais ça peut toujours marcher dans la réalité, dans la vraie vie, laquelle se démode beaucoup moins vite que le réel pour fiction, que la vie telle que vue à la télé ! Qualités requises : savoir un peu d'anglais – *I know enough for the job* – et avoir des nerfs d'acier – *I have, and iron balls too !* Le procédé ? Repérage d'un couple de touristes américains caricaturaux, *as seen on TV !* mais réels : la soixantaine balourde, lui, la bedaine ; elle, dix fois liftée sinon douze ; tous deux chaussés de ces si confortables Converse qui permettent de visiter la ville sans trop souffrir des pieds ; tous deux des pantalons de golf en écossais d'un identique tartan à dominante jaune vif, et d'identiques doudounes rouge vif, et d'identiques squettes genre base-ball marquées *I ♥ Atlanta* ; plus, pour elle, un petit sac en bandoulière et Vuitton (zeugma) – du vrai LV, à vue de nez –, et, pour lui, un caméscope et un petit sac à dos Timberland… Perdus ? *Yes.*

— *May I help you ?*

— *How nice !*

Mais ouais : il y en a de très gentils ! Et je suis sûr que dans une ville comme Atlanta, on trouverait bien deux ou trois blacks aimables… Sid Ali à Sid Ali : intuition : le magot est dans le Vuitton de la vioque, z'y va !

— *Where do you want to go ?*

— Gaelerize Laufaiyet, Op'ra ?

— *Easy, I show you !*

Nous voici justement, quelle chance ! devant un plan du métro. Vous avez déjà vu Jacques Tati se dégingandant, se désarticulant, moulinant des bras et partant dans tous les sens ? Je l'imite très bien. Et avez-vous déjà vu des joueurs de bonneteau en plein vent, à Barbès ou au Marché aux Puces, faire carna à varlo – en français académique : escroquer le naïf – en l'étourdissant de gestes : eh bien, voilà ! vous voyez Sid Ali en train de préparer une foudroyante pouillave sur de trop confiants touristes from Atlanta, Georgia *On my mind*..., USA ! et les noyer sous un flot d'american tchatche – *my God !* Bref, s'ils suivent mon conseil, ils iront à Op'ra en changeant trois fois, alors que par un itinéraire moins baroque, un seul changement aurait suffi : à Madeleine... Et quand, aux Gaelerize Laufaiyet, Mrs So-and-so voudra payer son flacon magnum d'*Opium*... What a surprise ! *No cash, no cards ! Gone with the wind !* Normal, ils sont d'Atlanta...

— Bye !

Et autant en emporte le jeune voyou beur qui se dit que Loulou Vuitton, depuis le temps qu'il vend des sacs aux dames riches, aurait pu inventer un fermoir un peu moins easy à forcer. Si j'étais la cli, j'intenterais un procès à LVMH !

Butin ? Putain ! En cash : 550 dollars US et 2 700 francs français... En cards : tout ce que vous voulez, elle les avait toutes, et dans leur version or ou platine ! Et ça prend le tromé ! Et ça va à ping-shop aux Lafayette Galeries ! Et vous voudriez que j'aie des remords, Mrs Nancy Eagleton ? Mais vous, Mrs Nancy Eagleton, avec votre mari, que cherchiez-vous dans le tromé sinon un peu d'exotisme et d'émotion forte pour pimenter votre séjour à Parisss ? L'émotion fut forte pour moi aussi. Et, oh, la volupté qu'il y a ensuite à jeter un porte-*cards* Vuitton aux vingt volets garnis d'Amex, Visa, Mastercard, Diners, American Airlines et le toutim dans une bellepou que la Ratepeu met aimablement à ma disposition – *Aidez-nous à garder un métro propre !* Je veux. Je ne jetterai pas ces saloperies par terre, je suis bien élevé, moi, Mrs Nancy Eagleton, d'Atlanta !

Et voilà pourquoi, en revanche, Sid Ali n'escroqua point la SNCF, ce jour-là. Après change des dollars, il disposait d'environ 6000 balles, soit, gagné en deux minutes, ce que son père gagnait en un mois.

Le voyage fut agréable. Au bar, notre héros ne se contenta pas d'une gorgée de bière et autres plaisirs minuscules : deux Heineken, il but – ils n'ont pas de Corona, ces nuls ! –, et une vodka Smirnoff – ils n'ont pas d'Absolut, non plus.

Et le voici arrivé à Nantes. Pourquoi Nantes ? Aucune idée. En gare de Nantes, comme à la gare Montparnasse, il avise, affiché en de nombreux exemplaires, un avis de recherche illustré d'un portrait-robot. L'homme suspecté de meurtre sur la personne de Donata Fiorelli, meurtre commis dans le Paris-Gênes, est un affreux gros bouffi âgé d'environ 25 ans, haut d'environ 1,70 m, de type méditerranéen, portant éventuellement une parka de marque Helly Hansen blanche. Bon, à part le type méditerranéen, rien ne correspond. J'ai très bien fait de mettre mon Aigle blanche – celui de Barbara était noir ! et l'aigle est un des rares mots de la langue française à avoir les deux genres : féminin et masculin (si vous ne me croyez pas, regardez dans le dictionnaire). Et l'Aigle blanche est, alhamdoulillah ! aussi imperméable, et étanche, et thermosoudée aux coutures que la Helly Hansen ! J'en rends grâce, dans sa langue, à mon Dieu, car il pleut sur Nantes autant que dans une autre célèbre chanson de Barbara.

Que suis-je venu faire à Nantes ? Je le dis, je le répète : aucune idée ! Que m'évoque ce nom de Nantes ? L'Édit de –, et sa Révocation, en 1685 – quel gol, Loulou XIV ! Que m'évoque d'autre ce nom de Nantes ? Ah ouais, les infinies démarches administratives de mon frère Aziz, Français détenteur d'une carte d'identité française délivrée en Seine-Saint-Denis où il est domicilié, et tenu par la loi de renouveler ladite carte arrivée à expiration, et devant, pour ce faire, s'adresser à Nantes parce que né à Alger – logique, non ? mais la réciproque n'est pas vraie… Et recevant, entre autres, des services de Nantes, ledit Aziz Benengeli, une note ainsi rédigée : *Veuillez nous fournir une copie certifiée conforme de la présente copie certifiée conforme de votre extrait de naissance que nous vous retournons ci-joint*… Vous ne me croyez pas ? Je jure sur ma Foi que je n'invente rien, et je peux vous fournir dix témoignages de potes ayant eu de semblables mésaventures car, quoique citoyens français, nés en Algérie. Et je peux aussi vous raconter l'histoire kafkaïenne qui mena au suicide Yasmina, une amie de Djamila. D'accord ?

Alors, voilà : Yasmina naît Française de parents naturalisés français vivant en France, mais, hélas pour elle, retournés passer trois semaines en Algérie l'été 1981, six semaines avant la date prévue de la naissance de leur fille en France, dans une maternité du 93… Pas de chance : Yasmina naît prématurée, à Wahran – ex-Oran. Âgée de trois mois, Yasmina entre en France, son pays, avec ses parents. Yasmina est française, vit en France, accomplit toute sa scolarité en France… Et… Et… Catastrophe ! Elle a seize ans et, s'étant fait voler sa carte d'identité, doit en demander une nouvelle. Et là, sa vie bascule dans l'horreur : sa demande doit passer par Nantes, puisque la malheureuse est née à Oran… Un crétin d'employé de bureau décide de faire chier pour rigoler un peu. Il manque toujours une pièce, ceci, cela, et cetera. Et qu'arrive-t-il à Yasmina ? Eh bien, un beau jour, elle découvre qu'elle n'a plus d'existence. Non, ça ne va pas être possible ! comme chante Zebda. « On ne peut pas vous établir de carte d'identité, Mademoiselle ! – Mais je suis française, rien que française, que puis-je faire ? – Pas notre problème, mademoiselle ! Et d'ailleurs, française, selon nous, vous ne l'êtes pas, ou vous ne l'êtes plus ! »

Alors, Yasmina sombre dans une épouvantable dépression et va jusqu'à se taillader les veines. Elle est sauvée in extremis par les pompiers appelés en urgence – merci les pompiers ! Par chance, aussi, Yasmina est amie de Djamila, laquelle, par chance aussi, connaît le grand avocat Me Jean-Charles Hélier de Hocquencourt, lequel a le pouvoir de décrocher son téléphone, d'appeler le directeur de cabinet du ministre de l'Intérieur pour lui exposer le cas Yasmina, d'assortir d'une ferme menace de déposer plainte contre la France auprès de la Cour européenne de justice et de saisir, pour faire bonne mesure, les Droits de l'homme si, sous 24 heures, Yasmina n'obtenait pas légitime satisfaction, vu ? Bien, exécution ! « Je vous faxe un mémo de dix lignes, votre secrétariat a mon numéro de téléphone, monsieur le Directeur… Je n'ai pas dit 48 heures, j'ai dit 24, pas une de plus, et veuillez, je vous prie, présenter mes respects à monsieur le Ministre. » Eh ouais. Et là, miracle ! Le lendemain matin, sur le coup de 11 heures et demie, émoi chez les colocataires du HLM où loge, avec ses parents et frères et sœurs qui eurent, eux, le bonheur de venir au monde en France, l'apatride Yasmina… Surgit en effet dans leur immeuble un fringant motard de la Gendarmerie nationale, botté, casqué, en sueur et hors d'haleine tel d'Artagnan rapportant ses ferrets à la Reine : lui n'est porteur que d'une enveloppe du ministère de l'Intérieur, enveloppe qui contient la carte d'identité infalsifiable et plastifiée de Yasmina, avec sa photo – photo qu'elle avait envoyée plus d'un an auparavant à Nantes –, l'admirable administration française n'égarant jamais rien, et le préfet de la Loire-Atlantique ayant été sommé, la veille, par M. le Ministre en personne, de s'occuper en personne de la question, de faire retrouver et le dossier et la photo de, et cetera. Et toutes nos excuses, chère mademoiselle, pour cet inexplicable malentendu.

N'est-ce pas un beau pays que la France ? Ah ! certes, mieux vaut y cultiver quelques relations mondaines, avoir un bon avocat dans sa manche – un bon avocat étant un avocat capable d'exercer un chantage sur le gouvernement par médias interposés –, mais tout peut toujours s'arranger ! Et franchement, ses cicatrices aux poignets, Yasmina peut les dissimuler sous des bracelets berbères, non ? On en trouve de très jolis et pas chers à Barbès, ou au marché du dimanche à Aubervilliers.

Cet avocat qui sauva Yasmina, c'est le mien. Et il fera tout son possible pour que je ne sois pas extradé du Portugal.

Mais revenons, tel un dossier d'Aziz, à Nantes, capitale de la tracasserie administrative inventée dans le seul but de pourrir la vie des enfants d'immigrés – nous disions *pasquaïer*, il y a quelques années, nous disons aujourd'hui *chevènementer* (« putain, ils me chevènementent chanmé, à Nantes ! »). Il pleut sur Nantes. Qu'y a-t-il à voir à Nantes ? Un tramway ultramoderne, mais depuis peu nous avons le même dans notre banlieue. Un château – rien à. Une cathédrale – rien à. Des jardins, des quais, des rues, des places sous la pluie... D'un gai ! Et puis ? Afflelou (je n'en suis pas fou !), J.-C. Biguine (the biguine !), Agnès B. (je préfère Agnès C., chez qui Djamila et moi, sur un kilim, faisions l'amour...), Courir (vous commencez à me les...), Aigle (j'ai ce qu'il me faut...), Hippopotamus (t'amuse pas du tout...), Quick Service (comme sur le Paris-Gênes !). Et Zara, Gap, Jap, Kenzo, Decathlon,

Sephora, Yves Rocher, Celio, Kookaï, Benetton, André, Diesel, Timberland, Léonidas, Chevignon, Jacques Dessange, Picard Surgelés, Maxi-Livres, Pizza Hut, Body Shop, McDo, Levi's, McDo, Go Sport, Ralph Lauren, Alain Manoukian, Häagen Dazs, Point Ciel, Point Change, Point Telecom, Grand Optical, Pizza Hut, Naf Naf, Athlete's Foot, McDo, Nuggets, Darty, Habitat, Hédiard, McDo, C & A, Prisunic, Monoprix, Nouvelles Frontières, La Française des Jeux… Mais nous avons tout ça à Paris. Et un Aubervilliers-Les Halles en RER est moins cher qu'un Paris-Nantes en TGV. Quelqu'un veut-il me dire ce que je peux bien foutre à Nantes ?

Ah ! la Fnac. Nous avons ça aussi, à Paris, mais je vais me dégoter un bon bouquin à bouquiner. Distrait que j'étais, ce matin, je n'ai rien emporté à lire. Très troublé, j'étais, ce matin. Dans du flou et du mou. Tiens ! je vais à Nantes. Et voilà. Pourquoi ? Aucune idée. Le Hors-moi, alors ? Sans doute. Holà ! le Horla… Aïe aïe aïe ! Ça va recommencer ? Le Mal peut m'atteindre… Balek, Sid Ali ! Manger un morceau.

Un rade pas trop crade ni trop bondé. Là. Croque pain de campagne et demi au comptoir.

« Qu'est-ce t'as, taha ? Ma chetron qui te revient pas ? C'est la première fois de ta vie que tu croises en chemin un bougnoule ? J'ai un air de portrait-robot, peut-être ? »

Ayant grivelé le croque et le demi, je ressors.

Il pleut sur Nantes
Et je me souviens…

La la la, *mon cœur chagrin*. Ah ouais.

Bon, la Fnac, maintenant.

Entrons chez les Agitateurs culturels depuis 1954.

À la musique, Amina chante *Les Mots bleus*.

Les mots qui rendent les gens heureux
Je lui dirai…

Je lui dirai quoi, à Amina ? Qu'il n'y a rien à en dire ?

Aux livres, personne ne chante.

Littérature générale. Écrivains français.

Quatre Philippe : Labro, Djian, Sollers, Delerm… J'en jette trois, j'en retiens un. Si vous avez deviné lequel, vous avez gagné ! Trois Françoise : Dorin, Sagan, Chandernagor… J'en jette deux, j'en garde une – pour la teuf, vu ? Deux Daniel : Pennac, Picouly. Tant d'autres choses à lire avant : je n'ai pas encore lu tout Balzac… Et deux Sarraute, aussi : Nathalie, Claude. Voici qui vérifie ma théorie : le génie n'est ni génétique ni héréditaire. Exemple : Ibrahim engendre Sid Ali ; a contrario : Nathalie, Claude « Allô, concon ? C'est moi, caca ! » Et un Michel, un : Houellebecq – je lirai, un de ces jours, en poche, promis. Et une Marceau : Sophie. Si si ! La vraie, « pouet-pouet-les-nibards » ! Elle écrit aussi, vous ne saviez pas ? Si si, elle écrit ! Elle publie, du moins.

Voilà pour la littérature française.

Les étrangers ? Rien qui me tente vraiment. Il y a des jours comme ça. Pas dans mon assiette. Pas moi. Un autre, qui me ressemble, et ne ressemble nullement à mon portrait-robot.

Toni Morrison. Le dernier m'est tombé des mains. Keubla et meuf, Toni a souffert du racisme… Moi aussi. Pas une raison pour dauber et tartiner du bon sentiment à usage du Blanc. Dans la catégorie Nobel, je préfère de loin Naguib Mahfouz – maximum respect, Nag Mahf !

Classiques étrangers, maintenant. Melville – ah ouais. Stevenson – ah ouais. Et Conrad – ah ouais. Comme j'aime tout ce qui sent le large, tout ce qui claque dans les voiles, tout ce qui roule et tangue, tout ce qui lève l'ancre ! Comme j'aimerais prendre la mer, un jour – ah ouais !

Bon. Passons aux produits *mass market*.

La Putain de la République. Éditions Calmann-Lévy. (Un grand éditeur littéraire, ah ouais !) Putain, une bio de Chichi ? Ah non, je confonds, lui c'est *Le Maquereau de la République*.

L'Horreur économique. Tu l'as dit tu l'as, ma Viviane ! et Arthur itou, avant toi. Tu me bouleverses, ma Viviane : tu me fais penser à ma mère. Tu as certainement fait moins de ménages qu'elle dans ta vie, mais comme elle, tu as l'air d'avoir vécu, et, comme elle, le type sémite, qui seul m'excite sexuellement : Arbie ou Feuje, je ne suis pas regardant, tout me va, oim, du moment que ce n'est pas de la bidoche boche blonde genre *Parce que je le vaux bien*. Ah ! ma Vivy, toi et moi, nous sommes les deux plus grandes de la Société du Spectacle. Nous avons trouvé le gimmick : du compassionnel pour les damnés de la terre, et pour nous ? du Chanel ! Entrons dans cette boutique où deux Karl sont offerts à notre convoitise : Marx et Lagerfeld… Cruciale incertitude ? Que non, pour nous : « On prend les deux ! » La vendeuse : « Nous avons aussi du Karl Zéro… » Nous, ma Vivy, de pouffer : « Zéro, ce Karl ! » Trop bas de gamme, et du genre qui tutoie. Nous sommes des stars qu'on vouvoie, nous, et nous voulons qu'on nous voie beaucoup. Nous sommes attendus à Davos. Paris-Zurich, Swissair classe Aff – ils ont supprimé la First, alors bon, à la guerre comme à la ! Coupette, coupette, coupette : qu'on se chauffe un peu avant le show… Limo, à l'aéroport. Le cachet ? Celui d'Alain-à-la-Manque avec un zéro en plus, le marxisme est hors de prix, cette saison ! Et payé avant prestation, puisque stars nous sommes... *Standing ovation !* Debout pour nous accueillir, ouais, tous les grands de ce monde et de la mondialisation réunis, tous les responsables et coupables de l'horreur économique que nous dénonçons oit et oim, Vivy et Sidy les clowns. On les cueille à froid : « Ce n'est pas bien du tout, ce que vous faites là, pas bien du tout du tout ! vous n'avez pas honte ? vautours ! charognards ! fonds de pension et stock options sans cœur ni âme ! » Voilà. Applaudissements à tout casser. Standing ovation bis, bis, rappels... Merci, de rien, on revient quand vous voulez, vous faire, en Dior et en Chanel, un bras d'honneur ! Mais déjà nous courons vers les coulisses, déjà nous remontons dans la limo : nous, on rentre ! pas que ça à ! Ce soir, à teuf dans un palace à Paris, claquer le cachet libellé en francs suisses ! Une nuit de plaisir dans une suite de luxe, nous deux, libertins que nous sommes, et *Point de lendemain* ! Le Ritz ? Ah nahan ! Ces nuls ! Diana-la-Princesse-du-Peuple, une comme toi, ma Vivy ! et Dodi-le-Croyant, un comme moi, Sid Ali, honorent les lieux de leur présence, et le Ritz, pour les remercier : Mercho pourrave, chauffeur alcoolo, plus quelques paparazzi... Pas très ritzy, le Ritz ! Nahan, ma Vivy : nous deux nous, le Crillon ! La plus grande suite avec vue sur la Concorde, et Ruinart ! caviar ! pétard ! ça te va ? Pour le reste, on verra : si je ne suis pas trop pété ! ou alors, au contraire, très très très pété... Mais avoue, ma Vivy, que le plus joyeux dans l'histoire, c'est de penser à la chetron de ton éditeur qui, pendant qu'on fait les fous, nous, doit se fader, lui, le pauvre, le manuscrit du dernier Attila, son énième essai sur les bienfaits de la mondialisation, de la modernité, du nomadisme… Cinq cents feuillets bien tassés qu'il doit avoir lu avant de déjeuner avec l'auteur, demain, à une heure ! Et sur sa table de chevet, le pauvre, s'empile une dizaine d'autres manuscrits, ouvrages d'autres énarques, experts et utopistes eux aussi, et qui vantent eux aussi l'avènement de la cyberéconomie, de la cyberdémocratie, de la cyberscience, de la cyberculture, de la cyberhumanité… « C'est le goulag ! » s'écrie ton éditeur, en jetant un œil sur la pile. Mais à ce mot, Vivy, son visage s'éclaire et il reprend courage : le *Goulag* fut un de ses plus gros tirages !

Mais il y a aussi, à lire, ces essais d'écologie, de médiologie, de stratégie, de mitterrandologie… Et ces réflexions sur la bioéthique, et ces révélations sur les derniers scandales politico-financiers, et ces confessions de criminels repentis, et ces appels à une nouvelle spiritualité… *Ce que je crois*. 'Llah ! Vous voulez savoir ce que je crois, moi, Sid Ali, quand je parcours ces allées et que je vois cet amoncellement de n'importe quoi ? Que tout cela pue la mort ! Et que je n'ai pas de masque à gaz !

Alors, bon, je ressors, moi et mon Horla. De l'air !

Ah non ! pas encore : je n'avais pas vu ce coin de présentoir que la Fnac consacre aux écrivains issus de l'immigration, mes frères. Une nouvelle niche du marché éditorial ? Pourquoi pas ?

Begag Azouz. À iech ! Le premier de la classe, le lèche-cul propre-sur-soi. Bien-pensance coulée dans un style besogneux pour certif d'études. Croit plaider notre cause auprès du Francaoui de souche en donnant dans le genre plaintif et le tableau sulpicien du bon beur… Et notre honneur, hein ?

Rachid Djaïdani. *Boumkœur*. Daube ! Pauvre pote naïf manipulé par un nessbi sans scrupules… Pitié plus qu'autre chose, Rachid.

Rachid O. Sexy, toi, au moins, et pas honteuse ! Le nom comme un cul offert ! Quand tu veux où tu veux, Rachid, j'ai des capotes !

Chimo. Totale imposture. Bidon de chez bidon !

Mais… Ououoh ! Que vois-je ! Oh ! joie ! Un nouveau Paul Smaïl ! *La Passion selon moi*. Et je n'en savais rien ! Pas une ligne dans les journaux ! Une conspiration du silence, mon Paulou ? Tu aurais cessé de plaire ? En couverture, ce portrait du Fayoum qui est toi tout craché, je te reconnais. Il est fort ressemblant ce portrait, je peux l'affirmer maintenant que je t'ai rencontré dans ce rade de la rue d'Oran, « Chez Omar ». Va, j'ai bien compris que c'était toi ! Tes amis t'appelaient Paul… Je me suis dit : je connais ce visage. Je t'ai tout de suite identifié, mais je n'en ai rien dit : par discrétion, par maximum respect pour toi, parce que je t'avais lu et que je connaissais ta devise : *Insaisissable, introuvable, imprenable ! Connu mais inconnu ! Pas vu, pas pris ! Passager clandestin de la vie !*

Comme je te comprends maintenant ! Comme je comprends cette exigence vitale ! Tu récidives en un petit poème imprimé au dos du livre et que je sais presque instantanément par cœur :

Je fais le serment de rester romanesque,
Et de ne pas me donner en spectacle,
Mais de vivre comme Zidane tacle,
En loucedé, pas vu pas pris,
La liberté est à ce prix.

Et il suffit de feuilleter, de flairer, de humer, on sait tout de suite à qui on a affaire, Paulou : un boxeur. Panache, punch, claouis, menton, fierté, fantaisie, ironie, vivacité, toujours en mouvement sur le ring, un droit, un gauche, retrait du buste, feinte fente, on revient dans le jeu, jab, jab, jab, uppercut, on souffle, nouvel assaut, jamais ne se laisser acculer dans les cordes, frapper, frapper, se fendre mais pour y revenir plus fort, bref, le style, quoi ! danse, danse, danse, danse avec les mots, pur plaisir d'écrire, de rire... Dès le titre : direct ! pied de nez, bras d'honneur aux roumis : vous l'avez selon Marc, selon Luc, selon Matthieu, selon Jean, là, c'est *La Passion selon moi*, voilà ! Défi, ou clin d'œil amusé, on ne sait pas, on ne sait jamais avec toi, c'est ce doute qui fait tout le charme, car il n'existe pas d'art de la certitude, pas d'art de l'*accompli* – ni, du reste, de l'*inaccompli*... Non, l'art est accompli et inaccompli tout à la fois, devenir et fini, infini et cet instant présent que tu vis pourtant, oui, ce perpétuel flottement, ce perpétuel mouvement : il n'y a d'art que vivant, il n'y a d'art que du risque, il n'y a pas d'art vrai qui ne soit boxe, quoi, noble art ! Il suffit d'ouvrir au hasard ta *Passion*, de lire ici ou là... Les noms que tu cites, Paulou : Omar Khayyam, Rimbaud, Hâfiz, Apollinaire, Picasso... Ah ouais, ce n'est pas qu'une gorgée de bière, c'est un formidable ! Ce n'est pas le plaisir minuscule, c'est l'Absolut de la poésie ! Un livre qui commence sur ces mots : *Mort m'a souri* –, et finit sur ces mots : *Mort me dit :*

— *C'est la vie*. Et *Mort* n'est pas ce qu'on pense, mais le nom d'un ami.

Tiens ! Mais tu as changé d'éditeur, mon Paulou ? Ils t'ont manqué de respect, ces ballots de Balland ? Ils ont essayé de t'avoir à l'embrouille ? Un comme toi, un comme nous ? C'est maladroit ! Nous ne sommes pas du petit-bourge craintif, nous ! Notre jeunesse nous a affranchis : la vie dans les cités ou à Barbès t'apprend les lois non écrites de la négo et de la carna. Et ces nés de la dernière pluie, dénués de toute psychologie, croient pouvoir se comporter comme avec leurs autres auteurs, les petits blancs tremblants et soumis ! Toi, tu leur offres « ce que la colère a fait de meilleur », tu leur apportes sur un plateau d'argent le succès, avec la petite cuiller en argent pour remuer, et eux se disent : « Oh ! un jeune rebeu sans expérience, on peut y aller ! » Relevés de comptes plus maquillés qu'une gagneuse de la rue Saint-Denis, gros retards dans les paiements dus, droits annexes en souffrance, petite gratte d'épiciers véreux sur les pourcentages et les tirages... « Ils font du petit ! », comme nous disons avec mépris, nous, les cids des cités de banlieue ou de Barbès, les seuls vrais aristocrates d'une société devenue tout entière, du haut en bas, boutiquière. Ah, ils t'ont pris pour un naïf ? Eh bien, tu te casses ! Tu passes chez Laffont. Et si chez Laffont ils te refont, et refont le coup ? Tu passeras ailleurs ! Il est fini le temps où le nessbishow pouvait, impuni, surexploiter à la léonine le fils d'immigré qui avait du succès : Rachid Taha, Faudel et les autres ont pris de bons avocats, des Me Jean-Charles Hélier de Hocquencourt pour les représenter ! Les deux aristocraties, la plus ancienne, Vieille France, et la plus récente, Issue de l'Immigration, font alliance pour apprendre un peu les bonnes manières à ces manants parvenus au pouvoir – non mais !

Eh bien, tiens ! je ne vais pas niquer le bip de cette *Passion selon moi*. Mrs Nancy Eagleton, d'Atlanta, va me l'offrir ! J'ai assez pratiqué le réassort pouillave quand est paru *Vivre me tue* ! Combien en ai-je chourés ? Neuf ? Dix ? Je ne sais plus : c'était pour offrir. Si un lascar ou une faoua me disait ne pas savoir quoi lire... Tiens ! *Vivre me tue* ! Pour une fois qu'on parle de nous sans nous trahir, sans nous angéliser en nous azouzant ni nous ridiculiser en nous caricaturant à la Chimo ! Mme Royal le déclarait pas plus tard qu'hier la veille : si elle veut s'éveiller à la vie, la racaille doit lire. Nahan, elle n'a pas dit « racaille », et encore moins « caillera » : Mme la Ministre est très correcte politiquement. Elle a dit texto : « Pour aider les jeunes défavorisés à monter dans l'ascenseur social, la lecture me semble le meilleur vecteur... » Vecteur, ouais ! Comme cela qu'elle cause, la Royal ! Tu es un vecteur à ascenseur social, mon Paulou ! Ça t'en bouche un coin, hein ! La Royal ne voit pas en toi, comme nous, un pote romanesque et poétique, mais un vecteur à ascenseur social... À vrai dire, elle ne voit pas du tout qui tu es, la Royal ! C'est une femme sérieuse, la Royal, elle ne perd pas son temps à lire des romans ! Et sa connaissance du « jeune issu de l'immigration » se limite à ce que lui en disent les énarques de son cabinet dans des synthèses en dix feuillets de comptes rendus, de deuxième main, d'ouvrages de sociologues dont l'expérience du terrain se limite à deux ou trois entretiens avec Azouz, un déjeuner ou deux avec Samir ! Et ces énarques, pour faire plus court, abrègent « jeune issu de l'immigration » en « JII ». Ah ouais ! Nous avions les SDF, les RMI, et maintenant voici les JII ! Mais les JII vous font le doigt « fuck you », nazis ! Enculés !

Bon. Z'y va. Je ne serai pas venu pour rien à Nantes. Je repars avec *La Passion selon moi*. Caisse. Prix Fnac. 94,05 francs (14,33 euros). Voici 100 ! Geste de grand seigneur : garde la monnaie pour toi, caissière ! tu es souriante et tu es une sœur, une typée, pas type breton mais type méditerranéen, et de la rive Sud du *Mare Nostrum* ! Prénom sur le badge : *Habiba*. Digne d'amour en effet, ton prénom ne ment pas – et je te plais, hein ? je vois ça ! et tu es jolie, mais, pas le temps, hélas, je rentre à Paris ! Ma visite fut éclair, mais j'ai éclairé ta journée, c'est déjà ça. Comme l'a dit le divin Omar Khayyam : *Sois heureuse un instant, cet instant c'est ta vie*.

La chanson de Barbara passe en boucle : il pleut toujours sur Nantes. Je prends le tram pour retourner à la gare.

Quel est donc ce hideux suspect suspecté auteur d'un abominable crime qui fait si peur à la France et dont le répugnant faciès de crétin basané est affiché à l'attention des voyageurs, pour les inciter à la plus grande vigilance, derrière la vitre de chaque guichet à la gare ? Quelle horreur ! Je suis le roi des scélérats, et, vous me connaissez, je ne me laisse pas si facilement impressionner, mais je croiserais dans un recoin mal éclairé de la cité des Poètes un monstre pareil, je l'avoue, je ferais dans mon calvin... À ce propos, il faut que j'aille où vous savez. Et ce croque au pain de campagne m'est resté sur l'estomac.

C'est mon tour.

— Le 16 heures pour Paris, il y aurait encore de la place ?

— Un instant... En 1re seulement, et en fumeurs.

— Ça tombe bien : je ne voyage pas avec la populace, et j'aime égayer le jour d'une nuit grave, de temps à autre.

— Une place ?

— Une seule, oui. Je ne suis pas obèse, je ne suis pas Aubry !

Lui, il se dit qu'on en voit des bizarres dans ce métier, mais enfin, hein ? il paie cash, l'agité, je lui donne son billet !

16:00. Paris. TGV 8848. Quai 2.

Il est 15 h 51. Largement le temps de courir à chiave déposer un peu de solide et méditer sur l'aspect transitoire de tout ce qui est humain.

Aux Hommes… Beuheurq ! Dégueu trop. Trois cabines, papier dans aucune des trois, dans les trois cuvettes des restes de chiasses, virgules marronnasses sur les murs… (Je crois vous avoir déjà conseillé, lecteur, de ne pas lire à table.) Les hommes sont vraiment des lassegueudés. Allons voir aux Dames, qui, selon mon expérience, et à la notable exception près de Mme Rénal, sont plus soigneuses pour tout ce qui est sanitaire. Je pousse la porte distinguée par un pictogramme figurant, on ne peut plus stylisé, un humain portant une jupe très évasée. J'ai maintes fois observé qu'il était courant de voir des femmes en pantalon assez audacieuses pour pousser une porte ainsi signalée… Pourquoi pas moi, qui n'ai jamais manqué de claouies, moi qui suis un homme, un vrai, moi, l'audacieux Sid Ali ? Derrière la porte que je pousse, une jeune femme, en jupe, et un enfant de cinq, six ans, de sexe masculin, visiblement – ce que tend à confirmer, du reste, le fait que la femme, probablement la mère de l'enfant, nomme cet enfant « Kevin », prénom masculin s'il en est. Ce Kevin veut faire pipi avec Maman ; moi, caca sans. Putain ! cet air outré que darde sur moi la mère, cette mine effarouchée comme si j'allais la violer ! Mais quel pervers serait assez dépravé pour vouloir violer un aussi immonde tas ? Scandalisée, absolument scandalisée, la connasse, qu'un homme puisse venir faire ce qu'il a à faire chez les dames ! Et Kevin, connasse, tu l'as conçu sans claouies ni queue ? Avec quoi il fait pipi, Kevin ? C'est un ange, ton blond Kevin ? Putain ! je ne veux pas y croire ! mais c'est qu'elle insiste, Angéline, la maman de l'angélique Kevin (j'apprendrai en regardant le JT le lendemain qu'elle s'appelait Angéline). Elle me fait :

— Je crois que… Vous vous…

Tu crois que quoi ? Que je je quoi ? C'est l'homme en ma personne que tu refuses d'admettre chez les dames, ou l'intrus qui pue si fort sa race, l'indésirable qui a une si sale gueule de rabza que tu veux lui interdire de cochonner ici comme les hommes cochonnent derrière la porte en face ! Haloufa !

Putain ! ce noir regard que ses yeux bleus me jettent ! Ah ouais ! Et la manière dont elle plaque entre ses jambes son fils comme pour le protéger d'une agression plus que possible ! probable ! Ah, elle s'opposerait de toutes ses forces à ce que je chiasse ? Ah ouais !.... Bon, personne en vue ? Nahan. Eh bien, z'y va ! Je repousse le gosse qui, visiblement, ne comprend rien au film, mais, soit effroi soit imbécillité profonde, ne moufte pas ; je pousse dans la cabine ouverte, là, sa mère, trop horrifiée pour crier ; je la projette violemment contre la paroi du fond – choc mat, os sur le métal de la chasse –, sonnée, la connasse ! le corps glisse et se tasse dans la cuvette, les yeux se voilent... Autant l'achever. Avec quoi ? Le sac Fnac qui contient *La Passion selon moi* n'a pas le format suffisant pour que je l'en coiffe et l'y étouffe... Ah, mais j'ai un sac plastique But, là, dans la poche gauche de mon Aigle blanche... Parfait ! On ne dira pas que le tueur manquait de cohérence : il bute la victime et l'achève dans un sac But – c'était le but.

Toujours personne en vue ? Personne hormis ce gosse, qui, soit débilité, soit absence de toute espèce de sensibilité et de sens filial, me regarde, à peine étonné, ressortir des toilettes pour dames – les théoriciens soutenant la thèse contraire à celle de Sid Ali Benengeli quant à la non-hérédité génétique du crétinisme ou de l'intelligence trouvent ici quelque argument à lui opposer. Mais Sid Ali Benengeli s'en tape ! La seule chose qui l'emmerde est, pléonasme, de n'avoir pas pu chier. Les haut-parleurs invitent les voyageurs du TGV 8848, partant à 16 heures pour Paris, à monter sans plus tarder dans la voiture où ils ont une place réservée… La mienne est la 3 – m'y voici. Tandis que je monte, j'entends les hurlements lointains d'un jeune enfant. La porte se referme automatiquement dans mon dos – pchch. Et là, l'horreur ! Putain, mais je le sais ce que j'étais venu faire à Nantes : embrasser le trognon trop, le canard, le bout de chou, le craquant croquant, le mignon, ouoh, qu'il est beau, mon pote, mon fils, Melchior !

Bon. Ce sera pour une autre fois. Pardonne-moi, Melchior !

Siège 43, côté couloir : moi. Siège 44, côté fenêtre : un homme, la quarantaine, barbe rase, Barbour humide qu'il a gardé sur lui, col roulé de cachemire noir – Zinedine Zidane posant pour Dior fait, en matière vestimentaire, des émules chez le Francaoui moyen de souche –, Levi's 501 *medium stone washed*, mocassins Timberland, petites lunettes non cerclées, montures or vissées dans le verre – la touche de chic nécessaire à l'intello soucieux de son apparence… Intello, de fait, de la tête aux pieds. Travaille sans doute dans la presse : pourquoi aurait-il, sinon, jeté sur le fauteuil qui m'est destiné une brassée de quotidiens et hebdomadaires comprenant les titres suivants : *Libération, Le Figaro, Le Parisien, Le Monde, France-Soir, L'Événement, Le Nouvel Observateur, Les Inrockuptibles, Courrier international* – et il se plaindra ensuite de ne plus jamais trouver le temps de lire un bon roman ! – ?…. Brassée qu'il s'empresse de retirer du fauteuil 43 comme il me voit m'en approcher.

Moi :
— Merci.
Lui :
— Je vous en prie. C'est moi qui…

Regard ébloui ! Bingo ! Du pède de chez pède, Sid Ali… Du pède barbu… Du pède intello de gauche, pas un pli ! et que le sublime beur qui s'assoit, là, tout contre lui, foudroie instantanément au cœur et un peu plus bas… Pas possible ! je suis certain qu'il bande : il pourrait redresser la tablette qu'il vient d'abaisser sans se servir de ses mains… Et si l'on n'est pas un masochiste endurci, quoi de plus douloureux qu'une irrépressible trique dans un jean de denim très serré ? Pourquoi crois-tu que nous, les hommes, nous ayons tous – hormis Rachid Djaïdani, qui, soit réelle ringardise personnelle, soit bévue du collaborateur littéraire qui l'aida à rédiger *Boumkœur*, porte un 501 – abandonné le blue-jean moulant, et en particulier le 501 ? Nous aimons bander à l'aise, eh, l'intello ! Essaie donc de faire semblant de t'intéresser à ce long article sur la difficile démocratisation de la Chine dans *Courrier international* ! Je lis en toi comme dans un livre ouvert la tumultueuse question qui, à tout instant, te fait perdre le fil de ce que tu lis : quel plan de drague adopter pour faire tomber ce beur ? Eh ouais, l'intello barbu de gauche, je sais : question très ardue et très délicate que celle de l'abordage du beur désiré par un Francaoui de souche mais qui se veut irréprochable antiraciste – et par ailleurs, comme tout un chacun, s'épargner la taoua !

Je te laisse y réfléchir plus à ton aise : je me lève pour aller faire ce que je n'ai pu faire à la gare, ni chez les Hommes (de la merde jusqu'au plafond !), ni chez les Dames (une emmerdeuse, là ! mais qui n'emmerdera plus personne).

Regard furtif par-dessus l'épaule de l'Aigle : juste s'assurer de ce qu'on pressent intimement... Mais ouais ! Le *Courrier international* est retombé, laissant tout le champ libre au regard éperdu de celui qui le lisait, ou du moins faisait semblant, un instant auparavant...

Che rrreviens te cherrrcher..., fredonne intérieurement en roulant les *r* à la Dalida, le chieur, plus léger en ressortant du chiave, l'espiègle Sid Ali... Bien convaincu que l'occupant du siège 44 n'attendait que cela, et dans la fièvre. Bingo ! Juste prévision du visionnaire Sid Ali ! Le *Courrier international* gît sur la tablette avec le reste de la presse, abandonné – le regard fasciné de l'intello ne peut plus se détacher de l'objet de son désir : l'archange basané en Aigle blanche, qui la lui joue à la Ava Gardner, en plus viril... Comte aux pieds nus sortant de l'eau – vous ne vous souvenez pas de ce plan du célèbre film de Mankiewicz ? Moi, Sid Ali, si ! Le déhanchement, en beaucoup plus viril... Oh, et puis, n'ayons peur de rien : avec ça, le sourire bonbon sucé qui creuse adorablement les joues et te fait la mine boudeuse de Marilyn Monroe susurrant son *Pooh-pooh-pee-dooh...* Certains l'aiment chaud ! Moi, par exemple, Sid Ali l'allumeuse. Surtout quand ma petite idée est de laisser à la fin, mort de frustration, l'allumé... Tu n'as pas fini d'espérer ni de souffrir, l'intello barbu de gauche en col roulé de cachemire noir à la Zizou ! Et je devine que sous la liasse des journaux, sous la tablette, sous le denim Levi-Strauss, s'englue le slip Petit-Bateau. Putain ! Et toujours pas d'idée d'attaque, tandis que m'étant débarrassé de mon Aigle, nonchalamment jetée alors à la volée sur la claie à bagages – et une manche retombe et t'effleure le visage, l'intello! et je la relève en te demandant si gentiment d'excuser ma maladresse que tu es au bord de l'évanouissement! –, je me rassieds mollement, sensuellement... Ah ouais! Difficile à mener, la drague, avec un comme moi, Sid Ali, sans faire de gaffes, l'intello! La lepénisation rampante des esprits t'a frappé toi aussi, à ton insu: en présence du beur, le naturel est perdu! Non que tu sois devenu raciste, l'intello, je ne t'en accuse pas, je te le jure! Mais Le Pen a tellement pollué l'atmosphère morale de ce pays, que le plus vertueux Francaoui s'inquiète toujours de voir son moindre geste, y compris de sympathie, mal interprété, mal pris par le beur – d'où, malaise. Autre question qui te taraude: au fait, ce beur est-il au moins pédé? S'il s'agissait d'un Blanc de blanc, d'un de souche, aucune hésitation: tu sais, à des riens dans le comportement du garçon convoité que tu décodes fort bien, s'il en est ou pas, si tu peux jouer franc jeu ou non... Mais avec le rabza, macache! Un doute subsiste, des choses que tu n'as jamais saisies dans les postures et les manières du Maghrébin, même si, maghrébin, il ne l'est plus que par l'origine de ses parents... Aïe aïe aïe! Comme tout cela est compliqué! (Et quel admirable sociopsychoethnologue sauvage je fais, hein, lecteur? Tobie Nathan est enfoncé, avouez!)

Eh bien, là, je dois rendre hommage au courage hors du commun de l'intello barbu de gauche, mon voisin; courage, certes, suscité par l'ouragan exceptionnel que j'ai fait lever dans sa libido, mais je dois saluer, beau joueur, sa trouvaille. Voici: puisqu'il est convenu que c'est toujours le jeune beur qui taxe d'une clope le Francaoui de souche plus âgé que lui, lui va oser le contre-emploi, et inverser les rôles... Il se jette à l'eau:

— Excusez-moi, je peux vous voler une cigarette ? J'ai oublié les...

Et moi, alors, lui tendant le paquet exactement comme je fis pour offrir à Rabah celle qui devait sceller notre amour, fixant de mes beaux yeux si noirs le tremblant quémandeur exactement comme je fis avec Rabah :

— Mais je vous en prie !

Vais-je lui porter le coup fatal en sortant mon zippo, et la lui allumer exactement comme je fis pour Rabah ? Et, là, la folle intello défaille, et moi, je dois appeler le chef de train, tirer l'alarme... Nahan. Laissons-la mijoter, la chérie, laissons-la rissoler sur le gril et continuer de s'interroger sur les tendances profondes de ma sexualité... Et puis, quoi, le désir n'est pas réciproque, et je sais qu'il n'y a non plus rien à tirer au tapin avec ce genre d'intello Barbour-Timberland-*Courrier international* : c'est du micheton mais qui ne veut pas michetonner, du qui veut de toi, le basané, une partie de trou du cul à l'œil au prétexte qu'il est de gauche, lui, antiraciste, lui, antilepéniste, lui, et qu'il va parfois défiler pour les sans-papiers ! Que tchi ! Ce sont des fiotes dans son genre qui ont fini par prendre en grippe Djebril-l'Archange, et tenté de le casser par tous les moyens de basse police dont ils disposaient, et y ont presque réussi, ces folles mondaines mitterrandiennes, quand, lassé de les servir sexuellement en échange d'un billet de fond de loge pour les *Dialogues des carmélites* à l'Opéra-Garnier, ou d'un carton d'invitation à un cocktail chez Grasseuil, ou d'une chaise de second rang au défilé printemps-été de Vous-savez-qui-Couture, Dje s'est révolté et a décidé de leur appliquer le tarif Abdel : vous me paierez désormais ce que me paie le plus fauché des michés aux Martyrs, ou nib mon zob !

Salopards ! Vous croyiez que c'était du plaisir, pour Dje, de se faire ligoter et tripoter des heures durant par trois rachitiques énarques nains encagoulés de cuir noir ? Enculés !

Ah, tu fantasmes déjà l'inoubliable nuit que tu vas passer avec cet archange assis place 43, ce don que t'aurait fait Allah dans un TGV Nantes-Paris, Luc ? (J'ai décidé qu'il se prénommait Luc, anagramme en miroir du mot Cul.) Eh bien, Luc, je te dis, tel Monte-Cristo, que l'humaine sagesse est tout entière dans ces mots : *Attendre et espérer !*

Maintenons chouïa la pression, jouons sur les nerfs de la proie qui se croit prédateur :

— Puis-je vous emprunter *Libération* ?

Mais comment donc ! Et ce jeune est si éduqué qu'il me donne, à son insu, une leçon de bien parler en n'apocopant pas comme fait tout un chacun, moi le premier, le titre du quotidien : lui dit *Libération*, et non *Libé* ! La Luc est au bord de la crise de nerfs comme une hystérique chica d'Almodovar... La Luc croit apercevoir enfin le rivage. Mais, là, la Luc, parole de Sid Ali, si dénué de préjugé bourge que tu sois, tu vas avoir la surprise de ta vie ! Tu vas voir un jeune beur que captive une chronique d'Alain Duhamel sur certains curieux regroupements transcourants, sans doute purement tactiques, entre des séguinistes de droite et des debréistes de gauche qui tentent de barrer à Mme Alliot-Marie le chemin de la présidence du RPR. Et ensuite, tiens ! tu vas voir ce jeune beur lire *in extenso*, religieusement, le supplément littéraire du jeudi... Et puis – mais, là, il est vrai, il n'a pas à feindre de se passionner pour ce qu'il lit, vu le sujet – un article sur l'assassinat de Donata dans le Paris-Gênes. En résumé : l'enquête piétine – heureux de l'apprendre ! –, et d'abord et surtout en raison de l'invraisemblable guerre que se livrent entre eux les différents services policiers et judiciaires chargés de l'affaire, qui emploient beaucoup plus de temps et d'énergie à se tirer dans les pattes qu'à rechercher l'assassin – heureux de l'apprendre aussi ! Jusqu'ici, pas d'empreintes ni de traces génétiques ni d'indices probants – je m'en réjouis ! Beaucoup de jeunes des banlieues difficiles portent des Helly Hansen blanches – je l'avais remarqué et, pour me distinguer, je porte désormais plus volontiers mon Aigle que ma HH. D'autre part, le suspect portraituré en robot a été vu ces derniers jours et, dans un cas, étant doué d'une surprenante ubiquité, le même jour à la même heure, à Nancy, à Orange, à Marseille, dans le Paris-Irun, où il aurait tenté de violer une jeune femme, à Nantes enfin – aïe ! Mais non ! pourquoi aïe ? puisque c'est dans l'édition de ce jour du quotidien que tu lis l'information, Sid Ali ! Bon. Conclusion : pas de mouron à me faire ! *Insaisissable, introuvable, imprenable ! Connu mais inconnu ! Pas vu, pas pris ! Passager clandestin de la vie !*

Oui. *Je suis le roi des scélérats à qui sourit la vie...* Vais-je pour autant rendre à mon voisin son *Libé* ? Ah, comme Luc aimerait trouver le moyen de renouer ainsi le dialogue, jusqu'ici par trop laconique, qu'il avait si courageusement engagé il y a près d'une heure – nous arrivons au Mans ! Ce que la SNCF, dans le but de *mieux améliorer* le service, sans doute, annonce ainsi : « Mesdames et messieurs, nous arrivons à Le Mans ! » Bizarre ! Nous, à l'école, on nous avait appris que la règle grammaticale était d'absorber l'article dans la préposition, et nous savions que c'était une grave marque d'inculture, voire d'analphabétisme, que de ne pas le faire. C'étaient nos pauvres pères fraîchement immigrés que nous entendions dire : « Je vais à Les Halles », au lieu de dire correctement : « Je vais aux Halles ! » C'étaient nos pauvres pères fraîchement immigrés qui nous foutaient la honte, à nous les fils, quand ils disaient : « Je vais à le boulot », au lieu de dire correctement : « Je vais au boulot » ! Eh bien, voilà ! la SNCF donne aujourd'hui raison à nos pères illettrés, et tort à tous ceux qui depuis des siècles ont eu le souci de parler un bon français, un français élégant, qui soit musique et, pour cela, élide, lie, absorbe, et élimine tout ce qui alourdit inutilement, heurte, ou fait hiatus ! La SNCF parle le charabia bicot désormais ! Démagos ! Populistes ! Fachos ! Enculés nationaux et ferroviaires français !

Ah, et la Luc que torture l'envie de lui taxer une autre nuit grave au JII, mais ce serait abuser peut-être ? Et ce JII est si intensément pris par la lecture du quotidien, qu'il n'a tout simplement pas songé à lui en proposer une autre, les deux fois où il en a repris une... Et il est vrai, Sid Ali, que tu es vraiment la reine des méchantes, là, pour le coup, mais c'est trop bon de la frustrer, la Luc ! Tu es vengé, Djebril ! C'est pour toi que je le fais, mon frère, mon ami qui fus si souvent 'h'h'h'umilié par ce genre de bien-pensants ! Et oim, cela faisait combien de temps que je n'avais pas autant pris mon pied ?

Et puis, attends, la Luc ! c'est que je viens de dénicher encore un papier vraiment délectable, un papier dont je me délecte sincèrement et non par sadisme envers toi, la Luc, dans ce prodigieux numéro de *Libé* que je t'ai emprunté il y a plus d'une heure maintenant ! *La visite du président Jiang Zemin en France*, et l'incroyable photo qui l'illustre.

Or donc, cette semaine, Jiang Zemin, le tyran qui opprime plus d'un milliard de Chinois et extermine le peuple tibétain, rendait visite à son grand ami le président Chichi-le-Mac, lequel a tenu à honorer l'ordure en en faisant cent fois plus que n'en a fait aucun autre chef d'État des pays qui se veulent démocratiques et soucieux de respecter, si peu que ce soit, les droits de l'homme fondamentaux. Notre Président-Proxénète a donc invité en son château de Bity-la-Bite le cruel Jiang Zemin, et là – que ne ferait-on pas pour vendre une centrale nucléaire à la Chine ? – lui a froidement jeté dans les bras sa légitime, Bernadette, en enjoignant à celle-ci de se botter façon gagneuse de bitume rue Saint-Denis, pour quelques pas de tango chaloupé dans les bras de Jiang-la-Terreur ! Que voulez-vous ? chacun ses goûts ! Jiang-la-Terreur, ce qui le fait arquer encore, lui, c'est les vioques ! Mais, il aurait préféré de la radasse moins rassise, Chichi-le-Mac lui refilait sa fille à Jiang-la-Terreur ! Et il aurait été pédé pédo, Jiang-la-Terreur, eh bien, c'était le petit-fils qui passait à la casserole – oui ! que ne ferait-on pas pour vendre une centrale nucléaire à la Chine ? Et si vous n'y croyez pas, eh bien, voyez la photo qui illustre le papier, voyez Bernadette, la pierreuse bottée, guincher avec le putride Chinetoque ! Et lisez le papier jusqu'au bout, vous y apprendrez encore ceci : que trois jeunes moniales tibétaines, armées de dangereux moulins à prière et d'offensifs bâtonnets d'encens, ont eu l'audace insensée de prétendre avoir l'insolence invraisemblable, ces impertinentes, de vouloir prier pour la paix avenue des Champs-Élysées au moment où passerait à toute vitesse, protégé par quinze rangs de CRS armés jusqu'aux dents, le cortège officiel conduisant Chichi-le-Mac et l'hôte de la France, Jiang Zemin-la-Terreur, à l'Arc de Triomphe, y déposer leur gerbe. Alors, Chichi-le-Mac a demandé à son cher Chevène-le-

Papon de cueillir ces trois terrifiantes terroristes à la sortie du métro afin de leur faire passer, menottées dans le dos, une bonne vingtaine d'heures derrière les barreaux d'un commissariat du quartier pour leur apprendre les règles élémentaires de la vie dans une démocratie, non mais ! Et de l'humble avis de Sid Ali, le plus extravagant de tout n'est pas que ce fait ait eu lieu, mais que les commentateurs politiques s'en étonnent et se mettent à douter de la pureté morale du président de la République francaouie ! Mais, pauvres taches de baveux journaleux, vous seriez venus nous demander à nous, les citéens, ce que nous savions de Chichi-Jacquouille-la-Fripouille à l'époque où il évoqua la question de nos odeurs, nous vous l'aurions dit, nous, que c'était un mac pas fréquentable, l'incarnation parfaite de la veulerie, de la démagogie et de la palinodie politicardes, l'abjecte réincarnation d'un Pétain qui se serait affublé d'un masque gaulliste ! Vous seriez venu m'interviewer moi, Sid Ali, je vous en aurais parlé tout en nuances, et avec ma modération coutumière, de Chichi-les-Odeurs !

Bon. Plus que quarante minutes à tirer avant la gare Montparnasse. Je rends poliment à la Luc son *Libé*... L'espoir en lui resurgit, il me montre sa pile de quotidiens et périodiques et me fait, l'enjôleur :

— Prenez ce que vous voulez, je ne peux pas les lire tous à la fois !

Ha ha, *punch line* ! Mais moi :

— Non, merci, j'ai de la lecture, et plus roborative !

Quelle richesse de vocabulaire chez cet enfant du peuple ! s'exclame intérieurement l'enthousiaste intello. Je me lève pour fouiller dans les vastes poches de mon Aigle blanche, à la recherche non du temps perdu mais de *La Passion selon moi*...

Nouveau retombé d'une manche effleurant de nouveau le visage extatique de la Luc – ma parole, mais c'est un fétichiste du ciré marin, en plus ! Le voici, le nouvel opus de Paul Smaïl, non pas roman mais *divan* – s'il le dit, mon Paulou ! Oh ! et cette vilaine curieuse qui aimerait savoir ce que c'est, hein, mon Luquinet ? Tu n'as jamais lu *Vivre me tue*, ni *Casa, la casa*, je parie ! Tu ignores jusqu'au nom de Paul Smaïl... Tu perds trop de temps à te vautrer dans la presse, mon Luquinet ! Tu es sur le point de me poser la question mais tu recules, de peur de te faire rabrouer par ce Maghrébin pur et dur, un homme, un vrai !

Et je commence donc à savourer la si poétique prose de Paul Smaïl... Et je ne refermerai *La Passion selon moi* que lorsque le train sera parvenu à destination et tout à fait immobilisé, à quai, gare Montparnasse – page 96, sur une citation de Rimbaud : *Tout se fit ombre et aquarium ardent*.

Le wagon, qui s'est vidé de ses passagers, se fait ombre et aquarium ardent. Luc aura attendu, pour se lever, que son si désirable voisin daigne enfin se lever et lui lance un sec et très désinvolte :

— Salut !

J'en connais un qui, ce soir, solitaire dans ses draps Descamps et sous sa couette Habitat, se branlera furieusement, à s'en faire saigner le gland, en évoquant dans son fantasme de viol anal la figure angélique de ce sublime beur tout habillé de blanc et de candide probité, cultivé, délicieusement bien élevé, ma foi, mais hélas, hélas, hélas, hétéro ! infiniment, définitivement, désespérément hétéro... Absolument imprenable.

À moins qu'il n'aille dès demain matin, le Luquinet, courir s'encarter au Front national ! C'est vrai, quoi, on aura beaucoup milité en faveur de ces gens-là, défendu leur droit à une vie décente et digne, et voyez avec quelle noire ingratitude ils nous traitent ! « Salut ! » Ah ouais, le bougnoule ! C'est comme cela que tu me dis au revoir, moi qui t'ai prêté mon *Libé... ration* !

Putain ! je commence à m'inquiéter : je constate que j'ai parfois des trous de mémoire depuis quelque temps. C'était quoi son nom, déjà, au gosse à la connasse qui a laissé sa peau au chiave pour dames de la gare de Nantes ? Ah ouais, ça me revient... Kevin. Kevin ! Putain.

Plus rien ne s'oppose à la nuit,
Rien ne justifie...

Pauvre gosse ! Orphelin à présent. Et quand on voit la chetron au père, dans *Paris-Match* – exclusif –, ou *Détective* – exclusif –, ou *VSD* – exclusif –, on se dit qu'il ne va pas rigoler tous les jours, le gamin. Putain ! la chetron du Raoul, prénommé Jacky, le petit-bourge débile qui pose avec le gamin dans les bras devant la porte du garage de son pavillon Phénix plan épargne logement sis dans la banlieue de Tourcoing – la Belgique commence au fond du jardin, oui, là, derrière les groseilliers et l'araignée-à-sécher-le-linge modulable rétractable clic-clac –, et, dans le garage, une Twingo rose mauve vomi dont les traites ne sont à ce jour payées qu'à moitié ; et il pose pour les hebdos people, le gamin dans les bras, Jacky, avec l'espoir d'apitoyer le lecteur du torchon sur son sort et de pouvoir payer les honoraires canon du baveux « Victime partie civile », Me Ducon ! Et il n'hésite pas à vendre les polaroïds du dernier anniversaire de Kevin, quand le mioche avait encore sa mère et qu'il a soufflé comme un grand, d'un seul coup d'un seul, les cinq bougies plantées dans le Délice au chocolat quatre portions Leader Price (il y a une bouteille de Banta Orange sur la table), et sa maman à Kevin, Angéline, sur le cliché pris au flash, elle a les yeux rouges, de lapine, vu que le mari veuf qui ne la pine plus, et pour cause, ce connard, n'a pas appuyé sur la touche ad hoc, avant de shooter, mais le rédac chef de *Match*, hypersympa comme d'hab, a dit : « Bon, ça ira quand même ! on vous file 20 000 balles et n'en parlons plus... » *Les images du bonheur perdu* – exclusif. *Pour Kevin c'était le premier Noël sans sa maman* – exclusif. Ah ouais. Mais papa, le veuf, s'est quand même offert Michel Sardou, *La Compile*, et Céline Dion, *Live au Stade olympique de Montréal*, à mettre dans son petit soulier Méphisto sous le sapin, pour se consoler un peu de son immense chagrin exclusif, avec le gameboy et le nounours pour Kevin, l'inconsolable orphelin – cette semaine, en exclusivité dans *Paris-Match, Détective, VSD ! La tragédie de Jacky et de Kevin. Me Rémi Ducon accuse de mollesse la garde des Sceaux, Mme Élisabeth Guigou* – ah ouais. Et d'abord, il n'avait pas à le prénommer Kevin, son chiard, cet enfoiré ! On a idée ? Kevin ! Typically lower middle class, limite lower class, le prénom ! Quasi lumpen ! D'un ordinaire ! Et même pas français, le prénom ! Tandis que moi, hein ? Sid Ali, on ne peut pas fleurer mieux fleur de lys, vieille France, et *Mouchoir-de-Monsieur*, non, Jacky ? Qu'est-ce que t'en dis, hein, de Sid Ali ? Connard ! Et Claire Almansour, elle, elle avait trouvé tout de suite : ce serait Melchior ! De l'or pur, pas du plaqué ! Et il est meugnon meugnon, le Melchior, craquant croquant, le Melchior, on en mangerait à la petite cuiller ! Tandis que le petit Kevin, c'est le portrait tout craché de son père à six ans, je ne vous dis rien de plus, vous m'avez compris vous m'avez ! Ah ouais. J'ai étouffé la maman dans un sac plastique But ! Elle ne méritait pas mieux. Elle aurait préféré un sac Prada ? Un sac YSL Rive Gauche, et puis quoi encore ? Nahan. But ! *Choisissez bien, choisissez But !* Ah ouais ! Butée ! Une connasse de moins sur terre ! Toujours ça de pris sur l'ennemi. Angéline ! Tourquennoise d'origine – il faut dire Tourquennoise, pas Tourcoigneuse, nahan, Tourquennoise ! une bonne chose à savoir – tandis que son Jacky : Roubaisien ! c'est *Match, le poids des, le choc des*, qui le dit. Jacky a pris le catalogue de La Redoute, c'est la porte à côté, puis le tram, pour aller lui déclarer sa flamme, à sa future, le Raoul ! Les bans, la mairie, l'église, l'*Ave Maria*, le riz, les confettis, les photos sur le parvis – Angéline, angélique en blanc Pronuptia ; l'heureux époux : nœud pap d'Auguste du cirque Pinder et spencer velours La Redoute… Voyage de noces aux Baléares Dégriff Tours, bang bang, résultat : neuf mois plus tard, naissance de Kevin ! Kevin ! Putain ! *« Je ne m'en remettrai jamais… »* déclare Jacky à notre envoyé spécial. Et moi donc ! *« Je ne m'en remettrai jamais. »* C'est original, ça ! *Punch line !* Bien trouvé. Tu percutes sec, mon gars ! Le tirage de *Match* va s'en ressentir ! le tirage va doubler, va tripler, avec ça. Refais-le-me-le toutes les semaines en exclu, et, nous, à *Match*, on retrouve les chiffres de la grande époque, de Gaulle, la guerre d'Algérie, tout ça ! *« Je ne m'en remettrai jamais ! »* Mais, mon Jacky, tu pourrais refaire ta vie en poussant la porte au fond du jardin, derrière les groseilliers : en Belgique une fois ! Ah ouais, mais en Belgique, ils ont Dutroux. Bon, un Blanc de blanc, lui, un Belge wallon de souche, Dutroux du cul, pas un Arbi, mais à part ça ! Et moi, hein, Sid Ali, je n'ai jamais jamais jamais, je le jure sur ma foi qui est la seule vraie Foi, touché à un mioche, pas un cheveu ! Les enfants, c'est sacré, pour nous, les musulmans ! Maximum respect, les enfants. Le petit Melchior Almansour, pas touche ! Mais l'autre Kevin, là, la tache, la chetron à quecla, un petit air faux-derche file-doux pète-sans-bruit, comme papa ! papa qui se repasse en full repeat Céline Dion pour se consoler un peu, l'inconsolable – ce n'était pas la joie non plus, à bord du *Titanic*, quand la proue a percuté l'iceberg. Ah ! et puis Michel Sardou, un petit coup, là, avant de me pieuter et d'essayer de dormir assommé au Rohypnol, qui n'est plus remboursé plein pot par la Sécu, ces rats : Michel, il me fait pleurer à chaudes larmes quand il chante que la peine de mort il est pour. Moi aussi, Jacky, la peine de mort, je suis pour. Et ça soulage toujours un peu. Putain.

Et l'autre enfoiré, là, son baveux à la con, au Jacky, Me Ducon, Me Rémi Ducon ! l'autre enfoiré qui fait radasse trottoir tous les soirs, dans tous les JT, tous ! et les talk-shows, et les débats, et les strass et paillettes « on applaudit bien fort » ! tous les soirs ! tous les soirs de la semaine et le dimanche itou ! Chez Nagui, Delarue, Field, Drucker, Isabelle Alonzo, allons-y ! Arthur – nahan, pas Rimbaud ! celui qui n'a pas de nom, l'innommable Arthur – ah, et Karl Zéro, et Karl Moins Un, et Karl Moins Deux... Questions pour un champion ? Non, là, ils étaient overbookés. Mais c'est bien le seul refus qu'on lui ait opposé, à Me Ducon... Il n'aurait pas su répondre aux questions les plus con, Me Ducon, ils l'ont senti à QPUC ! « 1515, Me Ducon, une bataille gagnée par François Ier ? – Ah non, désolé, j'ai pas la réponse ! »... Mais sinon, Me Ducon : sur la Une, la Deux, la Trois, Canal, M6, LCI !.... « Je proteste ! Je proteste ! » Mais ouais, Me Ducon la joie ! proteste, proteste, je ne suis toujours pas extradé ! Tu veux quoi ? Que Guigou aille filer sa taoua à son homologue portugais – mais il ne garde pas les Sceaux, comme ma Sabeth chérie, le Portugais, il se contente du titre de *Ministro da Justiça* – ? Tu veux quoi, Me Ducon ? Que Paris rompe ses relations diplo avec Lisbonne ? Que Chichi exige de la

Communauté européenne l'exclusion du Portugal, un pays assez civilisé et humaniste pour ne pas condamner à perpète, pour ne pas donner plus de trente ans ? C'est long, Me Ducon, trente ans derrière les barreaux ! Ça ne te suffit pas ? Ça ne suffit pas à Jacky, le papa à Kevin ? Il veut plus, l'enfoiré de Tourcoing ? Il recommencerait à dormir sans Rohypnol, il recommencerait à bander sans Viagra, il se remettrait enfin de la mort d'Angéline dont il ne devait jamais se remettre ? Il s'en remettrait, le Roubaisien qui ne peut plus roubaiser, il s'en remettrait, le Jacky au Kevin et à la Twingo, si j'étais extradé et que je prenais perpète en France ? Mais moi, je préfère Lisbonne, figure-toi ! Moi, j'aime bien le climat atlantique, la monotonie déchirante du fado, *Nasci para ser ignorante*... Et j'apprécie surtout que les matons, ici, autorisent Jesus à me visiter dans ma cellule, à me consoler un peu quand j'ai la saudade, pauvre Me Ducon !.... Toi et ton brushing d'enflure à la Claude François du temps d'*Alexandrie – Alexandra, ah ah... Les sirènes du port d'Alexandri-i-ie...* Mais si tu entendais les sirènes du port de Lisbonne, Me Ducon, quand il y a du brouillard sur la mer de Paille... On les entend d'ici, les sirènes, et ça flanque un bourdon à préférer en finir là tout de suite – donnez-moi un rasoir et pas un électrique ! donnez-moi de la mort-aux-rats, il y a des rats dans ma cellule ! –, quand les sirènes des ferries, des méthaniers, des portecontainers font chorus, les jours de grande brume sur la mer de Paille, tu as la saudade fado, c'est moi qui te le dis, Sid Ali, Me Ducon ! Putain ! Et comme elle t'a mouché en direct live, l'autre soir, ma Guigou : « La France, Me Ducon, s'honore de respecter scrupuleusement – scrupuleusement *(bis)* –, la législation particulière de chacun des pays membres, partenaires et amis – et amis *(bis)* – de la Communauté européenne... » Et toc ! talons aiguilles dans les claouies que tu n'as pas, Me Ducon ! Bravo, ma Sabeth ! Si jamais tu divorces un jour, nous pacserons ensemble, j'aime les meufs qui en ont, moi ! Et tu es sexy maxi, ma Sabeth, c'est un connaisseur qui te le dit ! Putain, en juillet dernier, à la soirée de gala pour le roi du Maroc subclaquant, en tournée d'adieux « Revoir Paris une dernière fois avant que Allah ne me rappelle à Lui »... Ah ! ma Sabeth, ton apparition en smoking YSL pou de soie noir mat, revers satinés noir jais à cru et à ras les aréoles, putain ! Hassan II en a bandé une dernière fois, c'est d'ailleurs ce qui l'a achevé, la Crevure avec un grand C, comme à Commandeur et à Croyants... Toi, à la fois sexy et grande dame, ma Beth, ma Guigou ! Et pour la photo officielle dans le grand Salon ovale de l'Élysée, ne bougeons plus ! toi placée au coude à coude avec Bernadette Chichi habillée par Mémère de chez Mémère-Boutique, il n'y avait pas photo, c'est moi qui te le dis, ma Beth ! Et toi, l'autre enfoiré de Me Ducon, là ! « Je proteste ! Je proteste ! » Ton brushing et ton costard boudiné, 10 % laine 90 % polyester, moutarde tirant sur le vert moisi, quelle que soit l'heure où tu passes, en live, en différé, en rediff... ! un seul, tu en as, un seul, de costard : le même ! sur toutes les chaînes ! un costard M. de Fursac Diffusion Grande Surface, je parie ! Et tes fautes de syntaxe qui m'écorchent les oreilles : « Alors moi, ce que j'ai peur, c'est qui y reste à Lisbonne, le tueur, le monstre ! c'est qui y soit jamais jugé en France, qu'est son pays, ce que j'ai peur ! » Tiens ! c'est mon pays, la France, maintenant ? La France me revendique, enfin ! La France me reconnaît ? Champagne ! Mais je te signale, Me Ducon, qu'on doit dire « ce dont j'ai peur ! » Pas

« ce que j'ai peur » ! Enfin, ça dépend : je peux m'écrier, moi, dans la nuit de ma cellule, « Ce que j'ai peur, Yema, ce que j'ai peur ! » Là, pas de faute de français, mais ce serait trop long à t'expliquer, Me Ducon. Tu dois avoir le QI négatif, toi : moins 137 ! Et ce look, putain ! On comprend tout de suite que toi et Jacky vous vous soyez plu ! Brushing, M. de Fursac, et cravate polyester Prisu ! Deux, tu en as, deux, des cravates, pas une de plus – je remarque tout, vous avez remarqué ? –, deux cravates, je dis deux : les jours pairs, le soleil jaune sur fond bleu genre Van Gogh – Van Gogue, ouais ! pour mieux dire – et les jours impairs, la rayures club – mais pas Eton, pas Cambridge, pas Oxford, pas Yale, pas Harvard, hein, les rayures ! pas le motif emblématique d'une ivy school ou d'un yachting club select ! nahan ! mais les rayures du Collège technique de Ris-Orangis, genre ! orange, vert caca d'oie et mauves, les rayures ! La cravate d'uniforme du gentil Jamal de l'agence RAM Marrakech était également en polyester, mais plus jolie, je te le dis, Me Ducon ! Pas diff !

Et en face, qui ? qui, pour me défendre ? Me Jean-Charles Hélier de Hocquencourt ! Xcuse me, mais là, y a pas photo non plus, Me Ducon la joie ! Lui, Me Jean-Charles Hélier de Hocquencourt, c'est chaussures Lobb, costume – pas costard, note bien ! costume, que dis-je ? costumes au pluriel : je ne lui ai jamais vu deux fois le même, au parloir, mon avocat à moi ! Non, là, j'exagère, mais enfin, il a de quoi se changer, Me Jean-Charles Hélier de Hocquencourt, crois-moi ! De la laine froide, du super-cent, du fil à fil, du pou de soie comme ma Beth, et, comme ma Beth, du Yves Saint Laurent – ligne Hedi Slimane, lui (un pote à moi, Hedi)… Chemises ? Charvet, initiales brodées sur poitrine, *JCHH*, mais discret, ton sur ton… Et les poignets ? Mousquetaire, pardi ! Et les boutons de manchettes ? La petite boule en passementerie assortie au coloris de la chemise ! Et la cravate ? Les… cravates ! Pas deux mais cent cravates, au minimum, les cravates ! Des cravates subtilement choisies en fonction du coloris de la chemise ! Des E. Marinella, de Naples ! (*E.*, c'est pour Eugenio.) Tu ne connais pas, Me Ducon ? Pas étonnant ! C'est pour initiés exclusivement ! Même moi, Sid Ali, arbitre du bon ton et des élégances, je ne connaissais pas avant d'avoir osé lui demander lors de sa troisième ou quatrième visite au parloir, à Me Jean-Charles Hélier de Hocquencourt ! Eh bien, il m'a répondu : des E. Marinella ! Du fait main sur mesure, suivant la hauteur de ton buste, de ton buste perso à toi, on n'est pas deux pareils au monde : ton buste à toi, donc ! Et la doublure ? double ! pour donner de la tenue ! et, le détail qui tue ? taillée dans le tissu de la cravate, la double doublure ! pas du banal uni, ce qui pourtant ne se voit pas, nahan ! la soie du dessous comme la soie du dessus, le même tissu, tu vois un peu le raffinement ! Non, tu ne vois pas, tu es trop con, Me Ducon… Dodi en portait une quand il s'est crashé avec Diana sous le tunnel de l'Alma ! Une E. Marinella ! Une seule marque, pour les cravates, tu es certain de ne pas te tromper : E. Marinella et basta ! Dior, Gucci, Hermès, Cravatterie Nazionali : tu laisses aux taches qui se font des taches sur la cravate en mangeant ! Et, il ne faut pas croire ! une toute petite boutique artisanale, à Naples, E. Marinella ! mais ils sont ultramodernes et très efficaces aussi : ils ont un site Internet, tu peux faire défiler sur ton écran tous leurs motifs et coloris, passer ta commande www arobase point com : ils ont tes mesures une fois pour toutes en mémoire disque dur, et tu es livré sous 72 heures par Federal Express, où que tu habites au monde ! enfin, dans le monde civilisé et habitable ! pas à Alger, évidemment ! mais à New York, Los Angeles, Miami, Madrid, Milan, Barcelone, Paris, Londres, Hambourg, Berlin, Amsterdam, Lisbonne – je pourrais m'en commander une si j'avais la tune : je vous file l'adresse e-mail de ma taule au Portugal, avec mon numéro de cellule, vous allez être surpris, là, à Naples ! mais bon, le client est roi, et on a aussi quelques maffiosi fameux dans notre listing cli Marinella-la-la... Si vous saviez ! Putain ! E. Marinella ! Me Jean-Charles Hélier de Hocquencourt, pas du Prisu, comme toi, Me Ducon ! Et ses lunettes monture écaille (en vraie écaille, pas de l'imitation) ? Lafont ! Et la montre ? Patek Philippe. Premier prix de la Patek Philippe ? 25 000 francs... Suisses, les francs. 25 000 francs suisses : vous multipliez par quatre pour avoir le prix en francs français. Vu ? 100 000 ! « À partir de... » Notez que, pour le même prix, vous pouvez avoir trois cent soixante-cinq Swatch : une par jour. Oui, mais qu'est-ce que vous faites les années bissextiles ? Le 29 février, vous remettez celle de la veille, le 28 ? *Cheap !* Et puis la Patek, c'est comme la Panerai : garantie à vie et garantie COSC. Donc, aucune hésitation quand on s'appelle Jean-Charles Hélier de Hocquencourt : une Patek, pas trois cent soixante-cinq Swatch ! Et le stylo, quand on s'appelle Jean-Charles Hélier de Hocquencourt ? Mont Blanc *Meisterstück – Jawolh !* Xactement celui avec lequel je calligraphiais les lettres adressées à l'Office HLM du 93, ces lettres que mon père salopait ensuite avec son hideux paraphe pas raffiné pour deux sous : *IB* ! Nous avons au moins une chose en commun, Me Jean-Charles Hélier de Hocquencourt et oim, Sid Ali : le stylo

Mont Blanc. Et il ne défend pas le veuf et l'orphelin, lui, Me Jean-Charles Hélier de Hocquencourt ! Il ne représente que des stars : sport, *fashion*, *movies*, top models, rock'n'raï, *you name it*, et le toutim... En dessous du cinq cent plaques l'an, je ne prends pas, moi, Me Jean-Charles Hélier de Hocquencourt !.... Ou alors, à l'occasion, il défend bateul des citéens beurs victimes de bavures de chtars, des rescapés de rodéos qui ont tourné vilain, des pères méritants de sept enfants français nés en France que Chevène voudrait renvoyer au Mali encadrés de deux gendarmes chaque, sparadrap extralarge sur la bouche : que les autres passagers de ce vol régulier n'entendent pas leurs sanglots déchirants, à ces pères méritants qu'on sépare de leurs enfants si bien élevés jusqu'ici, et qui vireront caillera vite fait, c'est moi qui vous le dis, par la faute d'un ministre cœur de caillou – salaud, la Chevène ! bien pire que Pasqua, qui veut légaliser tout le monde maintenant qu'il ne fait plus ministre place Beauvau... Et Me Jean-Charles Hélier de Hocquencourt donne en sus (ma bite) un peu de son temps et de son argent au CADP – Comité pour l'Abolition de la Double Peine : putain, il faut tout vous dire ! le sigle sec, vous, sorti de YSL, BMW et LVMH, vous ne voyez pas du tout ce que ces initiales majuscules peuvent bien signifier, les snobs !.... Eh bien, Me JCHH, habillé par YSL, ne s'en occupe pas moins du CADP ! Et pourtant, hein ! tout ce qu'il y a de plus vieille France, Me Jean-Charles Hélier de Hocquencourt ! Cépage d'origine, sans coupage, Me Jean-Charles Hélier de Hocquencourt ! Pas de l'alliage, hein ! pas de mésalliances chez les H de H ! du pur jus, du fort, du titré, du roumi premier choix de souche de souche ! Baron de père en fils depuis les Croisades, et assez noble pour ne jamais faire étalage de sa noblesse : c'est tout à fait par hasard si j'ai appris qu'il en était, et pas au sens où nous, les Gilles, disions d'un homme qu'il en était ! pas un pédé, le baron Jean-Charles Hélier de Hocquencourt ! Et il faut voir le chic, le ton mesuré, jamais un mot de trop, jamais un mot prononcé plus haut que l'autre, pas une faute de syntaxe ni d'accord – je croirais entendre Mme Rénal, quand il me parle au parloir ! Et il me vouvoie, et je le vouvoie, Me Jean-Charles Hélier de Hocquencourt. Quand Djamila gardait ses charmants bambins, à Marrakech, eh bien, Monsieur et Madame la vouvoyaient, Dja-la-Djez, et ils avaient exigé que Zoé, Silvestre et Balthasar la vouvoient pareillement, Dja-la-Djez ! Il a fallu que Dja-la-Djez insiste : « Mais non, je vous en prie, ça me met mal à l'aise… » Voilà ! Si ce n'est pas là ce que la civilisation française a donné de meilleur !…. Maximum respect, Me Jean-Charles Hélier de Hocquencourt, qui défend la star ou l'exclu, rien entre, et dont je suis le seul cli panaché, mi-exclu mi-star, servi frais, avec panache ! Z'y va, Sid Ali ! Tout comme Me Jean-Charles Hélier de Hocquencourt est ce que la civilisation française a donné de meilleur, je suis « ce que la colère a donné de meilleur » comme chante Magyd Cherfi, le parolier de Zebda – maximum respect, Magyd ! maximum respect, Zebda ! Ah ouais. Et maximum respect à Me Jean-Charles Hélier de Hocquencourt qui porte le nom de son village natal dans le Perche – sur un fax que j'ai reçu ici en taule, envoyé du manoir où se détend mon avocat, les fins de semaine, quand j'ai vu l'en-tête armorié, avec le nom et l'adresse, putain ! *Jean-Charles Hélier de Hocquencourt, Le Clos Hocquencourt, 28900 Hocquencourt…* Voilà ! c'est court, c'est clair, c'est net : Hocquencourt, Hocquencourt, Hocquencourt ! Là, tu te sens enraciné ! Et tu ne perds pas une plombe comme aux Poètes, à errer d'Apollinaire en Mallarmé, à chercher ou ce que donc, putain merde, peut crécher ton pote Mohammed qui a du bon chichon pas cher : quelle tour ? quelle barre ? quel bloc ? quelle entrée ? quel étage ? quel numéro de porte palière, Moh ?....Nahan ! « Me Jean-Charles Hélier de Hocquencourt, je vous prie ? – Le manoir, là ! la grille vis-à-vis l'entrée du golf. » XVIe, le manoir ! la Reine Margot y a dormi ! ouais, celle qu'a incarnée à l'écran Adjani-la-Djez ! Un bijou, le manoir. Classé à l'inventaire des Monuments historiques : quand notre Jean-Charlou – c'est comme cela qu'on le nomme, nous, au village : il est si simple et généreux avec nous, les bouseux –, quand notre Jean-Charlou fait refaire la toiture, il a droit à un abattement supplémentaire et à une aide du ministère de la Culture. Il y a une justice dans ce pays, et de la redistribution sociale ! Mais ce Me Rémi Ducon, là, on l'a vu hier soir chez Arthur, qui lui cherchait des poux à notre Jean-Charlou ! Car qui ? qui ? hein ? qui ose s'opposer en combat singulier à Me Jean-Charles Hélier de Hocquencourt ? Je te le donne en mille, Mimile ! Cette tache de Me Rémi Ducon, là ! Quoi, le golmon sapé comme un sonac qui fait tapin *prime time* chez Zéro ? Himself ! Ouoh, putain ! Et ce serait lui qui gagnerait contre le baron de Hocquencourt, qui couche dans le lit où coucha la Reine Isabelle ? Ouoh putain, j'y crois pas ! La cravate polyester Prisu contre la soie doublement doublée soie E. Marinella-Napoli-Italy, faite main sur mesure, entrez votre code cli, cliquez sur le coloris choisi, cliquez sur le motif voulu, cliquez sur la texture de la soie : du lisse, du semilisse, du fin, du gros, du broché, du rêche… Du reuch dans tous les cas… « J'ouvre l'enveloppe, ladies and gentlemen... Et le vainqueur est... Prisu!» Putain! Il n'y a plus de justice! Nahan, le Tout-Puissant ne le permettra pas! Et si c'est le cas, une seule solution: je m'exile! Ma claque, de ce putain de pays où Monsieur de Fursac gagnerait contre Yves Saint Laurent ligne Hedi Slimane! Vous voyez bien ce racisme insidieux qui règne en France! Tu portes du Hedi Slimane, tu es foutu! Tu as droit à la bavure au commissariat! Putain!

Oh! mais attends, Me Ducon, tu peux aller à turf tous les soirs chez PPDA, tu as pas encore eu gain de cause, hein! C'est pas gagné gagné. Et notre garde des Sceaux, je l'aime, c'est une dure! Des claouies or 18 carats, elle a, ma Beth! Maximum respect, ma Guigounette! Droits de l'homme, smoking, talons aiguilles et tout et tout... Et, en plus, jolie à regarder: *une héroïne d'Hitchcock, blonde et froide* – je ne sais plus dans quel torchon gut press j'ai lu ça! Ah! et toi, là, Me Ducon... Comment tu dis...? Quoi? Ah! c'est Ducan, ton nom? Ducan? Me Rémi Ducan? Pas un *o*, un *a*? Oh, pardon, j'avais mal lu! On a la télé deux heures par jour, ici, si on est *bom comportamento* (je dois traduire?) : quatre postes dans une grande salle commune, son à donf, chacun des quatre postes un programme différent. Je vous laisse imaginer le brouhaha cacopho... Mais, *bom*, c'est toujours mieux que rien. Et je suis *bom comportamento*, la perle des détenus. La réputation du bicot fouteur de merde en taule est parfaitement injustifiée, et j'ai à cœur de le prouver tous les jours. *Bom com*, je suis je. Le détenu exemplaire – il serait scandaleux de l'extrader, il est un modèle pour tous les autres détenus, ce jeune Sid Ali B. Et d'ailleurs, est-ce que c'est bien lui, le tueur aux sacs plastique ? On a vu d'autres erreurs judiciaires dues au racisme ambiant, hein, au pays *de Capitão Dreyfus ! Os Francês*, il n'y a pas plus racistes que ces gens-là ! Nous en avons l'expérience, nous, Portugais : pas une famille, chez nous, où il n'y ait eu un frère, une sœur, un cousin, un proche qui n'ait fait maçon ou femme de ménage au prétendu pays des Droits de l'homme ! Nous sommes un peuple qui a beaucoup souffert des Francaouis, nous aussi... Moi, Sid Ali, avec l'aide de Jesus, j'implore humblement un surveillant de pouvoir capter TV5 quelques minutes. Et l'image n'est pas très bonne : les postes sont de vieux cageots formica faux bois années 1970, les débuts de la télé couleurs, ici, par de l'écran extralarge 16 x 9, son numérique, haute définition, freinage ABS ! J'ai mal lu le déroulant qui défilait au bas de l'écran pendant que tu postillonnais tes vaines protestations antihocquencourtesques en écorchant ma belle langue maternelle chez Delarue, Ducan, voilà tout ! Et moi, Sid Ali « Salut, la France ! », mon prompteur merdait ! France 2 fait des économies de bout de chandelle ! Il faut dire que, mon cachet une fois payé, il ne reste plus besef au budget ! J'éponge tout Spontex, oim. Lessivés, ils sont, à France 2 ! Et Chichi veut ma peau depuis l'esclandre des odeurs ! Oh mais, attends voir, Chichi, Guigou me défend ! Elle me défend talons aiguilles, la froide et blonde et belle Beth ! Tu n'es pas au bout de tes peines, connard ! Je n'ai pas dit mon dernier mot ! Et si vous rompez unilatéralement mon contrat, vous allez voir de quelle pluie de roquettes heb-heb va vous arroser Me Jean-Charles Hélier de Hocquencourt ! 35 millions de D et I pour licenciement abusif, en plus des prud'hommes ! De quoi voir venir stand by, sans m'affoler, attendre que mon fax commence à cracher les propositions de Ted Turner ! Lui laisser tirer la langue, ce dear Ted, et faire monter les enchères ! « – *How much do you want, dear Sid ? Just tell me ! – Same as France 2, one digit more ! yes ! a zero, dear Ted ! One more zero ! You know my fax number. It's 5 pm local time in Paris. Let's say I want your answer final cut before noon your local time, right ? Yes, I let you one hour to say yes or no, Ted ! 59 minutes, from now. 58 minutes "de trop"* (quand tu veux faire chicos Park Avenue, tu le dis en français, *de trop* : j'ai lu ça dans *Vogue Hommes*). *Ted, dear, I'd say like Rick in* Casablanca : *« Please, trust me ! » Just pretend you're Ilsa, Ted ! – "I will !", Sid Ali. – Good ! Fax me right now your famous last word final cut, Ted. I call my agent, and from now, you deal directly with him : I have no much personal time de trop. Isa says : "Big hug to Jane and you, Ted." I'd say : Best regards ! »*

Ouoh, *shit !* là, je dérape ! et je n'ai pas le correcteur de trajectoire assistée par ordinateur brevet BMW ! J'oubliais que Me Jean-Charles Hélier de Hocquencourt m'a supplié, hier, au parloir – « Je vous supplie à genoux ! » m'a-t-il dit en restant assis : les roumis disent cela machinalement, sans y penser, comme nous disons, nous, « Bismillah »... Me Jean-Charles Hélier de Hocquencourt m'a supplié de la jouer aimable et raisonnable, bon, doux, gentil, contrit, ayant perdu toute vanité, toute colère et tout ressentiment en taule. Rédempté... Non ! ça ne se dit pas *rédempté*. Au temps pour moi. Rédimé. Voilà. Rédimé ! Dim ! « Ta ti ta ti ta ta... Ta ti ta ti ta ta... Dim ! » Toujours très bien, les pubs Dim, toujours très bien. Mais question slips, moi, je ne veux que du Calvin. Mon Calvin et un avocat catholique, de gauche, avec un nom à trombone, habillé par Hedi Slimane. Je suis paré pour la vie. « Le mal ne peut pas m'atteindre. »

— Couleur muraille, Sid Ali, je vous en supplie ! Profil bas, comme vous dites.

Vous voulez savoir comment il était habillé, hier, au parloir, Me Jean-Charles Hélier de Hocquencourt ? Me Jean-Charles Hélier de Hocquencourt portait un costume en laine froide anthracite, une chemise unie bleu lavande col *cut away*, boutons de manchettes passementerie bicolore bleu de Prusse et or mat... Et la E. Marinella ? Ouoh ! un minuscule chevron jaune citron sur fond bleu Roi, une soie un peu rêche et mate, pas du brillant vulgaire comme les survés Adidas bas de gamme ou les maillots du PSG, nahan ! sublime, la cravate ! bravo, Eugenio !.... Et le nœud ? *Four-in-hand* : du classique, mais qui te permet d'exprimer ta personnalité mieux qu'un nœud Windsor (j'ai lu ça dans *Vogue Hommes*). Et avec ça ? Là, je vais vous bluffer, vous ne vous en remettrez jamais, pas plus que l'autre enfoiré de Tourcoing-coing-coing ne se remettra de la mort d'Angéline : la pochette contrastée ! un minuscule chevron bleu Roi sur fond jaune citron... Petit pont, tir au but, but ! buuut, putain ! buuuuut !

L'oscar, Me Jean-Charles Hélier de Hocquencourt ! On va gagner ! On va gagner ! On va gagner ! Allez, cassez-vous, Jacky et Rémi ! Assez vus ! Poussez la porte au fond du jardin, et barrez-vous en Belgique avec le petit Kevin, son nounours et son gameboy, si ils veulent de vous là-bas ! Mettez-vous en ménage, Jacky chou et Rémi ! pédés ! Pacsez-vous, et dites merci à Guigou ! Et chela les sketbas à Sid ! Vu ? Trous du cul !

Et toi itou, Me Gueulard, et toi itou, Me Pieds-Nickelés « Je suis pressé, je passe au JT de PPDA », et tes rollers, que tu n'enlèves même plus au tribunal quand tu plaides ! Trous du cul !

Julie.

Julie Richard. La troisième victime de la série et la dernière. Il n'y en aura probablement plus d'autres après. Julie qui, dans ma mémoire, se prénomme toujours Germaine, bien que je m'applique sincèrement, guidé par le Dr da Silva dans ce dur travail sur le moi, à rendre posthumement une qualité humaine à mes victimes, que ma haine avait déshumanisées au moment du passage à l'acte, avait défigurées... Et donc, entre autres trucs, si je repense à la fervente lectrice de presse people que j'ai tuée dans le TGV Paris-Marseille – et la voir se délecter des malheurs de Céline Dion fut, je crois, ce qui me mit hors de moi, le motif déterminant de ma crise de Horla –, cet exercice mental salutaire qui consiste à lui restituer son vrai nom, Julie, au lieu de continuer à l'appeler secrètement Germaine.

L'époque ? Six semaines après mon aller-retour Paris-Nantes dans la journée. Déjà, comme pour relever d'une touche de bile fuligineuse ma noire mélancolie, les guirlandes lumineuses, les loupiotes multicolores, les cheveux d'ange, les étoiles, les sapins, les pères Noël proclamant la proche célébration rituelle de la naissance d'Issa, qui, chaque année, me jette, moi, dans une sorte de détresse existentielle... À quoi s'ajoute, en cette année 1419 de l'Hégire, sur ce fond de ténèbres dans mon cœur et mon âme, le fait que cette célébration sera la deux millième. Partout, obsessionnel, scintille dans le ciel gris et bas de décembre le nombre 2000… Les JT et la presse font part d'une angoisse grandissante autant qu'universelle : un bogue fatal ne va-t-il pas mettre fin au fonctionnement des ordinateurs et, conséquence aussi logique qu'effrayante en effet, à une civilisation qui vit le jour avec la naissance, il y a deux mille ans, de ce prophète mineur, fils de la vierge Maryam – entre le bœuf et l'âne, dans une étable, selon les Infidèles ; pour nous, Croyants : au pied d'un palmier que le Seigneur invita la jeune accouchée à secouer pour en faire pleuvoir de belles dattes, fraîches et mûres, qui la nourriraient (Coran, sourate XIX, versets 23 et 25).

L'autre grand sujet qui agite alors la presse et occupe chaque soir jusqu'à six, sept minutes d'antenne des journaux télévisés de 20 heures, et passionne la France profonde tout autant que la France superficielle, c'est la fébrile, la haletante recherche de l'assassin de Donata, lequel s'avérerait maintenant un serial killer – car il y a, pour la rubrique faits divers de la presse populaire comme pour les mathématiques, série dès le 2 – : on le soupçonne également de l'assassinat d'Angéline, morte étouffée dans un sac plastique et les toilettes pour dames de la gare de Nantes (zeugma). L'ennemi public n° 1 devient donc *Le Tueur aux sacs en plastique* dans plusieurs quotidiens populaires. Pourquoi au pluriel ces sacs en plastique ? s'interroge Sid Ali avec son bon sens habituel… Mystère. Car enfin, que je sache, la mort de Mme Rénal passe toujours, à ce jour, pour une mort naturelle et, d'ailleurs, le criminel qui étouffa la malheureuse dans un sac Virgin, reprit l'arme du crime… Et c'est, d'ailleurs, bien pourquoi il ne fut jamais inquiété, le médecin légiste ayant déclaré cette mort purement accidentelle… Donata, alors ? Mais non, puisque, avant de me débarrasser du corps en le jetant par une fenêtre du Paris-Gênes, j'avais repris le sac en matière plastique dans quoi elle avait péri suffoquée. J'observe, du reste, que jamais, dans aucun média, la mort de Donata n'a été attribuée à une apnée prolongée… Mais non, il ne s'agit là que d'une de ces approximations sensationnalistes dont la presse populaire a le secret : le pluriel frappera mieux l'imagination du lecteur et augmentera d'autant le tirage ! À supposer que l'assassin de Donata soit aussi l'assassin d'Angéline, il est le tueur aux sacs en plastique – du moins dans les quotidiens dont le lectorat est sociologiquement catégorisé populaire.

Quoi de nouveau, donc, depuis le meurtre de Donata, et à considérer que celui d'Angéline soit du même auteur ? La police aurait relevé des empreintes digitales sur le sac But qui coiffait la victime – aïe ! Ce fut une erreur, je le confesse, que de ne pas reprendre ce sac, l'arme du crime. Mais l'erreur ne fut pas due à un affolement : je ne me suis nullement affolé, quoique étant hors de moi, juste avant le passage à l'acte. Et juste après, à peine le crime accompli, je me suis senti apaisé, au contraire… Non, la vraie raison de cet oubli fut, je crois, que j'ai inconsciemment jugé indigne d'un Sid de reprendre ce très quelconque sac But de plastique blanc translucide à une encore plus quelconque conne – c'est ton dandysme qui te perdra, Sid Ali !

Autre souci : un employé de la gare de Nantes a donné à la police le signalement d'un jeune homme de type méditerranéen sortant des toilettes pour dames et pressant le pas pour gagner le quai 2. Le témoin affirme que ce jeune homme était coiffé d'une casquette de marque Nike – j'avais ma Fila *Pro-race* –, qu'il la portait à l'envers – je la portais à l'endroit –, et qu'il était vêtu d'une veste de nautisme Helly Hansen – la mienne était une Aigle –, de ce nouveau modèle de Helly Hansen où le nom de la marque, dans le dos, est écrit verticalement et en énormes lettres noires – modèle qui a la faveur des jeunes banlieusards venus à la marque bien après que des Sid Ali ont lancé la mode de la Helly Hansen, et Helly Hansen cherchant désormais à combler, par un marketing qu'elle croit judicieux, le fétichisme délirant de ces jeunes ; fétichisme non du produit en soi et pour ses qualités propres, mais fétichisme du prestige qui s'attache au seul nom de la marque. (Commentaire de Sid Ali : et c'est ainsi que des marques dignes de confiance, prises soudain de folie devant un succès inattendu après des années de sérieux, sacrifiant au profit immédiat leur identité, leur renom, et parfois jusqu'à leur existence. Car il n'est rien de plus versatile et imprévisible que le désir des adolescents : leurs engouements sont aussi violents que leurs rejets, subits. Et la faillite sera, pour la marque qui a trop voulu plaire et complaire, la sanction d'une si démagogique prostitution ! Quoi, il y aurait donc également une morale en matière de consommation de masse ? Bonne nouvelle !)

Cette parenthèse refermée, un autre commentaire : le témoin, agent nantais SNCF, a vu non la réalité mais, à l'exemple de ses collègues Galabru et Jean Lefèvre, l'a hallucinée pour qu'elle se conforme à ce qu'il avait appris par l'avis de recherche affiché dans la gare, et plus encore par toutes les informations et désinformations dont le harcelaient les médias : le suspect devait forcément arborer sa casquette mise à l'envers, le suspect devait forcément porter une Helly Hansen et, pour que ce soit en toute certitude une Helly Hansen, cette Helly Hansen devait proclamer avec ostentation qu'elle en était une – la mienne datait de l'époque où le nom de la marque ne s'étalait pas aussi tapageusement sur le produit (savez-vous que, du vivant de Coco Chanel, le célèbre logo au double C en miroir était vingt fois moins gros qu'aujourd'hui ? moi, je l'ai lu dans *Vogue Hommes*). Et si jamais, avec de tels indices bidon, la Judi remontait jusqu'à oim, Sid Ali, alors, mézigue, je ferais rechercher ce voyageur de la voiture 3, place 44 : qu'il nous dise un peu, des fois, si ma squette était une Nike, putain ! et ma veste de skipper, dont par deux fois une manche lui avait si érotiquement caressé le visage, une Helly Hansen ! Aucun risque : Luc, le tello pède burba en Bourbar, se souviendrait fort bien, lui, et dans tous les détails, lui ! Et je serais mis hors de cause.

Quoi de notable encore dans l'affaire me concernant ? Eh bien, on continuait de me voir ici et là, terrorisant les femmes, commettant des forfaits toujours conjugués à l'*inaccompli* : tentatives de viols, d'agressions ou d'assassinats qui faisaient chaque soir, des JT de TF1 et de France 2, une sorte de feuilleton relevant du romanesque le plus noir, des grands classiques de la littérature d'horreur. La presse qualifiée de sérieuse en vint à s'alarmer sérieusement d'une psychose collective qui dépassait de loin, en hystérie, la grande peur du bogue et de l'an 2000 : peut-être survivrait-on au bogue et à l'an 2000, mais au tueur du Paris-Gênes, et au tueur de la gare de Nantes, et surtout à ce monstre en qui les deux ne faisaient qu'un, peut-être ? *Le Monde* titra un éditorial sur le sujet : *Quand l'irrationnel s'empare d'un pays...* La raisonnable Mme Élisabeth Guigou, garde des Sceaux, dut inviter ses concitoyens à reprendre leurs esprits : cette prolifération de témoignages contradictoires n'aboutissait à rien d'autre qu'à compliquer le travail de la Justice et de la police, « ou, pour mieux dire » – vlan ! – « des polices »... M. Jean-Pierre Chevènement, ministre de l'Intérieur, se tut, vexé que sa collègue soit intervenue avant lui pour dire ce qu'il allait dire, justement, mais, lui, sans persifler gratuitement les polices, qui, à ses yeux, prouvaient chaque jour une cohérence digne d'admiration. M. Jean-Pierre Chevènement, sans vouloir polémiquer avec aucun membre du gouvernement, faisait remarquer que ce n'était pas sa police, mais la Gendarmerie nationale qui pataugeait si lamentablement et multipliait les bévues – n'est-ce pas, monsieur Alain Richard, ministre des Armées, qui êtes, de ce fait, le ministre de tutelle de ladite Gendarmerie nationale ? Ah ouais, ricane Sid Ali, et vous viendrez me parler après des ridicules chicaïas entre petits caïds de bandes rivales, dans les cités sensibles des quartiers difficiles !

Sid Ali, quant à lui, quoique fort dépressif, se fiait à sa bonne étoile, et s'enchantait d'un proverbe qu'il venait d'inventer : « Quand on ne peut pas rapprocher, on ne peut pas reprocher. » Tu l'as dit tu l'as, Sid Ali !

Et c'est donc dans cet état d'esprit qu'il se retrouve en gare de Dijon, un beau – non, un vilain – jour de décembre où le ciel est très bas et terne, et lumineux l'avis que *La SNCF vous accompagne dans l'an 2000 !* Encore heureux ! Il ne manquerait plus qu'elle nous laisse choir au milieu de ce lugubre bordel de fin du monde, la salope !

Dijon. Pourquoi suis-je à Dijon ? Aucune idée. J'ai un trou noir dans mon existence. J'ignore le pourquoi et le comment, je me retrouve à Dijon. Je n'ai, depuis mon incarcération, en y réfléchissant pourtant beaucoup et souvent, je n'ai jamais pu retrouver la séquence de ma vie qui se situe entre la sortie d'un cours d'économie « Inflation, déflation, stagflation », le retour vers ma cité des Poètes, un pétard fumé en solitaire dans ma piaule il me semble, trois ou quatre comprimés de benzos variés, une ou deux canettes 50 cl de 8.6 Bavaria – la Corona me semblant insuffisamment alcoolisée pour dissiper un tel spleen –, et l'instant présent où, pleinement lucide, je me trouve en gare de Dijon – *Il n'y a que Maille, qui m'aille!* Pour parler en termes informatiques: je n'ai pas imprimé, je n'ai pas sauvegardé et je ne garde aucune trace sur le disque dur d'une centaine d'heures de ma vie. Et ce ne fut cependant pas une crise d'épilepsie qui me frappa. Du reste, j'en suis intimement convaincu en cet instant: le mal ne peut pas m'atteindre, le haut mal, le mal sacré, ni le Mal – celui qui s'écrit avec un grand *M*, comme pour *M le Maudit*... Le Mal, quoi.

Dijon. Pourquoi Dijon? Parce que l'assassin revient toujours sur les lieux de...? Mais! Donata ne fut pas exactement assassinée à, mais plus au nord. Dijon. Parce que c'est le procureur de Dijon qui...? Mais! pour quelle raison irais-je...? Non, cessons de nous poser des questions oiseuses: je suis à Dijon, voilà tout. Je ne suis pas fou: j'ai un projet fort bien élaboré et que je vais réaliser jusqu'au bout, sans commettre les erreurs de la fois précédente. Aujourd'hui, je ne prendrai pas le Paris-Gênes pour me rendre à Marseille, meskine! mais je prendrai, à Dijon, un TGV Paris-Marseille – le seul, d'ailleurs, des TGV Paris-Marseille qui fasse halte à Dijon. J'ai sur moi le passeport d'un majeur, lequel m'est nécessaire pour entrer en Algérie: c'est – vous l'avez deviné, vous avez gagné! – celui de mon frère Aziz. La détention de ce passeport me permettra de demander un visa au consulat d'Algérie à Marseille, qui devrait me l'accorder sans trop d'objections vu mon nom, le lieu de ma naissance et le fait que je puisse fournir quelques documents – chourés à mon dab, Ibrahim, mais motus, les potes ! – prouvant des liens de cousinage germain avec des citoyens algériens portant ce nom de Benengeli qui est le mien… Enfin, j'ai, à l'épaule, un petit sac à dos Patagonia – du chouré itou, je l'avoue, mais à la tire, ce qui est plus sportif ! –, sac dont, par souci d'élégance, m'inspirant du chic hussard qui consistait, pour le cavalier, à n'enfiler que la manche gauche de sa tunique, je n'ai passé qu'une des deux sangles, à mon épaule gauche, et qui contient : vareuse berbère blanche en microfibre polaire Gill, calvins, socks, trousse de toilette, et de quoi bouquiner – Smaïl, Rimbaud, Salinger (*Catcher in the Rye : L'Attrape-Cœur* en v.o., yes ! Mme Rénal ayant qualifié la traduction française de « monstrueux charcutage ! » Et toc !). Voilà.

« Qu'est-ce t'as, taha ? Ma chetron qui te revient pas ? »

Voilà. Et d'ici trois, quatre, cinq jours au plus tard, je ne serai plus à Dijon mais à Alger, à la Casbah, dans la cave d'un rade clandé after hours et les bras de mon merveilleux frère Ahmed… Voilà. Ça vous va ? Moi, perso, ça me va, c'est l'essentiel ! Qu'un bogue dans le programme m'ait fait faire une inexplicable halte par Dijon, capitale de la moutarde, n'est qu'un incident tout à fait mineur, dérisoire et absolument inintéressant – d'accord ? Qui, en tout cas, moi qui suis, jusqu'à preuve du contraire, le principal intéressé dans cette affaire, ne m'intéresse pas – d'accord ? D'autres questions ?

« Qu'est-ce t'as, taha ? Ma chetron qui te revient pas ? C'est la première fois de ta vie que tu croises en chemin un bougnoule ? »

Pas d'autres questions ? Je continue, donc : il est 15 h 32 et, vers 16 h 02, je monterai dans un TGV en provenance de Paris, qui partira, s'il est exact, à

16h05, pour se rendre, via Lyon-La-Part-Dieu, à Marseille, où il arrivera, s'il est toujours exact, à 19h12. Et donc, l'affaire est réglée. Ah, si, une question encore ! Oui ? Vais-je acquérir un billet ? Certes ! Je ne suis pas fou : je n'irais pas, pour ce dernier voyage que j'accomplis en France, le voyage de mon Destin, risquer de l'inaccomplir en m'amusant à frauder ! Pas si ouf qu'on le dit, Sid Ali ! Tu l'as dit tu l'as ! Pas si ouf !

« Qu'est-ce t'as, taha ? Ma chetron qui te revient pas ? C'est la première fois de ta vie que tu croises en chemin un bougnoule ? Tu avais jamais vu de beur avant de me voir ? Y en a pas au zoo ? »

Je me dirige donc vers un des quatre guichets où acquérir un billet. Devant chacun des quatre, deux ou trois voyageurs font la queue. Entre les deux guichets de gauche est affiché cet avis de recherche illustré d'un portrait-robot que j'avais déjà vu, entre autres, en gare de Nantes. Entre les deux guichets de droite, un autre avis de recherche que je vois pour la première fois, concernant le même suspect, mais illustré, celui-ci, d'une photo en noir et blanc représentant indéniablement Sid Ali Benengeli âgé d'environ quatorze ans – photo d'identité agrandie au format 18 x 24. Le Sid Ali Benengeli qui décide de faire la queue au guichet n° 3 fait observer à son alter ego que, un, il est aujourd'hui âgé de 17 ans, 11 mois et 2 semaines, et, deux, *anyway*, son passeport est là pour le prouver : il se nomme Aziz Benengeli. D'accord ?

« Qu'est-ce t'as, taha ? Ma chetron qui te revient pas ? C'est la première fois de ta vie que tu croises en chemin un bougnoule ? Tu avais jamais vu de beur avant de me voir ? Y en a pas au zoo ? y en a pas à Disneyland ? y en a pas au musée de l'Homme ? Parce que nous n'en sommes pas, des hommes ?

Qu'est-ce t'as, hein, qu'est-ce t'as ? » Tu ne me regarderais pas comme ça, je te le dis, connard, si tu savais que j'ai là, dans ma poche, un coutelas sacrificiel pour tuer le mouton de l'Aïd-el-Kebir acheté pas plus tard que mardi dernier à un boucher halal d'Aubervilliers, connard ! Et toi, là, la connasse devant moi, qui attends comme moi, et qui pour la troisième fois te retournes subrepticement sur moi, de quoi que tu as peur ? que je t'encule ? Ou c'est mon odeur qui t'incommode ? Tu es chiraquienne, connasse ? Ça ne m'étonnerait pas de toi ! Une doudoune rose Naf Naf et les sacs polochons assortis, tout est dit ! Sous Mussolini, tu aurais été en chemise noire ! Sous Hitler, en chemise brune ! Sous Chichi, tu es en Naf Naf, connaffe ! Tout se tient, il n'y a pas de hasard ! Sous Staline, tu aurais défilé en chemisier rouge avec le foulard assorti : rouge, à motif de faucilles et marteaux ! En Iran, tu aurais été la première à porter le tchador ! Dès le jour du retour d'exil de Khomeyni, toi, Germaine, en tchador ! Mon tchador, tch'adore ! Et les seherviettes périodiques Always, que y est la seule marque ahapprouvée par l'ayatollah ! Connasse !

Ouoh, putain, comme qu'elle me toise, Germaine ! Yema, j'ai peur ! Tiens, je te passe devant, pétasse ! mais sans me départir de mon exquise courtoisie habituelle :

— Vous permettez ?

Mais c'est qu'elle proteste, Germaine ! Elle dit que si je suis pressé, je n'ai qu'à prendre mon billet la veille ! Elle croit faire de l'esprit, cette connasse ? C'est ce qu'elle appelle une punch line, sans doute ! Ah, avec ça Germaine, tu as tout Hollywood à tes pieds, je te le dis ! Tiens, ma réplique :

— Oh, je euh suis désolé, je ne euh vous avais pas vue !

Et de repasser derrière elle, toujours aussi poli, Sid Ali. Tandis que Germaine :

— Quel culot ! Quel culot !

Tu te répètes, Germaine, tu ferais mieux d'avancer et de demander au préposé ce que tu veux ! Tu ne vois pas que le client précédent est servi ? Putain ! et c'est comme ça que tu parles aux hommes ? Attends voir ! Ah, tu vas à Marseille ? Ça tombe bien, j'y vais aussi ! Et pas en passant par Gênes, ce coup-ci ! Je ne vais pas me gêner, ha ha !

Bon. Tu as fait ton code *à l'abri des regards indiscrets* ? Voilà. Le tourniquet tournique : ton billet et ta visa... Ah ! il faut que tu vérifies ! pas de carna sur la facturette ? la Snecefeu n'essaie pas de me gratter au tirage ? Non, ça va ? Ah, et le billet : c'est le bon train ? la bonne heure ? la bonne classe ? Z'y va ? Plus qu'à le composter, sous le regard indiscret des autres passagers ?.... Jusqu'au préposé qui s'impatiente, connasse, et te signale, d'un geste las, que deux personnes attendent derrière toi qui, très légitimement, commencent à s'impatienter aussi ! C'est mon tour ? Tu as tout bien vérifié ? Vraiment ? Choukrane, Germaine ! Z'y va.

— Dijon-Marseille, sur le TGV de 16 heures et 05 minutes, ce jour, pour un voyageur solitaire, je vous prie.

— En seconde ?

— En seconde, je vous prie.

Je suis une star mais je me fous du status symbol. Je veux garder le contact avec les vrais gens, mon vrai public. J'en ai trop vus, dans le métier, qui pétaient les blomps *because* limos, hélicos, gardes du corps et le toutim... On perd vite le sens des réalités à ce petit jeu. Mais, moi, Sid Ali, je veux pouvoir encore entrer dans un troquet et boire un demi au comptoir sans provoquer une émeute, et les vrais gens, les petites gens, ils le sentent très bien ces choses-là : si tu ne les snobes pas, si tu continues à mener la vie que tu menais quand tu n'étais pas une star, ils te foutent une paix royale, ils respectent ta privacy, ils ne sont pas là à te harceler continuellement, comme mouches à merde, pour avoir un autographe, ils ont le tact de faire semblant de ne pas t'avoir reconnu… Les stars qu'on emmerde dans la rue, c'est qu'elles l'ont bien voulu ! La preuve : cela fait un bon quart d'heure que je me trouve dans cette gare de Dijon, et personne jusqu'ici n'est venue me faire iech… Donc : seconde classe, comme tout le monde. Et je paie cash. Pas de carte bleue, moi ! Je suis resté simple, et je suis un homme : la carte bleue, je laisse ça aux pédés ! Moi, c'est de la tune gagnée à la sueur de mon… Tiens, esclave ! mon dernier talbin à l'effigie de Pierre et Marie Curie, à qui nous devons Hiroshima et Tchernobyl – mais ils ne pouvaient pas deviner –, ma dernière coupure de couleur verte sera pour toi…

— Fumeur ou non fumeur ?

— Qu'est-ce qu'elle a pris, la dame si méfiante, là, avant moi ?

Tiens, je le fais marrer ! Ils sont bon public à Dijon, je reviendrai.

— Ah, je ne me souviens pas… Fumeur, je crois.

— En fumeur, une fumeuse ? C'est du joli ! Eh bien, mettez-moi en fumeur, moi aussi !

J'y ai plus de droit qu'elle, non ? Comment une fumeuse ose-t-elle aller chez les fumeurs ?

— Voiture 17, place 43.

J'aime les chiffres impairs. Et cette énigmatique insistance du destin à m'attribuer la place 43 ! Inch' Allah !

— Merci.

— Bon voyage, Monsieur !

Mais finalement, s'ils sont tous aussi aimables, à la SNCF, j'accepte qu'elle m'accompagne dans l'an 2000 !

Que je composte, à présent... Jamais, jamais, jamais vu de ma vie, jamais vu, quel que soit le coin et la face par où le voyageur introduit son billet dans le composteur, jamais vu que le premier coup soit le bon ! Toujours, toujours, toujours, l'écran du composteur clignote et te demande de recommencer en faisant glisser ton billet dans l'autre sens, par un autre angle – ah, vous avez remarqué, vous aussi ? Je ne suis donc pas paranoïaque. Mais l'inventeur du composteur était un pervers, lui – clac.

Vingt minutes à perdre avant le départ. Où, sinon au Relais Point H ? Publicité mensongère : ils n'ont jamais vendu de hasch, que je sache, Hachette, dans leurs relais H ! Alors, puisqu'ils n'en vendent pas, on tue le temps en sniffant de la connerie imprimée sur papier glacé... Beaucoup s'y accrochent.

Voyons voir.

Santé Hebdo.

Perdre dix kilos en vingt jours et ne plus jamais les reprendre. Ah, ça ! crevé d'inanition, au cimetière, dans ton cercueil, sous la lourde dalle funéraire en granit, aucun risque que tu les reprennes, tes dix kilos ! Cons d'anorexiques !

Parents Mag.

Comment supporter vos enfants ? Je te file à l'œil le truc : sac plastoque sur la chetron au niard, tu emballes, tu tortilles bien, en vingt secondes, c'est fait ! Tu ne toucheras plus les allocs, mais il faut savoir faire des sacrifices : en revanche, tu pourras passer ta soirée hafif à regarder Aubry tapiner chez Drucker. Tiens ! elle a encore grossi, Martine... Cons de psys !

La Pèlerine.

Ces trisomiques qui nous ressemblent. Causez pour vous, les golmons ! Si vous insistez, je vous colle au zek un procès pour diffa : 137 briques de dommages et ints, une brique par point de QI, moi, Sid Ali ! Cons de mongoliens cathos.

Unis.

Quelle accroche cover pour leur numéro de décembre ? Ah nahan, c'est déjà le numéro de janvier 2000, en vente dès le 15 décembre de l'année précédente ? Putain, ils en sont là, à *Unis* ? Ça upe l'opération trésorerie cavalerie ! Le cul ne ferait plus vendre autant ? Le tirage bande mou ? *La sodomiser sans la faire saigner.* Personnellement, je n'ai jamais su, moi, Sid Ali, je l'avoue. Mais les zessegons m'aiment comme je suis : tartare bien relevé, bleu le gland, on est pas des bœufs ! remercie-moi humblement, à genoux, de te faire la grâce insigne de t'enculer à sec, salope blanche de souche !.... Ah, à moins qu'ils aient eu peur que le bogue ne leur nique tout à l'imprimerie ?

Fagaro Mig.

Alain Madelin : Un avenir pour la France. Ouoh, putain ! moi, là, je me taille fissa en Algérie ! Sauve-moi, Bouteflika ! Je demande à me faire naturaliser Djez : je suis coupé et musulman, le plus gros est fait, et mes ieuvs l'étaient et le sont encore, Chadli ne les a pas déchus ni déçus, j'ai droit au droit au retour ! J'abandonne ma nationalité eurofrancaouie, si tu veux, Bouteboute, mais tout, tout, plutôt qu'Alain Madelin-la-Moumoute ! Cons de fachos modérés !

Et là ? *Entreview.*

Jean-Paul II : son CD fait flop ! Pardi ! je l'avais prédit ! J'avais parié douze caisses de Ruinart rosé millési : on allait à cata caca cracra, mais personne n'a voulu m'écouter ! Comme d'hab ! Il fallait plus d'apoum cheutonk en synthé back dubbing sur les tracks 3 et 4, et plus de réverbe sur le micro de Sa Sainteté ! Mais en studio, le cardinal Ratzingue, la fiote nazie, exigeait un son gross gross variétoche boche pour cartonner dans les Biergarten en Bavière, et l'autre cardinal à la console, cet inconsolable loustic de Mgr Lustige-le-Feuj « La Shoah me conforte dans ma foi », Tartuffe comme pas deux, vous le connaissez aussi bien que moi, s'est défilé : « Moi, Ratz, je ne connais rien au nessbishow, si c'est vous qui le dites, je vous crois... » Résultat ? *Entreview* le révèle en exclusivité : le bide noir ! Trois à quatre millions d'albums vendus en trois semaines, mais surtout sur le marché sud-américain, où le public est très arriéré... Et comme le papal CD est vendu à prix dumping, là-bas, vu leur PIB de clodos, aux rastaquouères locaux, les comptes à la SPR, Saint Peter Recordings, sont et resteront pour longtemps dans le rouge ! Et tes prières à plat ventre sous le baldaquin du Bernin n'y pourront rien, mon Jean-Paulou-le-Polack ! Je te l'avais dit de virer ton équipe de monsignori pédés maffiosi bras cassés, mais tu n'as pas voulu m'écouter sous prétexte que je suis musulman, moi, le fameux Sid Ali ! Nous avons Dieu en commun, pourtant, hein, mon papounet ? Et si tu veux, je reprends en main ta carrière, moi ! Quand tu veux, comme tu veux, où tu veux : tu m'appelles sur mon portable, tes prélats te trouveront bien le numéro entre deux prières, ils n'ont rien d'autre à branler de leur day long, mon J-P II ! C'est toi qui te tapes solo tout le sale boulot ! Le job de pape, ce n'est pas de tout repos, je le sais, mais, bon, tu ne vas pas nous la jouer petits bras, J-P II ! Quand on dirige la succursale romaine de l'Allah Universal Entertainment, on y va avec ses claouis, et du menton !

Pour ton *come-back*, je te propose la France, fille aînée de l'Église… « Frrrance, qu'as tou fait dé ton bapppteme ? » ! Putain, à ta tournée précédente, mon Jean-Paulou, quand tu nous a lâché ça, ta cote de popu est tombée à zéro dans les quartiers sensibles de nos banlieues difficiles, c'est moi qui te le dis, Sid Ali ! Ta comm a été très très mauvaise sur ce coup ! Mais bon, c'est pardonné, mon Jean-Paulou ! Chichi a fait bien pire, dans le dérapage : à lui, nous ne lui avons toujours pas pardonné « les odeurs »… Et donc, je te disais, J-P II, que pour ton come-back en France, cher pays de mon enfance, j'avais un plan béton et acier pour toi. On va faire exploser le box-office, nous deux ! Voilà : un, tu me vires *the band* qui t'accompagne mou mou et fait du tort à ta carrière ; deux, je te veux toi tout seul solo *one man show* comme un grand ; trois, *unplugged* ! la conso sur ambiance intimacy, la balance tous les boutons sur medium, plateau vide, rideau noir dans le fond, une seule poursuite bleue, une chaise pliante, un quart Évian posé sur le devant de la scène : tu auras soif, après vingt rappels et bis, et Évian nous sponsorise, toujours ça de gagné !.... Le micro ? Gros capuchon mousse pour mieux filtrer tes postillons de Polack… Toi, J-P II, en intro ? Bouleversant gratouillis parkinsonien de ta main décharnée sur la guitare acoustique chouïa désaccordée – un gimmick, je t'expliquerai ! d'autres chanteurs sur le retour ont osé le coup : rien de tel pour faire sortir les mouchoirs ! Écoute bien les derniers Dylan en live, tu comprendras de quoi je parle… Et, là, toi, J-P II, après l'intro, tu entonnes à faux l'*Ave Maria* – c'est gagné ! Tu as peur, J-P II ? tu es trop vieux ? tu chantes mal ? Mais rappelle-toi Barbara, sur la fin : il ne pleuvait pas que de l'eau, sur Nantes, il pleuvait aussi des fausses notes, c'est moi qui te le dis, Sid

Ali ! Et le si long piano noir à queue, ah que ! ah que ! était salement désaccordé ! Mais Barbara ne l'entendait plus, ni d'ailleurs son public orgastique de coiffeuses follasses : quand tu es Barbara, ou que tu fais Sainteté comme job, tu peux tout te permettre ! Barbara s'enrouait, destroy, dans sa longue robe noire, mais toi, ta longue robe, mon Jean-Paoulou : blanche ! Tu es un pro, toi ! et tout le métier te le dira : le blanc accroche mieux la lumière. Pourquoi crois-tu qu'Elvis, à son concert d'adieux, à Vegas, était en blanc ? Un pro ! comme toi (je te tutoie, hein ! nous avons Dieu en commun). Un pro comme moi ! Nous sommes des pros, nous deux ! Je serai ton colonel Parker, J-P II ! Je lis déjà l'affiche. Un teasing d'Enfer – oh ! pardon, J-P II, ça m'a échappé... Ah ouais, je vois d'ici l'accroche : *J-P II Le Retour ! Son one man show à deux : Lui et Dieu !* Jackpot ! Pour ma comm ? Comme d'hab ! Sainteté ou pas : 15 %. Je n'ai pas fini de payer mes sept roadsters Z3 BMW : j'ai pris les sept coloris métallisés disponibles, je n'arrivais pas à me décider. Mon J-P II, si tu m'écoutes et que tu vires la Ratz et la Lustige, nous remplissons en trois soirs, jauge 110 % – on s'arrangera avec la billetterie et la Sécurité civile, j'ai mon truc pour faire fermer les yeux au capitaine des pompiers – nous remplissons le Zénith, Bercy et, pour clore en beauté... le Stade de France ! Ah ouais. Johnny n'a plus qu'à retourner au vestiaire en se disant qu'il est un raté mais qu'*on a tous en nous quelque chose de Tennessee*... Tous ? parle pour toi, minus ! Et Céline Dion, de rage, se jette dans les eaux glacées avant que le *Titanic* ait fini de couler ! Et Cabrel court s'inscrire à l'ANPE... Allez, mon Jean-Paulou, à nous !

Ouoh ! mais je n'avais pas vu le plus beau, le plus bouleversant ! Rabah ! putain ! Rabah posant en *cover* de *HBM – Health Boy Magazine*, un titre tout ce qu'il y a de plus français comme son nom l'indique... Vous savez, un de ces nouveaux magazines pour fiotes hétéros soucieuses de leur plastique, avec, en cover, noir et blanc, c'est plus chic, un balèze gonflette nu-torse et, en accroche, les titres de sujets aussi captivants que : *La Muscu sans en baver, Éliminez ces disgracieuses poignées d'amour, Dix gels douche testés pour vous, Des fessiers plus fermes en dix jours* – le onzième, ils s'effondrent ! *Améliorez vos performances au lit, Équilibrez et variez vos menus, En finir avec les morpions* – à la kalachnikov ! *Les gaz, pourquoi* ? – on se le demande, mais ce n'est qu'un détail, comme dit l'autre ! *La liposuccion : quoi, où, comment* ? – tu me les liposuces, mon chou ?.... Or donc, pour illustrer le numéro de décembre de *HBM* : mon Rabah ! qui s'est gonflé de vingt bons kilos de pecs, biceps et abdos, et les exhibe en noir et blanc sur papier glacé ! Ah ouais ! *Sans en baver*, la muscu ? J'aimerais voir ça ! Ça, mon Rabah, c'est cinq heures par jour, sept fois par semaine pendant un an, sous les ordres d'un coach sadique qui te hurle à la gueule comme un major des Marines, et te fout la taoua si tu laisses béton deux secondes la barre ! *Sans en baver !* À d'autres ! Pauvre Rabah ! Fini les benzos, fini l'alcool, fini le hasch, fini l'ecstasy ! À toi, les cocktails de créatine, nanbu, et proté en poudre ! Pauvre Rabah ! Une vie d'esclave pour une gloire si dérisoire : la cover de *HBM*... Est-ce qu'il y a au moins un something about you en inside ? Je parie que non ! Je feuillette : nib, nada, néant pour Rabah ! J'avais vu juste : juste la cover. Mais, la cover, une fois que tu l'as faite, Rabah, tu l'as faite ! Et tu ne la referas pas avant dix ans... Et dans dix ans, tu ne la referas pas non plus : tu seras ieuv trop ! La gonflette se sera effondrée, tu auras bouffi, et le catalogue des Trois

Suisses ne prend pas d'ex-body-buildés ! Pauvre pauvre Rabah !…. Ah si ! j'avais parlé trop vite, il y a une ligne sur toi, en corps 4, au-dessous de l'ours : *En couverture, Raba est photographié par WKH* (Who Knows Him ?) *pour N & T* (Nulaches & Taches ?). Voilà tout. Grandiose ! Et pour ton *h*, Rabah, il s'agit d'une coquille, ou c'est toi qui l'as laissé tomber ? Tu penses que tu pues moins le hasch sans *h* ? ou que tu pues moins ta race ? Il est vrai que tu ne pouvais pas couper beaucoup plus : Rab, ça aurait fait encore plus arabe, et Ra, carrément raton ! Alors, voilà : Raba ! Pauvre pauvre pauvre Raba ! Deux événements en un, cette cover de *HBM* : ta première apparition dans la presse et ta dernière, le début de ta carrière et sa fin… Putain. Dire que j'ai foutu en l'air les plus belles années de ma jeunesse pour un pédé que je n'aimais pas, qui n'était pas mon genre !

Mais le haut-parleur m'annonce que le train du Destin est en vue, et vu qu'il ne fait halte que trois minutes à Dijon (il fait vinaigre, à Dijon, ha ha !), je suis invité à me placer sur le quai dans la portion de ce quai correspondant à la voiture dans laquelle j'ai une place réservée, la 17.

Tiens ! Comme on se retrouve ! La connaffe Naf Naf a, elle aussi, sa réservation en voiture 17. Putain ! ce sale œil qu'elle me fait, Germaine ! Elle vote Le Pen ou Mégret ?

Ding deng dong ! Éloignez-vous du quai… Montez en voiture… Non, après vous, madame, je n'en ferai rien, je sais vivre ! Tiens, et je vous aide à hisser votre lourd sac polochon rose Naf Naf ! Ouoh, le malaise, Germaine ! Nous nous montrons grossiers ? Malaise. Nous nous montrons attentionnés ? Malaise. Nous nous montrons ni l'un ni l'autre ? Nous n'existons plus à vos yeux. Quelle issue ? Aucune, si ce n'est une sanglante guerre civile dont vous serez les premiers étonnés : nous n'avions pas voulu cela ! Ah non ? Alors, il fallait y penser avant. Si vous nous méprisez, est-ce que nous ne souffrons pas ? Si vous nous offensez, est-ce que nous ne sommes pas blessés ? Si vous..., est-ce que nous... ? Et cetera.

À peu près vide, la voiture 17. Deux petits-bourges jouent au Nintendo avec leur affreux rouquin de gosse. Deux rangs plus loin, un pioupiou en treillis, qui fait sa nuit en plein jour. La perme a été chaude, mon petit gars ? Tu t'es tapé un tapin aux Martyrs ? Ou une Absolut au Trouville, sur les Champs ? C'est pas trop chiant, le service ? Pas de bol, hein ! tu es de la génération sacrifiée : deux ans de moins, tu y coupais ! Merci Chichi ! Remarque bien que, moi perso, je n'ai pas à le remercier, Chichi : épileptique, tu es réformé d'office. J'y coupais quoi qu'il arrive. Ça a au moins cet avantage, le haut mal, le mal sacré, la mer allée avec le soleil ! L'inconvénient, c'est pour le permis de conduire : tintin ! sauf pots-de-vin, bakchichs, enveloppes, faux certificats médicaux et autres arrangements que la morale réprouve et la loi sanctionne.

Voici ma place, la 43, dans le sens de la marche, au milieu du wagon, là où les sièges se font vis-à-vis, côté couloir. Germaine, elle, est assise au rang suivant, en sens inverse de la marche, côté couloir mais de l'autre côté dudit couloir par rapport à moi ; donc parfaitement visible de face, d'où je suis, et si je regarde en biais ; et sous ma surveillance, si je souhaite la surveiller. Je.

Elle s'installe, Germaine. Elle pose sur le siège vide auprès d'elle le plus petit de ses deux sacs polochons roses Naf Naf, Germaine. Elle soulève avec peine le plus gros de ses deux sacs polochons roses Naf Naf, Germaine... Ce beur, si agressif envers elle, à la gare, quand elle se trouvait au guichet, et qui, à sa surprise, l'a déjà aidée à hisser ce gros sac polochon rose dans le wagon, voici qu'il se précipite pour très galamment l'aider à le soulever et le placer sur la claie à bagages maintenant. Elle marmonne quelque chose d'à peu près inaudible qu'on pourrait, avec une excessive indulgence, interpréter comme un remerciement. Le beur, sans manifester aucun sentiment négatif, et comme si une pareille goujaterie était la norme dans la société où il vit, regagne, d'un pas indolent de vieux sage qui en a vu d'autres, sa place. Elle se dépouille alors de sa doudoune rose Naf Naf, Germaine. Elle tire, pour l'ouvrir, la fermeture à glissière du plus petit de ses deux sacs polochons roses Naf Naf, Germaine. Elle en retire, du sac, quelque chose à lire… À lire ! À regarder, pour mieux dire : ah ouais, *Gala* ! Comme c'était prévisible ! songe Sid Ali.

Est-ce que Claire Chazal est toujours à la colle avec PPDA ? Meuh non, c'est de la vieille histoire, fini-n-i-nie ! terminé-n-é-née ! Comme Dja et moi ! On zappe ! Tu ne le savais pas, Germaine ? Ah ! et elle a un nouveau roman en préparation, Claire Chazal ? Heureux de le savoir ! Je n'avais plus rien à lire… Oh, mais tu te lasses si vite de *Gala*, Germaine, que tu le refermes déjà ? Tu me déçois… Ah non, c'est que tu as mieux à lire, dans ton sac ! *Voici*, je parie.

Et voici *Voici* ! Gagné ! Je l'ai toujours pensé : tu as du génie, Sid Ali, et le Mal ne peut pas t'atteindre ! Ah ! la cover de *Voici* : pas de photo, cette semaine : imprimé noir sur fond blanc : *Publication judiciaire* cette semaine encore ! On récidive, *Voici* ? Ça ne vous a pas suffi le procès taoua que vous a intenté Adjani pour atteinte à la VP ! Cent briques de D et I, ça ne vous a pas suffi ? Bien fait ! Bien joué, Isa ! Pas de cadeau, à ces haloufs ! Pour nous, la VP, c'est sacré ! Ce torchon caniveau gut press, qu'ils essaient d'insinuer que j'ai fait tapin aux Martyrs avant de tapiner à France 2 ! Ouoh, putain, le titre faux cul : *Sid Ali, ou la grâce du Gilles !* Ah ouais, salopards ! Comme si le monde entier, worldwide, ne savait pas ce que ça signifie au figuré un *Gilles* ! Me traiter de Gilles, moi, Sid Ali ! Attendez voir ! J'appelle mon avocat ! Allez ! Référé, au fond, appel, cassation ! Comme à la roulette ! tu doubles la mise à chaque instance ! *Voici* condamné en référé : cinquante briques –, condamné au fond : cent –, en appel : deux cents –, cassation : on vous la fait à un demi-milliard de centimes, pour arrondir ! Là, vous êtes mal. Allô, Axel ? bobo ?

Ah ! comme on te les a quécla, Isa et moi ! Ah ! et quand nous avons monté ensemble le grand escalier à Cannes, entre deux haies de Gardes républicains à cheval ! sabre au clair ! les chevaux cabrés qui tenaient en équilibre sur leurs sabots de derrière fièrement plantés dans le velours pourpre, putain, Isa ! ce délire ! la foule des fans tout juste contenue ! les caméras ! les flashs ! les schmidts en tenue d'intervention antiémeute, casques, jambières, boucliers ! les buds en blazers bleus, les en bordeaux, les en noir, tous l'oreillette queue de cochon derrière l'oreille : « Allô, chef, vous me recevez ?.... Cinq sur cinq, chef ! Isa et Sid sont sur la première marche –, la seconde –, jusqu'ici tout va bien, mais chaud chaud l'ambiance, limite limite ! pas vu ça depuis Tom Cruise et Madonna ! non, pire ! les trois hélicos sont en stationnaire ? le Raid, ready à intervenir au cas où ? vous me rassurez un peu, mais toutes ces petites pétasses qui s'évanouissent à peine Sid leur fait sa moue bouche en cœur suce bonbon ! putain, il pourrait un peu penser à nous et s'abstenir ! la situation devient critique ! on est sur les dents ! et lui, il sourit de toutes ses dents, il jouit pendant qu'on en bave, nous, ce bougnoule!.... Oh oui, pardon, chef! ça m'a échappé, je suis vos instructions, je ne recommencerai pas, promis! soyez indulgent, un soir pareil! regardez donc sur votre moniteur sécurité si vous ne me croyez pas, chef: Isa et Sid en sont seulement à la cinquième marche, et derrière, Deneuve, Stallone, Binoche, Bruce Willis, c'est tout bonnement comme s'ils n'existaient pas! allez, c'est fini pour vous, les ringards, place aux Djez! la foule scande « Sid! Sid! Sid! », au point qu'Adjani commence à l'avoir mauvaise! mais il l'embrasse! la classe, Sid Ali! le bon camarade qui n'essaie pas d'abuser de la situation! seulement, ça va encore nous retarder, putain! au train où Isa et Sid le montent, ce foutu grand escalier, ils seront sur la plus haute marche vers minuit moins dix! on ne peut plus contenir la foule! on est limite panique, plan évacuation, bipez-moi le Samu, là! j'avais bien dit pourtant à Chevène de nous envoyer trois compagnies en renfort, mais il n'a pas voulu m'écouter: résultat: débordés, là! l'ambiance du Stade de France le soir de la finale, c'était le salon de thé, en comparaison! putain, ce délire! ils ont tous pété les plombs avec Sid! les CRS en pleurent d'épuisement nerveux! Notez bien, Isa plus Sid, grand escalier en soirée d'ouverture du festival de Cannes 2000, c'était prévisible: on courait au scénario catastrophe, *Apocalypse now*!.... Les hélicos, le Raid, et vite, là! pour dégager Sid et Isa! ça vire vilain! et en plus cet enfant de salauds, il nous fait le doigt « fuck you »! putain! il se croit vraiment tout permis depuis que Jospin, ce démago, a déclaré que Sid Ali était un exemple pour toute la Nation!.... Je vous reçois mal, là, chef! je ne vous entends plus... »

Ah, mon Isa! on aura eu de bons moments dans la vie, toi et moi! Hein, lorsque sur la plus haute marche, j'ai vanné PPDA! « Alors, Pat? l'audimat?

2 % de parts de marché depuis que je cartonne sur la 2 ! Tu n'as plus que les aveugles sourds-muets et ceux qui ont égaré la télécommande pour regarder ton JT ! Tu me fais pitié, Pat, mais ce n'est que justice ! Allez, bonne soirée, *anyway !* et tu me dis ce que tu as pensé du *movie* à la sortie de la projo, hein ! Ah, et mes amitiés à Claire ! Ah bon, vous ne faites plus duo, les deux ? Ouoh, la gaffe ! Isabelle, tu aurais pu me prévenir ! »

Ah ! mais elle a *Match* aussi, Germaine ! Je me disais bien... Fais voir, là, qui fait *cover* cette semaine, Germaine ? Céline et son julot. Putain ! petite mine, le julot. Ouoh, chauve chimio, chauve qui peut ! Le crabe ! Elle déguste en ce moment, Céline, la chérie ! C'est le voyage au bout de la nuit, Céline ! Métastase au..., en plus. Ah ouais, vous ne saviez pas ? C'est vrai qu'ils sont discrets, à *Match*... Déonto, respect absolu de la vie privée et tout, *Match* ! Mais j'ai mes informateurs. J'appelle tous les soirs au Québec – six heures de décalage. Je ne vous en dirai pas plus, je sais vivre, j'ai été très bien élevé : des parents très unis, et nous étions très tenus, les enfants. Jamais une baffe, notre père, mais cette autorité naturelle qui fait qu'un homme vraiment homme n'a pas besoin de hausser le ton pour se faire respecter : un regard suffit ! Nous avions compris : nous filions dans notre chambre la queue basse, sans demander notre reste, privés de dessert. Et puis nous revenions une heure après implorer pardon, et notre père nous embrassait et nous disait : « Tu es pardonné, tu peux prendre une Danette. » C'était un homme juste mon père. Un homme, quoi. Il fallait voir comment il égorgeait le mouton ! Il avait le geste ! L'autorité, oui, c'est le mot. Les pattes encordées, l'animal était là, dans la baignoire, qui bêlait à fendre l'âme. Ma mère le tenait ferme. Nous, les enfants, nous étions un peu effrayés, nous n'en menions pas large. Mon petit frère et ma petite sœur se cachaient les yeux en disant : « J'ai peur, papa ! je ne veux pas voir ça. » Mais moi qui remarque tout, je le voyais bien que ces petits hypocrites écartaient un peu les doigts tout de même ! Fascinés, ils étaient. Tout comme moi et mes frères aînés. C'était si beau à voir quand mon père levait le couteau – 'Llah ! Du premier coup, sans hésiter. Le mouton n'avait pas souffert. Abattu dans les règles. Le grand art halal. Mon père, alors, dans nos regards d'enfants, c'était Ibrahim le patriarche revenu sacrifier sur terre. On l'admirait... On l'admirait tellement ! J'en ai les larmes aux yeux, quand j'y repense. Et il ne se passe pas un jour, pas une heure sans que j'aie une pensée pour mon père. Toutes mes prières vont à Dieu, mais je les lui dédie toutes à lui. Et chaque soir, à l'al-Maghrib, je remercie le Tout-Puissant de m'avoir prodigué un tel don : un père tel que lui, Ibrahim ! Quelle force cela te donne pour affronter les difficultés de la vie ! Et quelle belle fête c'était, l'Aïd-el-Kebir ! Ah ouais.

Ah ouais. Où j'en étais ? La métastase au... Après tout, pour René, ce n'est qu'un méchant ragot, sans doute. Vous le savez aussi bien que moi, les gens racontent n'importe quoi pour faire leurs intéressants. Du moment qu'ils ont un public... L'indiscrétion et l'exhibitionnisme sont les deux plaies de notre époque. Chez nous, nous aurions parlé de ces choses à table, ma mère se serait tout de suite levée... Ah ouais, je ne vous ai pas dit ? Ma mère était une femme très évoluée, elle s'asseyait à table avec nous. Et les enfants, les fils y compris, hein ! les fils aussi ! chacun son tour, nous mettions le couvert ou nous débarrassions... Ma mère, je vous disais, se serait tout de suite levée de table pour ne pas entendre ça, et mon père aurait sévi : « Sors d'ici immédiatement, et tu viendras demander pardon à plat ventre dans une heure ! Je ne veux pas entendre de pareilles horreurs sous mon toit ! H'chouma ! » Je dois ajouter qu'il n'a jamais eu à le faire : nous étions très très bien élevés, cela ne nous serait même pas venu à l'idée. Les musulmans, nous avons notre morale, notre décence, notre pudeur. Mais pour en revenir à ce dont je parlais, là… Là, tu as mal, je te le dis. Tu as la muqueuse à vif, rongée par le crabe. Et puis, que veux-tu que je te dise, mon pote ? Tu upes. Voilà, tu upes, c'est dit ! Et pour le conjoint, c'est pas teuf, au plume, crois-moi. Qu'est-ce qu'elle dit, Céline, là, en cover ? *René ira jusqu'au bout !* Point d'exclamation. Qu'est-ce que tu veux qu'il fasse d'autre ? « Allez, viens, mon René ! chantons en chœur tandis que le *Titanic* coule et que je grimpe dans les hits ! J'ai mis au congélo les paillettes… Non, pas mes paillettes pour la scène, les paillettes de ton sperme dans l'éprouvette ! Je veux avoir de toi un enfant posthume si tu meurs… Des jumeaux, si c'est pozsssible. » Là, je vous la fais avec l'accent québécois. Sans vouloir me vanter, je suis le seul euh beur du 93 à savoir imiter le sifflant accent québécois. Morts de rire, vous seriez, si vous m'entendiez ! J'en ris solo dans le TGV… Céline ! Ah, vous ne prenez pas la Dion ? Non, j'ai peur dans la Dion ! C'est pourquoi je voyage en TGV. Remarquez bien que ça ne me prive pas besef, de ne pas prendre l'avion : je me suis juré une fois pour toutes, si je mens je vais en enfer, de ne plus jamais quitter notre beau pays. J'ai été une fois dans ma vie à Marrakech, trois jours : trois jours de trop ! Et à Alger, à l'hosto : pas un verre d'eau ! Trois jours et trois nuits sans boire, ils m'ont laissé. Je n'oublierai jamais.

Bon, Germaine, tu as ta dose de daube people ? Tu

n'es plus en manque ? Ah ! tu te lèves ? Pipi ? Je t'avais pourtant dit, Germaine, de ne pas prendre de la San Pellegrino, surtout après le formidable de Leffe Abbaye 5,5° pression que tu venais de te siffler ! Mais tu ne m'écoutes jamais ! Je t'avais dit de voter Mégret, tu m'avoues aujourd'hui que tu votes Le Pen ! Tiens, moi aussi, j'ai besoin de pisser mon bock, figure-toi ! Et j'ai de plus longues jambes que toi ! En trois enjambées, je te rattrape devant la porte vitrée à ouverture automatique du sas – pchpch ! Xlas de toi, Germaine ! Assez vue, connasse ! Ouais, je te pousse, là ! Tu peux toujours gueuler au secours ! Le boucan dans le TGV à 300 à l'heure... Pchpch – la porte du chiave ! Putain ! à deux, il n'y a pas beaucoup d'espace, mais pour ce que j'ai à y faire avec toi, connasse ! Hurle toujours ! C'est ton dernier cri ! Le dernier cri ! Ouoh, qu'il est beau le coutelas sacrificiel avec lequel mon père Ibrahim, que Allah lui montre la voie ! tuait le mouton de l'Aïd-el-Kebir ! Et comme elle est affûtée, la lame, par ce futé de Sid Ali ! Voilà ! Ça soulage ! Je ne t'entends plus ! Tu respires encore ? Mais je tue toujours en deux fois, moi, Sid Ali : tu frappes le premier, toi, Horla, hors de moi, et moi, qui suis humain, j'achève la malheureuse victime dans un ultime spasme, un ultime orgasme... Moi, Sid Ali, qui suis un homme, je n'en suis pas mort, de jouir en suffoquant dans un sac plastique ! je vis toujours, moi, Sid Ali ! et je jouis ! Attends, Germaine, j'ai un sac GBB, Grand Bazar Brossolette ! Moins commun que Fnac ou Virgin ! Moins commun que Gallimard, Le Seuil, Flammarion ou Minuit ! Ça court moins les rues, le sac blanc et vert GBB. Et tu te plaindrais ? Ah non : je ne t'entends plus. Tiens, je te le laisse en souvenir ! J'en ai d'autres dans ma collection, des GBB, tous provenant du jour où je fis le ménage chez Mme Rénal... Il faut que je pisse. J'ai à peine la place pour pisser. C'est fait. Je me la secoue de la gauche, parce que je suis gaucher, pas parce que je suis de gauche... Je tire la chasse... Ou, pour mieux dire, je presse le bouton. On ne tire pas, on presse : c'est comme dans l'avion, le chiave TGV – du chimique. Dans le bon vieux temps, tout allait au ballast. C'est pourquoi il était interdit d'occuper le petit coin quand le train se trouvait en gare. Putain ! quand le train en correspondance se faisait attendre sur le quai d'en face, et que le tien ne pouvait pas repartir avant que ledit train n'arrive parce que la correspondance était assurée, tu me suis jusqu'ici, connasse ? non, tu ne me suis plus, là, tant pis ! ce que je disais c'est que, lorsque tu devais te retenir et que tu ne savais pas quand le train allait repartir, c'était l'angoisse si tu avais la chiasse ou trop bu de bière au wagon-restaurant, si confortable, avec son linge damassé, l'argenterie, et ces petites lampes juponnées de faille rose, et ce violoniste tzigane, en frac, qui improvisait sur des menuets de Mozart... Ah ! le charme des grands express d'autrefois ! Mais depuis, on a fait des progrès, il faut bien le dire : on peut aller à chiave alors que le train est en gare. Oh ! jolie, la vague désinfectante antibactérienne bleu des mers du Sud dans la cuvette... *La mer allée avec le soleil*... Bon, je ressors de là, à deux on est trop à l'étroit... Ah nahan, je suis con : il y a de la tune dans ce sac à main Lancel, peut-être. Peut-être ? Sûrement ! Voyons voir... Ouoh putain ! Une liasse de verts ! Ah ouais ! Des talbins de 500... Douze ! Bingo ! Pas du genre à tapiner, pourtant, Germaine ! Donc ? du schwarz petit commerce, pardi ! Ah ouais ! De la gratte sur fausses factures ou de la vente sans factures, du trucage de compta, du bilan maquillé, de la besogneuse pouillave au fisc ! Ça ne m'étonne pas de toi, Germaine ! Tu es la digne représentante de cette France boutiquière et véreuse dont la triche massive fait que le salarié, l'ouvrier, l'employé, l'exploité qui ne peut rien dissimuler au fisc, lui, est assommé par les impôts ! qu'il en paye, proportionnellement à ses revenus, quatre ou cinq fois plus que toi, salope ! toi qui te plains toujours d'en payer trop, salope ! Raclure de fond d'électorat du Front national qui nous bassine avec la rapacité du fisc tout en le niquant dix fois plus que les autres, le fisc ! Racistes qui adorez le black quand il s'agit de blé ! Salope ! Mais il y a une justice immanente dont je suis le bras armé, et Allah est grand ! Moi qui croyais avoir donné mon ultime talbin de 500 balles à Dijon, Allah me le rend, une heure plus tard, au dodécuple, à La Part-Dieu ! – Voici la part qui te revient, mon fils, me dit Dieu, pour avoir supprimé une connasse lepéniste en doudoune Naf Naf ! – Je t'en rends grâce, ô Tout-Puissant ! Al-hamdoulillah !

Allez, z'y va, maintenant ! Je me laverai les mains dans les toilettes pour hommes à La Part-Dieu : on n'est plus très loin. Et j'irai chez les dames, si les messieurs sont aussi gueudés qu'à Nantes. *Il pleut sur Nantes, et je me souviens*… Ouoh, mon trognon trop, mon mignon mignon, mon canard, mon bout de chou, mon Melchior, mon fils !

Je ressors – pchpch. Personne dans le sas, personne ne passe. Bien joué. Ni vu ni connu. *Passager clandestin de la vie*… Un œil à l'Officine Panerai : encore dix, douze minutes avant d'arriver à La Part-Dieu. Le temps de m'en jeter un derrière la cravate que je ne porte pas – mais moralement j'en porte une –, le temps de m'en jeter un, disais-je, à la voiture-bar : voiture 14. Z'y va.

Voiture 16 – pchpch, pchpch. Voiture 15 – pchpch, pchpch. Voiture 14 – pchpch !

Comment ? Ils n'ont pas de Corona, ces nuls ? Ni d'Absolut citron vert. Putain, c'est à s'expatrier ! Le premier bateau pour Alger ! Non, pas de bagage à enregistrer, les mains dans les poches, je voulais seulement revoir la plage de sable blanc où, tout gamin, j'ai joué au foot avec mes cousins ! Le mal du pays, la nostalgie... Le vent dans la pinède, un parfum de lentisque, de tamaris, d'aloès, et nos fous rires quand nous nous laissions rouler du haut en bas des dunes ! et ma petite madeleine à moi : ces petits beignets si gras et spongieux, poudrés de sucre glace, qui faisaient nos délices, et le cri du vieux marchand édenté et bossu qui se croyait encore au beau temps de sa jeunesse, quand l'Algérie était française, et, pour faire chic, croyait-il, ce cher Abderrafi, éructait : « Les b'gnets ! les b'gnets ! les bons b'gnets ! deux dinars, six pour dix ! »

Pas de Corona ? Eh bien, Heineken, alors.

— Heineken.

— 24 francs, Monsieur.

Putain, se font pas iech ! 24 balles. Et dans quoi je la verse, ma bière ? Dans ce gobelet en plastique, là ? Putain, m'a pas regardé droit dans les yeux, celui-là.

— Vous n'auriez pas un verre en verre ?

—- Ah non, monsieur.

Bon, je ne veux pas faire d'histoires, parce que, quand tu as le faciès que je tiens de mes parents, que Allah les bénisse ! ça vire toujours vilain, chanmé, marave, bavure de chtar, et vingt heures de garde à vue au commissariat... Ouais, vingt heures, sans boire, sans manger, pour avoir demandé poliment un verre en verre ! Et après, ils viendront se plaindre que nous ne sommes pas très civilisés, pas très raffinés ! Mais, entre nous soit dit, ils ne nous aident pas beaucoup à le devenir, hein ? Allez, à la guerre comme à la! j'en ai vu d'autres au Bat'd'Af'! Je vais l'aspirer par l'orifice de la cannette désoperculée telle une grenade offensive, la Heineken glacée. Je n'aime pas plus le goût de l'aluminium sur la langue que le goût du plastique, que le goût du latex! C'est pourquoi je suçais toujours un Tic-Tac anis ou menthe quand j'avais fini de sucer Rabah – nahan, Raba, il faut dire maintenant, sans *h* à présent que monsieur pose en cover genre fiote hétéro muscu! Pédé! Ma vie est un enfer! Mais, dès demain matin, recommandée avec A.R. au Service clientèle de la SNCF! Ou non, mieux, tiens! demain soir, j'ouvre mon JT sur ce scandale de la restauration et des bars SNCF! « Salut, la France! J'aimerais, si vous me le permettez, monsieur Gayssot, ministre des Transports qui faites mon invité ce soir, j'aimerais vous rapporter la petite expérience fort déplaisante que j'ai vécue pas plus tard qu'hier aprème dans un TGV Paris-Marseille, et qui, je pense, aurait pu avoir lieu dans n'importe quel train, TGV ou Corail, comportant une voiture-bar... »

Ah, le train entre en gare de Lyon-La-Part-Dieu? Bon tchao! Sid Ali se casse.

La Part-Dieu! Les voyageurs qui descendent à La Part-Dieu descendent. Voyageurs dont je suis – du verbe *suivre*: je suis l'individu qui me précède; et du verbe *être*: je suis dans le sas devant la porte ouverte sur le quai n° 5... Après vous, madame, je n'en ferai rien, je sais vivre, j'ai tout mon temps, j'ai toujours su prendre le temps de vivre, mais je n'ai pas évité pour autant l'ulcère d'estomac. À treize ans, oui, madame: je somatisais fort. Comme le suggérait le psy: quand on ne peut pas communiquer avec son père, on en fait un ulcère. Mais bon, ça va, je suis guéri. En pleine forme. La vie est belle! L'horloge digitale affiche: *17:17* – j'ai toujours aimé les chiffres impairs, et cette énigme qu'est pour l'esprit humain la répétition. Je suis sur ce quai de La Part-Dieu, sous ce 7 lumineux, vert-jaune, final, qui déjà se mue en *8*, symbole de l'infini mais vertical. Je ne suis pas fou, non, mais voyageur sans bagage si ce n'est ce léger sac à dos à l'épaule, riche de 1700 francs auxquels j'ajoute 6000, total 7700 ! et libre comme l'air, heureux en Dieu, fidèle à la parole que je lui ai donnée à l'âge de sept ans. Donner à Dieu sa part, dans la prière, et offrir aux hommes sa bienveillance, sa confiance et son respect. Tout premier des préceptes de la dignité du musulman. Où sont les toilettes Hommes ? Il faut que je me washe les mains, je ne l'ai pas fait dans le chiave de la voiture 17 du TGV : il n'y avait pas la place, une gonzesse encombrait les lieux, coiffée d'un ridicule sac Grand Bazar Brossolette, je vous demande un peu ! Je ne pouvais pas utiliser le lavabo, on ne fait pas toujours ce qu'on veut dans la vie.

Que fais-je ? Où cours-je ? Dans quel état j'erre ? Ouf à donf ? Ah ouais, je veux. Je me marre ! Qu'est-ce que je fous ici, sur ce quai, alors que le train va repartir – pour Marseille – ? Où es-tu, où vis-tu aujourd'hui, Ahmed, mon frère ? Ouoh putain ! la raclée que tu lui avais filée à ce minus qui avait osé te refiler du shit coupé de sciure de bois ! À toi, Ahmed ! À toi ! Ah, et quand tu as hurlé au visage de notre père : « Putain ! tu fais chier, à la fin, de toujours te plaindre, le mutilé ! tu n'es pas un homme ! Et tu fais chier d'emmerder autant notre mère qui n'a jamais fauté, et qui a toujours été bonne avec toi ! et qui te supporte depuis plus de vingt ans ! putain, je ne sais pas comment elle fait, Yema, pour te supporter ! Mais moi, je me casse, là, je me casse, et pour toujours ! Tu ne me reverras jamais, pauvre type ! Pauvre pauvre type ! Connard ! »

Qu'est-ce que je fous ici, sur ce quai ? Aucune idée. Et sur terre ? Aucune idée non plus.

Et au Ciel ?

Dieu pourvoira ! Al-hamdoulillah !

Plus rien ne s'oppose à la nuit,
Rien ne justifie…

V

C'était moi et ce n'était pas moi. C'était moi et un autre.

C'était un moi autre, c'était un autre moi qui agissait… Et cependant, c'est objectivement moi, Sid Ali, qui, à la gare de Lyon-Perrache, suis monté le mercredi 15 – non, déjà le jeudi, le jeudi 16 décembre, à 0 heure pile – j'ai jeté un œil à l'horloge digitale du quai tout en posant le pied sur la première marche du wagon –, dans le Lyon-Irun de 0 h 03, c'est moi qui ai dormi sur une couchette supérieure de 2e classe et, ce train ayant scrupuleusement respecté son horaire, suis arrivé exactement onze heures plus tard, à 11 h 03 à Irun, en Espagne.

Irun, dans la province du Guipuzcoa, est une ville de 54 900 habitants située sur la Bidassoa, rivière matérialisant la frontière entre l'Espagne et la France (ma patrie). Au milieu de la rivière : l'île des Faisans, où fut signé, en 1659, le traité des Pyrénées stipulant le mariage de Louis XIV avec l'infante Marie-Thérèse l'année suivante. Philippe IV confia la décoration du pavillon où devait se célébrer le mariage à son peintre favori, Vélasquez, qui mourut de retour de son inspection des travaux dans l'île, le 6 août 1660, etc. J'appris tout cela et bien d'autres choses sur Irun en consultant à la gare un dépliant touristique après avoir changé de l'argent et acquis un billet pour la suite du parcours que j'allais effectuer… Je cherchais comment occuper la grande dizaine d'heures que j'avais à perdre jusqu'au départ du Irun-Lisbonne à 22 heures. Et ce serait moi, objectivement moi, qui prendrais ce train à 22 heures, dormirais sur une couchette supérieure de 2e classe et me réveillerais quelque dix minutes avant d'arriver à destination : Lisbonne, vers 10 heures et demie du matin – ce train ayant pris une dizaine de minutes de retard. Et c'est moi, objectivement moi qui, malgré ce flou fait de bière, anxiété, gaieté puérile, prières, vin blanc, Xanax, exaltation religieuse, Vivalan, cauchemars, insouciances, vodka, espoirs fous, fous rires, Lexomil, larmes, cognac, cafés, brefs retours de colère, fantasmes, nausées, quasi-comas, dans lequel j'aurai vécu les quarante heures écoulées entre l'instant où je vois s'inscrire lumineusement, à une horloge digitale, sous le panonceau indiquant *Lyon-La-Part-Dieu : 17:18* et l'instant où je vois s'inscrire lumineusement, à une horloge digitale, sous le panonceau indiquant *Lisboa-Santa-Apolonia : 10:39* – une plombe en moins au Portugal –, en garde quelques souvenirs précis.

Je me revois, par exemple, dîner aux frais de « Germaine » à la brasserie Victoire – une choucroute aux poissons « oui, Monsieur, sans lardons, promis ! », et une bouteille de riesling. À une table voisine, un autre solitaire lit, tout en mangeant, *Le Progrès*, et je découvre que mon portrait figure en une du quotidien lyonnais, et je me surprends alors à penser non pas : je suis foutu, mais : Victoire !

Je me revois acheter, à un kiosque de la gare Lyon-Perrache, *France-Soir* : mon portrait y figure également en une. C'est, de moi, une photo d'identité récente. Mon prénom a été tronqué : Ali. Et, pour la raison que je suis mineur, n'est publiée que l'initiale de mon nom : B. Qu'importe ? Me voici identifié, et dorénavant très reconnaissable. Eh bien ! loin d'en ressentir de l'effroi, j'en ressens de la joie. Et ce n'est pas que je souhaiterais obscurément la punition méritée maintenant, une arrestation rapide, non ! c'est, tout au contraire, que je me sens devenu... Comment dire ? *Insaisissable, introuvable, imprenable ! Connu mais inconnu ! Pas vu, pas pris ! Passager clandestin de la vie !*

Je jouis d'une protection divine. À présent, on ne me remarque plus, et mon évidente similitude avec ce beur, ce suspect activement recherché ne frappe plus personne – je le sais. Je pourrais remettre ma Helly Hansen, ma squette Nike et, par défi, la tourner à l'envers, et brandir une poignée de sacs en plastique aussi ! personne ne ferait le rapprochement entre moi et l'assassin de Donata Fiorelli et d'Angéline Douin – je le sais. Je suis l'homme invisible.

Puis, je me revois m'éveiller en sursaut, au milieu de la nuit, sous un ciel métallique et l'éclat bleu d'une veilleuse qui me remémore d'atroces souvenirs d'agonie dans le couloir d'un hôpital, à Alger ; je me revois descendre je ne sais trop comment de ma couchette par l'échelle, sortir de ce compartiment surchauffé et malodorant, remonter en titubant le wagon jusqu'à la porte marquée W-C, vomir dans la cuvette béant sur le ballast, et cet effroyable fracas ferrailleux que font les roues sur les rails et que scandent obsessionnellement les éclisses... Et ressortir de là heureux, léger, et si frivole que je m'écrie :

— Je suis sauvé !

Et je me revois à Irun, oublieux de tout, neuf, délivré du Mal, qui vais de café en café, qui bois un verre ou deux de rioja, qui grignote, avec, deux ou trois tapas – tiens, oui, de ces anchois sur une petite tartine grillée, ou une pointe de tortilla, et trois olives, et oui… *¡porfavor, uno más, de rioja blanco, sí, gracias!* Ah ouais, mais tu te débrouilles bien en castillan, *querido* Sid Ali! *¡Muy bien!* Ils sont basques? Mais ils entendent bien que tu n'es pas espagnol, toi! À toi, ils ne te feront pas la gueule!

La vie est fun, nahan?

Et je me souviens d'avoir été secoué d'un fou rire en m'écriant intérieurement: – Maintenant que tu as cartonné sur le marché domestique, Sid Ali, il te faut conquérir l'Europe! L'Espagne, le Portugal, et de là, l'Amérique! *America-a-a! My heart's devotion…* Tagada!

Ah ouais.

Et trois fois, dans trois cafés différents, je suis allé à chiave – non, aux toilettes! ici, je dois, je veux dire: aux toilettes… Pourquoi? Impeccables, les toilettes! Dans des cafés qui n'avaient rien de luxueux: im-pec-cab-les. Partout im-pec-cab-les. Y compris chez les hommes. Si au nord de l'Espagne que soit située Irun, l'influence civilisatrice des Arabes y est encore sensible. Nous avons enseigné à ce peuple la propreté et, malgré Isabelle la Catholique, malgré des siècles d'obscurantisme roumi, ce peuple n'a pas oublié. En Espagne, on se sent vraiment motivé à laisser, selon la formule consacrée, *l'endroit aussi propre qu'on l'avait trouvé en entrant*. Chaque fois, avant de ressortir, j'ai passé cinq bonnes minutes à nettoyer pour me conformer à l'avis.

Et demain, après une seconde nuit de train, je serai au pays le plus maghrébin de notre continent, je serai au Maghreb de l'Europe maghrébine… Quoi? Vous sursautez? Vous croyez enfin tenir la preuve que je suis vraiment ouf à donf, fou à lier?

Ah ouais. Vous ne savez toujours pas le sens du mot Maghreb ? L'Algérie a été française pendant plus d'un siècle, longtemps le Maroc a été un protectorat français, mais vous, vous n'avez jamais eu la curiosité d'ouvrir un dictionnaire pour chercher à savoir ce que veut dire *Maghreb* ? Ces nuls, ces nuts ! Maghreb signifie Occident, voilà ! Et tout comme vous situez très logiquement le Portugal à l'occident de l'Occident, nous le situons au maghreb du Maghreb ! Comprendrez-vous, un jour, notre exaspération à vous entendre qualifier d'orientales ces inventions typiquement maghrébines, occidentales donc, que sont, tenez ! le malhoum, la musique dite arabo-andalouse, les règles de la nouba, et la noble architecture califale cordouane, et l'exquis art almohade des jardins et des fontaines, et les subtilités du décor nasride –, que sais-je encore ? le tajine ! le tajine, qui serait selon vous un plat oriental ! voire, je l'ai également entendu dire du raï, telle est votre ignorance, le raï ! le raï serait oriental ! ah ouais ? Vous visitez Grenade, vous admirez, à Séville, la Giralda, et vous vous écriez, ravis devant ce qu'il y a de plus occidental dans notre civilisation : « Ah, c'est tout l'Orient ! » Crétins ! Mais si, nous, votre musique celtique, vos binious, vos bagadou, nous les disions orientaux ? si nous jugions orientale la prose de l'écrivain normand Flaubert, oriental, le style de l'écrivain breton Chateaubriand ? si, voyant un austère manoir de granit couvert en ardoise et juché sur un rocher dénudé face à l'Atlantique, nous nous extasiions : « Ah, c'est tout l'Orient ! », que penseriez-vous de nous, hein ? Que nous sommes ridiculement incultes, ou que nous nous payons votre fiole ? Eh bien, voilà, c'est pourtant ce que vous faites sans vergogne, à longueur de temps, à notre sujet ! Et je ne parle pas ici des gens qui n'ont pas fait d'études et sont tout excusables et tout excusés ; non non, je parle de gens invités à « Bouillon de culture » pour doctement entretenir les téléspectateurs de ce qu'est notre culture ; je parle d'académiciens, je parle d'universitaires, je parle de titulaires d'une chaire au Collège de France ! Guignols ! Mais, vous aurez beau faire, Joyce est un écrivain maghrébin (non, je blague !) ; et sans le Maghrébin Averroès, vous ne sauriez plus qui est Aristote, et des pans entiers de votre culture, de notre culture à tous, auraient disparu (là, je ne blague plus !). Vous pourriez faire un effort, merde ! Quand allez-vous cesser de nous ignorer à en confondre les points cardinaux opposés ? Quand allez-vous cesser, aveuglés par votre haine, votre ressentiment ou, beaucoup plus platement, assoupis dans votre suffisance et votre crasse paresse intellectuelle, quand allez-vous cesser de délirer à notre propos ? C'est moi qui suis ouf, ou vous qui êtes fous ?

« Qu'est-ce t'as, taha ? »

Savez-vous que pendant les onze heures que j'ai passées à Irun, pas une fois, pas une – et pourtant, la France est là, au bout de l'avenue, de l'autre côté du pont –, je n'ai senti peser sur moi ce regard mi-méprisant, mi-apeuré, et parfois relevé d'une pointe de ce désir ambivalent, secret, tors, qui va de l'insulteur à l'humilié, ce regard que je sentais si souvent posé sur moi, dans mon pays ?

Eh bien, z'y va ! Mon destin ne me mènera pas à Alger, ou, s'il doit m'y mener, le fera par un de ces détours dont il serait vain de demander le sens au Seigneur – ses voies sont impénétrables, nous sommes au moins d'accord sur ce point, n'est-ce pas ? Mon destin me mènera au point le plus maghrébin de notre continent : Lisbonne ! Inch' Allah !

Lisboa-Santa-Apolonia. 10:39

À nous deux, Lisboa !

Je ne parle pas un mot de portugais, mais je parle très bien le français, l'anglais, un peu d'espagnol – un peu mieux que je ne le pensais, je m'en flatte –, et mon capital de 137 points de QI, malgré la fatigue, me semble inentamé. Je upe, ça oui ! Ma dernière toilette, aussi complète que faire se put dans le lavabo d'un café d'Irun, me semble remonter à l'Hégire ou tout comme : je pue la nuit dans le train, je pue la sueur rancie, mais je devrais pouvoir remédier à ce seul vrai souci dans l'heure qui suit... Pour le reste, *je suis le roi des scélérats à qui sourit la vie*. Je suis, je l'ignore encore, le criminel le plus recherché de l'espace Schengen depuis la découverte du cadavre de Julie Richard dans les W-C de la voiture 17 du TGV Paris-Marseille 922, environ trois minutes après qu'il fut reparti de Lyon-La-Part-Dieu à 17 h 20... J'apprendrai demain, en lisant *Libération*, que dans l'heure qui a suivi la macabre découverte, tout Lyon et sa banlieue proche ont été bouclés par un dispositif policier sans précédent, que tous les lieux publics ont été minutieusement inspectés par la brigade criminelle du SRPJ de Lyon au grand complet – ah bon ? je n'ai rien remarqué, et eux non plus ! à moins que ni le métro, ni la place Bellecour, ni la place Carnot, ni la gare centrale de Perrache ne soient considérés comme des lieux publics, à Lyon ! Pour le moment, je vois que mon beau visage d'ange n'illustre aucun des quotidiens affichés en devanture de ce kiosque : *Diário de Notícias*, nib, *Jornal de Notícias*, nib, *Público*, nib. Ma notoriété n'a franchi ni la Bidassoa ni le Douro – il faut que je change d'agent ! le mien n'est pas assez *world market minded* ! Bon.

Bon. Décomptés les 529 francs (80,65 euros) du trajet Lyon-Irun, les 11 235 pesetas (67,52 euros) du trajet Irun-Lisbonne, le dîner au Victoire, à Lyon, les copas et tapas à Irun, les menues dépenses dans le train : restent environ 6 200 francs français – largement de quoi voir venir hafif. Je change 2 000, qui équivalent à une soixantaine de milliers d'escudos, la tune locale – et le changeur parle français comme vous et moi ! J'achète au kiosque – notez que je ne choure plus, hein ! – un miniplan de la ville et un dictionnaire de poche, *dicionário de bolso*, français-*português*, portugais-*francês* – dictionnaire inutile pour m'expliquer avec la vendeuse, qui parle également français comme vous et moi, m'indique aimablement que le centre de la ville s'appelle Praça de Rossio, et que ce tram que je vois là, aussi moderne que celui de notre banlieue ou que celui de Nantes, y conduit directement.

Il est 11 heures du mat, il fait délicieusement doux : ciel un peu voilé mais clarteux, nacrant les eaux du Tage, envols criards de cormorans, taches de soleil dorant le crépi jaune de cette majestueuse Praça de Comércio – sans recourir à son dictionnaire, l'astucieux Sid Ali croit pouvoir se risquer à traduire par : Place du Commerce... Ouais, mais comment dit-on en portugais : « Je te plais ? » ?

Voyons voir. *Plaire : Agradar... Agrado a... te ? a... ti ? ti !...* « *Agrado a ti ?* » Ça doit être ça. Ça doit être ça, le sésame, ici. « *Agrado a ti ?* »

Eh ! mais, me voici tiré d'affaire ! Qui a dit que la vie n'était pas belle ? Je n'échangerais pas ma place contre un ket pour le concert de Céline Dion à Bercy ! Bercy bien, Céline, je préfère Lisbonne !

Mon innocence me ferait pleurer. La vie est la farce à mener par tous. Tu l'as dit tu l'as, Arthur ! Et moi, je vous étonnerai toujours.

Ma journée d'aujourd'hui fut bouleversante. En prison, les rares événements heureux qui peuvent survenir pour rompre la monotonie carcérale sont des moments douloureux aussi. La joie et la souffrance s'y mélangent, indissociables, inextricables, comme dans la musique de Mozart, comme dans tout ce qui est grand et beau en art et en amour. Mais qui veut la joie doit accepter la souffrance – non, pas *accepter*, le mot est encore trop restrictif, trop résigné : qui veut la joie doit vouloir la souffrance. Je prends tout, tout est à prendre ; c'est à prendre ou à laisser : la joie avec la souffrance, la passion ; ou le néant de l'indifférence, de la mollesse, de la paresse sentimentale et spirituelle – en un mot, le néant, quoi. Tout ou rien, car telle est la condition humaine. Et si je veux vivre en homme, c'est-à-dire vivre, et non en larve, en esclave, en petit-bourge moderne propre sur soi, à la fois hédoniste et puritain, sympa et cool et aliéné – mort vivant de fait –, je dois vouloir ce qui advient, de bien ou de mal.

Depuis que Jesus est parti, remplacé par une brute qui ne sait pas un seul fado, pas un mot de français, et se plaint le lendemain matin au maton, ce fils de, quand il m'a entendu crier dans la nuit, j'encaisse plus difficilement la souffrance mais aussi, hélas, la joie.

Ce matin, j'ai eu la première visite d'un des miens depuis que je suis incarcéré : ma mère, que mon avocat a fini par convaincre de l'accompagner à sa prochaine visite. J'en étais prévenu depuis huit jours, je m'étais préparé au choc, je le croyais du moins – mais, quoi ? je suis un homme : en la voyant s'avancer, soutenue par Me Hélier de Hocquencourt, je me suis effondré. J'ai presque regretté que l'humanisme du régime pénitentiaire portugais ait fait supprimer, au parloir, les parois vitrées séparant les visiteurs des prisonniers. Yema m'a pris dans ses bras, nous nous sommes étreints. Nous n'avons pas échangé trois paroles, et ce peu que nous nous sommes dit, nous l'avons dit en arabe. L'émotion était trop forte, je croyais revivre ce jour où ma mère m'avait enfin parlé de ma naissance, des souffrances que nous avions endurées ensemble – « On a tout vu, tous les deux – pas la peine de me raconter ! »

Notre commun chagrin nous était si insupportable, à l'un comme à l'autre, que Me Hélier de Hocquencourt a pris sur lui, avec un tact infini, de nous détacher l'un de l'autre. Il était en larmes lui aussi. Et il avait deux joies inattendues à m'offrir, qui seraient deux autres épreuves.

Deux lettres. L'une de Djamila. Merveilleuse lettre : très courte, très bonne. Je n'en dirai pas plus. Certains d'entre nous ont reçu ce don, si rare, de savoir dire aux autres en quelques mots ce qui les touche au plus profond, les fait fondre en larmes, et pourtant les apaise, les rend plus forts, et meilleurs. Djamila a reçu ce don du Seigneur.

Mais, ô mon pauvre cœur ! ce n'était pas tout. L'autre lettre, à moi adressée aux bons soins de mon avocat, venait d'Algérie. Une lettre de... ? Oui, une lettre de Ahmed ! Et le Shéhérazade pochard du rade de la rue Richomme et mon intuition avaient dit vrai : Ahmed vivait à Alger et y tenait une cave à raï dans la Casbah. Il m'écrivait qu'il avait lu des journaux français – où il avait trouvé le nom de mon avocat –, qu'il ne voulait pas savoir si ce qu'ils imprimaient était vrai ou faux, qu'il s'en foutait, mais que j'étais plus que jamais son frère, et que je vienne le rejoindre dès que je pourrais, qu'il m'attendait, qu'il avait confiance : il n'aurait pas très long à m'attendre ! et qu'il m'embrassait. À quoi il avait ajouté la photocopie d'un plan de la Casbah sur lequel il avait tracé au bic rouge l'itinéraire à suivre à partir de la mosquée Farès pour le retrouver dans ce dédale. Une croix : c'était là. Le code, pour se faire ouvrir dans la journée ? Il fallait frapper à la porte d'une certaine manière – toc, toc, toctoc, toctoc, toc... *Je t'attends. Je t'embrasse. Ton frère Ah.*

Moi aussi, j'aurai eu ma part d'amour sur cette terre : Yema, Ahmed, Aziz, Djamila, Cécile, Manuel... Auxquels je pouvais ajouter : Jean-Charles, Joachim et – après tout – Rabah. C'est à quoi j'ai pensé alors.

Mais comment retrouver ensuite le calme nécessaire pour poursuivre ma confession ?

J'ai pris un bloc neuf, et repris mon crayon et ma gomme. Non pas que j'aie l'intention de corriger plus tard ce qui suit, non pas que je veuille réviser ni récrire l'histoire des jours les plus heureux de ma vie peut-être, du moins les plus sereins – si étonnante que mon affirmation paraisse, venant d'un homme qui était alors le criminel le plus traqué d'Europe, le plus activement recherché par Interpol, et qui, chaque jour, en achetant un quotidien français, pouvait constater que son insolente cavale tournait dans son pays à l'affaire d'État – : ces dix-huit jours qui s'écoulèrent à Lisbonne entre mon arrivée, le 17 décembre 1999, à l'Estação de Santa Apolonia, et mon arrestation le 3 janvier 2000, près de l'Estação Fluvial :

— *Policia !* Vous êtes Sid Ali Benengeli ?

— C'est moi, oui. Faites de moi ce que vous voulez !

Non, j'ai repris crayon et gomme dans l'idée que j'effacerai tout, une fois mon travail du deuil terminé, afin de garder à ces jours bénis leur saveur, leur valeur, leur teneur onirique – de songe éveillé. Et j'irai maintenant très vite dans mon récit, avec l'espoir de rendre à ces journées si légères à vivre, si vides, leur miraculeuse vacuité, leur vivacité, leur vérité. Oui, leur vérité. Car c'était enfin la vie, la vraie vie. C'était, après la chute dans le Mal, l'innocence retrouvée. J'étais enfin innocent, irresponsable. Je le suis.

Ce sera de l'accompli, certes, aux yeux de ceux qui me jugeront. Mais pour moi, ce sera toujours de l'inaccompli, de l'inachevé, du vivant. Je vis avec, comme on dit. Et cependant, ce n'est plus ma faute.

Et puis, par respect pour Manuel, Aquilino, Roque, suivre ce précepte de Wittgenstein que cite Paul Smaïl dans *La Passion selon moi* : « Ce qu'on ne peut pas dire, il faut le taire. »

« Ah ! se récrie une grande figure de notre République francaouie des Lettres, ah ! parce qu'un fils d'ouvrier, un enfant d'immigrés originaires du Maghreb saurait qui est Wittgenstein ? »

Moi : « Je vous étonnerai toujours ! » Heb-heb !

Donc, je descends du tram au Rossio, le cœur de Lisbonne. Première impression, la bonne : c'est Barbès ! Foule africaine misérable, paumés, dealers, clodos, épaves humaines... Devant le McDo, le sorcier cainf local, leur Babou Abi, est une sorcière : une obèse et géante toutou, pieds nus, aux yeux fous, qui n'est que plaies, ulcères, haillons souillés de merde séchée, et qui lance ses imprécations et ses maléfices aux passants – l'aïn !

Pastelaria Suiça. J'entre boire un caoua. Un écriteau : *Prepagamento !* Ah ouais ? la confiance règne ! Et le caoua prépayé ? Dégueu, tiède, jeté plus que servi par un loufiat crade et mal embouché... Bon ! Et si je veux pisser ?

— *Por favor... Toilets ?*

Ah ouais ! il faut repayer pour pisser ? il faut reprépayer ? *Prepagamento*, pour pipi ? Ah bon. Et le chiotat prépayé ? Immonde ! Le chiotat Hommes de la gare de Nantes, ni plus ni moins. J'apprendrai par la suite que cette Pastelaria Suiça, cette pâtisserie suisse où je suis entré sans savoir est considérée comme *l'un des rendez-vous élégants de la bonne société lisboète*. Vous m'en direz tant ! Venez chez nous, les Benengeli, bloc B, escalier 2, porte 502, c'est le salon des Guermantes !

Je ressors, l'homme aux semelles de vent. Je vais où me guide le hasard.

Une autre grande place: Restauradores. Putain, là, un Virgin Megastore! Vous voyez bien que la civilisation les a touchés, eux aussi. Après: une longue et large avenue dont la perspective ne me dit rien qui vaille... Je rebrousse chemin, vers Barbès. Assis sur ce trottoir, un monstre comme je n'en avais jamais vu qu'au cinoche, un Elephant Man... Je reste saisi un instant. Puis, je poursuis mon chemin sans savoir quel il est ni où il me mène... Ah, si! un panonceau indique que je me dirige vers le quartier du Chiado – chiadé!

Ah! la Fnac! Décidément, je ne risque pas le dépaysement! Et puis Zara, Gap, Jap, et cetera, et cetera. Me voici rua Garrett... Un café au décor fin de siècle (le siècle précédent, s'entend): À Brasileira. Ouoh, c'est fun! en terrasse, est assis à un guéridon, client statufié en bronze, habitué du café pour l'éternité... Voyons voir... *O escritor Fernando Pessoa*! Ah ouais! un des noms sur la *reading list* n° 2 de Mme Rénal, Grands écrivains étrangers du XXe siècle... Encore rien lu de lui, mais forcément un grand, puisque choisi et conseillé par Mme Rénal. Et une plaque m'enseigne que ce café est *património cultural*... Eh bien, allons pisser où pissa Pessoa, en ce lieu de mémoire... Putain, le chiotat! Immonde! Est-ce qu'il fait également partie du patrimoine culturel de ce pays de crades – mon opinion est faite?

Mais petite faim et petite soif: je m'assieds en terrasse, malgré tout. *Fish eye*, grand angle, panoramique, zoom sur les autres consommateurs attablés... Ouoh! au guéridon le plus proche... Ouoh, putain, le bel homme! Tout à fait mon genre! Très très très séduisant! Seul, griffonnant des notes sur le bristol d'un portebrefs de cuir bronze, avec... Avec... Eh, que voulez-vous que ce soit sinon un stylo Mont Blanc? Je viens de vous dire qu'il était tout à fait mon genre! Trente-cinq, trente-six ans? Par là. Très beaux yeux bleu lazulite, cheveux noirs calamistrés à l'hidalgo... Grand: ma taille. Fin, élancé, racé, comme on dit – que ce mot soit un éloge m'a toujours surpris: je suis, moi, Sid Ali, un racé qui pue sa race... Et, là, qui pue tout court. Et pas question de me débarbouiller dans ce lavabo où Pessoa se lava les mains dans les années 1930! Ils auraient pu passer un coup d'éponge depuis le temps!

Mais revenons à notre mis en examen, objet de notre admiration et sujet d'un début d'érection... Ouais ouais. Je bande pour toi, bel inconnu! Si seulement tu voulais, un instant, lever tes beaux yeux bleu lazulite de ton bristol... Qui es-tu? De quelle nationalité? Pas portugue, m'est avis. Francaoui? Non plus. Rital? Non, tu n'as pas l'élégance ritale. Un Espingouin, alors – ouais, je parierais. Très très bien habillé: costard noir, veston quatre boutons, laine froide et fibres modernes mélangées: du léger, du souple mais ayant de la tenue, du reuch – marque indéterminée. (Une heure après, je saurai que c'est du Adolfo Dominguez. Si je me sors un jour du merdier où je me suis mis et que j'ai le destin que je mérite, je ne porterai plus que du Adolfo Dominguez.) Limace blanche: du souple mais ayant de la tenue, du reuch, et détail: boutons de nacre – ah ouais. Pas de cravate: pas besoin de ça. Pompes noires si cirées qu'on pourrait s'y mirer. Si seulement il voulait, un instant, lever les... Ah! pas trop tôt. La touche, Sid Ali! C'est dans la poche, je le sens! Il te sourit? À toi, Sid Ali! De l'audace, toujours de l'audace! Je suis un étranger et, franchement, là, je n'ai plus rien à perdre. Le sésame. En portugais, d'abord, pour ne pas avoir l'air de...

— *Agrado a ti?*

Lui, du tac au tac:

— *Sí.*

Et je note qu'il ne m'a pas répondu *Sim*, qui est le oui portugais, mais : *Sí*.

Un Espagnol, je vous l'avais dit.

Et le voici qui m'invite, d'un geste noble, généreux, chevaleresque, à venir m'asseoir à sa table. Je veux ! J'ai un peu la honte, pourtant : je pue, mon look, mes sketbas, ma Fila *Pro-race*, ce sac à dos... Mais bon ! assume, Sid Ali ! tu es un homme ! et puisqu'il t'invite ! Mieux : il fait cette chose extraordinaire – extraordinaire, je pèse mes mots – : tandis que je m'assois, il passe son portable en position messagerie vocale. Voilà. La vraie, et trop rare, politesse !

Il se présente :

— *I am Manuel.*

Moi :

— *Yo soy... Ali.*

J'ai hésité un instant : allais-je dire Aziz ? allais-je dire Sid Ali ? Non, au plus simple : Ali, donc.

— *Where are you from ?*

— *Algeria. I am Algerian.*

Chouïa narquois, lui, la moue sceptique.

— *Really ? I would have said French !*

Toc ! Touché ! Enfin, Sid Ali, un partenaire à ta hauteur !

— Ouais, en fait je suis français. C'était pour rire.

Lui (fort accent espagnol) :

— Presque toujours je trouve juste.

Moi :

— Et vous, espagnol ?

— *You can say* « tu » ! Espagnol, je suis, oui. *From Jerez de la Frontera, Andalucia.*

Ah ouais ? Il y a des Andalous aux yeux bleus. Bon. On ne peut pas tout savoir ! Et puisqu'il y a bien des bougnoules qu'on prend, rien qu'à les voir, pour des Francaouis de souche !

Là, je vais le surprendre :

— *I am sorry, I do stink ! I had two nights on the train...* Je sens mauvais.

— Un bain, tu veux ?

Eh bien eh bien, Sid Ali, c'est le match de ta vie ! Putain, il faut suivre ! Intimidé, je suis, oui, je l'avoue, intimidé devant tant d'aplomb.

— Euh...

Et lui, du ton le plus naturel qui soit :

— Mon hôtel est là... Come on !

Il me montre, jouxtant l'A Brasileira, l'hôtel Borges... Décidément ! Lisbonne est une ville très littéraire : je me rappelle que ce nom aussi figure sur la liste n° 2 de Mme Rénal. Pas encore lu non plus, Borges, mais j'ai toute la vie devant moi. Tu l'as dit tu l'as, Sid Ali ! Et, je t'en supplie, trouve tout de suite quelque chose à dire qui te fasse perdre cet air ahuri. Tiens, par exemple :

— *Are you in Lisbon for business or pleasure ?*

— *Both since I met you !*

Toc ! Coulé ! Putain, la punch line ! K-O, là, Sid Ali ! Dans les cordes ! Et au moins, voilà qui est clair. – Tu es à Lisbonne pour le boulot ou pour prendre ton pied ? – Les deux depuis que je t'ai rencontré ! – Tu l'as dit tu l'as, Manuel !

Et pas embarrassé pour un sou, Manuel, quand il demande sa clef au comptoir de l'accueil.

Ascenseur. Couloir. Chambre. Salle de bains... Une grande baignoire... Manuel ouvre les robinets à donf... Trois doses de bain moussant... Bon, eh bien ! je me déshabille. Ouais, mais Manuel itou ! Et, riant aux éclats – putain, quelle belle denture ! – :

— *I have bad news for you : I am homosexual.*

Punch line ! Et s'il ne m'avait rien dit, j'aurais compris quand même : sa queue aurait parlé pour lui.

— *I can't believe it ! Homosexual ?*

— *Sí, maricon !*

— *Nobody's perfect !*

Ouais, je sais ! elle n'est pas de moi, celle-là, mais elle me fait toujours rire, moi, c'est l'essentiel. Et elle fait rire Manuel.

Belle queue, Manuel ! bon calibre mais pas d'excès, un peu carrée comme j'aime – comme la mienne, quoi, sauf que non coupée. Belle paire de… Un peu plus grosses que les miennes. Je soupèse et masse, il soupèse et masse, nous soupesons et pétrissons d'une main légère, les yeux dans les yeux. Moi :

— Maricon ! Nous on dit pédé ! On dit gay quand on est une fiote, mais quand on est un homme, un vrai, on dit pédé ! Moi, je dis que je suis pédé parce que je suis un homme, un vrai.

Tu me branles, je te branle, nous nous branlons… La baignoire va déborder. Tu fermes les robinets. Tu me mets un doigt dans le cul, deux, j'en fais autant ; ta langue, ma langue, nos langues ; tu me renifles comme un chien en chasse – bon à savoir : mon odeur de sale et de sueur ne te rebute pas, ni mon haleine ! Tu es un homme, Manuel, un vrai, tu ne fais pas de manières ! Civilisé à l'extérieur, primitif dans l'intimité ! J'éjacule, tu éjacules, nous éjaculons en quasi-simultané… Mon foutre gicle sur la toison frisée de ton pubis, la glaire épaisse du tien glisse au long de ma cuisse gauche jusqu'au genou… Je décharge un petit rab – the Sid Ali's *touch*. Toi, Manuel, tu n'es pas de ces chéris qui repoussent le partenaire à peine ils ont joui. Tu n'as pas de répugnance, tu n'es pas un radin de l'orgasme, tu joues les prolongations : encore un lécher d'aisselle, encore un long baiser sur la bouche, encore une longue caresse du tranchant de la main au creux de mes fessiers ruisselants qui s'achève en claque affectueuse au niveau des vertèbres sacrées... Tu es un manuel, Manuel! Ha ha!

— *You like it?*

— Devine! À ton avis?

— *You're a fag for real!*

Et maintenant le bain, dans plus de mousse que d'eau. À deux en duo? Ensemble, ouais: on ne va pas se quitter si vite! L'antique et vénérable Hotel Borges n'est pas luxueux, mais les baignoires, anciennes, y sont de bonne taille. Nous n'aurions pas pu dans la baignoire-sabot de Mme Rénal.

Face à face, en tailleur, je te savonne, tu me savonnes, nous nous savonnons énergiquement... Mousseuses caresses, éclats de rire, baisers sonores... Tourne-moi le dos maintenant: que je te savonne le dos! À mon tour. Shampoing, pendant que nous y sommes – ça pique un peu les yeux, mais nous sommes des hommes. On tire le bouchon pour vider la baignoire, on se lève pour la douche finale. Très chaude, puis très froide pour conclure.

— C'est bon, c'est bon, c'est bon!

Serviettes. Je te frictionne, tu me frictionnes, nous nous séchons mutuellement. Et puis...?

Ah, ça, je n'avais encore jamais connu! une première pour moi: Manuel met un peu de dentifrice sur sa brosse à dents et me la tend, il déchire avec les dents le sachet stérile contenant l'autre brosse offerte par le Borges, étale un peu de dentifrice... Et? Et c'est lui qui va me brosser mes dents et moi les siennes! Ah ouais, quand on s'aime!

Un peu d'eau de toilette? Un euh peu, l'euh autre! Quand on est Manuel, on ne se contente pas d'une goutte derrière l'oreille, la mesquinerie n'est pas son genre, Manuel, c'est un homme, un vrai, pas un pédé: il s'asperge et asperge abondamment son amant d'Acqua di Parma ! Le grand flacon ne doit pas lui faire huit jours.

On jette les serviettes au sol pour éponger l'inondation. Je prends du linge propre dans mon sac à dos, lui dans son beau sac de voyage en cuir fauve Lœwe... Nous nous rhabillons – là, chacun pour soi.

Puis, lui :

— Si tu n'as pas de hôtel, il est ici !

— *Muchas gracias.*

Encore une affaire réglée, et rondement. Ça me va, le lit est grand... Je recevrai une grande leçon, un peu plus tard, quand j'oserai lui poser la question de savoir pourquoi lui, qui visiblement mène la grande vie, descend dans un hôtel fort bien tenu, certes, mais modeste. Pourquoi ? Ce niais de Sid Ali, qui croyait avoir tout compris ! Ce banlieusard du 93 mal dégrossi, et qui a des idées de nouveau riche... Mais Manuel n'a plus rien à prouver à personne. Or, le jour il est à ses rdeuves d'aff, et la nuit ? à teuf ! Trois heures de sommeil, une courte sieste l'aprème... Le Borges est central, très propre. Ah, il n'y a pas le câble, non ! Mais Manuel n'en a rien à, de la téloche : câblée ou pas, il ne la regarde jamais.

— La télévision est une invention for the idiots !

Tu l'as dit tu l'as, Manuel ! Et je découvre, stupéfait, le spécimen d'une espèce rare, en voie de disparition : un contemporain radicalement dénué de snobisme, vivant non pour satisfaire l'opinion mais au seul gré de son humeur et de sa fantaisie... Ayant, en outre, la chance d'avoir les moyens de le faire.

— Tu as faim, *querido* ? me demande-t-il entre deux baisers sur la joue, comme à un bébé. *Lunch ! Be my guest ! Mariscos para los maricones ?*

Je ne connais pas le sens de ce mot :

— Mariscos ?

— Fruits de la mer *y vino blanco for the fags, te gusta ?*

— L'Europe est faite ! *Me gusta*, ouais, *danke schön* !

Eh bien, on y va, on sort.

Appel de Manuel, sur son portable :

— *The Strawsee ? Queria reservar uma mesa para duas pessoas... Right now, yes... Ten minutes... Name is Manuel Ojeda y Vazquez. Obrigado.*

Nous sommes donc deux *pessoas* ? Je suis une *pessoa*, moi, Sid Ali ? C'est flatteur !

Manuel hèle ce taxi qui descend la rua do Alecrim...

— *The Strawsee, Doca da India, faz favor !*

Tandis que nous découvrions que nous étions faits de toute éternité l'un pour l'autre, Manuel et moi, le ciel s'est dévoilé : grand soleil sur la mer de Paille qui scintille au bout de la rue... *Elle est retrouvée. Quoi ?*

The Strawsee. Autrefois hangar au bord du Tage, changé en restaurant de luxe par un architecte post-moderne. Merchos et Béhèmes garées devant. Un cabriolet 328 i, dans mon coloris préféré ces derniers temps : *Stahlgrau* – je n'aime plus autant le *Sienarot...* Portier et voiturier en Armani. Putain ! Me voici repris d'un accès de timidité fort peu sidalique, je ne me reconnais plus, mais mon bas de jogging, ma berbère Gill, mes Nike, surtout...

— Manuel, je ne suis pas habillé pour...

Manuel, me prenant ostensiblement par l'épaule devant le portier :

— Tu es mon invité, pas l'invité d'eux ! *If I agree, they have to.*

Mettons que je n'ai rien dit.

Le maître d'hô nous conduit à notre table, tout

contre la grande baie vitrée et les reflets dansants du Tage... Éblouissement : marbre noir de la table nue, cristaux, serviettes blanches damassées dans leur rond d'argent guilloché... Une orchidée dans un vase de céladon... Ah ouais. Ça valait le coup de s'enquiller deux nuits de train pour voir ça.

Les cartes, format in quarto. La mienne : non chiffrée, parce que je suis l'invité. Ah ouais. Des choses qui ne s'apprennent que sur le tas : jamais lu ça nulle part !

— Lavagante ? Bogavante ? Lobster ?

Homard ? Ah ouais, homard. Homard m'a pas *tuer* – ha ha. *En la plancha ?* Comme tu voudras, Manuel, je ne suis pas quelqu'un de difficile. Et pour commencer ? Deux douzaines d'*ostras* – *oysters* – huîtres ? Mais ouais. Et de ce vinho verde de la casa, en carafe, si léger, vert et pétillant... Il est très bon. Si tu le dis, Manuel ! Tu es certainement plus connaisseur que moi dans ce domaine.

— *Want a drink to begin with ?*

— *Why not ? Absolut with citron vert, what ever they call it here.*

— *Absolut com lima, faz favor... Para mi, um Very Dry Old Calem.*

Petites tartines de *figado da lota* – foie de lotte ? ah bon ! – pour patienter. Mais qui s'impatiente ? Et ces perles orange dans une coupe de céladon ? Des œufs de saumon... Ça se mange. Je le dis souvent à Isa, nous avons droit à quelques égards. « Nous sommes issus d'un peuple qui a beaucoup souffert. »

Mais vois, Sid Ali ! tu es le criminel le plus recherché par ton pays et l'Interpol, et tu fais le déjeuner de ta vie, ce déjeuner avec Isa si souvent fantasmé. Isabelle Adjani s'appelle dans la réalité Manuel Ojeda y Vazquez, qu'importe ? Il est beau, généreux, viril, élégant, bien élevé, très spirituel et, en toutes choses, grand seigneur. Oh, la manière tendre et fraternelle avec laquelle il t'a pris par l'épaule en voyant le morgueux portier du Strawsee tiquer devant tes Nike et ta Fila *Pro-race* ! Combien en as-tu rencontrés dans ta vie, des hommes assez sensibles pour deviner ta crainte de subir une humiliation et la prévenir d'un signe de solidarité avec toi, et de défi envers celui qui est sur le point de t'offenser ? Manuel est un de ces rares élus de Dieu doués pour le bonheur et, mieux, doués pour en donner aux autres... Et du plaisir, avec.

Vois, Sid Ali ! La mer de Paille allée avec le soleil – mais le Mal ne peut plus t'atteindre ! Tu es sauvé.

Manuel est donc de Jerez de la Frontera, que nous appelons en français Xérès, et l'héritier d'une des plus fameuses marques de vin de xérès, qu'il s'occupe de faire prospérer. Il se trouvait à Lisbonne pour son travail depuis la veille, et en repartirait mardi 21 dans la soirée... Et reprendrait un avion le jeudi 23 pour passer la fin de l'année et entrer dans l'an 2000 à New York, où vivaient son frère cadet et nombre de ses amis. Et là, tout de suite après ce délicieux déjeuner ?

— *Dos so boring business meetings...*

— Et après ?

— Toute la nuit avec un garzon très joli qui se nomme Ali...

— Ah ouais ?

— Et le samedi, et le dimanche aussi.

— Ah ouais ? Et après ?

— Peut-être jusqu'à mardi... Peut-être toute la vie.

Bon. C'est dit.

Il me fixait de ses yeux d'un bleu si lumineux et pur... Était-ce pure volonté de séduire, ou désir à l'état pur, ou pur amour, qui sait ? Je lui ai dit mon étonnement : un Andalou aux yeux bleus ? Il m'a répondu en riant qu'il existait un type andalou aux yeux bleus, que, d'ailleurs, sa mère n'était pas andalouse, mais aragonaise, et que son père, de qui il tenait ce grand nom et sa fortune, n'était sans doute pas son père *de sangre*. Je me suis entendu dire tout haut ce que mon djinn m'a soufflé alors :

— Ah bon ! comme moi : mon père n'est pas mon père...

Et tout en le disant, je demandais tout bas pardon à ma mère de proférer ce mensonge qui faisait de moi un fils de pute.

— *What are you doing in Lisbon, Ali ?*

J'ai éludé la question d'un geste vague dans le vide. Son regard s'est fait plus intense encore. Je devinais qu'il suspectait un secret, une raison inavouable à ce voyage... Il a ajouté :

— Si tu ne veux pas me dire, tu ne pas me dis.

Sourires ambigus. Un ange passe. Un instant de plus, je lui disais toute la vérité, je crois... Mais le serveur, en lui présentant l'addition, a distrait son attention un instant – l'instant d'après, il était trop tard : je ne pouvais plus le dire.

Que se serait-il passé si je lui avais avoué qu'il déjeunait avec un serial killer en cavale ? M'aurait-il chassé ignominieusement ? M'aurait-il embrassé, en chrétien qu'il était ? Aurait-il fait comme si de rien n'était et continué de plaisanter ?

Il a murmuré :

— *Ali el magnifico*...

J'ai expliqué piteusement :

— Je cherche du travail, en fait.

— Ici ?

Il a éclaté de rire, l'air de me signifier que j'aurais pu trouver un mensonge plus crédible, que c'était indigne de moi, Sid Ali ; que lui, Manuel Ojeda y Vazquez, méritait mieux.

Nous sommes retournés à l'hôtel, où il devait prendre des documents.

— *Give me your passport*, m'a-t-il dit avant d'entrer.

Et pourquoi donc ? Il m'a expliqué alors que les Portugais ne plaisantaient pas avec le règlement : si je voulais partager sa chambre, il était obligé de me faire enregistrer à la réception... Aïe.

J'ai choisi de ne pas lui mentir :

— Ce n'est pas mon passeport.

J'ai eu l'impression que cela ne le surprenait qu'à moitié.

— *Oh ! I see...*

Mais, aussi, la quasi-certitude qu'il n'aurait pas une réaction de petit-bourge effarouché : Manuel était un homme, un vrai. Il me l'avait prouvé jusqu'ici.

— *A stolen passport...*

— *Stolen to my brother. The name is the same. Only the christian name is...*

Manuel qui ne se départ pas de son humour pour autant :

— *So christian as a name, Ali !*

Silence, les yeux dans les yeux – ces secondes de l'existence où le destin se joue aux dés –, que je finis par rompre en disant le plus posément possible :

— J'ai fait une connerie. Une... *A... Well...*

Je cherche la traduction en anglais de *connerie*, pris dans ce sens du mot. Lui, sur un ton presque amusé :

— Une connerie, *I understand. Dope ? Robbery ?*

— *Something like that...*

Rien là qui puisse faire perdre son flegme au noble Manuel Ojeda y Vazquez. Sans s'émouvoir, il a tendu la main : que je lui donne le passeport d'Aziz, et qu'on en finisse. Sur ce délit, il serait mon complice.

Je me suis toujours demandé jusqu'où son imagination l'avait mené et jusqu'où il aurait pu me suivre avant d'avoir un mouvement de recul : jusqu'au viol ? jusqu'au meurtre ? jusqu'aux meurtres en série ?

Il a eu ce mot superbe :

— Le Christ a dit : « Ne juge pas ! »

Il m'a fait enregistrer – ou, plutôt, a fait enregistrer Aziz Benengeli. J'ai signé la fiche.

Dans l'ascenseur, il a trouvé moyen de plaisanter encore :

— *Aziz is a nice christian name, too !*

Nous sommes ressortis. Lui allait à ses rdeuves d'aff, moi j'allais me balader dans Lisbonne. Nous nous retrouverions vers sept heures du soir à la terrasse de l'A Brasileira.

— Et après ?

— Devine !

Bon. Insatiable, Manuel !

— Et après ?

— À manger.

— Et après ?

— Devine !

— Bis ?

— Bis.

Bon. Un obsédé sexuel, pourquoi pas ? Il m'est arrivé d'assurer service service cinq passes de suite aux Martyrs – et le miché était du halouf gras, vieux et moche, pas du bel hidalgo mince, élancé, racé, aux yeux de lazulite.

Et après ?

Nous devions retrouver, vers minuit, deux amis portugais à lui, Aquilino et Roque – et que la teuf commence ! Où ? Au Fimomundo.

— On commence par la fin du monde ?

Le regard admiratif que m'a jeté alors Manuel était un hommage à mon intelligence, à mon QI : à peine arrivé au Portugal, et sachant déjà traduire de chic... Eh ouais ! je vous étonnerai toujours.

Programme des réjouissances tel que présenté par Manuel, chaque verbe à l'infinitif étant ponctué d'un baiser sur la joue, la gauche puis la droite, ou dans le cou de son amant :

— Danser, boire, pas de l'eau, aimer, fumer, pas du tabac, danser, boire, aimer, fumer, boire, aimer, danser, boire, fumer, boire, aimer, danser, aimer, fumer, boire, aimer, et cetera !

— Et après ?

— Toi et moi, dormir ensemble. Bueno ?

— Bueno.

— Et au réveil ?

— Devine !

Que j'évoque ces heures de pure joie dans la puanteur de ma cellule, entre ces murs de béton si sonores, et flotte ce parfum d'Acqua di Parma, et résonne son rire si insouciant – assaillent ma mémoire des petits riens qui me sont tout. Sa manière, si légère, d'ironiser la vie, de la vivre à la légère, de la danser : que rien ne pèse, que tout soit jeu, que tout soit gaieté et partage, que tout soit gratuité et don de soi... Vain, Manuel ? Futile ? Non, profond, profond, profond : sachant que c'est le reste qui est vanité – le sérieux, l'esprit de sérieux, le calcul, le projet, investir, et ce qu'on croit devoir à la société, l'image de soi convenable qu'on veut lui présenter, le spectacle de sa moralité, au lieu de la vertu qu'il exerçait, lui, à tout instant, la seule vertu, la vraie : tenter de rendre heureux les autres en faisant son propre bonheur.

Je l'entends encore me faire une scène pour rire dans ce bar, ce énième bar du Bairro Alto, quand, voyant qu'il allait une fois encore payer pour tous, j'ose tirer de ma poche ma liasse d'escudos, et qu'il la repousse en s'écriant sur un ton tragico-burlesque :

— Ne recommence jamais, Ali ! Jamais ! Ou toi et moi, fini !

Et nos fous rires finissaient en baisers.

Et nous sommes repartis bras dessus bras dessous, Manuel, Aquilino, Roque et moi, vers un autre bar, une autre discothèque, et un autre bar encore et...

Et vers trois heures du matin, Aquilino et Roque nous ont quittés. Allions-nous rentrer, nous aussi ? Je ne tenais plus debout. Du reste, les meilleures choses, teuf comprise, doivent avoir une fin – tu l'as dit tu l'as, Sid Ali.

— *No, wait, I want to show you something before!* attends, Ali, *mi corazón*, avant de coucher nous deux, puisque tu es de la France, je te amène à la France !

Ouoh putain ! délire grave de grave, là, mon Manuelito querido, ai-je pensé, si peu capable de penser que je fusse encore.

Mais pas du tout ! Manuel voulait me faire voir un lieu par lui jugé si invraisemblable qu'il me le dit dans les quatre langues dont nous usions depuis le début de notre tournée des bars et discothèques en compagnie de ses deux amis portugais :

— C'est *increible, incredible, incrivel,* incroyable !

Avec la lucidité qui, parfois, s'empare d'un homme ivre mort, dans ce Bairro Alto où l'on peut si aisément se perdre, Manuel a, sans hésiter, trouvé son chemin... Ah ouais ! c'était là, c'était bien là – une enseigne de tremblotant néon mauve l'écrivait au-dessus d'une porte basse cintrée – : *La France – Bar-discoteca-karaokê.*

La France est tenue et fréquentée par des deuxième génération portugais, des enfants d'ouvriers immigrés portugais nés en France dans les années 1960-1970, qui ont grandi en France, qui ont été tout à fait francisés, mais sont venus s'installer au pays où étaient nés leurs parents, maintenant que le Portugal tend à s'aligner sur les standards de vie et le PIB des pays du nord de l'Europe. Nostalgiques du cher pays de leur enfance, ils ont reconstitué dans une cave un échantillon de France, ou, plutôt, de franchouillardise, de ringardise francaouie. Des

Ginette et des Raoul de type lusitanien communient là dans le culte de Michel Sardou, de France Gall, de Francis Lalanne, de Catherine Lara, de Laurent Voulzy. Aux murs, des posters: Dalida, Michel Drucker, Michel Platini, Thierry Le Luron, Alain Prost.

C'était une soirée karaoké, et qui tirait sur sa fin. Le public était très éméché et las quand ces deux intrus que nous étions objectivement, Manuel et moi, avons fait une entrée tanguante autant que remarquée dans la cave enfumée. Sur scène, un petit pot à tabac boudiné dans un spencer prune en velours 100 % polyester, imitateur amateur très amateur d'Alain Souchon, interprétait *Allô, Maman, bobo*.

Maman, comment tu m'as fait,
J'suis pas beau...

— Tu l'as dit tu l'as! s'est exclamé ce malpoli pédé bougnoule au bras de son amant hilare – lui, d'un type espagnol trop marqué pour qu'on ne l'identifie pas tout de suite comme appartenant au peuple ennemi héréditaire du peuple portugais.

Cherchant à compenser l'effet désastreux de mon intervention, j'ai applaudi très fort quand le Mimile simili Souchon a eu fini le sabotage de sa chanson.

L'animateur de la soirée lui a repris le micro et lancé le morceau suivant: *Le Blues du businessman*. Mais personne dans l'assistance ne voulait plus chanter, apparemment. Alors, vous me connaissez, n'écoutant que mon courage, j'ai bondi sur scène et, sous les seuls vivats et bravos, il est vrai fort chaleureux, de Manuel Ojeda y Vazquez, j'ai entonné à pleine voix:

J'aurais voulu être un artiste
pour pouvoir faire mon numéro
quand l'avion se pose sur la piste,
à Rotterdam ou à Rio...
J'aurais voulu être un chanteur
pour pouvoir crier qui je suis...
J'aurais voulu être un auteur
pour pouvoir inventer ma vie...
J'aurais voulu être un acteur
pour tous les jours changer de peau
et pour pouvoir me trouver beau
sur un grand écran, en couleurs...

Les huées furent telles qu'il fallut déguerpir avant la fin de la bande, et fissa ! Pour mes débuts à Lisbonne, c'était réussi ! Avec un tube dont on aurait pu pourtant croire le texte écrit sur mesure pour moi – de l'autobiographique, du bouleversant de sincérité, du vécu intérieurement, mon cœur mis à nu.

Et Manuel, que j'avais jusqu'ici imaginé inapte à la colère et à la haine, s'est alors lancé dans une féroce diatribe contre les Portugais. C'était soudain un flot tumultueux de reproches insultants, indétournable de son courant, inendiguable... Et comme il parlait très vite, très ivre, en castillan, je ne saisissais pas tout, mais je comprenais que tout y passait : tous les griefs possibles et imaginables contre ce peuple « *de mierda, con única excepión de Aquilino y Roque* ». Les Portugais, à l'entendre, étaient sans dignité, sans générosité, sans énergie, sans élégance, sans civilité, sans virilité ! de foutus hypocrites – à preuve, leurs corridas, où ils ne tuaient pas le taureau dans l'arène mais, honteusement, dans les coulisses – ! peureux ! pleurards ! sales avec ça – ma courte expérience des chiaves, y compris des chiaves du patrimoine culturel, m'inclinait à ne pas le contredire –! obsédés par la *pasta*, la *pasta*, la *pasta* – non, pas ce qu'on croit, pas la *pasta* des Italiens, mais : le fric, en espagnol –! toujours à vous forcer la main au restaurant ! jamais n'ayant un geste ! n'offrant jamais quoi que ce soit ! maladivement radins et méfiants dès qu'il était question de sous – « *jeste "prepagamento" de mierda* ! » : tu l'as dit tu l'as, Manuelito, cela me choque aussi –! des incompétents ! des dégénérés ! des tarés ! et quant à leur faire boire de l'Amontillado, de l'Oloroso ou du Dulce Ojeda y Vazquez !.... Et pouvais-je imaginer que Ojeda y Vazquez et d'autres producteurs de xérès leur vendaient maintenant, à ces crétins, des procédés de vinification pour leur porto, des procédés ancestraux qu'ils avaient oubliés ! et qu'on gagnait beaucoup plus d'argent à leur réapprendre qu'à essayer de leur vendre des vins andalous !

Ah ouais. Et ce nouvel aspect de sa personnalité que Manuel me révélait soudain comme à son insu constituait, à mes yeux, un charme de plus, une raison de plus de l'aimer : par ce trait de caractère, par sa capacité de colère, de haine, et d'une mauvaise foi qui se traduisait en verve, en verbe, il me ressemblait aussi.

Je gomme ce que je viens d'écrire. Et je n'ai maintenant plus guère la force de poursuivre, tant l'évocation des trois jours qui suivirent me bouleverse encore aujourd'hui.

Très vite donc, et dans cet état d'apesanteur, d'insoutenable légèreté, comme dit l'autre, où ils furent vécus... *La vida es sueno*, la vie est un songe, tu l'as dit tu l'as ! Calderon, maximum respect. Un des auteurs préférés de Paul Smaïl, et dont Manuel, un soir, me cita toute une tirade !

Le réveil d'une si folle nuit, si piteusement terminée à La France ? Rimbaldien : *au réveil, il était midi*, dans la chambre 63 du Borges.

Jbed ? Non pas jbed, pas zobzek, pas baise non plus... Mais faire l'amour. Et comment !

Et puis ? Toilette soignée en duo, bis des amants magnifiques dans la baignoire, rappel sous la douche... Nouvelle douche pour laver ces traces de foutre avant de se sécher, brossage mutuel des dents... Doigtés et enculages tout en douceur, toi en moi, ensuite moi en toi. Douche, la troisième, et baisers sur la bouche qu'on ne compte plus. On se sèche, on s'habille... On sort ? On sort !

Une petite faim ? Une faim de loup. Viande, en ce cas. Donc : au proche Tavares – grand restaurant au décor modern style. Là, le regard des loufiats sur la tenue de l'invité du distingué caballero qui a retenu une table frise l'insultant. « Modern », en vérité, mais pas très « style », que ces Nike et cette squette de lascar dans ce haut lieu de la gastronomie, d'un formalisme si désuet !

Quand nous ressortons, Manuel suggère avec un tact infini à son élégant jeune amant que, les cartes American Express, Mastercard et Visa n'étant pas faites pour croupir au fond d'un portefeuille, en tout cas pas les siennes, peut-être saurait-il se laisser convaincre qu'il existe d'autres sortes de chic que la *fashion* racaille des Poètes ? et, par exemple, si ce n'est pas trop exiger de lui, de faire l'effort d'essayer quelques vêtements dans deux ou trois boutiques de cette rua Garrett qui est à Lisbonne, toutes proportions gardées, ce que l'avenue Montaigne est à Paris.

— *Just say yes, Ali, amor de mi vida !*

Inattendue poussée de pruderie petite-bourge chez l'intéressé ainsi interpellé :

— *I'm not a gigolo, Manuel !*

— *Who said you are ?*

Et si j'y repense aujourd'hui, je suis persuadé qu'il était sincère en le disant : Manuel n'a jamais vu en moi un tapin. Pas plus que j'ai jamais vu en lui un miché.

— *Bueno ! Adelante !*

Manuel aurait bien vu l'amour de sa vie en noir, pour changer. Ce que tu veux, Manuel ! Comme tu me veux ! Pourquoi pas en noir ?

— *Je me ferais teindre en blonde, si tu me le demandais…*

Affaire rondement menée dans la cohue de ce samedi, le dernier avant Noël : trois boutiques de luxe et cinquante minutes plus tard, retour au Borges, qui se trouve heureusement situé dans la même rua Garrett. L'ange blanc se retrouve dans la glace de l'armoire mué en ange noir, et la vision le ravit. Col roulé de cachemire noir – ouais ouais, celui de Zizou posant pour Dior ! J'aurais tant aimé poser pour Dior, comme Zidane. Comme Zidane : le col roulé noir remonté jusqu'aux yeux, mais si célèbre que vous me reconnaissez immédiatement. Beau, je le suis. Au moins aussi beau que lui. J'aurais voulu aussi sa gloire. Seulement un an avant, vous ne saviez pas prononcer correctement mon nom : Zanedane Zadine, Zinane Zadidine, Zinine Zadadane, Zenine Zadidane – n'importe quoi. Zizou, quoi. Mais aujourd'hui, vous ne voyez plus sur une affiche en noir et blanc que la moitié de ma magnifique sale gueule d'Arbi, de crouille, de bougnoule, de rebeu, de rabzouille, de rat, et vous me reconnaissez. Je me cache à moitié le faciès et cependant vous n'avez plus peur : vous me désirez. Le col roulé est en cachemire. Et je ne pue plus ma race ! Je sens l'*Eau Sauvage*. Sauvage, je suis, mais je sens l'*Eau Sauvage*. Dior ! Je suis sauvé. Le Mal ne peut plus m'atteindre.

Et devant la glace, je m'amusais à dérouler le col et le remonter jusqu'à mes yeux.

Avec ça : un pantalon en alpaga noir, des bottines noires, et une veste de très fin cuir noir glacé, coupe près du corps, quatre boutons.

Merci, Manuel, merci, merci, merci, merci… J'avais, moi, un petit quelque chose pour toi : cette cravate Lœwe en soie rêche, unie, rose fuchsia. Mais… ? Il ne m'avait pas vu l'acheter ! Eh non : à pouillave, la cravate, mon Manuelito querido ! pendant que tu réglais avec ton Amex les 190 000 escudos que ces voleurs te facturaient ma veste.

Manuel s'est contenté de me faire, de l'index, ce signe du papa qui réprimande gentiment son garnement de fiston : Bon, pour une fois je ne dirai rien, mais n'y reviens pas, hein ? ou c'est la fessée !

— Et après ?

Soirée plus tranquille que la précédente.

— *Eyes in eyes, cheek to cheek...*

Libertinage. Autres preuves que le sexe, tel le piano, a ses virtuoses. Ce que Martha Argerich est au clavier, Manuelito y Alicito, *los chicos magicos*, le sont au plume !

— Et après ?

Dimanche – le dernier de l'Avent. Les cloches carillonnent. Et Manuel me surprend en me disant qu'il doit abandonner une heure son Alicito : il va à la messe, il n'y a que la rue à traverser, il priera pour moi, nous nous retrouverons à midi à la terrasse d'A Brasileira.

— *Te quiero, Ali ! See you later, Ali... gator !*

— Ha ha !

Quand nous nous retrouvons à la table la plus proche de celle de Fernando Pessoa, il me dit qu'il doit ajouter un grief à toutes les raisons de mépriser les Portugais qu'il avait déjà recensées : c'était une messe « *de mierda* » – sans fastes, sans émotions, sans encens ni fleurs, et ces minables rapiats lésinent même sur les cierges ! Ah ! si je voyais la beauté des messes en Andalousie !

Un petit verre d'Amontillado O-y-V, pour retrouver sa bonne humeur, et nous voici partis pour une grande balade dans Lisbonne : l'Alfama – leur médina –, le Castelo São Jorge – beuheurq ! les jardins sont une décharge publique... La saleté, la négligence, l'incurie portugaises sont devenues notre sujet favori de plaisanterie, Manuel et moi. Nous en avons des fous rires. Et de l'injonction partout répétée de payer avant de consommer ou de pisser : *Prepagamento !* qui nous exaspère tant, Manuel a fait un

Precagamento! Quand il m'aura expliqué le sens très vulgaire de son jeu de mot, que mon sens de la décence bien connu m'interdit de rapporter ici, la gaieté sera à son comble. Et c'est dans cet état d'euphorie que ne nous aurait pas procuré le chichon de première qualité fourni par l'ami Moh, aux Poètes, que, toujours plus amoureux à mesure que l'heure tourne, nous tuerons ce dimanche qui finira bien, hélas, par devenir lundi.

Lundi, déjà. Et Manuel doit se lever de bonne heure : il passe la journée à Porto, à négocier avec des clients « *de mierda* » qui veulent lui acheter son savoir-faire en vinification. Mais il sera de retour vers 9 heures ce soir. Et il a réservé une table au Strawsee, pour notre dernier dîner tête-à-tête... Notre dernier dîner tête-à-tête, déjà – 'Llah !

Devant The Strawsee est garé un roadster Z3 2.8 BMW, métallisé *Stahlgrau* – je tombe en arrêt.

Manuel, que ma puérile admiration amuse, d'un ton détaché :

— *Same as mine.*

Moi, exalté, au bord de la démence :

— Quoi ? Tu as une Z3 2.8 BMW ! Et *Stahlgrau* ! Oh, mon Dieu !

Lui, sarcastique :

— Dieu a rien à voir là, seulement l'argent !

Certes. Mais Dieu est certainement pour quelque chose dans le fait que l'homme que j'aime et qui m'aime en possède une.

Le bud à l'entrée du restaurant, quand il me voit si chic, tout de reuch et de noir vêtu, s'incline très bas et me sourit servilement. Je ne peux pas m'empêcher de lâcher assez haut pour qu'il l'entende :

— Connard !

… en priant qu'il comprenne le français.

Mais tout ressentiment cesse devant la splendeur du spectacle : le Tage la nuit, les bougies sur les tables, les reflets dans les baies vitrées, la magie du luxe. Un pianiste égrène, cool, les voluptueux arpèges exagérément appoggiaturés d'un immortel standard du jazz : *As time goes by…*

Et moi :

— *He is playing our song, Manuel ! Casablanca* !

Et Manuel :

— *Indeed, Ingrid !*

Et tous deux fredonnons alors en duo, tandis que le maître d'hôtel nous conduit à notre table :

The world will always welcome lovers
As time goes by…

Mais en moi ce sentiment poignant, touche de détresse qui rehausse la joie, futur antérieur qui déjà précipite dans ce présent parfait : j'aurai connu cela.

Manuel demande qu'on nous apporte tout de suite une bouteille d'Amontillado O-y-V et un grand assortissement de tapas : que nous puissions prendre tout notre temps pour lire la carte et faire notre choix. Sous la table, il a calé mes genoux entre les siens… Et là, il jette une enveloppe dans mon assiette et s'écrie :

— *Merry Christmas ! Happy new year !*

C'est une enveloppe aux armes d'Iberia, je l'ouvre d'une main tremblante. Elle contient un billet d'avion établi au nom d'Ali Benengeli : Lisbonne-Madrid-Madrid-Séville, départ le 4 janvier 2000, à 13 h 10, arrivée à 17 h 15 – *Business class*. 6705 escudos. 337 euros.

Manuel viendra me chercher à l'aéroport – oui, dans son roadster Z3 2.8 BMW, précise-t-il malicieusement ; à moins que je ne préfère la vieille jeep qu'il utilise pour l'inspection de ses vignes et la chasse dans la Sierra de Aracena ? Il sera rentré la veille de New York. Il m'invite chez lui, à Jerez de la Frontera. Je suis trop bouleversé pour poser la question à laquelle il s'empresse de répondre cependant :

— Pour une semaine… Un mois… Un an… La vie… Seul Dieu le sait !

— Inch' Allah !

Je fonds en larmes. Je me mets à sangloter comme un enfant – comme l'enfant que je suis toujours. Manuel étreint plus fort mes genoux entre les siens. Quand je retrouve un peu de souffle, c'est pour lui confesser tout bas :

— C'est une grosse connerie que j'ai faite, tu sais. Manuel.

— *Hombre ! who cares ?* me répond-il.

Fausse désinvolture mais vraie compassion ? Ou qu'il croit toujours que je n'ai rien commis de si terrible ? Ou qu'en effet, il sait que je suis un assassin, l'auteur de trois meurtres gratuits, mais qu'il s'en fout, voilà tout ?

Ne voulait-il pas en savoir plus s'il avait entrevu quelque chose de mon histoire ? Ou n'avait-il rien deviné du motif de ma fuite ? Savait-il ? Et si oui, jusqu'où savait-il ? – je ne l'ai jamais su.

Et comment dire ma reconnaissance à un homme qui m'offre tout son amour, sans réserve, et refuse de me juger parce que son Dieu lui intime de ne pas le faire ? Tout en sachant combien mon geste est dérisoire, j'ouvre le bracelet d'acier de mon Officine Panerai et la lui tends, en lui disant :

— C'est ce que j'ai de plus précieux et ce n'est rien, mais elle est à toi, Manuel, je te l'offre. Je t'en prie, accepte-la ! Elle est garantie à vie.

— Mon horloge aussi, me répond-il en riant.

Il détache sa montre de son poignet et me la tend : une Bréguet – putain ! pas de la pacotille non plus, son « horloge », son *reloj*.

— Je lirai sur une Bréguet les heures qui nous séparent maintenant du 4 janvier.

— À New York, le 31 à minuit, c'est ton horloge qui me dira... *Olé !*

— Le XXIe siècle, nous le vivrons ensemble, Manuel.

— Pas le XXIIe ? tu veux me quitter si vite ?

Mais une inquiétude me vient : que vais-je faire de ces deux semaines qui me séparent de mon envol pour l'Andalousie ? Et surtout, où puis-je les passer ? Il me semble risqué de rester à l'hôtel où je suis enregistré sous le nom de Benengeli. Je ne sais comment aborder la question, j'hésite :

— Je me demandais... Je me disais...

Mais Manuel :

— Où tu vas attendre jusque le 4 janvier ?

Tel était Manuel ! Il y avait pensé aussi. Manuel ne pensait pas qu'à soi, il pensait aux autres. Et il ne pensait pas seulement aux autres relativement à soi : il avait ce don, si rare, de s'imaginer à leur place, dans leur situation. De Porto, entre deux rdeuves négo *de mierda*, il avait appelé Aquilino et Roque, qui avaient une chambre d'ami et se feraient une joie de me recevoir, l'un et l'autre ne passant pas les fêtes en famille, car l'un et l'autre proscrits de leur famille pour cause d'homosexualité.

Commentaire ricanant de Manuel :

— Ce sont des familles très très très chrétiennes !

Sentimental comme on l'est dans un feuilleton télé, je me murmurais intérieurement, *off* : l'Homme de ma vie.

Et je trouvais plus beau encore de me le dire en espagnol : *¡Hombre de mi vida !*

Hombre : à la fois ombre et homme. Ombre de ma vie, homme de ma vie ! Manuel !

Hommes et ombres de la nuit, nous sommes ressortis du restaurant à minuit, salués bien bas par le portier qui nous ouvrit les portières du taxi.

Nous sommes rentrés à l'hôtel pour notre dernier récital de sexe à quatre mains, deux bouches, deux queues, deux culs… Notre dernière nuit de ce siècle à dormir ensemble enlacés.

Le 4 janvier 2000, à 17 h 15, Manuel serait là, dans le hall des arrivées de l'aéroport de Séville… Mais sourdait en moi maintenant ce sentiment atroce, cette quasi-certitude – mais comment le dire à l'hombre de ma vie ? que moi, je n'y serais pas. Jamais je ne monterais dans une Z3 2.8 BMW. J'avais fait une grosse grosse grosse connerie. Trois fois une connerie. J'aurais été arrêté avant. Je le savais. *I knew it.*

La toute dernière image que je garde de lui… Les tout derniers plans… La toute dernière séquence est pour moi la plus belle de toute l'histoire du cinéma – je veux dire de ma vie. Intérieur jour. Chambre Hotel Borges. Mardi 21 décembre 1999, 9 heures du matin et quelques. Ali, Manuel.

Manuel se prépare pour sa journée de travail et boucle son sac de voyage : il se rendra en effet directement du lieu de son dernier rendez-vous de travail à l'aéroport. Ali a tout son temps : il doit seulement avoir libéré la chambre avant midi. Il ira alors porter ses affaires chez Aquilino et Roque, qui habitent près du Jardin Botânico. Du fond du lit où il observe amoureusement la scène tout en se branlotant, Ali assiste aux derniers préparatifs de l'homme qu'il aime et qui l'aime. Manuel noue avec l'autorité et la dextérité qu'on ne peut avoir acquises que si l'on y a été formé dès l'âge de dix, douze ans, la cravate Lœwe de soie rêche unie rose fuchsia chourée par son voyou d'amant dans une boutique très chic de la très chic rua Garrett… Il vient cueillir un baiser sur les lèvres de celui qui, du premier coup, a su si bien choisir le coloris qui s'accordait au bleu lazulite de ses yeux, à sa chemise parme et à la matité ibère, ou sémite, ou berbère, qui sait ? de sa peau.

Manuel enfile sa veste et retourne devant la glace pour le dernier coup d'œil de l'homme soucieux de son élégance… Par fait ? Presque. Manque un je-ne-sais-quoi, ce détail qui signe la vraie distinction, la petite note insolite qu'exige un dandysme rigoureux savoir habilement parer à ce mortel ennui qui se dégage d'une trop grande perfection formelle… Quoi ? Ah, voilà ! Manuel a trouvé. Il ramasse au pied du lit le slip que son amant y avait jeté la veille au soir, tout imprégné de ses odeurs corporelles qu'il hume avec plaisir. Il glisse le slip blanc dans la poche de poitrine de sa veste noire, le froisse et l'arrange en pochette avec l'art consommé d'un élégant amateur de pochettes.

Ali lui sourit, enchanté, et imagine alors lire ces lignes dans *Vogue Hommes : Le parfum du très élégant Manuel Ojeda y Vazquez ?* Acqua di Parma *relevé d'une touche subtile de* Couilles, queue & cul *de Sid Ali B…*

Manuel lève un pouce approbateur et s'écrie fièrement, comme pour encourager son amant à se montrer un homme à l'heure des adieux – à moins que ce ne soit pour se donner à lui le courage de le quitter sobrement, légèrement, dignement, ainsi qu'il convient quand on est un homme, un vrai :

— Hombre !

Ali devine que Manuel redoute, au dernier moment, une trop violente effusion de son sentimental amant… Et que, s'il se montre tout à coup sur la réserve, ce n'est pas indifférence mais amour vrai, au contraire, mais attention vraie à l'autre. Manuel ne reviendra pas vers le lit d'où Ali, les yeux embués de larmes, le contemple. Il saisit son sac de voyage, ouvre la porte d'entrée et, du seuil, lance d'un ton viril, d'un ton d'autorité :

— *Please, trust me !*

Ah ouais ! la réplique exacte de Rick (Humphrey Bogart) dans *Casablanca*.

Et Ali, Ilsa (Ingrid Bergman) de ce film sublime qu'est enfin sa vie, de ce chef-d'œuvre du romantisme :

— *I will.*

Je ne devais plus jamais revoir Manuel. Entendre sa voix, oui : il m'appelait pratiquement tous les soirs chez Aquilino et Roque. Je lui manquais, il me manquait, oui. Il neigeait à New York, il faisait si doux à Lisbonne que je prenais le ferry pour Cacilhas, où j'allais m'asseoir sur un quai et bouquiner des heures au soleil. Tout allait bien, oui, vraiment très bien. Ce que je faisais de mes journées ? Pas grand-chose, je me laissais vivre je me baladais... Et Aquilino et Roque étaient si gentils avec moi !

— *And you, Manuel ?*

— *Well ! Very well ! But I long for you, Ali !*

— *So do I, Manuel.*

La toute dernière fois où nous nous sommes parlé, je me trouvais dans la chambre d'Aquilino et de Roque, devant la télé dont j'avais coupé le son en entendant le téléphone sonner. Je disais, je répétais à Manuel que tout allait bien tandis qu'à l'écran apparaissait une star qui me ressemblait beaucoup : le criminel le plus recherché de l'espace Schengen venait d'être localisé au Portugal. Son arrestation n'était plus qu'une question d'heures.

Aquilino et Roque ont tant souffert d'avoir, en toute innocence, hébergé un assassin, je ne peux leur rendre de meilleur hommage qu'en ne disant rien d'eux et de leur merveilleuse hospitalité ; je me contenterai de leur dire à eux seuls : du fond du cœur, merci ! Dans l'heure qui a suivi mon arrestation, les malheureux ont vu déferler chez eux la horde des charognards de la presse et de la télé poubelles. Ces chacals sont allés jusqu'à forcer leur porte au pied-de-biche, ils les ont aveuglés de leurs flashs, ils les ont harcelés avec leurs micros tendus, ils les ont injuriés parce qu'ils refusaient de répondre ou ont tenté de leur acheter à coups de dizaines de milliers d'escudos des révélations scandaleuses sur les derniers jours de liberté de leur ami français, ce monstre sanguinaire… Leur vie a été saccagée. Et j'ai su qu'ils en avaient fait l'un et l'autre une dépression nerveuse.

J'étais chez eux comme un enfant choyé. Je passais mes journées à paresser Je régressais. Je ne pensais plus comme l'adulte en lequel m'avait transfiguré l'amour de Manuel, je redevenais l'adolescent odieux et égocentrique jusqu'à l'autisme que j'avais été.

Et puis j'ai fait la connerie de téléphoner à mes parents et à des potes de la cité.

Et puis un soir, j'ai décidé d'appeler Djamila.

J'ai composé son numéro. Je n'étais pas particulièrement ému. À la première sonnerie, elle a décroché : c'était elle.

— Dja ?

— Je savais que tu m'appellerais. Je le savais.

— Qu'est-ce que tu sais ?

— Que c'est toi qui.

— Ah.

— Je ne te juge pas, Sid Ali. Je ne t'ai jamais jugé.

— Comment tu as deviné ? Quand tu as vu le portrait-robot ? Il ne me ressemblait pas, pourtant ! Putain, la chetron qu'ils m'ont faite !

— Sid Ali !

— Putain, les nuls !

— Sid Ali ! Je ne sais pas d'où tu m'appelles, mais tu ne devrais pas. Il se peut que mon téléphone soit...

— Je t'appelle de Lisbonne. Portugal.

— Merci, Sid Ali ! Je ne savais pas que Lisbonne était la capitale du Portugal ! Tu me l'apprends.

— Je te fais horreur ?

— Non. Ça te ferait plaisir, peut-être, mais non. Tu ne me fais pas horreur.

— Tu as toujours été une fille bien, toi.

— Oui, mais tu devrais raccrocher, Sid Ali.

— J'ai pris une carte de 120, plus dix unités offertes : Spécial nouveau millénaire. Les cartes Portugal Telecom, putain ! il y a une promo en ce moment : dans le sachet scellé de la carte, en plus, il y a une carte à gratter, tu sais, genre *Nul si découvert*.

— Oui, Sid Ali : *Nul si découvert*... Tu ne crois pas si bien dire.

— Tu grattes : si tu as deux A, tu gagnes une BMW, putain ! Pas un roadster, mais une Série 3. Je te mens pas. Jusqu'ici je n'ai rien gagné. Même pas le lot de consolation : une carte 50 unités. J'ai appelé la famille et des potes : deux cartes de 120, déjà, mais je n'ai rien gagné.

— Oui, Sid Ali. Mais tu devrais raccrocher !

— Je te fais iech ?

— Non, Sid Ali.

Je la sentais au bord des larmes.

— Je te fais horreur ?

— Non, Sid Ali. Mais je ne suis pas... Comment te le dire ?

J'ai besoin de calme, en ce moment. Je ne voudrais pas que tu me...

Je la sentais bouleversée.

— Ah ouais, ah ouais, et pourquoi ?

— Parce que je suis enceinte, Sid Ali.

— Enceinte ? De moi ?

— Sid Ali, tu es encore plus dément que je ne pensais ! Quand est-ce que nous nous sommes quittés, Sid Ali ?

— Ah ouais, ah ouais.

— Et de toute manière, tu mettais des capotes.

— Pas toujours. Mais sans capote, je tiens moins bien ma trique...

— Oui, je l'avais remarqué aussi.

— Putain ! Mais...

— Et je t'en supplie ! ne me redonne pas en rediff le numéro : Comment une fille bien, une musulmane bien élevée, peut et cetera... ? J'ai Toufiq et Nabil, mes frères, à la maison, pour me le faire, le numéro ! Je le connais par cœur, le numéro des frères ! Mon père est plus évolué qu'eux ! Les pères sont plus évolués que vous, les fils, en général.

— Enfin ! le mien, Dja, *xcuse-me*, mais...

— Mon père ne me flanquera pas une double baffe quand je lui annoncerai... Et ma mère sait déjà. Et de toute manière, Sid Ali, j'ai pris la pilule quand nous avons commencé à...

— Putain ! tu ne me l'as jamais dit, Dja !

— Mais non, Sid Ali, mais non ! je ne te l'ai pas dit ! Si je te l'avais dit, j'aurais passé à tes yeux pour une pute.

— Ouoh !

— Mais si, Sid Ali ! Pour une pute ! Je vous connais !

— Qui « vous » ?

— Vous ! Les frères !

— Mais si tu prenais la pilule, alors, comment tu t'es retrouvée engrossée !

— Beuheurq ! Quel mot : *engrossée* ! On est où, là ?

— *Sorry*, Dja ! Enceinte, je veux dire !

— Je préfère. J'ai arrêté la pilule, si tu veux savoir.

— Ah ! mais alors, tu l'as voulu, cet enfant ?

— Oui, Sid Ali ! Je l'ai voulu. Je le veux. Je l'attends.

— Ce sera un garçon ? Tu as déjà fait l'écho... ?

— J'ai déjà fait deux échos : ce sera un garçon, Sid Ali !

— Ouoh, putain ! 92 unités, il me reste ! Mais j'ai acheté deux cartes, en fait. J'ai tout mon temps, je t'écoute !

— Tu ferais mieux de raccrocher, pourtant !

— Tu l'as fait exprès, alors, d'arrêter la pilule ?

— Oui, Sid Ali.

— Ce gosse, tu l'as voulu ?

— Oui.

— Mais tu n'es pas mariée ? Je l'aurais su !

— Pas encore.

— Ah ouais. Putain, tes ieuvs vont flipper ! Enceinte avant le mariage !

— On verra.

— C'est tes frangins, qui vont te faire iech trop !

— Tu l'as dit tu l'as, Sid Ali. Quand est-ce que vous allez cesser de nous faire iech, les frangins ?

— T'énerve pas, Dja ! T'énerve pas ! 73 unités.

— Quand est-ce que vous allez nous chela les sketbas, les frangins ? Quand est-ce que vous allez cesser de ramener vos couilles et votre queue, putain ! On préférerait un peu plus de cervelle ! On est en France, pas au Maghreb ! On est françaises, hein ?

— *Allons ! enfants de la patri-i-euh...*

— Égalité des droits et tout !

— Et je peux savoir qui est l'heureux papa ?

— Tu peux, Sid Ali ! Un certain Éric.

— Éric Cheb Rush ?

— Tu l'as dit tu l'as !

— C'est quoi, ce nom : Rush ?

— Son nom de plume au journal.

— Putain, Dja, c'était bien, là, ton papier : *Chronique d'un massacre annoncé* !

— *D'un carnage annoncé...* Merci.

— Et son vrai nom ?

— Raouschech.

— Putain, pur Djez. Mais c'est quoi ce prénom roumi : Éric ?

— C'est son prénom.

— Il est roumi, un Cheb ? un Raouschech ?

— Non, Djez, d'origine.

— J'y crois pas ! Il y a que des Rocains assimilés et des Tunes, à la rigueur, pour donner des prénoms roumis à leurs fils.

— Eh bien, il y a des Djez, aussi, tu vois !

— Son père, c'est un collabo ?

— Xcuse-toi, Sid Ali ! Xcuse-toi tout de suite !

— Oui, *sorry*, Dja ! Mais alors, son père, à Éric, c'était un harki ? c'est le fils d'un harki, son père ?

— Non, Sid Ali.

— C'est un apostat, alors ?

— C'est un apostat, Sid Ali ! Éric est le fils d'un apostat, Sid Ali ! Et nous nous marierons à la mairie et uniquement à la mairie, Sid Ali ! Et ce sera Tiberi qui nous mariera. J'aurais préféré un maire moins pourrave pour le plus beau jour de ma vie, mais nous n'avons pas le choix : il se trouve qu'Éric est domicilié à Paris, 5e arrondissement.

— Putain ! Le 5e !

— Une chambre d'étudiant au Crous Croulebarbe, Sid Ali ! Pas un appart de trois cents mètres carrés place du Panthéon, Sid Ali !

Je la sentais au bord de la crise de nerfs. J'ai repris, sur le ton le plus doux, le plus affectueux dont j'étais capable – et là, je ne la lui jouais plus, j'avais vraiment le sentiment que j'étais sincère, que je ressentais profondément ce que je lui disais :

— Si tu l'aimes, c'est quelqu'un de bien, Dja !

Est-ce que c'était encore du narcissisme, merde ? Djamila a soupiré sur un ton désolé, et presque tendre, comme si elle réprimandait un enfant trop jeune pour comprendre :

— Sid Ali… Sid Ali…

J'étais décontenancé. Mais je poursuivais mon idée :

— Et… Éric et toi… ?

— C'est quoi, la question : « Jbed ? », comme tu disais toi ?

— Euh…

— Si Éric l'a aussi longue que toi, ou aussi courte ? Aussi longue, ou aussi courte, Sid Ali ! Je n'ai pas de points de comparaison : je n'ai eu que deux hommes dans ma vie : toi et lui.

— Putain ! tu me casses, là, Dja !

— Je te casse, mais tu m'as cassée, Sid Ali.

Je n'avais jamais imaginé que j'étais aussi minable, que j'avais autant fait souffrir Dja, sans le savoir. H'chouma alik, Sid Ali !

Mais Djamila se défoulait maintenant. Elle en bégayait :

— Et les... les... claouis, comme tu disais... Les claouis ! aussi gros que les tiens, Sid Ali !

J'étais désemparé. La conversation, que je voulais tendre, voire amoureuse, pourquoi pas ? tournait à l'aigre. Mais mon crédit d'unités était quasiment épuisé : j'y trouvai l'occasion de faire diversion :

— Ça va couper, Dja. Laisse-moi changer de carte...

— Je t'ai dit que tu ferais mieux de raccrocher, Sid. Je te le dis pour toi, mais tu ne veux pas comprendre.

Ah non ? Mais elle, ne raccrochait pas non plus, après tout. Elle avait encore envie de discuter un peu avec moi, quoi qu'elle en dise. Je changeai la carte. *120 unidades mais 10 – prenda Milenium*.

— Tu m'écoutes, Dja ?

— Je t'écoute, Sid. Je ne fais que ça.

— Je me suis dit, là, pendant que je changeais la carte... Une question que je voulais te poser : tu l'as su que je suis pédé ?

— Je l'ai su, Sid. Mais tu n'es pas pédé, tu n'es pas hétéro, tu n'es pas bi, Sid, tu es n'importe quoi. Tu es la seule personne au monde qui te fasse vraiment bander. Tu ne faisais pas l'amour avec moi : tu faisais l'amour avec toi faisant l'amour avec moi.

— J'imprime pas, là ! Mais, à ce propos, comment elle va, Agnès, que je n'ai jamais rencontrée ?

— Très bien, merci. Elle attend toujours que tu passes au Comité pour l'Abolition de la double peine coller des enveloppes comme tu m'avais promis.

— Ah ouais ? Elle peut toujours attendre ! Pourquoi c'est à nous qu'on demande de faire le petit boulot et pas aux stars qui ont signé l'appel ? Emmanuelle B., elle pourrait pas en coller des enveloppes, avec ses grosses lèvres siliconées ? ou vous offrir des autocollantes avec ses gros cachets en or massif ?

— Bouffon !

— Bouffon ? Tu es chanmé dure, là, avec moi, Dja, putain !

— Si tu ne veux pas que je te traite de bouffon, raccroche ! Je t'ai conseillé de raccrocher, tu ne veux pas m'écouter. Tu n'écoutes que toi, Sid, tu n'as jamais écouté que toi.

— Ah ouais. Il y a un peu de vrai dans ce que tu dis. Cécile… Mme Rénal me le disait aussi.

Devais-je lui avouer que j'avais tué Mme Rénal, que le professeur de lettres qu'elle avait tant aimée n'était pas morte de mort naturelle ? que ce n'était pas un accident comme tout le monde l'avait cru ? Non, je trouvais inutile d'en rajouter et de la bouleverser un peu plus : Djamila attendait un enfant. Je lui ai dit :

— Puisque ce sera un garçon, tu pourrais lui donner mon prénom : Sid Ali ! Mes prénoms !

— Tu es ouf à lier, Sid ! tu es ouf à lier !

— Ah non, je suis con ! vous allez certainement lui donner un prénom chrétien ! Remarque, ça m'aurait assez plu de porter un prénom chrétien, moi ! Au lieu d'Ali : Alain, Alexandre, Alexis, Alex… Ou alors, un prénom composé, avec tiret, mi-halal mi-nazrani, *fifty-fifty* : Sid-Alain ! Pas mal, non, Sid-Alain ? Pas banal.

— Quelle haine de toi !

— Tu as la haine de moi, Dja ?

— Non ! Je te parle de la haine que *tu* as de *toi* !

— Ne me dis pas que tu me plains, Dja, je t'en supplie ! Pas toi itou.

— Je ne te le dirai pas, mais, au nom de Dieu, raccroche, Sid ! raccroche !

Et tout à coup, Djamila hurlait dans le combiné comme si elle venait de basculer dans l'hystérie :

— Ça suffit, maintenant ! Ça suffit ! Tu as tué trois femmes, toutes les polices sont à ta recherche, ton portrait est dans toutes les gares, sur tous les abribus, et tu me parles du prénom de mon bébé ! Mais j'y crois pas ! Mais j'y crois pas ! Tu as conscience de ce que tu as fait, au moins ? Tu as conscience du mal que tu as fait ? Tu as conscience de ce qu'endurent tes parents ? Est-ce que tu peux ne plus penser à toi et imaginer ce que vivent les autres, un instant ? Un instant seulement ! Tu me tues ! Tu me tues !

— Oui oui, j'ai conscience du mal que je t'ai fait, oui, Dja !

— Je te parlais de... C'est quoi leurs prénoms, déjà ?.... Donata, Angéline, et Julie. C'est d'elles que je te parlais... Et tu n'as toujours pas compris, toi, que plus tu me parlais, plus tu risquais de te faire repérer ! Hélier m'a avertie : il se peut que nous soyons sur écoute, tous ceux qui t'ont connu d'un peu près. Je ne te balancerai pas, je ne dirai à personne que tu te trouves à Lisbonne, mais je t'en supplie, raccroche maintenant ! et ne rappelle plus ! et ne rappelle plus chez toi, non plus ! À moins que tu ne veuilles te faire repérer et coincer, justement... Mais si c'est ce que tu veux, il vaudrait mieux que tu te rendes ! que tu ailles au premier commissariat... Je ne sais pas comment ça s'appelle au Portugal...

— *Esquadra*...

— Ce serait beaucoup mieux pour toi, si tu en as les couilles, de te rendre ! Pour une fois, tu te comporterais en homme, au lieu d'aggraver ton cas !

— Vas-y, Dja ! Vas-y ! À donf ! J'ai compris pourquoi tu ne raccrochais pas ! Tu espères que je vais me faire loger par les rhnouchs pendant que nous...

— Tu es ignoble, Sid ! Tu me fais dégueuler !

— Pardon, pardon, Dja ! Je retire ce que je viens de dire ! Mais alors, je suis paria, alors ? Je suis pestiféré, si je ne peux plus appeler !

— Tu es paria, Sid ! Tu es pestiféré ! Je vais te donner le numéro du portable de Me Hélier...

— Le papa de Zoé, Silvestre et Balthasaaar, Jean-Chaaarles ?

— Me Jean-Charles Hélier de Hocquencourt, oui. Qui accepte de te défendre, oui... Et qui m'a autorisée à te donner son numéro au cas où tu m'appellerais, oui. Et qui, sans doute, plaidera la folie.

— Je suis fou ?

— Oui, Sid.

— Attends, Dja, je ne suis encore que présumé, hein !

— C'est ça, Sid ! Continue de te la jouer ! Je te donne le numéro...

— Je n'ai rien pour noter.

— Mais tu as une formidable mémoire !

— Mais maintenant, depuis que j'ai... J'oublie tout. Je ne retiens plus rien. L'amnésie, presque. Je ne suis plus le surdoué que j'étais. Je trouve un crayon et je te rappelle, Dja.

— Je t'ai dit non. Tu raccroches ! Et tu ne me rappelles plus jamais.

Elle sanglotait maintenant. Je comprenais à peine ce qu'elle me disait.

— Qu'est-ce tu... Quoi ?

— Je disais que tu es quelqu'un de bien aussi, Sid Ali.

— « Aussi » ?

— Tu es quelqu'un de bien. Sauve-toi !

Sur quoi, Djamila a raccroché. Et je n'ai pas osé la rappeler. D'ailleurs, ne me restaient que les dix unités offertes par TLP pour célébrer l'entrée dans l'an 2000.

La veille de mon arrestation, le 2 janvier 2000, donc, j'ai repris ma tenue de lascar de la cité des Poètes, j'ai remis ma casquette Fila *Pro-race*. Je suis allé au Rossio – à Barbès, quoi – changer ce qui me restait de tune, deux cents sacs, à ce bureau de change devant lequel était constamment adossé l'Elephant Man, ce mendiant malade de neurofibromatose dont la monstruosité me fascinait. Et là, en ressortant, j'ai jeté dans une poubelle mes papiers : non seulement le passeport d'Aziz mais ma propre carte d'identité infalsifiable et plastifiée. Pourquoi ? Dieu sait. Je n'ai gardé que le billet d'avion. Après tout, le Portugal et l'Espagne faisant partie de l'espace Schengen, je n'avais pas besoin de papiers pour me rendre en Espagne, non ?

¡Hombre !

La mer de Paille scintillait. J'allais rappeler Djamila. Il fallait que je lui parle encore un peu, que je lui demande pardon surtout.

Marca o numero.

00... 33... 1...

La porte vitrée est tirée du dehors, l'ombre blanche reflétée bascule dans le vide.

— *¡Policia !* Vous êtes Sid Ali Benengeli ?

— C'est moi, oui. Faites de moi ce que vous voulez !

C'était fini. Accompli.

Ce n'est pas fini. Il y a encore de l'inaccompli.

Quel sera mon sort ? Je ne serai pas extradé et je serai jugé au Portugal. Ou je serai extradé et jugé en France. Ou je serai déclaré irresponsable au moment des faits – *schizophrène*, le mot est écrit en toutes lettres dans ce dossier sur la couverture cartonnée duquel un malade mental a tracé, avec la prétentieuse exubérance de mon père quand il signe, *Le CAS Sid Ali B.* – et interné à vie. Je m'en fous. Faites de moi ce que bon vous semble. Tout m'est égal. Je suis coupable et je suis innocent.

Dans un monde sans repères, un monde où les pères ne sont plus des pères, un monde qui confond le Bien et le Mal et les fond dans ce magma du sympa, du cool, du démocratique, du n'importe quoi, ce chaos fait de « il n'y a pas de vérité », de « toutes les opinions se valent, tout est subjectif », de « pourquoi tu t'énerves ? », et de « à quoi bon t'indigner ? », parmi ces morts vivants qui voient le seul Au-delà dans le hit-parade, la liste des best-sellers, la plus haute marche du grand escalier à Cannes, ou les valeurs à la hausse de l'indice Dow Jones –, je suis coupable, oui, comme tout le monde, ou je suis le seul innocent.

Aujourd'hui, je suis en paix. Je suis… comment dire ? je suis réconcilié. Rédimé ? je n'en sais rien : ma religion n'est pas rédemptrice, mais apaisé, oui. Et bon, je crois. Je n'ai plus de ressentiment. Pour personne – contre personne –, non, je n'ai plus de ressentiment. Pas même envers Sid Ali. Je lui ai pardonné ses conneries. J'ai pardonné à tous, y compris à moi-même. Ah ouais. Je me suis, toute honte bue, pardonné.

Je ne veux plus me souvenir que des bons moments de ma vie passée. Sans haine envers le présent, ce présent tout sonore de clefs martelant du fer, de coups du plat de la main sur les murs de béton brut, de cris et de puanteur de morue : la réalité – la réalité d'une taule au Portugal. Sans regrets de la vie vécue et à jamais enfuie, parfums, sentiments, tonalités, couleurs, éclats… Des riens, pas grand-chose. Mais tout.

J'aimais – non, pourquoi écrire à l'imparfait, à l'accompli ? désormais je vis dans le présent, un présent qui s'éternise, un éternel inaccompli… J'aime : le larghetto du *Quintette pour clarinette en la majeur* de Mozart ; j'aime le son de l'oûd quand c'est Alla, le Foundou de Béchar, qui en joue ; j'aime la mélodie d'*As time goes by* ; j'aime tous les livres que j'ai lus de ceux qui figurent sur les listes de Mme Rénal ; j'aime ces gestes si gracieux de Djamila, sa manière de relever la lourde masse de ses cheveux sur l'oreille ; j'aime le bruit du vent dans la pinède ; j'aime ces petits beignets spongieux poudrés de sucre glace que vend sur la plage le vieux Abderrafi ; j'aime le chichon et la beu et la nuit grave ; j'aime la saveur douce-amère de l'Amontillado O-y-V, et le riesling Kayserberg ; j'aime l'Acqua di Parma ; j'aime l'ironie de Manuel, et la manière si virile et si tendre dont il me dit « Hombre ! », et cetera. Et cetera.

Je me rappelle ma profession de foi :

Lâ 'llah illah Allah !

Il n'est de dieu que Dieu.

Et ceci, dans *Une saison en enfer*:

La raison m'est née. Le monde est bon. Je bénirai la vie. J'aimerai mes frères. Ce ne sont plus des promesses d'enfance. Ni l'espoir d'échapper à la vieillesse et à la mort. Dieu fait ma force, et je loue Dieu.

Ce n'est pas fini. Cette scène encore. Il me vient des larmes aujourd'hui, d'y repenser, mais j'en éprouve du bonheur aussi.

J'étais encore en état de choc d'avoir vu, tracé à la craie ou à la peinture blanche sur le trottoir du boulevard Barbès, le contour du corps d'un tué ou d'un suicidé, les bras en croix, qui n'était autre que mon frère Ahmed peut-être. J'étais dévasté par l'inquiétude, le chagrin, la peur, la pitié, quand m'est venue, vous en souvenez-vous ? l'envie d'écouter la musique qu'il aimait tant : ce raï des origines, ce raï rugueux et pur et fort, qui grise comme un alcool fort – le raï d'une Cheikha Rimitti.

Je savais où aller : « Chez Omar » – le « Chez Omar » de la rue d'Oran, tout en haut de la Goutte-d'Or, ce rade tenu par un Djez anar, Omar.

Quand je suis entré, la musique qui passait n'était pas du raï mais des improvisations à l'oûd, le luth arabe, la musique si belle et solennelle, quoique légère comme un appel au bonheur, immatérielle et cependant réelle comme la joie, et profonde comme une prière à Allah : la musique d'Alla, le Foundou de Béchar, l'immense Alla, celui dont le nom s'écrit sans *h*, ce musicien saharien que son art a mené de la plus grande misère à la gloire sans qu'il ait jamais fait la moindre concession au showbiz... Tu ne le connais pas encore, lecteur, tu n'en as jamais entendu parler ? Eh bien, quand tu auras terminé ce livre que tu lis – plus que six, sept pages, et c'est fini ! –, s'il n'est pas trop tard, si c'est encore ouvert, cours chez Virgin ou à la Fnac, rayon Musiques du Maghreb, et si tu ne le trouves pas là, va au rayon Musiques orientales, où il arrive que ces ignares classent Alla, et si le Megastore ou les Agitateurs culturels sont fermés, tu iras demain, mais promets-moi de le faire : il y a Mozart, tu connais, mais il y a aussi Alla – notre contribution à nous, les bougnoules, à l'universelle beauté, celle qui transcende toute culture, toute censure du moi, tout interdit... Voilà : le luthiste Alla, qui tient son surnom d'artiste du métier de son père, qui fut mineur de fond – *foundou* – dans les mines de Béchar, en Algérie, un damné parmi les damnés de la terre. Le fils, sa révolte, comme l'hommage à ce père qui l'a aimé – je ne peux pas en dire autant du mien –, au lieu de l'exprimer dans une vaine colère ou un quelconque fracas électrique, il en fait, parfois tout au long d'une nuit et jusqu'à l'aube, des improvisations à l'oûd... Quoi ? Nouba andalouse en solo, ragas indiens mais sur des modes africains, pure inspiration mais qui puise à toutes les sources des si diverses musiques du Maghreb, on ne sait pas ce que c'est, qu'importe ? c'est du Alla, le Foundou de Béchar. Alla change nos ténèbres intérieures et nos terreurs en une offrande musicale qui nous délivre du Mal... Tout comme Shéhérazade transmua la nuit et l'attente angoissée de la mort, elle à qui la mort était promise si elle n'improvisait pas, en contes, en poésie, en magie durant mille et une nuits – *Alf Layla wa Layla*.

Le patron, Omar, derrière son comptoir, essuyait des verres. Il n'y avait pas d'autres clients qu'une tablée de cinq jeunes hommes qui, je l'ai vite saisi, trinquaient gaiement au retour de deux d'entre eux, sains et saufs, d'une action risquée, dangereuse.

Depuis que j'ai lu *La Passion selon moi*, j'ai compris qu'ils rentraient d'une mission du « Douz al-houdoûd » – ce nom fictif que Smaïl a donné au très réel réseau d'entraide à des Algériens persécutés par les islamistes ou par le pouvoir et, la plupart du temps, persécutés à la fois et par les islamistes et par le pouvoir, promis à une mort très prochaine s'ils ne quittent pas très vite l'Algérie, mais auxquels le gouvernement français, dans sa politique abjecte de complaisance à l'égard des sanglants fascistes qui dirigent les pays du Maghreb, refuse des visas d'entrée en France –, *une armée des ombres dans un monde puissamment éclairé pour le journal télévisé. Une armée ? vous voulez rire : un tout petit détachement. D'engagés très détachés. Et sans armes*.

Un geste, un simple geste *pour la beauté du geste quand tout un chacun geint et revendique sa part de marché du ressentiment universel, de la compassion mondialisée*.

L'un des cinq, les quatre autres l'appelaient Paul, et je l'ai tout de suite reconnu à sa saisissante ressemblance avec le portrait du Fayoum qui illustre ses romans : mais ouais, putain ! c'était lui, mon idole en littérature, mon Paulou !

J'ai pris un ballon de blanc sec que j'ai commencé à laper mélangé à mes larmes, en écoutant les improvisations d'Alla, et sans pouvoir détacher mes yeux de ces hommes dont j'enviais l'évidente fierté et la joie… Quand Paul, son regard ayant déjà croisé plusieurs fois mon regard, s'est levé brusquement pour venir à moi. Il a posé sa main sur mon épaule et m'a dit :

— Qui que tu sois, ne reste pas seul dans ton chagrin, viens t'asseoir à notre table ! Je m'appelle Paul, a-t-il ajouté.

— Moi, c'est Sid Ali Benengeli.

— Ah ! comme l'auteur de *Don Quichotte*...

— Quoi ?

— Tu ne sais pas ça ? Ce n'est pas Cervantès qui a écrit *Don Quichotte*, il a l'honnêteté de le reconnaître lui-même : il a trouvé à la juiverie de Tolède l'histoire de ce chevalier à la triste figure écrite en arabe, par un arabe, Sid Ahmed Ben Engeli... Dans les anciennes traductions en français, les illisibles, *Cid* s'écrit comme celui de Corneille, et Ahmed est devenu Hamet, mais dans la nouvelle, qui est très belle, la traductrice écrit comme il faut : Sid avec un *S*, et *Ahmed*. Le chef-d'œuvre de l'art romanesque, ce roman qui est considéré comme l'hégire du roman en Occident, a été imaginé par un Arabe. Cervantès en fait l'aveu, il dénonce sa propre imposture au chapitre IX, mais depuis près de quatre siècles que le livre est paru, on prend ça pour une plaisanterie. Un Arabe ne peut pas avoir écrit *Don Quichotte*, n'est-ce pas ?

Mais est-ce qu'il ne blague pas un peu lui aussi, mon Paulou ? Le vin blanc d'Alsace n'est pas mauvais chez Omar, et les convives n'ont pas pris cinq ballons, mais demandé des grands verres et deux boutanches, deux, que je vois déjà à l'état de cadavres, et une troisième va suivre, m'est avis ! il y a du houl à la table, du tangage et du roulis, et le Paulou n'est pas en reste quand il s'agit de – j'allais dire *gazer*, pardon, madame Rénal, disons : vanner ! Ce qu'ils peuvent déconner et se marrer, les cinq... Un feu d'artifice !

Mais tout à coup, le Paulou se relève comme mu par un ressort – xlas ! – et jette deux Cézanne sur la table, et ses potes protestent tant qu'il finit par en reprendre un, non sans soupirer fortement, mais il ne va pas discuter, hein ? il est pressé !

— Allez, tchao ! La voici ! L'amour de ma vie !

Derrière la vitre, une très belle femme, à la lourde chevelure très noire et aux yeux de gazelle, qui n'est pas sans me rappeler Djamila... Myriam ? Évidemment. Qui, sans doute, rentre de son travail au musée Picasso, et vient chercher son homme au bistro. Non non ! fait-elle signe de la main, elle ne veut pas entrer, serait-ce un instant.

Paul la rejoint donc dehors, il l'embrasse avec fougue, la prend par la taille, la soulève de terre, et tourne, et tourne, comme un danseur portant à bout de bras la ballerine... C'est un balèze, Paul : à peu près ma taille, et on voit qu'il a fait de la boxe. Et je suis si fasciné par cette image de l'amour fou que je n'y résiste pas : je me lève, salue très brièvement la compagnie, et sors pour les voir s'éloigner bras dessus bras dessous, se volant des baisers dans le cou l'un l'autre, et chantonnant en duo *As time goes by* :

A kiss is still a kiss
A sigh is just a sigh...

Seuls au monde, comme on dit dans les romans à l'eau de rose, seuls au milieu de la chaussée, et se dirigeant vers Barbès.

Au milieu de la chaussée mais sans danger aucun, car plus rien ne passe, rue d'Oran : à l'autre bout – je me retourne, ils se retournent également, intrigués par ce silence – la rue est barrée par une haie de CRS. Notre Papon, Chevènement en a envoyé dix grands cars pour disperser une manif silencieuse et pacifique d'une petite centaine de militants du Comité pour l'Abolition de la double peine – à cinq contre un, ils devraient y arriver. Paul, Myriam et moi échangeons un regard où passe toute notre colère, tout notre mépris pour l'ignominie de cet homme qui préside au Mouvement des Citoyens – le mouvement ! les citoyens ! ah ouais !

Les CRS, en tenue de combat – casques, plastrons, jambières, boucliers, longues matraques, masques à gaz accrochés au ceinturon –, sont massés là, au bout de la rue, immobiles encore mais sur le point de charger. Ils nous tournent le dos. Enculés.

Et… ? C'est fini ? Nahan, pas encore ! Rebondissement ! Romanesque rebondissement ! Mais c'est que la vie est romanesque.

Vous savez quoi ? Oui, vous savez déjà, sans doute : vous lisez les journaux, vous regardez le JT, et le scandale est énorme. Vous n'ignorez donc plus que je serais libérable sous dix jours. Le Tribunal da Relação vient de statuer dans ce sens. La France et le Portugal sont dans l'impasse totale. Vu que j'encours dans mon pays une peine supérieure à celle que j'encourrais ici, vu surtout que mon dossier médical a été lu d'un œil attentif par les Portugais, qui se sont émus des carences de la médecine judiciaire française à mon sujet, il semblerait que je ne sois pas extradable, et que je sois donc libérable !

À joué aussi en ma faveur l'insupportable pression qu'ont exercé les avocats des victimes auprès de la justice portugaise. Ils ont tant insisté qu'ils ont fini par obtenir audience du ministre en personne. Durant l'audience, Me Ducon n'a cessé de fumer sans en demander la permission, le portable de Me Gueulard n'a cessé de sonner, et quant à Me Pieds-Nickelés-de-rollers, eh bien ! étant venu à rollers, il n'a enlevé les coques nickelées montées sur roulettes de ses patins de compétition qu'au moment de pénétrer au ministère, et s'est donc présenté en chaussons à *Sua Excelencia*…

Très très mauvais effet, si vous voulez mon avis ! Si vous ne le voulez pas, je vous le donne aussi. Et en toute justice, le ministre de la Justice se devait d'accéder à la demande d'audience de l'avocat du prévenu, lequel fut donc reçu à son tour. Pour une fois que la dignité, la courtoisie et la rigueur morale prévalent sur la vulgarité, la brutalité et l'absence de scrupules, ne boudons pas notre plaisir ! Il semblerait que le sur mesure Yves Saint Laurent ligne Hedi Slimane ait vaincu à plates coutures, c'est le cas de le dire, les costards en polyester de Prisu.

Bien entendu, Interpol est saisi, en état d'alerte maximum, pour le cas où, si le monstre devait, et cetera. Ah ouais. Mais si je suis libéré dans dix jours, c'est jouable ! Je ne vais pas tout vous dire, mais, enfin, sachez que Mme Anne Hélier de Hocquencourt, la femme de mon avocat, est par la mère de son père une Bragance, des Bragance qui régnèrent de 1640 à 1910 sur le Portugal, et qu'elle a donc encore quelques nobles cousins ici. Sachez également que ma prison est située à moins d'un kilomètre du port de Belém d'où levèrent l'ancre les Caravelles de Magellan et de Vasco de Gama, port devenu aujourd'hui port de plaisance : yachts, canots, hors-bord… Vu ?

Et il se peut donc – *Attendre et espérer !* comme dit le comte de Monte-Cristo –, il se peut que dans une quinzaine de jours, je me retrouve dans une cave à raï clandée de la Casbah d'Alger… Et là, Intik :

On est comme des oiseaux en cage qui ne peuvent plus voler
Assoiffés de joie et de liberté !

Ou la bouleversante Cheikha Rimitti :

Rayt touweder
Rah el galb m'ridh...

Ah ouais ! Rimitti, rimitti, rimitti encore ! Absolut, champagne, vin blanc, nuits graves, chichon, et un peu de beu, hein ? il en faut, et houl, et fous rires, et joie, et l'amour de mon frère Ahmed, qui est un homme, lui, un vrai ! et, comme l'écrit l'ami Rimbaud, Arthur : *Cris, tambour, danse, danse, danse, danse !*

Tu l'as dit tu l'as, Sid Ali !

Je vous étonnerai toujours.

Envoi

Commencé le 22 mars 2000, achevé le 13 mai 2000. Écrit en cinquante-trois jours, donc, soit un de plus que n'en mit Stendhal à dicter *La Chartreuse de Parme* – on essaiera de faire mieux la prochaine fois. Je ne crois pas en Dieu, c'est mon honneur, mais Allah est grand, qui m'a inspiré ces pages.

Ne maudissez pas la vie ! Éteignez vos écrans, tous vos écrans ! Lisez, sortez, aimez, écoutez de la musique, dansez, faites l'amour, buvez du vin et de l'eau-de-vie, fumez de l'herbe ou des nuits graves, si ça vous chante, chantez, chantez, chantez dans le noir, tout espoir n'est pas perdu, nous vaincrons ! nous briserons les glaces sans tain du Spectacle, nous disperserons sous nos rires les mirages du Marché ! peuple, nous ferons reculer et fuir sous le ridicule le People ! Liberté, liberté chérie ! Debout, les hommes ! et vous, les femmes, nos femmes, nos sœurs, nos mères, nos compagnes, vous toutes qui, chaque jour, nous donnez le jour ! Dieu est mort ? On s'en fout : nous sommes là, nous ! Dieu est vivant ? Tchin ! À notre santé ! À la vie ! Les tueurs n'ont pas encore définitivement gagné ! Bill Gates peut tomber un jour comme son modèle Al Capone ! Et Ted Turner aussi ! Il se peut que le peuple russe dissuade Poutine d'appuyer sur le bouton de la bombe atomique le jour où les caisses seront vides, il se peut que le milliard et quelques de Chinois se lassent plus vite que Mme Chirac de valser avec le sanglant Jiang Zemin, et les Maghrébins de leurs tyrans amis personnels de M. Chevènement. Les Veuves Écossaises ne nous noieront pas dans leurs fonds de pension, si nous nous défendons ! Total ne mazoutera pas toutes les mers du monde, si nous ne le voulons pas ! Nous ne descendrons pas, tremblant comme des vaches folles, la rampe douce qui mène à l'abattoir ! Nous savons, nous avons déjà vu. Plus jamais ça ! Vous ne nous éliminerez pas, nous, aux antibactériens *Senteur éclat citron* ni aux antiacariens en aérosol *Parfum lavande*, vous ne nous gazerez pas à l'audimat, au crédit, au virtuel, au *prime time*, aux agios, aux mesures sociales d'encadrement, aux aides à l'encouragement, à l'épargne logement, à l'enseignement allègre et allégé, à la culture de masse, à la consommation assistée ! Nous trouverons d'autre avenir que 35 heures de télétravail par semaine, et le reste du temps à boursicoter sur la Toile… La Mort programmée par ordinateur n'aura pas le dernier mot ! Et vive la littérature ! Vive le romanesque ! Il n'y a que ça de vrai.

*

« Maximum respect » à : Alla, le Foundou de Béchar, Martha Argerich, Cheikha Rimitti, Fellag, Rachid Taha, Boualem Guerdjou, les avocats du Gisti, l'équipe de *Pote à Pote*, Salah El-Ouadie, les musiciens de l'Orchestre national de Barbès, Magyd Cherfi et le groupe Zebda.

Gratitude et remerciements éperdus à : Ahmed B., Ahmed H., Alain, « Clara », Claude, Élisabeth, Ghislaine, « Iñigo », Isabelle A., Isabelle F., « Myriam », Rachida, Rajaâ, Saïd, « Sami », Smaïl – lui, c'est son prénom –, Hadj Yacine et « Zoraïa d'Aubervilliers ».

Et à toi, mon fils qui n'es pas encore né et n'as pas encore de nom, mais cela ne saurait tarder. Et nous ferons notre possible, ta mère et moi, pour que tu t'épanouisses et sois heureux malgré tout, en dépit de tout, dans un monde où, plus que jamais, ceux qui détiennent le pouvoir ne l'ont pas acquis par leur courage, ou leur vertu, ou leur subtilité, mais par leur veulerie, leur inculture, leur inhumanité, leur histrionisme, leur hystérie, leur démagogie éhontée, leur mépris des humbles, et leurs longues années de servilité à l'égard des grands dont ils ont fini par conquérir les fauteuils, et leur excessive connerie, et leur putasserie sans bornes… Et je serai un père pour toi, mon fils, pas un copain, pas un pote, pas le mec supersympa et hypercool qui couche avec ta maman ! Je serai un homme pour toi, mon fils, je m'y efforcerai ! et je ferai de toi un homme, mon fils ! et tu seras un homme, mon fils ! promis ! juré !

L'auteur.

6780

Composition Chesteroc International Graphics
Achevé d'imprimer en France (Manchecourt)
par Maury-Eurolivres
le 3 février 2003.
Dépôt légal février 2003. ISBN 2-290-32325-X

Éditions J'ai lu
84, rue de Grenelle, 75007 Paris
Diffusion France et étranger : Flammarion